Rood waas

Van Patricia Cornwell zijn eerder verschenen:

1 Fataal weekend*
2 Corpus delicti*
3 Al wat overblijft*
4 Rigor mortis*
5 Modus operandi*
6 Het Kaïnsteken*
7 Doodsoorzaak*
8 Onnatuurlijke dood*
9 De brandhaard*
10 Zwarte hoek*
11 Het eindstation*
12 Aasvlieg*
13 Sporen*
14 Roofdier*
15 Dodenrol*
16 Scarpetta ◈
17 De Scarpetta factor ◈
18 Mortuarium ◈
19 Rood waas ◈
(1 t/m 19: met *Kay Scarpetta*)

Wespennest*
Zuiderkruis*
Hondeneiland*

Het risico*
Het front*

Portret van een moordenaar

* Ook in POEMA POCKET verschenen
◈ Ook als e-book verkrijgbaar

Patricia Cornwell

Rood waas

SIJTHOFF

MIX
Papier van verantwoorde herkomst
FSC® C019440

Uitgeverij Sijthoff en Drukkerij HooibergHaasbeek vinden het belangrijk om op milieuvriendelijke en verantwoorde wijze met natuurlijke bronnen om te gaan.

Oorspronkelijke titel: *Red Mist*
Vertaling: Mieke Trouw-Luyckx en Yolande Ligterink
Omslagontwerp: DPS/Davy van der Elsken
Omslagfotografie: © Allan Jenkins / Trevillion Images
Foto auteur: Gina Crozier © 2011 by Cornwell Entertainment, Inc.

ISBN 978 90 218 0582 5
ISBN e-book 978 90 218 0583 2
NUR 332

www.boekenwereld.com
www.uitgeverijsijthoff.nl
www.watleesjij.nu
www.patriciacornwell.com

Dit boek draag ik op aan jou, Staci.

Toen hoorde ik een luide stem uit de tempel komen die tegen de zeven engelen zei: 'Ga nu! Giet de zeven offerschalen met Gods woede leeg op de aarde.'

(Openbaring 16:1)

1

IJzeren rails met de roestbruine kleur van oud bloed kruisen de asfaltweg vol scheuren die dieper het Lowcountry in voert. Als ik het spoor oversteek, komt de gedachte bij me op dat de Georgia Prison For Women zich in een slechte buurt bevindt; misschien moet ik dat opvatten als een waarschuwing en teruggaan. Het is donderdag 30 juni en nog geen vier uur in de middag. Ik kan de laatste vlucht naar Boston nog halen, maar ik weet dat ik het niet zal proberen.

De kuststrook van Georgia bestaat hier uit een somber gebied met donkere bossen vol draperieën van Spaans mos en door kronkelige kreken doorsneden schorren, die overgaan in grasvlakten, badend in het licht. Kleine zilverreigers en grote blauwe reigers vliegen laag en met slepende poten over het brakke water, en dan word ik weer ingesloten door bomen aan weerszijden van de smalle weg vol teerstrepen waarop ik me bevind. De kronkelende kudzu wurgt met zijn ranken het kreupelhout en bekleedt de bomen met donkere, schubbige bladeren, en uit de moerassen rijzen enorme cipressen op met dikke, knobbelige knieën, als wadende prehistorische wezens op strooptocht. Ik heb nog geen alligator of slang gezien, maar ik weet zeker dat ze er zijn en dat mijn brullende, ronkende, knallende witte gevaarte niet onopgemerkt is gebleven.

Ik begrijp niet waarom ze me deze rammelkast hebben gegeven. Hij slingert over de weg en stinkt naar fastfood en sigaretten, met op de achtergrond vaag de geur van rottende vis. Dit is niet wat Bryce, mijn administrateur, voor me moest reserveren, namelijk een veilige, betrouwbare, middenklasse sedan, bij voorkeur een Volvo of een Camry met airbags aan de voor- en zijkant en gps. Toen ik op het vliegveld opgewacht bleek te worden door een jongeman met een witte bestelbus zonder airco of zelfs maar een wegenkaart, zei ik dat er een vergissing in het spel was. Ik had per ongeluk het voertuig van een ander gekregen. Hij liet zien dat mijn naam, Kate Scarpetta, op het contract stond en ik zei dat mijn voornaam Kay is, niet Kate, en dat het me niet kon schelen wiens naam erop stond. Ik had geen bestelbus gereserveerd. Het speet Lowcountry Concierge Connection zeer, zei de gebruinde jongeman, die gekleed was in een mouwloos shirt, een korte camouflagebroek en bootschoenen. Hij wist niet wat er gebeurd kon zijn. Duidelijk een fout in de computer. Hij zou me met liefde een andere auto bezorgen, maar dat werd dan wel veel later op de dag, of misschien wel morgen.

Tot dusver gaat niets zoals ik het gepland heb en ik hoor mijn man Benton al zeggen dat hij het me had voorspeld. Ik zie nog voor me hoe hij gisteravond tegen het travertin aanrecht leunde, lang en slank, met dik zilverkleurig haar en een scherp, knap gezicht dat me somber aankeek terwijl we weer ruziemaakten over mijn voornemen hiernaartoe te gaan. Pas nu is mijn hoofdpijn helemaal weggetrokken. Ik weet niet waarom ik tegen beter weten in nog steeds denk dat een halve fles wijn een eind kan maken aan een ruzie. Het was een heel lekkere *pinot grigio* voor z'n geld, licht en zuiver met een lichte appelsmaak.

De lucht die door de open raampjes naar binnen komt, is zwaar en warm en ik vang de doordringende, zwavelachtige geur op van rottende vegetatie, zoutmoerassen en modder. De bestelwagen houdt soms in en schiet dan opeens naar voren door een bocht vol schaduwvlekken, waar kalkoengieren iets doods verslinden. De grote, lelijke vogels met hun gerafelde vlerken en kale koppen stijgen met langzame, trage vleugelslagen op als ik de verstijfde pels van een wasbeer ontwijk en de scherpe stank van verrotting opsnuif die ik zo goed ken. Het maakt niet uit of het om een dier of een mens gaat. Ik herken de dood op afstand en als ik zou uitstappen om de wasbeer nader te bekijken, zou ik waarschijnlijk de exacte oorzaak en het tijdstip van zijn dood kunnen bepalen en mogelijk kunnen reconstrueren hoe hij gestorven is en waardoor.

De meeste mensen noemen me een lijkschouwer, sommigen

hebben door dat ik patholoog-anatoom ben, en heel af en toe word ik aangezien voor een politiedokter. Maar om precies te zijn, ben ik een dokter die gespecialiseerd is in pathologie, en in het bijzonder in de forensische pathologie en 3D-radiologie of het gebruik van CT-scans om een lijk inwendig te bekijken voor ik het mes erin zet. Ik ben jurist en kolonel van de bijzondere reserve van de luchtmacht, waardoor ik banden heb met het ministerie van Defensie, dat me vorig jaar heeft aangesteld als hoofd van het Cambridge Forensic Center, dat is opgezet in samenwerking met de Commonwealth of Massachusetts, het Massachusetts Institute of Technology (MIT) en Harvard.

Of het nu om een ziekte, vergif, een medische fout, de straffe Gods, een handwapen of een zelfgemaakte bom gaat, met mijn expertise kan ik vaststellen om welke reden iemand ergens aan sterft, of waarom juist niet. Alles wat ik doe moet juridisch goed onderbouwd zijn. Er wordt van me verwacht dat ik waar nodig de Amerikaanse regering bijsta. Ik leg eden af en getuig terwijl ik onder ede sta, en dat alles betekent dat ik in wezen geen recht heb op een normaal leven. Ik moet te allen tijde objectief en klinisch blijven. Ik mag nooit een persoonlijke mening hebben of emotioneel reageren op welke zaak dan ook, al zijn de omstandigheden nog zo gruwelijk of wreed. Ook als ik zelf geraakt word door het geweld, zoals bij de poging me te vermoorden van vier maanden geleden, moet ik daar zo onberoerd onder blijven als een ijzeren stang of een rotsblok. Ik moet vastberaden, rustig en koel zijn.

'Je krijgt toch geen last van posttraumatische stress, hè?' vroeg generaal John Briggs, die de leiding heeft over de lijkschouwers van het leger, nadat ik op 10 februari bijna was vermoord in mijn eigen garage. 'Zulke dingen gebeuren, Kay. Er lopen massa's gekken rond op de wereld.'

'Ja, John. Zulke dingen gebeuren. Het is niet de eerste keer en het zal ook wel niet de laatste zijn.' Ik deed alsof het prima met me ging en ik er geen moment wakker van had gelegen, hoewel ik heel goed wist dat mijn gevoel iets anders zei. Ik wil zo veel mogelijk te weten zien te komen over wat er verkeerd is gegaan in het leven van Jack Fielding en ik wil dat Dawn Kincaid de zwaarst mogelijke straf krijgt. Een gevangenschap zonder ooit nog kans te maken op voorwaardelijke vrijlating.

Ik kijk op mijn horloge zonder mijn handen van het stuur van deze verdomde bestelbus met zijn grillen en kuren te nemen. Misschien moet ik teruggaan. De laatste vlucht naar Boston gaat over nog geen twee uur. Ik zou hem kunnen halen, maar ik weet dat ik niet in dat vliegtuig zal zitten. Ik zit hieraan vast, hoe het ook afloopt, alsof ik op de automatische piloot ben overgeschakeld – misschien wel een roekeloze en mogelijk een wraakzuchtige piloot. Ik weet dat ik boos ben. Zoals mijn man, die forensisch psycholoog is bij de FBI, gisteravond zei toen ik het avondeten klaarmaakte in ons historische huis in Cambridge, Massachusetts, dat is gebouwd door een bekende transcendentaal filosoof: 'Er wordt een spelletje met je gespeeld, Kay. Ik weet niet door wie, maar het ergste is nog dat je er zelf aan meedoet. Wat jij ziet als je wens om proactief en behulpzaam te zijn, is in wezen je behoefte om je schuldgevoelens te sussen.'

'Het komt niet door mij dat Jack dood is,' zei ik.

'Je hebt je altijd schuldig gevoeld over hem. Je voelt je vaak schuldig over dingen waar je niets aan kunt doen.'

'Aha. Dus als ik denk dat ik iets nuttigs kan doen, mag ik daar nooit op vertrouwen.' Ik knipte met een chirurgische schaar de schalen van de gekookte jumbogarnalen. 'Als ik denk dat ik nuttige informatie kan verkrijgen en kan zorgen dat er recht geschiedt door een risico te nemen, komt dat eigenlijk doordat ik me schuldig voel.'

'Je denkt dat het jouw verantwoordelijkheid is om dingen goed te maken. Of te voorkomen. Dat heb je altijd gedacht. Al in de tijd dat je als klein meisje voor je zieke vader zorgde.'

'Ik kan nu in ieder geval niets meer voorkomen.' Ik gooide de schalen bij het afval en strooide zout in een roestvrijstalen pan vol water op de inductieplaat van keramisch glas die het middelpunt is van mijn keuken. 'Ik heb niet kunnen voorkomen dat Jack als jongen misbruikt werd. En ik heb niet kunnen voorkomen dat hij zijn leven vergooide. En nu is hij vermoord, en daar heb ik ook geen stokje voor gestoken.' Ik pakte een koksmes. 'Om eerlijk te zijn, heb ik amper kunnen voorkomen dat ik zelf het loodje legde.' Ik sneed uien en knoflook en het dunne, stalen lemmet ratelde tegen het antibacteriële polypropyleen. 'Het is puur geluk dat ik er nog ben.'

'Je zou je helemaal niet in de buurt van Savannah moeten wagen,' zei Benton, en ik zei dat ik moest gaan en vroeg hem alsjeblieft de wijn open te trekken en voor ons allebei een glas in te schenken, en we dronken en ruzieden. We prikten afwezig in het eten. *Mangia bene, vivi felice* – oftewel 'eet goed en leef gelukkig' – is altijd mijn motto bij het koken, maar nu waren we geen van beiden gelukkig. En dat kwam allemaal door haar.

Het leven is een hel geweest voor Kathleen Lawler. Op dit moment zit ze een straf van twintig jaar uit omdat ze iemand heeft doodgereden terwijl ze dronken achter het stuur zat en ze heeft sinds de jaren zeventig, toen ze veroordeeld werd wegens seksueel misbruik van een jongen die later mijn adjunct is geworden, langer in de gevangenis gezeten dan ze vrij is geweest. Nu is Jack Fielding dood, in het hoofd geschoten door hun liefdesbaby, zoals Dawn Kincaid in de media genoemd wordt. Ze is na haar geboorte ter adoptie aangeboden, terwijl haar moeder in de gevangenis zat vanwege de dingen die ze had gedaan om haar te krijgen. Het is een heel lang verhaal. Ik merk dat ik dat tegenwoordig vaak zeg, en als ik íéts heb geleerd in dit leven, is dat het ene tot het andere kan en zal leiden. Kathleen Lawlers noodlottige geschiedenis is het volmaakte voorbeeld van wat wetenschappers bedoelen als ze zeggen dat de vleugelslag van een vlinder elders op de planeet een orkaan veroorzaakt.

Terwijl ik de luidruchtige, schokkende bestelbus door een overwoekerd moerasgebied stuur dat er in de tijd van de dinosaurussen waarschijnlijk niet veel anders heeft uitgezien, vraag ik me af welke vleugelslag van een vlinder, welke minieme verstoring in een luchtvlaag verantwoordelijk is voor Kathleen Lawler en de puinhoop die ze heeft veroorzaakt. Ik stel me haar voor in een cel van twee bij tweeënhalve meter met een glanzend stalen toilet, een grijs metalen bed en een smal raampje met tralies ervoor, dat uitzicht biedt over een binnenplaatsje met ruw gras, betonnen tafels en banken en verplaatsbare toiletten. Ik weet hoeveel setjes kleren ze heeft, geen kleren uit de 'vrije wereld', zoals ze heeft uitgelegd in e-mails die ik niet beantwoord, maar gevangeniskleren, broeken en shirts, van elk twee stuks. Ze heeft elk boek in de gevangenisbibliotheek al minstens vijf keer gelezen en ze is een getalenteerd schrijfster, zoals ze me heeft laten weten. Een paar maanden geleden heeft ze me een gedicht gestuurd dat ze over Jack had geschreven.

het lot
hij werd als lucht en ik als aarde teruggezonden
en het duurde even voor we elkaar vonden
(er was niets mis mee, in werkelijkheid
niet meer dan een stomme formaliteit
van geen belang, vonden wij beiden
regeltjes die ons niets zeiden).
vingers, tenen van vuur.
koud, koud staal.
de oven gaapt
het gas staat aan –
verwelkomend als het licht van een motel.

Ik heb het gedicht talloze malen gelezen, het woord voor woord bestudeerd, zoekend naar een verborgen boodschap. Aanvankelijk was ik bang dat de onheilspellende verwijzing naar een oven en het gas dat aanstaat erop kon wijzen dat Kathleen Lawler zelfmoordneigingen heeft. Misschien is het idee om dood te gaan haar net zo welkom als een gastvrij motel, opperde ik, maar Benton antwoordde dat het gedicht laat zien hoe psychopathisch en gestoord ze is. Ze is ervan overtuigd dat ze niets verkeerds heeft gedaan. Seks met een twaalfjarige jongen op de zorgboerderij voor probleemkinderen waar ze werkte als therapeute was iets moois, iets wat voortkwam uit een zuivere en volmaakte liefde. Het was het lot. Het was hun bestemming. Dat is haar verwrongen visie erop, zei Benton.

Twee weken geleden kwam er abrupt een eind aan haar e-mails en belde mijn advocaat met een verzoek. Kathleen Lawler wil met me praten over Jack Fielding, de beschermeling die ik in de begintijd van mijn carrière heb opgeleid en met wie ik in de daaropvolgende twintig jaar af en toe gewerkt heb. Ik stemde ermee in naar de vrouwengevangenis in Georgia te komen, maar alleen als vriendin. Niet als dokter Kay Scarpetta. Niet als de directeur van het Cambridge Forensic Center, de lijkschouwer van het leger, de forensische expert of als welke andere expert dan ook. Vandaag ben ik Kay, en het enige wat Kay en Kathleen gemeen hebben, is Jack. Wat we ook tegen elkaar zeggen, ik ben geen geheimhouding verschuldigd en er zullen geen advocaten en ook geen cipiers of ander gevangenispersoneel bij aanwezig zijn.

Er komt meer licht en het pijnbomenbos wordt dunner en maakt dan plaats voor een sombere open plek. Het lijkt alsof ik op een industriegebied uitkom, en overal hangen groene metalen bordjes met de waarschuwing dat de weg waar ik op rijd even verderop ophoudt en dat ik me op verboden gebied ga begeven. Iedereen die geen toestemming heeft om hier te zijn, moet meteen omdraaien. Ik rijd langs een autosloperij met hoge stapels verwrongen en gedeukte vrachtwagens en personenauto's en dan langs een kwekerij met kassen en grote potten siergras, bamboe en palmen. Recht voor me bevindt zich een groot grasveld met nette perkjes petunia's en afrikaantjes, die de letters GPFW vormen, alsof ik bij een stadspark of een golfbaan ben aangekomen. Het rood stenen administratiegebouw met zijn witte zuilen past totaal niet bij de betonnen afdelingen met hun blauw metalen daken, die worden omringd door hoge hekken. De dubbele spiralen vlijmscherp prikkeldraad glanzen en glinsteren in de zon als het lemmet van een scalpel.

De Georgia Prison For Women staat model voor een heleboel gevangenissen, heb ik na zorgvuldig onderzoek ontdekt. De vrouwengevangenis wordt beschouwd als een hoogstaand staaltje van verlichte en humane re-integratie van vrouwelijke criminelen, van wie er een heleboel tijdens hun gevangenschap worden opgeleid tot loodgieter, elektricien, schoonheidsspecialist, houtbewerker, monteur, dakdekker, hovenier, kok of cateraar. De gedetineerden onderhouden de gebouwen en het terrein. Ze koken, werken in de bibliotheek en in de schoonheidssalon, assisteren in de kliniek, geven hun eigen tijdschrift uit en er wordt van hen verwacht dat ze op zijn minst de middelbare school afmaken terwijl ze achter de tralies zitten. Iedereen hier werkt voor de kost en krijgt volop kansen, behalve degenen die zijn ondergebracht in Bravo Pod. Dat is de extra beveiligde afdeling waar Kathleen Lawler twee weken geleden naartoe is verhuisd, ongeveer op het moment dat ze opeens ophield me te mailen.

Ik zet de auto op een bezoekersplek, kijk op mijn iPhone of er geen dringende berichten zijn die ik moet afhandelen en hoop op iets van Benton, wat er inderdaad is. *Loeiheet waar jij bent en storm op komst. Wees voorzichtig en laat me weten hoe het gegaan is. Ik houd van je*, schrijft mijn nuchtere, praktische man, die onveranderlijk het weerbericht of andere nuttige informatie doorgeeft als hij aan me denkt. Ik houd ook van hem, alles gaat prima en ik bel hem over een paar uur, schrijf ik terug. Ondertussen zie ik een aantal mannen in pakken en met stropdassen om uit het administratiegebouw komen, vergezeld door een cipier. De mannen zien eruit als advocaten en zijn waarschijnlijk medewerkers van de gevangenis, en ik wacht tot ze weggereden worden in een gewone burgerauto, terwijl ik me afvraag wie ze zijn en wat ze hier kwamen doen. Ik stop mijn telefoon in mijn schoudertas, verberg hem onder de stoel en neem niets anders mee dan mijn rijbewijs, een blanco envelop en de sleutels van het busje.

De zomerzon drukt op me als een zware, warme hand en in het zuidwesten komen dikke wolken opzetten. Ik ruik lavendel en schijnels als ik over het betonnen pad tussen de bloeiende struiken en nette bloemperken door loop, terwijl onzichtbare ogen toekijken van achter de smalle raampjes rond het terrein. De bewoners hebben niets beters te doen dan naar buiten te staren, naar een wereld waarvan ze niet langer deel kunnen uitmaken, en nog slimmer dan de CIA informatie te vergaren. Ik voel dat hun collectieve bewustzijn mijn lawaaiige witte bestelbus met het nummerbord uit South Carolina opneemt en ook wat voor kleren ik aanheb, niet mijn gebruikelijke, zakelijke pak of de gemakkelijke kleren voor als ik op onderzoek uit ben, maar een kakibroek, een blauw met wit gestreept katoenen shirt dat ik in mijn broek heb gestopt en geweven instappers met een bijpassende riem. Ik heb geen sieraden om, behalve een titanium horloge met een zwarte rubberen band en mijn trouwring. Ik wil het niet te eenvoudig maken om te bepalen wat mijn economische status is, of wie of wat ik ben, al past het busje niet bij het image dat ik voor vandaag in mijn hoofd had.

Het was mijn bedoeling om eruit te zien als een blonde vrouw van middelbare leeftijd met een nonchalant kapsel, die niets bijzonder belangwekkends of interessants doet in het leven. Maar ja, die verdomde bestelbus! Een gehavend, schokkerig wit monster met donkere, bijna zwarte ramen, alsof ik voor een bouwbedrijf werk of dingen kom afleveren, of misschien naar de gevangenis ben gekomen om een gedetineerde te vervoeren, levend of dood. Dat is de gedachte die bij me opkomt als ik de vrouwen voel kijken. De meesten zal ik nooit ontmoeten, hoewel ik van een paar van hen de namen ken omdat hun beruchte zaken in het nieuws zijn geweest en hun afschuwelijke daden zijn besproken tijdens professionele bijeenkomsten. Ik kijk expres niet om me heen en laat niet merken dat ik me ervan bewust ben dat er mensen naar me kijken, maar ik vraag me af welk donker raampje dat van haar is.

Wat moet dit een emotioneel gebeuren zijn voor Kathleen Lawler. Ik vermoed dat ze de laatste tijd aan weinig andere dingen kan denken. Voor mensen als zij ben ik de laatste band met degenen die ze zijn kwijtgeraakt of die ze hebben vermoord. Ik ben een surrogaat voor hun doden.

2

De directrice van de gevangenis heet Tara Grimm, en haar werkkamer aan het uiteinde van een lange blauwe gang is geschilderd en ingericht door de gedetineerden die ze onder haar hoede heeft.

Het bureau, de salontafel en de stoelen zijn gemaakt van honingkleurig gelakt eikenhout. De robuuste vorm ervan bevalt me wel, want mijn voorkeur gaat bijna altijd uit naar met de hand gemaakte spullen, hoe rustiek ook. Klimplanten met hartvormige, bontgeschakeerde bladeren puilen uit bloembakken voor de ramen en kruipen over zelfgemaakte boekenkasten. Ze zijn als slingers over de zijkanten gedrapeerd en buitelen in een warrige massa over de randen van hangmanden heen. Als ik iets over haar groene vingers zeg, vertelt Tara Grimm met een beheerste, melodieuze stem dat de gedetineerden haar kamerplanten verzorgen. Ze weet niet hoe de 'kruipers' heten, zoals ze ze noemt, maar ze denkt dat het filodendrons zouden kunnen zijn.

'*Epipremnum pinnatum.*' Ik raak een gemarmerd, geel-groen blad aan. 'Beter bekend als *Scindapsus.*'

'Ze blijven maar groeien, en ik wil niet dat ze afgeknipt worden.' Ze staat bij de boekenkast achter haar bureau, waarin ze het boek *The Economics of Recidivism* terugzet. 'Ze zijn begonnen als stekjes in een glas water, en ik gebruik ze als een belangrijke levensles die al deze vrouwen bewust negeerden op het pad dat naar hun problemen leidde. Pas op met wat je laat ontkiemen, anders heb je op een dag niets anders meer.' Ze zet nog een boek terug, *The Art of Manipulation.* 'Ach, ik weet het niet.' Haar blik dwaalt over de klimplanten, die als guirlandes door de kamer hangen. 'Misschien wordt het hier wel een beetje vol.'

Ik kom tot de conclusie dat ze tussen de veertig en vijftig moet zijn. Ze is lang en slank en lijkt hier helemaal niet thuis te horen met haar gouden lassoketting en haar laag uitgesneden zwarte jurk, die tot halverwege haar kuit valt. Ze ziet eruit alsof ze vandaag extra zorg aan haar kleding heeft besteed, misschien wel voor de mannen die daarnet zijn vertrokken – wellicht hoog bezoek. Met haar donkere ogen, hoge jukbeenderen en lange, opgestoken zwarte haar ziet Tara Grimm er niet uit als een gevangenisdirectrice, en ik vraag me af of de ongerijmdheid haarzelf of anderen is opgevallen. In het boeddhisme is Tara een bevrijdende moeder. Je zou kunnen zeggen dat die omschrijving op deze Tara beslist niet van toepassing is, al is haar wereld nog zo grimmig.

Ze strijkt haar rok glad als ze achter haar bureau plaatsneemt, en ik ga op een rechte stoel tegenover haar zitten. 'Ik wil vooral weten wat u aan Kathleen wilt laten zien,' zegt ze, om uit te leggen waarom ik me bij haar moest melden. 'U weet vast wel hoe dat bij gevangenisbezoeken gaat.'

'Het komt niet vaak voor dat ik gedetineerden bezoek,' zeg ik. 'Tenzij ze in de ziekenboeg liggen, of nog erger.' Ik bedoel dat ik pas kom als gedetineerden dood zijn of een forensisch geneeskundig onderzoek moeten ondergaan.

'Als u meegebrachte rapporten of andere documenten met haar wilt doornemen, moeten ze door mij worden goedgekeurd,' zegt ze. Ik vertel haar nogmaals dat het een vriendschappelijk bezoek is. Juridisch gezien is dat de juiste term, maar in werkelijkheid klopt het niet.

Ik ben niet bevriend met Kathleen Lawler. Ik zal haar voorzichtig en doelbewust informatie ontlokken en haar aanmoedigen me te vertellen wat ik wil weten, zonder mijn persoonlijke interesse te laten doorschemeren. Had ze door de jaren heen contact met Jack Fielding, en wat gebeurde er in de periodes dat ze niet in de gevangenis zat? Ik heb tijdens mijn werk wel vaker gezien dat kindermisbruiksters en hun jongere, mannelijke slachtoffers een seksuele relatie in stand hielden, en in al die jaren dat ik Jack heb gekend, is Kathleen een draaideurcrimineel geweest. Als er aanhoudend romantische intermezzo's waren met de vrouw die hem als kind molesteerde, wil ik weten of die voorvielen in de periodes dat hij de kluts kwijtraakte en verdween. Wanneer dat gebeurde, moest ik naar hem op zoek, en uiteindelijk moest ik hem steeds weer in dienst nemen.

Ik wil weten wanneer hij ontdekte dat Dawn Kincaid zijn dochter is en waarom hij onlangs in Massachusetts contact met haar opnam en haar toestemming gaf zijn huis in Salem te betrekken. Ik vraag me af hoe lang ze daar mocht blijven en of dat iets te maken had met het feit dat hij zijn vrouw en kinderen had verlaten. Had Jack door dat hij onder invloed van gevaarlijke drugs veranderde, of hoorde dat bij Dawns sabotage? Besefte hij dat hij zich steeds vreemder ging gedragen? En wie had hem ertoe aangezet om in het CFC, het Cambridge Forensic Center, illegale activiteiten te ontplooien terwijl ik de stad uit was?

Ik kan niet voorspellen wat Kathleen weet of gaat zeggen, maar ik ga het gesprek voeren zoals ik het met mijn advocaat, Leonard Brazzo, heb voorbereid en gerepeteerd, en ik ben niet van plan zelf iets los te laten. Ze kunnen haar niet dwingen tegen haar eigen dochter te getuigen en ze zou in de rechtszaal ook niet geloofwaardig zijn, maar ik vertel haar helemaal niets wat Dawn Kincaid ter ore zou kunnen komen en bij haar verdediging kan worden gebruikt.

'Tja, ik ging er ook niet van uit dat u iets had meegenomen wat verband hield met die zaken,' zegt Tara Grimm. Volgens mij is ze teleurgesteld. 'Ik moet bekennen dat ik veel vragen heb over wat er in Massachusetts is gebeurd. Ik geef toe dat ik nieuwsgierig ben.'

Dat zijn de meeste mensen. De Mensa-moorden, zoals de pers de moorden en wreedheden noemt waarbij mensen met een geniaal of bijna geniaal IQ betrokken zijn, behoren tot de walgelijkste die je maar kunt bedenken. Ik doe al ruim twintig jaar onderzoek naar gewelddadige sterfgevallen, maar ik kom nog steeds nieuwe dingen tegen.

'Ik vertel haar geen details over het onderzoek,' zeg ik tegen de directrice.

'Ik weet zeker dat Kathleen ernaar zal vragen, want het gaat tenslotte om haar dochter. Dus Dawn Kincaid wordt ervan verdacht dat ze die mensen heeft vermoord en daarna u probeerde te doden?' Ze kijkt me recht in de ogen.

'Ik bespreek met Kathleen geen details van die zaak. Van geen enkele zaak, trouwens.' Ik laat helemaal niets los tegenover de directrice. 'Daarvoor ben ik niet gekomen,' zeg ik nog eens ferm. 'Maar ik heb wel een foto bij me die ik haar wil geven.'

'Mag ik die even zien?' Ze steekt een fijn gevormde hand naar me uit. Haar perfecte, donkerroze gelakte nagels zien eruit alsof ze recht van de manicure komt en ze draagt veel ringen en een rond, gouden horloge met glinsterende steentjes in de rand.

Ik geef haar de eenvoudige witte envelop die ik in mijn achterzak had gestopt en ze haalt er een foto van Jack Fielding uit, waarop hij in een hardloopshort en met ontbloot bovenlijf zijn dierbare, kerskleurige Mustang uit 1967 wast. De foto is een jaar of vijf geleden genomen, tussen zijn huwelijken en periodes van aftakeling in. Hij lacht en ziet er fantastisch uit. Ik heb de sectie op zijn lichaam niet uitgevoerd, maar sinds hij vijf maanden geleden is vermoord, ben ik bezig zijn leven te ontleden, deels omdat ik erachter wil komen wat ik had kunnen doen om de moord te voorkomen. Ik denk niet dat ik iets had kunnen uitrichten. Ik ben nooit in staat geweest om een einde te maken aan zijn zelfvernietigingsdrang, en terwijl ik naar de foto kijk, voel ik boosheid en schuldgevoelens opvlammen, gevolgd door verdriet.

'Die mag u wel aan haar geven,' zegt de directrice. 'Ik moet zeggen dat hij er goed uitzag. Zo'n bloedfanatieke bodybuilder, mijn hemel. Hoeveel uur zou je daar dagelijks aan kwijt zijn?'

Mijn blik dwaalt naar ingelijste diploma's en oorkondes aan de muren omdat ik niet wil zien dat ze naar de foto kijkt, al weet ik zelf niet goed waarom ik dat zo vervelend vind. Misschien is het moeilijker om Jack door de ogen van een onbekende te bekijken. *Directrice van het jaar. Prijs wegens uitzonderlijke verdiensten. Distinguished Service Award. Meritorious Service Award, continuing Excellence. Leidinggevende van de maand.* Sommige prijzen heeft ze meer dan eens gewonnen, en ze is cum laude geslaagd voor een bachelorsopleiding aan Spaulding University in Kentucky. Toch klinkt ze niet of ze daar geboren is. Ik denk eerder een accent uit Louisiana te horen en vraag haar waar ze vandaan komt.

'Ik kom oorspronkelijk uit Mississippi,' vertelt ze. 'Mijn vader was daar directeur van de staatsgevangenis, en ik woonde mijn eerste levensjaren in een vlak deltagebied van achtduizend hectare waar de gedetineerden soja en katoen verbouwden. Toen kreeg mijn vader een baan in Angola, de staatsgevangenis van Louisiana. Die lag ook midden tussen de akkers, ver weg van de bewoonde wereld, en ik woonde op het gevangenisterrein. Dat lijkt misschien vreemd, maar ik vond het helemaal niet erg om bij mijn vaders werk te wonen. Gek genoeg ga je zulke dingen heel normaal vinden. Op zijn aanraden werd deze vrouwengevangenis hier midden tussen de moerassen en het kreupelhout gebouwd en wordt het onderhoud door de vrouwen zelf gepleegd, waardoor de kosten voor de belastingbetaler zo laag mogelijk blijven. Je zou kunnen zeggen dat gevangenissen me in het bloed zitten.'

'Heeft uw vader hier ook ooit gewerkt?'

'Nee.' Er verschijnt een ironische glimlach op haar gezicht. 'Ik kan me mijn vader niet als toezichthouder over tweeduizend vrouwen voorstellen. Dat zou hem enigszins vervelen, al zijn sommige vrouwen een stuk erger dan mannen. U moet hem zien als die golfer, Arnold Palmer, die advies geeft over de aanleg van golfbanen. Je kunt geen betere treffen, afhankelijk van hoe je ertegenaan kijkt, en hij was progressief. Er zijn meer gevangenissen die hem om advies hebben gevraagd. Zo heeft Angola een rodeostadion, een krant en een radiozender. Een paar gedetineerden zijn beroemde rodeorijders of vakkundige metaal-, leer- en houtbewerkers die hun ontwerpen mogen verkopen en de winst in eigen zak mogen steken.' Ze klinkt alsof ze het daar niet helemaal mee eens is. 'Waar ik me bij uw zaken in het noorden zorgen over maak, is de vraag of ze alle betrokkenen wel hebben opgepakt.'

'Dat is te hopen.'

'Dawn Kincaid zit in elk geval achter de tralies, en ik hoop dat dat zo blijft. Wie vermoordt er nu zonder reden onschuldige mensen?' vraagt de directrice. 'Ik hoorde dat ze door de stress psychische problemen heeft gekregen. Goh. Laten we het eens hebben over de stress die *zíj* heeft veroorzaakt.'

Een paar maanden geleden is Dawn Kincaid overgebracht naar het Butler State Hospital, waar artsen moeten vaststellen of ze in staat is terecht te staan. Smoesjes. Ze simuleert. Laat het spel beginnen. Om met Pete Marino, mijn belangrijkste speurder, te spreken: het sloeg haar in de bol zodra ze in de boeien werd geslagen.

'Je kunt je nauwelijks voorstellen dat ze helemaal in haar eentje manieren heeft bedacht om onschuldige mensenlevens te ruïneren en te saboteren. Het ergst was dat arme jongetje.' Tara heeft het over zaken die haar niet aangaan, maar ik moet haar wel laten uitpraten. 'Wie doodt er nu een hulpeloos kind dat in zijn eigen achtertuin speelt? Zijn ouders waren nota bene gewoon thuis. Het is onvergeeflijk om een kind of een dier iets aan te doen,' zegt ze, alsof het eventueel wel aanvaardbaar is als je een volwassene kwaad wilt doen.

'Vindt u het goed als Kathleen de foto houdt?' Ik vind het niet nodig om haar informatie te bevestigen of te weerspreken. 'Ik denk dat ze hem wel wil hebben.'

'Ik denk niet dat dat kwaad kan,' zegt Tara, maar ze lijkt te twijfelen. Als ze over haar bureau reikt om me de foto terug te geven, zie ik de vraag in haar ogen.

Waarom zou u haar in vredesnaam een foto van hem geven? Indirect is Kathleen Lawler de reden waarom Jack Fielding dood is. Nee, niet indirect, denk ik, terwijl ik de woede weer voel opborrelen. Ze had seks met een minderjarige jongen, en het kind dat daaruit voortkwam, groeide op tot Dawn Kincaid, zijn moordenares. Directer kan bijna niet.

'Ik weet niet of Kathleen recente foto's van hem heeft gezien,' leg ik uit, terwijl ik de foto weer in de envelop schuif. 'Zo wil ik me hem herinneren. Zo zag hij er in betere tijden uit.'

Ik kan me niet voorstellen dat Kathleen tegen me blijft zwijgen als ze deze foto heeft gezien. We zullen wel eens zien wie nu wie manipuleert.

'Ik heb haar naar de beveiligde afdeling laten overbrengen. Ik weet niet hoeveel u daarover hebt gehoord,' zegt Tara.

'Ik weet alleen dat ze is overgebracht.' Ik houd mijn reactie met opzet vaag.

'Heeft meneer Brazzo het niet uitgelegd?' Ze legt haar handen gevouwen op haar keurige, vierkante eiken bureau en lijkt niet te weten of ze me moet geloven.

Leonard Brazzo is strafpleiter, en de reden waarom ik een strafadvocaat nodig heb, is dat ik niet van plan ben mijn welzijn aan een overwerkte of onervaren assistent-aanklager toe te vertrouwen als de zaak van Dawn Kincaids aanslag op mijn leven voorkomt. Ik ben ervan overtuigd dat haar advocatenteam, dat haar pro Deo bijstaat, het zal vergoelijken dat ze me in mijn eigen garage heeft besprongen. Ze beweren vast dat het mijn schuld is dat ze in het pikkedonker van achteren een verrassingsaanval op me heeft uitgevoerd. Ik leef nog omdat ik domweg heel veel geluk heb gehad, en terwijl ik in Tara Grimms door klimplanten overwoekerde werkkamer zit, bedenk ik dat ik niet eens kan zeggen dat ik mezelf heb gered. Dat zit me eigenlijk erger dwars dan ik wil toegeven.

'Ik begreep dat ze voor haar eigen veiligheid naar die afdeling is overgebracht,' zeg ik. In gedachten zie ik het kogelwerende vest met de ingenaaide kevlarplaten voor me. Ik herinner me dat de nylon buitenkant stug was, en dat het vest nieuw rook en zwaar aanvoelde toen ik het op die avond in mijn donkere, ijskoude garage van de achterbank van mijn auto pakte en over mijn schouder hing.

'Ik krijg de indruk dat u twijfelt of uw bezoek hier in Savannah wel zo verstandig is nu ik haar naar Bravo Pod heb laten overbrengen,' merkt Tara op. 'Ik krijg het idee dat u onveilige situaties liever mijdt na wat u hebt doorstaan.'

In gedachten zie ik de sneeuwstorm van felle, witte stipjes, fijn als stuifmeel, op de MRI-scan van het eerste slachtoffer dat Dawn Kincaid met een injectiemes had gestoken. Helderwitte deeltjes, geconcentreerd rond een wond in de vorm van een knoopsgat en diep in de organen en het zachte weefsel van de borstkas doorgedrongen. Alsof er inwendig een bom was ontploft. Ze viel mij aan met hetzelfde wapen, en als ze haar plan had kunnen uitvoeren, zou ik dood zijn geweest voordat ik de grond raakte.

'Al begrijp ik niet waarom u in uw eigen huis een kogelwerend vest droeg.' De directrice blijft vissen, omdat ik het haar niet kan verbieden.

Ik vertel haar niet dat medisch inlichtingenwerk onderdeel van mijn taak bij Defensie vormt en dat generaal Briggs wilde weten wat ik van de nieuwste kogelwerende vesten voor vrouwelijke militairen vond. Ik heb kunnen vaststellen dat het vest een stalen lemmet kan weerstaan. Mazzel, pure mazzel, en ik weet nog dat ik na afloop geschokt was door mijn eigen spiegelbeeld. Mijn gezicht was rood. Mijn haar was rood. Even ruik ik de ijzergeur weer en hoor ik het gesis van de warme, natte rode mist die in mijn koude, donkere garage op me neerdaalde.

'Als ik het nieuws moet geloven, was de hond bij u in de garage toen het gebeurde. Hoe is het met Sock?' Terwijl ik naar de vraag van de directrice luister, kijk ik naar mijn handen. Mijn schone handen met de praktische, ongelakte, recht afgeknipte nagels. Ik haal diep adem en concentreer me op eventuele geurtjes in het vertrek. Geen ijzerachtige bloedgeur, alleen een vleugje van Tara Grimms parfum. Estée Lauder. Youth Dew.

'Het gaat heel goed met hem.' Ik richt mijn aandacht weer op haar en vraag me af of ik iets heb gemist. Hoe komen we nu ineens op een asielhond?

'Hebt u hem nog?' Ze kijkt me strak aan.

'Jazeker.'

'Gelukkig. Het is een erg lieve hond. Maar dat zijn ze allemaal. Ontzettend lief, en ik weet zeker dat Kathleen hem niet aan iedereen wilde afstaan. Ze hoopt dat ze hem terugkrijgt wanneer ze vrijkomt.'

'Wanneer ze vrijkomt?' vraag ik.

'Dawn heeft Sock geadopteerd omdat Kathleen hem niet aan iemand anders wilde geven. Ze was gek op dat beest,' zegt Tara. 'Ze was lief voor dieren, dat moet ik haar nageven. Door dit alles had u kunnen weten dat er een connectie tussen die twee bestaat, een verbond. Kathleen en Dawn, al zult u merken dat Kathleen u iets heel anders wil wijsmaken. Sinds ik hier directrice ben, is Dawn vrij regelmatig op bezoek geweest. Ze kwam drie of vier keer per jaar bij haar moeder en stortte geld op haar gevangenisrekening. Dat is nu natuurlijk afgelopen. Ze hebben elkaar geschreven, maar de politie heeft die brieven in beslag genomen. Dat wil niet zeggen dat ze nu niet meer met elkaar communiceren. Briefwisselingen tussen gedetineerden – maar daar weet u waarschijnlijk alles van.'

'Waarom zou ik dat moeten weten?'

'Nu Dawn in de problemen zit, liegt Kathleen erover. Ze wil niet dat ze medeschuldig lijkt als ze iemand spreekt die haar misschien kan helpen. Zoals u. Of een gerenommeerde advocaat. Kathleen zegt dingen die volgens haar in haar voordeel werken.'

'Wat bedoelde u met "wanneer ze vrijkomt"?' vraag ik nogmaals.

'Ach, u weet wel. Iedereen zit tegenwoordig ten onrechte achter de tralies,' zegt ze.

'Ik wist niet dat Kathleen Lawlers veroordeling in twijfel werd getrokken.'

'Tenzij Sock heel oud wordt, krijgt ze hem niet meer terug,' zegt Tara Grimm, alsof ze daar persoonlijk voor gaat zorgen. 'Ik ben blij dat u hem houdt. Ik zou het erg vervelend vinden als een van de opvanghonden die we hier hebben getraind weer op straat komt te staan of verkeerd terechtkomt.'

'U kunt ervan op aan dat Sock nooit op straat komt te staan of verkeerd terechtkomt.' Geen enkel ander huisdier heeft zich ooit zo aan me gehecht. Hij volgt me overal, als een overdreven aanhankelijke schaduw.

'Bijna al onze hazewinden komen van een racebaan in Birmingham. Sock ook,' vertelt ze. 'Ze danken ze af, en wij nemen ze over om te voorkomen dat ze een spuitje krijgen. Het is goed om de gedetineerden eraan te herinneren dat het leven een door God gegeven geschenk is, geen door God gegeven recht. Het kan worden geschonken en worden weggenomen. Toen u Sock kreeg, wist u waarschijnlijk niet dat hij van Dawn Kincaid was.'

'Hij zat in de winter zonder eten in de onverwarmde achterkamer van een huis in Salem.' Ze kan me ondervragen zoveel ze wil, maar ik laat niet veel los. 'Ik had hem meegenomen tot we wisten wat we met hem moesten doen.'

'En toen kwam Dawn hem halen,' zegt de directrice. 'Ze kwam diezelfde avond naar uw huis om haar hond terug te halen.'

'Hebben ze u dat verteld? Interessant,' zeg ik, en ik vraag me af waar ze dat absurde idee vandaan heeft.

'Het is me een raadsel waarom u belangstelling voor Kathleen hebt,' zegt ze. 'Het lijkt mij niet de verstandigste zet voor iemand in uw positie. Dat heb ik ook tegen meneer Brazzo gezegd, maar hij wilde natuurlijk niet zeggen waarom u in werkelijkheid bereid bent Kathleen te ontmoeten. Of waarom u zo aardig tegen haar bent.'

Ik heb geen idee waar ze het over heeft.

'Ik zal er niet omheen draaien,' zegt de directrice. 'Gedetineerden die e-mails mogen versturen, kunnen overdag op vaste tijden terecht in de computerkamer. Alle berichten tussen hen en hun correspondentievrienden moeten door het e-mailsysteem van de gevangenis, dat gecontroleerd wordt en filters bevat. Ik weet wat ze u de afgelopen maanden heeft gemaild.'

'Dan weet u ook dat ik er nooit op heb gereageerd.'

'Geen enkel bericht tussen de gedetineerden en de buitenwereld ontgaat me, of het nu om e-mails of om handgeschreven post gaat.' Ze zwijgt even, alsof er door haar woorden bij mij een lampje zou moeten gaan branden. 'Ik denk dat ik weet wat u wilt, waarom u vriendelijk en bereikbaar bent voor Kathleen. U wilt informatie. Waar u zich zorgen om zou moeten maken, is de vraag wie er werkelijk achter Kathleens uitnodiging zit. En wat die persoon wil bereiken. Meneer Brazzo heeft u vast wel verteld dat ze problemen heeft gehad.'

'Ik hoor liever uw versie van dat verhaal.'

'Kindermisbruikers zijn in de gevangenis nooit erg populair geweest,' zegt ze peinzend met haar lijzige, barse accent. 'Lang voordat ik hier kwam, had Kathleen haar straf voor dat vergrijp al uitgezeten, en toen ze voor de eerste keer vrijkwam, rolde ze van het ene probleem in het andere. Na die eerste celstraf heeft ze nog zes keer gezeten. Elke keer in deze gevangenis, omdat ze na een vrijlating nooit verder lijkt te komen dan Atlanta. Met uitzondering van haar huidige straf hadden de veroordelingen altijd met drugs te maken. Nu zit ze vast omdat ze een tienerjongen heeft doodgereden, die de pech had om met een scooter een kruispunt over te steken op het moment dat Kathleen een stopbord negeerde. Ze heeft twintig jaar gekregen en moet daar vijfentachtig procent van uitzitten voordat ze in aanmerking komt voor strafvermindering. Zonder inmenging van buitenaf zit ze hier waarschijnlijk de rest van haar leven.'

'En wie zou zich hierin moeten mengen?'

'Kent u Carter Roberts? De advocaat uit Atlanta die uw advocaat heeft gebeld om u uit te nodigen hierheen te komen?'

'Nee.'

'Tot die zaken bij u in Massachusetts in het nieuws kwamen, wisten de andere gedetineerden volgens mij niet dat Kathleen ooit voor kindermisbruik had gezeten,' zegt ze.

Ik herinner me niet dat Kathleen Lawler op het nieuws is genoemd, en mij was verteld dat ze naar de extra beveiligde afdeling was overgeplaatst omdat ze andere gedetineerden tegen zich in het harnas had gejaagd.

'Een paar van hen besloten haar een lesje te leren voor wat ze uw vermoorde collega heeft aangedaan toen hij nog een jongetje was,' voegt Tara eraan toe.

Ik weet vrijwel zeker dat Kathleen Lawlers ongeoorloofde relatie met Jack Fielding niet in het nieuws is geweest. Dan zou ik het weten. Leonard Brazzo heeft het er ook niet over gehad. Volgens mij klopt Tara's verhaal niet.

'Daarnaast wisten ze dat Kathleen met een slok op die jongen op die scooter had doodgereden. Er zitten hier veel moeders, dokter Scarpetta. En grootmoeders. Zelfs een paar overgrootmoeders. De meeste gedetineerden hebben kinderen. Iemand die een kind kwaad doet, moeten ze niet.' Haar langzame, rustige stem is hard als staal. 'Ik hoorde dat er plannetjes werden gesmeed, en voor Kathleens veiligheid heb ik haar overgeplaatst naar Bravo Pod, waar ze zal blijven tot ik denk dat ze veilig terug kan.'

'Ik ben benieuwd wat er precies in het nieuws is geweest.' Ik denk dat dit hele verhaal verzonnen is, dus ik probeer details te krijgen. 'Volgens mij heb ik niet hetzelfde nieuws gehoord als u. Ik kan me niet herinneren dat Kathleens naam met de zaken in Massachusetts in verband is gebracht.'

'Kennelijk heeft een van de gedetineerden of een van de cipiers hier op tv iets opgevangen over Kathleens verleden,' zegt Tara ontwijkend. 'Het nieuws dat ze een zedendelict had gepleegd, ging als een lopend vuurtje rond. Mensen die zoiets op hun geweten hebben, zijn niet populair in deze gevangenis. Wie een kind iets aandoet, hoeft niet op vergiffenis te rekenen.'

'Hebt u die nieuwsuitzending ook gezien?'

'Nee.' Ze kijkt me aan alsof ze me probeert te doorgronden.

'Ik vroeg me gewoon af of er een andere reden was,' voeg ik eraan toe.

'U denkt van wel.' Ze spreekt de woorden niet uit als een vraag.

'Twee weken geleden is er contact met me opgenomen over dit bezoek. Om preciezer te zijn: er is contact opgenomen met Leonard Brazzo,' help ik haar herinneren. 'Dat was rond de tijd dat Kathleen naar de beveiligde afdeling werd overgeplaatst en geen e-mails meer mocht versturen. Dat klinkt alsof het gerucht zich als een lopend vuurtje verspreidde rond de tijd dat ik het verzoek kreeg naar haar toe te komen. Klopt dat?'

Ze kijkt me aan, maar haar blik is onpeilbaar.

Ik besluit er niet omheen te draaien. 'Ik vraag me gewoon af of ze werkelijk op het nieuws is genoemd.'

3

De gruwelijke moorden begonnen zo'n acht maanden geleden in het noordoosten van Massachusetts. Het eerste slachtoffer was een sterspeler van een college-*football*-team wiens naakte, verminkte lichaam drijvend in de haven van Boston werd gevonden, vlak bij het station van de kustwacht.

Drie maanden later werd in Salem een klein jongetje in zijn eigen achtertuin vermoord. Het leek erop dat hij het slachtoffer was geworden van een satanisch ritueel waarbij spijkers in zijn hoofd waren geslagen. Daarna werd een promovendus van het Massachusetts Institute for Technology in een park in Cambridge met een injectiemes doodgestoken, en tot slot werd Jack Fielding met zijn eigen wapen doodgeschoten. Het was de bedoeling dat we dachten dat Jack de anderen en zichzelf had gedood, maar in werkelijkheid was zijn biologische dochter de dader. Als haar moordaanslag op mij niet was mislukt, zou ze misschien nooit zijn gepakt.

'Dawn Kincaid is veel in het nieuws geweest,' vervolg ik tegen Tara Grimm. 'Maar ik heb niets gehoord over Kathleen of over haar verleden. En volgens mij zijn Jacks ervaringen als klein jongetje nooit genoemd.'

'We kunnen invloeden van buitenaf niet altijd voorkomen,' zegt Tara cryptisch. 'Familieleden lopen in en uit. Advocaten ook. En soms machtige mensen met motieven die niet altijd even duidelijk zijn. Zij zetten iets in werking, ze brengen iemand in gevaar en vervolgens raakt die persoon haar handjevol privileges kwijt, of nog veel meer. U hebt geen idee hoe vaak liberale, fanatieke actievoerders besluiten dat ze alles wel eens even zullen rechtzetten en vervolgens alleen maar schade aanrichten en veel mensen in gevaar brengen. Misschien moet u zich afvragen waarom iemand uit New York zo nodig hierheen moet komen om zich overal mee te bemoeien.'

Ik sta op van een stoel die in deze gevangenis is geproduceerd en die even hard en onbuigzaam is als de directrice die hem heeft laten maken. Door de openstaande jaloezieën zie ik vrouwen in grijze gevangenisuniformen met hazewinden wandelen, in bloembedden werken en stroken gras langs voetpaden en hekken maaien. De hemel heeft een dreigende loodtint gekregen. Ik vraag de directrice over wie ze het heeft. Wie is er vanuit New York hierheen gekomen?

'Jaime Berger. Volgens mij is ze een vriendin van u.' Ze komt achter haar bureau vandaan.

Die naam heb ik maandenlang niet gehoord, en de herinnering is pijnlijk en onaangenaam.

'Ze is bezig aan een onderzoek. Ik weet niet alle ins en outs, en het zijn ook mijn zaken niet,' zegt ze. Ze heeft het over het bekende hoofd van de afdeling Zedendelicten van het OM in het Manhattan County District. 'Ze heeft grote plannen en wil per se niet dat er iets uitlekt naar de media of naar iemand anders. Ik wilde er dus ook liever niets over zeggen tegen uw advocaat, maar ik dacht dat u er misschien wel op een andere manier achter was gekomen dat deze gevangenis haar belangstelling heeft.'

'Ik weet niets van een onderzoek en ik heb geen idee waar het over gaat.' Ik zorg dat mijn gevoelens niet van mijn gezicht af te lezen zijn.

'Ik krijg de indruk dat u de waarheid spreekt,' zegt ze met een uitdagende, wrokkige glans in haar ogen. 'Het lijkt erop dat u dit voor het eerst hoort, en dat is prettig. Ik vind het niet fijn als mensen over hun beweegredenen liegen. Ik zou het vervelend vinden als uw bezoek aan Kathleen Lawler een smoes is om te verbergen dat u iets te maken hebt met een andere gedetineerde die ik onder mijn hoede heb. Dat u in werkelijkheid hier bent om Jaime Berger te helpen.'

'Ik weet niet waar zij mee bezig is, maar ik ben nergens bij betrokken.'

'Misschien bent u dat wel zonder dat u het weet.'

'Ik zie niet wat mijn bezoek aan Kathleen Lawler met een onderzoek van Jaime te maken kan hebben.'

'U weet vast wel dat Lola Daggette er een van ons is,' zegt Tara. Het is een vreemde woordkeuze, alsof de beruchtste gedetineerde in deze gevangenis een aanwinst is, als een herplaatste hazewind, een rodeorijder of een speciale plant uit de kwekerij in de buurt.

'Dokter Clarence Jordan en zijn gezin, 6 januari 2002, hier in Savannah,' vervolgt ze. 'Er werd midden in de nacht bij hen ingebroken, maar roof was niet het motief. Kennelijk wilde de dader doden om het doden. Alle gezinsleden werden in hun bed doodgestoken en -gehakt, met uitzondering van het dochtertje, de helft van de tweeling. Zij werd op de trap achtervolgd en wist nog tot aan de voordeur te komen.'

Ik herinner me dat dokter Colin Dengate, de lijkschouwer uit Savannah, de zaak een paar jaar geleden op de jaarlijkse bijeenkomst van de National Association of Medical Examiners heeft besproken. Er was veel gespeculeerd over wat er nu in de villa van de slachtoffers was gebeurd en hoe de dader was binnengekomen. Ik meen me te herinneren dat de moordenaar een boterham had gesmeerd, een biertje had gedronken, naar de wc was geweest en niet had doorgetrokken. Ik kreeg destijds de indruk dat de plaats delict meer vragen opriep dan beantwoordde en dat het bewijsmateriaal zichzelf tegensprak.

'Lola Daggette werd betrapt toen ze haar bebloede kleding waste, en ze verzon er de ene leugen na de andere over,' zegt Tara. 'Een drugsverslaafde met een heel kort lontje, die al heel lang gebruikte en vaak in aanraking met de politie was geweest.'

'Ik dacht dat er ook een theorie bestond dat er meer mensen bij betrokken waren,' zeg ik.

'De theorie in deze gevangenis is dat er recht is gedaan en dat Lola komende herfst gelegenheid zou moeten krijgen om zich tegenover God te rechtvaardigen.'

'Iets met het DNA, of misschien konden ze een aantal vingerafdrukken niet thuisbrengen.' Ik begin me de details te herinneren. 'Iets wat suggereerde dat er sprake kon zijn van meerdere daders.'

'Dat werd bij haar verdediging ook aangevoerd als verklaring waarom het bloed overal op haar kleren zat terwijl zij onschuldig was. Haar advocaten konden niets anders bedenken wat ook maar enigszins aannemelijk klonk, en daarom verzonnen ze een medeplichtige aan wie Lola de schuld kon geven.' Tara Grimm loopt met me mee naar de gang. 'Ik moet er niet aan denken dat Lola vrij op straat kan rondlopen, maar het zou kunnen dat ze vrijkomt, ook al kan ze niet meer in beroep. Blijkbaar is er opdracht gegeven tot nieuw forensisch onderzoek van het oorspronkelijke bewijsmateriaal. Iets met het DNA.'

'Als dat zo is, moeten de politie en de rechtbanken daar een goede reden voor hebben.' Ik kijk door de gang naar de controlepost, waar cipiers met elkaar praten. 'Ik kan me niet voorstellen dat de GBI, de politie, de openbare aanklager of de rechtbank het goedvindt dat bewijsmateriaal opnieuw wordt onderzocht als daar geen gegronde reden voor is.'

'Het zou kunnen dat haar veroordeling nietig wordt verklaard. En het zou kunnen dat anderen wegens goed gedrag eerder vrijkomen. Misschien loopt de gevangenis wel helemaal leeg.' De ogen van de directrice zijn hard, en de glinstering drukt nu onverholen woede uit.

'Jaime Berger probeert nooit mensen vrij te krijgen,' zeg ik. 'Dat is haar taak niet.'

'Daar lijkt ze zich nu anders wel mee bezig te houden. Ze gaat niet voor de gezelligheid elke keer langs op Bravo Pod.'

'Wanneer is ze hier precies geweest?'

'Ik heb begrepen dat ze een appartement in Savannah heeft, voor als ze alles even wil ontvluchten. Dat heb ik een keer opgevangen.' Ze doet de informatie af als een roddelpraatje, maar ik ben ervan overtuigd dat ze meer weet.

Als Jaime hier is geweest om met iemand in een dodencel te praten, heeft ze van tevoren precies hetzelfde moeten doen als ik. Dan heeft ze hier in Tara Grimms werkkamer gezeten. Tara gebruikte de woorden 'elke keer', dus Jaime is hier meer dan eens geweest. Wat wil ze precies ontvluchten? En waarom? Het past helemaal niet bij de aanklager uit New York die ik vroeger kende.

'Zij komt hier en nu bent u er ook,' zegt de directrice. 'Ik heb het vermoeden dat u iemand bent die niet in toevalligheden gelooft. Ik zal de cipiers laten weten dat u die foto mee naar binnen mag nemen en bij Kathleen mag achterlaten.'

Ze keert terug naar haar werkkamer en ik loop door de lange blauwe gang terug naar de controlepost, waar een cipier met een grijs uniform en een honkbalpetje me vraagt mijn zakken te legen. Ik moet alles in een plastic mandje leggen, en ik geef mijn rijbewijs en de sleutels van het busje af en vertel dat de foto door de directrice is goedgekeurd. De cipier zegt dat hij al op de hoogte is gebracht en dat ik hem mee naar binnen mag nemen. Ik word gescand, gefouilleerd en krijg een rood pasje met een clip eraan waarop staat dat ik officieel bezoeker nummer 71 ben. Op mijn rechterhand wordt een geheim codewoord gestempeld, dat bij mijn vertrek uit de gevangenis alleen maar onder een ultraviolette lamp zichtbaar zal zijn.

'U kunt hier wel binnenkomen, maar zonder stempel op uw hand komt u er nooit meer uit,' zegt de cipier. Probeert hij vriendelijk te zijn? Grappig? Of nog iets anders? Ik weet het niet.

Volgens zijn naamplaatje heet hij M.P. Macon, en via zijn portofoon geeft hij de controlekamer opdracht het hek te openen. Er klinkt een luid, elektronisch gezoem en een zware, groene metalen deur glijdt open en klikt achter ons dicht. Een tweede deur gaat open. De gedragsregels zijn in rode letters weergegeven en waarschuwen me dat hier een zerotolerancebeleid geldt voor relaties tussen gedetineerden en werknemers. De tegelvloer is net in de was gezet en plakt onder mijn instappers als ik de cipier volg door een grijze gang, waarin alle deuren van metaal zijn en op slot zitten. In elke hoek en bij elke dwarsgang hangen bolle beveiligingsspiegels.

Mijn begeleider is krachtig gebouwd en bijna even waakzaam als een militair aan het front. Zijn bruine ogen speuren voortdurend de omgeving af als we bij de volgende deur komen die op afstand wordt geopend. We komen op de binnenplaats, waar de hitte van de namiddag voelbaar is en laaghangende, grillige wolken met grote snelheid overdrijven, alsof ze voor een naderend gevaar op de vlucht zijn. In de verte weerlicht het. Er klinkt een donderklap en de eerste regenspatten op het betonnen pad zijn zo groot als kwartjes. Ik ruik ozon en vers gemaaid gras, en terwijl we flink doorlopen, dringt de regen door mijn dunne katoenen shirt heen.

'Ik had gedacht dat die bui nog even op zich zou laten wachten.' De cipier kijkt omhoog naar een donkere, kolkende hemel, die elk moment boven ons kan openbarsten. 'In deze tijd van het jaar onweert het elke dag. 's Ochtends hebben we zon en een blauwe hemel, geen vuiltje aan de lucht. Daarna krijgen we een zware onweersbui, meestal rond vier of vijf uur 's middags. De boel frist er wel van op. Vanavond is het waarschijnlijk lekker afgekoeld. In elk geval voor dit gebied en voor dit jaargetijde. In juli en augustus moet u hier niet zijn.'

'Ik heb in Charleston gewoond.'

'Dan weet u er alles van. Als ik hele zomers vrij kon nemen, ging ik naar het gebied waar u nu woont. Waarschijnlijk is het in Boston ruim tien graden koeler,' zegt hij. Het bevalt me niet dat hij weet waar ik vanochtend ben vertrokken.

Dan herinner ik mezelf eraan dat je echt geen speurder hoeft te zijn om daarachter te komen. Iedereen die mijn naam opzoekt, kan zien dat ik in Cambridge werk, en de dichtstbijzijnde luchthaven is Logan in Boston. Hij haalt een van de buitenste hekken van het slot en gaat me voor over een pad met aan weerszijden hoge hekken en rollen scheermesprikkeldraad. De extra beveiligde afdeling ziet er net zo uit als de andere afdelingen, maar als de buitendeur met een klik opengaat en we naar binnen gaan, proef ik alle ellende en depressiviteit die uit de grijze B2-blokken, het gepolijste, grijze beton en het zware, groene staal lijken te sijpelen. De controlekamer op de eerste verdieping zit achter een doorkijkspiegel en bevindt zich recht tegenover de ingang. De afdeling heeft een wasserette, een ijsmachine, een keuken en een klachtenbus.

Ik vraag me af of Jaime Berger hier werkelijk tijdens haar bezoek is geweest. Ik vraag me af wat ze met Lola Daggette heeft besproken, of er een verband met Kathleen Lawlers overplaatsing naar de beveiligde afdeling bestaat en wat ik met dat alles te maken heb. Ik vind het niets voor Jaime om hier te komen en iemand met opzet in gevaar te brengen. Ik kan me niet voorstellen dat zij een gerucht over Kathleen Lawlers verleden heeft rondgestrooid dat tot vijandige reacties van de andere gevangenen heeft geleid. Jaime is slim, uitgekookt en uiterst voorzichtig. Ik zou haar bijna té voorzichtig noemen. Tenminste, dat was ze vroeger. Ik heb haar al een halfjaar niet meer gezien. Ik heb geen idee waar ze op dit moment mee bezig is. Mijn nicht Lucy heeft het nooit over haar en over wat er is gebeurd, en ik vraag er ook niet naar.

De cipier opent met zijn sleutel een kamertje met grote glazen ramen aan weerszijden van de stalen deur. Binnen staan een witte formica tafel en twee blauwe plastic stoelen.

'Als u hier even wilt wachten, haal ik mevrouw Lawler,' zegt hij. 'Maar ik moet u wel waarschuwen: ze is een babbelkous.'

'Ik kan heel goed luisteren.'

'De gedetineerden zijn dol op aandacht.'

'Krijgt ze vaak bezoek?'

'Dat zou ze wel willen. Dag en nacht iemand om tegen te praten. Dat zouden de meesten fijn vinden.' Hij geeft geen antwoord op mijn vraag.

'Maakt het nog uit waar ik ga zitten?'

'Nee hoor,' zegt hij.

Als er in verhoorkamers een verborgen camera is ingebouwd, hangt die meestal schuin tegenover degene die wordt verhoord, in dit geval de gedetineerde. Ik ben er vrijwel zeker van dat hier geen camera hangt, en ik ga zitten en speur naar verborgen afluisterapparatuur. Ik richt mijn aandacht op het plafond recht boven de tafel en zie naast de metalen sprinkler een piepklein gaatje met een witte montagering eromheen. Mijn gesprek met Kathleen Lawler wordt opgenomen. Het wordt beluisterd door Tara Grimm, en misschien ook wel door anderen.

4

Sinds Kathleen Lawler zich op de extra beveiligde afdeling bevindt, zit ze drieëntwintig uur per dag opgesloten in een cel ter grootte van een gereedschapsschuur en ziet ze door de tralies alleen gras en stalen hekken. Ze kan de betonnen tafels en banken en de bloembedden die ze in haar e-mails heeft beschreven niet meer zien. En ze vangt nog maar zelden een glimp op van een andere gedetineerde of een hond.

Het ene uurtje dat ze ter ontspanning naar buiten mag, loopt ze 'saaie vierkantjes' op een omheind terreintje terwijl een bewaarder toekijkt vanuit een stoel naast een felgele waterkoeler van veertig liter. Als Kathleen iets wil drinken, wordt er een papieren bekertje door het gaas gestoken. Ze voelt nooit meer de aanraking van een ander levend wezen, zelfs niet het vluchtige contact van vingers, en ze is vergeten hoe het is om omhelsd te worden, zegt ze met veel dramatiek, alsof ze het grootste deel van haar leven in Bravo Pod heeft gezeten in plaats van slechts twee weken. De extra beveiligde afdeling verschilt in niets van de dodencel, zegt ze over haar nieuwe omgeving.

Ze mag niet meer e-mailen, legt ze uit, en ze heeft ook geen contact meer met andere gedetineerden, tenzij ze van cel tot cel berichten doorschreeuwen of stiekem briefjes onder de deuren door schuiven, een prestatie die een opmerkelijke vindingrijkheid en vingervlugheid vereist. Ze mag elke dag een beperkt aantal brieven schrijven, maar ze heeft geen geld voor postzegels en is dankbaar als 'drukbezette mensen zoals u eens denken aan mensen zoals ik en hun een beetje aandacht geven', zoals ze met grote nadruk zegt. Als ze niet schrijft of leest, kijkt ze naar een kleine tv in een omhulsel van transparant plastic met veiligheidsschroeven. Hij heeft geen interne luidsprekers en het signaal is zwak, de ontvangst is ontzettend slecht in haar nieuwe omgeving, zo erg heeft ze het nog nooit meegemaakt, en ze denkt dat dat komt door 'al die elektromagnetische straling in Bravo Pod'.

'Je wordt hier begluurd,' beweert ze. 'Al die mannelijke cipiers loeren op een kans om me in mijn blootje te zien. Je zit hier helemaal in je eentje en niemand ziet wat er werkelijk gebeurt. Ik moet terug naar waar ik was.'

Ze mag maar drie keer per week douchen en maakt zich zorgen over haar persoonlijke hygiëne. Ze vraagt zich af wanneer ze haar haar en nagels weer mag laten doen door andere gedetineerden, hoewel die niet bepaald de kundigste kappers en manicures zijn. Ze gebaart geërgerd naar haar beschadigde, korte, blond geverfde haar en klaagt bitter over de gevolgen die de gevangenschap heeft voor haar uiterlijk, 'want zo vernederen ze je hier, daar pakken ze je echt op'. De spiegel van gepolijst staal boven de stalen wasbak in haar cel is een voortdurende herinnering aan haar echte straf voor de wetten die ze overtreden heeft, zegt ze tegen me, alsof die wetten zelf haar slachtoffers zijn, niet de mensen die ze heeft misbruikt of gedood.

'Ik probeer me te troosten met de gedachte: nou, Kathleen, het is geen echte glazen spiegel,' zegt ze peinzend aan de andere kant van het witte formica tafeltje. 'Alle reflecterende oppervlakken hier zullen het beeld wel vervormen, denkt u ook niet? Net zoals iets het tv-signaal verstoort. Als ik naar mezelf kijk, kan mijn spiegelbeeld dus ook vervormd zijn. Misschien zie ik er niet echt zo uit.'

Ze wil dat ik bevestig dat haar schoonheid niet echt vervaagd is, dat haar stalen spiegel een verkeerd beeld geeft. In plaats daarvan zeg ik dat ze het zo te horen verschrikkelijk moeilijk heeft en dat ik zeker weet dat ik veel van haar zorgen zou delen als ik me in een soortgelijke situatie bevond. Ik zou het missen om frisse lucht in mijn gezicht te voelen en de zonsondergang en de oceaan te zien. Ik zou de warme baden en bedreven kappers missen, en ik leef vooral met haar mee als het om het eten gaat, omdat eten voor mij meer dan alleen brandstof is en ik er voor mijn gevoel vrijuit over kan praten. Eten is een ritueel, een beloning, een manier om mijn zenuwen te bedaren en me in een betere stemming te brengen na alles wat ik moet zien.

Terwijl Kathleen Lawler doorpraat en blijft klagen en anderen de schuld blijft geven voor haar zware leven, denk ik aan het avondeten. Ik verheug me erop. Ik ga niet in mijn hotelkamer eten. Dat is wel het laatste waar ik zin in heb na opgesloten te hebben gezeten in een smerige, stinkende bestelbus en nu in een gevangenis, met een onzichtbare stempel op mijn hand. Nadat ik heb ingecheckt in mijn hotel in de historische wijk van Savannah, ga ik een eindje door River Street lopen en zoek ik een cajun-restaurant of een Griek. Of beter nog, een Italiaan.

Ja, een Italiaan. Ik neem een paar glazen rode wijn met veel body, een Brunello di Montalcino zou lekker zijn, of een Barbaresco, en intussen lees ik het nieuws of mijn e-mails op mijn iPad, zodat niemand me probeert aan te spreken. Zodat niemand me probeert te versieren, zoals zo vaak gebeurt als ik alleen op reis ben en in mijn eentje eet en drink en zoveel dingen alleen doe. Ik ga met een glas wijn aan een tafeltje bij het raam zitten en sms Benton dat hij gelijk had en dat er iets heel erg mis is. Ik ben in de val gelokt of gemanipuleerd, ik ben hier niet welkom en nu is het menens, zal ik hem laten weten. Ik zal met mijn blote handen de waarheid uit al die mensen wringen.

'Stel je voor dat je niet meer weet hoe je eruitziet,' zegt de geketende vrouw tegenover me. Ze maakt zich het drukst om haar uiterlijk, niet om de dood van Jack Fielding of die van de jongen die ze in haar dronken bui heeft overreden.

'Ik had enorm veel mogelijkheden. Ik had een goede kans gemaakt om beroemd te worden,' zegt ze. 'Als actrice, als model of als beroemde dichter. Ik heb een verdomd goede zangstem. Misschien had ik mijn eigen liedjes kunnen componeren en een tweede Kelly Clarkson kunnen worden. Maar toen ik jong was, bestond *American Idol* natuurlijk nog niet. En eigenlijk lijk ik meer op Katy Perry, dat is meer hoe ik er vroeger uitzag, als ze tenminste blond was geweest. Ik zou natuurlijk nog steeds een beroemd dichter kunnen worden. Maar je hebt natuurlijk veel meer kans op succes en bekendheid als je mooi bent, en dat was ik. Vroeger veroorzaakte ik verkeersopstoppingen. Ik werd nagestaard. Zoals ik er toen uitzag, kon ik alles krijgen wat ik wilde.'

Kathleen Lawler is onnatuurlijk bleek na jaren niet in de zon te zijn geweest, en haar lichaam is zacht en vormeloos, niet te dik, maar vervallen en pafferig door een chronisch inactief en onvermijdelijk zittend leven. Haar borsten hangen, haar bovenbenen liggen breeduit op de plastic zitting van haar stoel en het figuur dat vroeger aandacht opleverde, heeft nu even weinig vorm als de witte gevangeniskleding die zij en de andere gedetineerden die in eenzame opsluiting zitten dragen. Het is alsof ze in lichamelijk opzicht niet meer menselijk is, alsof ze teruggeëvolueerd is naar een primitieve levensvorm als *Platyhelminthes* of platwormen, zegt ze sardonisch met haar lijzige, stroperige Georgia-accent, dat me doet denken aan toffee.

'Ik weet best dat u zich waarschijnlijk zit af te vragen waar ik het over heb,' zegt ze, en ik denk aan foto's die ik heb gezien, zoals de portretfoto's in haar politiedossier uit 1978, gemaakt nadat ze bij een vrijpartij met Jack was betrapt en was gearresteerd.

'Maar toen ik hem ontmoette, op die zorgboerderij buiten Atlanta, nou, toen was ik het aanzien meer dan waard,' zegt ze. 'Ik durf het best te zeggen, want het is waar. Lang en korenblond, zijdezacht haar, grote borsten, een kont als een perzik, eindeloos lange benen en enorme, goudbruine ogen, die Jack mijn tijgerogen noemde. Gek hoe sommige dingen worden doorgegeven, alsof je in de baarmoeder of misschien zelfs bij de conceptie wordt geprogrammeerd. Er is geen ontkomen aan. Het rad van fortuin draait en stopt en geeft jouw nummer aan, en zo zit je in elkaar, wat je ook probeert en zelfs als je helemaal niets probeert. Je bent wat je bent, je bent wat je niet bent, en verdere gebeurtenissen en mensen halen alleen maar de engel of de duivel, de winnaar of de verliezer in je naar boven. De draai van het rad bepaalt of het de winnende homerun wordt tijdens de wereldcup of een verkrachting. Het staat allemaal al vast en je doet er niets tegen. U bent wetenschapper. Ik vertel u niets nieuws over erfelijkheid. U zult het zeker met me eens zijn dat je de natuur niet kunt veranderen.'

'De ervaringen die mensen opdoen hebben ook een belangrijke uitwerking,' antwoord ik.

'Je ziet het ook in honden,' vervolgt Kathleen, niet in het minst geïnteresseerd in mijn mening tot zíj verteld heeft wat die mening is. 'Je krijgt een mishandelde hazewind en die reageert op een bepaalde manier op bepaalde dingen en heeft zo zijn gevoeligheden. Maar hij is een goede hond of een slechte hond. Hij was een winnaar op de baan of niet. Hij is af te richten of niet. Ik kan eruit halen wat er al in zit, dat aanmoedigen en vormgeven. Maar ik kan de hond niet omvormen tot iets waarvoor hij niet geboren is.'

Ten slotte vertelt ze nog dat zij en Jack twee handen op één buik waren en dat ze hem niet anders behandeld heeft dan ze zelf behandeld werd. Op dat moment zag ze niet wat ze deed, dat inzicht kon ze met geen mogelijkheid hebben, ook al was ze sociaal werker, therapeut. Ze beweert dat ze op haar tiende is misbruikt door de plaatselijke methodistische predikant.

'Hij nam me mee voor een ijsje, maar uiteindelijk likte ik heel ergens anders aan,' zegt ze botweg. 'Ik was dolverliefd. Het was zo opwindend en hij gaf me het gevoel dat ik heel bijzonder was, maar nu ik erop terugkijk, geloof ik niet dat ik me echt *bijzonder* voelde.' Ze vertelt levendig en tot in de details over haar erotische verhouding. 'Schaamte, angst. Ik werd een teruggetrokken kind. Dat zie ik nu wel. Ik ging niet om met andere kinderen van mijn leeftijd en was heel veel alleen.'

Haar niet vastgemaakte handen liggen gespannen in haar schoot. Alleen haar enkels zijn geboeid, en de kettingen rinkelen en schrapen over het beton als ze rusteloos haar voeten verzet.

'Achteraf is het gemakkelijk praten, zeggen ze altijd,' gaat ze verder, 'en de werkelijkheid is dat ik niemand kon vertellen hoe mijn leven echt was. Ik kon niets zeggen over de leugens, het stiekeme gedoe met motels en openbare telefoons en meer van dat soort dingen waar een klein meisje niets over hoort te weten. Ik was geen klein meisje meer. Dat heeft hij me afgenomen. Het ging door tot ik twaalf was en hij een baan kreeg bij een grote kerk in Arkansas. Toen ik een relatie kreeg met Jack, besefte ik niet dat ik hem in wezen hetzelfde aandeed, omdat ik op een bepaalde manier was aangemoedigd en gevormd om het te doen, en hij was aangemoedigd en gevormd om het te aanvaarden, om het te willen, en dat deed hij zeker. Maar nu zie ik dat wel. Dat heet voortschrijdend inzicht. Het heeft me een heel leven gekost om erachter te komen dat we niet naar de hel gaan, maar dat we die zelf bouwen op een fundament dat al voor ons is neergelegd. We bouwen de hel alsof het een winkelcentrum is.'

Tot dusver heeft ze de naam van de predikant niet genoemd. Ze heeft alleen gezegd dat hij getrouwd was en zeven kinderen had, en dat zijn door God gegeven behoeften vervuld moesten worden en hij Kathleen beschouwde als zijn spirituele dochter, zijn dienstmaagd, zijn zielsverwant. Het was juist en goed dat er een heilige verbintenis tussen hen bestond, en hij zou met haar zijn getrouwd en zijn aanbidding openlijk hebben geuit als scheiden geen zonde was geweest, legt Kathleen met doodse stem uit. Hij kon zijn kinderen niet in de steek laten. Dat ging tegen Gods leringen in.

'Gelul,' zegt ze haatdragend.

Haar tijgerogen staren me strak aan en haar ooit zo mooie gezicht heeft nu de vorm van een pinda en ziet er afgetobd uit door het web van fijne lijntjes rond de vroeger zo dikke pruillippen. Ze mist een paar tanden.

'Uiteraard was dat gelul van het zuiverste water, en hij heeft me waarschijnlijk ingeruild voor een ander klein meisje toen ik me eenmaal begon te scheren van onderen en hem ontweek als ik ongesteld was. Het feit dat ik mooi en getalenteerd en slim was, heeft me niet veel goeds opgeleverd, dat is een ding dat zeker is,' benadrukt ze, alsof het van het grootste belang is dat ik weet dat zij niet het wrak is dat hier tegenover me zit, laat staan dat ze dat vroeger was.

Ik moet Kathleen Lawler zien als een jonge en mooie, wijze en vrije vrouw, die alleen maar goede bedoelingen had toen ze op een zorgboerderij voor probleemkinderen een seksuele verhouding begon met de twaalfjarige Jack Fielding. Maar wat ik voor me zie, is de afbraak die het gevolg is van een misdrijf dat tot een reeks andere leidde, en als het verhaal over die predikant waar is, heeft hij haar op dezelfde manier beschadigd als zij Jack beschadigd heeft, en de verwoesting gaat nog steeds door en zal waarschijnlijk altijd door blijven gaan. Zo begint alles en zo gaat alles verder. Eén daad, één misleiding. Een chronische leugen die een kritieke massa krijgt en dan worden er levens verwoest, verminkt en onteerd en is de hel geboren, uitnodigend verlicht, net als dat motel dat Kathleen in het gedicht beschreef dat ze me heeft gestuurd.

'Ik heb me altijd afgevraagd hoe mijn leven zou zijn verlopen als bepaalde dingen niet gebeurd zouden zijn,' zegt ze depressief en wrokkig. 'Maar misschien zou ik dan toch hier op deze plek zitten. Misschien heeft God toen mijn moeder zwanger van me was besloten: *dit kind gaat alles kwijtraken. Het moet bij sommigen, dus het kan net zo goed bij haar zijn*. U zult wel begrijpen wat ik bedoel. U ziet het voortdurend in het lijkenhuis.'

'Ik ben geen fatalist,' antwoord ik.

'Nou, dat is fijn voor u, dat u nog steeds gelooft in hoop,' zegt ze spottend.

'Inderdaad.' Maar ik geloof niet in jou, denk ik.

Ik haal de witte envelop uit mijn achterzak en schuif hem over de tafel naar haar toe. Ze pakt hem op met kleine handen met een doorschijnend witte huid, waar bleekblauwe aderen doorheen schemeren. Haar ongelakte nagels zijn roze en kortgeknipt. Als ze haar hoofd buigt om de foto te bekijken, zie ik de muisachtig grijze uitgroei in haar korte, geverfde haar.

'Ik denk dat deze in Florida is genomen.' Ze zegt het alsof ze het niet alleen over deze foto heeft. 'Dat is volgens mij een gardenia die ik daar op de achtergrond zie, door de waterspetters uit zijn tuinslang heen. Wacht eens even. Wacht eens heel even.' Ze tuurt naar de foto. 'Hij is ouder op deze foto. Het is een recentere opname en die bloemetjes, dat is spirea. Die vind je hier overal. Je kunt hier geen blok omlopen zonder spirea te zien, dus nu denk ik aan Savannah. Niet aan Florida maar aan hier, in Savannah.' Na een korte stilte voegt ze er gespannen aan toe: 'Weet u misschien wie deze foto genomen heeft?'

'Ik weet niet door wie of waar hij gemaakt is,' antwoord ik.

'Nou, ik wil weten wie hem genomen heeft.' Er verandert iets in haar blik. 'Als het in Savannah is of hier ergens in de buurt, en dat lijkt mij wel, dan is dat misschien de reden waarom u hem laat zien. Om me van streek te maken.'

'Ik heb geen idee waar hij is gemaakt of door wie, en ik probeer helemaal niet je van streek te maken,' zeg ik. 'Ik heb de foto laten kopiëren omdat ik dacht dat je hem mooi zou vinden.'

'Misschien was het hier wel. Misschien was Jack hier met die auto van hem zonder dat ik het wist.' De pijn en de boosheid maken haar stem scherper. 'Toen ik hem pas kende, heb ik hem gezegd dat hij Savannah fantastisch zou vinden. Zo'n mooie plek om te wonen, en ik zei dat hij bij de marine moest gaan, zodat hij in de buurt gestationeerd kon worden, bij de nieuwe onderzeebootbasis die ze aan het bouwen waren bij Kings Bay. U weet dat Jack in zijn hart een zwerver was, iemand die naar verre oorden had moeten varen of had moeten leren vliegen en een tweede Lindbergh had moeten worden. Hij had bij de marine moeten gaan en de wereld over moeten reizen op schepen of in vliegtuigen in plaats van een dokter voor dode mensen te worden. Ik vraag me af wiens idee dat was.'

Ze kijkt me boos aan.

'Ik vraag me verdomme af wie deze foto genomen heeft en als hij hier is geweest, waarom ik dat dan niet wist,' zegt ze op bijtende toon. 'Ik weet niet wat u ermee voorheeft om me zo te overvallen, om me te laten denken dat hij hier is geweest zonder me op te zoeken. Hoewel, ik weet het wel.'

Ik vraag me af waar Dawn Kincaid zich vijf jaar geleden bevond, rond de tijd dat die foto volgens mij genomen is, hoe vaak zij naar Savannah kwam om Kathleen op te zoeken en of Jack misschien hierheen is gekomen om Dawn te zien, maar geen zin had in een bezoekje aan haar moeder. Nu ik Kathleen, de vrouw over wie ik zoveel heb gehoord maar die ik nog nooit had ontmoet, in levenden lijve zie, kan ik me niet voorstellen dat Jack nog maar vijf jaar geleden of zelfs tien jaar geleden in zijn Mustang ergens naartoe is gereden om haar op te zoeken. Ik denk niet dat hij na verloop van tijd nog van Kathleen Lawler heeft gehouden of zich druk om haar heeft gemaakt. Ze is meedogenloos en genadeloos, ze heeft geen enkele empathie voor anderen en de jaren van drugsgebruik, een schadelijke levensstijl en gevangenschap hebben hun tol geëist. Ze is al heel lang niet meer lief of mooi, en dat moet belangrijk zijn geweest voor mijn ijdele plaatsvervanger.

'Ik weet niet waar deze foto gemaakt is en heb er verder ook geen gegevens over,' herhaal ik. 'Het was een van de foto's die in zijn kantoor stonden en ik dacht dat je er wel graag een kopie van zou willen hebben, dus ik heb er een voor je meegenomen. Ik wist niet altijd waar hij was in de ruim twintig jaar dat we af en toe hebben samengewerkt.' Ik bied haar de ruimte om me meer informatie over hem te geven.

'Jack, Jack, Jack,' verzucht ze. 'Je was altijd aan het verhuizen. Het ene moment zat je hier en het volgende was je weg, terwijl ik in hetzelfde zwarte gat bleef hangen. Ik zit het grootste deel van mijn leven al hier in een cel, en dat allemaal omdat ik van je hield, Jack.'

Ze kijkt naar de foto en dan naar mij, en haar ogen zijn eerder hard dan verdrietig.

'Ik lijk het nooit lang vol te houden in de buitenwereld,' voegt ze eraan toe, alsof ik vandaag hierheen ben gekomen om alles over haar te weten te komen. 'Net als elke andere verslaafde die steeds weer van het rechte pad raakt; alleen is dat bij mij niet het pad van de onthouding. Het is het pad naar succes. Ik heb mezelf nooit het succes gegund dat ik had kunnen hebben, omdat het niet voor me is voorbestemd. Elke keer weet ik het zo te draaien dat het niet lukt. Dat bedoel ik met genetische aanleg. Het zit in mijn DNA om een mislukkeling te zijn, het is wat God voor mij en voor iedereen die na me komt heeft besloten. Ik heb Jack aangedaan wat mij ook is overkomen, maar hij heeft het me nooit kwalijk genomen. Nu is hij dood en ik zou ook net zo goed dood kunnen zijn, want de dingen die belangrijk zijn in het leven lopen zoals ze lopen. We zijn allebei slachtoffers, misschien wel van de Almachtige in eigen persoon.

En Dawn?' gaat Kathleen verder. 'Nou, ik wist vanaf de allereerste dag dat het niet goed met haar was. Ze was kansloos. Een te vroeg geboren kindje in een couveuse, vastgelegd aan buisjes en slangetjes, is mij verteld. Ik heb het niet gezien. Ik heb haar nooit vastgehouden, en hoe moet een klein mensje als zij een band krijgen met andere mensen als ze de eerste twee maanden van haar leven doorbrengt in een soort snelkookpan en haar moeder in de bak zit? Daarna volgde een hele reeks pleeggezinnen waar ze niet kon aarden en uiteindelijk kwam ze terecht bij een echtpaar in Californië, dat omkwam bij een auto-ongeluk, van een klip stortte of zoiets tragisch. Gelukkig voor Dawn zat ze inmiddels met een volledige beurs op Stanford. Daarna kwam Harvard en daar liep het stuk.'

Dawn Kincaid heeft aan Berkeley gestudeerd, niet aan Stanford, en is daarna overgestapt naar het MIT, niet naar Harvard. Maar ik corrigeer haar moeder niet.

'Net als ik heeft ze alle kansen van de wereld gehad, maar haar leven is voorbij voor het echt is begonnen,' zegt Kathleen. 'Hoe het ook afloopt in de rechtszaal, iedereen zal zich alleen herinneren dat ze ergens van verdacht werd. Ze kan het wel schudden. Je krijgt geen baan meer in een topgeheim lab, zoals zij gehad heeft, als ze je hebben verdacht van een misdrijf.'

Dawn Kincaid wordt niet zomaar verdacht. Ze is aangeklaagd voor een hele reeks misdrijven, waaronder moord en poging tot moord. Maar ik zeg niets.

'En dan heb ik het nog niet eens gehad over haar hand.' Kathleen steekt haar rechterhand op en kijkt me scherp aan. 'Met die technologie waar zij zich mee bezighoudt, die nanogereedschappen en zo. Dat kan ze nu niet meer omdat ze een vinger kwijt is en haar hand niet meer kan gebruiken. Zo te zien heeft ze haar straf al gehad. Daar zult u zich wel schuldig over voelen. Dat u iemand verminkt hebt.'

Dawn is geen vinger kwijt. Alleen het topje en er is wat schade aan de pezen, maar haar dokter denkt dat ze haar rechterhand weer normaal zal kunnen gebruiken. Ik verdring de beelden zo goed ik kan. Het gapende zwarte gat waar het raam had gezeten, de wind die naar binnen blies en de snelle verplaatsing van de donkere, ijskoude lucht toen iemand me een harde klap tussen mijn schouderbladen gaf. Ik herinner me dat ik mijn evenwicht verloor toen ik wild met de metalen zaklamp om me heen sloeg en voelde dat ik iets hards raakte. Toen ging het licht in de garage aan en hield Benton een jonge vrouw in een lange, zwarte jas onder schot, die op haar buik op de rubbervloer lag. Heldere, natte bloeddruppels bij de afgesneden top van haar wijsvinger met de witgelakte nagel en daar vlakbij het bebloede, stalen mes dat Dawn Kincaid in mijn rug had willen stoten.

Ik voelde me helemaal kleverig en rook en proefde ijzer, alsof ik door een wolk van bloed was gelopen, en ik moest denken aan wat ik had gehoord van soldaten in Afghanistan die hadden meegemaakt dat een kameraad werd opgeblazen. Het ene moment was hij er nog, het volgende was er alleen een rode mist. Toen de hand van Dawn Kincaid langs het vlijmscherpe lemmet van het injectiemes gleed, dat met een druk van vijfenvijftig atmosfeer sissend samengeperste kooldioxide uitstootte, werd ik besproeid met haar bloed en ik voel me bezoedeld tot op plekken die ik niet schoon kan schrobben. Ik verbeter Kathleen Lawler niet en geef haar niet het kleinste feitje, want ik weet wanneer ik word getart en voorgelogen, misschien zelfs uitgedaagd, en ik denk weer aan de waarschuwing van Tara Grimm. Kathleen zal doen alsof ze niets met haar dochter te maken heeft, terwijl ze in werkelijkheid een hechte band hebben.

'Je lijkt van veel details op de hoogte te zijn,' merk ik in plaats daarvan op. 'Jullie zullen wel intensief contact hebben gehouden.'

'Dat had je gedroomd. Ik wil helemaal geen contact met haar,' zegt Kathleen hoofdschuddend. 'Daar kan niets goeds van komen met al die problemen die zij heeft. Ik kan er geen problemen meer bij hebben. Wat ik weet, weet ik van het nieuws. We mogen onder toezicht het internet op in de computerkamer en we hebben een aantal tijdschriften en kranten in de bibliotheek. Ik werkte in de bibliotheek voordat ze me hiernaartoe overplaatsten.'

'Dat lijkt me een goede plek voor jou.'

'Mevrouw Grimm gelooft niet dat je mensen kunt resocialiseren als je ze alle informatie onthoudt, zodat ze geen enkele grip hebben op het nieuws,' zegt ze alsof de directrice zou kunnen meeluisteren. 'Als we niet weten wat er in de wereld gebeurt, hoe kunnen we er dan ooit weer in leven? Maar dit heeft natuurlijk niets te maken met resocialisatie.' Ze maakt een gebaar naar haar omgeving. 'Dit is een pakhuis, een kerkhof, een plaats waar de mensen wegrotten.' Het lijkt haar nu niet meer te kunnen schelen wie haar eventueel kan horen. 'Wat wilt u van me weten? U zou hier niet zijn als u niet iets van me wilde. Het maakt niet uit wie om dit gesprek gevraagd heeft. Dat was toch iets tussen de advocaten.' Kathleen staart me aan als een slang die klaar is om aan te vallen. 'Ik geloof niet dat u alleen maar aardig wilt zijn.'

'Ik vroeg me af wanneer je je dochter voor het eerst ontmoet hebt,' antwoord ik.

'Ze is geboren op 18 april 1978 en de eerste keer dat ik haar ontmoet heb, was ze net drieëntwintig geworden.' Kathleen begint het verhaal op te dreunen alsof ze het van tevoren heeft uitgeschreven. Ze heeft nu iets kils en doet minder moeite om vriendelijk te lijken. 'Ik weet nog dat het niet lang na 11 september was. Januari 2002. Ze zei nog dat de terroristische aanslagen een van de redenen waren waarom ze me had willen vinden. Dat en de dood van die mensen in Californië, bij wie ze terecht was gekomen nadat ze als een hete aardappel van de een naar de ander was doorgeschoven. Het leven is kort. Dat zei Dawn een paar keer toen ze de eerste keer bij me was, en dat ze al sinds ze zich kon herinneren aan me dacht en zich altijd had afgevraagd wie ik was en hoe ik eruitzag.

Ze zei dat ze tot het besef was gekomen dat ze pas rust kon vinden als ze haar echte moeder had gezien,' vervolgt Kathleen. 'Dus heeft ze me opgezocht. Hier in de gevangenis, maar ik zat toen niet voor hetzelfde als nu. Toen ging het om drugs. Ik ben een tijdje vrij geweest en toen belandde ik weer hier, en ik voelde me er behoorlijk depressief onder, wanhopiger dan ooit, zo ongeveer, want het was zo verdomde hopeloos en oneerlijk. Als je geen geld hebt voor een advocaat en niet berucht bent omdat je iets echt verschrikkelijks hebt gedaan, trekt niemand zich iets van je aan. Je wordt gewoon uitgerangeerd, dus hier zat ik en op een dag kreeg ik zomaar uit het niets het bericht dat een jongedame met de naam Dawn Kincaid helemaal uit Californië wilde komen om me op te zoeken.'

'Wist je dat dat de naam was van de dochter die je ter adoptie had aangeboden?' Ik ben niet meer zo voorzichtig met wat ik vraag.

'Ik had geen idee. Ik ging er uiteraard van uit dat iemand die een baby adopteert het kind elke naam kan geven die hij wil. Ik denk dat het eerste gezin dat Dawn in huis nam Kincaid heette, wie die mensen verder ook mochten zijn.'

'Heb jij haar Dawn genoemd, of zij?'

'Natuurlijk heb ik haar geen naam gegeven. Zoals ik al gezegd heb, heb ik haar nooit vastgehouden of zelfs maar gezien. Ik zat hier toen de bevalling zich voortijdig aandiende, hier in deze gevangenis, en toen hebben ze me met spoed naar het ziekenhuis in Savannah gebracht. Toen het voorbij was, ging ik terug alsof er niets gebeurd was. Ik kreeg heus geen nazorg of zo.'

'Was het je eigen keus om haar te laten adopteren?'

'Wat kon ik anders?' roept ze uit. 'Je geeft je kinderen weg omdat je als een beest opgesloten zit, zo gaat dat. Denk verdomme eens aan de omstandigheden.'

Ze kijkt me woedend aan en ik zeg niets.

'Dat is nu in zonde ontvangen zijn en dat de zonden van de ouderen worden bezocht aan de kinderen,' zegt ze sarcastisch. 'Het is een wonder dat iemand in zulke omstandigheden nog kinderen zou willen krijgen. Wat moest ik anders doen, ze aan Jack geven soms?'

'Zé aan Jack geven?'

Ze kijkt even verbijsterd en barst bijna in tranen uit, en dan zegt ze: 'Hij was pas twaalf. Wat moest hij verdomme met Dawn, met mij of met wat dan ook? De rechter had het nooit toegelaten, en dat had wel gemoeten. Dan was het wel goed gekomen met ons. Ik ben natuurlijk altijd blijven denken aan het leven dat hij en ik hadden voortgebracht, maar ik dacht: wie wil er nu een moeder zoals ik? Dus u kunt zich voorstellen wat mijn reactie was toen ik na drieëntwintig jaar dat bericht kreeg van iemand die Dawn Kincaid heette. Ik geloofde het eerst niet, ik dacht dat het een truc was, dat iemand onderzoek wilde doen of een scriptie aan het schrijven was. Ik dacht: hoe weet ik nu zeker dat die vrouw echt mijn baby is? Maar ik hoefde haar alleen maar aan te kijken. Ze leek zo op Jack, tenminste, zoals ik me hem herinner uit de eerste jaren. Het was gewoon griezelig, alsof hij teruggekomen was als een meisje en als een visioen aan me verschenen was.'

'Je zei dat ze er op de een of andere manier achter was gekomen wie haar echte moeder was. En haar vader?' vraag ik. 'Wist ze al wie Jack was voordat ze jou voor het eerst opzocht?'

Niemand heeft dit stukje van de puzzel kunnen vinden, zelfs Benton en zijn collega's van de FBI en het ministerie van Binnenlandse Veiligheid niet en ook niet de plaatselijke politiekorpsen die bij de zaken betrokken waren. We weten dat Dawn Kincaid maanden voordat Jack vermoord werd in het voormalige huis van een zeekapitein in Salem woonde dat hij aan het renoveren was. We weten inmiddels dat hij al minstens een paar jaar contact met haar had, maar niets zegt ons hoe lang die twee al contact hadden, hoe en waarom ze contact hadden gekregen en waaruit dat contact precies bestond.

Ik heb in mijn geheugen gegraven naar mijn eerste tijd in Richmond, toen Jack stage bij me liep. Ik kan me niet herinneren dat hij ooit iets heeft losgelaten over een onwettige dochter of de vrouw die haar heeft gebaard. Ik was me ervan bewust dat hij als jongen misbruikt was door iemand van de staf van een soort zorgboerderij voor probleemkinderen, maar meer informatie had ik niet. Hij en ik praatten er niet over, en ik had door moeten vragen. Ik had meer moeite moeten doen in een periode van zijn leven waarin het nog van enig nut had kunnen zijn, en zelfs als deze gedachte door me heen gaat, ben ik er diep in mijn hart van overtuigd dat niets zou hebben geholpen. Jack wilde niet geholpen worden en ik geloof niet dat hij hulp nodig had.

'Ze wist van hem omdat ik het haar verteld heb,' zegt Kathleen. 'Ik ben eerlijk tegen haar geweest. Ik heb haar zo veel mogelijk verteld over haar ware ouders en haar heel oude foto's laten zien en een paar recentere die hij me had gestuurd. Hij en ik hebben in de loop der jaren contact gehouden. In het begin schreven we elkaar brieven.'

Ik herinner me dat ik na Jacks dood zijn persoonlijke bezittingen heb doorgekeken. Ik herinner me niet dat ik brieven van Kathleen Lawler heb gezien of er iets over gehoord heb.

'Later ging het een tijdje per e-mail, en dat is nu waarschijnlijk wat ik het meest mis,' zegt ze boos. 'E-mail is gratis en heel direct, dus mensen hoeven me geen briefpapier en postzegels te sturen. Overgebleven rotzooi die ze niet meer willen, en daar moeten we dan nog dankbaar voor zijn ook.'

Benton en zijn collega's van de FBI hebben mails van meer

dan tien jaar geleden gelezen. Ze waren flirterig, puberaal en doorspekt met vulgaire taal, zo is mij verteld. Dat is voor mij niet zo moeilijk te begrijpen als je misschien zou denken. Ik vermoed dat Kathleen Jacks eerste liefde was. Hij was op het moment dat ze werd gearresteerd wegens seksueel misbruik waarschijnlijk dol op haar en in de loop der jaren bleef het beschadigde en verwrongen deel van hun wezen communiceren via brieven of e-mails, maar dat is uiteindelijk toch opgehouden. Er is niets ontdekt wat erop wijst dat Jack contact heeft gehad met Kathleen sinds het moment dat hij en ik Virginia verlieten. Maar dat betekent niet dat hij niet communiceerde met zijn biologische dochter Dawn Kincaid. Dat moet zelfs wel. Het is alleen een kwestie van wanneer. Misschien sinds een jaar of vijf geleden, als zij die foto van hem heeft gemaakt.

'De post is zo verdomde langzaam,' klaagt Kathleen verder. 'Ik post iets en iemand in de vrije wereld stuurt iets terug, en dan zit ik dagen of nog langer in mijn cel te wachten. E-mail gaat sneller, maar in Bravo Pod hebben we geen toegang tot het internet,' herhaalt ze wrokkig. 'En ik mag ook niet bij mijn honden. Ik kan ze niet trainen en ik kan geen hazewind in mijn cel houden. Ik was bezig Trail Blazer af te richten en nu mag ik hem niet meer zien.' Ze krijgt een brok in haar keel. 'Ik ben zo gewend aan het gezelschap van een van die lieve honden en nu zit ik hier, wat niet veel beter is dan eenzame opsluiting. Ik kan niet aan *Inklings* werken. Ik kan niets doen wat ik vroeger deed.'

'Het tijdschrift dat de gevangenis uitgeeft,' herinner ik me.

'Ik ben de hoofdredacteur,' zegt ze. 'Dat was ik, tenminste,' voegt ze er bitter aan toe.

5

'*Inklings*, net als het literaire clubje van Tolkien en C.S. Lewis,' legt Kathleen uit. 'Ze kwamen in een pub in Oxford bijeen om over kunst en denkbeelden te praten. Niet dat ik vaak over kunst en denkbeelden kan praten, hoor, want dat interesseert de meeste vrouwen hier geen barst. Ze willen alleen maar opvallen, hun naam in een blad zien staan en aandacht en erkenning krijgen. Ze vinden alles best, als het de verveling maar verdrijft en enige hoop biedt dat je toch nog iets van je leven kunt maken.'

'Is *Inklings* de enige publicatie hier?' vraag ik.

'Jazeker.' Haar trots is onmiskenbaar, maar die trots heeft niets met literaire prestaties te maken. Het gaat haar om macht. 'We hebben hier niet veel om naar uit te kijken. Extraatjes uit de keuken. Ik moet regelmatig voorproeven, al zou ik de meeste dingen buiten de gevangenismuren nooit eten. En de publicatie van *Inklings*. Ik leefde voor dat blad. Zolang je je aan de regels houdt, is mevrouw Grimm heel schappelijk. Ze heeft veel voor me gedaan, maar ik wil niet beveiligd worden en ik vind dat ook helemaal niet nodig. Ze moet me weer overplaatsen naar de andere afdeling,' zegt ze, alsof Tara Grimm meeluistert.

Kathleen heeft veel macht in de gevangenis. Hád veel macht, moet ik misschien zeggen. Zij bepaalde wie erbij hoorde en wie niet, wie een beroemdheid werd in de gevangenis en wie naamloos bleef. Als het klopt wat ik te horen heb gekregen, is dat misschien wel de reden waarom bepaalde gevangenen haar te grazen willen nemen. Ik denk terug aan wat Tara Grimm me vertelde over het gezin dat op 6 januari 2002 in Savannah is vermoord en over de recente bezoekjes van Jaime Berger aan Bravo Pod, en ik vraag me af wat de ware reden van Kathleens overplaatsing is.

'Ik heb Engels gestudeerd en wilde dichteres worden, maar in plaats daarvan heb ik een masterstitel in sociaal werk gehaald,' vertelt Kathleen. '*Inklings* was mijn idee en mevrouw Grimm gaf me er toestemming voor.'

In januari 2002 kwam Dawn Kincaid naar Savannah en vond haar eerste ontmoeting met Kathleen plaats. Tenminste, dat zegt Kathleen. Misschien was Dawn al in Savannah toen de dokter en zijn gezin werden vermoord. Er was op hen ingehakt en -gestoken – een geweldscategorie die Benton omschrijft als persoonlijk, zeer direct, vaak met een seksuele component. De dader raakt opgewonden en geprikkeld als hij het lichaam van het slachtoffer penetreert. Dat kan met een lemmet, maar in het recente geval van het jongetje in Salem werd de schedel gepenetreerd met ijzeren spijkers.

'We houden in de bibliotheek redactievergaderingen om inzendingen te bespreken en de lay-out met de vormgevers door te nemen.' Kathleen heeft het over haar tijdschrift. 'Ik heb het laatste woord over wat er wordt gepubliceerd, maar mevrouw Grimm moet alles goedkeuren. Van elke vrouw van wie we een zelfgeschreven stuk selecteren, komt vervolgens een afbeelding op de cover te staan. Dat is echt een grote eer, en het leidt soms tot haat en nijd.'

'Wat gebeurt er nu met je tijdschrift?' vraag ik. Tegelijkertijd vraag ik me af of Lola Daggette Dawn Kincaid kende en of ze weet dat Kathleen Dawns moeder is.

'Daar mag ik nu natuurlijk niet aan werken,' antwoordt Kathleen wrokkig. 'Dat is nu dus de taak van een ander. Ik werkte in de bibliotheek, zoals ik al zei, maar dat mag ik nu ook niet. Daar verdiende ik hier mijn geld mee. Vierentwintig dollar per maand. Als je papier, postzegels en af en toe iets lekkers koopt, is dat zo op. Wie stuurt me van buitenaf wat extra's als ik door mijn geld heen ben? Wie staat er voor mij klaar? Hoe moet ik verdomme een fles shampoo kopen om mijn haar te wassen?'

Ik zeg niets. Van mij krijgt ze geen cent.

'Voor iedereen in Bravo Pod gelden dezelfde regels, of je nu een massamoordenaar bent of hier alleen maar zit om beveiligd te worden. Dat zal dan wel de prijs voor je veiligheid zijn,' zegt ze. Ik schrik van de hardheid in haar blik, alsof iets afschuwelijks in haar binnenste langzaam naar buiten komt. 'Maar ik ben hier helemaal niet veilig. Ik kan hier geen kant op, terwijl het gevaar verdomme recht boven mijn hoofd zit.'

'Welk gevaar zit boven je hoofd?' vraag ik.

'Ik heb geen idee waarom ze me dat aandoen. Ze moeten me terugplaatsen naar de andere afdeling.'

'Welk gevaar zit boven je hoofd?' herhaal ik.

'Lola zit hierachter,' zegt ze, en dan is de cirkel rond.

Jaime Berger is in deze gevangenis geweest om met Lola Daggette te praten. Er is een connectie tussen Lola en Kathleen, en ook een tussen Kathleen en mij. Ik laat haar niet merken dat ik weet wie Lola Daggette is en bedenk weer dat er misschien ook wel een connectie tussen haar en Dawn is. Vraag me niet hoe of waarom, maar we bevinden ons allemaal in de cirkel.

'Zij wilde dat ik hier werd geplaatst, zodat ik dichter bij haar zou zijn,' zegt Kathleen boos. 'We hebben geen aparte vleugel met dodencellen. Lola is op dit moment de enige die tot de doodstraf is veroordeeld. De laatste die hier stierf, was Barrie Lou Rivers, die in Atlanta al die mensen had vermoord door arsenicum in hun tonijnsandwiches te doen.'

De sandwich-sadist. Ik ken de zaak, maar dat laat ik niet merken.

'Elke dag gaf ze dezelfde mensen een tonijnsandwich speciaal. Ze glimlachte allerliefst naar hen, terwijl ze zieker en zieker werden,' vervolgt Kathleen. 'Vlak voordat ze een dodelijke injectie zou krijgen, stikte ze in haar cel in een tonijnsandwich. Dat noem ik nog eens ironie.'

'Zitten de dodencellen hierboven?'

'Het zijn precies dezelfde cellen als de mijne, alleen dan zwaarbewaakt.' Kathleens ergernis groeit en ze gaat harder praten. 'Lola zit boven en ik zit hierbeneden, een verdieping onder haar. Ze kan dus niet tegen me schreeuwen of briefjes onder mijn deur door schuiven, maar haar berichten bereiken me toch wel.'

'Wat voor berichten?'

'Dreigementen. Ik weet dat ze me bedreigt.'

Lola Daggette zit drieëntwintig uur per etmaal opgesloten, net als Kathleen, dus het is onmogelijk dat ze rechtstreeks met elkaar in contact komen. Ik begrijp niet hoe Lola iemand kwaad zou kunnen doen. Dat moet Kathleen toch ook duidelijk zijn, maar dat zeg ik niet hardop.

'Ze wist verdomme dat ze me naar haar afdeling zouden overplaatsen als ze mensen tegen me opzette en me in gevaar bracht, dus dat heeft ze gedaan,' zegt ze vol verachting. 'Lola wil me in haar buurt hebben,' voegt ze eraan toe. Ik geloof niet dat het Lola Daggettes wens was dat Kathleen naar Bravo Pod werd overgeplaatst.

Het was de wens van Tara Grimm.

'Heb je zulke problemen ook wel eens met andere gedetineerden gehad?' vraag ik. 'Problemen waardoor je moest worden overgeplaatst?'

'Naar Bravo Pod, bedoel je?' Kathleens stem wordt harder. 'Om de dooie dood niet. Ik ben nog nooit eerder van de andere gedetineerden gescheiden. Daar was geen reden voor. Ze moeten me hier weghalen. Ik moet de draad van mijn leven weer oppakken.'

De cipier loopt langs het raam van de bezoekerskamer. Ik weet dat hij naar ons kijkt en ik kijk bewust niet terug. Ik denk aan het gedicht dat Kathleen heeft gestuurd en aan het literaire gevangenistijdschrift waarvan ze tot een paar weken geleden hoofdredacteur was. Hoe vaak zou ze haar eigen werk hebben gepubliceerd en anderen hebben gepasseerd? Ik kijk op mijn horloge. Ons uur zit er bijna op.

'Nou, het is aardig dat u me deze foto van Jack hebt gebracht.' Kathleen houdt de foto op een armlengte afstand en knijpt haar ogen tot spleetjes. 'Ik hoop dat uw proces goed verloopt.'

De manier waarop ze het zegt, ontgaat me niet, maar ik reageer niet.

'Een proces is geen kattenpis, maar goed, ik beken meestal meteen schuld omdat ik er dan met een lichtere straf van afkom. Dat bespaart de belastingbetaler geld. Ik heb een paar keer voorwaardelijk gekregen omdat ik zo eerlijk was om te zeggen: ja, ik heb het gedaan, sorry. Als je je geen zorgen hoeft te maken over je goede naam moet je gewoon schuld bekennen. Dat is beter dan een rechtszaak met een jury die een voorbeeld wil stellen,' sneert ze.

Ze denkt nu niet aan Dawn Kincaid, die nooit iets zal bekennen. Ik krijg een raar gevoel in mijn maag.

'U hebt wel een goede naam, dokter Kay Scarpetta. Wat zeg ik, u hebt een uitzonderlijk goede naam. Waar of niet? Voor u ligt de zaak dus heel wat ingewikkelder.' Ze glimlacht kil en haar ogen blijven uitdrukkingsloos. 'Ik ben blij dat we elkaar eindelijk hebben ontmoet, want nu heb ik met eigen ogen kunnen zien waar al die kouwe drukte om werd gemaakt.'

'Ik weet niet over welke kouwe drukte je het hebt.'

'Ik was het vreselijk beu om steeds maar verhalen over u te horen. U hebt de brieven zeker niet gelezen.'

Ik zeg niets over de brieven die zij en Jack elkaar zouden hebben geschreven. Ik heb er nooit een gezien.

'Ik zie aan u dat u ze niet hebt gelezen.' Kathleen knikt grijnzend, en ik zie de lege plekken in haar mond waar vroeger tanden hebben gezeten. 'U weet echt niet wat erin stond, hè? Nee, natuurlijk niet. Ik denk dat u geen contact met me zou willen als u het wist. Nou ja, misschien zou u wel contact met me willen, maar dan zou u niet zo zelfvoldaan zijn. Misschien was u dan niet zo arrogant en vol van uzelf.'

Ik blijf doodstil zitten. Uiterst beheerst. Ik laat niets merken. Geen nieuwsgierigheid. Geen woede, terwijl ik die wel voel.

'Voordat er e-mail bestond, schreven we elkaar brieven,' vertelt ze. 'Hij schreef me altijd op gelinieerde blaadjes uit een schrift, alsof hij nog een schooljongen was. Dat was aan het begin van de jaren negentig. Jack werkte voor u in Richmond en voelde zich voortdurend diepongelukkig. Hij schreef dat iemand u eens flink moest neuken. Dat u een gefrustreerde, gestoorde bitch was en dat u misschien een leuker mens zou worden als iemand u een stevige beurt gaf. Het schijnt dat hij en die rechercheur van moordzaken met wie u in die tijd vaak samenwerkte er in het lijkenhuis en op plaatsen delict vaak grapjes over maakten. Ze grapten dat u te lang in een koelcel had gezeten, met veel te veel lijken om u heen, en dat iemand u nodig eens moest opwarmen. Iemand moest u eens laten zien hoe het was om bij een man te zijn die hem nog overeind kon krijgen.'

Pete Marino was rechercheur bij moordzaken toen ik de leiding had in Richmond, en het dringt tot me door waarom ik die brieven niet onder ogen heb gehad. Die heeft de FBI. Benton is de profiler, de forensisch psycholoog die het kantoor in Boston adviseert, en ik weet heel zeker dat hij het e-mailverkeer tussen Kathleen en Jack heeft gelezen. Hij heeft me globaal verteld wat erin stond, en als er brieven bestaan, weet ik zeker dat hij die ook heeft gelezen. Hij zou niet willen dat ik las wat Kathleen Lawler me zojuist heeft verteld. Hij zou niet willen dat ik wist wat voor wrede opmerkingen Marino heeft gemaakt en dat hij me achter mijn rug om heeft bespot. Benton zou zulke kwetsende dingen voor me verborgen houden, met de gedachte dat ik er niets mee opschiet om ze te lezen. Ik ben kalm en beheerst. Ik reageer niet. Ik gun Kathleen Lawler de lol niet.

'Dus nu zien we elkaar eens. Eindelijk kan ik u in de ogen kijken,' zegt ze. 'Het grote opperhoofd. De hoge pief. De legendarische dokter Scarpetta.'

'Op een bepaalde manier ben jij voor mij ook een legende geworden,' reageer ik emotieloos.

'Hij heeft nooit zoveel van u gehouden als van mij.'

'Ik heb geen enkele reden om daaraan te twijfelen.'

'Ik was zijn grote liefde.'

'Ik heb ook geen enkele reden om daaraan te twijfelen.'

'Hij baalde verschrikkelijk van u,' zegt ze. Hoe kalmer ik ben, hoe hatelijker ze wordt. 'Hij zei dat u geen idee hebt hoe streng u voor anderen bent. Als u zichzelf eens een spiegel zou voorhouden, zou u misschien begrijpen waarom u geen vrienden hebt, zei hij. Hij noemde u "dokter Gelijk", en hij was "dokter Ongelijk". En de politiemensen waren "rechercheur Ongelijk" en "agent Ongelijk". Iedereen had ongelijk, behalve u. "Nee, Jack. Je moet het op mijn manier doen. Ik heb gelijk, Jack!"' vervolgt ze. Ze kan niet verbergen dat ze zich kostelijk vermaakt. 'U vertelde hem altijd wat hij moest doen en hoe hij het moest doen. "Alsof de hele wereld goddomme een plaats delict of een rechtszaak is," klaagde hij tegen mij.'

'Hij baalde wel eens van me. Dat was geen geheim,' zeg ik nuchter.

'Dat kunt u wel zeggen, ja.'

'Ik ben er nog nooit van beschuldigd dat ik het mijn medewerkers makkelijk maak.'

'Mensen als u bereiken hun positie niet door het anderen makkelijk te maken. Ze vertrappen mensen, schoppen ze aan de kant en vinden het leuk om ze te kleineren.'

'Dat doe ik niet. Het is schandalig als hij dat suggereerde.'

'Als het niet goed ging, gaf hij u altijd de schuld.'

'Dat deed hij vaak, ja.'

'Hij heeft mij nooit de schuld gegeven.'

'Geef je hem de schuld van wat er met jou is gebeurd?' wil ik weten.

'Hij was pas twaalf, maar hij was echt geen klein jongetje meer, geloof me. Hij begon ermee. Hij achtervolgde me. Hij verzon smoesjes om met me te praten, me aan te raken, te zeggen hoe hij zich voelde, te vertellen dat hij gek op me was. Zulke dingen gebeuren.'

Ja, zulke dingen gebeuren, denk ik. Terwijl ze absoluut niet hadden mogen gebeuren.

'Hij was er kapot van toen ze me geboeid afvoerden, en later, toen hij in de rechtszaal naar me moest kijken, ging hij er bijna aan onderdoor,' zegt ze. Haar vijandigheid tegenover mij verdwijnt even plotseling als ze is gekomen. 'Ze zijn erin geslaagd om ons van elkaar te scheiden, ons van elkaar los te scheuren, maar onze zielen waren nog met elkaar verbonden. We hadden onze zielen nog. Jack bewonderde u. Voor mij was het stomvervelend om het steeds maar te horen, maar hij had respect voor u. Dat weet ik zeker, maar het probleem met Jack was dat hij altijd meerdere dingen tegelijk voor iemand voelde. Als hij van je hield, had hij ook een hekel aan je. Als hij respect voor je had, keek hij tegelijkertijd op je neer. Als hij bij je wilde zijn, liep hij weg. Als hij je vond, raakte hij je kwijt. En nu is hij er niet meer.'

Ze kijkt omlaag naar de handen in haar schoot, en haar boeien schrapen en rammelen op de vloer als ze haar voeten verplaatst en begint te trillen. Haar gezicht is rood en ze staat op het punt om te gaan huilen.

'Dat moest ik even kwijt. Ik weet dat het niet aardig was.' Ze kijkt me niet aan.

'Dat begrijp ik.'

'Ik hoop dat u het contact daardoor niet verbreekt. Ik wil graag met u in contact blijven.'

'Het is goed om je hart uit te storten.'

'Ik wist niet hoe ik na verloop van tijd tegen zijn dood zou aankijken.' Ze staart nog altijd naar beneden. 'Ik kan het nog bijna niet bevatten. Hij maakte geen deel uit van mijn huidige leven, maar hij was mijn verleden. Hij is de reden dat ik hier zit. En nu is de reden verdwenen, maar ik niet.'

'Ik vind het heel erg voor je,' zeg ik.

'Het voelt zo leeg. Dat is het woord dat steeds door mijn hoofd spookt. Leeg. Als een groot, kaal, door de wind geteisterd terrein.'

'Ik weet dat het pijn doet.'

'Ik wou dat ze ons met rust hadden gelaten.' Ze kijkt op, en haar ogen zijn bloeddoorlopen en vochtig van de tranen. 'We deden elkaar geen kwaad. Als ze ons met rust hadden gelaten, was dit allemaal niet gebeurd. Wie deden we nu kwaad? De rest van de wereld deed ons juist verdriet.'

Ik zeg niets. Er valt niets te zeggen.

'Maar goed, ik hoop dat de rest van uw verblijf in Savannah productief is.' Haar woordkeuze klinkt heel vreemd.

De cipier loopt weer langs de ramen aan weerszijden van de stalen deur om te controleren of alles goed gaat. Kathleen kijkt niet naar hem, maar ik weet zeker dat ze zich van hem bewust is.

'Ik ben blij dat u hier geweest bent en dat we met elkaar konden praten. Ik ben blij dat uw advocaat en alle advocaten ons die mogelijkheid hebben gegeven, en als u zo vriendelijk bent om me foto's of andere dingen te geven, zijn ze altijd welkom,' zegt ze. Het klinkt vreemd, alsof ze iets anders bedoelt dan ze zegt, iets wat ik niet weet, en ze wacht tot de cipier weer uit ons gezichtsveld verdwijnt.

Ze steekt haar hand in de kraag van haar witte gevangenisshirt en haalt wat uit haar beha. Over de tafel schuift ze een papiertje naar me toe, dat heel klein is opgevouwen.

6

Het water druipt van de groenblijvende eiken en kleine palmbomen aan de rand van het parkeerterrein en ik ruik de regen en de zoete geur van bloeiende struiken, waarvan de bloembladeren als felgekleurde confetti op de grond liggen. Het is warm en broeierig en de zon prikt af en toe tussen de voortjagende donkere wolken in het westen door als ik in de bestelbus stap en me erover verwonder dat niemand me heeft tegengehouden.

Toen ik met cipier Macon de extra beveiligde afdeling verliet en over een pad liep dat nog nat was van de regen, gaf hij er geen enkele blijk van dat er iets onregelmatigs of zelfs maar iets bijzonders was voorgevallen, maar mij hield hij niet voor de gek. Ik kon me niet voorstellen dat het iedereen, ook hem en Tara Grimm, was ontgaan dat Kathleen Lawler me een berichtje had toegestopt dat ik niet had mogen krijgen. Bij de controlepost waar mijn hand onder een ultraviolette lamp werd gehouden, zodat het wachtwoord 'sneeuw' te zien werd dat op mijn huid was gestempeld, werd helemaal niets gezegd, behalve dat cipier Macon me bedankte voor mijn komst, alsof mijn bezoek aan de gevangenis een soort gunst was. Ik vertelde hem dat Kathleen vreesde voor haar veiligheid. Hij glimlachte en zei dat de gedetineerden er dol op waren om 'sterke verhalen' op te hangen en dat ze juist was overgeplaatst om haar veiligheid te kunnen garanderen. Ik zei gedag en vertrok.

Ik ben al zo'n beetje tot de conclusie gekomen dat mijn oorspronkelijke vermoeden juist is. Het kan zijn dat ze geluidsopnamen hebben van mijn gesprek met Kathleen, maar er zijn geen videobeelden van ons gemaakt. Anders zouden de cipiers het zeker hebben gezien toen ze stilletjes een briefje over de tafel naar me toe schoof. Dan was ik beslist teruggebracht naar het met klimplanten overwoekerde kantoor van de directrice, waar ik gedwongen zou zijn om het opgevouwen stukje papier af te geven dat ik in mijn achterzak voel zitten alsof het een steen of iets heets is. Ook komt de gedachte bij me op dat Kathleen me nooit iets zou hebben toegespeeld als ze bang was gesnapt te worden, en ik krijg het sterke vermoeden dat ze deel uitmaakt van een complot dat veel verraderlijker is dan ik me had voorgesteld. Hoewel ik nog niet bereid ben toe te geven dat ze me te slim af is geweest, zou dat best eens het geval kunnen zijn.

Ik start de motor, haal het briefje dat Kathleen me heeft gegeven uit mijn zak en laat mijn blik over het parkeerterrein dwalen om me ervan te vergewissen dat er niemand staat te kijken. Ik ben me bewust van de smalle raampjes met gaas ervoor in de afdelingen met hun blauw metalen daken en van het rood stenen administratiegebouw met zijn zuilen, dat ik net heb verlaten. Er stijgt damp op van de natte bestrating, die op de zware, warme lucht door mijn open raampje naar binnen wordt gevoerd, en in een verre hoek van de volle parkeerplaats valt me een zwarte Mercedes op die wel iets weg heeft van een lijkwagen. De motor staat uit en er zit een vrouw in de wagen te telefoneren. Het is wel erg warm en benauwd om in een auto te zitten zonder de airco aan te hebben, maar de raampjes staan op een kier. Ze lijkt geen aandacht aan me te schenken. Ik voel me slecht op mijn gemak en inmiddels geloof ik dat ik daar alle reden voor heb.

Sinds Benton me vanmorgen op de luchthaven heeft afgezet, heb ik het gevoel dat ik in de gaten gehouden en gemanipuleerd word, hoewel ik heel goed weet dat ik daar geen tastbare bewijzen voor heb. Maar het gevoel is versterkt door andere vreemde dingen. Deze belachelijke, smerige, stinkende bestelbus die ik nooit gereserveerd heb, met zijn handschoenenvak vol servetjes van Bojangles en brochures over huurbootjes. Ik heb een paar keer geprobeerd Bruce te bellen om me te beklagen en heb op scherpe toon het bericht ingesproken dat ik niet kan geloven dat een eersteklas autoverhuurbedrijf zoiets in zijn wagenpark heeft. Hij heeft niet teruggebeld. Ik heb de hele dag nog niets van hem gehoord, alsof mijn administrateur liever niet met me praat. Dan is er nog de vreemde informatie die ik heb gekregen. En nu dit.

Ik strijk een stuk wit papier glad dat in een ruitvorm was opgevouwen tot het niet groter was dan een keelpastille. In blauwe ballpoint is er een telefoonnummer op geschreven dat me meteen al vaag bekend voorkomt en dat ik dan met een schok herken. 'Neem een openbare telefoon' staat er in piepkleine blokletters op het briefje. Verder niets, alleen die onderstreepte vermaning en het mobiele nummer van Jaime Berger. Het is donkerder geworden en het is weer gaan regenen. De druppels tikken op het metalen dak van de bestelbus en ik zet de ruitenwissers aan. Ze laten vettige bogen achter als ze langzaam en luidruchtig over het glas zwiepen, en ik haal mijn schoudertas onder de stoel vandaan. Ik zie de zwarte Mercedes het terrein afrijden, waarbij me een bumpersticker met Navy Diver op de achterkant opvalt, en ik krijg een vreemd gevoel. Dan besef ik waarom.

Mijn tas is doorzocht. Weet ik het zeker? Ik geloof van wel. Ja, geen twijfel mogelijk, besluit ik nadat ik heb overdacht wat ik heb gedaan toen ik een paar uur eerder arriveerde. Ik heb Benton een sms gestuurd en de telefoon in het ritsvak op de achterkant van mijn tas gestopt, waar ik altijd mijn portefeuille, mijn identiteitsbewijzen, mijn sleutels en andere waardevolle spullen opberg. Nu zit mijn telefoon in het zijvak. Het was heel eenvoudig en veilig om de bus te doorzoeken terwijl ik me in de gevangenis bevond. De bewaarders hadden mijn sleutels en ik zat opgesloten in Bravo Pod met Kathleen, maar ik kan me niet voorstellen dat ze iets belangrijks gevonden hebben. Mijn iPhone en iPad worden beveiligd met wachtwoorden, dus daar hebben ze niet in kunnen kijken, en ik kan niets anders bedenken wat de moeite waard kan zijn geweest. Wat zouden ze gezocht hebben? Dossiers misschien, valt me nu in. Of waarschijnlijker nog, iets wat erop zou kunnen wijzen dat ik hierheen gekomen ben om andere redenen dan ik Tara Grimm heb verteld. Ik deblokkeer mijn telefoon.

Mijn eerste ingeving is om mijn nicht Lucy te bellen en haar rechtstreeks te vragen of ze contact heeft gehad met Jaime Berger. Lucy zou over informatie kunnen beschikken die duidelijk zou maken wat er aan de hand is, waarmee ik me heb ingelaten, maar ik kan mezelf er niet toe brengen contact met haar op te nemen. Lucy heeft niet meer over Jaime gesproken sinds ze een halfjaartje geleden de feestdagen met ons doorbracht, de laatste keer dat we elkaar hebben gezien, en ze heeft nog steeds niet toegegeven dat ze uit elkaar zijn, terwijl ik weet dat het zo moet zijn. Mijn nicht zou nooit van New York naar Boston zijn verhuisd als ze daar geen persoonlijke redenen voor had.

Geld kan het niet geweest zijn. Lucy heeft geen geld nodig. Het was niet omdat ze met haar buitengewone kennis van computers een bijdrage wilde leveren aan het Cambridge Forensic Center, dat pas vorig jaar zaken is gaan aannemen. Ze hoeft niet voor mij of het CFC te werken. Haar beslissing om haar hele leven op zijn kop te zetten is waarschijnlijk ingegeven door angst voor een verlies dat ze als onvermijdelijk zag, en ze heeft gedaan wat ze altijd zo goed doet. Ze heeft actief de pijn vermeden en de afwijzing voorkomen. Waarschijnlijk heeft ze een eind aan de relatie gemaakt voordat Jaime daar de kans voor had, en op het moment dat ze dat deed, was alles in Boston al klaar voor haar nieuwe leven. Mijn nicht heeft de gewoonte om je pas na haar vertrek te vertellen dat ze weggaat.

Ik neem dezelfde weg terug als waarover ik ben gekomen, langs het autokerkhof en de kwekerij, en ik vraag me af waar ik een openbare telefoon kan vinden. Die dingen staan tegenwoordig niet meer op iedere straathoek en ik weet niet zeker of ik Jaime of wie dan ook moet bellen. Benton was bang dat er een spelletje met me werd gespeeld en ik kom tot de conclusie dat hij gelijk had. Maar door wie, en waarom? Misschien door het team dat Dawn Kincaid verdedigt. Of door iets wat nog veel boosaardiger is. Dawn Kincaid heeft geprobeerd me te vermoorden en is daar niet in geslaagd, dus misschien wil ze nu het karwei afmaken. De gedachte jaagt als een ijzige wind door mijn hoofd en het begint te bonzen alsof mijn kater terug is.

Ik zou me zo snel mogelijk uit de voeten moeten maken. Het is te laat om vanaf vliegveld Hilton Head in Savannah te vertrekken, maar ik kan naar Atlanta rijden, waar ik vanavond nog wel een vlucht naar Boston kan krijgen. In deze verdomde bestelbus? Ik zie me al met pech langs de weg staan, in een niemandsland vlak bij een moeras, en besluit dat het toch het verstandigste is om me aan het plan te houden en in Savannah te blijven. Geen overhaaste dingen doen. Voorzichtig blijven en logisch blijven denken, houd ik mezelf voor terwijl ik door de regen rijd in de knallende en ronkende bestelbus, die uit eigen beweging langzamer of sneller gaat rijden, terwijl de versleten ruitenwissers met luide vegen van de rubbers over het glas gaan. Mijn hoofd doet pijn als een rotte kies en ik heb de laatste Advil eerder vandaag ingenomen, op de heenweg.

Ik raas langs een vrachtwagendealer en een garage, maar alle bedrijven die ik passeer zien er afgelegen, ontoegankelijk en onheilspellend uit, alsof de hele wereld voor me is afgesloten. Ik heb al een hele tijd geen andere auto gezien en ik word bekropen door het vreemde gevoel dat ik altijd krijg als er iets akeligs staat te gebeuren. Een stilte, een verschuiving in mijn besef van de realiteit, een voorgevoel dat altijd voorafgaat aan een tragisch bericht, de melding van een bijzonder gruwelijke zaak, iets afgrijselijks in de kamer die ik ga betreden. Mijn gedachten gaan terug naar Lola Daggette.

Ik herinner me niet veel van de moord op de dokter en zijn gezin in Savannah, alleen dat er veel geweld bij kwam kijken en dat er tot op de dag van vandaag vragen zijn over het aantal daders en of de schuldige de slachtoffers kende. Ik weet nog dat ik in een hotel in Greenwich in Connecticut logeerde toen ik hoorde dat de gezinsleden ‘in hun slaap’ waren vermoord, zoals in alle nieuwsberichten werd gemeld. Dat was op 6 januari 2002. Het was in zo’n beetje elk opzicht een overgangsperiode voor me. In mijn carrière, in mijn relaties, in mijn woonomstandigheden en tussen de wereld voor 11 september en de maatschappij waarin we daarna terecht zijn gekomen. Het was eigenlijk een afschuwelijke tijd, zo ongeveer de onzekerste en somberste periode die ik me kan herinneren. Ik zat in mijn hotelkamer te eten en intussen naar het avondnieuws te kijken toen ik hoorde over de moorden in Savannah, die gepleegd zouden zijn door een tienermeisje. Ik herinner me dat haar jonge gezicht herhaaldelijk in beeld kwam, evenals de bakstenen villa in federale stijl, waarvan de veranda behangen was met geel politielint.

Lola Daggette.

Ik weet nog dat ze bij de voorgeleiding glimlachte naar de televisiecamera's en naar de mensen in de rechtszaal zwaaide alsof ze geen idee had hoe ernstig haar situatie was, en mij viel vooral de zilverkleurige beugel op, en de puistjes op haar mollige wangen. Ze leek een onschuldig kind dat verblind werd door het mediacircus om haar heen, maar dat er wel van genoot, en ik moest eraan denken dat je zelden aan mensen kunt afzien wat ze doen. Hoe vaak ik ook geconfronteerd word met bewijzen van dat feit, het blijft verrassend en beangstigend om te merken hoe verleidelijk het is om op het uiterlijk af te gaan. In de meeste gevallen hebben we het mis.

Ik rem en rijd met mijn ronkende auto de parkeerplaats op van de eerste open winkels die ik hier gezien heb: een ijzerwinkel, een apotheek, een wapenwinkel waarvoor verscheidene pick-ups en SUV's staan en een openbare telefoon naast een geldautomaat. Natuurlijk zie je een telefoon en een geldautomaat voor een zaak waarvan het uithangbord de omtrek van een menselijk lichaam in een rode cirkel met een streep erdoor en de leus WORD GEEN SLACHTOFFER. KOOP EEN WAPEN vertoont. Door de winkelruit zie ik een muur vol geweren en een vitrinekast waarvoor zich een aantal mannen verzameld heeft, en links van de voordeur bevindt zich een zwarte telefoon in een roestvrijstalen kast die aan de muur bevestigd is.

Ik pak mijn koffertje en haal mijn iPad eruit. Het regent gestaag en de druppels roffelen op het metalen dak, maar ik zet de monotoon zwiepende ruitenwissers en de koplampen uit. De ramen laat ik op een kiertje open en ik zet de motor niet af. Nadat ik op de browser heb geklikt, ga ik het internet op en zoek de naam van Lola Daggette, waarna ik een artikel lees dat afgelopen november is verschenen in de *Atlanta Journal-Constitution.*

> MOORDENARES UIT SAVANNAH VERLIEST HOGER BEROEP
> Het Hoger Gerechtshof van Georgia heeft de vrouw die bijna negen jaar geleden ter dood is veroordeeld wegens de brute moord op een dokter, zijn vrouw en hun twee jonge kinderen verder uitstel geweigerd, zodat de weg is vrijgemaakt voor haar executie.
>
> Lola Daggette is veroordeeld voor inbraak in de twee verdiepingen tellende woning van Clarence Jordan in de historische wijk van Savannah, in de vroege ochtend van 6 januari 2002. Volgens de openbare aanklager en de politie heeft ze de 35-jarige arts en zijn 30-jarige vrouw Gloria in hun bed herhaaldelijk met een mes gestoken en gesneden, waarna ze door de gang naar de slaapkamer van hun tweelingzoon en -dochter is gegaan. De 5-jarige Brenda zou wakker zijn geworden van het gegil van haar broer en hebben geprobeerd te ontsnappen door de trap af te rennen. Haar in pyjama geklede lichaam is gevonden bij de voordeur. Net als haar ouders en haar broer Josh was ze zo zwaar toegetakeld dat ze bijna onthoofd was.
>
> Zeventig uur nadat de moorden waren gepleegd keerde de 18-jarige Lola Daggette terug naar een open inrichting voor drugsverslaafden. Een personeelslid zag Daggette in de badkamer bebloede kleren uitspoelen. Het DNA op die kleren bracht haar in verband met de moorden.
>
> Na de uitspraak van het Hoger Gerechtshof zijn alle juridische mogelijkheden voor Daggette uitgeput. Verwacht wordt dat ze in het najaar in de Georgia

> Prison For Women zal worden geëxecuteerd door middel van een dodelijke injectie.

In andere artikelen die ik doorneem, beweert haar advocaat dat ze een handlanger had en dat die persoon de eigenlijke moordenaar was. Lola Daggette was nooit in het huis van de Jordans geweest. Volgens het team dat haar verdedigde, had ze buiten moeten wachten terwijl haar handlanger inbrak. De hele verdediging was gebaseerd op de bewering dat er een handlanger was geweest, hoewel die nooit beschreven of geïdentificeerd was, iemand die een setje kleren van Lola had geleend en haar naderhand opdracht had gegeven het weg te gooien of te wassen, mogelijk met de bedoeling haar de schuld voor de misdrijven in de schoenen te schuiven. Lola is zelf nooit in het getuigenbankje verschenen en ik begrijp waarom een jury er nog geen drie uur voor nodig had om haar schuldig te bevinden.

Ze had afgelopen april al geëxecuteerd zullen worden, maar kreeg uitstel nadat bij een slecht verlopen executie een tweede dosis dodelijke chemicaliën nodig was en het twee keer zo lang duurde als normaal tot de veroordeelde overleden was. Het gevolg daarvan was dat een federale rechter de executie van Lola Daggette en vijf mannelijke gedetineerden in de Coastal State Prison uitstelde omdat hij de gelegenheid wilde hebben zich een oordeel te vormen over de vraag of de executieprocedures in Georgia het risico met zich meebrachten dat de veroordeelde een langdurige en pijnlijke dood stierf, waardoor de straf onnodig wreed werd. Er wordt van uitgegaan dat er in oktober weer begonnen kan worden met het executeren van ter dood veroordeelden, en Lola Daggette zou als eerste op de lijst staan.

Ik blijf verbijsterd zitten. Als Lola Daggette de moorden niet gepleegd heeft, maar weet wie dat wel heeft gedaan, waarom heeft ze de echte moordenaar dan al die jaren beschermd? Haar executie zal over een paar maanden plaatsvinden, en nog steeds zegt ze niets. Of misschien toch wel. Jaime Berger is in Savannah geweest. Ze heeft een gesprek met Lola Daggette gehad. Misschien heeft ze ook Kathleen Lawler gesproken en haar een vervroegde vrijlating beloofd, maar wat heeft een openbaar aanklager uit Manhattan County met deze zaken te maken, tenzij de moord op de Jordans en mogelijk Dawn Kincaid op de een of andere manier verband houden met een zedendelict in New York City?

En wat nog meer ter zake doet: als Jaime belangstelling heeft voor Kathleen en haar duivelse dochter Dawn, waarom heeft ze dan geen contact met mij opgenomen? Maar blijkbaar heeft ze dat net gedaan, bedenk ik als ik naar het kleine stukje gekreukt papier op de stoel naast me kijk, en ik denk terug aan de gewelddadige gebeurtenissen van afgelopen februari, toen ik bijna vermoord werd. Toen heeft Jaime niets van zich laten horen. Ze belde niet. Ze stuurde geen e-mail. Ze informeerde niet naar me. Hoewel we nooit heel goede vriendinnen zijn geweest, was haar schijnbare onverschilligheid pijnlijk en verrassend.

Ik doe de iPad weer in mijn koffertje, haal mijn Visa-kaart uit mijn portefeuille en stap uit het busje. De regen valt in grote, koele druppels op mijn blote hoofd. Ik pak de hoorn van de telefoon en toets 0 in en het nummer dat Kathleen Lawler op het briefje heeft geschreven. Dan haal ik mijn creditcard door de gleuf en wordt er gebeld. Jaime Berger neemt op als de telefoon voor de tweede keer overgaat.

7

'Met Kay Scarpetta,' begin ik, maar haar krachtige, zakelijke stem onderbreekt me.

'Ik hoop dat je nog steeds van plan bent hier te overnachten.'

'Pardon?' Ze denkt vast dat ze iemand anders aan de lijn heeft. 'Jaime, je spreekt met Kay...'

'Je hotel ligt op loopafstand van mijn appartement.' Jaime Berger klinkt alsof ze haast heeft, niet onbeleefd, maar afstandelijk en stroef en niet van plan om mij de gelegenheid te geven iets te zeggen. 'Als je hebt ingecheckt, kunnen we samen iets eten.'

Het is duidelijk dat ze nu niet wil praten. Misschien is er iemand bij haar, maar dit is absurd. Je maakt geen afspraak met iemand als je niet eens weet waarover het gesprek zal gaan, zeg ik bij mezelf.

'Waar?' vraag ik.

Jaime geeft me een adres in Savannah dat een paar straten van de rivier af ligt. 'Ik kijk ernaar uit,' zegt ze. 'Tot straks.'

Terwijl ik Lucy bel, stapt een man met een afgeknipte spijkerbroek en een honkbalpetje uit een stoffige, goudkleurige Suburban. Hij kijkt niet naar me, maar loopt mijn kant op en haalt een portemonnee uit zijn achterzak.

'Ik moet je iets vragen,' zeg ik zodra mijn nicht opneemt, en het kost me moeite om mijn frustratie te verbergen. 'Je weet dat ik nooit nieuwsgierige vragen wil stellen en me nooit met je privéleven wil bemoeien.'

'Dat is geen vraag,' zegt Lucy.

'Ik aarzelde of ik je hierover moest bellen, maar nu moet ik wel. Het lijkt niet bepaald een geheim te zijn dat ik hier ben. Begrijp je wat ik bedoel?' Ik ga met mijn rug naar de man met het honkbalpetje staan, die bankbiljetten uit de geldautomaat naast me haalt.

'Kun je misschien iets minder geheimzinnig doen? Je klinkt alsof je vanuit een metalen vat belt.'

'Ik gebruik een openbare telefoon bij een wapenwinkel. En het regent.'

'Wat moet jij in vredesnaam bij een wapenwinkel? Is er iets mis?'

'Jaime,' zeg ik. 'En als er iets mis is, weet ik er niets van.'

Na een lange stilte vraagt mijn nicht: 'Wat is er gebeurd?'

Aan haar aarzeling en de toon van haar stem hoor ik dat ze me niets kan vertellen. Ze weet niet dat Jaime in Savannah is. Het is niet Lucy's schuld dat Jaime weet dat ik hier ben en waar ik logeer.

'Ik wilde gewoon vragen of je toevallig tegen haar had gezegd dat ik naar Savannah ging,' zeg ik.

'Waarom zou ik? Wat is er aan de hand?'

'Dat weet ik niet precies. Nou ja, eerlijk gezegd weet ik het helemaal niet. Maar jij hebt haar de laatste tijd dus niet gesproken?'

'Nee.'

'Is er een reden waarom Marino haar kan hebben gesproken?'

'Waarom zou hij? Waarom zou hij in godsnaam contact met haar opnemen?' Lucy zegt het alsof het hoogverraad zou zijn als Marino, die vroeger voor Jaime heeft gewerkt, ook maar iets tegen haar zou zeggen. 'Dacht je dat hij een gezellig babbeltje met haar had gemaakt en vertrouwelijke informatie over jouw bezigheden had prijsgegeven? Dat kan niet. Dat slaat nergens op,' zegt ze, en haar jaloezie is voelbaar.

Hoe aantrekkelijk en geweldig mijn nicht ook is, ze gelooft niet dat ze ooit de belangrijkste persoon in iemands leven zal zijn. Vroeger noemde ik haar mijn groenogige monstertje, omdat ze de groenste ogen heeft die ik ooit heb gezien en omdat ze monsterlijk kinderachtig, onzeker en groen van jaloezie kan zijn. Op zulke momenten valt er niet met haar te spotten. Computers hacken is voor haar net zo makkelijk als een kast openmaken, en ze zit er totaal niet mee om anderen te bespioneren of wraak te nemen als ze denkt dat iemand haar of een van haar dierbaren iets heeft aangedaan.

'Ik mag inderdaad hopen dat hij zijn mond houdt, tegenover wie dan ook,' zeg ik, terwijl ik wens dat de man met het honkbalpetje een beetje opschiet bij de geldautomaat. Misschien luistert hij mijn gesprek wel af. 'Nou ja, als Marino iets heeft gezegd, kom ik er snel genoeg achter,' voeg ik eraan toe.

Ik hoor Lucy op een toetsenbord tikken. 'Eens even kijken. Ik zit in zijn e-mailprogramma. Nee. Het ziet er niet naar uit dat hij iets van haar heeft gekregen of iets naar haar heeft verstuurd.'

Lucy is systeembeheerder van het CFC en ze kan al het elektronische verkeer en alle bestanden op de server kraken, ook de mijne. Ze kan bijna alles kraken wat ze wil.

'In elk geval niet recentelijk,' zegt ze, en in gedachten zie ik haar zoeken en door Marino's e-mails scrollen. 'Ik zie niets bij de mailtjes van dit jaar.'

Ze bedoelt dat ze geen bewijsmateriaal ziet dat Marino Jaime heeft gemaild sinds Jaime en Lucy uit elkaar zijn, maar het kan natuurlijk best zijn dat Marino en Jaime elkaar hebben gebeld of op een andere manier contact hebben gehad. Hij is niet op zijn achterhoofd gevallen. Hij weet dat Lucy op de computer van het CFC alles kan bekijken. Hij weet dat ze daar officieel toestemming voor heeft, maar dat ze ook zonder toestemming zou kijken als ze daar zin in had. Als Marino contact met Jaime heeft gehad en dat voor mij heeft verzwegen, heb ik daar moeite mee.

'Wil jij hem er misschien naar vragen?' vraag ik aan Lucy. Mijn hoofd bonkt en ik wrijf over mijn slapen.

Dat wil ze liever niet. Ik hoor haar tegenzin als ze zegt: 'Ja hoor. Ik kan wel met hem praten, maar hij is nog op vakantie.'

'Onderbreek zijn visvakantie dan maar.'

Ik hang op terwijl de man met het honkbalpetje de wapenwinkel in loopt, en ik kom tot de conclusie dat hij niet naar me luisterde, dat ik hem niet interesseer en dat ik me een beetje paranoïde gedraag. Ik loop over de stoep naar de ijzerwinkel en zie een zwarte Mercedes stationcar voor apotheek Monck staan. Het lijkt de auto met de duiksticker van de marine te zijn. In de apotheek, die klein is en een veel te groot assortiment heeft, zie ik geen andere klanten. De winkel doet me denken aan een plattelandszaak waar je thuiszorgartikelen als rollators, steunkousen en stoelliften kunt kopen. Overal hangen vriendelijke bordjes waarop thuisbezorging ('nog dezelfde dag!') en persoonlijke zorg bij de keuze van medicijnen worden beloofd. Terwijl ik op de schappen naar pijnstillers zoek, probeer ik een reden te bedenken waarom Jaime Berger belangstelling voor Lola Daggette zou kunnen hebben.

Waar ik in elk geval niet aan twijfel, is dat Jaime vasthoudend is. Als Lola Daggette informatie heeft die om de een of andere reden belangrijk is, zal Jaime haar uiterste best doen om te zorgen dat de veroordeelde moordenares die niet in het graf meeneemt. Een andere verklaring voor Jaimes bezoek aan de gevangenis kan ik niet bedenken, maar wat ik niet begrijp, is welke rol ik speel, en waarom. Nou ja, daar kom je straks wel achter, denk ik, terwijl ik met een potje Advil gelcapsules naar de toonbank loop, waar niemand achter staat. Over een paar uur ben je op de hoogte. Ik besluit dat het verstandig is om water te kopen en loop terug naar de koelvitrine. In plaats van water kies ik ijsthee, en ik loop weer naar de toonbank en wacht.

Een oudere man in een witte jas is achter de winkel tabletten aan het tellen. Hij maakt recepten klaar, en omdat er verder niemand is, blijf ik wachten. Ik maak het potje Advil open en haal er drie capsules uit, die ik met ijsthee inneem. Ondertussen word ik steeds ongeduldiger.

Ik maak mijn aanwezigheid kenbaar. 'Neem me niet kwalijk.'

De apotheker kijkt nauwelijks op en roept naar iemand achter hem: 'Robbi, kun jij even helpen bij de kassa?' Als er niemand reageert, legt hij zijn werk neer en komt hij naar de toonbank.

'Het spijt me. Ik had niet in de gaten dat er verder niemand is. Blijkbaar is iedereen weg om bestellingen af te leveren, of misschien is het alweer pauze. Wie zal het zeggen?' Hij glimlacht naar me als hij mijn Visa-kaart aanneemt. 'Anders nog iets?'

Het regent niet meer als ik terugloop naar het busje en ik zie dat de zwarte Mercedes stationwagon is verdwenen. De zon breekt door als ik wegrijd, en de natte weg glinstert in het zonlicht. Dan komt de oude stad in zicht, lage stenen en bakstenen gebouwen die zich tot aan de rivier de Savannah uitstrekken. In de verte vormt de vertrouwde Talmadge Memorial Bridge een donker silhouet tegen de kolkende hemel. Als mijn bestemming South Carolina was, zou deze kabelbrug me erheen leiden. Ik denk aan prachtige, drukbezochte plaatsen als Hilton Head en Charleston, en in gedachten zie ik het appartement aan de oceaan dat Benton en ik in Sea Pines hadden, en het historische koetshuis met de weelderige tuin dat ooit van mij is geweest.

Een groot deel van mijn verleden ligt in het diepe zuiden, en ik ben in een nostalgische, prikkelbare stemming als ik langs het grijze, granieten Custom House en de goudkleurige koepel van het stadhuis rijd. Dan kom ik bij mijn hotel, een onpersoonlijke Hyatt Regency aan de rivier waarop sleepboten en rondvaartboten liggen afgemeerd. Aan de overkant ligt het chique Westin Resort en verderop torenen hijskranen als gigantische bidsprinkhanen boven scheepswerven en pakhuizen uit. Het water is vlak en grijsgroen als oud glas.

Ik stap uit het busje en verontschuldig me tegenover de man die mijn auto moet wegzetten en die er in zijn witte jasje en zwarte bermuda uitziet alsof hij uit het Caraïbische gebied komt. Ik waarschuw hem voor mijn gammele, onbetrouwbare huurauto en voel me verplicht hem te melden dat ik iets anders had gereserveerd en dat de auto slechte remmen en een waardeloze wegligging heeft. Ondertussen pak ik mijn weekendtas en mijn andere spullen. Groenblijvende eiken, magnolia's en palmen wuiven in de warme wind. Het is inmiddels helemaal droog geworden, maar op de kinderkopjes klinken de autobanden van het verkeer als regen. Tussen de wolken is hier en daar blauw te zien, terwijl de zon ondergaat en de schaduwen langer worden. Dit deel van het land, waar ik zo vaak ben geweest, zou als een verademing en een warme deken moeten aanvoelen. In plaats daarvan heeft het iets onveiligs. Het voelt als iets waarvoor je bang moet zijn. Was Benton maar bij me. Was ik maar niet gekomen, en had ik maar naar hem geluisterd. Ik moet Jaime Berger dringend spreken.

De lobby ziet eruit zoals in de meeste Hyatts waar ik heb gelogeerd: een ruim atrium omringd door zes verdiepingen met kamers. Terwijl ik met de glazen lift naar boven ga, gaan mijn gedachten terug naar het gesprek dat ik zojuist met de jonge vrouw bij de receptie heb gevoerd. Zij beweerde dat mijn reservering een paar uur geleden was geannuleerd. Toen ik zei dat dat niet kon, zei ze dat ze het telefoontje even na twaalven zelf had aangenomen, kort nadat haar dienst was ingegaan. Er had een man gebeld om mijn kamer te annuleren. Hij beschikte over mijn reserveringsnummer en alle juiste informatie en hij maakte uitgebreid zijn verontschuldigingen.

Ik vroeg haar of het iemand van mijn kantoor in Cambridge was geweest. Ze dacht van wel. Ik vroeg haar of de beller Bryce Clark heette. Dat wist ze niet zeker, en toen opperde ik dat mijn kantoor waarschijnlijk had gebeld om mijn reservering te bevestigen in plaats van te annuleren, en dat dit een misverstand moest zijn. Ze schudde haar hoofd. Nee. Dat kon echt niet. Ze vertelde dat de man had gebeld om te annuleren en had verklaard dat dokter Scarpetta het ontzettend jammer vond dat ze niet naar Savannah kon komen, want het was een van haar favoriete steden. Hij hoopte dat de kamer niet betaald hoefde te worden, ook al belde hij op het laatste moment. Kennelijk had ik mijn aansluiting in Atlanta gemist, waardoor ik onmogelijk op tijd op mijn afspraak in Savannah kon zijn. De vrouw vertelde dat de man uitgebreid met haar had gebabbeld, en daardoor raakte ik ervan overtuigd dat het mijn extraverte administrateur Bryce moest zijn geweest, die me nog steeds niet heeft teruggebeld.

De geannuleerde kamer is net zoiets als het busje, het briefje van Kathleen Lawler, de openbare telefoon en alle andere dingen die vandaag zijn gebeurd, en ik houd mezelf voor dat ik zo dadelijk wel zal horen wat er allemaal aan de hand is. Ik haal mijn deur van het slot en loop een kamer in met uitzicht op de rivier. Op dat moment glijdt er op het water geluidloos een containerschip voorbij. Het is op weg naar zee en is even hoog als het hotel. Ik probeer Benton te bellen, maar hij neemt niet op. Ik stuur hem een sms'je om te zeggen dat ik naar een bespreking ga en geef hem het adres dat ik van Jaime heb gekregen, omdat iemand die ik vertrouw moet weten waar ik ben. Verder vertel ik hem niets, niet met wie ik een afspraak heb en ook niet dat ik me slecht op mijn gemak voel en bijna iedereen wantrouw. Terwijl ik mijn weekendtas uitpak, speel ik met de gedachte om iets anders aan te trekken, maar uiteindelijk besluit ik niet de moeite te nemen.

Jaime Berger is op een missie in het Lowcountry, en kennelijk heeft ze Kathleen Lawler opgedragen een afspraak met mij te regelen nu ik hier ben. Sterker nog, misschien heeft Jaime haar zelfs gebruikt om me hierheen te lokken. Maar hoe vaak ik de informatie die ik heb ook analyseer, alles lijkt vergezocht, en ik blijf er maar mee bezig in de hoop dat ik het een keer begrijp. Alles lijkt verschrikkelijk onlogisch. Als Jaime heeft gezorgd dat ik vandaag in de gevangenis was en weet dat ik vannacht in dit hotel logeer, hoeft ze toch geen gedetineerde in te schakelen om me stiekem haar telefoonnummer te geven? Dan had ze me ook gewoon zelf kunnen bellen. Ik heb nog steeds hetzelfde mobiele nummer, en zij ook. Ze heeft mijn e-mailadres.

Ze had me op allerlei manieren rechtstreeks kunnen benaderen, en waarom een openbare telefoon? Waar was dat voor nodig? En het busje en mijn geannuleerde reservering? Ik denk aan wat Tara Grimm tegen me heeft gezegd. *Toevalligheden.* Ik ben iemand die niet in toevalligheden gelooft, en daar heeft ze gelijk in, in elk geval wat de recente gebeurtenissen betreft. Er hebben zoveel onvoorziene voorvallen plaatsgevonden dat het echt geen willekeur en toeval meer kan zijn. Ze betekenen iets, maar ik heb geen idee wat, en het is zinloos om erover te blijven malen.

Ik poets mijn tanden en was mijn gezicht. Ik heb zin in een lange, warme douche of een bad, maar daar heb ik nu geen tijd voor.

Ik bestudeer mezelf in de spiegel boven de wastafel in de badkamer en kom tot de conclusie dat ik er verlept uitzie door de warmte, de regen, een urenlang verblijf in een gevangenis en een rit in een busje met kuren en zonder airco. Ik wil niet dat Jaime me zo ziet. Ik kan niet helemaal omschrijven welk gevoel ze me geeft, maar ik ben me bewust van een zekere ambivalentie en verlegenheid, een bepaald onbehagen dat in al die jaren dat ik haar ken nooit is weggegaan. Het is irrationeel, maar ik kan er niets aan doen. Het was onbeschrijflijk om Lucy vol onverholen adoratie naar haar te zien kijken.

Ik herinner me hun eerste ontmoeting, meer dan tien jaar geleden. Lucy was uiterst opgewekt en vond elk woord en gebaar van Jaime fascinerend. Ze kon haar ogen niet van haar afhouden, en toen het jaren later eindelijk tot de voorbestemde relatie kwam, was ik verbaasd en blij. Nerveus en geschrokken. En vooral wantrouwig. Al die tijd dacht ik dat Lucy gekwetst zou worden. Ik was bang dat ze het grootste verdriet van haar leven tegemoet ging. Geen van haar vroegere partners kan tippen aan Jaime, die ongeveer even oud is als ik. Ze is onmiskenbaar machtig en onweerstaanbaar. Rijk. Briljant. Mooi.

Ik kijk kritisch naar mijn korte, blonde haar. Ik maak het met een likje gel wat nonchalanter en staar naar het gezicht dat mij aanstaart. Het licht boven mijn hoofd is allesbehalve flatteus. Het creëert schaduwen die mijn krachtige gelaatstrekken accentueren en verdiept de dunne lijntjes in mijn ooghoeken en de ondiepe plooien tussen mijn neus en mond. Ik zie er afgetobd uit. Ouder. Jaime zal na één blik haar oordeel klaar hebben en zeggen dat de dingen die ik heb meegemaakt hun tol hebben geëist. Het laat sporen na als je bijna bent vermoord. Stress is vergif. Er gaan cellen door dood. Je haar valt ervan uit. Extreme stress heeft invloed op je slaap, waardoor je er nooit uitgerust uitziet. Ik zie er niet echt beroerd uit. Het komt door de verlichting hier, en terwijl ik aan Kathleen Lawlers gemopper over slechte verlichting en slechte spiegels denk, komen er wat recente opmerkingen van Benton naar boven die me niet helemaal lekker zitten.

Toen ik me laatst aankleedde, kwam hij achter me staan, en hij sloeg zijn armen om me heen en zei dat ik steeds meer op mijn moeder begon te lijken. Hij zei dat het door mijn kapsel kwam, misschien omdat het nu wat korter is. Hij bedoelde het als een compliment, maar zo vatte ik het niet op. Ik wil niet op mijn moeder lijken, want ik wil helemaal niets met haar of met mijn enige zus Dorothy gemeen hebben. Ze wonen allebei nog steeds in Miami en hebben altijd wel iets te zeuren. Ze zaniken over de warmte, de buren, de honden van de buren, verwilderde katten, politiek, criminaliteit, de economie en natuurlijk over mij. Ik ben een waardeloze dochter, een waardeloze zus en een waardeloze tante voor Lucy. Ik kom nooit op bezoek en bel zelden op. Laatst zei mijn moeder tegen me dat ik mijn Italiaanse wortels ben vergeten, alsof het Apennijns Schiereiland je bakermat is als je in een Italiaanse buurt in Miami bent opgegroeid.

Buiten is de zon achter de stenen en bakstenen gebouwen aan Bay Street gezakt. Het is nog steeds erg warm, maar lang niet zo vochtig meer. Er luidt een klok in het stadhuis. De volle, metalige klank slaat het halve uur als ik een steile, granieten trap naar de lagergelegen River Street afdaal en achter het hotel langs loop. Door een aantal verlichte, gewelfde ramen op de benedenverdieping zie ik dat er een balzaal wordt klaargemaakt voor een of ander evenement, en dan kom ik bij de rivier, die in het schemerlicht van de naderende avond een diepe, indigoblauwe tint heeft gekregen. De hemel trekt open, de maan komt reusachtig en eivormig op en overal op de straten en trottoirs lopen toeristen, die zijn gekomen voor de restaurants, de winkels en de rondvaarten bij zonsondergang. Oude mannen verkopen gevlochten, stugge gele bloemen van veenreukgras, en je ruikt de vanillegeur van de lange, smalle bladeren. In de verte hoor ik de sentimentele tonen van een indiaanse fluit.

Ik ben me zeer bewust van alles wat ik passeer. Ik zie alle mensen, maar ik kijk niemand in de ogen. Wie weet nog meer dat ik hier ben? Wie heeft daar nog meer belangstelling voor, en waarom? Ik loop door met een doelbewustheid die ik niet echt voel. Kon ik maar een van de prima restaurants in duiken en Jaime Berger uit mijn hoofd zetten, compleet met alles wat ze eventueel van me wil. Kon ik Kathleen Lawler maar vergeten, en haar afschuwelijke biologische dochter en het afgrijselijke lot van Jack Fielding, dat nog erger was dan de dood. In het halfjaar dat ik me op Dover Air Force Base in radiologische pathologie specialiseerde, zodat we in mijn nieuwe hoofdkwartier in Cambridge CT-scans of virtuele secties konden gaan uitvoeren, degenereerde Jack tot iets onherkenbaars. Ik had hem een unieke kans gegeven door hem tijdens mijn afwezigheid de leiding te geven. Hij leidde de boel rechtstreeks naar de ondergang.

Misschien lag het aan de drugs die hij gebruikte, en aan zijn dochter, die hem in een verdwaasd beest veranderde. Misschien heeft hij een aantal dingen ook vanwege het geld gedaan. Wat ik tegen niemand zeg, is dat Jack nu beter af is. Ik ben blij dat ik geen confrontatie met hem hoef aan te gaan en hem niet voorgoed hoef weg te sturen. Ik heb geen idee wat er door zijn hoofd ging, tenzij het hem allemaal gewoon niet meer kon schelen, maar hij heeft ons allebei een ronduit afgrijselijke, brute botsing bespaard. Want dat zou het zijn geworden. Een conflict dat er al tijden aan zat te komen en dat hij onherroepelijk zou hebben verloren. Hij moet hebben geweten dat ik bij mijn terugkeer achter al zijn wandaden, walgelijke overtredingen en immorele, egoïstische handelingen zou komen. Jack Fielding wist dat hij erbij was. Hij wist dat ik hem geen vergiffenis zou hebben geschonken. Deze keer zou ik hem niet hebben teruggenomen of in bescherming hebben genomen. Toen Dawn Kincaid hem vermoordde, was hij al dood.

Op een bepaalde, vreemde manier heeft dat besef me onverwachts voldoening en iets meer zelfrespect gegeven. Ik ben in mijn voordeel veranderd. Eigenlijk kun je niet onvoorwaardelijk van iemand houden. Mensen kunnen de liefde uit je branden en slaan. Het is echt zo dat liefde om zeep kan worden geholpen, en dan is het niet jouw schuld dat je haar niet meer voelt. Het is heel bevrijdend om dat eindelijk te begrijpen. Liefde is er niet in goede en in kwade dagen, niet door dik en dun. En terecht, verdomme. Als Jack nog leefde, zou ik niet van hem houden. Toen ik in de kelder van zijn huis in Salem zijn dode lichaam onderzocht, voelde ik geen liefde voor hem. Hij was koud en stijf onder mijn handen, halsstarrig en koppig. Na zijn overlijden verborg hij zijn smerige geheimen op dezelfde manier als tijdens zijn leven, en op een bepaalde manier was ik blij dat hij dood was. Ik was opgelucht. Dankbaar. Bedankt voor de vrijheid, Jack. Fijn dat je voor altijd bent verdwenen, zodat ik me niet meer verplicht voel om mijn tijd nog aan jou te verspillen.

Ik loop nog een poosje rond om hem uit mijn hoofd te krijgen, weer wat te bedaren en mijn ogen af te vegen. Ik hoop maar dat ze niet rood zijn. Terwijl de klok van het stadhuis negen keer slaat, neem ik op Houston Street een straat die wegloopt van de rivier. Ik loop dieper de historische wijk in en ga rechtsaf op East Broughton. Op Abercorn sta ik stil voor het Owens-Thomas House, een tweehonderd jaar oude, kalkstenen villa met Ionische zuilen die inmiddels een museum herbergt. Eromheen staan andere elegante huizen en gebouwen van vóór de Burgeroorlog, en ik denk aan het oude, bakstenen huis met twee verdiepingen dat ik negen jaar geleden op het nieuws zag. Ik vraag me af waar de familie Jordan woonde. Zou het hier in de buurt zijn? En was het gezin een bewust doelwit van de dader of daders, of hadden de Jordans gewoon pech? De meeste mensen in deze wijk hebben een inbraakalarm en het knaagt aan me dat dat van de Jordans kennelijk niet was ingeschakeld, al weet ik best dat sommigen daar laks in zijn, zelfs rijke mensen die beter zouden moeten weten.

Maar als je van plan was om in de kleine uurtjes bij een slapend gezin in een duur huis in te breken, zou je er toch van uitgaan dat er een alarmsysteem aanwezig was en dat het was ingeschakeld? In de artikelen die ik heb doorgekeken toen ik bij de wapenwinkel geparkeerd stond, heb ik gelezen dat Clarence Jordan op zaterdagmiddag 5 januari in een plaatselijke mannenopvang vrijwilligerswerk had gedaan en die avond rond halfacht was thuisgekomen. Het inbraakalarm werd niet genoemd en er stond ook niet bij waarom hij het die avond bij thuiskomst niet had ingeschakeld, maar blijkbaar had hij dat niet gedaan. Het alarm kan onmogelijk aan hebben gestaan toen er die nacht na twaalven werd ingebroken.

De moordenaar – naar alle waarschijnlijkheid Lola Daggette – sloeg het glas van de keukendeur op de begane grond in, stak een hand naar binnen, draaide de sleutel om en liep naar binnen. Als we ervan uitgaan dat het alarmsysteem geen bewegingsmelders of gebroken-glasdetectoren had, moet het contactpunten hebben gehad, en zelfs als de dader de code wist, zou het alarm zijn afgegaan zodra de deur opengіng en zou het hebben gepiept of gerinkeld tot het werd uitgeschakeld. Het is moeilijk voor te stellen dat vier mensen daardoorheen hebben geslapen. Misschien heeft Jaime er een verklaring voor. Misschien heeft Lola Daggette haar verteld wat er daadwerkelijk is gebeurd en kom ik er zo achter wat ik hier doe en wat ik ermee te maken heb.

Ik sta op het trottoir, dat ongelijkmatig verlicht wordt door de gloed van de hoge, ijzeren lantaarns, en ik probeer mijn advocaat Leonard Brazzo te bellen. Hij is gek op steakrestaurants, en als hij zijn mobieltje opneemt, vertelt hij dat hij in The Palm zit en dat het er erg druk is.

'Ik loop wel even naar buiten,' klinkt zijn stem door mijn draadloze headset. 'Oké, zo gaat het beter,' zegt hij even later, en ik hoor auto's toeteren. 'Hoe ging het? Wat is ze voor iemand?' Hij doelt op Kathleen Lawler.

'Ze zei iets over brieven die Jack haar heeft geschreven,' antwoord ik. 'Ik kan me niet herinneren dat er brieven zijn gevonden, en ik heb ook niets zien liggen toen ik zijn persoonlijke bezittingen in zijn huis in Salem doorzocht. Maar het kan ook zijn dat niemand me iets over die brieven heeft verteld.' Ik staar naar het witte bakstenen gebouw aan de overkant, zeven verdiepingen met grote schuiframen. In dat gebouw heeft Jaime Berger een appartement.

Hij baalde verschrikkelijk van je.

'Geen idee,' zegt Leonard. 'Maar waarom zou Jack brieven hebben die hij aan haar heeft geschreven?'

'Ik weet het niet.'

'Tenzij ze ze een keer heeft teruggegeven. Sorry voor de windruis. Ik hoop dat je me kunt verstaan.'

'Ik vertel je alleen wat zij zei.'

'De FBI,' zegt hij. 'Het zou me niets verbazen als ze van de rechtbank toestemming hebben gekregen om haar cel te doorzoeken – of waar ze haar persoonlijke bezittingen dan ook heeft liggen – en te speuren naar brieven of andere berichten aan, van of over Jack Fielding of Dawn Kincaid.'

'En dat hoeven ze ons niet per se te vertellen,' zeg ik.

'Nee. De politie en Justitie zijn niet verplicht om brieven aan ons te laten zien. Of zelfs maar te zeggen dat ze bestaan.'

Natuurlijk zijn ze niet verplicht om ze aan ons te laten zien. Ik sta niet terecht wegens moord of poging tot moord, en dat is nu net de ergerlijke ironie. Tijdens de onderzoeksfase hebben Dawn Kincaid en haar juridische team het recht om al het bewijsmateriaal te zien dat de aanklager heeft verzameld, ook eventuele brieven van Jack aan Kathleen Lawler waarin hij mij belachelijk maakt. Maar ik hoor daar niets over en krijg ook niet te zien wat erin staat tot ze in de rechtszaal tevoorschijn komen en tegen me worden gebruikt. Mensen hebben geen rechten op het moment dat ze het slachtoffer van een misdrijf worden, en tijdens de trage, saaie rechtsgang hebben ze er maar een handjevol. De wonden genezen niet, maar worden steeds opnieuw toegebracht door advocaten, de media, juryleden en getuigen die onder ede verklaren dat iemand als ik de aanval had verdiend of zelf heeft veroorzaakt.

Hij zei dat u geen idee hebt hoe streng u voor anderen bent... Een bitch die een flinke beurt nodig had...

'Maak je je zorgen over de inhoud van die brieven?' vraagt Leonard aan mij.

'Als mijn informatie klopt, schetsen ze niet bepaald een positief beeld van me. Dat zal haar zaak helpen.'

Ik heb het over Dawn Kincaid. Ik noem haar naam niet hardop nu ik in het donker op een trottoir sta, waar mensen en auto's me passeren en koplampen pijnlijk in mijn ogen schijnen. Naarmate er meer op me wordt afgegeven, verlies ik meer geloofwaardigheid en sympathie van de juryleden.

'Laten we eerst maar eens afwachten of ze met brieven komen,' zegt Leonard, omdat hij zich niet druk wil maken over iets wat nog niet is gebeurd.

'Ik was ook benieuwd of Jaime Berger contact met je heeft opgenomen,' zeg ik.

'De aanklager?'

'Die Jaime Berger, ja.'

'Nee, ik heb niets van haar gehoord. Waarom zou ze contact met me opnemen?'

'Wat kun je me vertellen over Carter Roberts?' Dat is de advocaat over wie Tara Grimm het had.

'Als advocaat doet hij vrijwilligerswerk voor het Georgia Innocence Project. Hij werkt voor een firma in Atlanta.'

'Dus hij vertegenwoordigt Kathleen Lawler pro Deo.'

'Kennelijk.'

'Waarom heeft het Innocence Project belangstelling voor haar? Zij verdedigen toch mensen die volgens hen onschuldig zijn? Wordt haar veroordeling wegens doodslag bij rijden onder invloed soms juridisch in twijfel getrokken?' vraag ik.

'Ik weet alleen dat hij over haar zaak heeft gebeld.'

Ik besluit verder geen vragen te stellen en denk aan Kathleen Lawlers briefje en haar instructies om een publieke telefoon te gebruiken. Waarom was dat? Als de instructie van Jaime afkomstig was, wil ze misschien niet dat ik haar met mijn mobieltje bel. Ik zeg tegen Leonard Brazzo dat ik hem later op de hoogte zal brengen en wens hem smakelijk eten. Ik verbreek de verbinding en steek de straat over om de confrontatie aan te gaan. Ik vraag me af welke ramen van Jaime zijn. Zou ze al op de uitkijk staan? En hoe zou het zijn om naar een wereld te staren waarvan Lucy niet langer deel uitmaakt? Ik zou mijn nicht niet willen missen. Het lijkt me verschrikkelijk om haar te hebben gekend en haar vervolgens kwijt te raken.

In het gebouw werkt geen personeel, zelfs geen portier, en ik druk op de intercomknop van appartement 8SE. Het elektronische slot zoemt luid en klikt open, alsof degene die me binnenlaat al weet wie ik ben en er niet naar hoeft te vragen. Voor de tweede keer vandaag zoek ik naar beveiligingscamera's, en ik zie er een in een witte metalen kast die wegvalt tegen de witte bakstenen in een hoek boven de deur. Als Jaime me nu op een monitor kan zien, is de kans groot dat zij de televisiebewaking heeft geïnstalleerd en dat de camera's in het donker ook infraroodbeelden doorgeven, bedenk ik.

Ik zie geen aanwijzingen dat het gebouw zelf is beveiligd. Volgens mij zijn er alleen maar elektronische sloten en een intercom, en dat maakt me steeds nieuwsgieriger. Savannah is niet zomaar een plaats waar Jaime de boel even wil ontvluchten – niet als ze de moeite heeft genomen om een geavanceerd beveiligingssysteem te installeren. Terwijl ik de deur openduw, merk ik dat er iets achter me gebeurt, en als ik me geschrokken omdraai, stapt er iemand van een fiets. De fietser heeft lampjes op zijn helm en zet het rijwiel aan het einde van het looppad tegen een lantaarnpaal, vlak bij de straat.

'Jaime Berger?' vraagt de fietser. Ik heb nu pas door dat het een vrouw is, en ze haalt haar rugzak van haar rug, maakt hem open en trekt er een grote, witte zak uit.

'Nee,' zeg ik, terwijl ze met een afhaalmaaltijd met de naam van een restaurant erop naar me toe komt.

Ze drukt op de zoemer en zegt in de intercom: 'Bestelling voor Jaime Berger.'

Terwijl ik de deur openhoud, zeg ik tegen haar: 'Geef maar. Ik ga naar boven. Ik kan het wel meenemen. Wat krijg je van me?'

'Twee *tekka maki*, twee *unagi* maki, twee California maki, twee zeewiersalades. Al betaald met haar creditcard.' Ze geeft me de tas en ik druk haar een fooi van tien dollar in de hand. 'Dit bestelt ze donderdags altijd. Een prettige avond.'

Ik doe de deur achter me dicht en ga met de lift naar de bovenste verdieping, waar ik door een lege gang met vloerbedekking naar een appartement in de zuidoostelijke hoek loop. Terwijl ik aanbel, kijk ik omhoog naar de lens van een tweede camera, en dan gaat de zware, eiken deur open. Mijn verbazing verdringt alles wat ik had willen zeggen.

'Hallo, doc,' zegt Pete Marino. 'Niet kwaad worden.'

8

Hij nodigt me binnen alsof dit zijn appartement is en ik word aanvankelijk heel zenuwachtig van de ernst in de ogen achter zijn ouderwetse metalen bril en de harde trek om zijn mond.

'Jaime kan elk moment terug zijn.' Hij doet de deur dicht.

Terwijl ik hem opneem van zijn glanzende, kaalgeschoren hoofd en zijn grote, verweerde gezicht tot de canvas-schoenen met rubberzolen, die hij draagt zonder sokken, slaat mijn geschokte reactie plotseling om in woede. Ik zie hoe zijn hawaïhemd valt over schouders die massiever zijn en een buik die platter lijkt dan in mijn herinnering. Een wijde, korte groene broek met grote zakken hangt laag op zijn heupen en hij is diepgebruind. Alleen de huid onder zijn kin is gespaard gebleven. Hij is met dit zomerweer buiten geweest en heeft in een boot of op het strand gezeten, zodat zijn huid een roodbruine tint heeft gekregen. Zelfs zijn kale hoofd en de bovenkant van zijn oren hebben de kleur van cognac; alleen rond zijn ogen zitten bleke kringen. Hij heeft een zonnebril gedragen, maar geen pet, en ik denk aan de witte bestelbus en de brochures over huurboten in het handschoenenkastje. Ik denk aan de servetten van die fastfoodketen.

Marino is gek op het eten van Bojangles en Popeyes en klaagt vaak dat gefrituurd eten in New England geen deel uitmaakt van de maaltijdschijf, zoals in het zuiden. Hij heeft de laatste tijd ook veel opmerkingen gemaakt over de echte benzineslurpers onder de tweedehands bestelwagens, over bootjes die voor een appel en een ei verkocht worden en dat hij het warme weer zo mist, en ik herinner me dat ik het een beetje vreemd vond dat hij eerder deze maand op het laatste moment langskwam om vrij te vragen. Hij zei dat hij een prachtig vakantieaanbod had gekregen. Hij wilde gaan vissen en hij had niets op het programma staan. 15 juni was zijn laatste werkdag bij het CFC.

Marino verdween halverwege deze maand en bijna tegelijkertijd gebeurden er een heleboel verschillende dingen. Ik kreeg geen e-mails meer van Kathleen Lawler. Ze werd overgeplaatst naar de extra beveiligde afdeling. En opeens wilde ze dat ik naar de gevangenis zou komen om met haar te praten over Jack Fielding. Leonard Brazzo vond het een goed idee en toen kwam ik erachter dat Jaime Berger hier is. Nu ik er op mijn gemak op terug kan kijken, is wel duidelijk wat er gebeurd is. Marino heeft tegen me gelogen.

'Ze is iets te eten halen.' Hij neemt de zak met sushi's van me aan. 'Echt eten. Ik lust geen visvoer.'

Ik zie een bureau, twee stoelen en een tafeltje tegen de verste muur met twee laptops, een printer, boeken en notitieblokken erop, en op de vloer stapels dossiermappen.

'Het is niet echt een goed idee om met zijn drieën in een restaurant te gaan zitten praten,' voegt hij eraan toe terwijl hij de zak met sushi's op het aanrecht zet.

'Ik zou het niet weten, want ik heb geen flauw benul wat jij hier doet. En wat nog belangrijker is: wat ik hier doe,' antwoord ik.

'Wil je iets drinken?'

'Op dit moment niet.'

Ik loop langs een aan de muur bevestigde monitor en een kapstok en even ruik ik sigaretten.

'Ik kan het je niet kwalijk nemen dat je je afvraagt wat er in godsnaam aan de hand is.' Het papier ritselt als Marino de zak opendoet. 'Ik kan dit maar beter in de koelkast zetten. 'Niet nijdig worden, doc...'

'Jij hoeft me niet te vertellen hoe ik moet reageren. Rook je weer?'

'God, nee.'

'Ik ruik sigaretten. En er heeft iemand gerookt in het huurbusje dat ik niet gereserveerd had. Het rook er ook naar dode vis en fastfood, en er lagen verdachte brochures in het handschoenenkastje. Ik hoop in godsnaam dat je niet weer bent gaan roken.'

'Ik raak heus niet meer verslaafd aan sigaretten na alle moeite die ik heb gehad om te stoppen.'

'Wie is kapitein Link Michaels?' Ik heb het over een van de brochures in het handschoenenkastje. 'HET HELE JAAR VISSEN MET KAPITEIN LINK MICHAELS,' citeer ik.

'Iemand met een huurboot in Beaufort. Aardige vent. Ik ben een paar keer met hem mee geweest.'

'Je had geen pet op en waarschijnlijk had je ook geen zonnebrandcrème. Ben je niet bang voor huidkanker?'

'Dat heb ik niet meer.' Hij raakt een beetje verlegen zijn roodbruine kale hoofd aan, waar een paar maanden geleden verscheidene basaalcelcarcinomen zijn weggehaald.

'Het feit dat die plekken zijn verwijderd, wil niet zeggen dat je je niet meer hoeft in te smeren. Je zou altijd iets op je hoofd moeten hebben.'

'Mijn pet is afgewaaid toen we vol gas gaven met de boot. Ik ben een beetje verbrand.' Hij raakt nog eens de bovenkant van zijn hoofd aan.

'We zullen het kenteken van het busje waarin ik vandaag heb rondgereden wel niet hoeven natrekken. Het is vast niet van het autoverhuurbedrijf,' zeg ik dan. 'Wie heeft erin gerookt als jij dat niet was?'

'Je bent niet gevolgd, dat is het enige wat belangrijk is,' zegt hij. 'In het busje zou niemand je volgen. Ik ben vergeten het handschoenenkastje leeg te maken. Ik had kunnen weten dat je erin zou kijken.'

'En die jongen die het heeft afgeleverd, wie was dat? Want ik geloof niet dat hij echt voor Lowcountry Concierge Connection werkt. Is dat jouw huurbus en heb je de zoon van een of andere botenverhuurder overgehaald om hem bij mij af te leveren?'

'Het is geen huurbus,' zegt Marino.

'Nou, ik denk dat ik nu wel weet waarom Bryce me vandaag niet heeft teruggebeld. Ik heb het gevoel dat er op hem ingepraat is. Dat is wel vaker gebeurd als jij achter mijn rug om dingen doet en hem overhaalt je te helpen door te zeggen dat het in mijn eigen belang is. Heb je hem soms ook gezegd mijn hotelkamer te annuleren?'

'Wat maakt het uit? Het is toch goed gekomen?'

'Goeie god, Marino,' protesteer ik. 'Waarom moest Bryce mijn kamer annuleren? Wat spook je verdomme uit? Stel dat ze geen kamer meer beschikbaar hadden gehad.'

'Ik wist dat ze er nog wel een zouden hebben.'

'Ik had wel kunnen verongelukken in die verdomde bus. Er is niet in te rijden.'

'Laatst deed hij het nog prima,' zegt hij met een frons. 'Wat was ermee? Ik zou je nooit in een auto laten rijden die niet veilig is. En ik had het geweten als je pech had gekregen.'

'Niet veilig is nog zacht uitgedrukt,' antwoord ik. 'Hij versnelt en houdt in, helemaal uit zichzelf, en hij slingert over de weg alsof hij een toeval heeft.'

'We hebben gisteravond een heleboel regen gehad, er woedde een flinke storm in South Carolina, nog erger dan hier. Het regende als een gek en de bus stond buiten. De motorkap moet waterdicht worden gemaakt.'

'South Carolina?'

'Misschien zijn de bougies vochtig geworden. En toen hij bij de gevangenis stond, zijn ze misschien nog natter geworden. Misschien is Joey door een gat in de weg gereden en moet de auto worden uitgelijnd. Aardige jongen, maar zo dom als het achtereind van een varken. Hij had me moeten bellen als de auto niet goed reed. Nou, het spijt me. En ja, ik heb er net iets gehuurd. In Charleston, een flatje vlak bij het aquarium, met een pier en aanlegplaatsen. In de auto of op de motor ben je zo hier. Ik wilde het je vertellen, maar toen gebeurde er ineens van alles.'

Ik kijk om me heen en probeer te begrijpen wat Marino zou kunnen bedoelen. Wat is er gebeurd? Wat moet dit allemaal?

'Ik moest ervoor zorgen dat je niet gevolgd werd, doc,' zegt hij dan. 'Laten we er geen doekjes om winden, Benton weet wat je van plan bent en kent je reisschema, omdat Bryce hem de e-mails doorstuurt. Ze staan op de computer van het CFC.'

Wat hij wil zeggen, is dat de huurauto die Bryce voor me heeft gereserveerd in mijn reisschema staat vermeld, maar een kapotte bestelbus met een lekke motorkap niet, en dat mijn reservering in het Hyatt niet uitmaakt omdat die geannuleerd is. Maar ik weet niet goed wat Marino insinueert over Benton.

'Laten we het zo stellen,' gaat Marino verder. 'Op de parkeerplaats van Lowcountry Concierge Connection staat een Toyota Camry klaar voor dokter Kay Scarpetta. Als iemand die toegang heeft tot je reisgegevens of je e-mails of op een andere manier van je plannen op de hoogte is daar staat te wachten tot je instapt, kom je niet opdagen. En als hij je hotel belt, komt hij erachter dat je de kamer geannuleerd hebt omdat je in Atlanta je vlucht hebt gemist.'

'Waarom zou Benton me laten volgen?'

'Misschien doet hij dat wel niet. Maar het zou kunnen dat iemand het reisschema heeft gezien dat van jouw inbox is doorgestuurd naar de zijne. Misschien weet hij dat de kans daarop aanwezig of misschien zelfs groot is en wilde hij daarom niet dat je hiernaartoe kwam.'

'Hoe weet je dat hij niet wilde dat ik hiernaartoe ging?'

'Dat ligt voor de hand.'

Ik geef geen antwoord en kijk Marino niet aan. In plaats daarvan kijk ik om me heen en neem Jaimes charmante appartement met de oude bakstenen, grenen vloeren en hoge, witgepleisterde plafonds met ruwe eiken balken op, precies mijn smaak, maar zeker niet die van haar. Het zitgedeelte, dat eenvoudig is ingericht met een leren bank, een bijpassende leunstoel en een leistenen salontafel, loopt over in een grote keuken met een stenen kookeiland en het roestvrijstalen keukengerei van iemand die graag kookt, wat Berger zeker niet doet.

Er hangt geen kunst aan de muren en ik weet toevallig dat ze een verzamelaar is. Ik zie geen persoonlijke bezittingen, behalve wat er op het bureau en de vloer ligt, tegen de verste muur onder een groot raam waardoor de zwarte avond en een verre, bleke maan te zien zijn. Ik zie geen meubels of kleden die van haar zouden kunnen zijn, en ik ken haar smaak. Modern en minimalistisch, met een voorkeur voor dure Italiaanse en Scandinavische ontwerpers en licht hout als essen en berken. Jaime heeft een eenvoudige smaak omdat haar leven verre van eenvoudig is, en ik weet nog hoe verschrikkelijk ze Lucy's appartement in Greenwich Village vond, in een fantastische voormalige kaarsenfabriek. Ik herinner me hoe beledigd ik was als Jaime het omschreef als 'Lucy's tochtige oude schuur'.

'Dit is een huurappartement,' zeg ik tegen Marino. 'Waarom?' Ik ga op de bruinleren bank zitten, een imitatie van een origineel ontwerp dat helemaal niet bij Jaimes stijl past. 'Hoe pas jij in het plaatje? En ik? Waarom ben je er zo zeker van dat ik gevolgd was als iemand die kans had gekregen? Je had me kunnen bellen als je je zoveel zorgen maakte. Wat is er aan de hand? Denk je erover ander werk te gaan doen? Of ben je weer voor Jaime gaan werken en ben je vergeten dat even te melden?'

'Ik ga niet echt ander werk doen, doc.'

'Niet echt? Nou, ze heeft je ergens bij betrokken. Je weet inmiddels hoe ze dat doet.'

Jaime Berger is een bijna angstaanjagend berekenende vrouw, en Marino is totaal niet tegen haar opgewassen. Dat was al zo toen hij nog rechercheur was bij de politie van New York en bij haar was gedetacheerd, en dat zal ook nooit veranderen. Hoe ze hem ook zover heeft gekregen om hierheen te komen en mij op slinkse wijze te betrekken in iets wat naar mijn gevoel niets minder dan een berekend complot is, ze heeft hem bijlange na niet de hele waarheid verteld.

'In wezen werk je wel voor haar, want je bent hier op haar verzoek,' voeg ik eraan toe. 'Je werkt in ieder geval niet voor mij als je me een andere auto laat geven, mijn hotelkamer annuleert en achter mijn rug om complotten met haar smeedt.'

'Ik werk voor jou, maar ik help haar ook. Ik heb mijn werk niet in de steek gelaten, doc,' zegt hij met een voor zijn doen verrassende mildheid. 'Zoiets lulligs zou ik nooit doen.'

Ik zeg maar niet dat hij in de ruim twintig jaar dat ik hem ken en met hem werk een heleboel lullige dingen heeft gedaan, en ik moet steeds denken aan wat Kathleen Lawler heeft gezegd. Om de paar minuten komt het bij me op. Jack Fielding heeft haar aan het begin van de jaren negentig geschreven, op gelinieerd papier, als een schooljongetje – een onvolwassen, zelfingenomen, gemeen schooljongetje dat een hekel aan me had. Hij en Marino vonden dat ik wat opgewarmd, menselijker gemaakt, eens goed geneukt moest worden en even is de Marino die hier voor me staat de Marino uit die tijd.

Ik zie hem in zijn donkerblauwe Crown Vic vol antennes, zwaailichten en verfrommelde fastfoodzakjes, met een overvolle asbak en een overweldigende geur van sigaretten die de luchtverfrissers aan zijn achteruitkijkspiegel bijlange na niet konden verdrijven. Ik herinner me zijn uitdagende blik, de manier waarop hij me ongegeneerd aanstaarde om me eraan te herinneren dat ik weliswaar het eerste vrouwelijke hoofd van de forensische dienst van Virginia was, maar voor hem niet meer betekende dan tieten en een kont. Ik weet nog dat ik aan het eind van elke dag naar huis ging in de hoofdstad van de Confederatie, waar ik absoluut niet thuishoorde.

'Doc?'

Richmond. Waar ik niemand kende.

'Wat is er?'

Ik weet nog hoe eenzaam ik was.

'Hé. Alles goed?'

Ik kijk weer naar de Marino die sinds die tijd zo'n twintig jaar ouder is geworden en die boven me uittorent, zo kaal als een biljartbal en verweerd door de zon.

'En als Kathleen Lawler nou eens had geweigerd mee te spelen, wat het spelletje ook is?' zeg ik tegen hem. 'Stel dat ze me dat papiertje met Jaimes telefoonnummer erop niet had gegeven. Wat dan?'

'Daar heb ik me wel zorgen over gemaakt.' Hij loopt naar het raam en tuurt in het donker. 'Maar Jaime wist zeker dat Kathleen je het briefje zou geven.' Hij blijft met zijn rug naar me toe naar beneden staren, wellicht uitkijkend naar Jaime.

'Ze wist het zeker. Ach ja,' antwoord ik. 'Ik ben hier niet gelukkig mee.'

'Dat weet ik, maar er zijn redenen voor.' Hij komt een eindje naar me toe. 'Jaime kon je in dit stadium niet rechtstreeks benaderen. Het was veiliger om jou haar te laten bellen, en wel op een manier die niet achterhaald kon worden.'

'Is dat een juridische strategie of beschermt ze zichzelf om de een of andere reden?'

'Niemand mag ooit te weten komen dat Jaime het initiatief heeft genomen voor deze ontmoeting of dat ze op dit punt contact met je heeft opgenomen, zo simpel ligt het,' zegt hij. 'Officieel tref je haar morgen als je om zakelijke redenen bij de lijkschouwer bent, maar je bent nooit hier geweest. Niet hier en niet nu.'

'Even zorgen dat ik dit goed begrijp. Ik moet doen alsof ik hier niet geweest ben en alsof ik Jaime vanavond niet heb gezien.'

'Precies.'

'En jullie verwachten van me dat ik meega in de leugens die jullie tweetjes hebben bedacht.'

'Het is noodzakelijk en voor je eigen bestwil.'

'Ik ben helemaal niet van plan iemand officieel te zien en ik heb geen idee over welke zaken je het hebt.' Maar ik heb het gevoel dat ik het wel weet, en ik denk aan de sectieverslagen van de vermoorde familie Jordan en aan bewijsstukken in die zaak die bewaard worden door de plaatselijke lijkschouwer en de forensische dienst. 'Ik ga morgenochtend weg,' voeg ik eraan toe, maar mijn aandacht wordt getrokken door de dossiermappen die in een stapel op de vloer bij het bureau liggen. Ze hebben verschillend gekleurde tussenstukken en op de etiketten staan initialen en afkortingen die mij niets zeggen.

'Ik kom je om acht uur oppikken.' Marino staat midden in de kamer, alsof hij niet goed raad weet met zichzelf, en zijn grote lichaam lijkt alles om hem heen kleiner te maken.

'Het zou misschien helpen als je me vertelt waar dit allemaal over gaat.'

'Het is lastig praten als je zo nijdig bent.' Hij kijkt op me neer en omdat ik zit en hij niet, vind ik dat niet aangenaam.

'Voor zover ik weet, werk je voor mij en niet voor Jaime. Als je aan iemand loyaliteit verschuldigd bent, is dat aan mij en niet aan haar.' Ik klink boos, maar eigenlijk ben ik gekwetst. 'En ga alsjeblieft zitten.'

'Als ik had gezegd dat ik Jaime wil helpen en dat ik sommige dingen een beetje anders wil gaan doen dan ik altijd gedaan heb, had je nee gezegd.' Het leer kraakt luid als hij in de diepe leunstoel gaat zitten.

'Ik weet niet waar je het over hebt of hoe je kunt weten wat ik gezegd zou hebben.' Ik heb het gevoel dat hij me ervan beschuldigt dat ik altijd moeilijk doe.

'Je hebt niet het flauwste benul wat er allemaal gaande is, omdat niemand zich in een positie bevindt om het je rechtstreeks te kunnen vertellen.' Hij leunt voorover en zet zijn brede armen op zijn blote knieën, die het formaat hebben van kleine wieldoppen. 'Er zijn mensen die je kapot willen maken.'

'Ik denk dat dat wel duidelijk is...' begin ik, maar hij wil me niet aan het woord laten.

'Nee.' Hij schudt zijn kale hoofd en de stoppels op zijn zware, gebruinde kaken zijn net zand. 'Je denkt misschien dat je dat wel weet, maar dat is niet zo. Oké, Dawn Kincaid kan je niets doen omdat ze veilig zit opgesloten in het gekkenhuis, maar er zijn andere manieren en andere mensen. Ze heeft plannen om je leven te verwoesten.'

'Ik kan me niet voorstellen dat ze illegale of gewelddadige plannen naar buiten kan brengen zonder dat de mensen in Butler, de politie en de FBI dat te weten komen.' Ik probeer logisch en koelbloedig te blijven en het feit te verdringen dat ik tot in het diepst van mijn ziel gekwetst ben door de grapjes die Jack en

Marino twintig jaar geleden hebben gemaakt, door hun ware gevoelens voor mij en door de manier waarop ze me hebben bespot en uitgesloten.

'Dat is helemaal niet zo moeilijk.' Hij kijkt me strak aan. 'Via die schurkachtige advocatenbende van haar, bijvoorbeeld. Zij kunnen privégesprekken met haar houden, net zoals Jaime dat heeft gedaan met Kathleen Lawler. Als je bang bent dat het gesprek op video of op een geluidsband wordt opgenomen, communiceer je schriftelijk. Je geeft elkaar briefjes. Je schrijft iets op een notitieblok en laat dat aan je cliënt lezen, en die zegt niets.'

'Ik denk echt niet dat Dawn Kincaids advocaten een huurmoordenaar hebben ingeschakeld, als je dat soms wilt suggereren.'

'Ik weet niet of ze dat zouden doen,' zegt hij peinzend. 'Maar ze willen je kapotmaken en achter de tralies krijgen. Hoe je het ook bekijkt, je loopt ernstig gevaar.'

Ik merk aan hem dat hij volledig overtuigd is van wat hij net heeft gezegd en vraag me af hoeveel daarvan uit Jaimes koker komt. Wat voert ze allemaal in haar schild en waarom?

'Ik vermoed dat ik meer te vrezen heb gehad van die bestelbus van jou dan van een huurmoordenaar,' antwoord ik. 'Stel dat ik ergens in die uithoek pech had gekregen.'

'Dat had ik geweten. Ik wist de hele dag precies waar je was, tot aan de wapenwinkel op twee komma vijfentwintig kilometer ten noorden van Dean Forest Road toe. Ik heb een gps-zendertje in mijn bus en kan via Google Maps zien waar hij zich bevindt.'

'Dat is belachelijk. Wie heeft dit allemaal op touw gezet en wat is de ware reden daarachter?' vraag ik. 'Ik geloof namelijk geen moment dat het jouw idee was. Dus Jaime is hier om met Lola Daggette te praten. Wat heb ik daar in godsnaam mee te maken? Of jij? Wat wil ze nou echt?'

'Een maand of twee geleden heeft Jaime het CFC gebeld,' zegt hij. 'Ik was toevallig in het kantoor van Bryce en heb de telefoon aangenomen, en ze zei dat ze informatie natrok over Lola Daggette, die in dezelfde gevangenis zit als Kathleen Lawler. Jaime wilde zogenaamd alleen vragen of ik toevallig iets wist over Lola Daggette en of er enige reden was waarom haar naam is opgedoken bij het onderzoek naar Dawn Kincaid...'

'En dat heb je nooit aan mij doorgegeven,' val ik hem in de rede.

'Ze wilde mij spreken, niet jou.' Alsof Jaime Berger de directeur van het CFC is, of misschien Marino. 'Ik kreeg al snel door dat er meer achter dat telefoontje van haar zat. Om te beginnen belde ze niet vanuit het kantoor van de openbare aanklager. Op het schermpje stond *onbekend nummer*. Ze belde midden op de dag vanuit haar appartement, en dat vond ik nogal ongebruikelijk. Toen zei ze: "Ik zit zo diep ergens in dat ik decompressiestops moet houden voordat ik bovenkom om adem te halen." Toen ik nog voor haar werkte, was dat een code die betekende dat ze me onder vier ogen moest spreken, niet over de telefoon. Dus ging ik rechtstreeks naar South Station en nam de Acela naar New York.'

Marino verontschuldigt zich nergens voor, zo zeker is hij van wat hij doet en zegt. Hij zit er totaal niet mee dat hij twee maanden lang dingen voor me verzwegen heeft omdat de handige, slimme Jaime Berger met hem geschoven heeft alsof hij een plastic pion is. Ze wist precies wat ze deed toen ze hem belde en die code gebruikte.

'Het enige wat me verbaast,' gaat hij verder, 'is dat je verdomme samenwoont met iemand van de FBI zonder te weten dat je telefoons worden afgeluisterd.'

Hij gaat dieper in de leren stoel zitten en slaat zijn dikke benen over elkaar, en ik zie iets van zijn vroegere kracht in hem, die enorm moet zijn geweest. Ik denk aan foto's die ik heb gezien uit de tijd dat hij nog bokste. Hij was een bruut van een zwaargewicht en er was niets beschaafds aan hem. Hoeveel mensen hebben er door hem hersenschuddingen opgelopen, hoeveel mensen heeft hij hersenletsel bezorgd, hoeveel gezichten heeft hij ingeslagen?

'Ze lezen je e-mails,' zegt hij, terwijl ik naar de bleke littekens op zijn knieën kijk en me afvraag hoe hij die heeft opgelopen. 'Het is mogelijk dat je gevolgd en in de gaten gehouden wordt.'

Ik sta op van de bank.

'Je weet hoe het werkt.' Ik hoor zijn stem nog als ik de goed uitgeruste keuken van Jaime Berger in loop, die eruitziet alsof hij nooit wordt gebruikt. 'Ze vragen een gerechtelijk bevel aan om je te kunnen bespioneren en vertellen dat pas achteraf.'

9

Ik bied hem niets te drinken aan. Ik bied hem helemaal niets aan als ik de koelkast opentrek en kijk wat er op de glazen schappen ligt. Wijn, mineraalhoudend bronwater, cola light. Griekse yoghurt. Wasabi en ingemaakte gember en zoutarme sojasaus.

Ik maak de kastjes open, maar er staat niet veel in, alleen het broodnodige servies en kookgerei dat je in een gemeubileerd huurappartement zou verwachten. Een peper-en-zoutstel, maar geen andere specerijen, en een fles Johnny Walker Blue van driekwart liter. Ik pak een fles water uit de bijkeuken, waar ze nog meer lightfrisdrank en een ruime collectie vitaminen, pijnstillers en spijsverteringsmiddelen bewaart. Ik herken de troosteloze patronen van een leven dat tot stilstand is gekomen. Ik ken de inhoud van de kasten, bijkeukens en koelkasten van mensen die doodsbenauwd zijn om iets kwijt te raken. Jaime is nog niet over het verlies van Lucy heen.

'Hoe houdt hij zoiets in godsnaam voor je verborgen?' Marino blijft maar over Benton kletsen. 'Dat zou ik niet hebben gedaan. Ik geef geen barst om protocollen. Als ik wist dat de FBI achter je aan zat, zou ik het tegen je zeggen en je verdomme waarschuwen. En dat is precies wat ik nu doe, terwijl hij loopt te lanterfanten en het brave FBI-jongetje uithangt. Hij houdt zich aan de regeltjes en doet verdomme geen moer terwijl zijn eigen verrekte bureau een onderzoek naar zijn echtgenote instelt. Net zoals hij geen moer deed op de avond dat het gebeurde. Hij zat lekker met een drankje bij het vuur terwijl jij goddorie in je eentje in het donker naar buiten liep.'

'Zo was het niet.'

'Hij wist dat Dawn Kincaid en misschien nog een paar anderen vrij rondliepen, en toch liet hij je in je eentje 's nachts naar buiten gaan.'

'Het ging heel anders.'

'Het is een wonder dat je nog leeft. Ik vind dat het goddorie zijn schuld is. Het had in een flits voorbij kunnen zijn omdat Benton te beroerd was om zijn mond open te doen.'

Ik loop terug naar de bank.

'Dit vergeef ik hem niet.' Alsof het aan hem is om iemand hiervoor te vergeven. Wat heeft Jaime in hem opgerakeld als het over Benton gaat? In hoeverre heeft ze de jaloezie aangewakkerd die hij altijd voelt en die bij de minste of geringste provocatie opvlamt of toeslaat?

'Hij wilde niet dat je hierheen ging, maar hij heeft ook niet aangeboden mee te gaan, hè?' Marino's stem klinkt hard en verhit en ik denk aan de brieven, aan hoe onzeker en egoïstisch hij kan zijn.

Toen ik in Virginia tot hoofdpatholoog-anatoom werd benoemd en Marino de beste rechercheur van Richmond was, was hij allesbehalve behulpzaam en vriendelijk. Hij deed zijn uiterste best om me daar weg te krijgen, tot hij besefte dat hij er meer aan had als ik zijn vriendin en bondgenote was. Misschien is dat uiteindelijk wat hem werkelijk motiveert. Mijn gezag en de manier waarop ik altijd voor hem heb gezorgd. Voor hem is het beter om mij aan zijn kant te hebben. Beter om een goede baan te hebben, vooral nu goede banen niet voor het oprapen liggen en hij een dagje ouder wordt. Als ik hem ontsla, mag hij verdorie van geluk spreken als hij bewaker bij detectivebureau Pinkerton kan worden, denk ik woedend, maar meteen daarna voel ik me helemaal murw vanbinnen en zitten de tranen me hoog.

'Ik wilde helemaal niet dat Benton mee zou gaan naar Savannah, en hij kon beslist geen bezoek aan de gevangenis brengen. Dat zou echt onmogelijk zijn geweest,' zeg ik, en ik neem een slok water uit de fles. 'En zelfs als je bewering klopt en de FBI om een of andere belachelijke, ongegronde reden een onderzoek naar me instelt, zou Benton daar niet van op de hoogte zijn.'

Ik ga weer op de leren bank zitten.

'Ze zouden het hem niet vertellen,' redeneer ik, terwijl ik aan Kathleen Lawlers opmerkingen over mijn reputatie denk. Ze zei dat zij geen goede naam te verliezen had, maar ik wel.

Het leek een toespeling, alsof ze me waarschuwde en zich verkneukelde bij de gedachte dat me een bepaalde tegenslag te wachten stond, en ik weet nog dat ik bij die woorden mijn oren spitste. Ik denk aan de brieven, aan de opmerkingen die er volgens haar in staan, en het verbijstert me hoe gekwetst ik ben. Na ruim twintig jaar zou het me niets moeten doen, maar toch is dat wel het geval.

‘Hoe kan hij nu als forensisch psycholoog bij die stomme FBI werken en niet op de hoogte zijn?’ vraagt Marino onvermurwbaar, en op zulke momenten weet ik dat hij een enorme hekel aan Benton heeft.

Marino zal nooit accepteren dat Benton en ik getrouwd zijn, dat ik wel eens gelukkig zou kunnen zijn, dat mijn ogenschijnlijk afstandelijke echtgenoot kwaliteiten en aantrekkelijke kanten bezit die Marino nooit zal begrijpen.

‘Laten we maar beginnen bij de vraag hoe jij zoiets kunt weten,’ zeg ik.

‘De FBI heeft via de rechtbank geregeld dat het CFC niets van onze server mag deleten,’ zegt hij. ‘Wat ik daaruit kan opmaken, is dat ze al een poosje toegang tot de server hebben. Ze neuzen in je e-mails, en misschien ook wel in andere dingen die erop staan.’

‘Waarom weet ik niet dat er voor mijn kantoor een gerechtelijk bevel is uitgevaardigd?’ Ik denk aan de uiterst vertrouwelijke informatie op de CFC-server. Een deel ervan is door Defensie geclassificeerd als geheim of zelfs top secret.

‘Shit,’ zegt Marino. ‘Hoe kun je daar nu zo kalm op reageren? Heb je me wel verstaan? De FBI stelt een onderzoek naar je in. Ze moeten jou hebben.’

‘Als dat zo is, zou ik het zeker weten. Dan zou ik op het punt staan om te worden aangeklaagd wegens een federale misdaad en zouden ze me verhoren. Dan zouden ze een jury laten bepalen of ik voor de rechter moet verschijnen en zouden ze inmiddels wel contact hebben opgenomen met Leonard Brazzo. Waarom heeft niemand me iets verteld over een gerechtelijk bevel?’ vraag ik nog een keer.

‘Omdat je het niet hoort te weten. Ik hoor het ook niet te weten.’

‘Is Lucy hiervan op de hoogte?’

‘Zij is van de IT, dus zij is degene die het gerechtelijke bevel heeft gekregen. Het is haar taak om te zorgen dat er geen elektronisch verkeer wordt gedeletet.’

Lucy heeft het dus aan Marino verteld. Maar ze heeft niets tegen mij gezegd.

‘We deleten sowieso niets, en zo’n gerechtelijk bevel betekent niet dat er al informatie is bekeken.' Ze proberen ons bang te maken, denk ik. Marino is geen advocaat, en Jaime heeft hem stevig opgestookt omdat dat in haar plannen past.

'Je doet net of het onbelangrijk is.' Zijn blik is ongelovig.

'Om te beginnen komt mijn zaak voor bij een federale rechtbank,' zeg ik. 'Het is logisch dat de FBI belangstelling heeft voor alle elektronische bestanden, vooral voor die van Jack, want we weten dat hij zich tijdens mijn verblijf in Dover met een aantal illegale activiteiten en gevaarlijke mensen heeft beziggehouden, waarvan zijn omgang met zijn dochter, Dawn Kincaid, niet het minste voorbeeld is. De FBI heeft zijn correspondentie en telefoonverkeer al onder de loep genomen om te kijken of ze iets kunnen vinden, en ze zijn nog niet klaar. Een bevel om alles op de server te laten staan was in mijn ogen dus wel te verwachten. Maar het is niet nodig, en wat zou ik trouwens moeten wissen? De reisgegevens naar Georgia? Het verbaast me dat Lucy dit voor zich heeft weten te houden.'

'We kunnen allemaal aangeklaagd worden wegens belemmering van de rechtsgang,' zegt hij.

'En ik ben ervan overtuigd dat Jaime je die bezorgdheid ook heeft aangepraat. Heeft ze het er ook met Lucy over gehad?'

'Ze praat niet met Lucy. Ze praat zelfs niet over haar.' Hij bevestigt mijn overtuiging dat Jaime en Lucy geen contact met elkaar hebben. 'Ik heb tegen Lucy en Bryce gezegd dat ze wel op hun woorden mogen letten en je geen dingen moeten vertellen die je niet hoort te weten. Anders beland je dankzij hen in de gevangenis.'

'Ik waardeer het dat je hen aanspoort om mij op vrije voeten te houden.'

'Het is niet grappig.'

'Dat is het zeker niet. De suggestie dat ik naar aanleiding van verkregen informatie iets illegaals zou doen, zoals bestanden wissen, bevalt me helemaal niet. Ik sta verdomme altijd onder toezicht, Marino. Elke dag weer. Met welk verhaal heeft Jaime je zo geagiteerd en paranoïde gekregen?'

'Ze stellen vragen over jou. In april zijn er twee FBI-agenten in haar appartement geweest.'

Ik voel me verraden. Niet door de FBI, niet door Benton of

zelfs maar door Jaime, maar door Marino. De brieven. Ik heb nooit geweten dat hij me vroeger belachelijk maakte, dat hij me kleineerde tegenover de man die ik begeleidde, mijn protegé Jack. Ik begon nog maar net en Marino zette achter mijn rug mijn personeel tegen me op.

'Ze wilden meer weten over jouw karakter, omdat zij je persoonlijk kent en met je te maken had toen we in Richmond zaten,' zegt Marino, maar wat ik hoor, is wat Kathleen Lawler me over de brieven vertelde. 'Ze wilden haar in een hoek drijven voordat ze in de particuliere sector verdween,' voegt hij eraan toe. 'En misschien was er ook nog sprake van rancune. Politiek. Haar problemen met de politie van New York.'

'Ach ja, mijn karakter.' De woorden rollen uit mijn mond voordat ik er erg in heb. 'Omdat ik zo'n vreselijk mens ben om voor te werken. Zo'n lastpak. Iemand die alleen maar kan omgaan met dode mensen.'

'Wat?'

'Misschien word ik wel aangeklaagd omdat ik zo'n lastpak ben. Een vreselijk mens dat anderen ongelukkig maakt en te gronde richt. Misschien moet ik daarvoor wel naar de gevangenis.'

'Wat bezielt jou?' Hij staart me aan. 'Waar heb je het over?'

'De brieven die Jack vroeger aan Kathleen Lawler heeft geschreven,' antwoord ik. 'Ik neem aan dat niemand ze aan me wilde laten zien. Vanwege de opmerkingen die Jack en jij vroeger in Richmond over me maakten. In zijn brieven aan Kathleen schreef hij wat jullie over me hadden gezegd.'

'Ik weet niets van brieven.' Marino leunt voorover op zijn stoel en zijn blik is uitdrukkingsloos. 'In zijn huis zijn beslist geen brieven van of aan Kathleen Lawler gevonden. Ik heb geen idee wat ze van hem kan hebben gehoord, verondersteld dat hij haar inderdaad heeft geschreven. Maar dat laatste betwijfel ik.'

'Waarom twijfel je daaraan?' roep ik uit, niet in staat om mijn mond te houden.

'Jack bleef nooit lang vrijgezel, en geen van zijn echtgenotes of vriendinnen zou het leuk hebben gevonden als hij correspondeerde met de vrouw die hem als kind heeft misbruikt.'

'Ze stuurden elkaar e-mails. Dat weten we zeker.'

'Ik denk dat zijn echtgenotes en vriendinnen zijn e-mail niet lazen,' zegt Marino. 'Maar brieven in de brievenbus, verstopte brieven in laden of op andere plaatsen... Ik kan me niet voorstellen dat Jack dat risico zou nemen.'

'Probeer me niet op te monteren.'

'Ik zeg alleen dat ik nooit brieven heb gezien en dat hij dat hele rotverhaal over Kathleen Lawler voor zich heeft gehouden,' zegt Marino. 'In al die jaren dat ik hem heb gekend, heeft hij haar naam nooit genoemd en nooit verteld wat er op die zorgboerderij met hem is gebeurd. En ik weet niet wat ik in die beginjaren allemaal heb gezegd. Als ik eerlijk ben, zullen er best onaardige dingen tussen hebben gezeten. Toen je net de leiding had gekregen, gedroeg ik me soms als een klootzak. Laat dat rotwijf in de gevangenis toch kletsen. Of ze nu de waarheid sprak of niet, Kathleen Lawler wilde je kwetsen, en dat is haar gelukt.'

Ik zeg niets, en we staren elkaar aan.

'Ik begrijp niet waar Jaime blijft.' Hij staat abrupt op en kijkt weer naar buiten. 'Ik weet niet waarom je zo pissig tegen me doet, tenzij je in werkelijkheid pissig bent op Jack. De klootzak. Je bent terecht kwaad op hem. Die leugenachtige, waardeloze ellendeling. Na alles wat je voor hem hebt gedaan. Het is maar goed dat Dawn Kincaid hem te grazen heeft genomen, want anders had ik het misschien gedaan.'

Hij blijft met zijn rug naar me toe door het raam staren, en ik ga zwijgend zitten. De stemming is overgedreven als een knetterende onweersbui die uit het niets kwam opzetten, en ik ben verrast door de opmerking die Marino zojuist over Jaime Berger heeft gemaakt. Als ik uiteindelijk het woord tot zijn grote, brede rug richt, vraag ik of hij letterlijk bedoelde dat Jaime in de particuliere sector is verdwenen.

'Ja,' zegt hij, zonder zich om te draaien. 'Letterlijk.'

Hij vertelt dat ze niet meer voor het OM in Manhattan County werkt. Ze is er weggegaan. Opgestapt. Net als veel andere intelligente, succesvolle aanklagers is ze overgelopen naar de andere kant. Uiteindelijk doen ze het bijna allemaal. Ze geven hun slechtbetaalde, ondankbare banen in overheidskantoren vol verstikkende bureaucratie op omdat ze uiteindelijk meer dan genoeg hebben van de eindeloze rij tragedies, parasieten, meedogenloze schurken en bedriegers die aan hun oog voorbijtrekt. Akelige mensen die andere akelige mensen akelige dingen aandoen. In tegenstelling tot wat het publiek denkt, zijn slachtoffers lang niet altijd onschuldig of zelfs maar sympathiek, en Jaime zei vroeger dat ik bofte dat mijn patiënten niet tegen me konden liegen. Volgens haar zouden getuigen of slachtoffers haar pas de waarheid vertellen als Pasen en Pinksteren op één dag vielen. Ik denk dat het makkelijker is als ze dood zijn, zei ze, en in één opzicht had ze in elk geval gelijk. Het is veel lastiger om te liegen als je dood bent.

Maar ik had nooit gedacht dat Jaime naar de particuliere sector zou overlopen. Ik denk niet dat haar beslissing iets met geld te maken had, en ondertussen vertelt Marino dat ze geen afscheidsfeest wilde en op geen enkele manier wilde worden uitgezwaaid, zelfs niet met een lunch, een taart of een borrel na het werk in een naburig café. Ze is geruisloos, zonder drukte en praktisch zonder enige vooraankondiging vertrokken rond de tijd dat ze bij het CFC telefonisch naar Lola Daggette informeerde, zegt hij, en ik weet dat er iets is gebeurd. Niet alleen met Jaime, maar ook met Marino. Ik voel dat hun levens op de een of andere manier een andere wending hebben gekregen, en het stelt me teleur dat ik dat nu pas hoor. Ik vind het heel treurig dat ze allebei het gevoel hadden dat ze het me niet konden vertellen.

Misschien ben ik echt veel te streng voor anderen. Ik hoor Kathleen Lawlers wrede opmerkingen en zie het triomfantelijke gezicht dat ze erbij trok, alsof ze er haar hele leven naar had uitgekeken om ze te spuien. Haar woorden raken me. Ik besef dat ze me vreselijk raken, en dat komt omdat ik weet dat er een kern van waarheid in zit. Ik ben geen makkelijk mens. Het is waar dat ik nooit echt vrienden heb gehad. Lucy, Benton, een paar vroegere werknemers. En door de jaren heen was Marino er. Ook al ging het nog zo beroerd, hij bleef, en dat wil ik zo houden.

'Ik heb het idee dat Jaime ook nog iets anders heeft gevraagd toen ze het CFC belde,' zeg ik tegen hem, en er klinkt geen beschuldigende toon in mijn stem door. 'Volgens mij is het ook geen toeval dat jij over vissen, boten en heimwee naar het zuiden begon rond de tijd dat zij het CFC belde en jij de trein naar New York nam.'

'We konden beter met elkaar opschieten toen ik nog niet voor jou werkte.' Hij draait zich om en loopt terug naar zijn stoel. 'Ik zat lekkerder in mijn vel toen mijn hulp als deskundige werd ingeroepen, je weet wel, een rechercheur van moordzaken, een brigadier die deel uitmaakte van een team. Dat was beter dan werken voor jouw kantoor, werken voor Jaimes kantoor en daarna weer voor jouw kantoor. Ik ben een ervaren rechercheur van de afdeling Moordzaken, opgeleid om onderzoek te doen naar plaatsen delict en sterfgevallen. Ik bedoel, na alles wat ik heb gezien en gedaan, wil ik verdorie niet de rest van mijn leven in een piepklein kantoortje zitten wachten tot ik een opdracht krijg of tot er iets gebeurt.'

'Je neemt ontslag,' zeg ik. 'Dat wil je me zeker vertellen.'

'Nou, nee.'

'Je verdient het leven dat je wilt. Je verdient het meer dan wie dan ook. Het stelt me teleur dat je het gevoel had dat je je hart niet kon uitstorten. Dat zit me nog het meest dwars.'

'Ik wil geen ontslag nemen.'

'Je klinkt alsof je de stap al hebt gezet.'

'Ik wil eigen baas zijn en per klus worden aangenomen,' zegt hij. 'Jaime en ik hebben het erover gehad toen ik in New York was. Zij is ook voor zichzelf begonnen, en ze zei dat ik er maar eens over moest nadenken. Ze zei dat ze mijn hulp bij haar zaken kon gebruiken, en ik weet dat jij mijn hulp ook kunt gebruiken. Ik wil niemands eigendom zijn.'

'Ik heb je nooit beschouwd als mijn eigendom.'

'Ik wil wat onafhankelijkheid, een beetje zelfrespect. Ik weet dat jij dat niet begrijpt. Waarom zou iemand als jij ooit te weinig zelfrespect hebben?'

'Dat zou je nog verbazen,' zeg ik.

'Ik wil een huisje aan het water. Ik wil motorrijden, vissen en werken voor mensen die me respecteren,' zegt hij.

'Heeft Jaime je als consultant ingehuurd bij de zaak-Lola Daggette?'

'Ze betaalt me niet. Ik zei dat ik geen geld kan aannemen tot ik niet meer in dienst ben van het CFC, en ik was echt van plan om het er een keer met je over te hebben,' zegt Marino. Op dat moment hoor ik een metalen sleutel in een slot, en de deur gaat open.

Jaime Berger komt binnen, en ik ruik gekruid vlees. Ik ruik frietjes en truffels.

10

Ze zet twee grote, blauwe papieren zakken op het stenen kookeiland in de keuken en gedraagt zich opvallend ontspannen en opgewekt voor een aanklager, voormalig of niet, die een clandestiene operatie heeft opgezet in het kustgebied van Georgia waarvoor ze beveiligingscamera's nodig heeft en zo te zien een handwapen, verstopt in de bruine, rundleren Hobo-tas die over haar schouder hangt.

Haar donkere haar is goed geknipt en iets langer dan ik me herinner, ze heeft een scherp getekend en heel knap gezicht en ze is zo lenig als een vrouw die half zo jong is als zij. Ze draagt een verbleekte spijkerbroek met een witte blouse erover, geen sieraden en heel weinig make-up, en hoewel ze de meeste mensen voor de gek kan houden, lukt dat met mij niet. Ik zie de schaduw in haar ogen. Ik bespeur de broosheid in haar glimlach.

'Ik moet je mijn verontschuldigingen aanbieden, Kay,' zegt ze meteen terwijl ze haar lelijke, zware tas over de leuning van een barkruk hangt, en ik vraag me af of het door Marino komt dat ze mogelijk een wapen bij zich draagt.

Anders is het misschien een gewoonte die ze van Lucy heeft overgenomen, en als Jaime inderdaad een wapen in haar tas heeft, is het waarschijnlijk illegaal, bedenk ik me. Volgens mij kan ze in Georgia geen vergunning hebben, want ze kan hier wel een appartement huren, maar kan niet officieel als inwoner van deze staat worden aangemerkt. Beveiligingscamera's en illegaal wapenbezit. Misschien zijn het slechts de gebruikelijke voorzorgsmaatregelen omdat ze net zo goed als ik de harde realiteit van het leven kent. Maar het kan ook zijn dat Jaime bang en labiel is geworden.

'Ik zou gewoon razend zijn als iemand me zoiets flikte,' zegt ze, 'maar je zult het straks beter begrijpen, als je dat tenminste niet al doet.'

Ik denk erover op te staan en haar te omhelzen, maar ze is al druk bezig het eten uit de zakken te halen, en dat interpreteer ik als een wens om afstand te houden. Dus blijf ik zitten waar ik zit en probeer ik niet te denken aan afgelopen Kerstmis in New York en de vele keren daarvoor dat we samen waren, of wat Lucy zou doen als ze kon zien waar ik me nu bevind. Ik wil niet denken aan haar reactie als ze een heel knappe Jaime kon zien die met een gekwelde blik in haar ogen en een stijve glimlach een meeneemmaaltijd uitpakt in een oud appartement dat doet denken aan dat van Lucy in Greenwich Village, met een handtas in de buurt waar misschien wel een handwapen in zit.

Er knaagt een groeiend wantrouwen in me dat in hoog tempo een kritische massa bereikt. Jaime is het soort vrouw dat gewend is te krijgen wat ze wil, maar ze heeft Lucy opgegeven zonder voor haar te vechten en nu kom ik erachter dat ze haar carrière net zo gemakkelijk vaarwel heeft gezegd. Omdat het haar om de een of andere reden goed uitkwam. De gedachte is als een oordeel. Ik moet mezelf eraan herinneren dat het niet uitmaakt. Niets is belangrijk, behalve dat ik hier ben, waarom ik hier ben en of mijn vermoeden waar zal blijken te zijn – dat ik misleid en gebruikt word door de gewezen minnares van mijn nicht.

'Herinner je je Il Pasticcio nog, een paar straten verderop?' Jaime haalt de met folie beklede, kartonnen doosjes met plastic deksels voor de dag en plastic bekers waar soep in zou kunnen zitten, en de geuren van kruiden, sjalotjes en bacon vullen het appartement. 'Nou, dat is nu de Broughton & Bull.' Ze trekt een la open en haalt er bestek en papieren servetjes uit. 'Ze maken daar een overheerlijke pastei met zilveruitjes. Gestoofd konijn. Garnalensoep met groene *poblano*-pepers en tomatenolie. Geroosterde sint-jakobsschelpen met in bacon gewikkelde *jalapeños*.' Ze maakt het ene bakje na het andere open. 'Ik dacht dat ik jullie zelf maar moest laten opscheppen. Hoewel, misschien is het gemakkelijker als ik het doe,' bedenkt ze zich, en ze kijkt om zich heen alsof ze op zoek is naar de eettafel, alsof ze niet weet wat er wel en niet in dit gehuurde appartement staat.

'Ik hoop dat je voor mij gegrilde garnalen hebt meegenomen,' zegt Marino vanuit zijn stoel.

'En patat,' zegt Berger alsof zij en Marino volkomen vertrouwd met elkaar zijn. 'En macaroni met kaas en truffelolie.'

'Nee, dank je.' Hij trekt een vies gezicht.

'Het is goed om af en toe iets nieuws te proberen.'

'Maar geen truffels of truffelolie of zoiets. Ik hoef niets wat naar iemands reet ruikt.' Marino pakt een bruine dossiermap van de stapel op de vloer bij het bureau, waarop een sticker zit met in zwarte markeerstift de letters BLR.

'Zal ik je even helpen?' vraag ik aan Jaime, maar ik sta niet op. Ik heb het idee dat ze niet wil dat ik te dicht bij haar kom, of anders ben ik gewoon degene die zich afstandelijk en onaanraakbaar voelt.

'Blijf alsjeblieft zitten. Ik kan heus wel wat zakken openmaken en eten op borden scheppen. Ik mag dan niet zo'n goede kok zijn als jij, maar dat lukt me nog wel.'

'Je sushi's staan in de koelkast,' zegt Marino.

'Mijn sushi's? Oké, waarom niet.' Ze trekt de koelkast open en haalt de bakjes eruit die Marino daar had opgeborgen. 'Ze hebben het nummer van mijn creditcard, want ik moet bekennen dat ik hieraan verslaafd ben. Minstens drie avonden per week. Misschien moet ik me zorgen gaan maken over kwik. Jij eet nog steeds geen sushi's, Kay?'

'Nog steeds niet, nee. Dank je.'

'Ik denk dat ik de soep maar in mokken schenk, als niemand het erg vindt. Hoe ver ben je gekomen?' vraagt ze met een blik op Marino. 'Vertel maar waar je gestopt bent.'

'Ver genoeg om te weten hoeveel moeite het jullie gekost moet hebben om dit gesprek mogelijk te maken,' zeg ik in zijn plaats.

'Het spijt me echt,' zegt Jaime weer, maar het klinkt niet erg gemeend.

Het klinkt alsof ze er heel zeker van is dat ze in haar recht staat.

'Eerlijk gezegd is het aan mij om je precies te vertellen wat er gebeurt. Ik moest het alleen buitengewoon voorzichtig aanpakken.' Ze kijkt even naar me terwijl ze in de keuken bezig is. 'Ik vind dat ik de morele verantwoordelijkheid heb om een beetje op je te letten. Uiteraard ben ik altijd supervoorzichtig en ik vond het niet verstandig je te bellen, te mailen of anderszins direct contact met je op te nemen. Als ernaar gevraagd wordt, kan ik naar waarheid zeggen dat ik dat niet heb gedaan. Jij hebt mij gebeld. Maar wie zal dat te weten komen als jij het niet doorvertelt?'

'Als ik wat niet doorvertel? Dat een gedetineerde me een briefje heeft toegespeeld en ik vervolgens naar de dichtstbijzijnde publieke telefoon ben gereden alsof ik op zomerkamp ben en meedoe aan een speurtocht?' antwoord ik.

'Ik heb gisteren een gesprek gehad met Kathleen en toen vertelde ze dat ze zich erop verheugde je vandaag te zien.'

'Zei ze dat?' zeg ik tegen haar, terwijl ik een blik op Marino werp. 'Ik wed dat je dat toch wel wist. Carter Roberts zal wel met jou samenwerken. Je weet wel, die advocaat van het Georgia Innocence Project die Leonard Brazzo gebeld heeft.'

'Ik kan naar waarheid zeggen dat je contact met me opnam terwijl je voor je eigen zaken in de buurt was,' herhaalt Jaime.

'Zaken die jij voor me geregeld hebt, zodat je me hier kon krijgen,' antwoord ik. 'Dat is het enige wat je naar waarheid kunt zeggen.'

'Marino heeft je niet op de hoogte gesteld en dus niets verteld wat hij had moeten verzwijgen,' gaat ze verder. 'Hij heeft geen uitnodigingen aan je doorgegeven die onder deze omstandigheden en op dit moment onverstandig zouden zijn. Niemand heeft iets doorgespeeld wat negatieve gevolgen zou kunnen hebben.'

'Dat is wel degelijk gebeurd. Daarom zit ik hier,' antwoord ik.

'Ik heb in een vertrouwelijk gesprek met een getuige in een zaak waaraan ik werk laten blijken dat ik hoopte dat je contact met me zou opnemen.' Haar daden zijn volgens haar volkomen gerechtvaardigd.

'Ik betwijfel ten zeerste of er veel in de gevangenis omgaat wat niet wordt opgenomen,' merk ik op.

'Ik heb een aantekening gemaakt op mijn notitieblok en Kathleen op die manier gevraagd je het nummer van mijn mobiele telefoon door te geven en je te verzoeken een openbare telefoon te gebruiken,' zegt Jaime. 'Ze heeft de aantekening gelezen terwijl we aan tafel zaten. Er is niets hardop gezegd. We werden niet in de gaten gehouden en het notitieblok heb ik meegenomen. Kathleen wilde me met alle plezier helpen.'

'Omdat ze ervan overtuigd is dat ze strafvermindering zal krijgen, volgens de directrice,' merk ik op.

'Het lijkt me verstandig om eventuele briefjes van haar te vernietigen.'

'Waaruit ik moet concluderen dat je gezegd is niet met mij te praten en dat je bang bent dat mijn communicatiemiddelen niet veilig zijn.' Ik kom maar eens ter zake. 'De telefoons op mijn kantoor en in mijn huis, mijn mobiele telefoon en mijn e-mails.'

'Niemand heeft met zoveel woorden gezegd dat ik niet met je mag praten,' zegt Jaime. 'De FBI heeft altijd liever dat getuigen en andere betrokkenen niet communiceren met degene naar wie een onderzoek wordt ingesteld. Maar ik heb geen verbod gekregen om met je te praten en zolang ze niet weten dat ik dat wel gedaan heb – en ik geef er de voorkeur aan dat ze dat niet te weten komen – zullen er ook geen repercussies zijn. Ik denk dat we daarin geslaagd zijn en die hindernis genomen hebben. Morgen is een andere dag en een ander verhaal, een heel andere situatie. Al komen ze erachter dat we op een gegeven moment allebei in het kantoor van Colin Dengate zijn geweest, dan betekent dat nog niets. Ze kunnen ons er niet van weerhouden samen aan een zaak te werken nu je toch in de buurt bent.'

'Aan een zaak te werken,' herhaal ik.

'Sukkels,' zegt Marino, die niet veel met de FBI opheeft sinds hij niet meer bij de politie zit en niemand meer kan arresteren. Zijn vijandigheid heeft ook met Benton te maken.

'Als je het kunt vermijden, kun je de FBI beter niet tegen je in het harnas jagen,' voegt Berger eraan toe terwijl ze borden en mokken uit een kastje haalt. 'Jij hebt er niets aan als ik mot met ze krijg. En dit heeft ook te maken met Farbman, met de problemen die hij heeft veroorzaakt en nog kan veroorzaken.'

Dan Farbman is de plaatsvervangend woordvoerder van de New Yorkse politie en ik weet dat hij en Jaime in het verleden de degens hebben gekruist. Toen ik een paar jaar geleden als lijkschouwer in New York werkte, kon ik ook niet zo goed met hem overweg. Maar ik weet niets van recente aanvaringen en ook niet wat Farbman te maken kan hebben met eventuele problemen die ik met het ministerie van Justitie kan krijgen. Dat zeg ik ook tegen Jaime – dat ik niet zie wat ik met Farbman te maken heb.

'De politie van New York en Farbman hebben niets te maken met de gebeurtenissen in Massachusetts en de daaropvolgende arrestatie van en aanklachten tegen Dawn Kincaid,' voeg ik eraan toe terwijl Marino wat papieren uit de dossiermap haalt, ze doorbladert en er een officieel formulier tussenuit trekt waarop sommige zinnen met een markeerstift oranje zijn gekleurd.

'Jouw zaak is een federale aangelegenheid,' zegt Jaime tegen me. 'Een poging tot moord op een lijkschouwer die banden heeft met het ministerie van Defensie. Iedereen is het erover eens dat dit een moordaanslag was op een federaal beambte, dus is het een federale zaak die zal worden voorgelegd aan een federaal gerechtshof. En dat is maar goed ook. Maar het heeft ook tot gevolg dat jij en deze hele zaak de belangstelling hebben van de FBI.'

'Daar ben ik me heel goed van bewust.'

'Ik heb gehoord dat de commissaris wellicht de volgende directeur van de FBI wordt, en dat betekent dat Farbman denkt dat hij mee zal gaan en de leiding zal krijgen over de pr-afdeling. Wist je dat?'

'Ik heb wel eens wat opgevangen.'

'Tenzij ik Farbmans benoeming kan tegenhouden, en dat ben ik zeker van plan. We zitten er niet bepaald op te wachten dat er in de toekomst geknoeid gaat worden met de nationale misdaadcijfers en de statistieken over terrorisme. Die man is niet bepaald dol op me.'

'Dat is hij nooit geweest.'

'Maar de situatie is verslechterd. Ik zou zeggen dat onze verstandhouding zich in een kritiek stadium bevindt, alleen ben ik vast van plan degene te zijn die dat overleeft,' zegt ze. 'Hij vergeeft het me nooit dat ik hem ervan beschuldigd heb dat hij heeft gelogen over de misdaadstatistieken in New York en dat hij vervalste gegevens heeft ingevoerd. En zoals je je zult herinneren, heb jij om dezelfde reden aanvaringen met hem gehad.' Ze zet borden op het kookeiland.

'Ik heb nooit iemand van de New Yorkse politie beschuldigd van het vervalsen van gegevens.'

'Nou, ik wel, en ik kan me niet voorstellen dat het je verbaast dat hij het doet.' Ze haalt opscheplepels uit een la.

‘Hij heeft altijd de neiging gehad statistieken en verhalen zó te presenteren dat hij er goede sier mee kon maken. Maar ik had niet gehoord dat hij beschuldigd wordt van het vervalsen van gegevens,’ antwoord ik.

‘Je wist het echt niet.’

‘Nee,’ herhaal ik, en ik krijg het gevoel dat ze zich heeft afgevraagd of ik er misschien iets over gehoord heb van Lucy. Op het moment dat Jaime Farbman beschuldigd moet hebben, waren zij en Lucy nog samen.

Marino legt de papieren binnen mijn bereik op de salontafel, en ik pak een fotokopie van een document dat door de Georgia Prison For Women als vertrouwelijk is bestempeld.

> *Aanbevolen procedures voor executies door middel van een dodelijke injectie*
> *Materialen*
> *Natriumthiopental 5 gr/2% set steriele injectiespuit 50 cc*
> *Pancuroniumbromide-injectie (20 mg) infuus*
> *Kaliumchloride-injectie* USP *(40 mEq) steriele injectiespuit 20 cc*

Dit wordt gevolgd door aanwijzingen voor het gebruik van de medicijnen die in de ‘set’ zitten, en instructies voor het mengen van de oplossing en de manier waarop het infuus moet worden aangesloten op een 18G canule en een zak met zoutoplossing om de slang open te houden. Ik ben verbaasd over de informele, bijna nonchalante bewoordingen van een document dat in wezen stap voor stap beschrijft hoe je iemand moet doden.

> *Zorg dat er geen lucht meer in de slang zit, zodat die klaar is voor de injectie...*

‘Ik heb het fatsoenlijk gespeeld en mijn beklag rechtstreeks bij de commissaris gedaan in plaats van naar de media te stappen.’ Jaime heeft het nog steeds over haar conflict met Dan Farbman en de politie van New York.

Denk eraan vlak voor de toediening van medicijnen te controleren of de Intracath niet verstopt zit en of er geen infiltratie van de intraveneuze oplossing...

'Helaas is de commissaris bevriend met de burgemeester. Er werd een vuil spelletje gespeeld,' legt Jaime uit. 'Ze vormden één front tegen mij.'

'En vanwege jouw ruzie met Farbman besloot de FBI mijn e-mails te lezen en mijn telefoons af te luisteren? Omdat jij hem had beschuldigd van gerommel met de gegevens? Omdat ik een paar jaar geleden ook wel eens aanvaringen met hem had?' Ik geloof er niets van.

Marino legt weer een vel papier neer, en ik pak het op en lees de gemarkeerde paragraaf.

Na de injectie met natriumthiopental moet het infuus worden doorgespoeld met een normale zoutoplossing. DEZE STAP IS BUITENGEWOON BELANGRIJK. *Als er nog natriumthiopental in het infuus zit wanneer er pancuroniumbromide wordt geïnjecteerd, vormt zich een bezinksel dat een verstopping kan veroorzaken in het infuus.*

'Het wordt een puinhoop als je vijanden maakt.' Jaime geeft geen antwoord op mijn vraag. Ze haalt een paar eetstokjes uit een papieren zakje. 'De puinhoop in New York was al groot genoeg toen ik wegging bij het Openbaar Ministerie. Mijn appartement staat te koop. Ik denk erover ergens anders te gaan wonen.'

'Dus je hebt je leven in New York vaarwel gezegd vanwege die bittere strijd met Farbman? Dat kan ik me bijna niet voorstellen.' Ik zie ook documenten die betrekking hebben op de beruchtste gifmengster van Georgia, de sandwich-sadist.

Tussen 1989 en 1996 heeft Barrie Lou Rivers zeventien mensen vergiftigd met arsenicum dat ze kocht bij een bedrijf in pesticiden, negenmaal met dodelijke afloop. Al haar slachtoffers waren vaste klanten van de broodjeszaak waarvan zij de manager was. Deze broodjeszaak was gevestigd in een wolkenkrabber in Atlanta die onderdak bood aan talloze andere bedrijven. Dag in, dag uit stonden de argeloze, onschuldige mensen voor haar toonbank in het atrium voor de specialiteit, een tonijnsandwich, chips, een augurk en een blikje frisdrank voor slechts twee dollar negenennegentig. Toen ze eindelijk tegen de lamp was gelopen, zei ze tegen de politie dat ze het zat was dat de mensen altijd liepen te zeiken over het eten en dat ze hun eens echt iets wilde geven om over te zeiken. Ze had het helemaal gehad met al die 'klootzakken die me commandeerden alsof ik hun slavin was'.

'Er kwamen nog andere dingen bij,' zegt Jaime Berger terwijl ik zit te lezen. 'Helaas van persoonlijke aard. Sommige vragen van de FBI-agenten die bij me aan de deur kwamen waren gewoon onbehoorlijk. Het was duidelijk dat ze al met Farbman hadden gesproken, en je kunt je wel voorstellen wat zijn voornaamste klacht over mij was. Dat jij en ik bijna familie waren.'

Ik kijk naar het formulier waarop staat aangegeven welke mensen achtereenvolgens de verantwoordelijkheid hadden voor de middelen die zijn gebruikt bij de executie van Barrie Lou Rivers, DOC#121195. De middelen zijn klaargemaakt op 1 maart 2009 om 15.20 uur. Kathleen Lawler heeft me verteld dat Barrie Lou Rivers in haar cel is gestikt in een tonijnsandwich. Als dat waar is, moet ze ergens na 15.20 uur op de dag van haar executie zijn gestorven. De dodelijke cocktail is klaargemaakt, maar nooit toegediend omdat ze is gestorven voordat de cipiers haar op de brancard konden vastleggen. Het treft me dat haar laatste maaltijd bestond uit het soort broodje dat ze haar slachtoffers heeft geserveerd.

'Je hebt de deur platgelopen bij de vrouwengevangenis voor gesprekken met Lola Daggette, wier hoger beroep is afgewezen,' zeg ik tegen Jaime. 'Ik neem aan dat ze je iets belangrijks te vertellen heeft, anders zou je niet naar Savannah zijn verhuisd. Je bent hier niet vanwege je problemen in New York, dat geloof ik geen moment.'

'Ze is niet erg behulpzaam,' zegt Jaime. 'Je zou het wel verwachten, maar ze is niet zo bang voor de naald als voor het monster. De persoon die volgens haar de familie Jordan heeft vermoord.'

'Heeft ze gezegd dat ze weet wie het is?' informeer ik.

'De duivel,' zegt Jaime. 'Een kwade geest die de bebloede kleren in haar kamer heeft gelegd.'

'Houdt ze dat nog steeds vol, zelfs nu ze op de nominatie staat om dit najaar geëxecuteerd te worden?'

'Op 31 oktober. Halloween,' zegt Jaime. 'Ik vermoed dat de rechter die haar executie heeft uitgesteld en vervolgens weer op het programma heeft gezet iedereen wil laten weten wat hij werkelijk van Lola Daggette denkt en er zeker van wil zijn dat ze over vier maanden iets anders ontvangt dan snoepjes. De emoties lopen nog steeds hoog op als het om deze zaak gaat. Er zijn een heleboel mensen die niet kunnen wachten tot ze krijgt wat ze volgens hen verdient. Ze willen dat haar dood zo pijnlijk mogelijk is. Je weet wel, net iets te lang wachten na de toediening van het natriumthiopental. Vergeten de luchtbelletjes uit het infuus te halen. Hopen dat het infuus verstopt raakt.'

Marino legt een stapel kleurenafdrukken op de tafel. Het zijn foto's van een sectie en ik pak ze op.

'Natriumthiopental werkt snel, maar raakt net zo snel uitgewerkt, zoals jij ongetwijfeld weet,' gaat Jaime verder. 'Stel dat je de andere medicijnen, en dan heb ik het vooral over de spierverslapper pancuroniumbromide, niet snel genoeg toedient. Dan raakt het natriumthiopental, het verdovende middel, uitgewerkt. Als het infuus verstopt raakt, moeten ze een nieuw infuus zetten en tegen de tijd dat ze dat gedaan hebben, werkt het natriumthiopental niet meer.

Je lijkt misschien te slapen, maar je hersenen zijn wakker,' zegt ze. 'Je kunt je ogen niet opendoen, je kunt niet praten, je kunt geen geluid maken terwijl je op de brancard ligt vastgebonden, maar je bent bij bewustzijn en merkt dat je geen lucht krijgt. Het langwerkende pancuroniumbromide heeft de spieren in je borst verlamd en je stikt. Niemand die toekijkt heeft enig idee dat je niet vredig slaapt terwijl je gezicht blauw wordt. Een minuut, twee minuten, drie minuten, misschien langer. Je sterft een stille, martelende dood.'

De sectie op Barrie Lou Rivers is uitgevoerd door Colin Dengate en ik heb wel een idee wat zijn mening is over iemand die onschuldige mensen heeft vergiftigd door arsenicum in hun sandwiches te stoppen.

'Maar de directrice weet het wel.' Jaime pakt een fles wijn en een cola light uit de koelkast en duwt met haar heup de deur dicht. 'De beul weet het. De anonieme dokter met zijn kap en veiligheidsbril weet het en hij kan je paniek verdomde goed zien terwijl hij je bonkende hart in de gaten houdt totdat het eindelijk ophoudt met kloppen. Maar sommige mensen die toezicht houden op executies willen juist dat de veroordeelde lijdt. Ze hebben een geheime missie: zo veel mogelijk pijn en angst veroorzaken zonder dat de advocaten, de rechters en het publiek het weten. Dit soort dingen gebeurt al eeuwenlang. De bijl van de beul is bot of hij mikt niet goed, zodat er een paar extra slagen nodig zijn. De verhanging gaat verkeerd omdat de strop niet goed vastzit en de veroordeelde langzaam gewurgd wordt terwijl hij voor een joelende menigte aan het touw bungelt.'

Ik luister naar de redevoering van Jaime Berger, die klinkt als een van haar klassieke openingsverklaringen voor de rechtbank, maar ik weet dat de meeste mensen die iets betekenen in dit deel van het land, onder wie bepaalde rechters en politici en vooral Colin Dengate, er totaal niet van onder de indruk zouden zijn. Ik heb een vrij aardig idee van Colins mening, niet alleen over wat er met de familie Jordan is gebeurd, maar ook over wat er met Lola Daggette zou moeten gebeuren. Ja, de emoties lopen hoog op, vooral die van mijn opvliegende Ierse collega die aan het hoofd staat van het forensische lab van de GBI. Hij zal niet erg onder de indruk zijn van Jaime Bergers komst en haar aanwezigheid heel goed kunnen opvatten als een motie van wantrouwen. Ik vermoed dat hij niet erg geneigd is vriendelijk tegen haar te zijn.

'Zoals je heel goed weet, Kay, vind ik niet dat een vorm van euthanasie waarmee in nazi-Duitsland is begonnen om ongewenste personen te elimineren navolging hoort te vinden in de Verenigde Staten. Het zou tegen de wet moeten zijn,' zegt ze terwijl ze de sushi's en de zeewiersalade op een bord schikt. 'Dokters mogen geen rol spelen bij terechtstellingen. Ze mogen alleen vaststellen dat de veroordeelde is overleden, en de dodelijke middelen zijn steeds moeilijker te verkrijgen. Er is een tekort omdat Amerikaanse fabrikanten erop worden aangekeken als ze ze fabriceren, en in sommige staten is men zelfs gedwongen de middelen in te voeren, zodat er twijfels kunnen ontstaan over de herkomst en de kwaliteit. Die middelen zouden helemaal niet beschikbaar mogen zijn voor gevangenissen. Het lost toch allemaal niets op. De dokters verlenen hun medewerking en de apothekers maken de injecties gereed en de gevangenissen krijgen er de beschikking over. Maar wat je ook gelooft of hoe je er in moreel opzicht ook tegenaan kijkt, Lola heeft de Jordans niet vermoord. Ze heeft Clarence, Gloria, Josh en Brenda niet gedood. Ze heeft ze zelfs nooit ontmoet. Ze is nooit in het huis geweest.'

Ik kijk van de foto's naar Marino. Voor zover ik weet, is hij een voorstander van de doodstraf. Oog om oog, tand om tand. Een koekje van eigen deeg.

'Ik denk dat Lola Daggette een totaal verziekte vrouw is, een verslaafde met driftbuien, maar ze heeft niemand vermoord en er ook niet bij geholpen,' zegt hij tegen me. 'Naar alle waarschijnlijkheid is ze belazerd door degene die zij het duivelse monster noemt. Ze vond het misschien een goeie grap.'

'Wie vond het een goeie grap?'

'Degene die het echt heeft gedaan. Ze kreeg een kind in haar macht dat in een opvanghuis zat en in wezen verstandelijk gehandicapt was.' Marino kijkt even naar Jaime. 'Hoe hoog is haar IQ ook alweer? Zeventig? Volgens de wet is ze dan achterlijk,' voegt hij eraan toe.

'Ze?' vraag ik.

'Lola heeft de misdaden waarvoor ze terecht heeft gestaan en is veroordeeld niet gepleegd,' zegt Jaime. 'Het is me niet zo duidelijk wat er op de vroege morgen van 6 januari 2002 gebeurd is, maar ik heb nieuwe bewijzen voor het feit dat Lola niet in het huis van de Jordans geweest is. Wat ik niet weet, is wat er in forensisch opzicht is gebeurd, omdat ik daar de expertise niet voor heb. De verwondingen, bijvoorbeeld. Allemaal toegebracht met hetzelfde wapen, en als dat zo is, wat voor wapen was dat dan? Wat betekenen de bloedspatpatronen nu echt? Hoe lang waren de Jordans al dood toen de buurman met zijn hond naar buiten ging, zag dat de ruit van de achterdeur kapot was en merkte dat niemand reageerde op de bel of de telefoon?'

'Colin heeft die expertise wel,' merk ik op.

'Ik heb een heel mooie pinot uit Oregon,' zegt Jaime. 'Als je daar zin in hebt.'

Ze trekt de kurk uit de fles terwijl ik de foto's bekijk van Barrie Lou Rivers op een roestvrijstalen snijtafel. Haar schouders worden ondersteund door een blok van polypropyleen. Haar hoofd hangt achterover en er zit bloed in de lange slierten grijs haar. De huid van haar borst is opengelegd tot boven het strottenhoofd en de stembanden, en er zit niets in haar luchtpijp. Close-ups van de driehoek tussen de stemplooien tonen aan dat zich ook niets in die ruimte bevindt.

Niets kan langs de stembanden komen als iemand stikt, of het nu zo klein is als een pinda of een druif of zo groot als een flink stuk vlees, en Colin heeft natuurlijk allereerst goed gecontroleerd op in de luchtweg geschoten voedsel. Hij vond de zaak belangrijk genoeg om tot laat in het lab te blijven of er na de normale werkuren naar terug te keren en de sectie onmiddellijk te verrichten. Op het protocol staan de datum en tijd van de sectie vermeld: 21.17 uur, 1 maart.

Ik bekijk nog meer foto's, op zoek naar iets wat kan bevestigen wat Kathleen Lawler me over de dood van Barrie Lou Rivers verteld heeft. Ik vraag Marino om de gegevens van de hulpdiensten, de verklaringen van de dienstdoende cipiers en het sectieverslag en hij zoekt ze op in de dossiermap. Barrie Lou Rivers heeft blijkbaar inderdaad niet lang voor haar dood tonijn op roggebrood gegeten. De maaginhoud komt hiermee overeen: 200 milliliter onverteerd voedsel met zo te zien stukjes vis, zoetzuur, brood en karwijzaad erin.

Maar niets ondersteunt Kathleens bewering dat Barrie Lou Rivers gestikt is. Blijkbaar heeft niemand de Heimlich-greep uitgevoerd, dus het lijkt onmogelijk dat een stuk brood of iets anders waarin ze had kunnen stikken is uitgespuugd en daarom niet is aangetroffen bij de sectie. Er is niets vastgelegd over voedsel in de luchtpijp of verstikking, maar ik weet dat Colin ernaar gekeken heeft. Dat zie ik aan de foto's van de sectie.

Dan lees ik de handgeschreven aantekeningen die hij om 20.07 uur heeft gemaakt. Het idee dat verstikking de doodsoorzaak was, is geopperd door Tara Grimm. 'Barrie Lou leek moeite te hebben met ademen,' had de directrice blijkbaar telefonisch aan Colin gemeld toen het lichaam op weg was naar het mortuarium. Ze was er niet zelf getuige van geweest, maar haar was gemeld dat Barrie Lou 'naar adem hapte en in paniek leek'. De cipiers dachten dat het van angst was, zei Tara Grimm tegen Colin. 'Het was niet lang voordat ze naar de executiekamer zou worden gebracht om klaargemaakt te worden, en Barrie Lou had vaak emotionele uitbarstingen en angstaanvallen. Maar nu vraag ik me af of ze in haar laatste maaltijd gestikt kan zijn.'

Colin heeft deze opmerkingen genoteerd en plichtsgetrouw gezocht naar voedsel in de luchtpijp toen hij ruim een uur na het telefoontje met de directrice, die de sectie niet bijwoonde, zijn eerste incisie maakte in het lichaam van Barrie Lou Rivers. Op de papieren staan als officiële getuigen een mortuariumassistent, een rechercheur en een vertegenwoordiger van de gevangenis, cipier M.P. Macon. Dezelfde cipier die me vandaag geëscorteerd heeft.

11

Het voorlopige sectierapport vermeldt dat de doodsoorzaak en de manier waarop de overledene gestorven is niet duidelijk zijn. In de forensische pathologie is zoiets een onbesliste wedstrijd waarin geen enkel punt is gescoord, en die uiteindelijk niet meetelt omdat hij is afgelast wegens regen of het invallen van de duisternis of Joost mag weten wat.

Maar elk sterfgeval zou moeten meetellen en ik kan het niet uitstaan als ik het antwoord niet kan vinden. Ik weet dat het er is. Maar af en toe worden forensisch pathologen als Colin Dengate en ik toch gedwongen te aanvaarden dat we gefaald hebben. De doden willen ons niet vertellen wat we moeten weten en we hebben geen andere keus dan te komen met de in medisch opzicht meest plausibele verklaring, ook al geloven we daar niet helemaal in. We geven het lichaam en de persoonlijke bezittingen vrij, zodat de nabestaanden hun zaken kunnen afhandelen, het verzekeringsgeld kunnen innen, de begrafenis kunnen regelen en verder kunnen met hun leven. Barrie Lou Rivers kwam terecht in een algemeen graf omdat niemand genoeg om haar gaf om haar lichaam op te eisen.

Uiteindelijk herzag Colin het sectierapport en maakte hij melding van hartfalen ten gevolge van een myocardinfarct, een natuurlijke dood dus, en dit staat ook op haar overlijdensakte. Deze diagnose was gebaseerd op een twijfelachtige mate van aderverkalking. Zestig procent van de ramus interventricularis anterior. Twintig procent van de arteria coronaria dextra, op één centimeter van het ostium. De ramus circumflexus was schoon. Ze stond op het punt geëxecuteerd te worden, maar na haar laatste maaltijd van een tonijnsandwich met roggebrood, chips en Pepsi Cola zou ze volgens getuigen buiten adem zijn geraakt, was ze gaan zweten en voelde ze zich extreem zwak en moe. De symptomen werden aangezien voor een paniekaanval, veroorzaakt door de aanstaande executie. Een paniekaanval klopt met het onverteerde voedsel dat Colin tijdens de sectie in de maag heeft aangetroffen. Bij extreme stress of angst laat de spijsvertering het volledig afweten.

Volgens alle verslagen is ze om 19.15 uur gestorven aan een zware hartaanval, bijna twee uur voordat ze een dodelijke injectie had moeten krijgen. Terwijl ik de zaak doorneem, blijft Jaime vanuit de keuken doorpraten en intussen onze maaltijden serveren op de witte borden die bij de inboedel van haar huurappartement horen. Ze heeft het over de familie Jordan. Ze wil dat hun verwondingen en andere bewijsstukken en informatie over de plaats delict zo precies en onweerlegbaar mogelijk worden geïnterpreteerd. Daarvoor heeft ze mijn hulp nodig.

'Colin zou je alles moeten kunnen vertellen over hun verwondingen en ook over de rest,' merk ik op. 'Hij is op de plaats delict geweest en heeft de secties verricht. Hij is een heel vakkundig forensisch patholoog. Heb je de zaak al met hem besproken?'

'Eén dader, Lola Daggette. Zaak gesloten,' antwoordt Marino. 'Meer hebben de mensen hier er niet over te zeggen.'

Jaime pakt de wijnglazen en ik denk aan Colins houding bij de presentatie over de zaak die hij jaren geleden tijdens een vakbijeenkomst in Los Angeles heeft gegeven. Hij was enorm verontwaardigd over de brute dood van dokter Clarence Jordan en zijn vrouw Gloria en zichtbaar van streek over het lot van hun twee kinderen, Brenda en Josh. Colin was van mening dat deze misdaden door één enkele persoon waren gepleegd, het tienermeisje dat binnen een paar uur na de moorden in de badkamer van een open inrichting voor drugsverslaafden het bloed van de slachtoffers uit haar kleren had willen wassen. Ik herinner me nog dat hij zei dat alle latere verhalen en geruchten over de geheimzinnige handlanger van Lola Daggette verzinsels waren van haar advocaat.

'Ik ben maar één keer in zijn lab geweest, een paar weken geleden,' zegt Jaime. 'Hij vertikte het om zijn kantoor uit te komen en met me te praten en toen ik naar binnen ging, stond hij niet eens op van achter zijn bureau.'

'Je kunt hem niet dwingen je vriendelijk te ontvangen, maar ik kan me niet voorstellen dat hij met opzet een advocaat noodzakelijke informatie onthoudt,' antwoord ik, maar wat ik eigenlijk wil zeggen, is dat we het hier wel over Jaime Berger hebben, en nog erger, een New Yorker, een van die agressieve noordelijke lieden die naar een kleine stad in het zuiden komen met het vooropgezette idee dat iedereen daar achterlijk, hypocriet, oneerlijk en een beetje dom is.

Ik vermoed dat ze dat ook uitstraalt als ze te maken heeft met Colin, die in deze streek is opgegroeid en helemaal opgaat in de plaatselijke tradities, of het nu nagespeelde scènes uit de Burgeroorlog zijn of de Ierse parades op St. Patrick's Day.

'Hij is bij wet verplicht je alles te vertellen wat je cliënt zou kunnen vrijpleiten,' voeg ik eraan toe.

'Hij dacht niet echt mee.'

'Dat hoeft hij ook niet te doen.'

'Hij denkt dat ik gewoon op zoek ben naar iemand die een alternatieve theorie kan ondersteunen.'

'Dat is heel goed mogelijk, want dat is precies wat je aan het doen bent,' antwoord ik. 'Je doet precies wat elke goede advocaat doet. Waar ik nog niets over gehoord heb, is de reden van jouw betrokkenheid. Je bent weggegaan bij het OM en opeens zit je in het tegenovergestelde kamp en vertegenwoordig je Lola Daggette. En waar komt die belangstelling voor Barrie Lou Rivers vandaan?'

'Een wrede en ongebruikelijke straf.' Jaime schenkt wijn in. 'Barrie Lou was zo bang toen ze in de cel op haar executie zat te wachten dat ze overleed aan een hartaanval. Wiens idee was het om haar als laatste maaltijd het gerecht te serveren waarmee ze haar slachtoffers had vergiftigd? Dat van haar? Zo ja, waarom? Om berouw te tonen, of een minachtend gebrek daaraan?'

'Geen enkele forensische analyse kan daar antwoord op geven,' zeg ik.

'Ik betwijfel of ze zelf heeft gekozen,' houdt Jaime aan. 'Ik vermoed dat het de bedoeling was haar te tergen met wat voor haar lag, om haar doodsbang te maken met wat het doodseskader voor haar in petto had en duidelijk te maken hoe ze er allemaal naar uitzagen dat ze kreeg wat ze verdiende. Barrie Lou had inderdaad een paniekaanval. Ze is letterlijk zo bang gemaakt dat ze eraan is doodgegaan.'

'Ik weet niet of ze echt getergd is, en volgens mij kun jij dat ook niet zeker weten tenzij iemand die erbij betrokken was het toegeeft. Ik vraag me echt af waarom je hier opeens zoveel belangstelling voor hebt,' zeg ik zonder er doekjes om te winden. 'Ik snap niet waarom je plotseling zo ijverig het soort mensen verdedigt dat je vroeger voor altijd wilde opsluiten.'

'Zo plotseling is dat niet gegaan. Ik praat er al een tijdje over. Mijn problemen met Farbman en het feit dat ik er gewoon genoeg van heb... nou, dit gaat veel verder terug dan jij misschien denkt. Ik heb Joe eind vorig jaar al verteld dat ik iets anders zocht, dat ik belangstelling had voor mensen die ten onrechte veroordeeld zijn.'

'De grote opsluiter, Joe Nale,' zegt Marino spottend terwijl hij een bladzijde in het zoveelste rapport omslaat. 'Ik wou dat ik had kunnen meeluisteren toen je hem dat vertelde.'

Joseph Nale is de officier van justitie van Manhattan County, Jaimes vroegere baas en niet het soort man dat veel opheeft met personen of organisaties die de naam willen zuiveren van mensen die ten onrechte veroordeeld zijn. Als ze eerlijk zijn, zijn de meeste aanklagers niet dol op advocaten die het als hun missie beschouwen iets te doen aan het onrecht dat wordt veroorzaakt door andere juristen en de mensen die zij als deskundigen oproepen.

'Ik heb hem verteld dat ik ook gesproken had met een paar juristen die voor het Innocence Project werken,' legt Jaime verder uit.

'Het project hier in Georgia?' vraag ik.

'Nee, de nationale organisatie in New York. Maar ik ken Carter Roberts en heb hem gevraagd iets voor me te doen.'

'Zodat Leonard Brazzo niet te weten kwam dat jij achter de uitnodiging voor mijn gesprek met Kathleen Lawler zat. En ik dus ook niet,' neem ik aan.

'Ik praat met verschillende kantoren en ben bezig het aantal keuzemogelijkheden te beperken,' zegt Jaime alsof ze me niet gehoord heeft. 'Het hangt voornamelijk af van waar ik wil wonen.'

'Wat er gebeurt in de zaak-Lola Daggette zal zeker ook invloed hebben op je keus,' zeg ik niet al te subtiel.

'Een grote firma met kantoren in het zuiden en het zuidwesten, uiteraard,' antwoordt ze terwijl ze mij een glas wijn en Marino een cola light geeft. 'De republikeins georiënteerde staten zijn dol op het executeren van mensen, maar ik ben niet van plan me in Alabama of Texas te vestigen. Maar om je vraag te beantwoorden hoe ik betrokken ben geraakt bij de onterechte veroordeling van Lola Daggette: ze heeft brieven geschreven aan het Innocence Project en groepen en advocaten die zaken als die van haar pro Deo behandelen. Laat ik eraan toevoegen dat de brieven heel slecht geschreven waren en in een la zijn beland, tot het hooggerechtshof van Georgia weigerde haar nog verder uitstel te verlenen en organisaties die zich met zulke dingen bezighouden haar zaak opnieuw gingen bekijken. Toen volgde die mislukte terechtstelling hier in Georgia, eerder dit jaar, die veel discussie opriep over de vraag of het niet opzettelijk wreed was toegegaan.

Mij werd gevraagd of ik belangstelling had voor de zaak-Lola Daggette, omdat het nuttig leek als er een vrouw bij betrokken was,' gaat Jaime verder. 'Lola staat erom bekend dat ze niet met mannen wil samenwerken en in feite geen enkele man kan vertrouwen omdat ze als kind vreselijk misbruikt en mishandeld is door haar stiefvader. Ik zei dat ik er eens naar zou kijken. Op dat moment was er geen reden te denken dat jij er iets mee te maken zou krijgen. Ik was al bezig met Lola's zaak voordat Dawn Kincaid jou probeerde te vermoorden.'

'Ik zie niet wat dat te maken heeft met Lola Daggette, behalve dat ze in dezelfde gevangenis zit als de biologische moeder van Dawn Kincaid,' antwoord ik. 'Hoewel, als ik Dawns moeder, Kathleen Lawler, moet geloven, heeft Lola wel iets met Kathleen te maken. In heel negatieve zin.'

'Bij de meeste zaken die in behandeling worden genomen door organisaties die zich inzetten voor ten onrechte veroordeelde mensen gaat het om gedetineerden in Georgia, Virginia of Florida, allemaal republikeinse staten.' Jaime negeert mijn woorden gewoon. 'Veel van die mensen hebben levenslang of de doodstraf gekregen door fouten in het forensisch onderzoek, verkeerde identificaties en gedwongen bekentenissen. Er zitten niet veel vrouwen in dodencellen. Op dit moment is Lola de enige in Georgia, en in het hele land zijn het er maar zesenvijftig. En er zijn niet veel vrouwelijke juristen met mijn ervaring en trackrecord die dit soort zaken aannemen.'

'Dat is geen antwoord op mijn vraag.' Ik ben niet van plan genoegen te nemen met haar zelfingenomen praatjes. 'Maar het maakt wel duidelijk dat je je aanwezigheid wilt laten voelen en waarom het verstandig zou kunnen zijn om een baan te nemen bij een grote firma die overal kantoren heeft.'

'Je zult wel gezien hebben dat ik geen eettafel heb, dus we maken het ons maar gemakkelijk in de woonkamer. Blijf waar je bent, dan bedien ik jullie.' Jaime brengt ons eten binnen en haar diepblauwe ogen kijken recht in de mijne. 'Ik ben blij dat je hier veilig bent aangekomen, Kay. Het spijt me echt van al het ongemak en alle verwarring.'

Wat ze bedoelt, is dat het haar spijt dat ze leugens heeft moeten vertellen. Ze vindt het jammer dat het nodig was om me via allerlei manipulaties hier te krijgen, zodat ik haar kan helpen met een zaak waarmee ze naam kan maken in het strafrecht, als ze er tenminste in slaagt Georgia's beruchtste moordenares vrij te krijgen, die toevallig ook nog de enige vrouw in de staat is die in de dodencel zit. Ik zou graag denken dat er ook enige menslievendheid in het spel is, maar ik weet zeker dat ik ambitie en andere moverende redenen bespeur. Het gaat er niet alleen om dat Jaime een gerechtelijke dwaling wil herstellen, misschien is dat niet eens de hoofdzaak. Ze wil macht. Ze wil uit de as oprijzen nadat ze in New York haar baan heeft moeten opgeven, en ze wil voldoende invloed om vijanden als Farbman en waarschijnlijk nog een hele serie andere te verpletteren.

'Ik moet eigenlijk geen cola light drinken,' zegt Marino, en hij steekt de eerste hap in zijn mond. 'Geloof het of niet, maar van kunstmatige zoetstoffen kun je dik worden.'

'Ik was vastbesloten om je twee dingen duidelijk te maken,' zegt Jaime tegen me terwijl ze met haar bord met sushi's op de bank gaat zitten. 'Dat je goed moet oppassen, want jij en ik weten allebei dat het altijd om de zaak gaat. Het gaat nooit alleen om gerechtigheid als de politie en de FBI ergens hun tanden in zetten. Het gaat om de zaak. Daar is alles mee gezegd. Quota, krantenkoppen en promoties.' Ze pakt haar wijnglas.

'Bedankt voor de waarschuwing,' antwoord ik. 'Maar ik heb jouw hulp niet nodig.'

'O, jawel. En ik heb die van jou nodig.'

'Witte suiker en namaaksuiker.' Marino kijkt naar me op onder het eten, en zijn lepel tikt luid tegen de zijkant van de mok. 'Daar blijf ik van af.'

'Ik heb het idee dat je Colin tegen je in het harnas hebt gejaagd.' Dat is wel duidelijk. 'Hij kan koppig zijn, maar hij is erg goed in zijn werk. Hij wordt gerespecteerd door zijn collega's en door de politie. Maar hij is ook een heer uit het zuiden en bovendien door en door Iers. Je moet weten hoe je met mensen als hij moet omgaan.'

'Ik ben het niet gewend om een paria te zijn.' Ze is heel handig met de eetstokjes. 'Je zou zelfs kunnen zeggen dat ik verwend ben. Niemand is welkomer in het kantoor van een lijkschouwer of een recherchekamer dan een openbaar aanklager. Het is nogal een schok om te merken dat je opeens de vijand bent.' Ze neemt een hapje ingelegde gember en een pittig tonijnrolletje.

'Je bent niet de vijand. Je bent advocaat geworden en ik geloof niet dat het eerlijk is om ervan uit te gaan dat mensen die de waarheid boven water willen hebben altijd aan de kant van het Openbaar Ministerie staan.'

'Colin is beledigd omdat ik van plan ben Lola uit de dodencel en uit de gevangenis te halen,' zegt ze. 'Hij heeft geen belangstelling voor mijn opvatting dat Barrie Lou Rivers zo goed als bewijst dat ze bij de GPFW alles doen om de terechtstellingen zo wreed mogelijk te maken. Om pijn en lijden te veroorzaken, wat ze ook bij Lola zullen doen, die amper volwassen was toen ze daar werd opgesloten. En het is des te barbaarser en misdadiger omdat ze onschuldig is. Colin vindt dat ik zijn capaciteiten in twijfel trek.'

'En dat doe je ook. Maar daar zijn we aan gewend.'

'Het staat hem niet aan.'

'Misschien staat de manier waarop je het doet hem niet aan.'

'Ik zou best een goede coach kunnen gebruiken.' Ze glimlacht, maar haar ogen doen niet mee.

'Ik ben je er dankbaar voor dat je de morele verplichting voelt om me te vertellen dat iemand wellicht leugens over me verspreidt en probeert me problemen te bezorgen met de FBI,' merk ik nadrukkelijk op. 'Maar we doen hier niet aan "voor wat, hoort wat".'

'Je hebt zeker niet ergens nog wat Sharp's liggen,' zegt Marino tegen Jaime. Hij heeft zijn garnalensoep al op en ook de helft van zijn frites, en eet alsof hij de hele dag nog niets gehad heeft.

Jaime doopt nog een rolletje in de wasabi en zegt tegen hem: 'Ik had eraan moeten denken iets mee te nemen waar geen alcohol in zit. Het spijt me.' Dan zegt ze tegen mij: 'Ik was vastbesloten om je precies te vertellen wat er allemaal gaande is, voordat je erachter komt op een manier die in juridisch en professioneel opzicht niet in jouw voordeel is, en de veiligste manier om dat te doen, was om alle normale dingen gewoon te laten doorlopen en achter de schermen met je te praten.'

'Je hebt een gedetineerde opgedragen me je mobiele nummer en instructies om een publieke telefoon te gebruiken toe te spelen. Ik weet niet goed of dat valt onder de normale gang van zaken.' Ik probeer een van de sint-jakobsschelpen.

'Ja, ik heb dat inderdaad aan Kathleen opgedragen.'

'En als ze het aan iemand vertelt?'

'Aan wie dan?'

'Een van de cipiers. Een andere gedetineerde. Haar advocaat. Ze doen in de gevangenis niet anders dan praten, als ze de kans krijgen.'

'Ik weet niet of iemand er belangstelling voor zou hebben.' Marino is begonnen aan zijn garnalen en zijn servet maakt een krassend geluid als hij zijn mond afveegt. 'Het zijn niet de mensen in de gevangenis over wie je je zorgen moet maken,' zegt hij terwijl hij nog een zakje ketchup openmaakt. 'Maak je liever druk om de FBI. Het zou geen goede zaak zijn als ze daar te weten komen dat Jaime je op de hoogte stelt van alles wat ze aan het doen zijn, zodat ze het verrassingselement kwijt zijn tegen de tijd dat ze eindelijk met je komen praten. Ik moet iets aan mijn bus doen. Dan kan ik meteen een sixpack Sharp's halen.'

Marino heeft gelijk: de FBI zal er niet gelukkig mee zijn dat ik gewaarschuwd ben. Maar het is te laat. Het verrassingselement is voorgoed verdwenen, ook al weet ik niet precies waar ik van beschuldigd word, maar het meest waarschijnlijke is dat Dawn Kincaid en haar advocaat een of andere zaak tegen me opbouwen die op zijn minst enige geloofwaardigheid bezit. Het is niet de eerste keer en het zal ook niet de laatste keer zijn dat ik zomaar beschuldigd word van misdrijven, overtredingen of andere onfatsoenlijke daden, of het nu gaat om het vervalsen van overlijdensaktes of labresultaten of het verkeerd etiketteren van bewijsstukken. In mijn wereld heeft er altijd wel iemand de pest in. Voor beide partijen is er een statistische kans van vijftig procent dat ze buitengewoon boos zullen zijn.

'Je moet me er de volgende keer even aan herinneren,' zegt Jaime tegen Marino. 'Dan zorg ik ervoor dat ik ook jouw favoriete drank haal. Sharp's, Buckler, Beck's. Er zit een winkel op Drayton, niet ver vanhier. Daar zouden ze alcoholvrij bier moeten hebben. Het spijt me dat ik er niet aan gedacht heb.'

'Niemand drinkt die aangelengde rotzooi, dus waarom zou iemand eraan moeten denken?' Hij staat op en het leer kraakt weer alsof de grote stoel is bekleed met perkament. 'Geef mij het parkeerkaartje van de bus maar,' zegt hij tegen me. 'Nu ik erover nadenk, zou het kunnen dat de dynamo problemen geeft. De truc is om op dit uur nog een monteur te vinden.' Hij kijkt op zijn horloge en dan naar Jaime. 'Ik kan maar beter gaan.'

Ik haal het kaartje uit mijn schoudertas en geef het aan hem. Marino gaat naar de deur, doet hem open en het alarm piept luid, als een brandalarm waarvan de batterij opraakt. Ik denk weer aan het huis van de Jordans en vraag me af of het waar is dat ze het alarm die nacht niet hadden aangezet, en zo ja, waarom niet? Waren ze gewoon te goed van vertrouwen? Ik vraag me af of het mogelijk is dat de moordenaar wist dat het alarm geen probleem zou zijn of dat hij gewoon geluk heeft gehad.

'Als je me even een seintje geeft wanneer je klaar bent om te vertrekken, kom ik je halen,' zegt Marino tegen me. 'Met de bus, als hij goed loopt, of anders neem ik een taxi. Ik logeer vanavond ook in het Hyatt. We zitten op dezelfde verdieping.'

Het heeft geen zin om te vragen hoe hij weet op welke verdieping ik zit.

'Ik heb een tas voor je ingepakt,' voegt hij eraan toe. 'Met wat werkkleding en andere spullen, omdat ik weet dat je niet van plan was langer dan een dag of twee te blijven. Is het goed als ik die in je kamer zet?'

'Waarom niet,' antwoord ik.

'Als je een extra sleutel hebt, zou dat de zaak gemakkelijker maken.'

Ik sta weer op en geef hem ook nog de sleutel. Dan laat hij mij en Jaime alleen en ik vermoed dat dat meer de bedoeling is dan zes blikjes alcoholvrij bier halen of zijn bus laten repareren op een uur dat de meeste garages waarschijnlijk gesloten zijn. Jaime heeft hem waarschijnlijk instructies gegeven om weg te gaan nadat hij had gegeten, of anders heeft ze hem een signaal gegeven dat ik gemist heb, en ik kan alleen maar aannemen dat Marino die tas al voor me heeft ingepakt voordat hij Boston verliet voor die zogenaamde vakantie van hem. Er bestaat geen enkele twijfel aan dat mijn aanwezigheid in Jaimes appartement zorgvuldig is voorbereid.

Ze duwt de blauwleren instappers van haar voeten, staat op van de bank en loopt op stille kousenvoeten over de oude grenen vloer naar de keuken om de fles wijn te halen. Ze laat me weten dat ze ook een heel mooie whisky heeft als ik graag iets sterkers wil.

'Niet voor mij.' Ik weet wat er morgen op het programma staat.

'Ik geloof dat iets sterkers misschien beter is.'

'Nee, dank je. Maar ga zelf gerust je gang.'

Ik zie dat ze een kastje opendoet en de Johnny Walker Blue eruit haalt.

'Welke belastende informatie denkt de FBI of een andere partij in godsnaam over me te hebben?' vraag ik.

'Ik geloof in proactief optreden,' zegt ze, alsof ik iets heel anders gevraagd heb. 'Voor mij is niets vanzelfsprekend.'

Ze draait de metalen schroefdop van een fles whisky die zo voortreffelijk is dat ik me amper kan voorstellen dat ze die gekocht heeft om hem in haar eentje op te drinken. Ze dacht waarschijnlijk dat we de halve nacht samen zouden drinken, zodat mijn waakzaamheid zou verslappen en ik zou instemmen met alles wat ze voorstelt.

'Inzicht kan een dodelijk wapen zijn,' voegt ze eraan toe. 'En dat zullen ze misschien ook aanvoeren in hun pleidooi.'

'Wie zal dat aanvoeren?' vraag ik, omdat ik er niet zeker van ben dat Jaime zelf niet degene is die iets wil bepleiten.

12

Een royaal glas, puur en zonder ijs, en ze komt terug uit de keuken, de fles wijn in de ene hand en haar glas whisky in de andere.

'Dawn Kincaid. En haar advocaat,' zegt Jaime. 'Volgens hen was er in Dawns geval sprake van zelfverdediging. Niet door jou, maar door haar.'

'Het is niet moeilijk te voorspellen wat ze zal beweren,' zeg ik. 'Ze zal zeggen dat Jack Wally Jamison tijdens Halloween heeft doodgestoken, en dat hij spijkers in het hoofd van de zesjarige Mark Bishop heeft geslagen voordat hij MIT-student Eli Saltz vermoordde en ten slotte met zijn eigen vuurwapen zelfmoord pleegde. Mijn gestoorde plaatsvervanger, die zichzelf niet meer kan verdedigen, heeft het allemaal op zijn geweten.'

'En toen viel jij, zijn getikte baas, Dawn Kincaid aan.' Jaime gaat weer zitten en ik ruik turf en gebrand fruit als ze haar drankje op tafel zet.

‘Het zou me niets verbazen als ze zo’n soort verhaal verzint. Ik ben benieuwd naar haar verklaring voor het feit dat ze zich in mijn huis bevond en ’s avonds in mijn garage een verrassingsaanval op me uitvoerde nadat ze de buitenlamp met bewegingsmelder op de oprit onklaar had gemaakt.’

‘Ze kwam naar je huis in Cambridge om haar hond op te halen,’ zegt Jaime. ‘Jij had haar hazewind Sock en ze wilde hem terug.’

‘Doe me een lol, zeg.’ Ik voel de ergernis opborrelen.

‘Toen je eerder die dag op de plaats delict aan het werk was, heb je het injectiemes uit Jacks kelder meegenomen...’

‘Tegen de tijd dat ik daar kwam, was het mes allang weg,’ onderbreek ik haar met groeiende irritatie. ‘De politie kan je vertellen dat ze alleen maar de bijbehorende harde, lege koker en patronen CO_2 hebben gevonden.’

‘Maar de politie wil dat ze achter de tralies verdwijnt.’ Ze schenkt mijn wijnglas nog eens vol. ‘Ze zijn bevooroordeeld jegens Dawn Kincaid. En de zaak tegen haar wordt nog ingewikkelder doordat jouw FBI-echtgenoot erbij betrokken is. Dat is niet bepaald onpartijdig en objectief, vind je wel?’

‘Suggereer je nu dat Benton het mes van de plaats delict verwijderd kan hebben, of dat hij weet dat ik het heb gepakt en daarover zou liegen? Dat een van ons met bewijsmateriaal zou knoeien of iets zou doen om de rechtsgang te belemmeren?’ vraag ik recht op de man af. Het is moeilijk te zeggen aan welke kant ze staat, maar het voelt alsof ze niet de mijne heeft gekozen.

‘We hebben het niet over mij of over wat ik eventueel suggereer,’ zegt Jaime. ‘We hebben het over wat Dawn zal zeggen.’

‘Ik begrijp niet goed hoe jij kunt weten wat ze zal zeggen.’

‘Ze zal zeggen dat je haar die avond bij je thuis verwachtte en dat je tijdens het wachten met opzet een kogelwerend vest hebt aangetrokken,’ zegt Jaime. ‘Je zorgde dat de Maglite in je hand het niet deed, en je had de gloeilamp van de buitenlamp met de bewegingsmelder losgedraaid, zodat je later kon beweren dat je niet kon zien wat er gebeurde. Je beweerde dat je blindelings met de zware metalen zaklamp in het donker rondmaaide, een reflex toen je zogenaamd werd aangevallen. In werkelijkheid voerde jij een verrassingsaanval op Dawn uit.'

'Het was een oude zaklamp en ik had hem niet uitgeprobeerd voordat ik naar buiten liep. Dat had ik wel moeten doen. En ik ben echt niet degene die de gloeilamp in de buitenlamp heeft losgedraaid.' Het kost me veel moeite om mijn wrevel te verbergen.

'Je stond haar al op te wachten toen ze bij je huis kwam om Sock op te halen.' Jaime gaat wat comfortabeler op de bank zitten, legt een kussen op haar schoot en laat haar armen erop rusten.

'Vind jij het logisch dat ze contact met me zou opnemen en zou vragen of ze haar hond kon komen halen als de politie, de FBI, iedereen naar haar op zoek was?' vraag ik. 'Wie gelooft er nu zo'n onlogisch verhaal?'

'Ze zal zeggen dat ze niet wist dat de politie naar haar op zoek was. Ze zal zeggen dat het niet eens bij haar was opgekomen dat ze gezocht zou kunnen worden, omdat ze niets verkeerds had gedaan.'

Jaime steekt haar hand uit naar haar drankje. De dure whisky lijkt wel gepolijst goud in een goedkoop glas, en ze begint een beetje aangeschoten te klinken.

'Ze zal zeggen dat haar dierbare hazewindhond, die door haar moeder is getraind en aan haar zorg was toevertrouwd, in haar vaders huis in Salem zat,' vervolgt Jaime. 'Dawn zal zeggen dat jij de hond mee naar huis hebt genomen, dat je hem hebt gestolen en dat ze hem terug wilde hebben. Ze zal zeggen dat jij haar hebt aangevallen en dat ze erin slaagde om het mes van je af te pakken, maar dat ze daarbij haar hand ernstig verwondde. Ze verloor een stuk van een vinger en liep zenuw- en peesbeschadigingen op, en toen sloeg jij haar met de zware metalen zaklamp op haar hoofd. Ze zal zeggen dat je haar zou hebben vermoord als Benton niet in de garage was verschenen. Dat ze het dan niet had kunnen navertellen.'

'Zal ze dat allemaal zeggen, of heeft ze het al gezegd?' Ik zet mijn bord neer en kijk haar aan. Mijn eetlust is bedorven en zal vanavond niet meer terugkomen. Ik weet zeker dat ik geen hap meer door mijn keel kan krijgen.

Als ik niet beter wist, zou ik denken dat Jaime Berger Dawn

Kincaids advocaat is en dat ze me naar Savannah heeft gelokt om me dat te vertellen. Maar ik weet dat dat niet klopt.

'Beide,' zegt Jaime, terwijl ze met haar eetstokjes wat zeewiersalade oppakt. 'Ze heeft het tegen haar advocaten gezegd en in brieven aan Kathleen Lawler geschreven. Gedetineerden mogen familieleden schrijven die ook in de gevangenis zitten. Dawn is slim genoeg om Kathleen tegenwoordig "mam" te noemen. Ze begint haar brieven met "lieve mam" en ondertekent ze met "je liefhebbende dochter".' Ze klinkt alsof ze die brieven heeft gezien, en misschien is dat ook wel zo.

'Heeft Kathleen haar ook geschreven?' wil ik weten.

'Ze zegt van niet, maar dat liegt ze,' antwoordt Jaime. 'Ik weet dat je het liever niet wilt horen, Kay, maar Dawn Kincaid voert een prachtig toneelstukje op. Een briljante geleerde die één hand niet meer kan gebruiken en geestelijke en emotionele problemen heeft opgelopen door een trauma en een hersenschudding. De hersenschudding wordt omschreven als ernstig hoofdletsel met blijvende nare gevolgen.'

'Dat simuleert ze.'

'Mooi, charmant en nu geplaagd door dissociatiestoornissen. Waandenkbeelden en een verminderd begripsvermogen, waardoor ze is overgeplaatst naar Butler.'

'Ze doet maar alsof.'

'Haar advocaten schrijven dat allemaal toe aan jou, en je kunt waarschijnlijk een civiele procedure tegemoetzien,' zegt Jaime. 'Naar mijn mening is het onverstandig dat je vandaag bij haar moeder op bezoek bent geweest en dat jullie in het verleden contact hebben gehad. Dat maakt je gedrag alleen maar verdachter.'

'Een bezoek dat door jou met zorg is geregeld.' Ik herinner haar eraan dat ik niet op mijn achterhoofd ben gevallen. 'Ik ben hier dankzij jou.' Ze wilde me in een verzwakte positie manoeuvreren.

'Niemand heeft je gedwongen hierheen te komen.'

'Dat hoefde ook niet,' zeg ik. 'Je wist dat ik zou komen, dus je hebt me erin laten lopen.'

'Ik dacht inderdaad dat je zou komen, en ik adviseer je om verder elk contact met Kathleen te vermijden. Elke vorm,' instrueert Jaime me, alsof ze nu mijn advocaat is. 'Het lijkt me onwaarschijnlijk dat er een strafzaak tegen je wordt aangespannen, maar ik maak me wel zorgen over een proces,' vervolgt ze. Ze schetst scenario's die me woedend maken.

'Als een inbreker zichzelf verwondt terwijl hij je huis overhoophaalt, klaagt hij je aan,' zeg ik. 'Iedereen loopt maar naar de rechter. Rechtszaken zijn de nieuwe nationale bedrijfstak en zijn de onvermijdelijke nasleep van bijna elk vergrijp geworden. Eerst probeert iemand je te beroven, te verkrachten of te vermoorden. Het kan zijn dat hij daarin slaagt, maar voor de zekerheid doet hij jou of je nabestaanden ook nog een proces aan.'

'Ik probeer je niet kwaad te maken, je angst aan te jagen of je in opspraak te brengen.' Ze legt haar eetstokjes en servet op haar lege bord.

'Wel waar.'

'Je denkt dat ik bluf.'

'Dat heb ik niet gezegd.'

'Kay, toen de FBI bij me langskwam, wilden ze weten of ik ooit labiliteit, gewelddadigheid of andere karaktertrekjes bij je had bespeurd die ik zorgwekkend vond. Ben je eerlijk? Ben je verslaafd aan alcohol of drugs? Is het niet waar dat je hebt opgeschept dat je de perfecte moord kon plegen zonder gepakt te worden?'

'Nee, natuurlijk heb ik over zoiets nooit opgeschept. En wat er in mijn garage gebeurde, was allesbehalve perfect.'

'Dus je geeft toe dat je van plan was om Dawn Kincaid te vermoorden.'

'Als ik had geweten dat ik zou worden aangevallen, zou ik een beter wapen hebben gekozen dan een zaklamp die ik in een keukenla had gevonden. Dat wil ik wel toegeven. Ik wil ook toegeven dat het hele incident niet zou hebben plaatsgevonden als ik had opgelet, als ik niet zo afgeleid en oververmoeid was geweest.'

'De FBI vroeg ook of ik op de hoogte was van je relatie met Jack Fielding,' zegt Jaime. 'Waren jullie ooit minnaars geweest? Was je misschien bezitterig, klemde je je aan hem vast of voelde je je door hem afgewezen en had je last van jaloerse woede-uitbarstingen?'

Ze neemt nog een slokje whisky en ik kom in de verleiding

om op te staan en zelf ook een glas in te schenken. Maar dat zou niet slim zijn. Ik ben tegenover haar toch al zo kwetsbaar, en ik kan het me niet veroorloven om morgen niet scherp te zijn.

'Kwamen ze toen met dat bizarre verhaal van die zelfverdediging?' vraag ik.

'Nee, zo gul zijn ze niet. De FBI is ontzettend goed in informatie verkrijgen en is niet snel geneigd zelf iets los te laten. Ze wilden me niet vertellen waarom ze vragen over je stelden.'

'Voor wat hoort wat,' zeg ik weer.

'Ik had gedacht dat je iemand zou willen helpen die op het punt staat geëxecuteerd te worden voor een misdaad die ze niet heeft gepleegd,' zegt Jaime. 'Gezien de situatie waarin je je bevindt, begrijp je nu misschien beter dan ooit hoe het is om ten onrechte van een moord of een poging tot moord beschuldigd te worden,' voegt ze er met nadruk aan toe.

'Ik hoef niet ten onrechte van een misdaad beschuldigd te worden om te weten wat goed of fout is,' zeg ik.

'Lola zal op een afgrijselijke manier sterven,' zegt ze. 'Ze zullen ervoor zorgen dat haar dood niet pijnloos of genadig is. Dokter Clarence Jordan kwam uit een rijke familie die al vele generaties in Savannah woont. Hij was een goed christen en een deugdzaam man die bijna té grootmoedig was. Hij stond erom bekend dat hij mensen in nood gratis medische zorg verleende en dat hij vrijwilligerswerk deed bij de spoedeisende hulp, de gaarkeuken en bij de voedselbank die met Thanksgiving en Kerstmis eten uitdeelde. Volgens sommige mensen was hij een heilige.'

Ik kan me voorstellen dat een heilige of iemand met veel vertrouwen in zijn medemens niet de moeite neemt om zijn inbraakalarm in te schakelen. Ik vraag me af of hij het alarmsysteem zelf heeft geïnstalleerd of dat een vorige bewoner van zijn historische pand dat heeft gedaan.

'Weet jij details over het inbraakalarm in het huis van de Jordans?' vraag ik.

'Het lijkt erop dat het in de nacht van de moorden niet was ingeschakeld.'

'Zit dat je dwars?'

'De vraag blijft me bezighouden. Waarom was het niet ingeschakeld?'

'Heeft Lola daar geen verklaring voor gegeven?'

'Zij is niet degene die heeft ingebroken,' helpt Jaime me herinneren. 'Ik heb geen aannemelijke verklaring.'

'Heeft iemand zijn best gedaan om uit te zoeken of de Jordans de gewoonte hadden het alarm niet in te schakelen?'

'Iedereen die met zekerheid kon zeggen wat hun vaste gewoonten waren, is dood,' zegt Jaime. 'Maar het was wel een van de dingen waar ik Marino naar heb laten kijken.'

'Als het alarm was aangezet en via een telefoonlijn in verbinding stond met een beveiligingsbedrijf, moet er ergens zijn geregistreerd of het een vaste gewoonte was om het in en uit te schakelen,' zeg ik. 'Je moet kunnen terugvinden of er loos alarm is geweest, of er problemen met de lijn waren of andere dingen waaruit blijkt dat de familie Jordan het systeem gebruikte en er maandelijks voor betaalde.'

'Slim opgemerkt. Dat kwam niet voldoende aan de orde in de dossiers die ik heb bekeken,' zegt Jaime. 'En ook niet tijdens gesprekken.'

'Heb jij de rechercheur gesproken?'

'Rechercheur Billy Long van de GBI is vijf jaar geleden met pensioen gegaan en zegt dat zijn rapporten en dossiers voor zich spreken.'

'Heb jij hem zelf gesproken?'

'Nee, Marino. Volgens Long was het inbraakalarm die nacht niet ingeschakeld. Het vermoeden was dat de Jordans vertrouwen hadden in hun medemens en niet zo bezig waren met hun veiligheid,' zegt Jaime. 'En dat ze genoeg hadden van al die keren dat er loos alarm was.'

'Schakelden ze het daarna helemaal niet meer in? Ook niet 's nachts? Dat vind ik wel wat extreem.'

'Onvoorzichtig, maar misschien wel begrijpelijk,' zegt Jaime. 'Met twee vijfjarige kinderen kun je je wel voorstellen wat er gebeurt. Ze maken deuren open en het alarm gaat af. Als de politie een paar keer op de stoep heeft gestaan, krijg je daar genoeg van en word je wat gemakzuchtiger met het inschakelen. Je hebt een nachtslot met een sleutel en je maakt je meer zorgen over de vraag of kleine kinderen bij een brand wel kunnen vluchten. Daarom geef je toe aan de bijzonder slechte gewoonte om de sleutel in het nachtslot te laten zitten, waardoor een inbreker het glas kapot kan slaan, zijn hand naar binnen kan steken en de deur aan de binnenkant kan openen.'

'Waarop zijn die verklaringen voor de ogenschijnlijke onvoorzichtigheid van de Jordans gebaseerd?' vraag ik.

'Op de vermoedens die Billy Long destijds had,' antwoordt Jaime, terwijl ik me dieper ingraaf in een zaak waar ik met een boog omheen zou moeten lopen.

Omdat ik erin ben geluisd.

Jaime Berger heeft een aantal trucs aangewend om te zorgen dat ik nu in deze woonkamer zit en dit gesprek voer.

'Helaas is het erg makkelijk om van alles te veronderstellen als je denkt dat een zaak al is opgelost,' zeg ik.

'Ja. Ze vonden het DNA van de familie Jordan op bebloede kleding die Lola Daggette in de badkamer van de open inrichting uitwaste,' beaamt Jaime.

'Ik kan me voorstellen dat de GBI en de aanklager zich niet al te lang in de details van de inbraakbeveiliging hebben verdiept,' merk ik op.

'Ik ben benieuwd waarom jij je wel in die details verdiept.' Ze steekt haar hand uit naar haar glas.

'Wist de inbreker of het alarmsysteem was ingeschakeld, of niet? Het antwoord vertelt ons iets over die persoon.' Ik graaf dieper. Jaime wist al dat ik dat zou doen. 'Weet je toevallig of het toetsenpaneel van buitenaf te zien was? Kan het zijn dat een indringer door het raam heeft gekeken en kon zien of het inbraakalarm was ingeschakeld?'

'Dat is op de foto's moeilijk te zien. Maar ik denk dat het mogelijk is dat iemand naar binnen heeft gekeken en aan een groen of rood lampje op het toetsenpaneel heeft kunnen zien of het alarmsysteem was ingeschakeld.'

'Zulke details zijn belangrijk,' leg ik uit. 'Ze vertellen ons iets over de denkwijze van de moordenaar. Was het huis van de Jordans willekeurig gekozen? Hadden ze gewoon pech? Heeft iemand de ruit van de keukendeur kapotgemaakt en de sleutel omgedraaid met het voornemen zo hard mogelijk weg te rennen als er een alarm afging? Had de indringer reden om aan te nemen dat het alarmsysteem waarschijnlijk niet was ingeschakeld? Of kon hij of zij zien dat het niet aanstond? Ik neem aan dat het huis van de familie Jordan er nog staat?'

'De keuken is verbouwd. Ik weet niet wat er nog meer is veranderd, maar er staat aan de achterkant een bijgebouw dat er vroeger niet was. De originele keukendeur is weggehaald en vervangen door een stevig exemplaar. De huidige bewoner maakt gebruik van beveiligingsbedrijf Southern Alarm. Er staan bordjes in de tuin en er zitten stickers op de ramen.'

'Dat zal best.'

'We hebben nergens details over het inbraakalarm van de familie Jordan gevonden. We weten alleen dat het beveiligingsbedrijf Coastal Security heette.'

'Nooit van gehoord.'

'Een plaatselijk bedrijfje dat zich specialiseerde in alarmsystemen voor historische panden, waarin het vooral belangrijk was dat het originele houtwerk niet beschadigd werd en zo.' Jaime neemt nog een slokje van haar whisky. 'Het is een paar jaar geleden failliet gegaan, toen het opeens zo beroerd ging met de economie en de huizenprijzen kelderden, vooral de prijzen van chique historische panden. In veel van die villa's zitten nu appartementen of kantoren.'

'Heeft Marino dat ontdekt?'

'Waarom maakt het uit wie dat heeft ontdekt?'

'Ik vraag het omdat hij een ervaren, grondige speurder is. De informatie die hij verkrijgt, is doorgaans betrouwbaar.'

Ze bestudeert me alsof die opmerking niet waar is. Ze controleert of ik jaloers ben. Ze verwacht dat ik het vervelend vind dat hij voor haar hierheen is gekomen en van plan is om zijn fulltimebaan bij het CFC op te zeggen. Misschien verkneukelt ze zich in stilte dat ze Marino van me heeft afgepakt, maar ik voel geen jaloezie. Ik vind het vervelend dat ze invloed op hem heeft, maar niet om een reden die zij zou kunnen raden. Ik denk dat ze zich niet bekommert om zijn welzijn. Ik denk dat ze niemands welzijn belangrijk vindt.

'Heb je Colin Dengate gevraagd of hij iets over het inbraakalarm wist?' vraag ik. 'Heb je gevraagd of hij de rechercheurs misschien heeft horen bespreken waarom het alarmsysteem niet was ingeschakeld?'

'Hij vertelt me niets wat met het politieonderzoek te maken heeft,' zegt ze. 'Hij stuurt me door naar de bron. Dat is netjes, maar niet erg nuttig. Ook niet erg behulpzaam, eerlijk gezegd. Hij mag praten en zijn mening geven, maar hij bespreekt niets met mij.'

'Praat hij wel met Marino?'

'Ik wil niet dat Marino hem rechtstreeks benadert. Zo hoort het niet. Colin zou met mij moeten praten. Of met jou.'

Dat ziet ze fout, vind ik. Marino is precies het 'recht voor zijn raap, no-nonsense'-type politieman bij wie Colin Dengate zich prima op zijn gemak zou voelen.

'Wat was Clarence Jordan voor een dokter?' vraag ik, alsof het mijn verantwoordelijkheid is geworden wat er met hem is gebeurd.

'Hij had een heel succesvolle huisartsenpraktijk aan Washington Avenue. Je vermoordt een man als Clarence Jordan niet, en je doodt zijn echtgenote ook niet.' Jaime blijft me recht aankijken terwijl ze praat en drinkt. 'En je doodt zijn mooie kleine kinderen al helemaal niet. Het publiek zal niet willen accepteren dat Lola onschuldig is. Hier wordt ze gezien als Jack the Ripper.'

'Jouw manier om mijn steun als expert te vragen, is niet bepaald wat ik gewend ben,' zeg ik uiteindelijk.

'Er zijn meerdere dingen aan de hand. Ik help ons allebei door jou hierheen te halen.'

'Ik weet niet of ik dat ook zo zie. Wat ik wel zie, is dat je weet hoe je Marino moet bewerken. Beter gezegd: je weet nog stééds hoe je hem moet bewerken,' merk ik op.

'Er wordt een federaal onderzoek naar je ingesteld, Kay. Dat zou ik niet bagatelliseren.'

'Het is een pro-formaonderzoek, en dat weet jij beter dan wie dan ook,' zeg ik. 'Met het oog op wie ik ben, en vooral vanwege mijn connectie met Defensie, moet elke aantijging worden uitgezocht. Ze moeten het zelfs natrekken als iemand beweert dat ik de paashaas ben.'

'Je kunt maar beter helemaal niet als verdachte in het nieuws komen. Zeker niet als de aanklacht luidt dat je iemand hebt aangevallen en verminkt. Het lijkt me niet leuk om wakker te worden en dat in de krant te lezen.'

'Ik hoop niet dat je me nu bedreigt, want die opmerking zou zo uit de mond van een advocaat van de verdediging kunnen komen,' zeg ik.

'Mijn hemel, nee. Waarom zou ik je bedreigen?'

'Dat lijkt me wel duidelijk.'

'Natuurlijk bedreig ik je niet. Sterker nog, ik ben in de positie om je te helpen,' zegt ze. 'Misschien ben ik wel de enige die in die positie verkeert.'

Ik heb geen idee waar ze het over heeft. Ik zie niet hoe Jaime Berger me zou kunnen helpen, maar ik vraag er niet naar.

'Veel mensen zouden sympathie voor Dawn Kincaid kunnen voelen,' zegt ze. 'Volgens mij ben je beter af als jouw zaak wegens poging tot moord nooit voor een jury komt.'

'En haar vrijuit laten gaan? Ik begrijp niet wat ik daarmee opschiet.'

'Het gaat erom dat ze gestraft wordt. Maakt het dan nog uit voor welke zaak?'

'Mijn zaak is niet de enige waarin ze terecht moet staan. Ze is ook aangeklaagd wegens moord. Viermaal.' Ik neem aan dat ze daarnaar verwijst.

'Alleen jammer dat ze de schuld voor die moorden, de Mensa-moorden, op Jack Fielding kan afschuiven.' Ze staart peinzend naar het restant van haar whisky. 'Geef de schuld van die sadistische moorden aan een overleden bodybuilder, een labiele, agressieve forensische expert die zich bezighield met zaken waaraan het gemiddelde jurylid aanstoot neemt.'

Ik zeg niets.

'In het ergste geval lopen de moordzaken niet zoals we willen en ben jij de pineut. Als Dawn erin slaagt om de moorden op Jack af te schuiven, heb jij naar mijn professionele mening geen zaak meer,' zegt Jaime. Nu hoor ik de aanklager spreken. 'Als juryleden geloven dat Jack de moordenaar was, lijkt het erop dat jij een onschuldige vrouw hebt aangevallen die toevallig naar jouw huis kwam om haar hond op te halen. Dan krijg je op zijn minst een proces aan je broek en wordt het allemaal heel duur en onaangenaam.' Nu is ze weer de advocaat van de verdediging.

'Het zou inderdaad niet gunstig zijn als ze geloven dat Jack de moordenaar was,' erken ik.

'Het zou jouw zaak helpen als je een zilveren kogel had, denk je niet?' Ze glimlacht naar me, alsof we een gezellig babbeltje maken.

'Ja. We hopen altijd op zilveren kogels. Maar ik dacht dat die alleen in folkloreverhalen bestonden.'

'Toevallig kunnen ze ook daarbuiten voorkomen,' zegt Jaime. 'En toevallig hebben we er een.'

13

Ze laat me opgewekt en vol zelfvertrouwen weten dat de resultaten van recente DNA-tests Dawn Kincaid in verband brengen met de moord op de familie Jordan.

'Er zijn in het huis van de Jordans onder andere monsters genomen van bloed op het heft van een mes, maar ze konden toen nog niet bepalen wiens bloed dat was,' legt Jaime uit terwijl ik op mijn iPhone kijk of ik nieuwe berichten heb en haar de reactie onthoud die ze van me verwacht.

Dankbaarheid. Opluchting. Wat kan ik doen om je te bedanken, Jaime? Wat je maar wilt. Zeg het maar.

'Dawn Kincaid is daar geweest, dat staat vast,' stelt Jaime, alsof er geen twijfel aan kan bestaan. 'Ze was op het tijdstip van de moorden in het huis van de Jordans. Ze heeft schaamhaar en urine achtergelaten in de wc. En huidcellen en bloed onder de nagels van de vijfjarige Brenda, die haar blijkbaar flink gekrabd heeft.'

Ze geeft me even de tijd om tot me te laten doordringen wat ze net heeft gezegd, om haar woorden effect te laten sorteren, maar ik denk aan iets heel anders.

Alles goed? Waar ben je? heeft Benton me net ge-sms't. *Wie of wat is Anna Copper LLC in godsnaam?*

'Ik geloof dat ik nu begrijp waarom je belangstelling hebt voor Kathleen Lawler,' zeg ik tegen Jaime, terwijl ik Benton antwoord met een vraagteken.

Ik weet niet wat hij bedoelt. Ik heb nog nooit van Anna Copper LLC gehoord.

'Kathleen hoopt vast en zeker dat ze een deal kan sluiten als ze met jou meewerkt,' zeg ik tegen Jaime. 'Misschien kun je er strafvermindering uit slepen of de commissie beïnvloeden die beslist over een pardon.'

'Ze is heel behulpzaam geweest,' antwoordt Jaime. 'En inderdaad, ze wil haar oude leven terug. Daar doet ze zo'n beetje alles voor.'

'Weet ze het van het DNA? Dat nieuwe testresultaten naar haar biologische dochter wijzen?'

'Nee.'

'Hoe weet je dat zo zeker? Ik heb het gevoel dat de gevangenisdirectrice zeer geïnteresseerd is in alles wat daar gezegd en gedaan wordt.'

'Ik ben voorzichtig geweest.'

'Had Lola Daggette verwondingen toen de politie haar kort na de moorden arresteerde?' informeer ik. 'Is dat gecontroleerd? Schaafwonden, krassen of blauwe plekken? Heeft ze een forensisch onderzoek ondergaan?'

'Niet dat ik weet. Maar er waren op het eerste gezicht geen verwondingen en dat had al een aanwijzing moeten zijn.' Jaime heeft gelijk. 'Het staat vast dat Brenda met haar moordenaar heeft gevochten en hem of haar tot bloedens toe heeft gekrabd. Dus de politie had vraagtekens moeten zetten bij het feit dat Lola nergens krassen op haar lichaam had.'

'Als ze geen verwondingen had, had dat inderdaad iets duidelijk moeten maken,' beaam ik. 'En als het DNA onder Brenda's vingernagels niet overeenkwam met dat van Lola, had dat ook iets moeten zeggen. Luid en duidelijk.'

'Ja, het had moeten suggereren dat Lola het niet gedaan had.'

'Of dat ze het niet alleen had gedaan.'

'Dat noem je nou een plaat voor je kop hebben,' zegt Jaime. 'De mensen wilden dat die moorden werden opgelost. Ze moesten opgelost worden, zodat de mensen zich weer veilig konden voelen in de wetenschap dat alles in hun prachtige stadje weer ordelijk en normaal was.'

'Zulke dingen gebeuren helaas. Vooral bij heel emotionele zaken, waar veel aandacht voor is.'

'Dawn is degene die de familie Jordan heeft vermoord, die gekrabd is, een sandwich heeft gemaakt en gebruik heeft gemaakt van de wc op de begane grond,' vat Jaime samen. 'En ironisch genoeg weet ik dat zeker door wat er in Massachusetts met jou is gebeurd. Nadat Dawn was gearresteerd omdat ze geprobeerd had jou te vermoorden, is haar DNA-profiel ingevoerd in CODIS, en toen ik het DNA van de zaak-Jordan opnieuw liet testen en ook in CODIS liet invoeren, bleek het van haar te zijn. Het is een schok, dat besef ik. Het is verbijsterend.'

'Misschien niet helemaal.' Ik weiger Jaime die genoegdoening te geven. 'Kathleen Lawler heeft al laten vallen dat Dawn in Savannah geweest kan zijn toen de Jordans werden vermoord. Januari 2002, zei ze tegen me toen ik haar vandaag sprak. Dat zou de eerste keer zijn geweest dat die twee elkaar hebben ontmoet. Denk je dat Kathleen een idee heeft van wat haar dochter gedaan heeft?'

'Ik kan het me niet voorstellen. Waarom zou Dawn zoiets bekennen, tenzij ze gepakt wilde worden?' antwoordt Jaime. 'Dit is in verschillende zaken een enorme doorbraak. Ik weet zeker dat Dawn Kincaid hier in Savannah was. Dat moet wel. Het maakt niet uit of ze blijft liegen over wat er op 10 februari bij jou thuis gebeurd is. Als ze al enige geloofwaardigheid bezat, is die nu wel verdwenen.'

'Dus zou ik dubbel gemotiveerd moeten zijn om je te helpen,' zeg ik.

'Gerechtigheid, Kay. Op meer dan één vlak.'

'Wanneer heb je de resultaten van die DNA-test gekregen?'

'Ongeveer een maand geleden.'

'Niemand die betrokken is bij mijn zaak weet hier iets van,' merk ik op. 'Ik heb er helemaal niets van vernomen. Maar dat betekent niet dat andere mensen het niet weten.'

'Dawn noch haar advocaat weet dat haar DNA is opgedoken in de zaak-Jordan, een meervoudige moordzaak van negen jaar geleden,' zegt Jaime met een vertrouwen dat ik niet deel.

'Welk lab heb je gebruikt?' vraag ik.

'Twee verschillende, onafhankelijke laboratoria, een in Atlanta en een in Fairfield, Ohio.'

'En niemand weet het,' zeg ik sceptisch. 'Zelfs de FBI niet. Ik neem aan dat de officier van justitie van Georgia toestemming heeft gegeven voor de nieuwe tests?'

'Ja.'

'Maar hij weet niet wat de uitkomst is?'

'Hij en andere sleutelfiguren weten hoe belangrijk het is om geen informatie vrij te geven voor de zaak is voorbereid. En daar ben ik nog maar net mee begonnen.'

'Een van de grootste gevaren bij elk onderzoek is dat er informatie kan uitlekken.' Ik herinner haar aan een feit dat nog niet zo lang geleden overduidelijk voor haar was.

Ze is zo vol van zichzelf. Of misschien is ze wanhopig.

'En het lijkt mij dat bij deze zaak het gevaar daarop wel heel groot is,' voeg ik eraan toe. 'Buitengewoon groot, zelfs. Er zijn een heleboel mensen die persoonlijk belang hebben bij de zaak-Jordan, machtige mensen in het staatsbestuur van Georgia bijvoorbeeld, die een slecht figuur zouden slaan als een advocaat uit New York ontdekte dat een van de beruchtste moordzaken verknoeid is en dat een tiener ter dood is veroordeeld voor een misdrijf dat ze niet heeft begaan.'

'Ik ben niet op mijn achterhoofd gevallen.'

'Nee, maar misschien ben je wat te idealistisch. Je windt je op over deze zaak, en dat is begrijpelijk, maar je hebt weinig aan mijn hulp als ik je niet waarschuw. De kans dat je acties onopgemerkt zijn gebleven en dat je in het geheim kunt opereren, is erg klein.' Ik moet aan Tara Grimm denken en vraag me af of zij iets weet over de nieuwe testresultaten.

Ze weet dat er nieuwe tests gedaan zijn. Wie heeft haar dat verteld?

'Dus je wilt me helpen. Dat is heerlijk om te horen,' zegt Jaime, maar ze kijkt niet erg blij.

Ze ziet er moe en opgejaagd uit, en haar ogen staan slaperig en zijn niet meer zo fel als ik me uit het verleden herinner. Ze lijkt niet lekker in haar vel te zitten en schuift voortdurend heen en weer op de bank, trekt haar benen op en zet haar voeten weer op de grond. Ze is rusteloos en zenuwachtig en ze drinkt te veel.

'Ik help je door je eraan te herinneren dat er mensen kunnen zijn die van de nieuwe testresultaten weten en die kunnen proberen zich ermee te bemoeien,' zeg ik tegen haar. 'Het DNA dat je opnieuw getest hebt, is ingevoerd in het Combined DNA Index System van de FBI en is herkend in de index van gearresteerde personen, en vervolgens is de identificatie van Dawn Kincaid bevestigd. De FBI zou best eens kunnen weten dat Dawn Kincaid, voor wie ze een enorme belangstelling hebben, in verband is gebracht met moorden in Savannah van negen jaar geleden. Als de officier van justitie het weet, is het mogelijk dat de gouverneur het ook weet, en de gouverneur lijkt belang te hebben bij de executie van Lola Daggette. Toen ik Tara Grimm sprak, was me duidelijk dat ze wist dat er nieuwe tests werden uitgevoerd en dat, en nu citeer ik haar, de gevangenis misschien wel helemaal leeg zou lopen.'

'Ze nemen daar alles op,' antwoordt Jaime nuchter, alsof ze zich helemaal geen zorgen maakt over wat ik net heb gezegd. 'Toen ik in die bezoekkamer op de extra beveiligde afdeling zat, wist ik heel goed dat elk woord werd opgenomen, en daarom ben ik ook dingen op mijn notitieblok gaan schrijven als het absoluut noodzakelijk was dat wat ik te zeggen had onder ons bleef. Kathleen heeft redenen om voorzichtig te zijn met wat ze zegt, maar ik moet toegeven dat Lola een heel ander geval is. Ze heeft een zeer beperkte intelligentie en heel weinig zelfbeheersing. Ze schept graag op en doet bijna alles voor een beetje aandacht. Ze weet dat we nieuwe tests hebben laten doen, maar ik heb haar niet verteld wat de resultaten waren.'

'Ik vraag me toch af of ze niet weet wat die resultaten zijn. Het zou haar vijandigheid verklaren ten opzichte van Kathleen, de moeder van degene voor wier misdaden Lola de laatste negen jaar geboet heeft,' opper ik.

'Ik maak me er meer zorgen over dat de media hier lucht van krijgen voordat ik daar klaar voor ben,' zegt Jaime.

'Ik denk niet dat dat je grootste zorg moet zijn. Ik heb gezien dat je een beveiligingscamera en een alarmsysteem hebt geïnstalleerd.' Ik voeg er niet aan toe dat ze volgens mij ook een wapen draagt. 'Misschien moet je je zorgen maken over je professionele en persoonlijke veiligheid,' voeg ik eraan toe.

'En ik denk zo dat jij ook een eersteklas alarmsysteem en een camera zou hebben als je hier zou werken. Of anders zou iemand ze wel voor je installeren.' Ik vraag me af of ze het over Lucy heeft. 'Zodra ik meer feiten heb en volledig zeker ben van mijn zaak, dien ik een petitie in om de doodstraf van Lola op te heffen. Ik zal de vooroordelen ontkrachten met feiten. Ik zal de wraaklust ondermijnen met keiharde bewijzen en hopelijk ga jij me daarbij helpen.'

Ze zwijgt even alsof ze verwacht dat ik zal zeggen dat ik dat al doe, maar die geruststelling gun ik haar niet.

'Er is nooit iets geweest wat Lola in verband bracht met die misdaden, behalve de bebloede kleren die ze van Dawn moest weggooien of schoonmaken of die Dawn misschien in haar kamer heeft gelegd om haar erin te luizen,' zegt Jaime. 'Maar ik moet details hebben. Ik wil goed beslagen ten ijs komen als ik dit naar buiten breng.'

'Waar kenden Lola en Dawn elkaar van? Weten we of ze elkaar kenden?' informeer ik terwijl er nog een sms van Benton binnenkomt.

Waar ben je? Neemt niet op in je hotelkamer.

Ik ben veilig, sms ik terug.

Bel zodra je kunt. (Anna Copper heeft een slechte reputatie.)

Ik antwoord voor de tweede keer met een vraagteken terwijl Jaime verkondigt: 'Ik wil wel even gezegd hebben dat ik geen inbreuk maak op de vertrouwensrelatie tussen cliënt en advocaat. Lola heeft me toestemming gegeven alles met jou te bespreken.'

'Waarom? Naast het feit dat ze waarschijnlijk alles zou doen wat jij zegt.'

'Jij zou serieus worden genomen door de rechters,' antwoordt Jaime. 'Wat wij nog missen, is een erkend forensisch expert met een goede reputatie, die zijn of haar nek wil uitsteken.'

Ze bedoelt dat Colin Dengate dat niet zal doen. Dat gelooft ze in ieder geval.

'We verkondigen geen populair standpunt, gezien de woede die deze moorden hebben gewekt,' voegt ze eraan toe. 'Zelfs na al die jaren zijn de mensen nog even haatdragend. Maar als we kunnen bewijzen dat Dawn Kincaid de familie Jordan heeft vermoord, ben jij daar ook mee geholpen, dat is het mooie ervan.' Ze komt weer op dat punt terug.

Ze probeert me met omkoping zover te krijgen dat ik doe wat juist is, en misschien vind ik dat nog het meest beledigende.

'Als Dawn Kincaid vier gezinsleden in hun slaap heeft afgeslacht, was ze zeker in staat tot die misdaden in Massachusetts en gelooft niemand meer een woord van wat ze over jou zegt,' zegt Jaime om een pleidooi te besluiten dat in wezen niet noodzakelijk is en ook niets toevoegt.

'Heeft Lola het ooit over Dawn Kincaid gehad? Heeft ze toegegeven of geïnsinueerd dat Dawn de geheimzinnige handlanger is die zij het duivelse monster noemt?' vraag ik.

'Nee.' Jaime vouwt haar handen om haar glas en kijkt me vanaf de hoek van de bank aan. Ze wordt steeds rustelozer en raakt steeds meer onder invloed van de drank. 'Ze zegt dat ze geen idee heeft wie het monster is. Ze is op de ochtend van 6 januari wakker geworden in haar kamer in de open inrichting en zag haar eigen kledingstukken bebloed op de vloer liggen. Omdat ze doodsbang was dat ze er problemen mee zou krijgen, probeerde ze ze te wassen.'

'En jij gelooft dat?'

'Lola is bang. Dat geloof ik. Ze is als de dood voor die persoon die ze nog steeds het duivelse monster noemt.'

'Als de dood voor een persoon, of voor een duivel of monster? Misschien iets wat ze zich heeft ingebeeld?'

'Volgens mij kan Lola Dawn best op straat hebben ontmoet en door haar zijn gepaaid met de belofte van geld of drugs. Het is mogelijk dat Lola de echte naam niet kende van degene die haar betrokken heeft bij deze zaak en door wie ze erin geluisd is.'

'Ze moet in de open inrichting hebben gezeten rond de tijd dat Dawn naar Savannah kwam en de moorden werden gepleegd.' Ik herinner haar eraan dat iemand die wegens drugs in een open inrichting zit misschien niet naar believen de straat op kan gaan.

'Een open inrichting waar niet veel controle was,' zegt Jaime. 'De bewoners mochten komen en gaan, mits ze toestemming hadden. Lola liep voortdurend in en uit omdat ze op zoek was naar werk en vaak naar een verpleeghuis in Savannah ging om haar zieke grootmoeder te bezoeken. Ze had mogelijkheden te over om iemand als Dawn tegen te komen, die mogelijk een pseudoniem heeft opgegeven, naar alle waarschijnlijkheid de enige naam die Lola ooit gehoord heeft. Als je bedenkt wat Dawn van plan was, was het heel logisch dat ze haar identiteit geheim heeft gehouden. Maar dat maakt allemaal niet uit. DNA liegt niet. DNA geeft niet om pseudoniemen.'

'Heb je Lola gevraagd of de naam Dawn Kincaid haar bekend voorkwam? Ze zou hem uit angst verdrongen kunnen hebben.'

'Ze wilde het niet toegeven, aangenomen dat ze hem kent. Maar ik heb haar gevraagd of de naam Dawn Kincaid haar iets zei en ze beweerde van niet. Ik ben heel voorzichtig geweest. Ik heb geen woord gezegd over de testresultaten,' herhaalt Jaime.

'Zo bang is ze dus voor "het monster". Zelfs na negen jaar nog.'

'Ze zegt dat ze de stem van het monster hoort,' antwoordt Jaime. 'Ze hoort een duivels wezen de verschrikkelijke dingen beschrijven die het zal uithalen als Lola het ooit dwarszit. Maar Lola hoeft niet te praten of ons te vertellen wie het monster is,' zegt Jaime. Toch kan ik de mogelijkheid dat het monster een verzonnen figuur is niet uit mijn hoofd krijgen.

Een enge fantasie in het hoofd van een emotioneel beschadigde jonge vrouw met een IQ van 70, die op Halloween terechtgesteld gaat worden.

'De enige stem die wij moeten horen, is die van het DNA,' zegt Jaime. 'En Dawn Kincaid zit veilig in de cel en komt daar niet meer uit.'

'Weet ze dat Dawn Kincaid veilig in de cel zit? Dat ze op een gegeven moment voor de rechter zal moeten verschijnen?' Ik wil het zeker weten.

'Ze weet dat Dawn in Massachusetts is aangeklaagd wegens meerdere moorden,' bevestigt Jaime. 'Het is in het nieuws geweest en ik heb er ook over gesproken. Het is geen geheim in de vrouwengevangenis dat de dochter van Kathleen Lawler in Butler op haar rechtszaak zit te wachten.'

'Je hebt het ongetwijfeld met Kathleen over Dawn gehad.'

'Ik heb Kathleen gesproken, zoals je weet. Uiteraard hebben we het ook over haar dochter gehad.'

'Dawn zit in de cel en toch is Lola nog te bang om haar mond open te doen.' Ik vind het allemaal maar onlogisch, wat Jaime ook zegt.

Als Lola al bijna tien jaar in de dodencel zit wegens misdaden die ze niet gepleegd heeft en de echte moordenaar, Dawn Kincaid, in Massachusetts in de cel zit, waarom is Lola dan nog steeds doodsbang voor haar en waarom is Kathleen doodsbang voor Lola? Er klopt helemaal niets van.

'Angst is een krachtige emotie,' zegt Jaime vertrouwelijk. Haar tong begint dubbel te slaan. 'En Lola is heel lang bang geweest voor iemand die vrij rondliep, voor Dawn, die nog steeds leeft, in goede gezondheid verkeert en onvoorstelbaar wreed is. Je hebt gezien waartoe ze in staat is. Ze was pas drieëntwintig toen ze de Jordans in hun bed afslachtte. Omdat ze er zin in had. Omdat het lekker bloederig was. Omdat het leuk was. En daarna heeft ze een boterham voor zichzelf gemaakt, een paar biertjes gedronken en de schuld op een verstandelijk gehandicapt probleemkind van achttien geschoven.'

'Je had het me gewoon kunnen vragen, Jaime,' zeg ik tegen haar. 'Al dat gedoe was helemaal niet nodig. Je hoefde me helemaal niet te manipuleren of in de val te lokken, en ik vind het zorgelijk dat je denkt dat je me zou moeten omkopen. Ik ben heel goed in staat om de strijd aan te gaan met de FBI of met wie dan ook, en na alles wat we samen hebben meegemaakt, had je moeten weten dat ik zou helpen als je het gevraagd had.'

'Zou je naar Savannah zijn gekomen om als forensisch deskundige op te treden in de zaak-Lola Daggette?' Ze kijkt naar haar glas alsof ze erover denkt zichzelf nog eens bij te schenken. 'Had je als tussenpersoon willen optreden bij je ultraconservatieve collega Colin Dengate, die alleen maar ja en nee tegen me gezegd heeft, meer niet? Was je de strijd met hem aangegaan?'

'Colin is niet ultraconservatief,' antwoord ik. 'Hij houdt er alleen heel vaste overtuigingen op na.'

'Ik wist niet wat je ervan zou vinden.' Ze heeft het niet over het feit dat ik Colin Dengates conclusies in twijfel moet trekken.

Jaime denkt eraan dat we *bijna familie* zijn geweest. Ze vraagt zich af of de situatie tussen haar en Lucy mij ervan zou hebben weerhouden behulpzaam of zelfs maar beleefd te zijn.

'Lucy weet blijkbaar niet dat jij hier bent.' Ik beantwoord de vraag die Jaime had moeten stellen. 'Ze raakte een beetje van streek toen ik haar belde nadat Kathleen me vanmiddag je mobiele nummer had gegeven. Ik vroeg Lucy of je van haar had gehoord dat ik naar Savannah ging. Ze zei van niet. Ze gaf te kennen dat ze je helemaal niet gesproken heeft.'

'We hebben elkaar al een halfjaar niet gesproken.' Jaime kijkt langs me heen en haar stem is afgeknepen en gespannen.

'Je hoeft me niet te vertellen wat er gebeurd is.'

'Ik heb haar gezegd dat ik haar nooit meer wilde zien en dat ze onder geen beding contact met me mocht opnemen,' zegt ze kil.

'Je hoeft mij niets uit te leggen,' herhaal ik.

'Ze heeft je duidelijk niet verteld waarom.'

'Ze is naar Boston verhuisd, jij was weg en er werd ook niet meer over je gesproken. Verder heeft ze helemaal niets uitgelegd, aan wie dan ook,' antwoord ik.

'Nou, het is niet zo dat ze met opzet iets in gang heeft gezet wat ze verdomme had kunnen voorzien als ze er even over had nagedacht.' Jaime staat op en gaat terug naar de keuken en de fles. 'Ik ben ervan overtuigd dat het niet haar bedoeling was me te kwetsen. Maar dat doet niets af aan het feit dat ze erin geslaagd is alles wat ik heb opgebouwd kapot te maken en dat ze nog minder inzicht had in de schade die ze me had toegebracht dan Greg vroeger.'

Greg is Jaimes ex-man.

'Hij begreep tenminste wat mijn carrière van me vroeg,' zegt Jaime vanuit de keuken terwijl ze whisky in haar glas schenkt. 'Als jurist en als redelijke volwassene weet hij precies hoe de dingen werken en dat er bepaalde regels en feiten zijn die je niet naast je neer kunt leggen door er gewoonweg van uit te gaan dat ze niet van toepassing zijn. Ondanks alles was Greg tenminste discreet, slim en zelfs professioneel, als je dat woord tenminste kunt gebruiken voor menselijk gedrag tijdens een relatie of een scheiding.' Ze keert terug naar de bank en nestelt zich weer in haar hoekje. 'En hij is nooit zo roekeloos geweest om iets te doen wat mijn ondergang kon betekenen, zelfs niet om me zogenaamd te helpen.'

'Je hoeft me niet te vertellen wat Lucy gedaan heeft. Of wat jij denkt dat ze gedaan heeft,' zeg ik rustig en behoedzaam, om niet te laten merken wat mijn ware gevoelens zijn.

'Hoe denk je dat ik af weet van Farbmans gerommel met gegevens?' Jaime kijkt me recht aan, en haar ogen met hun grote pupillen zijn donker als open wonden. 'Waarom denk je dat ik het zeker weet, in plaats van het alleen maar te vermoeden, gebaseerd op statistieken die niet helemaal juist lijken?'

Ik geef geen antwoord, want ik weet al zo'n beetje wat ze gaat zeggen.

'Lucy is er op de een of andere manier in geslaagd het Real Time Crime Center binnen te komen. Ze heeft een server of mainframe of gegevensopslag gehackt om dat voor elkaar te krijgen.' Jaimes stem slaat over. Even zie ik hoe kapot ze is van een verlies dat ze weigert te erkennen. 'Ik begrijp haar gevoelens ten opzichte van Farbman, na alle klachten die ze uitentreuren heeft gehoord, achter gesloten deuren en in de privacy van ons persoonlijke leven, maar ik had niet bepaald verwacht dat ze het computersysteem van de New Yorkse politie zou hacken om me te helpen mijn beweringen te staven.'

'En je weet heel zeker dat ze dat gedaan heeft.'

'Waarschijnlijk was het mijn eigen schuld.' Ze kijkt weer langs me heen. 'Ik heb de fatale fout gemaakt om toe te geven aan haar neiging om eigen rechter te spelen, aan haar volslagen veronachtzaming van elke grens en, laten we eerlijk zijn, aan haar psychopathische trekjes. Ik zou verdomme toch moeten weten hoe ze in elkaar zit. In godsnaam, dat weten wij allebei. Waar ik haar al niet uit heb moeten redden. Zo ben ik ook eigenlijk in die verhouding verzeild geraakt...'

'Verzeild geraakt?'

'Omdat jij me om hulp vroeg.' Ze neemt een slokje uit haar glas. 'Na wat ze in Polen had gedaan. Jezus christus. Hoe zou jij het vinden om een relatie te hebben met iemand van wie je niet alles mag weten? Iemand die... Nou, ik ga het niet hardop zeggen.'

'Iemand die mensen gedood heeft?'

'Ik weet meer dan ik zou willen weten. Ik heb altijd meer over haar geweten dan me lief was.'

Ik vraag me af waardoor Jaime Berger zo veranderd is. Vroeger was ze niet zo egocentrisch, legde ze niet zo snel de schuld bij iedereen behalve zichzelf.

'Hoe vaak denk je dat ik tegen haar heb gezegd dat ik geen woord meer wilde horen? Ik wil het niet weten. Ik ben openbaar aanklager. Hoe heb ik zo stom kunnen zijn?' zegt ze met dikke stem, alsof haar tong weigert mee te werken. 'Misschien komt het door mijn afkeer van Farbman. Hij wilde me al jaren kwijt, maar ik besefte niet dat hij niet de enige was. Toen Lucy me de informatie gaf en ik precies wist welke gegevens Farbman had vervalst, ben ik naar de commissaris gegaan, en die wilde natuurlijk bewijzen zien.'

'Die jij niet echt kon geven.'

'Ik had niet gedacht dat hij erom zou vragen.'

'Waarom dacht je dat?'

'Emoties. Daar liet ik me door meeslepen, zodat ik een onherstelbare inschattingsfout maakte. Ik werd zelf degene die beschuldigd werd. Ik werd degene die zich gecompromitteerd had. Er werd niets rechtstreeks gezegd. Dat hoefde ook niet. Het enige wat nodig was, was dat bepaalde mensen op strategische momenten in de discussie Lucy's naam lieten vallen. Ze wisten alles van haar af. Een forensisch computerexpert die het niet zo nauw neemt met de wet, die ontslagen is bij de FBI en eerder ook bij de ATF. Iedereen weet waar zij toe in staat is. Ik kan je niet vertellen wat je wel en niet tegen Lucy moet zeggen. Maar ik raad je aan...' Verder komt ze niet.

'Je kunt me maar beter helemaal niets aanraden wat haar betreft,' val ik haar in de rede.

'Ik had niet verwacht dat je erin zou toestemmen...'

'Het is niet aan mij om ergens wel of niet in toe te stemmen,' onderbreek ik haar weer terwijl ik opsta van de bank en het serviesgoed begin te verzamelen. 'Je had een relatie met Lucy, maar mijn relatie met Lucy is anders, is altijd anders geweest en zal altijd anders zijn. Als wat jij me verteld hebt echt waar is, was het een verschrikkelijke fout, een buitengewoon stomme daad van haar, die haar kapot had kunnen maken.' Ik breng de vaat naar de keuken. 'Ik stel voor dat je naar bed gaat. Je ziet er moe uit.'

'Interessant dat je het op die manier formuleert.' Ze zet onhandig wijnglazen en de lege fles op het aanrecht. '*Die haar kapot had kunnen maken.* En ik dacht nog wel dat ik degene was die kapotgemaakt werd.'

Ik zet de warmwaterkraan open en vind een bijna lege fles afwasmiddel in het aanrechtkastje. Ik zoek naar een spons, maar Jaime zegt dat ze is vergeten er een te kopen en leunt tegen het stenen kookeiland terwijl ik de afwas doe van een maaltijd waarvoor zij totaal geen moeite gedaan heeft, behalve telefoneren en een paar straten naar een restaurant lopen om ervoor te zorgen dat ze niet in het appartement was toen ik daar aankwam. Zodat Marino alles kon voorbereiden en zij een grootse entree kon maken. Zodat de scène die ze in haar hoofd had ook precies zou lopen zoals zij wilde.

'Helaas ben ik er niet zo goed in om mensen uit mijn leven te bannen,' merk ik op als ik de afwas met zeep en met mijn blote handen doe. 'Als iemand eindelijk dood is en ik tot de conclusie kom dat dat maar goed is ook, omdat ik genoeg van hem heb, zou ik het misschien kunnen. Dan zou ik mezelf misschien kunnen voorhouden dat ik verdomme blij ben dat hij dood is. Maar ik zou waarschijnlijk niet de waarheid spreken. Ik zou het waarschijnlijk niet menen. Dat is een gebrek van me, denk ik. Misschien kun je een theedoek zoeken in dit onbewoonde appartement van jou en me helpen door af te drogen.'

'Die moet ik ook nog kopen.' In plaats daarvan pakt ze een rol keukenpapier.

'We laten de vaat wel gewoon in het rek opdrogen,' beslis ik.

Ik duw de lege bakjes in een afvalzak, dek de sterk ruikende macaroni met kaas af, zet die in de lege koelkast en concludeer dat Marino gelijk heeft over die truffels. Ik heb er ook nooit van gehouden.

'Ik wist niet wat ik anders moest doen.' Jaime heeft het niet over de afwas of haar toevluchtsoord hier in het Lowcountry. Ze heeft het over Lucy. 'Hoe kun je houden van een blok aan je been?'

'En dat vraag je aan mij?'

'Jij bent familie van haar. Dat is niet hetzelfde. Ik ben bang dat ik morgen een verschrikkelijke hoofdpijn zal hebben. Ik voel me niet zo goed.'

'Dat is wel duidelijk, dat het niet hetzelfde is. Ik houd van haar, wat ze ook doet, zelfs als het niet goed uitkomt en niet bevorderlijk is voor mijn politiek correcte image.' Ik loop terug naar de bank en pak mijn tas, zo boos dat ik bang ben dat ik uit mijn slof zal schieten. 'En wie is er géén blok aan je been?'

'Het is alsof je houdt van een fantastisch paard dat je op een dag met dodelijke gevolgen zal afwerpen.'

'En wie heeft dat paard de sporen gegeven?' Ik loop terug naar de keuken. 'Wie heeft het ertoe aangezet zich zo gevaarlijk te gedragen?'

'Je denkt toch niet dat ik haar gevraagd heb zoiets te doen?' Ze kijkt me slaperig aan.

'Natuurlijk niet.' Ik toets het nummer van Marino in op mijn mobiel. 'Je hebt haar vast niet gevraagd de computer van de politie van New York te hacken, net zomin als je mij hebt gevraagd naar Savannah te komen.'

14

Vele straten verderop, in de richting van de donkere rivier, hoor ik Marino's busje puffen en terugslaan. Ik stap uit de zwarte schaduwen van een groenblijvende eik, waar ik heb staan wachten omdat ik geen moment langer bij Jaime Berger wilde blijven.

'Ik moet ophangen.' Ik praat met mijn nicht, en tot nu toe ben ik erin geslaagd om mijn woede en mijn oordeel niet in mijn stem te laten doorklinken. 'Ik bel je terug als ik in mijn kamer ben, over een uurtje of zo. Ik wil eerst ergens anders naartoe.'

'Ik kan je ook wel via de hoteltelefoon bellen als je je mobieltje niet wilt gebruiken,' zegt Lucy.

'Ik gebruik mijn mobieltje al. Ik heb er al eerder mee gebeld.' Ik ga niet uitgebreid in op mijn mening over Jaime. Allemaal eigenbelang, die ideeën van haar over openbare telefoons en afluisterpraktijken van de FBI.

'Je zou hier helemaal niet mee bezig moeten zijn,' zegt Lucy.

'Dit gaat niet over jou. Het is jouw probleem niet. En ik zie het ook niet meer als mijn probleem.'

'Je kunt niet over zulke dingen heen stappen alsof ze nooit zijn gebeurd,' zeg ik. Ik kijk in de richting van Marino, van de auto die wel van hem móét zijn en die nog niet is gerepareerd.

Op het plein met bomen aan de overkant van de straat doemt het Owens-Thomas House dreigend op tegen de donkere achtergrond van de nacht: lichtgekleurd Engels stucwerk met hoge witte zuilen en een halfrond portiek. De silhouetten van oude bomen wuiven en ijzeren straatlantaarns verspreiden hun gloed. Even denk ik iets te zien bewegen, maar als ik beter kijk, zie ik niets bijzonders. Mijn verbeelding. Ik ben moe en gestrest. Ik ben nerveus.

'Ik maak me nog steeds zorgen over de vraag wie het weet of erachter zou kunnen komen. Daar heb je gelijk in,' zegt Lucy, terwijl ik dichter bij de straat ga staan, naar links en naar rechts kijk en naar het plein tuur. Ik zie niemand. 'Toen ik hoorde dat het CFC van de rechter niets van de server mocht halen, dacht ik dat het daarover ging. Dat ze me wilden oppakken wegens hacken. Ik ben voorzichtig geweest. Waarschijnlijk zouden ze het prachtig vinden als ze me problemen konden bezorgen vanwege die oude herrie bij de FBI en de ATF.'

'Niemand wil je oppakken, Lucy. Het wordt tijd dat je dat uit je hoofd zet.'

'Het hangt ervan af wat Jaime tegen bepaalde mensen heeft gezegd, wat ze blijft zeggen en hoezeer ze de feiten verdraait. Het is iets anders gegaan dan ze jou heeft verteld. Ze heeft het veel erger gemaakt dan het was,' zegt ze. 'Het lijkt wel of het een obsessie voor haar is om mij zwart te maken, zodat ze voor zichzelf kan rechtvaardigen wat ze heeft gedaan. Zodat iedereen begrijpt waarom ze er een punt achter heeft gezet.'

'Ja, zo is het volgens mij precies.' Ik kijk uit naar het busje, dat ik wel kan horen, maar nog niet kan zien. Het is inmiddels op Abercorn en komt dichterbij. Intussen probeer ik mijn hartgrondige minachting te bedwingen voor iemand van wie mijn nicht volgens mij nog steeds houdt.

'Dat is de ware reden waarom ik uit New York ben vertrokken. Ik werd niet rechtstreeks beschuldigd, maar ik weet dat er werd gepraat over de inbraak in de computers. Ik kon daar onmogelijk nog forensisch computerwerk doen.'

'De manier waarop ze je heeft behandeld, is wat het meest pijn deed en waarom je uit New York bent weggegaan. Daarom heb je alles wat je daar had opgebouwd achtergelaten,' spreek ik haar zachtjes en rustig tegen. 'Ik geloof er niets van dat je vanwege een paar geruchten alle schepen achter je hebt verbrand.'

Ik kijk om naar het gebouw waar Jaime woont en naar haar verlichte ramen. In een vertrek waarvan ik aanneem dat het haar slaapkamer is, zie ik haar silhouet langs de gesloten gordijnen bewegen.

'Ik wou dat je het me had verteld. Ik weet niet waarom je dat niet hebt gedaan,' zeg ik.

'Ik dacht dat je me dan niet in het CFC zou willen. Dat je me dan niet meer als je IT'er wilde en me niet meer in je buurt wilde zien.'

'Dat ik je weg zou jagen, net als zij?' De woorden rollen uit mijn mond voordat ik er erg in heb. 'Jaime heeft jou gevraagd de wet te overtreden, terwijl ze heel goed wist dat jij haar niets kon weigeren... Nou ja, het is niet mijn bedoeling om het zo hard te zeggen.'

Lucy zegt niets en ik kijk naar Jaime Bergers silhouet, dat voor het verlichte raam heen en weer loopt. Ik bedenk dat ze misschien wel een monitor in haar slaapkamer heeft en nu de beelden van de beveiligingscamera bekijkt. Misschien houdt ze mij wel in de gaten, of misschien is ze van streek omdat ik haar heb verteld hoe ik erover denk en ben weggelopen alsof ik niet meer terugkom. Ik denk aan het oude gezegde dat mensen niet veranderen. Maar Jaime is wel veranderd. Ze is teruggekeerd naar een oudere versie van zichzelf, maar die versie is bedorven, als wijn die niet goed is bewaard. Haar leven is weer een leugen geworden, maar nu is ze ronduit onmogelijk. Ik walg van haar.

'Maar goed, nu weet ik het wel,' zeg ik tegen Lucy. 'En voor mij verandert er niets.'

'Maar het is belangrijk dat je gelooft dat het anders ging dan zij zegt.'

'Dat kan me niet schelen.' Op dit moment is dat ook echt zo.

'Het enige wat ik heb gedaan, is een paar getallen verifiëren.

Dat heb ik gedaan door te kijken naar de elektronische rapporten van de originele klachten en de manier waarop ze gecodeerd waren, maar dat had ik niet mogen doen.'

Dat is waar, maar Jaime heeft iets veel ergers gedaan. Zij was berekenend en koud. Ze had niet wreder kunnen zijn. Ze heeft haar macht over Lucy misbruikt en haar verraden. Als ik ophang, vraag ik me af wie ze hierna weer zal manipuleren en in opspraak zal weten te brengen. Lucy en Marino, en ik denk dat ik mezelf ook op de lijst kan zetten. Ik ben in Savannah, ondergedompeld in een zaak waarover ik tot een paar uur geleden praktisch niets wist, en ik kijk weer omhoog naar haar appartement. Ik zie haar silhouet langs het verlichte raam heen en weer lopen. Het lijkt wel of ze ijsbeert.

Het is bijna een uur na middernacht, en het busje heeft in het ongelijkmatige licht van de straatlantaarns een spookachtige witte glans. Als een door geesten bezeten machine uit een horrorfilm komt het lawaaierig op me af, hortend en stotend, slingerend en haperend. Het is duidelijk dat Marino geen monteur heeft gevonden sinds hij een paar uur geleden uit Jaimes appartement vertrok, en inmiddels ben ik ervan overtuigd dat hij me met opzet met haar alleen heeft gelaten, om een reden die niets te maken heeft met wat ik wil of waar ik behoefte aan heb. Remmen piepen als hij voor het appartementengebouw tot stilstand komt, en het portier aan de passagierskant knarst als ik het openmaak. Het cabinelampje gaat niet branden, want Marino schakelt het in elk voertuig waarvan hij gebruikmaakt uit. Hij wil voorkomen dat hij een makkelijk doelwit is, dat hij 'van zijn kop een schietschijf maakt', om met zijn eigen woorden te spreken. Op de achterbank zie ik papieren zakken liggen.

'Boodschapjes gedaan?' vraag ik. Ik hoor de gespannen toon van mijn stem.

'Ik heb wat water en wat andere dingen gekocht voor in het hotel. Wat is er gebeurd?'

'Niets waar ik me prettig over voel. Waarom heb je me met haar alleen gelaten? Had ze je dat opgedragen?'

'Ik had gezegd dat je moest bellen als je weg wilde,' helpt hij me herinneren. 'Hoe lang sta je hier al buiten?'

Ik maak mijn veiligheidsgordel vast, en het portier knarst

weer als ik het dichttrek. 'Ik had behoefte aan wat frisse lucht. Dit ding klinkt verschrikkelijk. Als het laatste, pijnlijke stadium van een langzame marteldood. Mijn hemel.'

'Volgens mij had ik je verteld dat het niet verstandig is om hier in je eentje rond te wandelen. Vooral niet rond dit tijdstip.'

'Zoals je kunt zien, ben ik in de buurt gebleven.'

'Ze wilde je onder vier ogen spreken. Ik dacht dat jij dat ook wilde.'

'Probeer alsjeblieft niet voor mij te denken,' zeg ik. 'Ik wil graag een omweg maken en het huis van de Jordans bekijken, als dit ding dat aankan zonder helemáál uit elkaar te vallen. Ik denk niet dat natte bougies het probleem zijn.'

'Ik weet bijna zeker dat het de dynamo is,' zegt hij. 'En misschien zitten de bougiekabels los. De verdelerkap zou vies kunnen zijn. Ik heb een monteur gevonden die me gaat helpen.'

Ik staar omhoog naar Jaimes appartement, en ze is teruggegaan naar haar woonkamer, waar de rolgordijnen nog niet naar beneden zijn. Ik kan haar duidelijk zien als ze voor een raam gaat staan en ons nakijkt. Ze heeft zich verkleed in iets bruins, misschien wel een ochtendjas.

'Het is wel een beetje griezelig, vind je niet?' zegt Marino als we in zuidelijke richting rijden. De donkere silhouetten van de bomen en struiken bewegen in de warme wind. 'Ik vroeg aan Jaime of ze dit appartement had gekozen omdat het zo dicht bij de plaats ligt waar het is gebeurd. Ze zegt van niet, maar het is hier maar twee minuten vandaan.'

'Ze is erdoor geobsedeerd. Het is de zaak van haar leven,' merk ik op. 'Alleen weet ik niet helemaal zeker aan welke zaak ze werkt. Die in Savannah, of die van haarzelf.'

We rijden met veel lawaai langs chique oude huizen met verlichte ramen en tuinen en façades in een heel assortiment van structuren en ontwerpen. Italiaanse stijl, koloniale stijl, laatnegentiende-eeuwse stijl, en stucwerk, baksteen, hout en natuursteen. Aan de rechterkant van de straat is een soort parkje met een gietijzeren hek eromheen. Als we dichterbij komen, zie ik grafstenen, crypten en kriskras lopende witte paadjes die vaag worden verlicht door gloeilampen. Aan de zuidelijke rand van het kerkhof ligt East Perry Lane, waaraan grote, oude huizen op ruime percelen vol bomen staan. Ik herken het laatnegentiende-eeuwse huis van de foto's die ik eerder vandaag vond toen ik met de auto voor de wapenwinkel stond en op internet artikelen over Lola Daggette las.

De warme nachtlucht geurt naar het zoete parfum van oleander en ik kijk naar het huis met zijn twee verdiepingen, dat gebouwd is met de kenmerkende grijze en roodbruine bakstenen uit Savannah. In het midden zit een indrukwekkend portiek, geflankeerd door torenhoge witte zuilen, en het huis heeft symmetrisch geplaatste schuiframen die aan de boven- en onderkant open kunnen. Op het dak met de drie imposante schoorstenen liggen rode pannen, en aan één kant van het huis is een stenen carport aangebouwd, met boogvormige openingen die nu zijn dichtgemaakt met glas. We parkeren recht voor een pand dat ik nooit zou willen hebben, hoe mooi het ook is. Ik zou niet willen wonen in een huis waar mensen zijn vermoord.

'Ik wil hier niet te lang blijven staan, want de buurt reageert nogal fel op verdachte lieden en verdachte auto's. Dat is ook niet zo vreemd,' zegt Marino. 'Maar kijk even naar rechts. Vlak achter de carport, bijna aan de achterkant van het huis, bevindt zich de keukendeur waardoor de moordenaar is binnengekomen. Je kunt hem van hieraf niet zien, maar daar zit hij. En die grote villa aan de rechterkant was van de buurman die op 6 januari 's ochtends met zijn hond naar buiten ging en merkte dat bij de Jordans het glas van de keukendeur kapot was en dat er voor dat vroege tijdstip veel lampen brandden. Uitgaand van wat ik heb kunnen reconstrueren, werd de buurman, een zekere Lenny Kasper, rond vier uur 's nachts wakker toen zijn poedel begon te keffen. Kasper zegt dat de hond van slag was en niet meer rustig wilde worden, en toen dacht hij dat het beest naar buiten moest.'

'Heb je die buurman zelf gesproken?'

'Ik heb hem aan de telefoon gehad. Hij is destijds ook geïnterviewd door de media, en zijn verhaal van nu komt grotendeels overeen met wat hij toen zei.' Marino kijkt door het open raam aan mijn kant naar het huis in Italiaanse stijl dat hij bedoelt. 'Rond halfvijf deed zijn poedel daar bij die palmbomen en struiken zijn behoefte.'

Hij wijst naar verlichte, door hoveniers aangeplante palmen en oleanders en lattenframes met gele jasmijn die de twee percelen van elkaar scheiden.

'En toen zag hij toevallig de kapotte ruit in de keukendeur van de Jordans,' zegt Marino. 'Hij zei tegen me dat het licht in de keuken brandde en dat er boven ook veel lampen aan waren. Zijn grootste zorg was dat iemand had willen inbreken en dat zijn hond daardoor misschien wakker was geworden. Daarom ging hij terug naar huis en belde hij de Jordans, die niet opnamen. Daarna belde hij de politie, en zij kwamen tegen vijven. De keukendeur bleek niet op slot te zitten, het inbraakalarm was niet ingeschakeld en het lichaam van het kleine meisje lag onder aan de trap, vlak bij de voordeur.'

Ik kijk naar het perceel dat vroeger van de Jordans is geweest. De beboste tuin lijkt me bijna een halve hectare groot en wordt verlicht door buitenlampen op palen, die grote, donkere schaduwen werpen. Vanaf de bakstenen randen van de oprit, waarop steenslag ligt, leiden leien stapstenen langs de carport naar een keukendeur die ik onmogelijk kan zien zonder uit te stappen en me op privéterrein te begeven.

'Hij is niet lang na de moorden naar Memphis verhuisd,' zegt Marino. 'Aan weerszijden zijn er buren vertrokken, en ik heb begrepen dat de huizenprijzen door de moorden zijn gekelderd. Overigens is bijna iedereen die destijds in de buurt woonde inmiddels weg. Ik heb gehoord dat het huis van de Jordans een van de populairste stopplaatsen tijdens toeristische wandelingen langs griezelplekken is, vooral omdat het recht tegenover Savannahs beroemdste kerkhof ligt. Veel van die routes beginnen en eindigen daar op de hoek van Abercorn en Oglethorpe, bij de ingang waar we net langs zijn gereden.'

Marino steekt zijn arm naar achteren, en er kraakt papier als hij twee flessen water tevoorschijn haalt.

'Hier.' Hij geeft me er een. 'Ik heb het gevoel dat ik de hele dag niets anders heb gedaan dan zweten. Je kent die wandelingen wel.' Hij gaat verder over de griezeltrekpleisters van Savannah en de vele toeristen die ze aantrekken. 'Sommige vinden 's avonds bij kaarslicht plaats, en je kunt je wel voorstellen dat je er snel genoeg van hebt als je in dit huis of in de buurt woont en steeds maar stom gapende toeristen ziet staan terwijl een gids maar blijft kletsen over het gezin dat hier is vermoord. Het zal nu wel helemaal verschrikkelijk zijn, want alle kranten staan bol van het nieuws dat er een nieuwe datum voor Lola Daggettes executie is vastgesteld. De hele buurt denkt hier weer aan de moorden op de familie Jordan.'

'Ben je hier bij daglicht geweest?' vraag ik.

'Niet binnen.' Hij neemt duidelijk hoorbaar een slok water. 'Ik weet niet of je negen jaar later binnen nog iets kunt vinden. Het huis is inmiddels een aantal keren verkocht, door verschillende mensen bewoond en waarschijnlijk erg veranderd. Daarnaast lijkt het me wel duidelijk wat er is gebeurd. Dawn Kincaid heeft het glas van de deur kapotgeslagen, haar hand naar binnen gestoken en zonder enige moeite de deur opengemaakt. Jaime heeft je vast verteld dat de sleutel in het nachtslot zat. Dat is echt een van de domste dingen die mensen kunnen doen. Een nachtslot vlak bij glazen ruitjes of ramen plaatsen en dan de sleutel erin laten zitten. Kies maar. Je kunt opgesloten zitten bij een brand, of je kunt het iemand makkelijk maken om in te breken en je in je bed te vermoorden.'

'Jaime zei dat je ook onderzoek had gedaan naar de vraag waarom het inbraakalarm niet was ingeschakeld. Wie heeft het geïnstalleerd? Hadden de Jordans de gewoonte om het in te schakelen? Ze zegt dat ze het niet meer aanzetten omdat er een aantal keren loos alarm was geweest.'

'Dat is het verhaal.'

'Vanaf deze plek kan ik je één ding zeggen,' zeg ik. 'De keukendeur is niet te zien. Als je voorbijrijdt of -loopt kun je niet toevallig opmerken dat er een keukendeur of een andere deur aan de rechterkant van het huis zit. De carport staat ervoor.'

'Maar je ziet wel dat er een leien pad naar iets aan de achterkant leidt, misschien wel naar een deur,' zegt Marino.

'Of naar de achtertuin. Je zou het pad moeten volgen om erachter te komen.' Ik draai de dop van mijn fles water los. 'Wat belangrijk is, is dat de keukendeur niet zichtbaar is vanaf de straat. Dat suggereert dat degene die negen jaar geleden heeft ingebroken wist dat zich daarachter een zijdeur met glazen ruitjes bevond en dat die werd afgesloten met een nachtslot waarvan de sleutel vaak in de deur bleef zitten, óf dat die persoon eerder informatie had ingewonnen.'

'Dawn Kincaid is beslist het type om informatie in te winnen,' zegt Marino. 'Waarschijnlijk wist ze dat hier een rijke dokter woonde. Waarschijnlijk heeft ze het terrein eerst verkend.'

'En heeft ze dan gewoon geluk gehad dat de sleutel in het slot stak en dat het alarmsysteem niet was ingeschakeld?'

'Zou kunnen.'

'Weten we waar ze verbleef toen ze negen jaar geleden in Savannah was, of hoe lang ze hier is gebleven?'

'We weten alleen dat het eerste semester van Berkeley op 7 december eindigde en dat het tweede semester op 15 januari begon,' antwoordt Marino. 'Ze heeft haar eerste semester beslist afgemaakt en stond ingeschreven voor vakken in het tweede.'

'Dus het kan zijn dat ze haar vakantie in dit gebied heeft doorgebracht,' concludeer ik. 'Ze kan hier al een paar weken zijn geweest voordat ze haar moeder voor het eerst bezocht.'

'En in die tijd kan ze Lola Daggette hebben ontmoet,' oppert Marino.

'Of van haar bestaan hebben gehoord,' zeg ik. 'Ik ben er helemaal niet zo zeker van dat ze elkaar kennen. Misschien weet Lola door de zaken in Massachusetts of door iets wat Jaime of iemand anders heeft gezegd inmiddels wie Dawn Kincaid is. Misschien weet Lola zelfs dat Dawn iets met de moorden op de Jordans te maken had. Het kan me niet schelen wat Jaime zegt. Je weet nooit wat er over de resultaten van de nieuwe DNA-onderzoeken is uitgelekt. Maar ongeacht wat Lola op dit moment weet, we kunnen er niet van uitgaan dat ze Dawn Kincaid in verband brengt met iemand van negen jaar geleden, toen de Jordans werden vermoord, in elk geval niet met iemand die ze bij naam kende. Weet je welke vakken Dawn in die tijd volgde?'

'Ik weet alleen dat het iets met nanotechnologie te maken had.'

'Dan zal het wel materiaalkunde zijn geweest.' Ik staar naar een villa waarin vier mensen in hun slaap zijn vermoord, zoals de omschrijving luidde, en ik snap het nog steeds niet helemaal.

Waarom hebben ze het inbraakalarm niet ingeschakeld? Waarom lieten ze een sleutel in het nachtslot zitten? Ze deden het ook nog eens in de periode rond de feestdagen, waarin het aantal inbraken en andere soorten eigendomsdelicten doorgaans toch al toeneemt.

'Stonden de Jordans erom bekend dat ze slordig en luchthartig waren?' vraag ik. 'Waren ze hopeloos idealistisch en naïef? Mensen die in historische panden in historische wijken wonen, beschermen hun eigendommen en privacy doorgaans erg goed. Ze houden hun hekken op slot en schakelen hun alarmsystemen in, al was het alleen maar om te voorkomen dat toeristen door hun tuin wandelen of hun veranda op lopen.'

'Ja, ik weet het. Dat zit mij ook vreselijk dwars,' zegt Marino.

In het donkere busje buigt zijn schaduw zich naar me toe als hij naar een villa tuurt die me totaal geen akelig gevoel zou bezorgen als ik niet wist wat daar negen jaar geleden rond ditzelfde tijdstip is gebeurd. Na middernacht. Waarschijnlijk tussen één uur en vier uur in de ochtend, heb ik gelezen.

'Qua veiligheidsbesef is er een groot verschil tussen 2002 en nu. Vooral hier in Savannah,' vervolgt Marino. 'Ik kan je garanderen dat mensen die vroeger nog wel eens een sleutel in het slot lieten zitten of vergaten hun alarm in te schakelen dat nu waarschijnlijk niet meer doen. Iedereen maakt zich meer zorgen om criminaliteit, en ze zijn zeker niet vergeten dat vier gezinsleden in een villa van een miljoen in hun eigen bed zijn vermoord. Ik weet dat mensen domme dingen doen, dat zie je voortdurend om je heen, maar ik vind het wel opvallend dat Clarence Jordan erom bekendstond dat hij uit een rijke familie kwam en vaak weg was door al het vrijwilligerswerk dat hij deed, vooral tijdens de feestdagen. Thanksgiving, Kerstmis en oudejaarsdag waren de drukste dagen, omdat hij dan ging helpen in klinieken, daklozenpensions en gaarkeukens en bij de spoedeisende hulp. Je zou denken dat hij ook een beetje bezorgd had kunnen zijn voor de veiligheid van zijn vrouw en twee kleine kinderen.'

'Je weet niet of dat niet zo was.'

'Het lijkt erop dat hij die avond naar bed is gegaan en het inbraakalarm niet heeft ingeschakeld.' Marino herhaalt het detail dat ook steeds weer mijn aandacht trekt.

'En de gegevens van het beveiligingsbedrijf?'

‘Dat bedrijf bestaat sinds de herfst van 2008 niet meer.’

In het voormalige huis van de familie Jordan gaat boven een lamp aan.

‘Ik heb Darryl Simons gesproken, de vroegere eigenaar van Coastal Security, en hij zegt dat hij de oude gegevens niet meer heeft,’ zegt Marino. ‘Hij zegt dat ze op computers stonden die hij aan goede doelen heeft geschonken toen het bedrijf zijn deuren sloot. Met andere woorden, de gegevens zijn drie jaar geleden gewist of weggegooid.’

‘Elke zakenman met een redelijk goede reputatie bewaart zijn gegevens minstens zeven jaar, al was het alleen maar voor het geval de belastingdienst ze wil zien,’ zeg ik. ‘En zegt hij dat hij ook geen back-ups had?’

‘Ze hebben ons in de gaten,’ zegt Marino als het licht op de veranda aangaat.

We rijden opvallend en met veel kabaal weg als de voordeur opengaat en een gespierde man in een pyjamabroek de veranda op loopt. Hij kijkt ons na.

‘Je begrijpt wel dat die Darryl Simons er niet op zit te wachten dat mensen hem over het inbraakalarm van de Jordans bellen,’ zegt Marino, terwijl het busje bokt en brult. ‘Als het was ingeschakeld, zouden ze nog leven.’

‘Maar waarom was het niet ingeschakeld?’ vraag ik. ‘Was het geïnstalleerd door dokter Jordan? Of misschien door de bewoner daarvóór? Heeft Simons dat verteld?’

‘Hij wist het niet meer.’

‘Ja hoor, dat zal wel. Zulke dingen zijn ook lastig te onthouden als er vier mensen zijn vermoord.’

‘Hij wil het zich niet meer herinneren,’ zegt Marino. ‘De bouwer van de *Titanic* zat in een vergelijkbare positie. Wie wil zoiets nu als wapenfeit? Het is makkelijker om aan geheugenverlies te lijden en de gegevens weg te gooien. Hij was niet blij dat ik hem belde.’

‘We moeten uitzoeken wat er met de computers van zijn bedrijf is gebeurd, wie ze heeft gekregen. Misschien zijn ze nog ergens te vinden of heeft hij schijven in zijn kluis,’ opper ik. ‘Het zou nuttig zijn als we zijn maandelijkse afschrijvingen konden bekijken. Het zou héél nuttig zijn om een logboek te bekijken.

Je zou denken dat de recherche daar destijds naar heeft gezocht. Wat heeft Billy Long je precies verteld? Jaime zegt dat je hem hebt gesproken.'

'Heeft ze ook gezegd dat hij stokoud is en inmiddels een beroerte heeft gehad?'

De motor slaat terug. Het klinkt als een geweerschot terwijl we moeizaam langs bioscopen, cafés, ijssalons en fietsenzaken in de buurt van het College of Art and Design rijden.

'Het jaar 2002 is nog niet zo lang geleden,' zeg ik tegen Marino. 'In mijn ogen zijn dit nog niet eens cold cases. Om in temperatuurtermen te blijven: koel, lauw, maar nog niet koud. We hebben het niet over onopgeloste moorden van vijftig jaar geleden. Bij zo'n grote, beruchte zaak als deze moeten er nog meer dan genoeg bewijsstukken en mensen met een goed geheugen zijn.'

'Volgens Billy Long staat in zijn rapporten wat er is gebeurd,' zegt Marino. 'Ik zei dat ik er niets in kon vinden over het inbraakalarm van de Jordans. Hij beweert dat ze problemen hadden gehad met loos alarm en dat ze het daarom niet meer inschakelden.'

'Als hij dat weet, moet hij met het beveiligingsbedrijf hebben gepraat,' zeg ik, terwijl we met een bocht over Reynolds Square rijden, een donker plein vol bomen. Er staan bankjes en een standbeeld van een biddende John Wesley, vlak naast een oud gebouw dat ooit in gebruik was als ziekenhuis voor malariapatiënten.

'Dat klopt, maar hij weet er niets meer van.'

'Mensen vergeten dingen. Ze krijgen beroertes. En ze vinden het vervelend als een nieuw onderzoek kan uitwijzen dat ze de verkeerde conclusies hebben getrokken.'

'Dat ben ik met je eens. We zouden het logboek moeten bekijken,' zegt Marino.

'Er moeten hier veel mensen zijn geweest bij wie Coastal Security alarmsystemen heeft geïnstalleerd. Waar zijn al die klanten gebleven?'

'Blijkbaar heeft een ander bedrijf ze overgenomen.'

'En misschien heeft dat bedrijf de originele gegevens. Misschien hebben ze zelfs een harde schijf of back-ups van computerbestanden,' opper ik.

'Dat is een goed idee.'

'Lucy zou je kunnen helpen. Ze is heel goed op het gebied van elektronische gegevens die in het niets lijken te zijn opgelost.'

'Ja, maar Jaime wil niet door haar geholpen worden.'

'Ik opperde ook niet dat ze Jaime kon helpen. Ik opperde dat ze ons kon helpen. En misschien heeft Benton nog wat interessante inzichten in de aanbieding. Ik denk dat we elke deskundige mening goed kunnen gebruiken, omdat het bewijsmateriaal in verschillende richtingen lijkt te wijzen. Het is maar goed dat we geen lange rit maken, want dit ding klinkt alsof het elk moment kan stoppen, vastlopen of exploderen,' voeg ik eraan toe, terwijl het busje hortend en stotend noordwaarts in de richting van de rivier rijdt.

De meeste restaurants en brouwerijen die we passeren zijn dicht. Op de trottoirs loopt niemand meer, en dan doemt aan de rechterkant het gigantische Hyatt op, dat met zijn lampen een hele stadsbuurt verlicht.

'Het voelt alsof we worden tegengewerkt,' zegt Marino. 'Mensen die dingen vergeten, gegevens die verdwenen zijn...'

'Jaime is pas recentelijk in Savannah op onderzoek uitgegaan, en het beveiligingsbedrijf heeft minstens drie jaar geleden zijn deuren gesloten en de gegevens weggegooid, als je de eigenaar moet geloven,' zeg ik. 'In dat opzicht klinkt het niet alsof je wordt tegengewerkt vanwege de nieuwe ontwikkelingen in deze zaak.'

'Nou, het lijkt er anders wel op dat er iets anders is wat bepaalde partijen niet onderzocht willen hebben.'

'Dat weet je ook niet zeker,' zeg ik. 'Als mensen zich door een moordonderzoek, een proces en alle bijkomende publiciteit heen hebben moeten slaan, willen ze daarna meestal met rust worden gelaten. Vooral in gruwelijke zaken als deze.'

'Het is vast makkelijker als Lola Daggette die injectie krijgt, want dan is alles achter de rug,' zegt Marino.

'Voor sommige mensen zou dat makkelijker zijn en genoegdoening geven.' Dan vraag ik: 'Wie is Anna Copper?'

'Ik heb echt geen flauw idee waarom Jaime daar met jou over begon,' zegt Marino, terwijl we langzaam en met veel kabaal voor het hotel tot stilstand komen.

'Ik vraag me af wie of wat Anna Copper of Anna Copper LLC is,' zeg ik weer.

'Een bv die ze de laatste tijd gebruikt als ze ergens haar eigen naam niet op wil hebben.'

'Zoals op het huurcontract voor het appartement hier in Savannah.'

'Het verbaast me echt dat ze er met jou over is begonnen. Ik dacht dat zij ervan uit zou gaan dat jij wel de laatste was die van het bestaan van die bv wilde weten,' zegt Marino.

Een werknemer van het hotel komt voorzichtig naar het raampje aan de bestuurderskant, alsof hij niet weet wat hij van het ronkende busje met de terugslaande motor moet vinden en twijfelt of hij het wel weg wil zetten.

'Ik kan dit ding beter zelf in de garage zetten,' zegt Marino tegen hem.

'Het spijt me, meneer, maar niemand mag die garage in rijden. Alleen geautoriseerd personeel mag de ondergrondse parkeergarage in.'

'Geloof me, je kunt beter niet in deze auto rijden. Wat vind je ervan als ik hem daarginds bij die grote palmboom parkeer? Dan haal ik hem morgenvroeg op en laat ik hem repareren.'

'Logeert u hier?'

'Ik ben een vip, en ik kom hier vaak. Ik heb de Bugatti thuisgelaten. Te veel bagage.'

'We mogen eigenlijk niet...'

'Hij staat op het punt de geest te geven. Je wilt vast niet dat dat gebeurt met jou erin.'

Het busje puft en rijdt schokkend en haperend naar de rand van de bakstenen oprit, waar Marino hem parkeert. 'Anna Copper is een bv die Lucy ongeveer een jaar geleden heeft opgericht,' vertelt hij. 'Het was haar idee en ze deed het niet bepaald om een aardige reden. Het gebeurde nadat zij en Jaime ruzie hadden gehad. Nou ja, tegen die tijd kwam dat waarschijnlijk vaak voor.'

'Is de bv van Lucy of van Jaime?' vraag ik als hij de motor afzet en we in de stille duisternis zitten. De wind blaast door onze open ramen en is nog steeds erg warm voor bijna twee uur 's nachts.

'Van Jaime. Het komt erop neer dat Lucy een rookgordijn

heeft gecreëerd waarachter Jaime zich kan verbergen. Op een bepaalde valse manier was het een grapje. Lucy ging naar een van die juridische internetsites en hup, Anna Copper LLC werd ingeschreven. Toen ze het papierwerk per post binnenkreeg, stopte ze het in een grote mooie doos met een strik erop. Die doos gaf ze aan Jaime.'

'Is dat het verhaal van Jaime, of heeft Lucy het je verteld?'

'Lucy. Ze heeft het me een poosje geleden verteld, rond de tijd dat ze naar Boston verhuisde. Dus ik was verbaasd toen ik merkte dat Jaime die bv daadwerkelijk gebruikt.'

'En hoe kwam je daarachter?'

'Papierwerk, een factuuradres. Toen ik haar hielp om haar beveiligingssysteem te installeren, moest ik bepaalde dingen weten,' zegt Marino, terwijl we uit het busje stappen. 'Dat is de naam die ze hier overal op gebruikt, en ik geef toe dat het een beetje ongewoon is – in mijn ogen, tenminste. Ze is verdorie juriste. Het zou haar nog geen vijf minuten kosten om een nieuwe bv op te richten. Waarom gebruikt ze er een waaraan bepaalde herinneringen vastzitten? Waarom laat ze het verleden niet achter zich?'

'Omdat ze dat niet kan.'

Jaime kan Lucy niet opgeven, of in elk geval de gedachte aan Lucy niet, en ik vraag me af of Benton dat ook denkt. Verwees hij naar Jaime toen hij me sms'te dat Anna Copper 'een slechte naam had'? Zo ja, dan moet hij haar appartementengebouw hebben nagetrokken en moet hij een bewoner zijn tegengekomen die Anna Copper LLC heet. In dat geval heeft hij nog wat verder gezocht en ontdekt wie dat is. Ik denk dat hij het geen toeval vindt dat Jaime weer in ons leven is opgedoken, en misschien weet hij iets over de problemen waardoor ze haar leven in New York achter zich moest laten.

We lopen door de helder verlichte lobby, waar op dit tijdstip maar één receptionist aan het werk is en slechts een handjevol mensen in de bar zit. Als we bij de glazen lift komen, drukt Marino de knop een paar keer in, alsof de deuren daardoor sneller opengaan.

'Shit,' zegt hij. 'Ik heb die stomme boodschappen in het busje laten liggen.'

'Heeft Lucy je ooit verteld wat Anna Copper betekent? Waar ze de naam vandaan heeft?'

'Ik weet alleen nog dat het iets te maken had met Groucho Marx,' zegt hij. 'Wil je dat ik je zo wat water kom brengen?'

'Nee, dank je.' Ik ga in bad. Ik ga een paar mensen bellen. Ik wil niet dat Marino naar mijn kamer komt.

Ik stap in de lift en wens hem goedenacht.

15

Als de zon opkomt, is het nog steeds warm, en tegen acht uur zit ik zwetend in zwarte werkkleren en zwarte enkel-hoge schoenen op een bank vóór het hotel ijskoffie te drinken die ik bij een naburige Starbucks heb gehaald.

De klok in de toren van het stadhuis luidt de eerste dag van juli in met diepe bronzen slagen die melodieus weerklinken terwijl ik een naar mij starende taxichauffeur zit te bekijken. Hij is vel over been en heel verweerd, en met zijn hoog opgetrokken broek en op Spaans mos lijkende baard doet hij me denken aan mannen op foto's uit de Burgeroorlog. Ik denk zo dat hij zich niet ver van de geboorteplaats van zijn voorouders bevindt en nog steeds trekjes met hen gemeen heeft, net zoals veel mensen die ik zie in stadjes en dorpjes die nogal afgezonderd liggen van de buitenwereld.

Ik moet denken aan wat Kathleen Lawler zei over genetica. Wat we ook willen bereiken in het leven, we blijven wie en wat de natuur van ons gemaakt heeft. Het is een fatalistische opvatting, maar er zit wel iets van waarheid in, en nu ik terugdenk aan haar uitspraken over predestinatie en DNA krijg ik het gevoel dat ze het niet alleen over zichzelf had. Ze verwees ook naar haar dochter. Kathleen waarschuwde me voor Dawn Kincaid, met wie ze beweert geen contact te hebben, hoewel dat volgens een aantal mensen gelogen is. Misschien probeerde ze me te intimideren. Kathleen weet meer dan ze voorgeeft en heeft geheimen, en dat is waarschijnlijk een van de redenen waarom Tara

Grimm haar van de andere gedetineerden heeft afgezonderd rond de tijd dat ik naar de gevangenis werd gelokt. Ik denk dat Jaime Berger grote problemen heeft veroorzaakt.

Ze weet niet wat ze zich op de hals heeft gehaald, want haar motieven zijn niet zo rationeel als ze zelf denkt en aan zelfkritiek doet ze niet. Hoewel haar zelfzuchtige redeneringen heel goed kunnen zijn ingegeven door haar botsingen met de politie en politici van New York, wordt ze vooral gedreven door dingen die met mijn nicht te maken hebben, en nu zitten we allemaal in hetzelfde schuitje, en dat is beslist geen veilig schuitje. Benton, Marino, Lucy en ik, en Jaime beslist ook, hoewel ze dat misschien niet zou inzien of zou willen geloven als ik haar erop zou wijzen. Ze heeft zichzelf iets wijsgemaakt en mij erin meegesleurd. Ik moet denken aan wat een oude assistent in het mortuarium altijd zei toen ik nog in Richmond werkte.

Je moet leven waar je wakker wordt, zelfs als iemand anders je daar naartoe gedroomd heeft.

Toen ik vanmorgen na een slechte nacht wakker werd, besefte ik dat ik het me niet kan veroorloven om niet standvastig te blijven. Er staat te veel op het spel, en ik vertrouw Jaimes analyse van de stand van zaken niet en heb ook geen vertrouwen in de manier waarop zij de zaak aanpakt, maar ik zal doen wat ik kan om haar te helpen. Dat doe ik niet uit vrije wil; ze heeft me gedwongen, ik ben praktisch ontvoerd, maar dat maakt niet meer uit. Het gevoel dat ik iets moet doen heeft niets te maken met Lola Daggette of Dawn Kincaid en haar moeder, Kathleen Lawler.

Het gaat mij niet om moorden van negen jaar geleden en ook niet om de recente moorden in Massachusetts, hoewel die zaken en alle betrokkenen uitermate belangrijk zijn en ik naar mijn beste vermogen zal proberen de waarheid daarover te achterhalen. Alles is ondergeschikt aan het feit dat Jaime zich bemoeit met de mensen die me na aan het hart liggen. Ik heb het gevoel dat ze Lucy, Marino en Benton in gevaar heeft gebracht. Ze heeft onze onderlinge relaties, die toch altijd al ingewikkeld en gecompliceerd waren en aan kwetsbare draden hangen, in gevaar gebracht. Het netwerk dat wij vormen, is alleen sterk als elk van ons sterk is.

De mensen met wie Jaime nu speelt, vormen mijn familie, zijn in wezen mijn enige familie. Ik tel mijn moeder en mijn zus niet mee, al spijt het me dat te moeten erkennen. Ik kan niet op hen bouwen en zou er eerlijk gezegd ook niet aan denken mezelf aan hen toe te vertrouwen, zelfs niet op hun betere dagen, als ze die al hebben. Ik heb Jaime met liefde in mijn kringetje opgenomen, maar ik sta niet toe dat ze aan de rand blijft hangen en de rest ontwortelt of de relatie tussen ons aantast. Ze heeft Lucy op een kille en wrede manier aan de kant gezet, en nu lijkt Jaime vastbesloten Marino's carrière een andere wending te geven. Die carrière is zijn identiteit. Ze is er in minder dan geen tijd in geslaagd zijn jaloezie op Benton weer op te laten vlammen en te suggereren dat mijn man me heeft verraden en dat mijn veiligheid en geluk hem onverschillig laten.

Maar ik kan niet gewoon weggaan, ook al waren er geen oude moorden die in verband staan met recente zaken en eveneens met Savannah te maken hebben. Ik heb mijn hotelreservering verlengd en een kamer genomen voor Lucy, die samen met Benton bij het krieken van de dag in de helikopter is gestapt. Ik heb gezegd dat ik hun hulp nodig had. Ik vraag hun niet vaak iets, maar ik wil hen hier hebben, heb ik gezegd. Marino's witte busje rijdt de met bakstenen geplaveide oprit van het hotel op, nog steeds lawaaiig, maar in ieder geval schokt en slingert het niet meer zo. Ik sta op van het bankje, loop naar de taxichauffeur met zijn verwilderde baardje en glimlach tegen hem als ik mijn koffiebeker in de afvalbak gooi.

'Goedemorgen,' zeg ik als hij me blijft aankijken.

'Mag ik vragen wat u hier doet?' Hij bekijkt me van top tot teen, leunend tegen de blauwe taxi die hij onder de palmboom heeft gezet waar Marino zeven uur eerder zijn krakkemikkige bus had geparkeerd.

'Medisch onderzoek voor het leger.' Ik geef de taxichauffeur het betekenisloze antwoord dat ik vanmorgen ook aan andere mensen heb gegeven die zich hardop afvroegen waarom ik een zwarte werkbroek, een zwart shirt met lange mouwen en het in goud geborduurde CFC-logo en hoge schoenen draag.

In de tas die ik in mijn kamer aantrof toen ik daar tegen twee uur in de nacht arriveerde, zaten alle onmisbare dingen die ik onderweg nodig heb als ik aan een zaak werk, maar niets wat geschikt is voor de burgermaatschappij, zeker niet in de subtropen. Typisch iets voor Marino. Ik twijfel er niet aan dat hij de tas zelf heeft ingepakt en spullen uit mijn kantoor, mijn badkamer en mijn kluisje in de kleedkamer van het mortuarium heeft gehaald. Nu ik nadenk over de laatste paar maanden, en vooral over de twee weken dat hij weg was, herinner ik me dat ik soms opeens dingen miste. Ik dacht dat ik meer uniformhemden had. Ik wist zeker dat ik meer werkbroeken had. Ik had willen zweren dat ik twee paar hoge schoenen had, niet één. De inhoud van de tas wijst erop dat Marino verwacht dat ik mijn tijd hier zal besteden in laboratoria of het mortuarium of, en dat is nog belangrijker, met hem.

Als Bryce voor me had ingepakt, en dat doet hij altijd als ik voor een noodgeval de stad uit moet of ergens vast kom te zitten, had hij er een kostuumtas bij gedaan met nette kleren: jasjes, shirts en broeken, verpakt in veel tissuepapier, zodat ze niet zouden kreuken. Hij zou schoenen, sokken, sportkleren en toiletartikelen hebben uitgezocht met veel meer aandacht en zorg dan ik het zelf kan, en hij zou waarschijnlijk bij mijn huis zijn langsgegaan. Bryce pakt zonder aarzelen alles wat hij denkt dat ik nodig zou kunnen hebben, inclusief lingerie, waarvoor hij geen persoonlijke interesse heeft, hoewel hij af en toe iets zegt over verschillende merken en materialen en welke wasmiddelen en wasdrogerdoekjes hij het liefst gebruikt. Hij zou me nooit in de zomer naar Georgia hebben gestuurd met drie sets werkkleren voor de winter, drie paar witte mannensokken, een scherfvest, hoge kistjes, een deodorant en een insectenspray.

'Ik wist niet of je al gegeten hebt,' zegt Marino als ik het portier opendoe en meteen merk dat de bus vanbinnen veel schoner is dan de laatste keer dat ik erin zat. Ik ruik een luchtverfrisser met citrusgeur, boter en gebakken biefstuk en eieren. 'Een paar kilometer verderop, bij het Hunter Army Airfield, is een Bojangles, dus ik had een goed excuus voor een proefritje. De bus is zo goed als nieuw.'

'Behalve dan de airco.' Ik doe mijn gordel om, draai het raampje helemaal naar beneden en zie een volle tas op de vloer tussen onze stoelen staan.

'Daar zou ik een nieuwe compressor voor moeten installeren, maar ach. Je zult niet geloven hoe goedkoop ik aan deze bus gekomen ben, en je raakt er zo'n beetje aan gewend om geen airco te hebben. Net als vroeger. Toen ik jong was, hadden veel auto's er geen.'

'En ook geen driepuntsgordels, airbags, ABS en navigatiesysteem,' antwoord ik.

'Ik heb een broodje met ei voor je, maar er zijn er ook met biefstuk, ei en kaas, als je honger hebt,' zegt hij. 'En er is water in de koelbox.' Hij wijst met zijn duim naar de achterbank. 'Ze gebruiken geen olijfolie bij Bojangles, dat moet je maar voor lief nemen. Ik weet hoe je over boter denkt.'

'Ik ben gek op boter, daarom eet ik het niet.'

'Jezus, ik weet niet wat het is met die behoefte aan vet. Ik geef er nu maar gewoon aan toe. Ik heb geleerd dat je tegen sommige dingen beter niet kunt vechten. Als je er niet tegen vecht, vechten ze ook niet terug.'

'Boter vecht terug als ik mijn broek dicht probeer te doen. Je bent zeker de halve nacht op geweest. Waar heb je de tijd gevonden om dit ding te laten repareren en ook nog schoon te maken?' vraag ik.

'Zoals ik al zei, heb ik een monteur gevonden via het internet. Ik kon om vijf uur bij de garage terecht. We hebben er een nieuwe dynamo in gezet, de auto uitgelijnd, de wielkassen schoongemaakt, de bougiekabels aangedraaid en toen we toch bezig waren, heb ik meteen nieuwe rubbers op de ruitenwissers gezet en de boel een beetje gefatsoeneerd,' zegt hij terwijl we over West Bay langs gestuukte, bakstenen en granieten restaurants en winkels rijden. Langs de straten staan groenblijvende eiken, magnolia's en *Lagerstroemia*'s.

Marino heeft ook werkkleding aan, maar voor zichzelf heeft hij een verstandige keuze gemaakt: het CFC-zomeruniform, bestaande uit een kaki werkbroek en een beige poloshirt in een lichtgewicht katoenmengsel, en hij draagt sportschoenen met nylongaas en suède in plaats van hoge schoenen. Een honkbalpet beschermt zijn kale hoofd en de punt van zijn zonverbrande neus en hij heeft een zonnebril op en zonnebrandcrème, die waterig wit in de diepe plooien van zijn bezwete nek zit.

'Fijn dat je eraan gedacht hebt mijn werkkleren in te pakken,' zeg ik tegen hem. 'Ik vraag me af wanneer je dat gedaan hebt.'

'Voordat ik wegging.'

'Zover was ik zelf ook al.'

'Ik had het kaki uniform mee moeten nemen. Je zult het wel ontzettend warm hebben. Ik was er geloof ik niet helemaal bij met mijn gedachten.'

'Je zult wel meegenomen hebben wat je kon krijgen, en het is in Massachusetts een beetje te koud geweest voor zomeruniformen, omdat we zo'n koude lente hebben gehad. Mijn kakikleren liggen thuis in de kast. Als je het aan Bryce had gevraagd...'

'Ja, ik weet het. Maar ik wilde hem er niet bij betrekken. Hoe meer hij erbij betrokken raakt, hoe moeilijker het voor hem is om zijn mond te houden, en hij maakt altijd overal zo'n toestand van. Hij had een hele modeshow van het inpakken gemaakt en me hierheen gestuurd met een hutkoffer.'

'Je hebt voor me gepakt voor je vertrok,' herhaal ik. 'Wanneer is dat precies geweest?'

'Ik heb de laatste keer dat ik op kantoor was een paar dingen bij elkaar gezocht. Ik weet niet, de veertiende of de vijftiende. Niet dat ik precies wist wat er zou gebeuren toen ik hiernaartoe ging.'

Hij draait de US-17 op naar het zuiden en de wind die door onze open raampjes waait, is zo heet als uit een oven.

'Ik denk dat je heel goed wist wat er zou gebeuren,' spreek ik hem tegen. 'Waarom biecht je het niet gewoon eerlijk op?'

Ik maak het handschoenenkastje open om een paar extra servetten te pakken en spreid die uit over mijn schoot voordat ik ons ontbijt uit de tas tussen onze stoelen pak.

'Het zou helpen als je zou toegeven dat je wist dat je hierheen ging om Jaime te assisteren toen je zo plotseling besloot om op vakantie te gaan,' zeg ik tegen hem. 'Je wist ook dat ik al snel zou volgen, maar niet waarom, en je wist dat ik weinig meer bij me zou hebben dan de kleren die ik aanhad.'

'Ik heb geprobeerd je duidelijk te maken waarom je het niet van tevoren mocht weten.'

'Ja, dat heb je geprobeerd en je bent ongetwijfeld overtuigd van de juistheid van je redenering, ook al ben ik dat niet. Je kunt het niet eens jouw redenering noemen. Het is die van Jaime.'

'Ik snap niet waarom je het zo laconiek opneemt dat de FBI je bespioneert.'

'Ik geloof het niet. En als het gebeurt, zullen de agenten zich wel rot vervelen. Welk van deze pakjes is voor jou?' Ik kijk naar het warme brood in geel papier, dat glad is van de boter.

'Ze zijn allemaal hetzelfde, behalve dat van jou.'

'Oké, ik geloof dat ik wel kan raden welk pakje voor mij is, want het weegt de helft van de andere.' Ik vouw nog wat servetten open en leg ze over Marino's bovenbeen. 'Ik zou graag wat duidelijkheid hebben. Niet over de FBI, maar over jou.'

'Word nou niet weer boos.'

'Ik vraag om duidelijkheid, niet om ruzie of onenigheid. Had je dat appartement in Charleston al gehuurd voordat Jaime twee maanden geleden het CFC belde en je de trein naar New York pakte om haar in het geheim te ontmoeten?'

'Ik had er wel over gedacht.'

'Dat vroeg ik niet.'

Ik haal een broodje met gepaneerde en gebakken biefstuk, ei en kaas uit de verpakking en hij neemt het in zijn enorme hand en bijt er in één hap een derde van af. De vette kruimels dwarrelen op het servet over zijn bovenbeen.

'Ik had ernaar gekeken,' zegt hij al kauwend. 'Ik zat al een tijdje te kijken naar huurappartementen in Charleston en omgeving, maar tot dat gesprek met Jaime was het meer een soort droom. Ze vertelde me over haar werk aan de zaak-Lola Daggette en zei dat ze mijn hulp wel kon gebruiken, en ik dacht: dit is gewoon niet te geloven, alsof het zo moet zijn. Het was in het deel van het land waar ik net een huurwoning zocht. Maar het is eigenlijk niet zo toevallig als je erbij stilstaat dat ze op de meeste plekken waar je goed kunt vissen en motorrijden ook de doodstraf hebben. Hoe het ook zij, ik besloot dat ze gelijk had. Het zou slim kunnen zijn om voor mezelf te beginnen.'

'Dat was uiteraard haar idee.'

'Nou, ze is hartstikke slim en het leek een goed plan. Ik kan mijn uren beter indelen, zelf beslissen waar ik wil wonen en misschien wat meer verdienen, weet je wel.' Hij neemt nog een hap van zijn broodje. 'Ik zei bij mezelf: het is nu of nooit. Dit is je kans. Als je niet nu meteen probeert de dingen naar je hand te zetten, nu de mogelijkheid je op een presenteerblaadje wordt aangeboden, gaat het waarschijnlijk niet meer lukken.'

'Heeft Jaime nog verteld wat er in New York was gebeurd? Waarom ze ontslag had genomen?' vraag ik.

'Ze zal je wel verteld hebben wat Lucy heeft gedaan.'

'Ik dacht dat je zei dat ze het met jou helemaal niet over Lucy had gehad.' Ik pak mijn broodje met ei uit en hoewel ik normaal gesproken geen fastfood eet en zeker Marino's verslaving aan alles wat gebakken of gefrituurd is niet deel, heb ik opeens een enorme honger.

'Dat heeft ze ook niet echt gedaan.' We bevinden ons inmiddels op de Veterans Parkway en kunnen lekker doorrijden door de uitgestrekte stukken bos. De hemel is een enorme, witblauwe koepel die een gloeiend hete dag belooft. 'Ze heeft alleen gezegd dat het Real Time Crime Center was gehackt en dat Jaime daar zo'n beetje de schuld van had gekregen. Niemand heeft haar er officieel van beschuldigd, maar ze zei dat er opmerkingen over werden gemaakt dat het wel heel toevallig was dat zij beweerde dat de politie knoeit met de misdaadcijfers nadat er was ingebroken in het computersysteem, terwijl zij een relatie had met een bekende hacker.'

'Lucy's versie is heel anders,' antwoord ik. 'Zij zegt dat het helemaal niet om het Real Time Crime Center ging. Er was een bureau waar ze de diefstal van waardevolle goederen, een misdaad, invoerden als een minder zwaar misdrijf, en waar ze inbraak omschreven als vandalisme.'

'Dat is al erg genoeg.'

'Ik weet niet precies wat Lucy gehackt heeft en hoe ze dat gedaan heeft, maar het is inderdaad erg genoeg. En ik vind het ook erg dat Lucy wordt omschreven als een bekende hacker. Dat de mensen zo over haar denken.'

'Maar verdomme, doc, ze doet het voortdurend,' zegt Marino. 'Als ze ergens in kan komen, gaat ze erin, en er is niet veel waar ze niet in kan komen. Dat weet jij inmiddels ook wel, dus waarom zouden we doen alsof dat ooit zal veranderen? Misschien deed ik het ook wel als ik zo slim was als zij. Misschien ging ik dan ook door roeien en ruiten om mijn doel te bereiken, gewoon omdat het kon. De wet is niet meer dan een stel hindernissen op een zwarte skipiste, dingen waar je overheen of omheen gaat, en hoe meer er zijn en hoe groter ze zijn, hoe meer Lucy ervan geniet.'

Ik kijk door het open raampje naar de geelbruine moerassen en de kronkelende beekjes en riviermondingen. De warme lucht blaast de geur van rotte eieren naar binnen, afkomstig van de modder.

'Niet dat het Lucy iets kan schelen wat men van haar denkt.' Het papier ritselt als hij de verpakking van zijn broodje tot een prop knijpt.

'Ze wil jou ongetwijfeld graag laten geloven dat het haar niets kan schelen. Maar ze trekt zich van veel dingen meer aan dan jij misschien zou denken. Jaime niet uitgezonderd.' Ik neem een hap van mijn broodje. 'Ik weet dat ik er spijt van krijg, maar dit is best lekker.'

'Ik kan er beter nog een nemen, voor het geval we de lunch missen.'

'Zo te zien ben je magerder geworden. Ik snap niet hoe je dat gedaan hebt.'

'Ik eet alleen als mijn lichaam honger heeft, niet als ik zin heb om iets te eten,' zegt hij. 'Het heeft me mijn halve leven gekost om door te krijgen hoe dat moest. Ik wacht zo'n beetje tot mijn cellen honger hebben, als je begrijpt wat ik bedoel.'

'Ik heb geen idee.' Ik geef hem nog een broodje.

'Het werkt echt. Zonder dollen. Je moet er gewoon niet bij nadenken. Als je voedsel nodig hebt, laten je cellen je dat wel weten en dan voorzie je in de behoefte. Ik denk niet meer aan maaltijden.' Hij praat met zijn mond vol. 'Ik denk er niet meer over na of ik dit of dat wel of niet zal eten en ik heb ook niet meer het idee dat ik op vaste momenten van de dag moet eten. Ik laat me leiden door mijn cellen. In vijf weken ben ik al bijna zeven kilo kwijtgeraakt en ik speel met het idee om er een boek over te schrijven. *Denk niet aan dik zijn, eet*. Een woordgrapje. Ik zeg niet echt tegen de mensen dat ze niet moeten denken dat ze dik zijn. Ik zeg dat ze helemaal niet aan eten moeten denken. Volgens mij gaat dat wel aanslaan. Ik zou de tekst waarschijnlijk wel kunnen dicteren en door iemand laten uittypen.'

'Volgens mij rook je weer.'

'Ik weet niet waarom je dat steeds blijft beweren.'

'Iemand heeft gerookt in dit busje.'

'Ik vind het hier best goed ruiken.'

'Het rook gisteren helemaal niet goed.'

'Een paar vismaatjes van me. Het heeft iets te maken met rijden met open raampjes als het snikheet is. Dan steken mensen graag een sigaret op.'

'Kun je de vraag nog beter ontwijken?' zeg ik.

'Wat is dat toch met die sigaretten? Ben jij opeens van de tabakspolitie of zo?'

'Je weet wat Rose heeft moeten doormaken.' Ik herinner hem aan de ellendige dood van Rose, mijn secretaresse, die is gestorven aan longkanker.

'Rose heeft haar hele leven nog geen sigaret gerookt. Ze had helemaal geen ongezonde levensstijl en kreeg toch kanker, en misschien gaat het daar juist om. Ik ben tot de conclusie gekomen dat alles erger wordt als je te veel je best doet. Wat heeft het voor zin om je van alles te ontzeggen om in goede gezondheid voortijdig te overlijden? Ik wou dat ze er nog was. Het is niet meer hetzelfde zonder haar. Verdomme, ik vind het vreselijk om mensen te missen. Als ik jouw kantoor binnenloop, verwacht ik nog steeds dat ze daar zal zitten met die oude IBM-schrijfmachine en dat air van haar. Sommige mensen wil je nooit kwijt, terwijl degenen die je wel kwijt wilt maar niet weg willen gaan.'

'Je hebt pas nog een basaalcelcarcinoom gehad en er zijn verschillende verdachte plekjes verwijderd. Het laatste wat jij moet doen, is weer gaan roken.'

'Van roken krijg je geen huidkanker,' zegt hij.

'Het maakt de kans drie keer zo groot.'

'Oké. Dus ik biets af en toe een sigaret als iemand er eentje opsteekt. Zo erg is dat niet.'

'*Stop met roken. Ga bietsen.* Misschien kun je dat boek ook nog schrijven. De mensen zouden het waarschijnlijk nog kopen ook.'

'Lucy hoeft zich geen zorgen te maken, er kan nooit iets bewezen worden.' Hij valt terug op ons eerdere onderwerp omdat hij geen zin heeft in een preek. 'Er wordt niemand in staat van beschuldiging gesteld. Jaime is voorgoed weg bij het Openbaar Ministerie en dat is wat mensen als Farbman wilden, zo eenvoudig is het. Hij zal wel het gevoel hebben dat hij de loterij heeft gewonnen.'

'Jaime anders niet, hoewel ze het wel zo wil laten voorkomen.'

'Ze lijkt best blij met wat ze nu doet.'

'Ik geloof er niets van.'

'Alleen de manier staat haar niet aan, omdat ze gedwongen werd weg te gaan. Hoe zou jij het vinden als iemand je je baan ontnam, na alles wat je hebt gedaan om hem te krijgen?'

'Volgens mij zou ik iemand van wie ik houd nooit overhalen om iets doms te doen omdat ik de relatie wilde beëindigen,' antwoord ik.

'Dat zal best, maar de breuk met Lucy heeft niets te maken met het feit dat Jaime ontslag heeft moeten nemen.'

'Het heeft er alles mee te maken. Jaime heeft dit zichzelf aangedaan,' zeg ik. 'Ze vond haar leventje niet meer zo leuk, dus ze heeft het kapotgemaakt, het met de grond gelijkgemaakt, zodat ze opnieuw kon beginnen. Maar zo gaat dat niet. Nooit. Je kunt geen nieuw leven opbouwen op basis van een leugen. Je hebt haar geholpen met de beveiliging en de camera. Draagt ze tegenwoordig ook een wapen?'

'Ik heb haar een paar schietlessen gegeven bij een schietclub.'

'Wiens idee was dat?'

'Dat van haar.'

'De meeste mensen in New York hebben geen wapen. Het hoort niet bij hun cultuur. Het is daar niet vanzelfsprekend. Waarom denkt ze opeens dat ze een wapen nodig heeft?'

'Misschien omdat ze zich ergens bevindt waar ze niet thuishoort, en laten we eerlijk zijn, alles wat met Dawn Kincaid te maken heeft, is eng. Ik denk dat ze bang geworden is van wat ze nu doet en dat ze gewend is geraakt aan wapens omdat Lucy altijd gewapend is. Die neemt haar Glock waarschijnlijk nog mee als ze onder de douche gaat. Misschien is Jaime wapens normaal gaan vinden omdat ze ze steeds om zich heen zag.'

'Net zoals ze eraan gewend is geraakt een bv'tje te hebben met de naam Anna Copper, dat als een soort cynisch grapje is opgezet toen Lucy zich een keer gekwetst voelde? Ja, denk maar aan Groucho Marx, die zwaar geïnvesteerd had in Anaconda Copper, een mijnbouwbedrijf dat tijdens de Grote Depressie enorme klappen kreeg en beschuldigd werd van grootschalige milieuverontreiniging. Je ziet niet wat hier gebeurt, hè?'

'Ik weet het niet. Misschien wel.'

'Je investeert in iets wat enorm waardevol lijkt, maar wat eigenlijk giftig is, zodat je alles kwijtraakt. Je gaat er bijna aan onderdoor.'

'Luister jij wel eens naar die oude radioprogramma's van hem? *You Bet Your Life*. Je weet wel, welke kleur heeft het Witte Huis of wie is er begraven in de graftombe van generaal Grant, dat soort dingen. Hij was enorm grappig. Je hoeft je geen zorgen te maken over wat Jaime allemaal uithaalt.'

'Daar moet ik me wel zorgen over maken, en jij ook. Het is niet erg om je objectieve hulp aan te bieden bij een zaak, maar het is wel erg om betrokken te worden bij heimelijke plannetjes, vooral als die hoogst wraakzuchtig, persoonlijk en disfunctioneel zijn. Jaime moet en zal naam maken voor zichzelf, een heel nieuw image opbouwen. Er zijn ook nog andere factoren. Ik denk dat je wel weet waar ik het over heb.'

Marino steekt met een luid geritsel zijn hand in de zak van Bojangles en haalt er nog meer servetten uit terwijl we de brug over de Little Ogeechee op rijden.

'Ik hoop alleen dat je voorzichtig bent,' preek ik verder. 'Ik ga me er niet mee bemoeien als je als consultant voor andere mensen wilt werken en je professionele status bij het CFC verandert, maar je moet heel voorzichtig zijn als het om Jaime gaat. Begrijp je waarom het moeilijk voor jou kan zijn om helemaal objectief over haar te denken?'

Hij veegt zijn mond en vingers af terwijl we de Forest River oversteken, waar garnalenboten liggen afgemeerd en de meeuwen bij elkaar op een lange houten pier zitten.

'Het is gevaarlijk als mensen door krachtige gevoelens worden gedreven zonder dat ze zich daarvan bewust zijn. Meer hoef ik er niet over te zeggen.' Ik verwacht niet dat hij het zal begrijpen of zich op andere gedachten zal laten brengen.

Jaime voedt zijn ego, wat ik niet doe, omdat ik weiger hem

te manipuleren. Ik wil hem niet vleien en naar de mond praten om hem te laten doen wat ik wil. Ik ben direct en eerlijk, en meestal ergert hij zich daar kapot aan.

'Luister,' zegt hij. 'Ik ben niet achterlijk. Ik weet dat er voor haar nog andere dingen spelen, en Lucy maakt alles nog ingewikkelder. Ze is zo verdomde open. Ik weet nog dat ze het Openbaar Ministerie binnenwandelde en deed alsof hun relatie niet alleen geen geheim was, maar juist iets om trots op te zijn.'

Vlak voor ons ligt de Savannah Mall, waar ik de vorige keer dat ik hier was geluncht heb met Colin Dengate, en ik probeer me te herinneren wanneer dat precies was. Drie jaar geleden misschien, toen ik nog in Charleston woonde en hij een hele reeks racistische misdrijven in de kuststreek van Georgia onder handen had.

'Het had geen geheim hoeven zijn,' antwoord ik. 'In wezen ís het ook iets om trots op te zijn als twee mensen van elkaar houden.'

'Laten we eerlijk zijn,' zegt Marino. 'Niet iedereen denkt er zo over. Ze zijn niet bepaald een sprookjespaar. Geen prins William en Kate of zoiets. Niet iedereen was blij met Jaime en Lucy als stel. Als je het mij vraagt, denk ik dat Jaime er een punt achter wilde zetten omdat het haar zoveel problemen bezorgde. Al dat gescheld op het internet, alsof ze weggestemd was bij een realityshow of zoiets. Pleidooi van een pot, de lesbo-aanklager. Het was niet fraai en ze heeft eieren voor haar geld gekozen. En daar heeft ze nu spijt van, ook al wil ze dat niet toegeven.'

'Ik ben benieuwd waarom jij denkt dat ze er spijt van heeft.'

We bevinden ons op een smalle tweebaansweg die Middle Ground Drive heet en door een stuk staatsterrein slingert vol kreupelhout en pijnbomen, zonder enig teken van menselijke bewoning. Het Georgia Bureau of Investigation houdt de locatie van zijn mortuarium en forensische laboratoria niet voor niets zo geheim mogelijk.

'Verdomme. Denk je soms dat ze gelukkig is met het leven dat ze heeft gekozen?' vraagt Marino. 'Op het persoonlijke vlak, bedoel ik.'

'Ik hoor liever wat jij denkt.'

'Toen ze uit elkaar waren, is Jaime weer met mannen gaan

daten, zoals die vent van NBC, Baker Thomas.'

'Heeft zij je dat verteld?'

'Ik heb nog steeds vrienden bij de politie. Toen ik Jaime een paar maanden geleden ging opzoeken, heb ik mijn oor bij ze te luisteren gelegd en het een en ander gehoord. Ze heeft het ook niet bepaald subtiel aangepakt, moet ik zeggen. Ze ging uit met een tv-correspondent die beschouwd wordt als een van de meest begeerde vrijgezellen van New York. Hoewel ik het mijne denk van die vent. Het is geen toeval dat hij nooit getrouwd is. Lucy zag hem vroeger vaak in de Village in het soort bars dat Bryce leuk zou vinden.'

Het Coastal Regional Crime Laboratory gaat schuil tussen de bomen en wordt omringd door een hoog hek met scherpe punten erop. De ingang wordt versperd door een ijzeren poort met aan de linkerkant een camera op een intercom.

'Hoe laat zou Jaime hier zijn?' vraag ik.

'Ze vond het een goed idee om je de kans te geven eerst zelf je licht op te steken.'

'Heb je haar vandaag al gesproken?'

'Nog niet. Maar dat is het plan.'

'Aha. Ik neem de zaken eerst door en zij hoeft pas te komen als het haar schikt, als ze de moeite al wil nemen.'

'Dat hangt af van jouw bevindingen. Ik moet haar bellen. Verdomme, ze hebben hier bijna net zo'n strenge beveiliging als bij ons.'

'Racistische misdrijven,' merk ik op. 'Jarenlang, al toen het lab werd gebouwd. Colin stak zijn mening daarover niet onder stoelen of banken. In het bijzonder over één zaak, die uitgebreid in het nieuws is geweest toen wij het kantoor in Charleston hadden. Misschien herinner je je dat nog.'

Marino remt af en rijdt langzaam tot aan de intercom.

'Lanier County, Georgia. Een Afro-Amerikaan die Roger Mosley heette, een gepensioneerde leraar die verloofd was met een blanke vrouw,' ga ik verder. 'Hij reed laat op de avond naar huis, en toen hij zijn oprit op kwam, stapten er twee blanke mannen voor zijn auto.'

Marino steekt zijn arm uit het raam. Hij drukt op de knop van de intercom en er klinkt een luid gezoem.

'Ze sloegen hem dood met flessen en een honkbalknuppel, en achter de schermen werd druk uitgeoefend op Colin om de verdediging te helpen bewijzen dat het een eerlijk gevecht was,' zeg ik. 'Een uit de hand gelopen verkeersruzie. Mosley was begonnen, ook al hadden de beklaagden geen verwondingen en had hij een overvloed aan schaafplekken en kneuzingen die aantoonden dat ze geprobeerd hadden hem uit zijn auto te trekken terwijl hij de gordel nog om had.'

'Blanke, racistische nazischoften,' zegt Marino.

'Er werden bedreigingen geuit omdat Colin de waarheid vertelde, en kort voor het proces werden de voorramen van het lab 's nachts kapotgeschoten. Daarna hebben ze het hek eromheen gezet.'

'Hij lijkt dus niet het soort man dat iemand zou willen laten terechtstellen voor een misdaad die hij niet heeft begaan.' Marino drukt nog eens op de knop van de intercom.

'Als hij wel dat soort man was, hadden ze hier niet al die beveiliging nodig.' Ik zeg er niet bij dat Jaime Berger Colin Dengate verkeerd beoordeeld heeft en hem in een verkeerd daglicht heeft gesteld. Ik herinner Marino er niet nogmaals aan dat de jurist met wie hij zo graag wil samenwerken een dubbele agenda heeft en niet echt eerlijk of aardig is.

Er klinkt een vrouwenstem door de luidspreker. 'Kan ik u helpen?'

'Dokter Scarpetta en onderzoeker Marino voor dokter Dengate,' verkondigt hij terwijl ik op mijn iPhone kijk of ik nog nieuwe berichten heb.

Benton en Lucy zijn net geland in Millville in New Jersey om te tanken, heeft Lucy elf minuten geleden geschreven. Ze schieten niet erg op vanwege de sterke wind uit het zuidwesten, die ze dus recht tegen hebben. Er is ook nog een bericht van Benton dat nogal verontrustend is.

D.K. niet meer in Butler. Vertel meer zodra ik meer weet. Wees voorzichtig.

Er klinkt een luid gezoem en de ijzeren poort glijdt langzaam over een rail in het asfalt opzij. Ik zie het laboratorium, een gestuukt, bakstenen gebouw van maar één verdieping, maar wel groot. Op de parkeerplaats aan de voorkant staan witte SUV's met het goudkleurige en blauwe logo van de GBI op de portieren, en de witte landrover met het legergroene canvas-dak waarin Colin Dengate al zo lang ik hem ken rijdt.

'Ga je dokter Dengate vertellen over de resultaten van de nieuwe DNA-tests?' vraagt Marino, maar ik ben met mijn gedachten bij wat Benton net geschreven heeft. Ik kan nergens anders aan denken.

De vlaggen hangen slap aan de masten, want er staat geen zuchtje wind, en langs het pad staan rode lampenpoetsers, waar kolibries zo dol op zijn. Aan de rand van het gras zitten spuitstukken waarmee de struiken besproeid worden. We parkeren op een bezoekersplek voor de weerspiegelende, kogelwerende ramen van veiligheidsglas, die bestand moeten zijn tegen een terroristische aanslag, en het enige waar ik aan kan denken, is dat Dawn Kincaid ontsnapt is uit Butler, de staatsinrichting voor geestelijk gestoorde criminelen.

Als dat waar is, gaat er nog iemand dood. Misschien gaan er wel meerdere mensen dood. Ik ben er zeker van. Ze is gruwelijk intelligent. Ze is sadistisch en heeft haar hele verknipte, roofzuchtige leven alles kunnen doen wat ze wilde zonder dat iemand haar tegenhield. Dat is niemand ooit gelukt, ook mij niet. Ik heb haar opgehouden, maar ik heb haar zeker niet tegengehouden, en ik ben alleen nog in leven omdat ik geluk heb gehad. Het water van de sproeiers komt als een fijne mist op mijn gezicht terecht en ik denk aan de mist van bloeddruppels. Ik herinner me de smaken van zout en ijzer in mijn mond, op mijn tanden, op mijn tong. Een bloederige mist op mijn gezicht, in mijn ogen, in mijn haar. Tara Grimm suggereerde dat Kathleen Lawler misschien vervroegd vrij zou komen. De gedachte komt bij me op dat Dawn Kincaid van plan kan zijn hierheen te komen.

'Wat is er? Je ziet eruit alsof je een geest hebt gezien.'

Ik besef dat Marino tegen me praat.

'Neem me niet kwalijk,' antwoord ik terwijl ik het achterportier van de bus openschuif.

'Ga je hem vertellen over het DNA?' vraagt hij weer.

'Nee, absoluut niet. Het is niet aan mij om hem dat te vertellen. Ik bekijk de zaken liever alsof ik daar niets van weet. Ik wil onbevooroordeeld blijven.' Ik pak druipende flesjes water uit de koelbox. 'Ik weet niet wanneer je hier ijs in hebt gedaan,' vervolg ik, 'maar het water is zo warm dat je er thee mee zou kunnen zetten.'

'Het is in elk geval vocht.' Hij neemt een flesje van me aan.

'Ik kom zo. Ik moet even bellen.' Ik ga in de warme schaduw van een boom staan en bel Benton in de hoop dat hij en Lucy nog niet zijn opgestegen.

'Ik ben blij dat je er nog bent,' zeg ik uit de grond van mijn hart als hij opneemt. 'Het spijt me van de wind. Het spijt me dat ik jullie gevraagd heb naar Savannah te komen en dat het zo'n zware tocht blijkt te zijn.'

'De wind is de minste van mijn zorgen. Het gaat alleen allemaal wat langzamer. Is alles goed met je?'

'Ik ben niet gekleed op dit weer.'

'Ik drink even een kop koffie terwijl Lucy de brandstof betaalt. Jezus, het is in New Jersey ook bloedheet.'

'Wat is er gebeurd?'

'Ik heb nog geen officiële feiten en ik zou je waarschijnlijk niet ongerust moeten maken, want misschien is er wel helemaal geen probleem. Maar ik weet hoe ze is en waartoe ze in staat is, en jij weet dat ook. Ze heeft de bewaking en het andere personeel van Butler ervan weten te overtuigen dat ze naar het ziekenhuis moest, naar de spoedeisende hulp.'

'Waarvoor?'

'Ze heeft astma.'

'Als ze dat al niet eerder had, heeft ze het nu zeker,' zeg ik in een opwelling van woede.

'Jack had het ook en we moeten in alle redelijkheid toegeven dat astma erfelijk kan zijn.'

'Ze simuleert en manipuleert erop los.' Ik heb geen zin om redelijk te zijn.

'Ze is vanmorgen om een uur of zeven per ambulance naar het ziekenhuis gebracht. Een contactpersoon van mij in Butler, die niet betrokken is bij haar zaak en niet beschikt over directe informatie, hoorde erover en stuurde me een halfuurtje geleden een berichtje. Ik ben blij dat je duizenden kilometers ver weg zit, maar wees voorzichtig. Dat hele gedoe maakt me nerveus. Ik vertrouw de zaak niet.'

'Dat is te begrijpen als je nagaat over wie we het hebben.' Het zweet loopt over mijn borst en rug, en de stilstaande lucht is zwaar als stoom. 'Ze wordt toch nog wel bewaakt?'

'Ik neem aan van wel, maar ik heb geen details.'

'Je neemt aan van wel?'

'Kay, ik weet alleen dat ze haar naar het ziekenhuis hebben vervoerd en dat dat nog maar pas is gebeurd. We kunnen niet naar binnen stormen om haar te ondervragen als ze medische problemen heeft. Ze heeft rechten.'

'Natuurlijk heeft ze rechten. Meer dan wij.'

'Omdat ik weet waartoe ze in staat is en hoe goed ze erin is mensen te manipuleren, ben ik natuurlijk bang dat dit een truc is, een handige zet,' zegt Benton.

'Ze kunnen onmogelijk weten waar ze mee te maken hebben.' Ik bedoel de mensen in het ziekenhuis.

'Het kan ook een plannetje zijn van haar juristen om sympathie voor haar te kweken of te suggereren dat ze slecht behandeld wordt, of om dat onzinverhaal over de schade die jij hebt toegebracht aan haar geestelijke en lichamelijke gezondheid kracht bij te zetten. Een door stress veroorzaakte astma-aanval.'

'De schade die ik heb toegebracht?' Ik denk aan wat Jaime gisteravond zei.

'Daar bouwt ze uiteraard haar zaak omheen.'

'Volgens jou had ze toch geen poot om op te staan?'

'Ik zeg alleen dat ze een zaak voorbereidt. Ik zeg niet dat ik haar argumenten steekhoudend vind. Zo te horen ben je behoorlijk van streek.'

'Als je wist dat ze me van allerlei dingen beschuldigt,' antwoord ik, 'zou het nuttig zijn geweest als je me dat had verteld.'

Ik krijg een trillerig gevoel vanbinnen als ik denk aan Marino's bewering dat mijn eigen man weet dat er een onderzoek naar me loopt. Hoe kan hij samen met mij in één huis wonen terwijl hij zoiets weet, en waarom heeft hij me die nacht alleen naar buiten laten gaan? Het is alsof Benton niets om me geeft. Alsof ik niets voor hem beteken. Alsof hij niet van me houdt. Marino en zijn jaloezie, houd ik mezelf voor.

'Daar hebben we het nog wel over als ik bij je ben,' zegt Benton. 'Maar als je niet wist dat haar verdediging erop gebaseerd is om jou alle schuld in de schoenen te schuiven, ben je de enige. Lucy loopt naar de helikopter, dus ik moet gaan. Ik bel je wanneer we weer geland zijn.'

Hij zegt dat hij van me houdt en ik verbreek de verbinding. De hitte rijst als een trillende muur op van het asfalt en de sproeiers doen hun werk, zodat het water in golven op de bladeren spat. Ik loop naar de ingang van het laboratorium en kom in een lobby waar ik potten met palmen en comfortabele stoelen en banken met blauwe stoffen bekleding zie. Op de vloer ligt een kleed met een Perzisch *serapi*-ontwerp in beige en roze, en aan de gebroken witte muren hangen prenten van Amerikaanse ratelpopulieren en tuinen. In een hoek van deze smaakvolle plek waar niemand wil zijn zit een oudere dame naar buiten te staren. Ik bel Jaime Berger.

Ze kan de pot op met haar openbare telefoons en doen alsof we elkaar niet gesproken hebben. Het kan me geen moer schelen wie er meeluistert, en ik geloof haar sowieso niet. Haar mobiele telefoon gaat over en ik krijg de voicemail.

'Jaime, met Kay.' Ik spreek een bericht in. 'Er is een ontwikkeling in het noorden waarvan je volgens mij op de hoogte bent.' Ik hoor de beschuldigende toon in mijn stem, alsof het allemaal op een of andere manier haar schuld is, en misschien is dat ook wel zo.

Dawn Kincaid voert iets in haar schild omdat ze weet van de DNA-test, ik weet het zeker, en Jaime is naïef om te denken dat het niet zo is, of ze wil het gewoon niet weten. Er kunnen trouwens meerdere mensen van op de hoogte zijn die problemen zouden kunnen veroorzaken. Ik geloof niet dat het zo geheim is gebleven als Jaime denkt. Ze heeft iets verschrikkelijk gevaarlijks in gang gezet.

'Bel me zodra je dit bericht hoort,' zeg ik op een toon die duidelijk maakt dat ik het meen. 'Als ik niet opneem, bel je Colins kantoor en vraag je of iemand me wil gaan halen.'

16

Colin Dengate heeft gemillimeterd, grijzend rood haar en een kortgeknipte snor die een roestveeg op zijn bovenlip lijkt. Hij is slank en krachtig gebouwd en heeft geen grammetje vet op zijn lichaam. Net als veel andere pathologen-anatomen die ik ken, heeft hij een gevoel voor humor dat soms aan meligheid grenst.

Terwijl hij me dieper het hoofdkwartier in leidt, passeer ik een skelet in carnavalskleding en loop ik onder mobiles van botten, vleermuizen, spinnen en spoken door, die trillen en langzaam draaien in de koele lucht die door de ventilatieopeningen naar binnen komt. Een beltoon met huiveringwekkende muziek en een kakelende heks kondigt een telefoontje van Colins vrouw aan, die het sleuteltje van hun dochters fietsslot niet kan vinden. Colin raadt haar aan een betonschaar te gebruiken. Als we door een gang lopen, horen we het griezelige, ritmische gepiep van een *Star Trek*-tricorder, wat betekent dat Sammy Chang van de GBI belt. Hij vertelt Colin dat hij de plaats van een dodelijk ongeluk met een motorvoertuig op Harry Truman Parkway vrijgeeft en dat het lichaam onderweg is.

Ik vraag me af welke beltoon Colin voor mij zou kiezen. 'En als ik je bel?'

'Jij belt me nooit,' zegt hij. 'Maar laat me even nadenken. Misschien Grateful Dead. "Never trust a woman" is een goeie. In mijn gloriejaren ben ik een paar keer naar een concert van ze geweest. Vroeger was de muziek stukken beter. Misschien waren de mensen zelfs stukken beter.'

Ik heb Marino in de koffiekamer achtergelaten, waar hij koffie kreeg en flirtte met een toxicoloog die Suze heet en die een tatoeage van een grijnzende schedel met vleugeltjes op haar biceps heeft. Colin wil mij onder vier ogen spreken. Ondanks de reden van mijn komst is hij tot nu toe vriendelijk tegen me geweest.

'Wil je misschien koffie, of water met een smaakje en vitaminen?' We lopen zijn kantoor in, dat op een hoek ligt en uitzicht biedt op het laadperron achter het gebouw, waar net een grote vrachtwagen is gearriveerd. 'Kokosmelk is met dit weer erg lekker. Het vult je kaliumgehalte aan, en ik heb een voorraadje in mijn eigen koelkast. En sommige flesjes water bevatten elektrolyten, wat erg nuttig is bij deze warmte. Wat mag het zijn? Heb je ergens zin in?'

Zijn tongval is minder lijzig dan die van de meeste andere mensen uit Georgia. Voor dit deel van het land praat hij snel en heel energiek. Ik drink warm water uit de fles die ik uit Marino's koelbox heb gehaald. Ik kan het me verbeelden, maar ik ruik weer dode vis.

'Het is al een poosje geleden dat ik met temperaturen zoals die in Florida of in Charleston te maken had,' zeg ik tegen hem. 'En Marino's busje heeft geen airconditioning.'

'Ik weet niet waarom je zo gekleed bent, tenzij je oververhit wilt raken.' Hij kijkt aandachtig naar mijn zwarte outfit. 'Ik houd het meestal bij operatiekleding.' Dat draagt hij nu ook, katoenen kleding in de kleur van crème de menthe. 'Dat zit lekker en blijft koel. Bij mij vind je in dit jaargetijde niets sombers, of het moet mijn stemming zijn.'

'Een lang verhaal. Ik betwijfel of je er tijd voor hebt. Nu je het vraagt, lijkt koud water me wel lekker.'

'Zal ik je eens iets verbazends vertellen?' Hij maakt een koelkastje achter zijn ergonomische stoel open, pakt twee flesjes water en geeft er een aan mij. 'Niet iedereen in dit deel van het land heeft airconditioning in zijn auto. Neem nu mijn landrover. Een exemplaar uit 1983, dat ik helemaal heb opgeknapt sinds de vorige keer dat ik je zag.' Hij neemt plaats achter zijn volgestapelde bureau in een kantoor propvol souvenirs. 'Een nieuwe aluminium vloerplaat, nieuwe stoelen, een nieuw manchet voor de versnellingspook en een nieuwe ruit. Ik heb het dakframe kaal gemaakt en een zwarte poedercoating aangebracht. Ik heb van alles opgeknapt, maar ik heb niet de moeite genomen airco in te bouwen. Als ik in die auto rijd, voel ik me weer die jonge, stoere vent die net klaar is met zijn studie geneeskunde. Ramen wijd open en transpireren maar.'

'Waardoor je zorgt dat niet iedereen bij je in de auto wil zitten.'

'Dat is ook een voordeel.'

Ik schuif mijn stoel dichterbij. We zijn van elkaar gescheiden door een groot bureau van esdoornhout, dat vol staat met Bellweckflessen met printerpatronen, een rijtje gevlekte, koperen granaathulzen van een groot kaliber die als raketten omhoogwijzen, een asbak van de geheime dienst vol Minié-kogels en uniformknopen van de geconfedereerden, piepkleine speelgoeddinosaurusjes en -ruimteschepen, dierlijke botten die vermoedelijk voor menselijke botten zijn aangezien, en een model van de geconfedereerde onderzeeboot *H.L. Hunley* die tijdens de Burgeroorlog uit de buitenhaven van Charleston verdween en zo'n tien jaar geleden werd ontdekt en geborgen. Ik zou niet weten hoe ik alle excentrieke souvenirs – die op elk beschikbaar oppervlak zijn samengepakt, op boekenkasten zijn gepropt en dicht op elkaar aan de muren zijn gehangen – zou moeten catalogiseren of verklaren, maar ik twijfel er niet aan dat elk artikel een verhaal en een betekenis heeft, en ik vermoed dat er ook speelgoed tussen zit uit de tijd dat zijn kinderen klein waren.

'Dat is een eerbetuiging van de CIA.' Hij ziet me rondkijken en wijst op een mooie vitrinelijst aan de muur links van mij, waarin een gouden Agency Seal Medal zit. Het uitvoerige begeleidende certificaat spreekt van een belangrijke bijdrage aan het inlichtingenwerk van de CIA, maar vermeldt niet de naam van de ontvanger, of zelfs maar een datum.

'Een jaar of vijf geleden werkte ik aan een zaak rond een vliegtuig dat hier in de buurt in een moeras was neergestort,' legt hij uit. 'Het ging om een paar mensen van de geheime dienst, al had ik daar geen idee van tot we opeens bezoek kregen van de CIA en een paar van jullie pathologen-anatomen van Defensie. Het had te maken met de kernonderzeeërbasis in Kings Bay. Meer mag ik er niet over zeggen, en als je op de hoogte bent, weet ik zeker dat jij er ook niet meer over mag zeggen. Maar goed, het was een heel gedoe, spionnenwerk, en naderhand werd ik een keer in Langley ontboden voor een onderscheidingsplechtigheid. Dat was een heel rare ervaring. Ik had werkelijk geen flauw idee wie al die mensen waren, en ze hebben niet eens gezegd voor wie die medaille was of wat ik eigenlijk had gedaan om hem te verdienen, buiten het feit dat ik hen niet voor de voeten had gelopen en mijn mond had gehouden.'

Zijn lichtbruine, naar groen zwemende ogen bekijken me aandachtig als ik nog een slok koud water neem.

'Ik weet niet goed waarom je in de Jordan-moorden bent gedoken, Kay.' Eindelijk begint hij over de reden waarom ik tegenover hem zit. 'Gisteren belde je vriendin Berger om te zeggen dat je de zaken kwam bestuderen.' Hij trekt een bureaula open. 'Mijn eerste gedachte was: waarom belt ze me zelf niet?' Hij houdt me een doosje keelpastilles met rode iep voor. 'Heb je deze al eens geproefd?'

Ik neem er een omdat mijn keel en mond kurkdroog zijn.

'Een superuitvinding als je een praatje moet houden of in de rechtbank moet getuigen. Populair bij beroepszangers. Daardoor ken ik ze.' Hij neemt het doosje weer van me aan en stopt een pastille in zijn mond.

'Ik heb je niet gebeld omdat ik pas gisteravond heb gehoord dat ik een afspraak met je had.' Ik praat om de keelpastille heen, die een beetje ruw aanvoelt en lekker naar ahornsiroop smaakt.

Hij fronst, alsof ik net iets heb gezegd wat niet kan kloppen, en zijn stoel kraakt als hij achteroverleunt. Hij blijft me recht aankijken en de keelpastille vormt een bobbeltje in zijn wang.

'Ik ben naar Savannah gekomen omdat ik in de vrouwengevangenis een afspraak had met een van de gedetineerden, Kathleen Lawler,' probeer ik uit te leggen, terwijl ik me afvraag waar ik moet beginnen.

Hij knikt al. 'Dat heeft Berger me verteld,' zegt hij. 'Ze zei dat je een afspraak met een gedetineerde in de vrouwengevangenis had, en daarom begreep ik juist niet dat je me niet zelf had gebeld, al was het alleen maar om even bij te kletsen en misschien een lunchafspraak te maken.'

'Jaime heeft gezegd dat ik kwam.' Ik herhaal zijn mededeling, terwijl ik me afvraag wat ze hem en anderen heeft verteld en in welke mate ze haar verhaal heeft aangepast om het in haar straatje te laten passen. 'Het spijt me dat ik niet heb gebeld om te vragen of we samen konden lunchen. Maar ik dacht echt dat het een bliksembezoek zou worden.'

'Ze heeft ons vaak genoeg gebeld,' zegt hij over Jaime. 'Iedereen in het frontoffice weet verdomme wie ze is.' De pastille glipt van zijn ene wang naar de andere alsof er een beestje in zijn mond beweegt. 'Lekkere dingen, hè? Ze werken ook verzachtend. Ik heb er al heel veel geprobeerd die dat zogenaamd waren, maar ze maakten hun beloften nooit waar. Deze wél, ze zijn echt verzachtend voor het slijmvlies. Natrium- en glutenvrij. Geen conserveringsmiddelen en ook heel belangrijk: geen menthol. Dat is een bekende misvatting, dat menthol alle keelklachten geneest terwijl die stof in werkelijkheid alleen maar tijdelijk de controle over de stembanden uitschakelt.' Hij geniet van de pastille en kijkt omhoog naar het plafond, alsof hij een sommelier is die een complexe grand cru proeft. 'Ik zing tegenwoordig in een barbershopkwartet,' voegt hij eraan toe, alsof dat alles verklaart.

'Samenvattend: ik zou om een andere reden heel kort in Savannah zijn, maar gisteravond kreeg ik te horen dat ik hier een afspraak met je had. Ik begreep dat je volgens Jaime niet goed meewerkt,' zeg ik tegen hem. 'Ik zei tegen haar dat je een beetje koppig bent, geen conservatieve boerenpummel uit het zuiden.'

'Nou, ik ben wél een conservatieve boerenpummel uit het zuiden,' zegt hij. 'Maar ik geloof dat ik begin te begrijpen waarom je me niet zelf hebt gebeld, en daar knap ik van op, want ik was een beetje beledigd. Misschien dom, maar het is echt zo, ik werd er echt door overvallen dat ik haar aan de lijn kreeg in plaats van jou. Afgezien van persoonlijke gevoelens denk ik dat ik beter begrijp wat er aan de hand is dan je misschien denkt. Jaime Berger is een beetje hypocriet en het past in haar straatje als ik een lompe, uiterst conservatieve patholoog-anatoom uit Savannah ben die haar tegenwerkt omdat hij per se wil dat Lola Daggette die dodelijke spuit krijgt. Je weet wel, maak ze maar af en laat ze zich maar voor God verantwoorden. Zo denkt iedereen ten zuiden van de Mason-Dixielijn. En ten westen daarvan.'

'Jaime zegt dat je haar niet kwam begroeten toen ze hier was. Dat je haar negeerde.'

'Nee, ik heb haar inderdaad niet begroet, want ik had een arm mens aan de telefoon dat niet wilde horen dat haar mans dood zelfmoord was.' Hij knijpt zijn ogen tot spleetjes en zijn stem wordt harder en verontwaardigder. 'Dat zijn wapen niet per ongeluk afging toen hij buiten bier zat te drinken en zijn krabbenfuiken repareerde. Het feit dat hij haar knuffelde, in een opvallend goede bui leek te zijn en zei dat hij van haar hield voordat hij die avond naar buiten ging, betekent niet dat hij geen suïcidale gedachten had, en het speet me verschrikkelijk dat ze door de bevindingen die ik op het sectierapport en zijn overlijdenscertificaat had geschreven zijn levensverzekering niet krijgt uitgekeerd. Ik moest haar dat rotnieuws vertellen en ik was daar net mee bezig toen Berger hier ineens voor de deur stond, gekleed alsof ze op Wall Street was. En ze bleef hier verdomme in mijn deuropening staan dralen terwijl die vrouw aan de andere kant van de lijn tranen met tuiten huilde. Ik was echt niet van plan om op te hangen omdat ik een brutale advocate uit New York koffie moest aanbieden.'

'Ik merk dat ze je koud laat,' zeg ik wrang.

'Ik heb de dossiers in de zaak-Jordan voor je, compleet met foto's van de plaats delict. Ik denk dat je daar wel iets aan zult hebben. Je mag kijken, je eigen indrukken vormen en daarna wil ik met alle plezier alles bespreken waar je het over wilt hebben.'

'Het beeld bestaat dat jij van Lola Daggettes schuld overtuigd bent en dat je zeker weet dat ze de moorden in haar eentje heeft gepleegd. Van je presentatie over deze zaak tijdens de NAME-bijeenkomst in Los Angeles meen ik me te herinneren dat je niet aan je mening lijkt te twijfelen.'

'Ik sta aan de kant van de waarheid, Kay. Net als jij.'

'Ik moet bekennen dat ik het wel opmerkelijk vind dat DNA-materiaal dat vermoedelijk uit bloed en huid onder de vingernagels van Brenda Jordan afkomstig was niet met dat van Lola Daggette overeenkwam. Het kwam ook niet overeen met dat van een familielid. Met andere woorden: een onbekend DNA-profiel.'

'"Vermoedelijk" is hier het juiste woord.'

'Ik zou uit het DNA kunnen concluderen dat er mogelijk meer dan één aanvaller of indringer was,' voeg ik eraan toe.

'Ik interpreteer de laboratoriumrapporten niet en maak ook niet uit wat ze betekenen.'

'Ik ben gewoon benieuwd of je er een mening over hebt, Colin.'

'De handen van Brenda Jordan waren ongelooflijk bloederig,' zegt hij. 'Ja, tijdens de secties heb ik een onbekend DNA-profiel gevonden in het monster dat ik van de onderkant van haar vingernagels had genomen, maar ik weet niet wat dat betekent. Het kon van een onbekende bron afkomstig zijn. Haar eigen bloed zat onder haar nagels. Haar broers DNA zat onder haar nagels.'

'Dat van haar broer?'

'Hij lag in het bed naast het hare en ik denk dat zijn bloed op Brenda's lichaam en handen is overgedragen, waarschijnlijk toen de moordenaar haar na de moord op Josh aanviel. Of misschien heeft de dader Brenda eerst gestoken. Misschien dacht de dader dat Brenda dood was en ging hij of zij daarna verder met de broer, maar bleek Brenda niet dood te zijn en probeerde ze te vluchten. Ik weet niet wat er precies is gebeurd, en dat zal ik waarschijnlijk ook nooit weten. Zoals ik al zei: ik interpreteer geen laboratoriumrapporten en ik maak ook niet uit wat ze betekenen.'

'Ik voel me genoodzaakt te benadrukken dat een onbekende DNA-donor op de plaats delict de politie op het idee had moeten brengen dat er misschien meer dan één aanvaller was geweest.'

'Om te beginnen was de plaats delict niet goed afgeschermd en verschenen er een heleboel mensen in dat huis die er niet hadden mogen zijn.'

'En hebben die mensen die er niet hadden mogen zijn de lichamen aangeraakt?'

'Dat niet, goddank. De politie laat niemand in de buurt van mijn lichamen. Ze kijken wel uit, want dan krijgen ze van mij de wind van voren. Maar waar het hier om gaat, is dat de mogelijkheid werd verworpen dat er behalve Lola Daggette nog iemand bij betrokken was.'

'Waarom was dat?'

'Ze zat in een soort open inrichting om haar woede te leren beheersen en haar drugsproblemen aan te pakken. Binnen een paar uur na de moorden werd ze betrapt bij het uitwassen van kleding waarop het bloed van de Jordans zat. En ze kwam uit deze plaats. Destijds werd er gezegd dat ze in het nieuws misschien iets over dokter Jordan had gezien of gelezen en besefte dat hij veel geld had, dat hij een succesvol arts was uit een oude plaatselijke familie die met katoen een fortuin had verdiend. De afstand naar zijn villa was makkelijk te belopen vanuit de inrichting, waar ze ruim een maand zat toen de moorden werden gepleegd. Ze had meer dan genoeg tijd gehad om informatie te verzamelen en kon dus ook makkelijk uitdokteren dat het gezin niet altijd de moeite nam om het inbraakalarm in te schakelen.'

'Omdat ze een aantal keren loos alarm hadden gehad.'

'Kinderen,' zegt hij. 'Een groot probleem bij alarmsystemen is dat kinderen ze per ongeluk laten afgaan.'

'Maar dat lijkt niets meer dan een vermoeden te zijn,' breng ik naar voren. 'Het is ook slechts een vermoeden dat inbraak niet het motief was.'

'Er is niets wat erop wijst, maar wie zal het zeggen? Een heel gezin is dood. Wie kan ons vertellen of er spullen ontbreken?'

'Was het huis overhoopgehaald?'

'Nee. Maar nogmaals: als iedereen dood is, kun je toch niet weten of iets is doorzocht of verplaatst?'

'De DNA-resultaten baarden je destijds dus geen zorgen. Het is niet mijn bedoeling om erover te blijven zeuren, maar de resultaten zitten me dwars.'

'Zeur maar zoveel je wilt. Ik doe gewoon mijn werk. Ik heb verder geen belang bij de discussie,' zegt hij. 'Het sporenmateriaal was vermengd. Zoals je heel goed weet, is het niet altijd eenvoudig om vast te stellen van welk monster het resultaat komt. Was het onbekende DNA afkomstig van bloed of huidcellen, of van iets anders? En wanneer was het achtergelaten? Het had van een bron afkomstig kunnen zijn die niets met de zaak te maken had. Iemand die kort daarvoor in het huis te gast was geweest. Iemand met wie Brenda eerder die dag in contact was gekomen. Je weet wat ze zeggen: laat je zaak niet van een laboratoriumjas afhangen. DNA zegt helemaal niets als je niet weet hoe en wanneer het is achtergelaten. Sterker nog, mijn theorie is dat onderzoeken ons steeds minder kunnen vertellen naarmate ze gevoeliger worden. Als iemand in een kamer heeft ademgehaald, betekent dat nog niet dat hij iemand heeft vermoord. Nou ja, laat ik daar maar over ophouden. Je bent hier niet helemaal naartoe gekomen om mij te horen filosoferen en te horen preken alsof ik het luddisme voorsta.'

'Maar geen enkel DNA-profiel op de plaats delict of op de lichamen kwam overeen met dat van Lola Daggette.'

'Dat klopt. En het is niet aan mij om te beslissen wie schuldig is en wie niet. Het is zelfs niet aan mij om me er druk om te maken. Ik rapporteer gewoon mijn bevindingen en de rest is aan de rechter en de jury,' zegt hij. 'Kijk maar even naar de spullen die ik voor je heb klaargelegd, dan praten we daarna verder.'

'Ik begreep dat Jaime het met jou ook over Barrie Lou Rivers heeft gehad. Ik vroeg me af of ik haar zaak ook mag bekijken, als ik dan toch bezig ben.'

'Jaime Berger heeft er kopieën van. Ik weet niet meer precies wanneer ze de dossiers heeft opgevraagd, maar volgens mij is het al meer dan twee maanden geleden.'

'Als het niet te veel moeite is, heb ik altijd liever originelen, als het kan.'

'Dat dossier staat niet op papier, omdat het recenter is. De GBI print niets meer uit. Ik kan het voor je uitprinten, maar je kunt het ook op de computer bekijken.'

'De elektronische versie is prima. Doe maar wat het makkelijkst is.'

'Een vreemd geval, moet ik zeggen,' zegt hij. 'Maar vraag me niet om uitspraken te doen over wrede en uitzonderlijke straffen. Ik weet ook hoe Berger die zaak interpreteert en dat het allemaal een keurige, mooie puzzel is waarvan ze de stukjes aan elkaar legt. Alhoewel, mooi... Het is allemaal bedoeld om te choqueren en weerzin op te wekken. Het is alsof ze al repeteert voor de persconferentie en nadenkt over de opruiende opmerkingen die ze kan maken over veroordeelden die in Georgia worden doodgemarteld.'

'Het is heel ongewoon dat iemand die op het punt staat geëxecuteerd te worden plotseling in de cel bij de executiekamer overlijdt,' merk ik op. 'Vooral omdat die persoon voortdurend onder bewaking zou moeten staan.'

'Laten we eerlijk zijn, Kay, ze is waarschijnlijk niet voortdurend in de gaten gehouden,' zegt hij. 'Ik denk dat ze zich na het eten beroerd begon te voelen. Misschien dachten ze eerst dat het indigestie was, terwijl ze in werkelijkheid de klassieke symptomen van een hartaanval vertoonde. En tegen de tijd dat de cipiers zich zoveel zorgen begonnen te maken dat ze medische hulp inriepen, was het te laat.'

'Dit gebeurde vlak voor het tijdstip dat ze naar de executiekamer gebracht had moeten worden voor de voorbereidingen,' zeg ik. 'Je zou zeggen dat er medisch personeel aanwezig moet zijn geweest, onder wie de arts die bij de executie zou assisteren. Je zou verwachten dat er iemand in de buurt was die snel kon handelen, een arts of anders in elk geval iemand van de executiekamer die een cursus reanimeren had gehad.'

'Dat zou wel de grootste ironie van de eeuw zijn geweest. Iemand van de executiekamer of de beul reanimeert haar om haar te kunnen doden.' Colin staat op van zijn bureaustoel en geeft me het doosje pastilles. 'Voor het geval je er nog meer wilt. Ik koop ze met ladingen tegelijk.'

'Ik neem aan dat het ook goed is als Marino meekijkt.'

'Als jij met hem samenwerkt en hem vertrouwt, vind ik het best. Er zal wel voortdurend een assistent van mij bij zijn.'

Colin moet zorgen dat er iemand bij mij in het vertrek is, niet alleen om mij, maar ook om zichzelf te beschermen. Hij moet onder ede kunnen verklaren dat ik geen document in een dossier heb kunnen stoppen of iets heb kunnen meenemen.

'Als jij en de GBI nog kleren hebben, heb ik daar ook belangstelling voor,' zeg ik als we in de gang langs kantoren van andere forensische pathologen, de laboratoria van forensische antropologie en histologie, de koffiekamer en de wc's lopen. We komen bij de vergaderkamer, die aan onze rechterhand ligt.

'Ik neem aan dat je de kleding bedoelt die Lola Daggette in de badkamer van de inrichting uitwaste. Of bedoel je de kleren die de slachtoffers droegen toen ze werden vermoord?'

'Allebei,' zeg ik.

'Ook wat er als bewijsmateriaal bij het proces is gebruikt?'

'Alles.'

'Ik kan je wel naar het huis toe brengen, als je wilt.'

'Ik heb het van de buitenkant gezien.'

'Misschien kunnen we regelen dat je binnen onderzoek mag doen. Ik weet niet wie er woont, en ik betwijfel of de bewoners het leuk zullen vinden.'

'Het lijkt me op dit moment niet nodig, maar ik laat het je wel weten als ik de zaken heb doorgenomen.'

'Ik kan een microscoop laten neerzetten als je de originele objectglaasjes wilt bekijken. Nee, wacht, dat kan Mandy wel doen,

Mandy O'Toole, degene die bij je blijft. Of we kunnen opnieuw snijden en een tweede serie preparaten maken, want ik heb de weefselsneden natuurlijk nog. Maar als we opnieuw snijden, creëren we nieuw bewijsmateriaal. Maar goed, als het je vragen beantwoordt...'

'Laat ik ze eerst maar eens bekijken.'

'De kleding wordt op verschillende plaatsen bewaard, maar het meeste ligt in onze laboratoria. Ik houd alles het liefst een beetje in de gaten.'

'Dat zal best.'

'Ik weet niet of jullie elkaar al kennen,' zegt hij. Mijn blik valt op een vrouw in blauwe operatiekleding en een laboratoriumjas, die bij de deur van de vergaderkamer staat.

Mandy O'Toole komt naar me toe geeft me een hand. Rond de veertig, schat ik, en ze is groot, langbenig als een veulen, en ze heeft lang, zwart haar dat in een paardenstaart is gebonden. Ze is op een ongewone manier aantrekkelijk. Haar gelaatstrekken zijn asymmetrisch en haar ogen zijn kobaltblauw, waardoor ze eigenlijk helemaal niet mooi is, maar wel heel interessant. Colin geeft me een saluut met zijn wijsvinger en laat ons samen achter in een niet al te groot vertrek. Er staat een tafel met een fineerblad van kersenhout, omringd door acht zwarte leren stoelen met doorgestikte kussens. Abnormaal dikke ramen in stevige aluminium kozijnen bieden uitzicht over een parkeerplaats die is afgezet met een hoog hek van draadgaas, en daarachter strekt een donkergroen naaldwoud zich eindeloos uit in de bleke lucht.

17

'Is Jaime Berger er niet?' Mandy O'Toole loopt naar de andere kant van de tafel en gaat zitten. Bij haar plaats staat een flesje water met vitaminen en ligt een BlackBerry met een koptelefoontje.

'Volgens mij komt ze straks,' antwoord ik.

'Mevrouw Berger is echt iemand die dag en nacht doorgaat,

en dat zal wel gunstig zijn als je haar werk doet. Ze ontziet niets en niemand.' Colins assistente begint over Jaime te praten alsof ik haar vragen heb gesteld. 'Toen ze een paar weken geleden hier was, kwam ik haar op de wc tegen. Terwijl ik mijn handen waste, begon ze over het adrenalinegehalte van Barrie Lou Rivers. Ze vroeg of er histologische tekenen waren dat er door stress en paniek een adrenalinegolf kon zijn ontstaan, bijvoorbeeld als Barrie Lou in de nacht vóór haar executie was misbruikt. Ik zei dat zoiets nooit uit een histologisch onderzoek naar voren kon komen, omdat je adrenaline niet onder de microscoop kunt zien. Daar is een speciaal biochemisch onderzoek voor nodig.'

'En dat onderzoek is waarschijnlijk uitgevoerd, als ik Colin een beetje ken,' merk ik op.

'Klopt, zo is hij wel. De onderste steen boven. Bloed, glaslichaam, hersenvocht... Misschien had mevrouw Berger die onderzoeksresultaten wel onder ogen gehad. Barrie Lou Rivers had een verhoogd adrenalinegehalte. Het bleef allemaal binnen de perken, maar mensen trekken veel te snel conclusies uit dat soort bevindingen, vindt u niet?'

'Mensen trekken vaak overhaast conclusies uit bevindingen die iets anders kunnen betekenen,' zeg ik.

'Tja, als je vlak voor je dood een hartaanval krijgt, in je eten dreigt te stikken of iets anders catastrofaals meemaakt, kun je beslist in paniek raken en heel veel adrenaline aanmaken,' zegt ze. Haar blauwe ogen blijven me strak aankijken. 'Ik weet zeker dat er veel adrenaline door mijn lijf zou pompen als ik stikte. Niets is zo angstaanjagend als ademnood. Ik moet er echt niet aan denken.'

'Ik ook niet.'

Ik vraag me weer af wat Jaime Berger over me heeft rondgestrooid. Ze heeft Colin verteld dat ik Kathleen Lawler gisteren in de gevangenis heb bezocht. Wat heeft ze nog meer gezegd? Waarom kijkt Mandy O'Toole me zo gespannen aan?

'Ik keek vroeger altijd naar uw programma op CNN,' zegt ze, en dan dringt de mogelijke verklaring voor haar interesse tot me door. 'Ik vind het jammer dat u ermee bent gestopt, want ik vond het erg goed. U vertelde tenminste verstandige dingen over forensisch onderzoek. Bij sommige andere programma's draait het alleen maar om spanning en sensatie. Het lijkt me geweldig om een eigen programma te hebben. Als u ooit nog eens zoiets gaat doen en iemand nodig hebt die iets over histologie kan vertellen...'

'Bedankt voor het aanbod, maar mijn bezigheden zijn tegenwoordig niet altijd verenigbaar met een eigen televisieprogramma.'

'Nou, als ik de kans kreeg, zou ik hem met beide handen aangrijpen. Maar niemand wil zien hoe weefsel wordt bewerkt. Volgens mij is uitstrijkjes maken en monsters van het lichaam nemen het leukste deel van het werk. Je weet wat je moet doen. Al is het best een kick om het perfecte fixatief te vinden en te weten welk middel je ergens voor moet gebruiken.'

'Hoe lang werk je al voor Colin?'

'Sinds 2003, het jaar dat de GBI steeds minder ging uitprinten. U boft dus met de zaak-Jordan. Of niet, het is maar net hoe je het bekijkt. Alle dossiers zitten inmiddels in de computer, maar dat was in januari 2002 nog niet zo. Ik weet niet hoe u erover denkt, maar ik vind papier nog steeds prettig. Er blijkt altijd wel iets te zijn wat iemand niet heeft ingescand. Tenzij Colin de scans maakt, hij is verschrikkelijk neurotisch. Al zit er een papieren servet tussen het papierwerk, het komt in het dossier. Hij zegt altijd dat het op de details aankomt.'

'Hij heeft gelijk,' zeg ik.

'Ik had onderzoeker moeten worden. Ik vraag steeds of hij me naar een lijkschouwersopleiding wil sturen, zoals die aan het OCME in New York City waar u hebt gezeten, maar het is een geldkwestie. Er is geen budget voor.' Ze pakt de BlackBerry en het koptelefoontje. 'Maar ik zal u niet meer van uw werk houden. Als u iets nodig hebt, zegt u het maar.'

Op de hoek van de tafel die het dichtst bij de deur is, ligt een stapel van vier dossiers. Ik pak het bovenste. Een vluchtige blik bevestigt iets waarop ik wel had gehoopt, maar beslist niet had gerekend. Colin is zeer collegiaal en behulpzaam geweest, en dat is nog lang niet het enige. Wettelijk is de patholoog-anatoom alleen maar verplicht dossiers van zijn eigen werk vrij te geven, zoals zijn eerste onderzoeksrapport, voorlopige en definitieve sectierapporten, sectiefoto's, laboratoriumuitslagen en verzoeken voor speciale onderzoeken.

Als hij had gewild, had hij me alleen de hoognodige persoonlijke aantekeningen en memo's kunnen geven en had hij zelf kunnen bepalen welke documenten hij voor het gemak over het hoofd wilde zien. Dan had hij me gedwongen erom te vragen en had ik misschien de strijd met hem moeten aanbinden. Erger nog: hij had me kunnen behandelen als een buitenstaander of een journalist en me kunnen dwingen een officieel verzoek in te dienen, dat goedgekeurd zou moeten worden en me een factuur voor geboden diensten en gemaakte kosten zou opleveren. Die rekening zou ik moeten voldoen voordat de documenten naar me toe gestuurd konden worden, en tegen de tijd dat alles geregeld was, zou ik weer in Cambridge zitten en zou het al half juli zijn, of nog later.

'Suze heeft het toxicologisch onderzoek in de zaak-Barrie Lou Rivers gedaan.' Marino's luide stem gaat hem al voor als hij de vergaderkamer betreedt, en hij staart naar Mandy O'Toole, die aan het andere uiteinde van de tafel zit. 'Ik wist niet dat je gezelschap had,' zegt hij. Ik kan het altijd aan hem horen als hij een vrouw leuk vindt.

Ze zet het koptelefoontje af en zegt: 'Hallo, ik ben Mandy.'

'O. Wat doe jij precies?'

'Ik assisteer onder andere dokter Dengate.'

'Ik ben Marino.' Hij gaat op een stoel naast mij zitten. 'Zeg maar Pete. Ik ben onder andere speurder. Jij bent zeker de waakhond.'

'Let maar niet op mij. Ik luister naar muziek en neem mijn e-mail door.' Ze zet het koptelefoontje weer op. 'Jullie kunnen vrijuit praten. Ik ben gewoon een soort behang.'

'O, ik weet alles van behang,' zegt Marino. 'Je hebt geen idee hoeveel zaken de mist in gaan omdat behang informatie lekt.'

Ik luister nauwelijks naar hem en bekijk wat Colin Dengate allemaal beschikbaar heeft gesteld. Ik ben zo dankbaar en opgelucht dat ik bijna naar hem toe wil lopen om hem te bedanken. Voor een deel zou dat een reactie kunnen zijn op de rottige, misleidende manier waarop Jaime Berger me heeft behandeld en het vernederde, verwarde gevoel dat ik daaraan heb overgehouden. Colin had makkelijk allerlei afleidingsmanoeuvres en smoesjes kunnen aanwenden om het me moeilijk, zo niet onmogelijk te maken iets opnieuw te bestuderen, maar dat heeft hij niet gedaan.

Hij zal vast wel een mening hebben over de vraag of Lola Daggette schuldig is, maar hij probeert zijn idee van gerechtigheid niet aan anderen op te dringen. Als ik zie hoe dik de dossiers zijn die ik van hem mag bestuderen, doet hij zelfs het tegendeel. Het lijkt erop dat hij weinig of niets uit de mappen heeft verwijderd, want er zitten ook documenten in die hij me eigenlijk niet eens mag laten zien. Die gedachte leidt weer tot andere gedachten. Zonder de goedkeuring van Tucker Ridley, de openbare aanklager van het Chatham County District, zou hij nooit zo royaal zijn geweest, en ik had verwacht dat Ridley zich zou beperken tot wat hij me volgens de openbaarheidswetgeving van de staat moet tonen. Ze hadden me ook alleen de elementairste pathologisch-anatomische rapporten kunnen geven, terwijl ik juist het meest geïnteresseerd ben in de rest.

Politierapporten, processen-verbaal, arrestatierapporten, zelfs strafbladen, medische dossiers of getuigenverklaringen – werkelijk alles kan in het dossier over een sterfgeval belanden omdat een rechercheur toevallig kopieën aan de patholoog-anatoom heeft gegeven, en als die patholoog-anatoom net zo in elkaar zit als ik, wordt elk papiertje, elk elektronisch bestand bewaard. Ik had niet gedacht dat ik al dat soort documenten in de map zou vinden. Toen Colin me naar de vergaderkamer bracht, verwachtte ik dat ik maar heel weinig te bestuderen zou hebben en dat ik binnen een uur weer door de gang naar zijn kantoor zou lopen in de hoop dat hij mijn vragen wilde beantwoorden.

'Ik weet toch alles wat hier speelt.' Mandy heeft de koptelefoon weer afgezet.

'O ja?' Marino zit schaamteloos met haar te flirten. 'Wat weet je over Barrie Lou Rivers? Bestaan er geruchten over haar? Heb je aan haar zaak gewerkt?'

'Ik heb het histologisch onderzoek gedaan, en toen Colin de sectie deed, ben ik in- en uitgelopen om stukjes weefsel te halen.'

'Dan ben je hier vast ook na werktijd geweest,' zegt Marino, alsof hij om de een of andere reden onderzoek doet naar Mandy

O'Toole. 'En je stond niet op de lijst van officiële getuigen. Daar stond een cipier op die Macon heet, en nog een paar andere mensen. Ik kan me niet herinneren dat ik jouw naam heb gezien.'

'Dat komt omdat ik geen officiële getuige was.'

Ik draai mijn stoel naar het raam, dat uitzicht biedt op stakige naaldbomen en buizerds die daar als zwarte vliegers ver boven zweven. Volgens mij zou je kunnen stellen dat de zaak-Jordan afgerond is en dat alle rechterlijke uitspraken onherroepelijk zijn. Dat zou kunnen verklaren waarom de openbare aanklager me bewust niets in de weg legt. Als een onderzoek is afgerond, worden de bijbehorende documenten openbaar gemaakt, en als ik mijn redenering nog wat verder volg, bedenk ik dat Tucker Ridley de zaak-Daggette misschien allang achter zich heeft gelaten. Ondanks het feit dat Jaime het bewijsmateriaal opnieuw laat onderzoeken, was het onderzoek voor Tucker Ridley – en misschien ook wel voor Colin Dengate – afgesloten toen Lola Daggette niet meer in hoger beroep kon en de gouverneur weigerde haar vonnis in levenslang om te zetten.

'Doet hij altijd zo moeilijk?' vraagt Mandy, en het dringt tot me door dat ze het over Marino heeft.

'Alleen als hij je aardig vindt,' antwoord ik, terwijl ik nadenk over de publieke opinie.

Alleen al in verband daarmee zal de openbare aanklager iemand met mijn rang en reputatie niets in de weg leggen, en daarom heeft hij zijn plattelandsarchiefje opengezet en gezegd dat ik mijn gang mocht gaan. Waarom? Omdat het er niet meer toe doet. Wat Tucker Ridley betreft, heeft Lola Daggette op Halloween een afspraak met de dood. Hij heeft geen reden om aan te nemen dat ze niet komt opdagen. Of misschien is het tegenovergestelde wel waar, bedenk ik nu.

Misschien zijn de nieuwe DNA-uitslagen uitgelekt en maakt het niet uit waar ik naar kijk omdat Lola's vonnis binnenkort nietig wordt verklaard. Misschien is mijn andere vrees ook wel gegrond. Dawn Kincaid weet dat ze binnenkort ook in Georgia wegens moord wordt aangeklaagd. Daar kan ze de doodstraf krijgen, anders dan in Massachusetts, en daarom zet ze nu zorgvuldig iets op touw, misschien wel een ontsnapping uit een ziekenhuis in Boston, waar ze haar nooit zo goed kunnen bewaken als in een gerechtelijke instelling als Butler.

'Ik probeer er gewoon achter te komen wie hier was toen haar lichaam werd binnengebracht.' Marino blijft Mandy O'Toole lastigvallen. 'De zaak zit me namelijk dwars. Volgens mij klopt er iets niet. Het is opvallend als een histoloog 's avonds om negen uur nog aan het werk is. Dat zit me ook dwars.'

'Op de avond dat Barrie Lou Rivers stierf, werkte ik over in mijn laboratorium. Ik had een deadline voor een tijdschriftartikel over verschillende soorten fixatieven,' zegt ze.

'Fixatieven? Dat zijn toch lijmsoorten? Ik dacht dat oude mensen die gebruikten om hun kunstgebit op zijn plaats te houden.'

'De voordelen van glutaaraldehyde voor elektronenmicroscopen en de problemen waar je bij kwik in verstrikt kunt raken.'

'Ik houd helemaal niet van kwikken en strikken. Geen gezicht.'

'Het is lastig als je het weefsel wilt weggooien, want kwik is een zwaar metaal.' Ze speelt ook een spelletje met hem. 'Misschien kun je beter het Bouin-fixatief gebruiken als je nucleaire details wilt. Maar als ik de Bouin-oplossing gebruik, moet ik oppassen dat ik niets zonder handschoenen aanraak. Anders heb ik een poosje gele vingers.'

'Dat is vast lastig uit te leggen als je een afspraakje hebt.'

'Toen Colin door de gevangenis werd gebeld, was ik hier verderop in de gang nog aan het werk.' Ze gaat weer terug naar het oorspronkelijke onderwerp. 'Ik zei tegen hem dat ik nog wel even kon blijven, dat ik de spullen op zijn tafel kon klaarzetten en hem kon helpen als hij me nodig had. Maar ik was geen getuige.'

'Deden er geruchten de ronde?' vraagt Marino nog een keer. 'Wat werd er over haar dood verteld?'

'Aanvankelijk dachten ze dat Barrie Lou Rivers was gestikt in haar galgenmaal, maar daar werd geen bewijs voor gevonden. De laatste tijd heb ik geen geruchten meer gehoord. Niemand had het nog over de zaak tot Jaime Berger zich erin verdiepte. Ik zou jullie wel water of koffie willen aanbieden, maar ik mag hier niet weg. Zegt u het maar als u ergens zin in hebt, dan bel ik iemand.' Ze heeft het tegen mij. Daarna kijkt ze glimlachend naar Marino en zet ze haar koptelefoon weer op. 'Als jij iets wilt hebben, kun je het zelf gaan halen.'

'Suze vertelde wel iets interessants over Barrie Lou Rivers' koolmonoxidegehalte,' zegt Marino tegen mij, terwijl zijn blik steeds weer afdwaalt naar Mandy. 'Het was rond de acht procent. Ze zegt dat het normaal hooguit zes is.'

'Ik weet niet of dat interessant is,' zeg ik, verdiept in een afschrift van de zitting waarbij Lola Daggettes gratieverzoek werd behandeld. Colin Dengate heeft toen in de getuigenbank plaatsgenomen, en Billy Long van de GBI ook. 'Daarvoor moet ik eerst haar zaak bestuderen. Voor een roker is het geen abnormaal percentage.'

'Er mag in geen enkele gevangenis gerookt worden. Dat is al jaren zo.'

'Ja, en drugs, alcohol, contant geld, mobieltjes en wapens zijn in gevangenissen ook verboden,' zeg ik, terwijl ik de feitenbeschrijving lees van wat er in de vroege ochtend van 6 januari 2002 is gebeurd. 'De cipiers kunnen haar een sigaret hebben gegeven. Afhankelijk van wie het voor het zeggen heeft, worden regels overtreden.'

'Maar roken zou haar koolmonoxidegehalte kunnen verklaren, en als dat zo is, waarom zou iemand haar dan een sigaret geven?'

'We kunnen niet met zekerheid zeggen dat iemand dat heeft gedaan. Maar het klopt dat koolmonoxide en nicotine uit sigaretten druk op het hart zetten, en bij hartziekten wordt dat nog verergerd door bloedvatvernauwingen. Daarom blijf ik erop hameren dat je niet moet roken.' De vellen papier die ik heb bekeken, schuif ik naar Marino toe. 'Haar hart moest hard werken als ze gestrest was, en bij blootstelling aan rook moest het nog harder pompen.'

'Misschien heeft ze daardoor een hartaanval gekregen,' houdt hij vol.

'Het kan een medeoorzaak zijn, ervan uitgaande dat iemand haar een sigaret of meerdere sigaretten heeft gegeven toen ze op haar executie wachtte,' merk ik op, terwijl ik lees over Liberty Halfway House, een open inrichting zonder winstoogmerk voor aan drugs verslaafde meisjes. De inrichting ligt aan East Liberty

Street, slechts een paar straten van het kerkhof Colonial Park en heel dicht bij het huis van de Jordans. Ik schat dat het maar een kwartiertje lopen is.

Op de ochtend van 6 januari begon een vrijwillige verzorgende rond kwart voor zeven aan haar ronde door de inrichting om urinemonsters op te halen. Die waren bestemd voor de drugscontroles, die steekproefsgewijs werden gehouden. Toen ze bij Lola Daggettes kamer kwam en aanklopte, kreeg ze geen reactie. De vrijwilligster ging naar binnen en hoorde water lopen. De deur van de badkamer was dicht. De vrijwilligster klopte een paar keer en riep Lola's naam, maar toen ze weer geen reactie kreeg, werd ze bezorgd en ging ze naar binnen.

Ze trof Lola naakt en onder een warme douche op de grond van de douchecabine aan. De vrijwilligster verklaarde dat Lola bang en geagiteerd was en shampoo gebruikte om kleding te wassen die er erg bloederig uitzag. De vrijwilligster vroeg aan Lola of ze zich bezeerd had, waarop Lola dat ontkende en zei dat ze met rust gelaten wilde worden. Ze beweerde dat ze de was deed omdat ze niet over een wasmachine beschikte, en ze zei: 'Zet dat stomme bekertje maar bij de wastafel, ik plas er zo wel in.'

Volgens het verslag draaide de vrijwilligster op dat moment de douchekraan dicht en beval ze Lola uit de douchecabine te stappen. Op de tegelvloer lagen volgens de vrijwilligster 'een bruine corduroy damesbroek, maat 38, een blauwe damescoltrui, maat 38, en een donkerrood windjack van de Atlanta Braves, maat M, allemaal onder het bloed, en het water in de douchecabine was rozerood van al het bloed'. Toen ze aan Lola vroeg van wie de kleren waren, antwoordde Lola dat ze ze had gedragen toen ze vijf weken daarvoor had 'ingecheckt' en een uniform had gekregen. 'Die kleren droeg ik voordat ik hier kwam en sindsdien hebben ze in de kast gelegen,' verklaarde Lola tegenover de vrijwilligster.

Op de vraag hoe al dat bloed op de kleding was beland, zei Lola eerst dat ze het niet wist. 'Toen probeerde ze te verkopen dat ze ongesteld was en dat het bloed in haar slaap was doorgelekt,' verklaarde de vrijwilligster. 'Ik kreeg duidelijk de indruk dat ze alles ter plekke verzon, want daar stond Lola bij ons om bekend. Ze had altijd sterke verhalen en beweerde van alles om buiten schot te blijven of indruk op anderen te maken. Ze gaat erg ver om aandacht te krijgen, zichzelf te beschermen of iets voor elkaar te krijgen, en ze lijkt zich nooit te realiseren wat de gevolgen zijn of hoe ze overkomt.

Helaas staat ze hier bekend als iemand die je nooit moet geloven, en het was overduidelijk dat dit bloed niets met haar menstruatie te maken kon hebben,' verklaarde de vrijwilligster tijdens de hoorzitting onder ede. 'Het is onlogisch dat menstruatiebloed op de dijen, knieën en omslagen van een lange broek en op de voorkant en mouwen van een trui en jack terechtkomt. Ze had nog lang niet al het bloed uit de kleding kunnen wassen, want het was heel veel. Ik wist niet van wie het afkomstig was, maar mijn eerste gedachte was dat die persoon een zware bloeding moest hebben gehad – ervan uitgaande dat het menselijk bloed was, natuurlijk.

Ik heb ook geen idee waarom Lola in haar eigen kleren zou slapen. Die mogen de pupillen niet eens dragen zolang ze bij ons in de inrichting zitten,' zo vervolgde de vrijwilligster haar belastende getuigenis. 'Ze dragen die kleding als ze binnenkomen en als ze worden ontslagen. In de tussentijd dragen ze hun uniform, en ik begrijp werkelijk niet waarom Lola haar kleren in bed zou dragen. Ik vond dat ze alleen maar onzin uitkraamde, en toen ik dat zei, kwam ze steeds met andere verhalen.

Ze zei dat ze de bebloede kleren in een plastic zak in haar badkamer had gevonden. Toen ik de plastic zak wilde zien, paste ze haar verhaal weer aan en zei ze dat er geen plastic zak had gelegen. Ze zei dat ze was opgestaan om naar de wc te gaan en dat de kleren in de badkamer op de grond hadden gelegen, net links van de deur. Ik vroeg of het bloed nat of opgedroogd was. Ze zei dat het hier en daar nog plakte, maar dat sommige vlekken droog waren. Ze beweerde dat ze niet wist hoe de bebloede kleding in haar badkamer was gekomen, maar dat ze bang was en alles probeerde te wassen om te voorkomen dat ze ergens de schuld van kreeg.'

De vrijwilligster had alles nog eens voor Lola op een rijtje gezet: volgens haar had iemand dus in haar kast geneusd, de kleren eruit gehaald, ze op de een of andere manier met bloed besmeurd, ze teruggebracht naar de kamer waar Lola lag te slapen en ze in de badkamer gelegd. Wie zou zoiets nu doen, en waarom was Lola er niet wakker van geworden? De dader was 'geruisloos als een geest en de duivel in eigen persoon', scheen Lola tegen de vrijwilligster te hebben gezegd. 'Het is wraak voor wat ik heb gedaan voordat ik hier werd neergepoot, misschien iemand van wie ik vroeger drugs heb gekocht, ik weet het niet,' zei ze, en ze werd kwaad en begon te schreeuwen.

'Je mag het tegen niemand zeggen! Voor mijn part gooi je ze goddomme weg, maar je mag het tegen niemand zeggen! Ik wil niet naar de gevangenis! Ik zweer je dat ik niets heb gedaan, ik zweer het je met mijn hand op mijn hart!' had ze volgens de verklaring van de vrijwilligster gezegd, en hoe meer ik las, hoe beter ik begreep waarom niemand destijds rekening had gehouden met een andere verdachte dan Lola Daggette.

18

Marino kijkt amper naar wat ik hem allemaal toeschuif en zijn gebrek aan interesse en nieuwsgierigheid doen me vermoeden dat hij het allemaal al eerder heeft gezien.

'Ken je dit verslag?' vraag ik.

'Jaime heeft het in het dossier dat ze heeft samengesteld. Maar ze had het niet van hem.' Hij bedoelt dat ze het niet van Colin Dengate heeft gekregen.

'Ik zou ook niet verwacht hebben dat hij dit had overgedragen, want het is niet door hem gemaakt. Ze had het bij het hooggerechtshof van Chatham County moeten aanvragen.'

'Ze dacht dat hij jou alles zou laten zien.'

'Dat heeft ze zo te zien juist gedacht. Maar wat ik tot dusver heb gezien, steunt haar beweringen niet bepaald.'

'Nee,' zegt hij. 'Lola Daggette lijkt hierin zo schuldig als ze maar zijn kan. Geen wonder dat ze veroordeeld is. Ik zie wel hoe dat kon gebeuren.'

'Ik zit met dat uniform,' ga ik verder. 'Jaime beweerde dat Lola Liberty House in en uit liep voor sollicitaties en om naar haar oma in het verpleegtehuis te gaan, en dat Lola kon komen en gaan wanneer ze maar wilde – zolang ze toestemming had en 's avonds bij de vaste controle in bed lag, neem ik aan. Wat droeg ze als ze uitging?'

'Ik heb begrepen dat het uniform eigenlijk bestond uit gewone kleren, een spijkerbroek en een spijkerblouse of zo. Dat droegen de pupillen – ze noemden ze echt pupillen – altijd.'

'Je spreekt in de verleden tijd.' Ik neem een slokje van het water dat Colin me in zijn kantoor heeft gegeven. Mijn zwarte werkkleren zijn nat van het zweet en ik krijg het koud door de airco.

'Lola Daggette was niet echt goed voor de zaken, vooral niet voor een instelling die afhankelijk was van particuliere donaties,' zegt Marino. 'De rijke mensen in Savannah stonden niet echt meer in de rij om cheques uit te schrijven voor Liberty House nadat Lola veroordeeld was voor de moord op Clarence Jordan en zijn gezin. Vooral niet omdat hij erom bekendstond dat hij veel vrijwilligerswerk deed in opvanghuizen en klinieken en dat hij altijd mensen hielp die problemen hadden, mensen die niets hadden en die het zich niet konden veroorloven om naar de dokter te gaan.'

'Heeft hij ooit iets in Liberty House gedaan?' Ik sta op om de thermostaat iets hoger te zetten.

'Niet dat ik weet.'

'Liberty House bestaat niet meer, neem ik aan. Laat het me weten als je het te warm krijgt.' Ik ga weer zitten en zie dat Mandy O'Toole ons negeert of lijkt te negeren.

'Het is nu een opvanghuis voor dakloze vrouwen en het wordt geleid door het Leger des Heils. Er is niemand meer van vroeger en het ziet er inmiddels ook heel anders uit,' zegt Marino. 'Als je dit allemaal leest, krijg je het idee dat Lola Daggette niet slim genoeg was om iemand te vermoorden zonder tegen de lamp te lopen.'

'Ze ís ook tegen de lamp gelopen. Maar we weten niet of ze iemand heeft vermoord.'

'De duivel heeft haar kleren aangetrokken en ze na de misdaad in haar badkamer achtergelaten,' zegt hij. 'En ze wil niemand vertellen wie die duivel is.'

'Het klinkt alsof ze over een wraakneming begon te denken toen ze op heterdaad betrapt werd terwijl ze de bebloede kleren waste,' antwoord ik terwijl ik nog meer papierwerk naar me toe haal. 'Iemand zette haar iets betaald, iemand uit haar drugsverleden. Het lijkt erop dat ze dacht dat ze erin werd geluisd en dat ze degene die daar verantwoordelijk voor is daarom een duivels monster begon te noemen.'

'Denk je echt dat ze er niets mee te maken heeft en niet weet wie de dader is?'

'Ik weet niet wat ik moet denken. Nog niet, tenminste.'

'Nou, ik weet in ieder geval wel hoe het klinkt,' zegt Marino. 'Het klinkt nu precies hetzelfde als destijds. Het slaat nergens op. En als je bij de DNA-analyses komt, zul je zien dat zo'n beetje iedereen overal DNA heeft achtergelaten. Op Lola's kleren zat het bloed van het hele gezin, dus ik zeg de hele tijd al tegen Jaime dat ik niet weet hoe je daar een andere draai aan kunt geven.'

'Jaime geeft daar dezelfde draai aan als Lola's oorspronkelijke advocaten. Lola's DNA is niet aangetroffen in het huis van de Jordans of op hun lichamen of de kleren die ze aanhadden toen ze vermoord werden,' antwoord ik terwijl ik bij een aantal foto's kom. 'Haar DNA is aangetroffen op de kleren die ze in de douche waste, en nergens anders. Alleen op de corduroy broek, de trui en het windjack, maar ook het DNA van de slachtoffers zat daarop. Voor een jury is dat heel belastend bewijs, hoewel het in wetenschappelijk opzicht vragen oproept.' Ik zeg niet welke vragen.

Niet waar Mandy O'Toole bij zit, die op geen enkele manier laat blijken dat ze ons kan horen of belangstelling voor ons heeft terwijl ze op haar BlackBerry zit te tikken en met een koptelefoon op naar muziek zit te luisteren.

'Ze zit naakt onder de douche haar kleren te wassen,' zegt Marino. 'Alleen al daarom kan haar DNA erop zitten, volgens mij. Ze raakte alles aan. En haar DNA zat er waarschijnlijk toch al op, omdat het de kleren zijn die ze aanhad toen ze in Liberty House arriveerde.'

'Precies. Waar die kleren ook vandaan kwamen, ze had in ieder geval haar DNA erop achtergelaten voordat ze het bevel kreeg onder de douche uit te komen,' beaam ik. 'Het hoeft niets te betekenen dat haar DNA is aangetroffen op haar eigen kleren. Maar als er naast het DNA van Lola ook nog ander DNA op is gevonden, zou het een ander verhaal zijn,' voeg ik eraan toe, en ik denk aan Dawn Kincaid, die ik niet ga noemen. 'Als haar kleren waren gedragen door iemand anders en het DNA van die persoon is aangetroffen op de broek, de trui en het jack die in de badkamer op de vloer waren achtergelaten, bijvoorbeeld.' Ik ben voorzichtig met wat ik zeg terwijl ik naar informatie hengel.

Ik neem niet het risico dat Mandy O'Toole iets te horen krijgt over nieuwe DNA-resultaten. Volgens Jaime weet Colin Dengate er niets van. Bijna niemand weet ervan, en ik begrijp niet hoe ze daar zo zeker van kan zijn, tenzij ze het graag wil geloven en de wens de vader van de gedachte is. Naar mijn mening had ze weken geleden al een motie moeten indienen om Lola's straf nietig te laten verklaren. Dan was de waarheid bekend geweest en kon er niets uitlekken. Het zou beter zijn geweest voor de zaak, maar niet voor Jaime. Ze had me niet naar Savannah kunnen lokken als ik had geweten van haar nieuwe loopbaan en de grote zaak waaraan ze hier werkt.

Ze zat er gisteravond niet ver naast toen ze eraan twijfelde of ik vrijwillig haar forensisch deskundige had willen zijn als ik tijd had gehad erover na te denken, als ze eerlijk tegen me was geweest in plaats van te liegen en te manipuleren totdat ze me zover had dat ik zit waar ik op dit moment zit. Hoe meer ik over alles wat er is gebeurd nadenk, hoe zekerder ik ervan ben dat ik nee gezegd zou hebben. Ik zou haar naar iemand anders hebben verwezen, maar niet omdat ik bang was voor Colins reactie op het feit dat ik zijn onderzoek opnieuw bekijk en mogelijk tot andere conclusies kom. Ik zou me zorgen hebben gemaakt over wat Lucy ervan zou vinden. Ik zou hebben gevonden dat alles wat ik met Jaime deed gekleurd zou worden door onplezierige dingen uit het verleden en dat het om bijna iedere voorstelbare reden een slecht idee zou zijn.

'Nou, als iemand Lola's kleren heeft geleend om een meervoudige moord te plegen, waarom zat het DNA van die persoon dan niet op de broek, de trui en het jack?' Dit is Marino's manier om te bevestigen dat er geen DNA van andere mensen op Lola's kleren is aangetroffen, niet van Dawn Kincaid en ook niet van enige andere persoon.

'Wassen met warm water en zeep zou het DNA van iedere andere donor hebben verwijderd, als we het tenminste over zweet en huidcellen hebben. Bloed misschien niet, maar het hangt ervan af hoeveel ervan was. Als het maar een kleine hoeveelheid was, bijvoorbeeld omdat de dader was gekrabd door een kind, kan het bloed er misschien onder de douche uitgewassen zijn,' bedenk ik hardop. 'In het begin van 2002 waren de tests nog lang niet zo gevoelig als tegenwoordig. Heeft er iemand naar de schoenen van Lola Daggette gekeken?'

'Welke schoenen bedoel je?'

'Ze moet toch schoenen hebben gehad. Waren die verstrekt door Liberty House?'

'Ik geloof niet dat de pupillen schoenen kregen. Alleen spijkerbroeken en spijkerbloezen. Maar ik weet het niet zeker,' antwoordt Marino. Hij blijft naar Mandy O'Toole kijken, die niet terugkijkt. 'Voor zover ik weet, heeft niemand ooit iets gezegd over schoenen.'

'Iemand had moeten kijken of er bloed op haar schoenen zat. Ik zie hier niets wat erop wijst dat Lola onder de douche ook een paar schoenen schoonmaakte. Of ondergoed, trouwens. Als haar kleren doorweekt waren, moet het bloed doorgedrongen zijn tot haar slipje, hemd, beha en sokken. Maar ze waste alleen de broek, de trui en de jas.'

'Jij hebt iets met schoenen,' zegt Marino.

'Omdat ze echt belangrijk zijn.'

Schoenen vertellen me met alle liefde waar iemands voeten zich bevonden op het moment van een dodelijke gebeurtenis. Op de plaats waar een moord is gepleegd, bijvoorbeeld. Of op het rempedaal of op het gaspedaal. Op een stoffig kozijn of balkon voordat de drager sprong, werd geduwd of viel. Op het lichaam van een slachtoffer dat is geschopt en geslagen. Ik heb een keer meegemaakt dat ze afdrukken in het natte cement hadden achtergelaten toen een moordenaar via een bouwterrein de plaats delict verliet. Schoenen, laarzen, sandalen, alle soorten schoeisel hebben patronen op de zolen of unieke beschadigingen die afdrukken achterlaten, sporenmateriaal deponeren of dat juist meenemen.

'Degene die de Jordans heeft vermoord, moet ook bloed op zijn of haar schoenen hebben gehad,' zeg ik. 'Al waren het maar minieme hoeveelheden, er moet iets op hebben gezeten.'

'Zoals ik al zei, heb ik niets gehoord over schoenen.'

'Tenzij Colin ze in het lab heeft opgeslagen, samen met het andere bewijsmateriaal, is het nu te laat,' antwoord ik terwijl ik de foto's bekijk die in het dossier zitten van Lola Daggettes verzoek om gratie van afgelopen najaar.

Op de eerste bladzijden staan portretten en kiekjes die bedoeld zijn om de slachtoffers menselijker en de gouverneur van Georgia, Zebulon Manfred, boos te maken. Hij was uiteindelijk ook degene die besloot Lola Daggette geen gratie te verlenen. Er zit een gekopieerd krantenartikel bij waarin staat dat hij gezegd zou hebben dat pogingen om haar leven te redden gebaseerd zijn op bewijzen die al door de jury en de hooggerechtshoven in overweging zijn genomen en zijn verworpen. 'We kunnen nadenken over deze harteloze daad van menselijke verdorvenheid tot we een ons wegen,' heeft hij in een openbare verklaring gezegd, 'maar het komt er allemaal op neer dat deze afschuwelijke misdaad is gepleegd door Lola Daggette, die op de vroege zondagmorgen van 6 januari 2002 in de stemming was om een heel gezin uit te moorden. En dat heeft ze ook gedaan. Zonder enig motief, behalve dat ze er zin in had.'

Ik kan me slechts voorstellen hoe woedend de gouverneur moet zijn geweest toen hij het studioportret zag van de familie Jordan, gemaakt in de laatste kerstperiode van hun leven, een paar weken voor hun gewelddadige dood. Clarence Jordan, met zijn verlegen glimlach en vriendelijke grijze ogen, is feestelijk gekleed in een donkergroen pak en een geruit vest, en zijn vrouw Gloria zit naast hem, een onopvallende jonge vrouw met een middenscheiding in haar donkerbruine haar, zedig in groen fluweel met ruches. Hun vijfjarige tweeling zit aan weerszijden van hun ouders, twee vlaskopjes met roze wangen en grote blauwe ogen. Josh is precies zo gekleed als zijn vader, Brenda als haar moeder. Er zijn nog meer foto's en ik neem ze door en begrijp de bedoeling ervan maar al te goed, want ze voeren de kijker mee naar de nachtmerrie die op bladzijde zeventien van het dossier begint.

Een bebloede, blote kinderarm hangt van een met bloed doordrenkt bed. Op het behang is Winnie de Poeh te zien en de lakens hebben een westernpatroon met lasso's, cowboyhoeden en cactussen, allemaal bezoedeld met langwerpige spatten bloed, druipsporen, grote donkere vlekken en wat mij vegen lijken. Onwillekeurig zie ik Dawn Kincaid voor me in die donkere slaapkamer, die even pauzeert tussen de woedende aanvallen in en met de lakens en de beddensprei haar handen en het wapen schoonveegt. Ik voel haar wellust en woede en hoor haar snelle, diepe ademhaling en haar bonzende hart terwijl ze steekt en snijdt, en ik vraag me af waarom ze twee kinderen van vijf heeft afgeslacht.

Een tweeling, een jongen en een meisje die er op die leeftijd bijna precies hetzelfde uitzagen, mooie kinderen met blond haar en blauwe ogen. Had ze hen eerder ontmoet? Had ze hen in het verleden gadegeslagen, misschien terwijl ze informatie verzamelde over het huis en de gewoonten van het gezin? Wist ze dat Josh en Brenda daar woonden en in welke kamer ze sliepen, en zo ja, hoe wist ze dat dan? Welke psychologische redenen zitten achter wat ik beschouw als de aanval van iemand die razend is? Wie vermoordde ze echt toen ze de kinderen in hun eigen bed neerstak?

Het was niet nodig. Het was niet noodzakelijk of handig en het werd niet gedaan met een bepaald doel, diefstal bijvoorbeeld. Misschien de ouders, maar niet de jonge kinderen, die zich niet konden verdedigen en waarschijnlijk ook niemand zouden kunnen identificeren. Er kan geen zinnige reden voor zijn geweest, alleen een hoogstpersoonlijke drijfveer, en ik voel Dawn Kincaids haat. Ik weet dat het bloed van haar slachtoffers de taal is van een woede waarvan ze genoot. Ik geloof niet dat ze zomaar in een impuls heeft gehandeld, net zomin als haar aanval op mij een gril was. Het was goed uitgedacht. Het was haar bedoeling om het hele gezin Jordan uit te moorden, ook de kinderen. *Waarom?*

Ze ontnam hun iets wat zij nooit heeft gehad. Dat is de gedachte die bij me opkomt. Ze beroofde hen van hun veilige thuis en van ouders die hen knuffelden en voor hen zorgden, die hen niet weggaven, en ik doe mijn best het beeld in mijn hoofd niet in te vullen met haar aanwezigheid, de aanwezigheid van de vrouw die negen jaar later achter mij aan zou komen. Het bloed op de slaapkamervloer wordt het bloed in mijn garage, en ik voel de warme mist op mijn gezicht. Ik ruik de geur van ijzer. Ik proef het zout en het ijzer in het bloed, en ik doe mijn uiterste best om het beeld van Dawn Kincaid kwijt te raken. Ik zet haar uit mijn gedachten en verban haar uit mijn hoofd terwijl ik de bloedsporen naar de overloop volg.

Gedeeltelijke voetafdrukken, druppels, vegen en strepen op de grenen vloer. Kleine handafdrukken en vegen van bebloede kleding en bebloed haar op het pleisterwerk van de muur ter hoogte van de trapleuning, en dan een uitbarsting van druppeltjes alsof het slachtoffer is gestoken, en grotere druppels in een slagaderpatroon die op de witte muur zijn gespat en naar beneden zijn gedropen, een dodelijke verwonding die het slachtoffer niet langer dan een paar minuten heeft kunnen overleven. De halsslagader is doorgesneden of gedeeltelijk doorgesneden, waarschijnlijk van achteren door de achtervolgende moordenaar, en daarna zijn de aderspatten verdwenen, als in rook opgegaan. Nog meer druipsporen en een heleboel door elkaar lopende patronen op de trap leiden naar een grote plas die begint te stollen onder een lichaampje dat in foetushouding in de hal ligt, vlak bij de voordeur. Verwarde blonde haren en een roze SpongeBob-pyjama.

De keuken heeft een zwart-witte tegelvloer die eruitziet als een schaakbord en daarop staan gedeeltelijke afdrukken van bloederig schoeisel. In de witte gootsteenbak zit een residu van bloed en er liggen twee bebloede en in elkaar gepropte theedoeken in. Op het aanrecht staat een bord van fijn porselein met een half opgegeten boterham erop. Overal zie ik bloedvegen en strepen en vlak bij de boterham liggen een blok gele kaas en een open pakje gekookte ham. Een close-up van het handvat van een mes onthult iets wat eruitziet als nog meer bloedvlekken, en ik ben me ervan bewust dat Marino opstaat uit zijn stoel. Ik ben me bewust van een snel, hoog, pulserend geluid.

Witbrood, potten mosterd en mayonaise en twee lege flessen Sam Adams, en in de wc bloeddruppels en afdrukken van schoeisel op het grijze marmer. Mooie perzikkleurige linnen handdoekjes, bebloed en ineengepropt bij het wasbakje, een fles handzeep met lavendelgeur die op zijn kant ligt, met bloederige vingerafdrukken erop. Een stuk zeep ligt in een plas bloederig water op een schoteltje in de vorm van een schelp, en dan de wc die niet is doorgetrokken. Ik blader door de papieren, op zoek naar het verslag over de vingerafdrukken. *Laboratoriumverslagen, waar zijn ze? Heeft Colin die erbij gedaan?*

Ik zie ze al. Een analyse van de vingerafdrukken, verstrekt door de GBI. De bloederige afdrukken op de fles handzeep en een keukenmes zijn afkomstig van dezelfde persoon, die echter nooit is geïdentificeerd. Negen jaar geleden konden ze in het Integrated Automated Fingerprint Identification System niet aan een naam worden gekoppeld, maar toen Dawn Kincaid in februari van dit jaar werd gearresteerd, had de invoering van haar vingerafdrukken wel resultaat moeten opleveren. De ongeïdentificeerde afdrukken van de fles handzeep en het mes in de zaak-Jordan zouden nog steeds in de IAFIS-database moeten staan, dus waarom zijn die niet gekoppeld aan die van Dawn toen haar afdrukken werden ingevoerd? Twee verschillende DNA-labs hebben haar in verband gebracht met de moorden, maar de vingerafdrukken zijn niet van haar.

'Hier klopt iets niet,' mompel ik, terwijl ik de bladzijden omsla en nog meer foto's bekijk.

Een smalle trap achter in het huis, een terracotta tegelvloer in een serre en bloeddruppels en een meetlatje. Op zeven detailopnamen van druppels op de roodkleurige tegelvloer is naast elke donkere vlek een witte plastic meetlat met een etiket gelegd. De druppels zijn rond met een iets golvende rand en hebben allemaal een doorsnee van meer dan een millimeter. Ze zijn met een lage tot middelmatige snelheid op de vloer gespetterd, in een hoek van ongeveer negentig graden, en elke druppel wordt omringd door veel kleinere spatjes. De bloeddruppels zijn bij het neerkomen uiteengespat op de gladde, vlakke en harde vloer.

Ik volg het bloed naar buiten, naar een tuin die is aangeplant binnen de restanten van wat een bijgebouw uit een voorbije eeuw lijkt, waarvan de afgebrokkelde stenen muren zijn opgenomen in het tuinontwerp, en een iets lager stuk aarde vol planten, dat wel eens het restant van een oude kelder zou kunnen zijn. De standbeelden worden grijs en hier en daar staat er groene schimmel op: een Apollo als plantenbak, een engel met een boeket, een jongen met een lantaarn en een meisje met een vogel. De opgedroogde bloeddruppels liggen als donkere vlekken op grasstengels en de bladeren van Japanse camelia's, *Osmanthus fragrans* en buxussen. Er zijn nog meer donkere druppels, nu dichter bij elkaar en in een hoek op wat rotsen gespat in wat in het voorjaar een rotstuin met bloemen zou kunnen zijn. Ik ben voorzichtig met mijn conclusies. Ik pas ervoor op niet te veel af te leiden uit wat ik zie.

Er is meer voor nodig dan een paar bloeddruppels om een patroon te herkennen, maar dit is geen bloed dat van een mes is gespat nadat ermee gestoken is. Het is niet naar voren of naar achteren gespetterd. Het is ook niet door bebloed schoeisel meegenomen naar de serre of de tuin. Ik geloof niet dat het van bebloede kleren of een bebloed wapen is gedropen of dat een moordenaar die door een kind is gekrabd zoveel bloed zou verliezen. De zeven druppels op de terracotta tegelvloer zijn rond en bevinden zich ruim vijfenveertig centimeter van elkaar, en een ervan ziet eruit alsof er iemand op gestaan heeft.

Ik zie voor me hoe iemand met een bloedende wond door de serre loopt, op weg naar de achterdeur die naar de tuin leidt. Het kan ook zijn dat die persoon de andere kant uit ging. Misschien is iemand die bloedde het huis in gelopen in plaats van eruit, maar ik heb tot dusver geen enkele verwijzing gezien naar dit belangrijke stukje bewijs. Jaime heeft het er gisteravond niet over gehad. Marino heeft er ook niets over gezegd. Opeens hoor ik mensen praten. Ik kijk op en richt me weer op mijn omgeving. Marino staat met Mandy O'Toole in de deuropening. Achter hen zie ik Colin Dengate met een eigenaardige trek op zijn gezicht en een telefoon aan zijn oor.

'Doen ze wel wat je zegt? Want ik wil niet dat je me er steeds over blijft bellen en ik alles moet herhalen. Vertel ze van mij dat het me geen moer uitmaakt wat ze willen doen. Ze mogen helemaal niets aanraken... Ja, hallo? Precies. Je weet niet of een van de cipiers niet... Daar moeten we altijd rekening mee houden, om het nog maar niet te hebben over het feit dat ze geen flauw benul hebben hoe ze een plaats delict moeten onderzoeken,' zegt Colin, en hij moet Sammy Chang van de GBI aan de telefoon hebben, wiens ringtone een *Star Trek*-tricorder is, het vreemde, elektronische, pulserende geluid dat ik een paar minuten geleden heb gehoord.

'Oké, goed... Ja, zeker. Binnen het uur... Ja, dat heeft ze me verteld.' Colin kijkt naar mij alsof ik degene ben die hem de bewuste mededeling heeft gedaan. 'Dat begrijp ik. Ik zal haar vragen... Nee. Voor de derde keer, de directrice zet geen voet naar binnen. Dat het maar duidelijk is,' zegt hij terwijl ik overeind kom.

Colin beëindigt het gesprek en zegt tegen mij: 'Kathleen Lawler. Ik denk dat je beter mee kunt gaan. Jij bent daar geweest, dus dat zou nuttig kunnen zijn.'

'Waar ben ik geweest?' Maar ik weet het al.

Hij wendt zich tot Mandy O'Toole. 'Haal mijn spullen en kijk of dokter Gillan dat auto-ongeluk kan nemen dat eraan komt. Misschien kun je hem helpen. De moeder van het slachtoffer zit verdomme al de hele ochtend in de hal te wachten, het arme mens, dus misschien kun je ook even bij haar gaan kijken. Ik wilde het zelf doen, maar dat gaat nu niet. Kijk of ze wat water wil, of frisdrank of zoiets. Die verdomde agent heeft haar gezegd meteen hierheen te gaan om hem te identificeren. Nou, afgaand op wat mij verteld is, kan ze hem zeker niet zien.'

19

Colin Dengate schakelt zijn oude landrover op naar de vierde versnelling en de zware motor brult alsof hij uitgehongerd is. We scheuren over een smalle streep asfalt die verdekt door ondoordringbare bossen loopt. De weg maakt scherpe bochten tussen beschaduwde naaldbomen door en komt dan uit op een vlak, zonovergoten open terrein met appartementengebouwen. Het Coastal Regional Crime Laboratory blijft voor de buitenwereld net zo goed verborgen als de grot van Batman.

De warme wind beukt tegen het olijfgroene canvas-dak en maakt een luid, roffelend geluid terwijl Colin me informatie geeft die verdacht gedetailleerd is als je bedenkt dat Kathleen Lawler tijdens de laatste uren van haar leven alleen was. Andere gedetineerden kunnen haar hebben gehoord, maar ze konden haar niet zien toen ze in haar cel stierf. Nog voordat rechercheur Sammy Chang ter plekke was, zei cipier M.P. Macon tegen hem dat Kathleen waarschijnlijk aan een hartaanval was overleden. Tegen de tijd dat Chang werd gebeld, stond het voor de gevangenis al als een paal boven water: Kathleens dood was een van die treurige pechgevallen die waarschijnlijk te maken hadden met het zomerweer in het Lowcountry. Een beroerte door de hitte. Een hartaanval. Een hoog cholesterolgehalte. Kathleen had altijd ongezond geleefd, kreeg Chang te horen.

Volgens M.P. Macon had Kathleen eerder die dag niets ongewoons gemeld, en het was ook niet zo dat ze zich ziek of niet lekker voelde toen haar ontbijt – bestaande uit roereieren, grutten, geroosterd witbrood, een sinaasappel en een kwart liter melk – die ochtend om tien over halfzes op een dienblad door de opening in haar celdeur werd geschoven. Ze leek juist vrolijk en had zin in een praatje, vertelde de cipier die haar het ontbijt had gebracht en later door Macon was ondervraagd.

'Hij zei tegen Sammy dat ze had gevraagd wat ze moest doen om aardappelkoekjes en een omelet met uien, kaas en chili te krijgen. Ze maakte grapjes,' zegt Colin. 'Kennelijk werd eten de laatste tijd steeds meer een obsessie voor haar, en het verhaal dat Sammy in de gevangenis te horen kreeg, wekte de indruk dat ze dacht dat ze niet lang meer in de gevangenis zou zitten. Misschien fantaseerde ze over haar lievelingsgerechten omdat ze dacht dat ze binnenkort kon eten wat ze wilde. Dat syndroom heb ik wel vaker gezien. Mensen verdringen de dingen die hun worden onthouden, net zo lang tot ze geloven dat die dingen binnen hun bereik zijn. Daarna kunnen ze aan niets anders meer denken. Eten. Seks. Alcohol. Drugs.'

'In haar geval waarschijnlijk alle vier,' klinkt Marino's luide stem vanaf de achterbank.

'Ik denk dat Kathleen de indruk had dat er een deal werd geregeld als ze meewerkte,' zeg ik tegen Colin, terwijl ik Benton een sms'je stuur. 'Ze zou strafvermindering krijgen en weer op vrije voeten komen.'

Ik vertel Benton dat hij en Lucy ons misschien niet kunnen bereiken als ze in Savannah landen en dat ik onderweg ben naar een sterfgeval. Ik meld wie de overledene is en vraag of hij het laatste nieuws over Dawn Kincaid en haar vermeende astma-aanval zo snel mogelijk aan me wil doorgeven.

'Heeft iemand de moeite genomen om Jaime Berger uit te leggen dat ze bij onze openbare aanklagers en rechters totaal niets in te brengen heeft?' Colin kijkt in de achteruitkijkspiegel en vraagt het aan Marino.

'Ik hoor je niet goed in deze windtunnel,' antwoordt hij luid.

'Je zou ook niet blij zijn als ik de ramen dichtdeed,' schreeuwt Colin.

'Of Jaime hier nu iets in te brengen heeft of niet, ik zou de kracht van een georganiseerd protest niet onderschatten, zeker niet nu we over internet beschikken.' Ik herinner Colin aan de schade die Jaime Berger kan aanrichten. 'Ze is in staat een campagne te organiseren om sociale en politieke druk uit te oefenen. Iets soortgelijks is onlangs in Mississippi gebeurd. Daar hebben mensenrechten- en burgerrechtenbewegingen de gouverneur zo onder druk gezet dat hij de vonnissen opschortte van die twee zussen die voor beroving levenslang hadden gekregen.'

'Dat is ook belachelijk,' zegt Colin vol afkeer. 'Wie krijgt er nou levenslang voor beroving?'

'Ik hoor hier achterin geen fluit.' Marino zit op het randje van de achterbank en leunt zwetend naar voren.

'Je moet je riem vastmaken,' zeg ik boven de warme wind uit die door de open ramen naar binnen blaast. De motor gromt luid, alsof de landrover zijn klauwen liever in woestijngrond of een rotsachtige helling zou slaan en verveeld en ongedurig wordt van zo'n makkelijke, verharde weg.

We schieten goed op en zijn inmiddels op 204 East. We passeren de Savannah Mall en rijden in de richting van de Forest River, de Little Ogeechee, moerasland en eindeloze kilometers kreupelhout. De zon, die pal boven ons hoofd staat, schijnt even fel als een flitser en brandt met een verblindend licht op de vierkante neus van de witte landrover en de voorruiten van andere voertuigen.

'Waar het mij om gaat, is dat Jaime ertoe in staat is om naar de media te stappen en Georgia als een bolwerk van uiterst bekrompen barbaren af te schilderen,' zeg ik tegen Colin. 'Sterker nog, ze zou er nog lol in hebben ook. En ik kan me niet voorstellen dat Tucker Ridley en gouverneur Manfred dat willen.'

'Het doet er nu niet meer toe,' zegt Colin. 'Het dossier is gesloten.'

Hij heeft gelijk, in elk geval wat Kathleen Lawlers zaak betreft. Haar straf zal niet worden opgeschort of zelfs maar worden verlaagd, en ze zal nooit meer eten uit de vrije wereld proeven.

'Om acht uur vanochtend werd ze naar een luchtkooi op de binnenplaats geëscorteerd voor haar uurtje lichaamsbeweging,' zegt Colin, en hij legt uit dat ze hem hebben verteld dat het ene uurtje toegestane lichaamsbeweging 's zomers altijd vroeg in de ochtend wordt gepland.

Het schijnt dat Kathleen langzamer dan anders de luchtkooi in liep, veel uitrustte en over de hitte mopperde. Ze was moe en de vochtige lucht maakte het moeilijk om te ademen, en toen ze even over negenen terug naar haar cel werd gebracht, klaagde ze tegen andere gedetineerden dat de hitte haar had uitgeput en dat ze beter binnen had kunnen blijven. Tijdens de twee uur daarna bleef Kathleen geregeld klagen dat ze zich niet goed voelde. Ze was doodop. Ze kon zich moeilijk bewegen en ze leek maar niet op adem te kunnen komen.

Ze was bang dat haar ontbijt verkeerd was gevallen en dat ze niet had moeten rondlopen in de vochtige hitte die, zo schijnt ze gezegd te hebben, zelfs een paard zou kunnen vellen. Tegen het middaguur zei ze dat ze pijn op de borst had en dat ze hoopte dat ze geen hartaanval kreeg. Daarna zei Kathleen niets meer en begonnen gedetineerden in nabijgelegen cellen om hulp te roepen. De deur van Kathleens cel werd tegen kwart over twaalf geopend. Ze werd ineengezakt op haar bed aangetroffen en kon niet meer worden gereanimeerd.

'Ik ben het met je eens dat ze iets vreemds tegen je heeft gezegd,' merkt Colin op, terwijl hij het andere verkeer inhaalt alsof we naar een plaats zijn gestuurd waar we misschien nog iemand kunnen redden. 'Maar het is onmogelijk dat een gedetineerde in een dodencel haar te grazen kan hebben genomen.'

Hij verwijst naar Kathleen Lawlers bewering dat ze bang was voor Lola Daggette, en dat ze was overgeplaatst naar de beveiligde afdeling omdat Lola dat wilde.

'Ik herhaal alleen maar wat ze tegen mij heeft gezegd,' zeg ik. 'Ik nam haar op dat moment niet echt serieus. Het leek me onmogelijk dat Lola Daggette haar te pakken kon nemen, maar Kathleen leek werkelijk te geloven dat Lola haar kwaad wilde doen.'

'Een bizarre timing, en het is bepaald niet de eerste keer dat ik zoiets meemaak,' zegt Colin. 'Zaken waarbij de overledene iets voorvoelde of voorspelde waarvan niemand iets begreep. Het volgende moment, hup, was die persoon opeens dood.'

Ik heb ook verhalen gehoord van mensen wier dierbaren dromen of gevoelens hadden die hun dood voorspelden. Iets vertelde die mensen dan dat ze die dag niet in het vliegtuig moesten stappen, met de auto op pad moesten gaan, een bepaalde uitgang moesten kiezen of moesten gaan jagen, wandelen of hardlopen. Zulke verhalen zijn niets nieuws, en je hoort zelfs dat slachtoffers voor hun naderende, gewelddadige dood waarschuwen en vertellen door wie ze vermoord zullen worden. Maar het lukt me niet om Kathleen Lawlers opmerkingen uit mijn hoofd te krijgen of het vermoeden van me af te zetten dat ik niet de enige ben die ze heeft gehoord.

Als ons gesprek stiekem op een geluidsband is opgenomen, zijn er anderen op de hoogte van Kathleens klacht dat het schandalig en oneerlijk was om haar in een cel te plaatsen waar het gevaar zich recht boven haar hoofd bevond, zoals ze het nog geen etmaal geleden omschreef.

'Ze had het ook over het isolement in Bravo Pod en zei dat de cipiers haar iets konden aandoen zonder dat een ander het zag,' zeg ik tegen Colin. 'Ze was bang dat ze kwetsbaar was geworden toen ze eenmaal van de anderen was gescheiden. Haar woorden klonken oprecht. Misschien was ze niet helemaal rationeel, maar ze klonk alsof ze het werkelijk meende. Met andere woorden: ik had niet het idee dat ze het zei om herrie te trappen.'

'Dat is nu net het probleem met gedetineerden, vooral met de mensen die het merendeel van hun leven in de gevangenis hebben gezeten. Ze zijn geloofwaardig. Ze zijn zo manipulatief dat het geen manipulatie meer is, in elk geval niet in hun ogen,' zegt Colin. 'Ze zeggen altijd dat ze gevaar lopen of dat er iemand is die hen te pakken zal nemen, zal mishandelen of zal doden. En ze zijn uiteraard niet schuldig en ze verdienen het niet om in de gevangenis te zitten.'

Als we afslaan op Dean Forest Road en langs het winkelcentrum rijden waar ik gisteren de publieke telefoon heb gebruikt, vraag ik naar de bloeddruppels waarvan ik de foto's bestudeerde toen Sammy Chang belde. Weten Colin en Marino dat er destijds bloed in de serre en de achtertuin van de Jordans lag? Iemand had bloed verloren en het zou kunnen dat die persoon het huis had verlaten, misschien door de tuin en een groepje bomen dat uitkwam op East Liberty Street. Of misschien was die persoon in de achtertuin gewond geraakt en was het bloed op de grond gedrupt toen hij of zij weer naar binnen ging. Bloeddruppels die niet waren opgeruimd, voeg ik eraan toe, waardoor ik me afvraag of ze rond het tijdstip van de moorden waren achtergelaten.

'Een gestaag gedruppel,' leg ik uit. 'Afkomstig van iemand die zich verplaatste, bijvoorbeeld iemand die in- of uitliep, zich in de hand had gesneden en de gewonde hand omhooghield. Of iemand met een bloedneus of een snee in het hoofd.'

'Opvallend dat je het over een snee in een hand hebt,' zegt Colin.

'Volgens mij weet ik hier niets van.' Marino's stem klinkt weer luid in mijn oor.

'Ik stel me zo voor dat er van die bloedvlekken uitstrijkjes zijn gemaakt voor DNA-onderzoek,' zeg ik.

'Ik weet niets van bloed in een serre of een tuin,' zegt Marino. 'Volgens mij heeft Jaime die foto's niet gekregen.'

'Eigenlijk moet je het zelf allemaal in de officiële DNA-rapporten lezen, maar onder ons gezegd en gezwegen: er is nooit aangenomen dat die bloedvlekken iets met de moorden te maken hadden,' zegt Colin, terwijl we over de weg rijden die ik gisteren heb afgelegd. De vrouwengevangenis is nog maar een paar minuten van ons vandaan. 'Je doet wat ik destijds ook deed: je staart je blind op een detail dat achteraf niets te betekenen had.'

'De foto's zijn genomen toen de plaats delict was afgezet en werd onderzocht,' veronderstel ik.

'Ja, door Billy Long. Ze zitten in het dossier over de zaak, maar ze zijn bij het proces niet als bewijsmateriaal gebruikt,' zegt Colin. 'Er werd vastgesteld dat ze niets met de zaak te maken hadden. Heb je de foto's van Gloria Jordan gezien?'

'Nog niet.'

'Als je ze bekijkt, zul je zien dat ze een snee in haar linkerduim had, tussen de eerste en tweede knokkel. Een verse snee die eruitzag alsof ze zich verdedigd had, wat me eerst hevig verbaasde omdat ze verder nergens zulke verwondingen had. Ze was zevenentwintig keer in de nek, borst en rug gestoken en haar keel was doorgesneden. Ze is in haar bed vermoord en er zijn geen aanwijzingen dat er een worsteling heeft plaatsgevonden of dat ze überhaupt besefte wat er gebeurde. Het DNA van de bloeddruppels in de serre bleek van Gloria Jordan te zijn. Toen ik dat ontdekte, bedacht ik dat ze haar duim eerder kon hebben gesneden en dat de snee misschien niets met de moord te maken had. Zulke dingen komen tegenwoordig steeds vaker voor. Oud bloed, zweet en speeksel die niets te maken hebben met de misdaad die je onderzoekt. Op kleren, in voertuigen, in een badkamer, op de trap, op de oprit, op het toetsenbord van een computer.'

'Zat er bloed op die snee in haar duim toen je het lichaam onderzocht?' vraagt Marino als we langs de sloop rijden met zijn verwrongen stapels gestripte auto's en vrachtwagens.

'Jezus. Er zat overal bloed,' antwoordt Colin. 'Haar handen lagen zo.' Hij haalt zijn handen van het stuur en legt ze onder zijn hals. 'Misschien een reflex om ze naar haar keel te brengen toen die was doorgesneden, of om in een foetushouding te kruipen toen ze stierf. Of misschien zijn ze daar geplaatst door de dader, die volgens mij een poosje bezig is geweest om de lichamen in een bepaalde positie neer te leggen en zo de spot met hen te drijven. Het punt is dat haar handen bedekt waren met bloed.'

'Wees iets in de badkamer erop dat ze zich eerder kon hebben gesneden?' vraagt Marino.

'Nee. Maar een van hun buren verklaarde later dat mevrouw Jordan op de middag vóór de moorden in de tuin was. Waarschijnlijk was ze bezig met de wintersnoei,' vervolgt Colin. In gedachten zie ik de tuin achter het huis van de Jordans, die nog aan zijn winterslaap bezig was. Op de foto's heb ik daarnet takstompen, jonge scheuten en uitlopers gezien.

Gloria Jordan had geen groene vingers, of ze was nog maar net met snoeien begonnen toen ze zich in haar duim sneed en moest stoppen.

'Was dat de buurman met de poedel?' vraagt Marino. 'Lenny Kasper, de buurman die op de ochtend van de moorden de politie heeft gebeld toen hij zag dat het glas van de keukendeur kapot was?'

'Ja, volgens mij wel. Ik meen me te herinneren dat een paar van zijn ramen op de achtertuin van de Jordans uitkeken en dat hij mevrouw Jordan die middag in de tuin had zien werken. De meest aannemelijke theorie is dat ze zich heeft gesneden bij het snoeien. Ze liet een spoor bloeddruppels achter toen ze vervolgens uit de tuin kwam. Ik denk dat ze haar hand omhooghield en dat het bloed het patroon tekende dat je op de foto's van de plaats delict hebt gezien. Ze liep naar binnen en morste bloed op de vloer van de serre. In de gang bij de wc op de begane grond werden ook nog wat druppels gevonden.'

'Het zou kunnen,' zeg ik, maar ik twijfel nog.

'Het was een wond die ze bij leven en welzijn opliep,' voegt hij eraan toe. 'Dat zul je op de foto's en in de histologische verslagen wel zien. Ze had een hartslag en het weefsel reageerde toen ze zich verwondde.'

'Goed mogelijk,' zeg ik, maar ik ben nog steeds niet overtuigd. 'Waarom had ze er geen pleister op gedaan? Waarom was die snee niet afgedekt?'

'Dat weet ik niet. Ik vond het ook een beetje vreemd. Maar mensen doen soms vreemde dingen. Vaker dan je denkt, zelfs.'

'Misschien wilde ze de wond aan de lucht laten drogen,' schreeuwt Marino. 'Sommige mensen doen dat.'

'Ze was getrouwd met een arts die hoogstwaarschijnlijk wist dat een infectie de meest voorkomende complicatie van een open wond is,' zeg ik. 'Sterker nog, als ze niet recentelijk was ingeënt en zich aan haar tuingereedschap had gesneden, had ze zelfs rekening moeten houden met een tetanusbesmetting.'

'Er is gewoon geen andere logische verklaring voor het bloed in de serre en de tuin,' zegt Colin. 'Het is beslist van haar afkomstig. Er is dus iets gebeurd waardoor ze bloed verloor, en dat heeft geen relatie met het feit dat ze hoogstwaarschijnlijk in haar slaap is doodgestoken. Zij en haar man hadden beiden anxiolytica gebruikt. Clonazepam. Oftewel Rivotril, wat wordt gebruikt om stress of paniek te verlichten of spieren te ontspannen. Sommige mensen gebruiken het als slaapmiddel,' legt hij uit aan Marino. 'Hopelijk hadden de Jordans niet eens in de gaten wat er gebeurde.'

'Was het destijds jouw theorie dat haar man als eerste werd vermoord?' vraag ik.

'Het is onmogelijk om de volgorde van de moorden vast te stellen, maar de logica suggereert dat de dader eerst hem heeft vermoord, daarna haar en daarna de kinderen.'

'Dus haar man werd vlak naast haar doodgestoken en zij werd niet wakker? Dat moet heel wat Clonazepam zijn geweest,' merk ik op.

'Ik denk dat het ontzettend snel gebeurde. Een bliksemaanval,' zegt hij.

'Hoe zit het met haar schoenen? Als ze eerder die dag bloedde toen ze naar binnen liep, heeft ze waarschijnlijk bloed gemorst op de schoenen die ze in de tuin droeg. Heeft iemand eraan gedacht om naar bebloede schoenen te zoeken?'

'Volgens mij heb jij een schoenenfetisj,' zegt Marino tegen mijn achterhoofd.

'Omdat ze niets aan haar voeten had en alleen maar een nachthemd droeg toen ze werd vermoord, was niemand geïnteresseerd in schoenen,' zegt Colin.

'En ze heeft dus eerder bloed in de serre en de gang achtergelaten?' vraag ik, terwijl we langs de kas rijden met de gekweekte struiken en bomen in potten ervoor. 'Heeft het daar de rest van de dag en nacht gelegen zonder dat iemand het opruimde?'

'Waarschijnlijk gebruikten ze de serre in de winter niet veel, en de tegelvloer was donkerrood. De vloer in de gang was van donker hardhout. Misschien heeft ze het niet gezien of is ze het gewoon vergeten,' zegt hij. 'Ik weet heel zeker dat het DNA van haar is. Het was haar bloed,' zegt hij met nadruk. 'Ik denk dat je met me eens zult zijn dat ze dat bloedspoor niet 's nachts zal hebben getrokken, toen de moorden plaatsvonden. We hebben alle reden om aan te nemen dat ze niet uit bed is geweest.'

'Het lijkt me inderdaad zeer onwaarschijnlijk dat een indringer binnen bezig was het gezin uit te moorden en dat Gloria ondertussen bloed in de serre en in haar achtertuin morste en vervolgens in bed stapte om zich te laten doodsteken,' zeg ik. Ik denk aan de voor de hand liggende valkuil om een onderzoek af te ronden voordat het goed en wel begonnen is omdat alle betrokkenen denken dat de moordenaar is gepakt.

Toen iemand zag dat Lola Daggette in haar douche in de open inrichting bebloede kleding uitwaste, drongen de veronderstellingen zich al snel op, en wat maakte het uit als die niet klopten? Bloed in de serre, een snee in Gloria Jordans duim, een inbraakalarm dat niet was ingeschakeld of vingerafdrukken van een onbekende deden er niet meer toe. Lola kwam met vergezochte leugens en fantastische alibi's en de zaak werd gesloten. De dader was berecht en veroordeeld en zat in de dodencel. Er zijn geen vragen meer als de antwoorden al bekend zijn.

20

We pakken onze sporenkoffertjes en beschermende kleding uit de achterbak van de landrover en lopen over het betonnen pad tussen de bloeiende struiken en bloembedden door, waarvan de kleuren verbleken door de gloed van de zon. Bij het controlepunt van het bakstenen gebouw met de witte zuilen staan cipier Macon en de directrice al op ons te wachten.

'Een akelige situatie, vrees ik,' begroet Tara Grimm ons, en vandaag past haar gezicht bij haar naam.

Er kan geen lachje af, haar donkere ogen kijken me onvriendelijk aan en haar mond is een ferme streep. In tegenstelling tot de elegante zwarte jurk van gisteren draagt ze nu een truttig pastelblauw mantelpakje, een blouse met een schreeuwerig bloemmotief en platte schoenen met open neuzen.

'U bent zeker met dokter Dengate meegekomen,' zegt ze tegen me, en ik bespeur iets van teleurstelling. Ik bespeur vijandigheid. 'Ik dacht dat u al terug was naar Boston.'

Ze ging ervan uit dat ik me al ver in het noorden bevond of in ieder geval onderweg was, en ik zie aan haar ogen en aan de uitdrukking op haar gezicht dat ze snel nadenkt, alsof mijn aanwezigheid op de een of andere manier invloed kan hebben op wat er hierna gaat gebeuren.

'Dit is het hoofd van mijn onderzoeksteam.' Ik stel haar voor aan Marino.

'En om welke reden bent u in Savannah?' Ze doet geen enkele moeite om vriendelijk te blijven.

'Ik vaar met mijn bootje rond en probeer wat te vangen.'

'Wat dan?' vraagt ze.

'Ik vang meestal kwakers,' zegt Marino.

Als ze de ongepaste grap al doorheeft, laat ze er niets van merken. 'Nou, we zijn u erg dankbaar voor uw tijd en aandacht,' zegt ze tegen Colin terwijl Macon en twee andere geüniformeerde cipiers onze sporenkoffertjes en andere spullen bekijken.

Als ze hun aandacht richten op de beschermende kleding, houdt Colin hen tegen.

'Daar mogen jullie niet aankomen,' zegt hij. 'Tenzij jullie je DNA overal op willen achterlaten, en ik denk niet dat jullie dat willen, want we weten nog niet zeker waar die dame aan is doodgegaan.'

'Laat ze maar gewoon door.' De welluidende stem van de directrice heeft nu een stalen klank, als van een legercommandant. 'Jij gaat met mij mee,' beveelt ze Macon, 'dan brengen wij ze naar Bravo Pod.'

'Sammy Chang van de GBI moet zich daar al bevinden,' zegt Colin.

'Ja, ik geloof dat hij zo heet, de agent van de GBI die de cel heeft doorzocht. Nou, hoe wilt u dit aanpakken?' Ze spreekt Colin op heel andere toon aan, alsof ik er niet ben en alsof we voor iets heel onbelangrijks komen.

'Wat bedoelt u precies?' De eerste stalen deur glijdt open en slaat met een dreunende klap weer dicht. Dan gaat de volgende deur open en dicht. Macon loopt drie meter voor ons uit via zijn portofoon met de controlekamer te praten.

'We kunnen voor transport naar uw lab zorgen,' biedt ze aan.

'Om alles netjes en overzichtelijk te houden, denk ik dat wij dat beter zelf kunnen regelen,' antwoordt Colin. 'Een van onze wagens is onderweg.'

De gang waardoor de directrice ons voorgaat wekt de illusie van een doolhof, omdat elke hoek en elke afgesloten deur en kruisgang weerspiegeld worden in grote convexe spiegels die hoog aan de muur zijn bevestigd en omdat alles van grijs beton en groen staal is. We komen weer in de benauwde buitenlucht en de verstikkende hitte terecht, waar vrouwen in het grijs als stille schaduwen over de binnenplaats bewegen. Er staat een groepje voor een bosje mimosa's en drie hazewindhonden zitten of liggen hijgend in het gras.

De gedetineerden kijken met uitdrukkingsloze gezichten toe als we langslopen en ik ben er zeker van dat het nieuws dat Kathleen Lawler dood is al op alle afdelingen de ronde heeft gedaan. Een bekend lid van hun gemeenschap, dat gedwongen onder beschermend toezicht zou zijn gesteld omdat werd gevreesd dat een of meerderen van hen haar iets zouden aandoen, heeft het op de extra beveiligde afdeling amper twee weken uitgehouden.

'Ze blijven niet lang buiten.' Eindelijk zegt Tara iets tegen me terwijl Macon de poort van Bravo Pod openmaakt, en ik besef dat ze het over de honden heeft. 'Met dit weer blijven ze het grootste deel van de dag binnen, behalve als ze hun behoefte moeten doen.'

Ik kan me voorstellen dat het in een gevangenis een heel gedoe moet zijn als een van de asielhonden aangeeft dat hij moet worden uitgelaten.

'Ze zijn natuurlijk wel gewend aan de hitte, met hun lange snuit en tengere lijf. Ze hebben geen ondervacht, en u kunt zich voorstellen hoe warm ze het op de renbaan krijgen. Dus ze doen het hier prima, maar we zijn toch voorzichtig,' gaat ze verder, alsof ik haar zou willen beschuldigen van dierenmishandeling.

Er rammelen sleutels aan een lange ketting aan de riem van cipier Macon als hij de deur naar Bravo Pod openmaakt en we die sombere grijze wereld betreden. Ik kan de verhoogde waakzaamheid bijna voelen als we langs de toren met de doorkijkspiegel op de eerste verdieping komen, van waaruit onzichtbare cipiers alles in de gaten houden en de binnendeuren openen en sluiten. In plaats van linksaf naar de bezoekkamers te gaan, waar ik gisteren ben geweest, worden we nu naar rechts gedirigeerd, langs de met veel roestvrij staal ingerichte keuken, waar niemand te zien is, en de wasruimte met de rijen extra grote, professionele apparaten.

Via de volgende zware deur komen we in een open, lege ruimte waarin de stoelen en tafels zijn vastgemaakt aan de betonnen vloer, en een verdieping hoger bevindt zich een looppad met daarachter de cellen met hun groen metalen deuren, elk met een gezicht achter het ruitje. De gedetineerden kijken met strakke, intense blikken op ons neer en het bonken begint alsof er een seintje is gegeven. Ze schoppen tegen de metalen deuren en er ontstaat een schokkend lawaai, alsof de poorten van de hel dichtslaan.

'Godver,' zegt Marino.

Tara Grimm blijft heel stil omhoog staan kijken. Haar blik gaat langs het looppad en blijft rusten op een cel die zich recht boven de deur bevindt waardoor we net binnen zijn gekomen. Het gezicht dat naar buiten kijkt, is bleek en onduidelijk vanaf de lagere verdieping waarop ik sta, maar ik kan lang bruin haar onderscheiden, opengesperde ogen, een grimmige mond en een hand die tegen het glas wordt gedrukt als de gedetineerde haar middelvinger opsteekt tegen de directrice.

'Lola,' zegt Tara, die Lola recht blijft aankijken terwijl het verschrikkelijke lawaai doorgaat. 'De altijd zachtaardige, argeloze en onschuldige Lola,' zegt ze scherp. 'Nu hebben jullie elkaar dan ontmoet. De ten onrechte veroordeelde Lola, die volgens sommigen de maatschappij weer in kan.'

We lopen door, langs een deur waarvan de ruit is afgedekt, en langs een karretje vol bibliotheekboeken naast een nog niet afgemaakte puzzel van Las Vegas, waarvan de stukjes in stapeltjes op een metalen tafeltje liggen. Macon doet nog een deur open met zijn rammelende sleutels en zodra we erdoorheen zijn gegaan, houdt het schoppen op en valt er weer een doodse stilte. Voor ons bevindt zich een gang met aan beide zijden zes deuren, afgescheiden van de rest van de afdeling. Aan de glanzende metalen sloten van sommige deuren hangen lege witte plastic afvalzakken. Er bevinden zich gezichten van alle leeftijden achter de ruitjes, en de gespannen energie in hun ogen doet me denken aan een wild en doodsbang dier dat op het punt staat naar voren te schieten en weg te springen. Ze willen eruit. Ze willen weten wat er is gebeurd. Ik voel angst en woede. Ik ruik het bijna.

Macon brengt ons naar een van de achterste cellen, de enige zonder gezicht achter de ruit en met een op een kier staande deur, en Marino begint de beschermende kleding uit te delen terwijl wij de sporenkoffertjes en de foto-uitrusting op de vloer zetten. In de cel van Kathleen Lawler – een ruimte die nog kleiner is dan een paardenbox – staat rechercheur Sammy Chang op een notitieblok te kijken dat hij blijkbaar tussen de boeken en andere notitieblokken op twee grijs geschilderde metalen planken uit heeft gehaald. Zijn in handschoenen gestoken vingers slaan de bladzijden om en hij is van top tot teen in een witte overall gestoken, wat Marino, die uit een tijd komt waarin de meeste rechercheurs hoogstens handschoenen aandeden en een klodder Vicks onder hun neus smeerden, 'overkillkleren' noemt.

Changs donkere ogen gaan van Marino naar mij, maar hij kijkt Colin aan als hij zegt: 'Ik heb zo'n beetje overal foto's van gemaakt. Ik weet niet goed wat we in alle redelijkheid nog meer kunnen doen, gezien de toegankelijkheid van deze cel.'

Wat hij bedoelt, is dat de cipiers en ander gevangenispersoneel toegang hebben tot Kathleens cel en dat er in de loop der tijd bovendien talloze andere gedetineerden in hebben gezeten. Het zoeken naar vingerafdrukken en andere vaste forensische procedures voor als iemand in verdachte omstandigheden is overleden, zullen hier niet veel nut hebben omdat de plaats delict al verontreinigd is. Een sterfgeval in een gevangenis lijkt in dat opzicht op een moord binnen een gezin: in beide gevallen betekenen vingerafdrukken en DNA heel weinig omdat de moordenaar toegang had tot het huis of de locatie waar het overlijden heeft plaatsgevonden.

Chang is voorzichtig met zijn uitspraken. Hij wil niet openlijk zeggen dat we waarschijnlijk niet via een normaal onderzoek van haar cel achter de waarheid zullen komen als iemand die in de gevangenis werkt verantwoordelijk is voor de dood van Kathleen Lawler. Hij gaat niet in het bijzijn van Macon en Tara Grimm zeggen dat hij sinds zijn aankomst vooral bezig is geweest Kathleens cel af te sluiten en ervoor te zorgen dat niemand – ook zij tweeën niet – met mogelijke sporen knoeit. Tegen de tijd dat hij arriveerde, was het natuurlijk veel te laat om ook maar iets te beschermen. We weten niet precies hoe lang Kathleen dood in haar cel heeft gelegen voor de GBI en Colin op de hoogte werden gesteld.

'Ik heb het lichaam niet aangeraakt,' zegt Chang tegen Colin. 'Ze lag er zo bij toen ik hier om één uur aankwam. Volgens de informatie die mij verstrekt is, was ze ongeveer een uur dood toen ik arriveerde. Maar de tijdaanduidingen die ik voor de gebeurtenissen heb gekregen, zijn een beetje vaag.'

Kathleen Lawler ligt op een gekreukte grijze deken en een grauw laken op een smal stalen bed, dat als een plank aan de muur is bevestigd onder een raampje met metaalgaas ervoor. Half op haar rug en half op haar zij, haar ogen bijna dicht, haar mond open en met haar benen over de rand van de dunne matras. De pijpen van haar witte uniformbroek zijn tot boven de knieën omhooggeschoven en het witte shirt zit helemaal rond haar borsten, misschien door vergeefse pogingen haar te reanimeren. Of anders heeft ze misschien heftig liggen woelen voordat ze stierf, in een paniekerige poging om een goede houding te vinden en verlichting te zoeken voor de symptomen waaraan ze leed.

'Heeft iemand hartmassage toegepast?' vraag ik aan Tara Grimm.

'Natuurlijk, we hebben gedaan wat we konden. Maar ze was al overleden. Wat er ook is gebeurd, het is heel snel gegaan.'

Terwijl Marino, Colin en ik witte overalls aantrekken, zie ik een gedetineerde door het ruitje van de cel tegenover die van Kathleen kijken. Ze heeft een moederlijk gezicht met een ingevallen mond en korte grijze krulletjes vlak tegen haar hoofd, en als ik naar haar kijk, blijft ze naar ons staren en begint ze met luide stem te praten, hoewel het geluid gedempt wordt door de afgesloten stalen deur.

'Snel? Ammehoela!' steekt ze van wal. 'Ik heb verdomme een halfuur staan schreeuwen voordat er iemand kwam opdagen!

Een halfuur! Zij ligt daar te stikken, ik bedoel, ik kon het horen, en ik sta maar te schreeuwen en er komt niemand. Ze hapte naar adem. "*Ik krijg geen lucht, ik krijg geen lucht, ik zie niets meer, help me, alsjeblieft!*" Een halfuur lang, verdomme! Toen werd ze stil. Ze gaf geen antwoord meer en ik schreeuwde zo hard ik kon om iemand te laten komen...'

Tara Grimm staat in drie snelle stappen voor de deur van de gedetineerde en tikt met haar knokkels tegen het glas. 'Rustig, Ellenora.' De stem van de directrice geeft me het idee dat Ellenora deze informatie voor het eerst te berde brengt. Tara Grimm lijkt echt van haar stuk gebracht en boos te zijn. 'Laat deze mensen doen wat ze moeten doen, daarna zullen we je eruit laten, zodat je ze precies kunt vertellen wat je gezien hebt,' zegt ze tegen de gedetineerde.

'Een halfuur, op zijn minst! Waarom duurde het zo lang? Het interesseert ze gewoon niet of er hier iemand doodgaat. Als er brand is of een overstroming, of als ik stik in een kippenbotje, dan heb ik gewoon pech gehad,' zegt Ellenora tegen mij.

'Je moet een beetje kalmeren, Ellenora. We komen snel genoeg bij je, dan kun je vertellen wat je gezien hebt.'

'Vertellen wat ik gezien heb? Ik heb helemaal niets gezien. Ik kon haar niet zien. Ik heb u en iedereen al verteld dat ik niets gezien heb.'

'Dat klopt,' zegt Tara Grimm koeltjes en neerbuigend. 'Je oorspronkelijke verklaring was dat je niets gezien hebt. Kom je daar nu op terug?'

'Omdat dat niet kon! Ik kon helemaal niets zien! Ze stond toch niet voor haar raampje? Ik kon haar niet zien, en dat maakte het juist zo afschuwelijk om haar te horen smeken en kreunen en klagen. Ze maakte een gruwelijk geluid, alsof er een beest dood lag te gaan. Je kunt hier zomaar doodgaan en wie komt er dan kijken? We hebben geen alarmknop waar we op kunnen drukken of zo! Ze hebben haar in haar cel dood laten gaan,' zegt ze tegen mij. 'Ze hebben haar gewoon dood laten gaan!' Haar grote ogen staren me aan.

'We zullen je apart moeten zetten als je niet ophoudt,' waarschuwt Tara, en ik zie aan haar dat ze niet goed weet wat ze moet doen.

Ze had deze scène niet verwacht, en de gedachte komt bij me op dat die Ellenora net zo sluw is als veel andere gedetineerden. Ze hield zich in toen ze voor het eerst door het gevangenispersoneel werd verhoord omdat ze de kans wilde krijgen te doen wat ze nu doet, een scène te maken als wij arriveerden. Als ze eerder zo'n uitbarsting had gehad, was ze waarschijnlijk meteen 'apart gezet', ongetwijfeld een eufemisme voor een isoleercel of een cel waarin psychiatrische patiënten worden vastgehouden.

Colins laarzen maken een glijdend geluid als hij Kathleen Lawlers cel in loopt, en Marino maakt de sporenkoffertjes op de gewreven betonnen vloer open. Hij controleert de camera's terwijl ik tegen de muur leun en de schoenhoezen over mijn zwarte hoge schoenen met hun diepe profiel trek. Als ik handschoenen aandoe, voel ik nog de blikken van de gedetineerde. Ik voel wat erin ligt, de intense angst, de hysterie die op de loer ligt, en Tara Grimm klopt nog eens tegen het raampje, alsof ze haar bij voorbaat het zwijgen wil opleggen. Ellenora's angstige gezicht vertrekt als de knokkels van de directrice plotseling tegen het glas tikken.

'Waarom denk je dat ze geen lucht kreeg?' vraagt Tara Grimm luid, zodat wij het goed kunnen horen.

'Ik weet zeker dat ze geen lucht kreeg omdat ze dat zei,' antwoordt Ellenora van achter de deur. 'En ze had pijn en voelde zich akelig. Zo moe dat ze amper kon bewegen, en ze hapte naar adem. Ze schreeuwde: "*Ik krijg geen lucht. Ik weet niet wat er met me is.*"'

'Als iemand geen lucht krijgt, kan hij over het algemeen ook niet praten. Ik vraag me af of je het verkeerd begrepen hebt. Als je niet kunt ademen, kun je ook niet schreeuwen, zeker niet zo hard dat het door een stalen deur dringt. Je moet veel lucht in je longen hebben om te kunnen schreeuwen,' zegt Tara tegen haar, terwijl ze oplet of ik wel meeluister.

'Ze zei dat ze niet kon praten! Ze had moeite met praten! Alsof haar keel dichtzat!' roept Ellenora.

'Nou, dat is nogal tegenstrijdig, niet, als iemand zegt dat hij niet kan praten?'

'Het is wat ze zei. Ik zweer het bij de Almachtige God!'

'Zeggen dat ik niet kan praten is net zoiets als wegrennen om hulp te halen omdat ik niet overeind kan komen.'

'Ik zweer bij de Almachtige God en bij Jezus Christus dat ze dat zei!'

'Het slaat nergens op,' zegt Tara Grimm tegen de gedetineerde aan de andere kant van de dikke stalen deur. 'En jij moet kalmeren, Ellenora, en niet zo schreeuwen. Als ik je vragen stel, geef je antwoord op mijn vraag zonder te gillen en je aan te stellen.'

'Wat ik zeg, is de waarheid. Ik kan het niet helpen dat die niet leuk is!' Ellenora raakt steeds meer van streek. 'Ze smeekte om hulp! Het was het afschuwelijkste wat ik ooit heb gehoord! "*Ik zie niets. Ik kan niet praten. Ik ga dood! O verdomme, o god! Ik houd het niet meer uit!*"'

'Zo is het wel genoeg, Ellenora.'

'Dat is precies wat ze zei. Ze smeekte en hapte naar adem. "*Help me alsjeblieft!*" Het was doodeng, echt doodeng, zoals ze smeekte. "*O verdomme, ik weet niet wat er gebeurt! O, alsjeblieft, laat iemand me helpen!*"'

Tara tikt weer tegen het glas. 'Ik wil die taal niet meer horen, Ellenora.'

'Dat zei zij, ik niet. Ik zeg dat niet. Zij zei: "*Help me, verdomme, alsjeblieft! Ik moet iets hebben opgelopen!*"'

'Ik vraag me af of ze misschien een allergie had voor bepaalde voedingsmiddelen of voor insecten,' zegt de directrice tegen mij. 'Misschien voor wespen of bijen, iets waar ze nooit iets over gezegd heeft. Misschien is ze gestoken toen ze buiten haar rondjes liep. Het is maar een idee. Er zijn hier in ieder geval veel roofwespen als het zo warm en benauwd is als vandaag en alles in bloei staat.'

'Een anafylactische reactie op een insectenbeet of blootstelling aan schaaldieren, pinda's of waar iemand ook maar allergisch voor kan zijn, treedt over het algemeen heel snel op,' antwoord ik. 'Zo te horen is ze niet zo snel gestorven. Het heeft langer geduurd dan een paar minuten.'

'Ze voelde zich al anderhalf uur akelig!' gilt Ellenora. 'Waarom duurde het verdomme zo lang voor er iemand kwam?'

'Heb je gehoord of ze braakte?' Ik kijk door de dikke ruit naar Ellenora. 'Klonk het alsof ze braakte of diarree had?'

‘Ik weet niet of ze heeft gebraakt of niet, maar ze zei dat ze buikpijn had. Ik heb haar niet horen spugen. Ik heb ook niet gehoord dat ze de wc doortrok of zo. Ze gilde iets over vergif!’

‘Dus nu is ze opeens vergiftigd,’ zegt Tara, die me een blik toewerpt alsof ze wil zeggen dat ik wel moet bedenken wie dit allemaal zegt.

Ellenora is behoorlijk van streek en haar ogen staan wild. ‘Ze zei: “*Ik ben vergiftigd! Dit is Lola’s werk! Dit is Lola’s werk! Het is die troep die ik gegeten heb!*”’

‘Zo is het wel genoeg. Hou op,’ zegt Tara, en ik loop de cel van Kathleen Lawler in. ‘En let alsjeblieft een beetje op je taal,’ hoor ik Tara achter me zeggen. ‘We hebben bezoek.’

21

In de gepolijste stalen spiegel waarover ik Kathleen Lawler gistermiddag hoorde mopperen, loopt de reflectie van Sammy Chang achter me aan. Hij staat stil in de deuropening.

‘Ik blijf hier staan om jullie wat ruimte te geven,’ zegt hij tegen mij.

De wc en de wastafel zitten samen in een roestvrijstalen meubel zonder losse onderdelen. Er zitten alleen knoppen op om door te spoelen en de kraan aan en uit te zetten. Ik zie of ruik niets wat erop wijst dat Kathleen Lawler voor haar dood misselijk is geweest, maar ik ruik wel heel vaag een elektrisch luchtje.

‘Ruik jij iets raars?’ vraag ik aan Chang.

‘Nee.’

‘Iets elektrisch, maar toch net even anders. Een onaangenaam, vreemd luchtje.’

‘Nee. Volgens mij heb ik helemaal niets geroken toen ik rondkeek. Ik denk niet dat het de tv is.’ Hij wijst op de kleine televisie op een plank, die in een transparante plastic kast zit.

‘Nee, dat kan volgens mij niet,’ zeg ik. In de roestvrijstalen wasbak zie ik watervlekken en een vage, kalkachtige aanslag.

Als ik me over de wasbak buig, wordt de geur sterker.

'Een scherpe lucht alsof er kortsluiting is geweest, zoals een föhn die doorbrandt.' Ik doe mijn best om de geur te omschrijven. 'Een batterijachtige lucht of zoiets.'

'Een batterij?' Hij fronst zijn wenkbrauwen. 'Ik heb geen batterijen gezien. Ook geen föhn.'

Hij loopt naar de wasbak en buigt voorover. 'Misschien hebt u gelijk,' zegt hij. 'Ja, misschien ruik ik toch iets. Ik heb niet zo'n goede neus.'

'Het lijkt mij een goed idee om een monster van die aanslag te nemen,' zeg ik tegen hem. 'Heeft jullie sporenlab SEM/EDX? We moeten met een flinke vergroting een blik op de morfologie werpen. Dan kunnen we kijken of het een deeltje van een of andere oplossing is geweest en achterhalen wat het is. Een metaal, of een ander materiaal. We moeten kijken of het een chemische stof is, een drug, iets wat niet door röntgenspectroscopie wordt opgemerkt. Ik weet niet wat voor andere detectoren de rasterelektronenmicroscopen van de GBI hebben, maar als het kan, wil ik EDX en FTIR om de moleculaire vingerafdruk van dit spul te bepalen, wat het dan ook moge zijn.'

'We denken erover om een van die hand-FTIRs aan te schaffen, u weet wel, zoals die dingen die Gevaarlijke Stoffen heeft.'

'Dat is een heel goed idee nu je tegenwoordig explosieven, massavernietigingswapens, zenuwgassen, blaartrekkende gassen en vreemde witte poeders kunt tegenkomen. Het lijkt me ook een goed idee om het hoofd van jullie sporenlab te paaien en deze analyse heel vlug te laten uitvoeren, het liefst zelfs nu meteen. Gooi al je charmes in de strijd. Als ze er meteen aan beginnen, kunnen ze het werk in een paar uur af hebben. De beschreven symptomen bevallen me helemaal niet.' Ik praat zachtjes en kies mijn woorden met zorg, omdat ik niet weet wie er meeluistert.

Maar ik ben er wel van overtuigd dat iemand ons gesprek volgt.

'Ik kan heel charmant zijn.' Chang is klein en slank en heeft kort, zwart haar. Zijn stem klinkt afgemeten, bijna monotoon, maar zijn donkere ogen kijken vriendelijk.

'Mooi zo,' zeg ik. 'Op dit moment kunnen we wel wat charme gebruiken.'

'Denkt u dat ze hier heeft overgegeven?'

'Ik ruik iets anders,' zeg ik. 'Maar dat wil nog niet zeggen dat ze niet misselijk was, zoals haar overbuurvrouw Ellenora beschreef. Brandend maagzuur.'

De meest voor de hand liggende mogelijkheid in de differentiële diagnose is al geopperd door mensen die daartoe niet bevoegd waren en al helemaal niet objectief zijn. Kathleen Lawler is het slachtoffer geworden van een plotse hartdood, bespoedigd door lichamelijke inspanning in omstandigheden die riskant waren voor een vrouw van haar leeftijd die nooit op haar gezondheid lette. Het uniform dat ze droeg, was gemaakt van verschillende synthetische stoffen en had een lange broek en lange mouwen. Ik schat dat het buiten tegen de veertig graden loopt, en de nog altijd stijgende vochtigheidsgraad is minstens zestig procent. Stress maakt alles erger, en Kathleen leek beslist gestrest en van streek te zijn door haar overplaatsing naar een aparte afdeling. Het zou me niets verbazen als we ontdekken dat ze door haar levenslange slechte eetgewoonten, drugs- en alcoholmisbruik een hartaanval heeft gekregen.

'Hoe zit het met het afval?' vraag ik aan Chang. 'Ik zag aan een paar deuren witte afvalzakken hangen, maar hier hangt niets. Geen lege en ook geen volle.'

'Goede vraag.' Hij kijkt me aan en we wisselen een blik van verstandhouding.

Als hier eerder afval of een afvalzakje heeft gelegen, was het weg tegen de tijd dat hij arriveerde.

'Vind je het goed als ik rondkijk?' vraag ik aan hem. 'Ik kom nergens aan zonder jouw toestemming.'

'Ik ben hier klaar, tenzij u wilt dat ik nog iets meeneem, dus ga uw gang.' Zijn gehandschoende handen openen het plastic pakje met de steriele spatel als hij langs me heen naar de wasbak loopt.

'Als ik iets tegenkom, zal ik het melden,' zeg ik desondanks tegen hem, omdat hij juridisch gezien hier de leiding heeft. Alleen het lichaam en al het bijbehorende sporenmateriaal vallen onder Colin Dengate. Ik ben hier slechts te gast, een deskundige van buitenaf die toestemming nodig heeft. Tenzij een zaak onder de jurisdictie van de Armed Forces Medical Examiners valt – met andere woorden: onder Defensie – heb ik buiten Massachusetts geen wettelijk gezag. Zelfs voor de allerkleinste dingen zal ik toestemming vragen.

Tegenover de wc hangen twee ingebouwde, grijze metalen planken waarop boeken en notitieblokken liggen. Er staan ook doorzichtige plastic dozen die moeten voorkomen dat er verboden goederen kunnen worden bewaard. Ik maak ze een voor een open en herken de geuren van cacaoboter, een gezichtsreiniger van Noxzema, Balsam-shampoo, mondwater met mintsmaak en pepermunttandpasta. In een plastic zeepdoos zit een dik stuk witte Ivory-zeep, in een plastic houdertje zit een tandenborstel, en in een andere plastic fles zit iets wat op haargel lijkt. Ik zie een plastic kammetje, een haarborstel zonder steel en grote schuimrollers, misschien uit een periode dat Kathleen Lawler langer haar had.

Er zijn romans, poëziebundels, zelfhulpboeken en transparante plastic mandjes vol post, notitieblokken en aantekenboekjes. Ik zie geen tekenen dat de cel is doorzocht, niets wat erop wijst dat het gevangenispersoneel in Kathleens persoonlijke bezittingen heeft gesnuffeld, maar ik had ook niet verwacht dat er zichtbaar iets overhoop was gehaald. Als haar spullen zijn doorzocht voordat Chang hier kwam, waren ze niet op zoek naar marihuana, een zelfgemaakt mes of iets anders wat in de gevangenis verboden is. Dan hadden ze een andere reden, een reden die ik op dit moment niet kan doorgronden. Waarnaar kan een gevangenismedewerker op zoek zijn geweest? Ik weet het niet, maar ze hadden haar afvalzakje niet mogen weghalen voordat de GBI arriveerde, en mijn onbehagen groeit.

'Als je het goedvindt, wil ik even kijken.' Ik wijs op de inhoud van de mandjes om Chang te vertellen wat ik ga doen.

'Goed hoor.' Hij neemt een monster van de stalen wasbak. 'Ja, er hangt inderdaad een luchtje, u hebt gelijk. En wat dat spul ook is, het is grijs. Troebel grijs.' Hij stopt de spatels in een plastic buisje en schrijft de inhoud met een stift op de blauwe schroefdop.

Alle notitieblokken zijn gelinieerd, hebben een gelijmde bovenkant en een kartonnen achterkant. Waarschijnlijk zijn ze gekocht in de gevangeniswinkel, waar geen ringbanden worden verkocht omdat met het draad een wapen kan worden gemaakt. Op de bladzijden zie ik poëzie en proza, hier en daar onderbroken door krabbels en tekeningetjes, maar de meeste pagina's zijn gevuld met gedateerde dagboekaantekeningen. Het lijkt erop dat Kathleen trouw een uitgebreid dagboek bijhield, en het valt me onmiddellijk op dat er geen recente aantekeningen zijn. Terwijl ik alle notitieblokken doorblader, stel ik vast dat ze consequent dagelijks aantekeningen heeft gemaakt vanaf het moment dat ze een jaar of drie geleden weer in de gevangenis belandde omdat ze onder invloed iemand had doodgereden. Maar de aantekeningen houden op na 3 juni van dit jaar. Op die datum schreef ze de laatste bladzijde van het notitieblok aan weerszijden in haar duidelijke handschrift vol.

Vrijdag 3 juni

De regen beukt in op een wereld die ik ben kwijtgeraakt, en toen de wind vannacht op een bepaalde manier tegen de tralies voor mijn raam blies, klonk dat als een cirkelzaag. Eerst een knarsend geluid en daarna een soort gil, als stalen kabels die worden aangespannen. Als een monsterlijk metalen beest. Als een waarschuwing. Ik lag hier naar luid kreunend metaal en trillingen te luisteren en dacht: er gaat iets gebeuren.

Een paar uur geleden kon ik het bij de avondmaaltijd in de eetzaal voelen. Ik kan niet omschrijven wat het was. Het was niets aanwijsbaars als een starende blik of een opmerking, gewoon iets wat ik voelde. Maar ik wist het zeker. Er broeide iets.

Iedereen at hachee die van een onduidelijk soort vlees was gemaakt en niemand keek naar mij, alsof ik er niet was, alsof ze een gezamenlijk geheim hebben. Ik zei niets tegen hen. Ik zag hen niet. Ik weet wanneer ik niemand moet groeten en zij weten wanneer ik dat weet. Iedereen weet hier alles.

Ik blijf maar denken dat het om eten en aandacht gaat. Mensen gaan over lijken voor eten zelfs slecht eten en ze gaan over lijken voor de eer zelfs een stomme eer die niet verdiend is. Ik had die recepten in Inklings gepubliceerd en had er niet bij gezet van wie ze kwamen omdat ze dat goddomme niet verdiend hadden en er totaal geen recht op hadden, en het was trouwens ook helemaal niet aan mij. Ik heb niet het laatste woord en ik maakte me zorgen dat ik de schuld zou krijgen. Wrok kan hier heel lang blijven smeulen. Ik kan echt geen andere reden bedenken. Mijn tijdschrift is net uitgekomen en opeens voel ik een verandering.

Eén magnetron op de afdeling die we met zestig vrouwen moeten delen, en we doen verdomme allemaal dezelfde dingen in Mama's Proefkeuken, zoals de andere gedetineerden mij en mijn culinaire creativiteit noemen. Of noemden. Misschien doen ze dat niet meer, al waren de lekkere tussendoortjes mijn idee. Tussendoortjes draaiden altijd om mij en mijn inventiviteit. Wie zou er anders op zijn gekomen als je verdorie alleen maar troep tot je beschikking hebt?

We krijgen troep in de gevangeniswinkel. Troep in de eetzaal. Ik heb ze geleerd hoe ze van rundvleessticks met kaas, tortilla's en een klontje boter knoedels kunnen maken. Met Pop Tarts, gevulde vanillekoekjes en aardbeienlimonade van Kool-Aid kun je aardbeientaart maken. Ja, als we iets lekkers krijgen, doet iedereen het omdat ik ermee ben begonnen.

Het interesseert me niet wie wat heeft ingeleverd. De recepten zijn van mij! Wie heeft de anderen geleerd hoe je de vanillecrème uit de koekjes moet schrapen en met Kool-Aid moet opkloppen om roze glazuur te krijgen? Wie heeft ze geleerd hoe je Pop Tarts en verkruimelde koekjes in water kunt oplossen – afbreken en opnieuw uitvinden, zoals ik regelmatig uitleg – en in de magnetron kunt verwarmen tot het middelste gedeelte onder je vinger terugveert?

De Julia Child van de nor, dat is degene die ze dat allemaal heeft geleerd. Ik dus. NIET JULLIE*! Ik heb het al die tijd gedaan omdat ik hier verdomme al zat voordat de meesten van jullie geboren waren, en mijn recepten zijn zo legendarisch dat ze net zo zijn geworden als een citaat, cliché of spreekwoord waarvan de oorsprong allang vergeten is. Daarom denken domme, bekrompen mensen als jullie dat je ze zomaar kunt inpikken. 'A good man is hard to find' is niet bedacht door Flanner O'Conner, het was de titel van een liedje. En 'geen* *enkel huis dat innerlijk verdeeld is kan standhouden' was niet van Lincoln, het was oorspronkelijk van Jezus. Niemand weet meer waar dingen vandaan komen en ze pakken gewoon wat ze willen. Ze stelen.*

Ik heb gedaan wat me was opgedragen en heb de recepten – mijn recepten – gepubliceerd. Ik heb niemand de eer gegeven, ook mezelf niet, en dat is goddomme nou net de ironie. Ik ben degene die bedrogen is. Als ik erbij ben, zitten jullie allemaal te mokken en te pruilen, en jullie eten je borden met drab in een ijzige stilte leeg alsof jullie iets is aangedaan. Als ik bij jullie tafel kom, zijn alle zitplaatsen ineens bezet.

Denk maar niet dat ik niet weet wie hierachter zit. Lemmingen die naar de zee worden geleid.

Over vijf minuten moet het licht uit. En dan komt de duisternis weer.

Omdat ik me bewust ben van de oren en ogen aan de andere kant van de open celdeur zeg ik niets over wat ik net heb gelezen. Ik zeg niet dat er minstens één notitieblok verdwenen lijkt te zijn, waarschijnlijk een dagboek. Misschien heeft Kathleen er nog wel meer volgeschreven sinds 3 juni, en wat nog belangrijker is, sinds ze naar de extra beveiligde afdeling werd overgeplaatst. Ik geloof niet dat ze abrupt is opgehouden met schrijven, zeker niet sinds ze van de andere gedetineerden werd gescheiden.

Ik zou denken dat ze de afgelopen twee weken juist meer had geschreven dan anders, niet minder, want ze had drieëntwintig uur per dag nauwelijks meer te doen dan in dit piepkleine celletje rondhangen, waar het uitzicht beroerd was en de televisiesignalen slecht doorkwamen. Hier was ze het contact met andere gedetineerden en haar baan in de bibliotheek kwijt en had ze geen toegang meer tot haar tijdschrift of e-mail. Heeft ze iets opgeschreven wat iemand voor ons verborgen wil houden? En zo ja, wat dan? Ik vraag er niet naar, en ik zeg niet dat ik getroffen ben door haar metafoor van de lemmingen die naar de zee worden geleid.

Zijn de lemmingen andere gedetineerden, en zo ja, wie heeft hen dan geleid? In gedachten zie ik Lola Daggette weer voor me, die een paar minuten geleden haar middelvinger naar Tara Grimm opstak. Lola zit vol bravoure en vijandigheid, is niet in staat haar impulsen te beheersen en heeft een laag IQ, en misschien is zij wel begonnen met het schoppen tegen de celdeuren. Kathleen was bang voor haar, maar Lola Daggette is niet de reden dat Kathleen dood op haar bed ligt. Lola is ook niet de reden dat gedetineerden in het minder zwaar bewaakte gedeelte van de gevangenis Kathleen in de eetzaal begonnen te negeren. Hoe zouden de gedetineerden op andere afdelingen moeten weten wat Lola Daggette denkt of zegt? Hoe zouden ze moeten weten dat Lola ruzie met iemand heeft? Lola's wereldje in de cel hierboven is net zo geïsoleerd en beperkt als dat van Kathleen.

Ik vermoed dat Kathleen over iemand anders schreef, en ik denk terug aan Tara Grimms verklaring dat Kathleen naar een beveiligde afdeling moest worden overgeplaatst omdat was uitgelekt dat ze wegens kindermisbruik in de gevangenis had gezeten. Wat was er gezegd? Wat was er uitgelekt? Het was informatie waarvan de directrice anderen de schuld kon geven. Het was iets op tv geweest, iets wat een andere gedetineerde had opgevangen, ze wist niet helemaal zeker wie het had gehoord. Ik geloofde haar niet toen ze dat gisteren in haar werkkamer zei en ik geloof haar nog steeds niet.

Ik denk dat ik weet wie de anderen heeft beïnvloed. Wie gedetineerden heeft opgestookt over zoiets kinderachtigs als een naamsvermelding in een tijdschrift. Er werd niets in *Inklings* gepubliceerd wat niet door Tara Grimm was goedgekeurd. Zij had het laatste woord over anonieme recepten, en de andere gedetineerden voelden zich afgewezen. Het klopt dat onbelangrijke afwijzingen heel belangrijk kunnen lijken, en Kathleen werd overgeplaatst. Misschien bedacht ze in haar paranoïde, geagiteerde toestand wat de reden kon zijn geweest: Lola Daggette was verantwoordelijk voor haar ongekende vrijheidsberoving, die als een straf moest hebben gevoeld. Of misschien was de gedachte Kathleen wel ingeprent. Cipiers als M.P. Macon konden haar iets hebben verteld, haar hebben bespot, haar hebben gepest tot ze geloofde dat Lola haar bedreigde. Misschien deed ze dat ook wel, maar dat doet er niet toe. Lola heeft haar niet vermoord.

Ik laat Marino niet merken dat me iets is opgevallen als hij ritselend in zijn witte kleding langs me heen loopt en een digitale thermometer aan het voeteneinde van het bed zet om de omgevingstemperatuur te meten. Hij geeft een tweede thermometer aan Colin, waarmee de temperatuur van het lichaam wordt gemeten. Ondanks getuigenverslagen die suggereren dat ze om kwart over twaalf is gestorven, maken we onze eigen berekeningen, gebaseerd op postmortale veranderingen. Mensen maken fouten. Ze zijn geschokt en getraumatiseerd en vergissen zich in details. Sommige mensen liegen. Misschien liegt iedereen in deze vrouwengevangenis wel.

Ik kijk nog even rond met de gedachte dat een notitieblok voor juni hier nog ergens zou kunnen opduiken, en mijn blik dwaalt over de grijze muren. Daarop zijn de handgeschreven gedichten en prozapassages geplakt waarover Kathleen het in haar e-mails aan mij had. Het gedicht dat ze me heeft gestuurd, 'het lot', hangt recht boven de smalle stalen rand van een bureau dat in de muur is verankerd. Vlak bij een stalen kruk die aan de vloer is geschroefd, staat nog een doorzichtige plastic mand. Deze is groot en zit vol met onderkleding, een keurig opgevouwen uniform, pakjes ramen-noedels en twee honingbroodjes die Kathleen in de gevangeniswinkel moet hebben gekocht. Ze vertelde dat ze geen geld meer had omdat ze haar baan in de bibliotheek kwijt was, maar toch lijkt ze spullen te hebben gekocht. Misschien zijn ze oud. Ik bedenk weer dat ze pas twee weken op de extra beveiligde afdeling zit. Ik druk met mijn gehandschoende vinger op de honingbroodjes. Ze voelen niet oud aan.

Op de bodem van de plastic mand liggen enige tientallen exemplaren van *Inklings*, waaronder de editie van juni die Kathleen noemde in het dagboekstukje dat ik net heb gelezen. Op de voorkant van het tijdschrift staan tekeningen van de medewerkers, Andy Warhol-achtige portretten van alle vrouwen die een maand lang beroemd zijn omdat iets van hun hand wordt gelezen door de gedetineerden in deze gevangenis en alle anderen die toegang tot het tijdschrift hebben. Op de achterkant staan de namen van het vaste team: de artdirector, de vormgevers en natuurlijk de hoofdredacteur, Kathleen Lawler, met speciale dank aan directrice Tara Grimm voor haar steun aan de schone kunsten en 'voor haar menselijkheid en verlichting'.

'Ze is nog vrij warm.' Colin zit op zijn hurken naast het stalen bed en houdt de thermometer omhoog. 'Vierendertig vier.'

'Het is hierbinnen tweeëntwintig zeven,' zegt Marino, terwijl zijn dikke gehandschoende vingers de thermometer omhooghouden die aan het einde van het bed stond. Hij kijkt op zijn horloge. 'Om 14.09 uur.'

'Volgens de verklaringen is ze twee uur dood, en ze is ongeveer drie graden afgekoeld,' merk ik op. 'Een beetje vlug, maar binnen de normale grenzen.' Meer kan ik er niet van zeggen.

'Tja, ze heeft haar kleren aan en het is hier betrekkelijk warm,' beaamt Colin. 'We kunnen hier alleen maar ruwe schattingen maken.'

Wat hij bedoelt, is dat postmortale indicatoren zoals haar temperatuur of rigor mortis ons niet zullen vertellen of Kathleen een halfuur of misschien zelfs een uur langer dood is dan gesuggereerd werd door de mensen die ons op de hoogte brachten.

'De rigor begint nog maar net in haar vingers.' Colin beweegt de vingers van Kathleens linkerhand. 'De livor is nog niet zichtbaar.'

'Kan het zijn dat ze buiten in de luchtkooi oververhit is geraakt?' zegt Marino, terwijl hij naar de geschriften aan de muren kijkt en elke centimeter van de cel opneemt. 'Misschien had ze een zonnesteek opgelopen. Dat kan toch gebeuren? Je gaat weer naar binnen, maar het kwaad is al geschied.'

Colin staat op. 'Als ze aan hyperthermie is overleden, zou de temperatuur in haar lichaam nu hoger zijn,' zegt hij. 'Zelfs na een paar uur zou de temperatuur nog hoger zijn dan normaal, en haar rigor zou waarschijnlijk zijn versneld en niet in proportie zijn met haar livor. De symptomen die de gedetineerde in de cel hiertegenover beschreef, kloppen ook niet met een te lange blootstelling aan extreme hitte. Een hartstilstand, dat zou kunnen. En dat kan zeker gebeuren na inspannende activiteiten op een hete dag.'

'Ze heeft alleen maar in de kooi gelopen. En elke keer als ze twee rondjes had gelopen, rustte ze even.' Marino herhaalt wat er is gezegd.

'Voor verschillende mensen gelden verschillende definities van de term "inspannend",' zegt Colin. 'Zij zat het merendeel van haar tijd in een cel. Ze ging naar buiten, het was erg heet en vochtig en ze verloor te veel vocht. Het bloedvolume nam af en dat veroorzaakte hartstress.'

'Ze heeft buiten water gedronken,' zegt Marino.

'Maar was dat genoeg? Dronk ze binnen in haar cel genoeg water? Ik betwijfel het. Op een gemiddelde dag verliest de gemiddelde persoon zo'n tweeënhalve liter vocht. Op een extreem hete, vochtige dag kan dat tien liter of meer worden, als je maar genoeg transpireert,' zegt Colin.

Hij loopt de cel uit en ik vraag Chang of hij er bezwaar tegen heeft als ik de spullen op de planken en het bureau nog even bekijk, en hij geeft aan dat hij dat niet erg vindt. Ik pak een doorzichtige plastic mand met post, omdat ik weer moet denken aan de brieven waarin Jack Fielding schijnt te hebben geschreven dat ik een lastig mens ben en dat het vreselijk is om voor me te werken. Ik zoek naar brieven van hem of van Dawn Kincaid, maar vind niets. Niemand lijkt iets gestuurd te hebben wat van belang is, met uitzondering van een brief die van mij afkomstig lijkt te zijn. Ongelovig staar ik naar de afzender, naar het CFC-logo op de witte envelop van 25 x 33 centimeter die Bryce met vijfduizend stuks tegelijk voor het CFC bestelt.

Kay Scarpetta, MD, JD
Kol. USAF
Hoofdpatholoog-anatoom en directeur
Cambridge Forensic Center

De zelfklevende flap is opengescheurd, waarschijnlijk door gevangenispersoneel dat alle binnenkomende post bekijkt, en in de envelop zit een opgevouwen vel met het briefhoofd van mijn kantoor. Het briefje is getypt en zogenaamd in zwarte inkt door mij ondertekend.

26 juni

Beste Kathleen,

Ik ben heel blij met je emails over Jack en probeer me een voorstelling te maken van je verdriet en de impact daarvan tijdens je opsluiting, die je erg zwaar moet vallen sinds je naar een beveiligde afdeling bent overgebracht. Ik kijk ernaar uit om op 30 juni met je te praten en vertrouwelijkheden uit te wisselen over de bijzondere man die we allebei hebben gekend. Hij heeft beslist een enorme invloed op ons beider leven gehad en je moet echt geloven dat ik alleen maar het beste voor hem wilde en hem nooit met opzet kwaad zou hebben gedaan.

Ik kijk ernaar uit om je na al die jaren eindelijk te ontmoeten en onze correspondentie voort te zetten. En je weet het: neem contact met me op als je iets nodig hebt.

Groeten
Kay

22

Ik voel Marino's aanwezigheid en voor ik het weet staat hij naast me naar de brief in mijn in paars nitril gestoken handen te kijken en te lezen wat erin staat. Ik kijk hem aan en schud heel licht mijn hoofd.

'Wat krijgen we nou?' vraagt hij zachtjes.

In plaats van te antwoorden, wijs ik op het getypte woord *email*. Dat is fout geschreven. Het moet *e-mail* zijn, niet *email*. Maar Marino begrijpt me niet en ik ben niet van plan hier en nu verder in te gaan op de fout of op het feit dat de bewoordingen niet bij me passen en ik een dergelijke brief nooit zou ondertekenen met 'groeten, Kay', alsof Kathleen Lawler en ik vriendinnen zijn.

Het is gewoon onmogelijk dat ik ooit aan haar zou schrijven of tegen haar zou zeggen dat ik Jack Fielding 'nooit met opzet kwaad zou hebben gedaan', alsof ik dat wel onopzettelijk gedaan zou kunnen hebben, en ik moet denken aan wat Jaime gisteravond zei: Kathleens dochter, Dawn Kincaid, beweert dat ik een labiel, gewelddadig iemand ben. Maar Dawn Kincaid kan deze vervalsing niet geschreven hebben. Het is onmogelijk dat ze zoiets in het Butler State Hospital voor elkaar kan hebben gekregen, waar ze opgesloten zat toen deze brief werd gepost.

Ik houd het briefpapier tegen het licht en wijs Marino op de afwezigheid van het CFC-watermerk, zodat hij begrijpt dat het document vals is. Dan leg ik het velletje papier op het bureau en doe ik iets wat hij niet vaak zal meemaken. Ik trek mijn handschoenen uit en stop ze in een zak van mijn witte overall. Dan begin ik foto's te maken met mijn telefoon.

'Wil je de Nikon even hebben?' vraagt hij verbijsterd. 'En een meetlat...'

'Nee,' val ik hem in de rede.

Ik wil geen 35mm-camera of close-uplens en ook geen statief of speciale belichting. Ik wil geen meetlat om de afmetingen aan te geven. Ik heb een andere reden om deze foto's te maken. Ik vertel hem verder niets, maar ik voel me wel gedwongen iets tegen Chang te zeggen, die alles belangstellend gadeslaat vanaf zijn positie in de deuropening.

'Ik neem aan dat jullie hier een documentenlab hebben?' Ik doe een stap naar hem toe.

'Inderdaad.' Hij kijkt toe terwijl ik een sms typ aan mijn administrateur, Bryce.

'Er zullen met spoed voorbeelden van mijn kantoorpapier naar jullie lab gestuurd worden via FedEx. Wie tekent daarvoor?'

'Ik, neem ik aan.'

'Oké. Sammy Chang, recherche GBI.' Ik typ door onder het praten. 'Ik wil wedden dat onderzoek belangrijke verschillen zal aantonen tussen het echte papier van het CFC en dit velletje.' Ik wijs op het papier op het bureau. 'Het ontbreken van een watermerk, bijvoorbeeld. Ik zorg ervoor dat mijn administrateur per direct hetzelfde briefhoofd en dezelfde envelop stuurt, dan kunnen jullie ze zelf vergelijken en onweerlegbaar bewijs vinden voor wat ik zeg.'

'Een watermerk?'

'Het zit er niet in. Waarschijnlijk ander papier, wat vastgesteld kan worden onder de microscoop of door chemische toevoegingen te analyseren. Misschien ook een iets ander font. Dat weet ik niet zeker. O, dat was te verwachten. Geen signaal hierbinnen. Ik stuur hem later wel.'

Het bericht aan Bryce en de bijgevoegde foto's worden opgeslagen en ik zie over Changs schouder dat het ruitje in de celdeur aan de overkant leeg is. Ellenora kijkt niet meer naar buiten. Ze is stil.

'Alle post wordt uiteraard gecontroleerd in de gevangenis,' zeg ik tegen Chang. 'Met andere woorden, iemand heeft deze envelop bekeken toen hij was bezorgd. Hij is in het bijzijn van Kathleen gescand of opengemaakt of wat de gebruikelijke procedure ook is. Kun je er misschien achter komen wat er verder nog in die envelop heeft gezeten? Eén dollar zesenzeventig aan porto is een beetje veel voor een enkel vel briefpapier en een grote, verstevigde envelop. Er moet nog iets anders in hebben gezeten. Hoewel het natuurlijk ook mogelijk is dat de verzender er te veel postzegels op heeft gedaan.'

'Dus u hebt niet...' begint hij terwijl hij achteromkijkt.

'Absoluut niet.' Ik schud mijn hoofd. Ik heb deze brief niet geschreven. Ik heb hem niet op de post gedaan en ik heb ook niet verstuurd wat er nog meer in de envelop mag hebben gezeten. 'Waar is iedereen?'

'Ze hebben haar naar een rustig plekje gebracht, waar dokter Dengate haar kan vragen wat ze allemaal heeft gezien. Het verhaal wordt natuurlijk elke keer mooier.' Hij heeft het over Ellenora. 'Maar Macon is nog hier.' Hij zegt het zo hard dat Macon hem prima kan horen.

'Misschien kun je hem vragen wat voor post Kathleen Lawler de laatste paar dagen heeft gekregen.' Ik voeg er niet aan toe dat Chang er niet op mag rekenen dat hij de waarheid te horen krijgt over een brief of over wat er allemaal gebeurt in deze gevangenis.

Ik doe een nieuw paar handschoenen aan en pak de brief op

het papier dat heel erg op mijn eigen zakelijke briefpapier lijkt. Ik houd het velletje weer tegen het licht. Het is een grote opluchting dat het geen watermerk heeft, maar tegelijkertijd vermoed ik dat degene die deze brief geschreven heeft niet weet dat het CFC goedkoop gerecycled papier gebruikt dat voor vijfentwintig procent van vodden is gemaakt, met een speciaal voor ons gemaakt watermerk om onze correspondentie en documenten juist hiertegen te beschermen. Hoewel het goed mogelijk is om een redelijk goede nabootsing te maken van mijn briefhoofd en van andere documenten die ik produceer, kun je een vervalsing nooit voor een origineel document laten doorgaan als je niet over het authentieke CFC-papier beschikt. De gedachte komt bij me op dat het degene die deze brief heeft gestuurd misschien niet kan schelen of de politie, een lab of zelfs ik zich erdoor laat misleiden. Het enige doel van deze vervalste brief is waarschijnlijk om Kathleen Lawler te laten geloven dat hij van mij afkomstig is.

Ik vouw het velletje papier dubbel, zoals ik het ook heb aangetroffen, doe het weer in de grote envelop en verwonder me weer over het formaat daarvan. Ik vraag me af of er nog iets anders in heeft gezeten. Zo ja, wat zou ik dan zogenaamd nog meer aan Kathleen Lawler hebben gestuurd? Wie doet alsof hij mij is en wat is het doel daarvan? Ik denk aan de toespelingen die Tara Grimm gisteren maakte over mijn toegankelijkheid, en Kathleen had het later over mijn gulheid. Ik begreep niets van die opmerkingen en probeer me te herinneren wat Kathleen precies heeft gezegd. Iets over mensen zoals ik die denken aan mensen zoals zij, over de aandacht die ik haar zou hebben geschonken, en op dat moment nam ik aan dat ze het had over mijn bezoek.

Maar wat ze eigenlijk bedoelde, was dat ze het op prijs stelde dat ik haar geschreven had en haar misschien iets had gestuurd. Ze moet de vervalste brief hebben gekregen voordat ik haar gisteren sprak. Op het poststempel staat Savannah, 26 juni, 16.55 uur, en de brief is verstuurd vanaf een locatie, waarschijnlijk een postkantoor, met de postcode 31401. Vijf dagen geleden, op een zondag. Ik was thuis en Lucy nam Benton en mij mee naar een tequilabar waar ze de laatste tijd graag komt. Lolita Cocina. Het bedienend personeel kan beslist getuigen dat ik daar die avond was. Ik kan niet om vijf voor vijf 's middags in Savannah zijn geweest, vijftienhonderd kilometer verder naar het zuiden, en om zeven uur 's avonds in de Back Bay in Boston hebben gedineerd.

'Ik ga een paar spullen pakken en een wc opzoeken.' Marino wringt zich langs me heen.

'Ik zal u moeten begeleiden,' hoor ik cipier Macon zeggen, en het valt me in dat men zou kunnen beweren dat Marino de brief voor me gepost heeft. Hij was hier wél op 26 juni, of hij was in ieder geval in de buurt, in South Carolina.

Ik richt mijn aandacht op Chang. Hij staat in de deuropening en houdt me met zijn donkere ogen in de gaten.

'Als je het goedvindt dat ik nog een paar dingen controleer, ben ik daarna klaar en kan ik je laten zien wat ik graag veiliggesteld zou hebben,' zeg ik tegen hem.

Hij kijkt op zijn horloge en werpt een blik over zijn schouder als Macon met Marino naar de wc gaat.

'Is de bus er al?' vraag ik.

'Die staat klaar.'

'En Colin?'

'Ik denk dat hij ervan uitgaat dat u het hier wel afmaakt. Er is niets wat hij nog wil doen voordat we haar naar het mortuarium hebben overgebracht.'

'Mooi. Ik zal zakken om haar handen binden en haar fotograferen, als je dat goedvindt.'

'Ik heb al een heleboel foto's.'

'Ongetwijfeld. Maar zoals je merkt, overdrijf ik graag,' zeg ik tegen hem.

'Wat dacht u van een echte camera? En als u toch aan het overdrijven bent, er is ook nog een afsluitbaar kastje.'

'Een afsluitbaar kastje?' Ik kijk de cel rond, op zoek naar wat hij zou kunnen bedoelen.

'Het zit vast aan het voeteneind van het bed.' Hij wijst. 'Het beddengoed ligt eroverheen.'

'Ik zou graag even kijken.'

'Ga uw gang.'

'Ik zal opschieten, zodat je naar binnen kunt en een paar spullen kunt verzamelen die naar het lab moeten. Je zult onderhand wel graag weg willen.'

'Ik niet. Ik ben gek op gevangenissen. Ze doen me denken aan mijn eerste huwelijk.'

Ik ga verder met de spullen op Kathleens bureau, een stapeltje goedkoop wit papier en blanco enveloppen, een doorzichtige Bic-pen, een boekje met zelfklevende postzegels en een aantekenblokje met opengeslagen kaft, dat een adresboek blijkt te zijn. Ik herken geen namen, maar ik blader het door, op zoek naar Dawn Kincaid en Jack Fielding. Ik tref ze niet aan. Achter de meeste namen staat een adres in Georgia, en als ik de even buiten Atlanta gelegen Triple R Ranch tegenkom, besef ik hoe oud het adresboekje is. De Triple R, daar was Kathleen therapeute en heeft ze ergens tussen het midden en het einde van de jaren zeventig een relatie met Jack gehad. Het is minstens dertig jaar oud, volgens mij, en ik blijf bladzijden omslaan. De mensen die ze onlangs nog geschreven heeft, staan hier waarschijnlijk niet in, besluit ik. Als ze een nieuw adresboek heeft, is dat blijkbaar zoek.

'Dit moet ook mee,' zeg ik tegen Chang.

'Ja, ik had het al gezien.'

'Oud.'

'Precies.' Hij weet wat ik bedoel. 'Maar misschien heeft ze geen vrienden meer om te schrijven of te bellen.'

'Mij is verteld dat ze graag brieven schreef.' Ik sla het boekje postzegels open en zie dat er zes van de twintig uit zijn. 'Ze werkte in de bibliotheek om schrijfbenodigdheden te kunnen kopen. En misschien kreeg ze af en toe iets van familie.' Ik bedoel Dawn Kincaid.

'Niet in de laatste vijf maanden of nadat ze hierheen is overgebracht, naar de extra beveiligde afdeling.'

'Nee.' Ik beaam dat Kathleen niet in de positie was om iets bij te verdienen sinds ze naar Bravo Pod was overgeplaatst, en Dawn kan haar ook niets gestuurd hebben vanuit Butler of vanuit de gevangenis in Cambridge. 'Het zou interessant kunnen zijn om te kijken hoeveel geld ze nog op haar rekening heeft en wat ze de laatste tijd gekocht heeft,' stel ik voor.

'Goed idee.'

Er liggen een pocketwoordenboek en een synoniemenwoordenboek, en twee bibliotheekboeken met gedichten van Wordsworth en Keats. Daarna ga ik naar het bed. Ik ga op mijn hurken aan het voeteneind zitten en trek de deken en het laken opzij, maar ik zorg ervoor Kathleen Lawlers benen, die over de zijkant hangen, niet te verschuiven. Mijn schouder wrijft langs haar heup, en die voelt warm aan, maar niet zo warm als bij een levend mens. Ze wordt met de minuut kouder.

Ik maak het kastje open, dat bestaat uit een enkele metalen la met een samenraapsel van persoonlijke spullen erin. Tekeningen en gedichten, familiefoto's, waaronder een paar van een prachtig blond meisje dat in de loop der jaren steeds mooier werd en opeens een verleidster was met te veel make-up, een weelderig lichaam en gevoelloze ogen. De foto van Jack Fielding die ik gisteren aan Kathleen heb gegeven zit tussen de andere alsof ook hij familie is. Er zijn er een paar van hem in zijn jonge jaren, misschien de foto's die hij haar in de eerste jaren heeft gestuurd. Ze zijn versleten en de randen zijn gescheurd, alsof Kathleen ze vaak in haar handen heeft gehad.

Ik vind geen andere dagboeken, maar er is nog wel een boekje met postzegels van vijftien cent en ook briefpapier met een feestelijke rand van feestmutsen en ballonnen, wat een vreemde keus lijkt voor een gedetineerde, maar dat mogelijk is overgebleven nadat iemand uitnodigingen had verstuurd voor een verjaardagsfeest of een andere feestelijke bijeenkomst. Het briefpapier ziet er niet uit alsof het in het winkeltje van een gevangenis verkocht zou worden, en ik neem aan dat het nog uit de tijd stamt voordat Kathleen werd opgesloten voor het veroorzaken van een dodelijk ongeluk terwijl ze dronken was. Misschien is dat ook de verklaring voor de postzegels van vijftien cent, waarop een wit zandstrand, een strakblauwe hemel, een felgekleurde, geel-met-rode parasol en een vliegende meeuw staan.

De laatste keer dat ik vijftien cent voor een postzegel heb betaald, is minstens twintig jaar geleden, dus óf ze bewaarde ze om een bijzondere reden, óf iemand heeft ze haar gestuurd, en ik herinner me dat Kathleen iets heeft gezegd over de moeite die het kostte om aan postzegels te komen. Het boekje bevatte oorspronkelijk twintig postzegels, en het bovenste velletje van tien is weg. Ik pak een dun stapeltje wit kopieerpapier van het bureau en houd een velletje tegen het licht, maar ik zie geen krassen die gemaakt zouden kunnen zijn door iemand die op het vel papier erboven had geschreven. Vervolgens probeer ik het feestpapier, houd daar een velletje van omhoog en draai het verschillende kanten op, en nu zie ik krassen die vrij diep en goed zichtbaar zijn: de datum, *27 juni*, en de aanhef *Lieve dochter*.

'Ja, want ik zou graag willen vragen wat ze precies heeft gedaan,' hoor ik Colin door de open celdeur tegen Tara Grimm zeggen. 'Er is u verteld dat ze een heel uur rondgelopen heeft in de kooi. Prima. Dat begrijp ik, maar zoals ik al zei, moet ik het horen van de cipier die daarbij aanwezig was. Dronk ze water? Hoeveel? Hoe vaak rustte ze? Klaagde ze over een licht gevoel in haar hoofd, zwakte, hoofdpijn of misselijkheid? Heeft ze überhaupt ergens over geklaagd?'

'Dat heb ik allemaal gevraagd en ik heb de antwoorden woordelijk aan u overgebracht.' De rustige, melodieuze stem van Tara Grimm.

'Het spijt me, maar dat is niet genoeg. U moet de cipier voor me halen of ons bij haar brengen. Ik moet haar zelf spreken. En ik zou graag de luchtkooi willen zien. Het zou een goed idee zijn als we dat nu konden doen, zodat we het lichaam zonder verdere vertraging naar het mortuarium kunnen overbrengen...'

Ik kan nog een paar woorden onderscheiden op het briefpapier, maar andere blijven onleesbaar. Het zal niet mogelijk zijn precies vast te stellen wat Kathleen geschreven heeft op dit feestpapier, in ieder geval niet tot het in betere omstandigheden kan worden onderzocht dan voor een raam met gaas ervoor en onder een zwakke, ingebouwde lamp die waarschijnlijk bediend wordt via een schakelaar in de controlekamer om te voorkomen dat gedetineerden het licht uitdoen en een cipier overvallen als die binnenkomt. Ik vang een glimp op van een sierlijk handschrift, dat ik inmiddels maar al te goed ken.

Ik weet het... wat een mop, niet? ... dus ik dacht dat ik dat maar met je zou delen... van PNG*... Past wel een beetje bij de rest... probeert me om te kopen en me aan hun kant te krijgen... Hoe voel je je...?*

PNG: persona non grata? Iemand die niet welkom is, of in juridische termen iemand, meestal een buitenlandse diplomaat, die een bepaald land niet meer in mag. Ik vraag me af over wie Kathleen het had en hoor het geritsel van papier als Marino de cel weer in komt en een stevige waterdichte kist naast het bed zet.

'Ik weet zeker dat daar een loep in zit,' zeg ik terwijl hij de stevige klemmen openmaakt. 'Een die tienmaal vergroot met ledverlichting, als het even kan. Het licht is hier niet zo best.'

Hij vindt een verlichte loep en ik zet hem aan en ga er langzaam mee over Kathleen Lawlers bleke handen. De gladde, roze palmen, de vingers en de kussentjes daarop, de rimpels in haar huid, de details van haar vingerafdrukken en de vage blauwachtige aderen zijn tien keer zo groot als normaal onder het vergrootglas. Haar ongelakte, schone nagels vertonen lichte ribbels en er zitten een paar witte vezels onder die van haar uniform of van de lakens afkomstig kunnen zijn. Onder de nagel van haar rechterduim zit een oranje fragment.

'Kun je het kleine pincet even pakken, en een kruittest? Als Colin die niet heeft, zal Chang er wel een hebben,' zeg ik tegen Marino terwijl ik de rechterhand aan de tweede knokkel van de duim omhooghoud. Het lichaam koelt af, maar is nog steeds net zo soepel als toen Kathleen nog leefde.

Marino rommelt tussen de spullen in de kist en zegt: 'Hier zijn ze al.'

Als een operatieassistent legt hij het pincet in mijn gehandschoende hand en daarna geeft hij me een kort metalen staafje met een zelfklevend schijfje carbontape erop, waarmee we doorgaans kruitresten van de palm en de rug van de hand halen. Ik laat hem de verlichte loep boven de duimnagel houden terwijl ik met het pincet de witte vezels en piepkleine stukjes van een verbrokkelde oranje pasta onder de nagel uit haal. Ik pak ze op met het kleverige staafje, dat ik vervolgens in een zakje doe waar ik een etiket op plak en mijn initialen op zet.

Ik buig me over het bed, inspecteer de huid van de onderbenen en de blote voeten en houd de loep boven de bovenkant van de linkervoet, waarop een groepje felrode vlekjes zit.

'Misschien is ze gebeten of zo,' zegt Marino.

'Ik denk dat ze iets heets op haar voet heeft laten vallen,' antwoord ik. 'Eerstegraads brandwonden, die je zou verwachten als er een hete vloeistof op je voet is gedruppeld.'

'Ik zie niet hoe ze hier iets heeft kunnen opwarmen.' Hij buigt zich diep over het lichaam en kijkt naar het stukje huid waarover ik het heb. 'Zou dat van kraanwater kunnen komen?'

'Voel maar. Maar ik denk het niet.'

'Mogen we de kraan laten lopen?'

'Ik heb al monsters genomen van de wasbak,' zegt Chang vanuit de deuropening. 'Je kunt de kraan openzetten als je wilt voelen hoe heet het water wordt. Misschien had ze hier iets, een elektrisch apparaatje of zo?' oppert hij. 'Misschien is ze geëlektrocuteerd?'

'Op dit moment zijn er een heleboel mogelijkheden,' antwoord ik.

'Een föhn, een krultang die iemand voor haar heeft meegebracht,' zegt hij. 'Het zou tegen de regels zijn, dat staat vast. Maar het zou wel die elektrische geur verklaren.'

'Waar had ze die kunnen aansluiten?' vraag ik, want het enige stopcontact dat ik kan zien, zit in de gesloten kast waarin de tv zich bevindt.

'Misschien is er iets met batterijen geëxplodeerd.' Marino draait de kraan open. 'Als er genoeg warmte ontstaat in apparaten met een batterij, kunnen ze exploderen. Maar dan zou ze meer hebben opgelopen dan alleen die kleine vlekjes op haar voet. Weet je zeker dat het geen insectenbeten zijn?' Hij houdt zijn hand onder de kraan en wacht tot het water heet wordt. 'Dat lijkt veel logischer, omdat ze buiten was toen ze zich ziek begon te voelen. Het is mij ook wel eens gebeurd. Zo'n verdomde roofwesp kruipt in je schoen of sok en blijft steken tot hij dood is. Ik reed op mijn Harley een keer met een vaartje van honderd kilometer per uur door een hele zwerm bijen. Het is niet echt fijn om onder je helm geprikt te worden.'

'Wat oedeem, wat lichte zwellingen. Dit lijken echt brandwonden, hele verse, alleen in de bovenste huidlaag, eerstegraads of misschien oppervlakkig tweedegraads. Het moet pijn hebben gedaan,' zeg ik.

'Hier kan het niet van komen.' Marino draait de kraan dicht. 'Het is helemaal niet heet. Niet meer dan handwarm.'

'Misschien kun je even vragen of ze op een andere manier

haar voet kan hebben verbrand.'

Hij loopt Chang voorbij en verdwijnt naar buiten. 'De dokter wil weten of ze zich gebrand kan hebben,' hoor ik hem zeggen.

'Wie?' De stem van Colin.

'Kathleen Lawler. Of iemand haar misschien een kop gloeiend hete koffie of thee heeft gegeven en ze die op haar voet heeft gemorst.'

'Hoezo?' vraagt Colin.

'Onmogelijk,' zegt Tara Grimm. 'Gedetineerden die in eenzame opsluiting zitten, hebben niet de beschikking over een magnetron. Er zijn geen magnetrons in Bravo Pod, behalve in de keuken, en ze had zeker geen toegang tot de keuken. Ze kan onmogelijk iets te pakken hebben gekregen wat heet genoeg was om zich aan te branden.'

'Waarom vraag je dat?' Colin verschijnt in de deuropening. Hij draagt geen witte overall meer en hij transpireert en kijkt niet blij.

'Ze heeft brandwonden op haar linkervoet,' antwoord ik. 'Zo te zien is er een hete vloeistof op gespat of gedropen.'

'We bekijken het wel nader als ze in het mortuarium is.' Hij verdwijnt weer uit het zicht.

'Had ze schoenen en sokken aan toen ze werd gevonden?' vraag ik aan wie er ook maar luistert.

Tara Grimm verschijnt in de deuropening.

'Natuurlijk niet,' zegt ze. 'We zouden nooit haar schoenen en sokken hebben uitgedaan. Ze moet ze hebben uitgetrokken toen ze van buiten kwam. Wij hebben niets gedaan.'

'Het lijkt mij geen fijn gevoel om een sok of schoen aan te trekken over brandwonden,' merk ik op. 'Hinkte ze bij het wandelen? Heeft ze iets gezegd over enig ongemak?'

'Ze klaagde over de warmte en zei dat ze moe was.'

'Ik vraag me af of ze zich gebrand heeft nadat ze weer naar haar cel was teruggebracht. Heeft ze gedoucht toen ze binnenkwam?'

'Ik zeg het nog eens: nee, dat is niet mogelijk,' zegt Tara effen en langzaam, met onverholen vijandigheid. 'Er was niets waaraan ze zich kon branden.'

'Enige kans dat ze vanmorgen op een gegeven moment een

elektrisch apparaatje in haar cel had?'

'Absoluut niet. Er zijn geen vrij toegankelijke stopcontacten in de cellen van Bravo Pod. Ze kan zich niet gebrand hebben. U kunt het vijftig keer vragen, maar het antwoord blijft hetzelfde.'

'Nou, zo te zien heeft ze zich toch gebrand. Haar linkervoet,' antwoord ik.

'Ik weet niets van verbrandingen. En het bestaat niet. U moet zich vergissen.' Tara kijkt me strak aan. 'Er is hier niets waar ze zich aan gebrand kan hebben,' herhaalt ze. 'Waarschijnlijk zijn het muggenbeten of is ze door iets anders geprikt.'

'Ze is niet geprikt of gebeten.'

Ik betast Kathleens hoofd. Mijn in paars nitril gestoken vingers gaan over de contouren van haar schedel en langs haar nek voor mijn vaste controle; ik gebruik mijn tastzin om verwondingen, hoe klein ook, te ontdekken, zoals een breuk of een sponzig, zacht gebied dat zou kunnen wijzen op een bloeding in het zachte weefsel dat schuilgaat onder haar haar. Ze is warm en haar hoofd beweegt onder mijn handen. Haar lippen wijken iets van elkaar, alsof ze slaapt en elk moment haar ogen open kan sperren en iets kan zeggen. Ik voel geen verwondingen, niets abnormaals, en ik vraag Marino me de camera en een doorzichtige meetlat te geven.

Ik maak foto's van het lichaam en vooral van de hand waarvan ik de oranje substantie en de witte vezels heb verwijderd. Ik fotografeer de brandwonden op haar blote linkervoet, doe bruine zakken over de voet en handen en bind die aan de enkel en polsen vast met elastiek om er zeker van te kunnen zijn dat er tijdens het transport naar het mortuarium niets bij kan komen of verloren kan gaan. Tara Grimm kijkt nu openlijk naar alles wat ik doe. Ze staat in de deuropening met haar handen in haar zij en ik maak nog meer foto's, meer dan ik nodig heb. Ik neem de tijd, maar ik word steeds bozer.

23

Colin maakt een achterdeur van het forensisch laboratorium open en we stappen de hitte en de felle zon in, terwijl de donder rommelt en een onbestendige zee van donkere wolken dichterbij komt. Het is net vier uur in de middag geweest. De wind waait met vlagen van zo'n dertig knopen uit zuidwestelijke richting en blaast Lucy's helikopter bijna achteruit, vertelt ze als ik haar aan de telefoon heb.

'We moesten in Lumberton landen om voor de derde keer te tanken, want we hadden boven Rocky Mount rondjes gevlogen tot de regenbuien en het slechte zicht wegtrokken,' zegt ze. 'Eindeloze verveling boven de naaldbomen en de varkensboerderijen. Overal rook van gecontroleerde branden. Ik denk dat Benton volgende keer de bus neemt.'

'Marino is een paar minuten geleden naar de luchthaven vertrokken, en het ziet ernaar uit dat er een flinke onweersbui aankomt,' zeg ik tegen mijn nicht, terwijl ik met Colin over een grote asfaltvlakte loop die wordt gebruikt als laad- en losruimte en als parkeerplaats voor de personeelsleden. De lucht is zo klammig dat ik het vocht bijna kan zien.

'We redden ons wel,' zegt Lucy. 'We hebben de hele weg goede VFR-condities en we zouden er over een uur of een uur en een kwartier moeten zijn, tenzij ik straks om Gamecock Charlie heen vlieg en vanaf Myrtle Beach langs de kust ga. Een mooiere route, maar de reis duurt dan wel langer.'

Gamecock Charlie is een luchtruim dat gebruikt wordt voor militaire oefeningen en manoeuvres, die niet aangekondigd worden en gevaarlijk zijn voor niet-deelnemende luchtvaartuigen of burgerluchtvaartuigen die toevallig passeren. Als er zo'n oefening gaande is, is het verstandig om uit de buurt te blijven.

'Je weet wat ik altijd zeg. Haastige spoed is zelden goed,' zeg ik tegen haar.

'Ik denk dat ze aan het oefenen zijn, als ik uitga van gegevens die ik van Milcom heb opgepikt,' vervolgt Lucy, doelend op militair communicatieverkeer of UHF-scanning. 'Ik heb echt geen zin om midden tussen de intercepties, laagvliegtactieken, luchtacrobatiek en dergelijke te belanden.'

'Liever niet, nee.'

'Om nog maar te zwijgen over het ontwijken van die zoemende vliegtuigjes die radiografisch bestuurd worden door een computer in Californië. Is het je wel eens opgevallen hoeveel militaire bases en verboden gebieden we hier hebben? En uitkijktorentjes voor de hertenjacht, die zijn er ook genoeg. Je weet zeker nog niet hoe het precies is gegaan.' Ze doelt op wat er met Kathleen Lawler is gebeurd. 'Je klinkt niet erg blij.'

'We staan op het punt om het uit te zoeken. Hopelijk komen we erachter.'

'In de meeste gevallen klink je zekerder van je zaak.'

'Dit is anders dan de meeste gevallen. Het werd ons in de gevangenis moeilijk gemaakt en ik klink niet blij omdat ik niet blij ben.' Mijn gedachten gaan terug naar Tara Grimm, die met gespreide voeten in de deuropening van de cel ging staan en onvriendelijk naar me keek, en vervolgens naar het gesprek met de cipier die toezicht hield tijdens Kathleen Lawlers uurtje lichaamsbeweging.

Vlak voor ons vertrek werden we naar de luchtkooi geëscorteerd waarin Kathleen had rondgelopen. Volgens haar cipier, een grote vrouw met een uitdagende houding en een wrokkige blik, was er niets bijzonders aan de hand toen Kathleen vanochtend tussen acht en negen uur naar buiten werd gebracht. Ze liep gewoon rond, 'zoals elke ochtend sinds ze was overgeplaatst naar Bravo Pod', aldus deze mevrouw Slater. Ik vroeg of ze de indruk had dat Kathleen zich ziek of niet helemaal lekker voelde.

Klaagde ze bijvoorbeeld over vermoeidheid, duizeligheid of moeite met ademen? Kon het zijn dat ze door een insect was gestoken? Hinkte ze? Leek ze pijn te hebben? Had ze het überhaupt over hoe ze zich vanochtend voelde? Mevrouw Slater vertelde dat Kathleen had gemopperd op het weer. Ze herhaalde bijna alle informatie die we nu al talloze keren hadden gehoord.

Kathleen liep in de kooi rond en leunde van tijd tot tijd tegen het gaas, vertelde mevrouw Slater. We kregen te horen dat Kathleen een paar keer had gebukt om haar sportschoen opnieuw te strikken. Het kon zijn dat ze last had van een van haar voeten, maar ze had niet gezegd dat ze zich had gebrand. Ze had zich in Bravo Pod ook onmogelijk ergens aan kunnen branden, verklaarde mevrouw Slater. Haar stem klonk onnodig defensief en ze zei precies wat Tara Grimm ons ook al had verteld.

'Dus ik weet niet waar u dat idee vandaan hebt,' zei mevrouw Slater, terwijl ze naar de directrice keek. Gedetineerden beschikten in Bravo Pod niet over magnetrons en het water uit de kranen was niet warm genoeg om brandwonden te kunnen veroorzaken. In de kooi vroeg Kathleen af en toe of ze iets mocht drinken en ze zei dat haar keel een beetje ruw was, misschien van stof of stuifmeel, of misschien 'begon ze grieperig te worden, en het kan ook wel zijn dat ze zei dat ze slaperig was'.

Ik vroeg wat Kathleen met slaperig kon hebben bedoeld. Die vraag leek de cipier te ergeren. 'Nou gewoon, slaperig,' herhaalde ze, alsof ze spijt had dat ze erover was begonnen en haar woorden terug wilde nemen. Ik legde uit dat er een verschil bestaat tussen slaperig en vermoeid. Ik wees haar erop dat lichamelijke inspanning tot vermoeidheid kon leiden, evenals een ziekte. Maar voor mij betekent slaperig zijn dat je duf bent, dat je moeite hebt om je ogen open te houden, en dat kan voorkomen als je te weinig slaap hebt gehad, maar ook als je een te lage bloedsuikerspiegel hebt.

Mevrouw Slater reageerde daarop door naar Tara Grimm te kijken en Colin en mij te vertellen dat Kathleen naar eigen zeggen beter niet had kunnen eten vlak voordat ze de vochtige hitte in liep. Een stevig ontbijt kon haar indigestie hebben bezorgd en misschien had ze last van brandend maagzuur, dat wist ze niet zeker, maar Kathleen klaagde altijd over het eten in de gevangenis, meldde mevrouw Slater.

Kathleen 'zeurde' over het eten, of ze nu in de eetzaal at of in haar cel op de extra beveiligde afdeling. Ze had het altijd over eten en klaagde doorgaans dat het niet lekker was of dat er te weinig was. 'Ze was altijd ergens ontevreden over,' vertelde mevrouw Slater, en bij de intonatie van haar stem en haar heen en weer flitsende ogen kreeg ik hetzelfde gevoel dat ik gisteren had toen ik met Kathleen praatte. Mevrouw Slater dacht aan de directrice en niet aan de waarheid.

'Wat is Benton aan het doen?' vraag ik aan Lucy.

'Hij praat met de afdeling in Boston.'

'Is er al nieuws?' Ik wil meer weten over Dawn Kincaid.

'Niet dat ik weet, maar hij ziet er gespannen uit. Hij is naar een plek gelopen waar niemand hem kan horen, zoals gewoonlijk. Wil je hem spreken?'

'Ik wil jullie niet ophouden. We praten wel als ik jullie zie. Ik weet niet wie je hier dan allemaal aantreft.' Ik bedoel dat ze Jaime Berger tegen het lijf zou kunnen lopen, die nog steeds niet de moeite heeft genomen me terug te bellen.

'Misschien is dat haar probleem,' zegt Lucy.

'Ik heb liever dat het niemands probleem is. Ik heb liever dat een eventuele ontmoeting niet onaangenaam verloopt.'

'Ik moet de brandstof gaan betalen.'

Ik ruik creosoot en door de zon geblakerde afvalcontainers als Colin en ik bij het mortuarium komen, een raamloos, lichtgeel gebouw van B2-blokken dat wordt geflankeerd door de baai aan de ene kant en een industriële noodgenerator en koel- en ventilatiesystemen aan de andere. Achter het hek aan de achterkant wuiven hoge naaldbomen in de wind heen en weer, en in de verte flikkeren bliksemschichten in de gezwollen zwarte wolken. In het zuidwesten zie ik in de verte sluiers van regen, een zware onweersbui die vanuit Florida deze kant op komt. De enorme metalen roldeur staat open en we wandelen door een lege betonnen ruimte naar een andere deur, die Colin met een sleutel openmaakt.

'Gemiddeld krijgen we er twee per jaar op wie we een sectie uitvoeren, en vijf of zes van wie we het certificaat tekenen als we ze onderzocht hebben.' Hij gaat door waar hij ophield toen Lucy belde, en legt uit wat voor zaken hij doorgaans van de vrouwengevangenis krijgt.

'Als ik jou was, zou ik alle zaken die je gekregen hebt sinds Tara Grimm directrice is opnieuw bekijken,' zeg ik.

'Meestal hebben we het over kanker, chronisch obstructieve longziekten, leverziekten, hartfalen,' zegt Colin. 'Georgia staat er niet om bekend dat ongeneeslijk zieke gedetineerden uit piëteit worden vrijgelaten. We zitten niet te wachten op een veroordeelde crimineel die eerder vrijkomt omdat hij een dodelijke vorm van kanker heeft en vervolgens een bank beroooft of iemand neerschiet.'

'Tenzij de gedetineerde in een hospice is overleden. Met andere woorden: elk sterfgeval waarvan de oorzaak niet als een paal boven water staat, zou ik nog eens onder de loep nemen,' stel ik voor.

'Ik zal erover denken.'

'Elke zaak waarbij je ook maar enige vraagtekens had. Ik zou ze opnieuw bekijken.'

'Eerlijk gezegd had ik destijds geen vraagtekens, maar nu je me dwingt er nog eens over na te denken: Shania Plames,' zegt hij dan. 'Een heel triest verhaal. Leed aan postpartale psychische problemen, was depressief en had last van waandenkbeelden. Uiteindelijk doodde ze haar drie kinderen. Ze hing ze aan de reling van het balkon. Haar man had een tegelbedrijf in Ludowici en was de stad uit om te vissen. Moet je je voorstellen dat je bij thuiskomst zoiets aantreft.'

In de ontvangstruimte, waarin zich een plateauweegschaal, een inloopkoelcel en een kantoortje met bakken voor inkomende en uitgaande post bevinden, kijkt hij in het grote zwarte logboek.

'Mooi, ze is er.' Hij doelt op Kathleen Lawler.

'Shania Plames was dus iemand die onverwachts in de vrouwengevangenis overleed,' veronderstel ik.

'In de dodencel,' zegt hij. 'Een jaar of vier geleden heeft ze zichzelf verstikt nadat ze op een ochtend haar lichaamsbeweging in de luchtkooi had gehad. Ze gebruikte de broek van haar uniform en wikkelde een van de pijpen om haar nek en de andere om haar enkels. In feite knevelde ze zichzelf, en daarna ging ze op haar buik liggen. Het gewicht van haar benen, die over de rand van het bed hingen, oefende net genoeg druk uit op haar halsslagaders om de zuurstoftoevoer naar haar hersenen af te sluiten.'

We lopen door een witte betegelde gang langs kleedkamers, badkamers, diverse opslagkamers en de sectiezaal voor lichamen die besmettelijk zijn of in staat van ontbinding verkeren. In die zaal bevinden zich één snijtafel en een koelcel/vriescel met twee laden. Colin gaat door met zijn verhaal en vertelt me dat het een bijzonder creatieve manier was om zelfmoord te plegen in een omgeving die praktisch suïcide-bestendig was. Hij wist niet zeker of Shania Plames' constructie met haar broek wel echt kon werken, maar hij was niet van plan om de techniek uit te proberen. Hij vertelt me elk detail dat hij zich over haar kan herinneren en vertelt me ook over een ander geval, Rea Abernathy, die vorig jaar met haar hoofd in de wc-pot is gevonden. De stalen rand van de wc drukte op haar hals en de doodsoorzaak was positionele verstikking.

'Ze had geen striemen, maar dat was misschien ook niet zo vreemd omdat ze zichzelf leek te hebben gewurgd met een brede, betrekkelijk zachte stof,' zegt Colin over Shania Plames. 'Ze had geen letsel aan de interne structuren van de nek, en ook dat is niet ongewoon bij positionele verstikking of een verhanging waarbij het lichaam niet aan het volledige gewicht hangt. Ook bij Rea Abernathy trof ik geen letsel of bewijsmateriaal aan waar ik iets mee kon.'

Net als in de zaak-Barrie Lou Rivers waren zijn diagnoses voornamelijk gebaseerd op eliminatie.

'Niet bepaald de manier waarop ik forensische geneeskunde wil uitoefenen,' zegt Colin somber, terwijl we een voorvertrek in lopen met diepe stalen wasbakken, rode afvalbakken voor biogevaarlijke stoffen, wasmanden en planken met beschermende wegwerpkleding. 'Verschrikkelijk frustrerend.'

'Waarvoor zat Rea Abernathy in de gevangenis?' vraag ik.

'Ze had iemand betaald om haar man in het zwembad te verdrinken. Het had op een ongeluk moeten lijken, maar dat is niet gelukt. Hij had een flinke kneuzing op zijn achterhoofd, een intracranieel hematoom. Hij was dood voordat hij het water raakte. En ze had een verhouding met de man die ze ervoor had betaald.'

'En zij? Weet je zeker dat ze niet in de wc verdronken is?'

'Dat kon niet. Wc's in de gevangenis zijn extra smal en langgerekt, het water zit onder het niveau van de pot. Ze zijn suïcide-bestendig gemaakt, net als alle andere dingen in de cel. Je gezicht zou helemaal onder in de pot moeten zitten om te verdrinken of te stikken, en dat gebeurt pas als iemand je met kracht naar beneden duwt, en daar waren geen aanwijzingen voor. Ze had geen letsel, zoals ik al zei. Het verhaal was dat ze misselijk was en moest kokhalzen. Of misschien probeerde ze wel over te geven; er werd gesuggereerd dat ze misschien wel een eetstoornis had. Er werd ook geopperd dat ze was flauwgevallen of last had van een aritmie.'

'Verondersteld dat ze nog leefde toen ze in die positie belandde.'

'Het is niet mijn taak om dingen te veronderstellen,' zegt Colin bedrukt. 'Maar er was niets anders. Negatieve toxicologische uitslagen. Weer een uitsluitingsdiagnose.'

'Wat een symboliek,' merk ik op. 'Haar echtgenoot verdrinkt zogenaamd en zij sterft met haar hoofd in een wc. Op het eerste gezicht lijkt het misschien of zij ook is verdronken, in elk geval voor een leek. Shania Plames wurgt haar kinderen door verhanging en wurgt daarna zichzelf.' Ik herinner me de woorden van Tara Grimm. Ze zei dat iemand die een kind of een dier kwaad doet geen vergiffenis krijgt, en dat het leven een geschenk is dat kan worden gegeven en kan worden weggenomen. 'Barrie Lou Rivers vergiftigt mensen met tonijnsandwiches, en dat is precies wat ze tijdens haar laatste maaltijd heeft gegeten,' voeg ik eraan toe.

We schuiven spatmouwen over onze armen en doen vloeistof afstotende schorten voor. Daarna bedekken we onze schoenen, en we zetten operatiekapjes op en doen maskers voor.

'Ik vond het vroeger leuker, toen we al deze rommel niet hoefden te dragen,' zegt Colin. Zijn stem klinkt boos.

'We hadden die spullen toen goed kunnen gebruiken.' Ik bedek mijn neus en mond met een operatiekapje. 'We wisten gewoon niet beter.' Ik zet een veiligheidsbril op om mijn ogen te beschermen.

'Nou, er is tegenwoordig inderdaad meer waar we ons zorgen over moeten maken,' zegt hij, en ik zie aan hem dat hij zich afschuwelijk voelt. 'Ik houd altijd rekening met een verschrikkelijke plaag waar we nog nooit van hebben gehoord of mee te maken hebben gehad. Chemische stoffen en ziekten die tot wapens zijn getransformeerd. Het interesseert me niet wat anderen zeggen. Niemand is voorbereid op grote aantallen besmettelijke of geïnfecteerde lijken.'

'De technologie kan niet repareren wat de technologie vernietigt, en in het geval van zo'n vreselijke aanval weet niemand hoe hij het moet aanpakken,' beaam ik.

'Met de mogelijkheden die jij hebt, is het heel wat dat je dat zegt. Maar het is een feit dat er geen geneesmiddel bestaat tegen de menselijke aard,' zegt hij. 'Je kunt de geest niet meer in die verrekte fles stoppen als je kijkt wat verdorven lieden elkaar tegenwoordig kunnen aandoen.'

'De geest heeft nooit in de fles gezeten, Colin. Ik weet niet eens of er wel een fles bestaat.'

We lopen langs de openstaande deur van de röntgenkamer en ik zie een C-arm fluoroscoop, die ik zelf nooit meer gebruik. Maar zelfs als we nu over geavanceerde technieken als CT-scans en MRI-scans met 3D-software zouden beschikken, zouden we daar niets aan hebben. De doodsoorzaak van Kathleen Lawler is waarschijnlijk niet terug te vinden op een CT, een MRI of wat voor een scan dan ook, en ik hoop dat Sammy Chang zijn documenten en monsters al aan de laboratoria heeft kunnen overdragen.

In de grootste sectiezaal wordt een lichaam dichtgenaaid door een gespierde jongeman in vuile operatiekleding en met een bloederig plastic schort voor. Ik vermoed dat het gaat om de man die eerder vandaag bij het ongeluk met het motorvoertuig is omgekomen. Het hoofd is misvormd als een verkreukeld blikje, het gezicht zo in elkaar gebeukt dat het niet meer te herkennen is. Bloed loopt in strepen over de huid. Alles vormt een scherp contrast met het steriele, koude beton en het glanzende metaal, met het gebrek aan kleur en textuur dat mortuaria kenmerkt.

Ik kan niet zien hoe oud het slachtoffer is, maar zijn haar is gitzwart en hij is slank en goedgebouwd, alsof hij veel moeite heeft gedaan om in conditie te blijven. Een lange chirurgische naald glinstert bij elke haal met wit twijngaren in het lamplicht boven de tafel, waterdruppels lopen tikkend in een stalen wasbak en ik ruik bloed en cellen die net beginnen af te breken, een organisme dat zich aan de ontbinding overgeeft. Aan de andere kant van het vertrek ligt Kathleen Lawler op een brancard, een lichaamsvorm in een witte zak.

'Weten we waarom een schouwing niet genoeg was en we een sectie op hem moesten verrichten?' vraagt Colin aan de mortuariumassistent, een man met stekelhaar en een tatoeage van een

Marine Corps-buldog in zijn nek. 'Hij ziet er bijna uit alsof hij overhoop is geschoten, want er is niet veel over van zijn hoofd. Je zou zeggen dat een schouwing bij dit dodelijke ongeluk genoeg was geweest. Wat is de reden voor deze verspilling van belastinggeld?'

'De vraag is of hij tijdens het spitsuur op het tegemoetkomend verkeer is ingereden omdat hij een hartaanval heeft gekregen.' Hij naait met grote steken en halen, die een Y-vormig spoor van het borstbeen naar het bekken creëren. 'Er was al een voorgeschiedenis. Hij heeft vorige week met pijn op de borst in het ziekenhuis gelegen.'

'En tot welke conclusie zijn we gekomen?'

'Ik trek geen conclusies. Daarvoor krijg ik niet genoeg betaald.'

'Niemand krijgt hier genoeg betaald,' zegt Colin.

'De Mack-vrachtwagen heeft hem aan gort gereden en hij stierf aan een hartstilstand omdat zijn hart het begaf.'

'En een langdurige apneu? George, ik weet niet of je dokter Scarpetta kent.' Colin klinkt bars.

'Nou, hij is beslist gestopt met ademhalen. Aangenaam. Ik plaag hem maar een beetje. Iemand moet het doen.' George geeft me een knipoog terwijl hij doorgaat met hechten. 'Hoeveel keer per week zegt u tegen coassistenten dat hartstilstand en ademstilstand geen doodsoorzaken zijn?' Hij imiteert zijn baas. 'Als je tien kogels in je lijf krijgt, houden je hart en je ademhaling ermee op, maar dat betekent niet dat je daaraan bent doodgegaan,' zo plaagt hij Colin, bij wie er nog geen glimlachje af kan.

'Ik ben hier over een paar minuten klaar,' zegt George, nu ernstiger. 'Hebt u me nodig bij de volgende?'

Hij snijdt het dikke twijndraad met de scherpe, gebogen punt van de lange naald door en steekt de naald in een blok piepschuim.

'Zo niet: er zijn vanochtend spullen afgeleverd die moeten worden opgeborgen, en ik wil de tafel en de wasbak eens grondig met een hogedrukreiniger schoonmaken. Een dezer dagen moeten we ook de monsterpotten doen. Ik vind het vervelend om u er steeds aan te moeten herinneren. We willen niet dat die ellendige planken een keer van de muur vallen en dat we overal formaline en stukjes en onderdelen vinden. Te weinig ruimte en te weinig geld. Dat is het countryliedje dat ik over deze tent ga schrijven,' zegt hij tegen mij.

'Je weet hoe ik denk over dingen weggooien. Blijf maar even in de buurt. Dokter Scarpetta en ik maken een begin en we zien wel hoe het gaat.' Colins gezicht heeft een harde uitdrukking en ik zie aan zijn ogen wat hij denkt.

Hij vraagt zich af wat hij over het hoofd kan hebben gezien. Dat vragen wij, de mensen die ons over de doden ontfermen, ons allemaal af. Als we bij een patiënt een verkeerde diagnose stellen, kan het zijn dat iemand anders sterft. Als we een moord of een koolmonoxidevergiftiging kunnen vaststellen, kunnen we meer gevallen voorkomen. Het komt zelden voor dat we iemand kunnen redden, maar we moeten elk onderzoek uitvoeren alsof het een mogelijkheid is.

'Heb je de monsterpotten van die oude zaken nog?' Ik doel op Barrie Lou Rivers, Shania Plames en Rea Abernathy.

'Ik heb de monsters van hun maag niet bewaard, verdorie. Ik had ze moeten invriezen.'

'Het is toch logisch dat dat niet bij je is opgekomen?'

'Klopt, ik had er geen reden toe, maar toch wou ik dat ik ze had bewaard.'

'En hoe vaak hebben mensen met ons beroep dat al gezegd?' Ik probeer hem op te monteren. 'Er zijn succesjes geboekt bij onderzoeken met in formaline gefixeerd weefsel,' voeg ik eraan toe. 'Het hangt er maar net van af wat je zoekt.'

'Dat is nu net het probleem. Waar moeten we ze op onderzoeken?'

We lopen over een vloer met een bruine epoxy-coating waarop nog drie tafels op zuilen staan, allemaal met een wasbak eraan vast en allemaal onder een kap met ventilatie en verlichting. Bij elke werktafel staat een trolley waarop keurig chirurgische instrumenten, buisjes en potjes voor monsters zijn uitgestald, evenals een snijplank, een oscillerende zaag waarvan de stekker in een boven het hoofd aangebrachte haspel kan worden gestoken en een felrode afvalbak voor gebruikte naalden. Aan de muur hangen kasten, lichtbakken en UV-luchtreinigers, en er zijn droogkasten voor bewijsmateriaal en werkbladen en metalen klapstoelen om het papierwerk te doen.

'Ik heb hier de leiding niet, maar boven aan mijn lijstje staat de stof waaraan ze wellicht is blootgesteld,' zeg ik tegen Colin. 'Een grijzig, kalkachtig residu dat naar een oververhitte isolatielaag van een stroomdraad rook. Het zou heel nuttig zijn als we zo snel mogelijk een analyse krijgen van het spul dat in haar wasbak lag. Het rook in elk geval alsof het niet in haar cel thuishoorde. Ik probeer jou niet te vertellen wat je moet doen, het is meer een vraag of je invloed hebt.'

'Sammy heeft meer dan genoeg invloed voor ons allebei, en bij Biologische Sporen, Fysische Sporen en Documentatie houden ze wel van een uitdaging. Alles draait tegenwoordig om DNA. Niet alles kan met dat verrekte DNA worden opgelost, maar vertel dat maar eens aan openbare aanklagers, en vooral aan de politie. Ik denk dat de mensen van Sporen er meteen aan beginnen. Ik heb dat spul niet geroken, maar ik geloof je op je woord, en je mag me best vertellen wat ik moet doen. Uit mijn hoofd weet ik geen enkel gif dat zou kunnen ruiken als een oververhitte isolatielaag.'

'Wat zou het zijn geweest?' vraag ik. 'Wat heeft ze te pakken gekregen, en hoe? Op de zwaar beveiligde afdeling kon ze niet zomaar rondwandelen in gemeenschappelijke ruimten. Ze kon zich ook niet onder de andere gedetineerden mengen en iets bemachtigen wat ze niet mocht hebben.'

'Het lijkt me duidelijk dat we ons zorgen moeten maken over de mensen die toegang hadden tot haar cel. Daar maak ik me altijd zorgen over als mensen in gevangenschap sterven. Zelfs als de omstandigheden volkomen normaal lijken, en dit valt niet onder "normaal",' zegt hij. 'Nu niet meer.'

24

Op een werkblad staan dozen met handschoenen in verschillende maten. Ik pak voor ons allebei twee paar. Colin ritst de lijkenzak open, en het plastic kraakt als hij hem helemaal openvouwt.

Ik help hem Kathleen Lawler op de stalen tafel te schuiven en hij loopt naar een aantal bakken aan de muur, waaruit hij lege formulieren begint te halen. Hij maakt ze vast aan een metalen klembord terwijl ik de elastiekjes van haar polsen en enkel haal. Ik verwijder de bruine papieren zakken die ik eerder over haar handen en linkervoet heb geschoven, vouw ze op en verpak ze voor het sporenlab. Daarna scheur ik een groot vel wit pakpapier van een rolhouder op het werkblad, en ik bedek de snijtafel naast de tafel die we in gebruik hebben.

Haar lichaam is inmiddels aanzienlijk koeler geworden, maar het is nog steeds buigzaam en makkelijk te bewegen als we haar uitkleden. Elk kledingstuk leggen we op de met papier bedekte tafel naast ons. Een wit uniformshirt met knopen en het woord GEDETINEERDE met grote donkerblauwe letters op de rug. Een witte broek met een knoopsluiting en de afkorting GPFW in blauwe letters op de zijkanten van de pijpen. Een beha. Een onderbroek. Op een karretje vind ik een vergrootglas en ik zet een operatielamp aan. Als ik door het glas kijk, ontdek ik een vage, oranje vlek, alsof Kathleen haar hand aan haar rechter broekspijp heeft afgeveegd. Ik pak een camera van een plank, leg een meetlat naast de vlek en leg alles recht onder de lamp.

'Ik weet niet waar je hier iets kunt laten testen op voedsel,' zeg ik tegen Colin. 'Dit ziet eruit als kaas, maar we moeten het uitzoeken. Ik neem er geen monster van, ik zal Sporen ernaar laten kijken. Er zat ook oranje spul onder haar rechter duimnagel. Het zou hetzelfde kunnen zijn, iets wat ze vlak voor haar dood heeft aangeraakt of gegeten.'

'De GBI gebruikt een privélaboratorium in Atlanta om voedsel, cosmetica, consumentenartikelen en nog veel meer te analyseren,' zegt hij. 'Zouden gedetineerden in de gevangeniswinkel kaasstengels of smeerkaas kunnen kopen?'

'Het is beslist de oranjegele kleur van cheddar, of smeerkaas met cheddar. Ik zag geen kaas of kaasstengels in haar cel, maar dat betekent niet dat ze die spullen niet eerder kan hebben gehad. We zouden natuurlijk meer weten als haar afval niet was verdwenen. Kwam je in de zaak-Plames petechieën in de ogen of het gezicht tegen?' Ik begin weer over de dood van Shania Plames als ik naar de tafel met het lichaam van Kathleen Lawler loop.

'Nee. Maar dat heb je niet altijd bij verhangingen met een volledige vasculaire compressie.'

'Als ik uitga van het knoopwerk dat je beschreef, met de pijpen van haar uniform rond haar nek en haar benen, weet ik ook niet of ik een volledige vasculaire compressie zou verwachten. Die associeer je doorgaans met ophanging aan een volledig gewicht of met wurging waarbij striemen ontstaan.'

'Het was ongewoon, ja,' beaamt hij ernstig.

'Kan de positie zijn geënsceneerd?'

'Die gedachte is destijds nooit bij me opgekomen.'

'Geen wonder. Ik betwijfel of ik eraan zou hebben gedacht.'

'Ik zal niet zeggen dat de positie niet geënsceneerd kan zijn,' vervolgt hij. 'Maar dan zou je toch verwachten dat ik tekenen van een worsteling had gezien, tekenen van de manier waarop ze is uitgeschakeld. Ze had nog geen beurs plekje.'

'Ik vraag me gewoon af of ze al dood kan zijn geweest toen ze werd vastgebonden en werd neergelegd zoals ze werd gevonden.'

'Op dit moment vraag ik me heel veel dingen af,' zegt hij grimmig.

Ik leg een meetlat bij een tatoeage linksonder op de buik, een Tinkelbel-achtig elfje met een spanwijdte van vijftien centimeter. Als ik zie hoe de afbeelding is uitgerekt, gok ik dat Kathleen de tatoeage heeft laten zetten toen ze slanker was.

'En als ze al dood was toen ze op haar bed werd neergelegd, is de vraag waaraan ze is overleden,' zeg ik, nog altijd denkend aan Shania Plames.

'Waaraan ze is overleden terwijl er niets ongewoons te zien was en geen enkel teken op moord wees.' Colin trekt het kapje dat losjes om zijn hals hangt omhoog om zijn neus en mond te bedekken. 'Iets wat niet tijdens een sectie of een toxicologisch onderzoek te zien was.'

'Er zijn talloze soorten gif die bij een standaard drugsonderzoek onopgemerkt blijven,' zeg ik peinzend, terwijl we het lichaam op de zij leggen en de achterkant bestuderen. 'Iets wat vrij snel werkt en symptomen veroorzaakt die voor het merendeel onvermeld blijven omdat de getuigen niet betrouwbaar zijn, het slachtoffer door niemand is gezien of beide.' Ik meet ook nog een tatoeage van een eenhoorn. 'En het allerbelangrijkste: een middel dat je niet overleeft. Het slachtoffer kan het niet navertellen. We krijgen nooit meldingen van mislukte pogingen.'

'Nee, maar het is geen wonder dat zulke berichten ons nooit bereiken,' zegt hij. 'Als iemand in de gevangenis vreselijk ziek wordt, maar niet sterft, krijgen wij dat niet te horen. Er worden bij ons geen bijna-sterfgevallen gemeld.'

Hij drukt met zijn vingers op een arm, een onderbeen, en schrijft op dat er even witte plekken verschijnen. Hij trekt de oogleden omhoog en meet de pupillen met een plastic meetlat.

'Gelijkmatige verwijding, zes millimeter,' zegt hij. 'In theorie kun je bij het gebruik van opiaten postmortaal verkleinde pupillen zien, maar ik ben ze nog nooit tegengekomen. Andere drugs zorgen voor verwijde pupillen, maar dode pupillen zijn altijd verwijd.' Met het scalpel maakt hij snelle incisies van sleutelbeen naar sleutelbeen en over de lengte van de romp. 'We onderzoeken of ze is verkracht of aangerand. We onderzoeken verdomme alles wat we maar kunnen bedenken.' Hij begint weefsel terug te vouwen. Hij stuurt het scalpel met zijn rechter wijsvinger en manipuleert met zijn duim terwijl hij een tang in zijn linkerhand houdt.

'Welke kast?' vraag ik, en hij wijst met een bebloede, gehandschoende vinger.

Ik vind de benodigde spullen en onderzoek het lichaam op aanranding of verkrachting. Ik neem uitstrijkjes van alle lichaamsopeningen, maak foto's en schrijf op elk plastic zakje wat erin zit.

'Nu ik toch bezig ben, neem ik voor toxicologie uitstrijkjes van de binnenkant van haar neus en haar mond,' vertel ik Colin. 'En ik lever haren in.'

Hij haalt de borstplaat van ribben weg en legt die in een plastic emmer bij zijn voeten. Op dat moment komt George, de mortuariumassistent, met röntgenfoto's binnenlopen. Hij maakt ze vast aan de lichtbakken en ik loop naar hem toe om ze te bekijken.

'Een oude fractuur in haar rechter scheenbeen. Niets recents. Typische artritische veranderingen.' Ik loop van de ene lichtbak naar de andere en bestudeer helderwitte botten en de schimmige vormen van organen. ‘Ze heeft heel wat eten in haar maag. Dat had ik niet verwacht als ze om tien over halfzes vanochtend heeft gegeten en zo’n zes uur later, rond de middag, is overleden. Een vertraagde maaglediging.’ Ik loop terug naar de snijtafel en pak een scalpel. ‘Iets waardoor de spijsvertering in feite stil komt te liggen. De laatste maaltijd van Barrie Lou Rivers was ook onverteerd. Hoe zat het met die andere twee?’ Ik doel op Shania Plames en Rea Abernathy.

‘Daar kan ik me vaag iets van herinneren. Ja, hun voedsel was ook onverteerd. Het was in elk geval zo bij Barrie Lou Rivers, en ik dacht dat het door de stress kwam,’ zegt Colin. ‘Dat heb ik wel eerder gezien bij executies. De gedetineerde gebruikt zijn laatste maaltijd en door angst of paniek wordt die bijna niet verteerd. Al begrijp ik niet dat ze überhaupt een hap door hun keel kunnen krijgen, hoor. Als ik op het punt stond om geëxecuteerd te worden, zou het mij vast niet lukken. Geef mij op zo’n moment maar een fles bourbon en een doos Cubaanse sigaren.’

Ik maak een snee in de maag en doe de inhoud in een kartonnen bakje. ‘Ze heeft in elk geval iets anders gegeten dan wat er volgens de gevangenis vanochtend naar haar cel is gebracht.’

‘Geen eieren en grutten?’ Colin kijkt even opzij naar de dingen die ik bekijk, terwijl hij beide handen gebruikt om de lever uit de roestvrijstalen bak van de elektronische weegschaal te tillen. Hij pakt een mes met een lang handvat en een breed snijvlak.

‘Tweehonderdtachtig milliliter met stukjes die op kip en pasta lijken. Er zit ook iets tussen wat oranje is.’

‘Sinaasappel? Naar verluidt lag er een sinaasappel op het dienblad met het ontbijt.’ Hij snijdt stukjes van de lever alsof hij brood snijdt.

‘Nee, maar wel iets wat oranje van kleur is,’ zeg ik. ‘Ik zie geen stukjes fruit. Het is kaasachtig en heeft dezelfde kleur als het oranje spul dat ik onder haar duimnagel en op haar broek vond. Waar kan ze vanochtend kip, pasta en kaas vandaan hebben gehaald?’

‘Gematigde leververvetting. Gezien de omstandigheden valt het nog mee, maar het kan. Een op de drie alcoholisten heeft een normale lever,’ zegt hij, terwijl hij aan de longen begint. ‘Weet je wanneer je een alcoholist bent? Als je meer drinkt dan je dokter. Ze hebben dus gelogen over wat ze vanochtend heeft gegeten. Kip en pasta? Ik had geen idee.' Hij haalt een long uit de weegschaal en veegt zijn bloederige handen af aan een handdoek. 'Als ze haar op de een of andere manier hebben gedood, zou je toch denken dat ze slim genoeg zijn om te weten dat ze uiteindelijk hier belandt en dat wij kunnen zien wat ze gegeten heeft.' Hij schrijft zijn weegresultaten op het klembord.

'Niet iedereen is zo slim, vooral als ze werkelijk tussen halfzes en zes uur vanochtend heeft gegeten, het tijdstip waarop het ontbijt kennelijk in Bravo Pod wordt geserveerd.' Ik label een kartonnen bakje voor toxicologie. 'Misschien veronderstelden ze dat haar eten verteerd zou zijn tegen de tijd dat ze stierf. Onder normale omstandigheden zou dat ook zo zijn geweest.'

'Ze heeft wat congestie, een mild oedeem.' Hij snijdt stukjes van een long. 'Bloedophoping in het alveolo-capillaire membraan, roze schuimende vloeistof in de alveolaire ruimte. Kenmerkend voor acuut ademfalen.'

'En kenmerkend voor acuut hartfalen. Haar hart ziet er verrassend goed uit.' Ik begin op de grote snijplank stukjes van haar hart te snijden. 'Een beetje bleek. Geen littekens. Bloedvaten open en niet geobstrueerd. Kleppen, chordae tendineae, papillairspieren geen bijzonderheden,' dicteer ik tijdens het ontleden. 'Dikte ventrikelwanden en doorsnede kamers normaal. Uitgaande grote bloedvaten niet geobstrueerd. Geen beschadigingen aan het myocardium.'

'Dat had ik nooit gedacht.' Colin veegt zijn handen weer af en schrijft het op. 'Niets waardoor we aan een myocardinfarct denken, dus. Alle wegen blijven naar toxicologie leiden.'

'Ik zie helemaal niets wat op een myocardinfarct wijst. Je kunt zoeken naar histologisch bewijs, de theorie dat hartmyocyten zich delen na een myocardinfarct. Maar doorgaans ben ik sceptisch als ik geen anatomisch bewijs zie. En ik zie geen bewijs. Aorta heeft minimale atherosclerose.' Ik kijk op als de deuren van de zaal openzwaaien. 'Naar mijn mening wijst helemaal niets erop dat haar doodsoorzaak iets met het hart te maken had.' Ik hoor bekende stemmen als George weer binnenkomt.

Ik herken Bentons rustige, aangename bariton en kikker op als ik zijn slanke, knappe gestalte in een gekreukte kakikleurige broek en een groen poloshirt zie binnenkomen. Zijn zilvergrijze haar ligt plat achterover, waarschijnlijk omdat hij in een busje zonder airconditioning heeft zitten transpireren, en het doet er niet meer toe dat we in een grimmige sectiezaal zijn die naar de dood ruikt, of dat mijn witte operatieschort en handschoenen bebloed zijn of dat Kathleen Lawler is opengesneden en haar in stukjes gesneden organen in een emmer op de vloer naast de tafel liggen.

Ik ben blij dat Benton er is, maar het feit dat we in een mortuarium aan een sectie bezig zijn, is niet de reden waarom ik hem niet in mijn buurt wil hebben. Dan verschijnt Lucy, slank en onheilspellend in een zwarte pilotenoverall. Haar kastanjerode haar hangt los over haar schouders en krijgt door de lampen boven haar hoofd roodgouden strepen. Ze blijven allebei op hun plaats staan, aan de andere kant van het vertrek.

'Jullie moeten daar blijven,' zeg ik desondanks, en ik zie aan Bentons houding dat er iets mis is. 'We weten niet waaraan ze is blootgesteld, maar een dodelijk gif staat boven aan ons lijstje. Waar is Marino?'

'Hij wilde niet mee naar binnen. Waarschijnlijk om dezelfde reden dat jij ons niet in de buurt van die tafel wilt hebben,' zegt Benton. Nu weet ik zeker dat er iets mis is.

Ik zie het aan zijn gezicht, aan zijn gespannen houding en aan de ondoorgrondelijke blik in zijn ogen. Hij kijkt me strak aan, en ondanks zijn kalmte lijkt hij geagiteerd, zoals altijd wanneer hij zich vreselijk zorgen maakt.

'Dawn Kincaid ligt in coma,' zegt hij.

In mijn achterhoofd begint een alarmbel te rinkelen.

'Ik hoorde het nieuws na de landing. Ze zeggen dat ze hersendood is, maar ze weten het niet helemaal zeker.' Hij verheft zijn stem zodat Colin en ik hem kunnen verstaan. 'Jullie weten wel hoe dat gaat. Zelfs als ze het zeker weten, weten ze het niet voor de volle honderd procent. Wat de oorzaak ook is, het is uiterst verdacht,' voegt hij eraan toe, en in gedachten zie ik Jaime Bergers gezicht vlak voordat ik vannacht uit haar appartement vertrok.

Ze zag er slaperig uit en haar pupillen waren verwijd.

'Maar alles wijst erop dat haar hersenen te lang geen zuurstof hebben gehad,' vertelt Benton. Ondertussen hoor ik de manier waarop Jaime praatte toen ik haar rond enen verliet. Ze sprak met dikke tong en kon niet goed meer articuleren. 'Tegen de tijd dat ze in haar cel kwamen, was ze gestopt met ademhalen. Ze hebben haar in leven gehouden, maar eigenlijk is ze er niet meer.'

Ik herinner me de afhaalmaaltijd die ik mee naar haar appartement heb genomen. Een onbekende gaf me een zak, die ik zonder erbij na te denken heb aangenomen.

'Ik dacht dat het prima met haar ging. Gewoon een astma-aanval...' begin ik.

'Op dat moment waren we niet volledig op de hoogte, en dit wordt uiterst geheim gehouden,' onderbreekt Benton me. 'Eerst dachten ze aan een astma-aanval, maar haar symptomen werden al vlug heel ernstig. Het dienstdoende personeel in Butler heeft nog een dosis epinefrine geprobeerd omdat ze aan anafylaxie dachten, maar die gaf geen verbetering. Ze kon niet praten of ademhalen. Er wordt gevreesd dat ze op de een of andere manier is vergiftigd.'

In gedachten zie ik de vrouw met de lampjes op haar helm, die haar fiets tegen de lantaarnpaal zette.

'Niemand heeft enig idee hoe ze in Butler iets giftigs te pakken kan hebben gekregen,' zegt Benton vanaf de andere kant van de kamer.

Een koerierster gaf me de zak met sushi's, en ik herinner me vaag dat ik het gevoel had dat er iets mis was, maar ik sloeg er geen acht op omdat er gisteren zoveel verdachte dingen gebeurden. Vanaf het moment waarop Benton me gisteren naar de luchthaven van Boston bracht, leek alles verdacht. De hele dag was verdacht, en dan speel ik de rest van de film weer in mijn geheugen af. Jaime die haar appartement binnenkwam nadat Marino en ik bijna een uur hadden zitten praten. Ze leek niet te weten dat ze sushi's had besteld en ik zette er geen vraagtekens bij.

Ik leg het scalpel neer. 'Heeft iemand Jaime vandaag gesproken? Ik namelijk niet, en ze heeft ons hier niet gebeld.'

Niemand reageert.

'Ze zou vandaag naar het laboratorium komen. Ik heb een bericht voor haar achtergelaten en ze heeft niet teruggebeld.' Ik haal het kapje van mijn hoofd en doe het wegwerpschort af. 'En Marino? Weet iemand of hij haar heeft gesproken? Hij zou haar bellen.'

'Hij heeft het geprobeerd toen hij ons hierheen bracht, maar er werd niet opgenomen,' zegt Lucy. Aan de blik op haar gezicht zie ik dat ze beseft waarom ik het vraag.

Ik gooi mijn vuile kleding in de afvalbak en trek mijn handschoenen uit.

'Bel het alarmnummer. Misschien kun je Sammy Chang bereiken en zeggen dat hij naar Jaimes huis moet komen. Zeg maar dat hij ons daar treft,' zeg ik tegen Colin. 'En zorg dat ze een ambulance sturen.' Ik geef hem het adres.

25

Twee politieauto's en Sammy Changs witte SUV staan voor het bakstenen gebouw met zeven verdiepingen geparkeerd, maar ik zie geen zwaailichten, niets wat op een tragedie of een ramp wijst. Er klinken nergens sirenes, ik hoor alleen maar de zware motor van het bestelbusje en de doffe klappen van de nieuwe ruitenwissers. Het is muf en benauwd met de ramen dicht, de ventilator laat vochtige, hete lucht circuleren en het regent zo hard dat het geluid aan een autowasstraat doet denken. Het onweer dondert en knettert, de oude stad is in mist gehuld.

Boven aan de trap, onder het afdak voor dezelfde voordeur die gisteravond zoemend voor me openging op het moment dat een vrouwelijke fietskoerier uit het niets leek op te duiken, zoeken Chang en twee agenten van de politie van Savannah ineengedoken beschutting tegen het weer. Lucy, Benton, Marino en ik verruilen het busje voor de regen en de wind, en ik speur om me heen naar een ambulance. Nergens is er een te bekennen. Dat ergert me, want ik had om een ambulance gevraagd. Als voorzorgsmaatregel wil ik medische hulpverleners. Om tijd te besparen als we niet te laat zijn en er nog iets te redden valt. Regen klettert op het dampende bakstenen voetpad, het geluid van de stortregen klinkt even hard als applaus.

'Politie. Is er iemand thuis? Politie!' roept een agent terwijl hij de knop van de intercom indrukt. 'Tja, ze reageert niet.' Hij stapt achteruit en kijkt om zich heen, terwijl het nog harder gaat regenen. 'We moeten een andere manier zien te bedenken. Het regent nu verdomme elke dag.' Hij kijkt omhoog naar de onstuimige donkere hemel en de golvende gordijnen van water. 'Zoals gewoonlijk heb ik mijn regenjas in de auto laten liggen.'

'Het is zo voorbij. Het is wel droog tegen de tijd dat we weer buiten komen,' zegt de andere agent.

'Nou, ik hoop dat het niet gaat hagelen. Het is me al een keer gebeurd dat mijn auto daardoor werd beschadigd. Hij zag eruit alsof iemand hem met een hooggehakte schoen had bewerkt.'

'Wat moet een openbare aanklager uit New York hier trouwens? Is ze op vakantie? Dit gebouw telt veel vaste bewoners, maar ze gaan in de zomer weg en sommigen van hen verhuren hun huis per week. Is ze hier voor een korte periode?'

'Heeft iemand om een ambulance gebeld?' vraag ik luidkeels, terwijl reusachtige groenblijvende eiken in de wind zwiepen en Spaans mos als grijze guirlandes of gerafelde vuile doeken heen en weer wappert. 'Het lijkt me verstandig om hier een ambulance te hebben,' voeg ik eraan toe, terwijl de twee agenten en Chang ons zien aankomen met de gejaagdheid van de onweersbui, die donderend dichterbij komt en nu bijna boven ons hoofd hangt. De stortregen sist op het voetpad en de straat en stroomt van de puntgevel op het afdak.

'Ik vraag me af of er een kantoor is dat de verhuur regelt,' zegt een van de agenten. 'Daar hebben ze vast wel een sleutel.'

'Er zit volgens mij geen kantoor in dit gebouw.'

'De meeste van die oude gebouwen hebben geen inpandig kantoor,' zegt Chang.

'Of misschien kunnen we de buren proberen...'

Dan baant Marino zich met de sleutels in zijn hand een weg naar voren. Hij duwt de geüniformeerde agenten bijna aan de kant.

'Hola, rustig aan. Wie bent u?'

Enigszins afwezig registreer ik dat Chang uitlegt wie we zijn en wat we komen doen. Ondertussen maakt Marino de deur open, en ik ben me vaag bewust van mijn kleddernatte zwarte werkkleding en hoge schoenen. Terwijl ik de woorden 'FBI', 'Boston' en 'hoofdpatholoog-anatoom die met dokter Dengate samenwerkt' hoor, kam ik mijn druipende haar met mijn vingers naar achteren en lopen we allemaal naar de lift. Lucy loopt vlak achter me en drukt met haar hand op mijn rug. Ze duwt me vooruit en houdt zich aan me vast, en ik weet wat haar aanraking betekent. Ik voel de wanhoop in de druk van haar vlakke hand, een gebaar dat ik al heel lang niet meer heb gevoeld en dat ze als klein meisje maakte als ze me wilde beschermen of als ze bang was, of als ze me in een menigte niet wilde kwijtraken of wilde voorkomen dat ik bij haar wegging.

Ik heb tegen Lucy gezegd dat alles goed komt omdat dat op een bepaalde manier ook zo is, maar ik denk niet dat het goed komt op de manier die we hopen, die we wensen, zoals het in een perfecte wereld zou gaan. Ik heb mijn nicht eraan herinnerd dat we nog helemaal niets weten, al heb ik eigenlijk geen hoop. Anders had ik intuïtief wel iets gevoeld. Jaime reageert niet op e-mails, sms'jes of telefoontjes naar haar mobieltje of haar appartement. We hebben niets meer van haar gehoord sinds Marino en ik vannacht rond enen bij haar zijn weggegaan, maar ik heb tegen Lucy gezegd dat er een logische verklaring voor kan zijn. We moeten al het mogelijke doen, maar dat betekent niet dat we van het ergste uitgaan, zo heb ik haar herhaaldelijk gerustgesteld.

Maar ik ga wel van het ergste uit. Wat ik ervaar, is pijnlijk vertrouwd. Het gevoel is als een verdrietige oude vriend, een grimmige metgezel die op de reis door mijn leven een deprimerend leidmotief is, en mijn reactie is een gewaarwording die ik maar al te goed ken, een wee gevoel, een stolling, als uithardend beton, iets wat zich met een plof in een diepe duisternis nestelt, in een bodemloze, onverlichte ruimte, buiten bereik en voorgoed achter me. Dat is wat ik voel vlak voordat ik een ruimte betreed waar de dood stilletjes en onherroepelijk wacht tot ik me met hem ga bezighouden zoals alleen ik dat kan. Ik weet niet wat er door Lucy's hoofd spookt. Niet de gewaarwordingen of voorgevoelens die ik heb, maar iets verwarrends en tegenstrijdigs en onzekers.

Tijdens de twintig minuten durende rit hierheen was ze helder en wist ze zich goed te beheersen, maar nu is ze bleek, alsof ze ziek is, en ze ziet er tegelijkertijd doodsbang en boos uit. Ik zie de schaduwen en de opvlammende emoties in haar felgroene ogen en ik hoorde haar innerlijke verwarring in een opmerking die ze tijdens de rit maakte. Ze zei dat ze Jaime een halfjaar geleden voor het laatst had gesproken, toen Lucy haar ervan beschuldigde dat ze zich om de verkeerde reden ergens mee bemoeide. 'Waarmee dan?' vroeg ik. Het antwoord was dat ze mensen verdedigde en hen redde door hun leugens desnoods in waarheden te veranderen, want dat deed ze bij zichzelf ook. *Daar voelt ze zich prettig bij*, zei Lucy. *Het is alsof Jaime erin geslaagd is om een grote berg van waarheid te beklimmen, maar aan de andere kant naar beneden valt*, zei Lucy in het lawaaierige, warme bestelbusje. Het begon op dat moment te regenen, en in haar stem klonk zowel angst als woede door. *Ik waarschuwde haar, want ik zag het maar al te duidelijk*, zei ze. *Ik heb haar precies verteld waar ze mee bezig was, maar ze deed het toch.*

'Loop maar vooruit,' zegt Benton tegen Marino.

Ze verlegde haar grenzen steeds naar het volgende gevaarlijke niveau, zei Lucy toen we de onweersbui in reden. Haar stem trilde een beetje, alsof ze buiten adem was. *Waarom moest ze dit zo nodig doen? Waarom?*

'Heeft ze problemen?' vraagt een van de agenten aan Marino. 'Persoonlijke problemen, financiële moeilijkheden, dat soort dingen?'

'Nee.'

'Ik durf te wedden dat ze gewoon op pad is, misschien wel naar een toeristische bestemming, zonder dat ze het tegen iemand gezegd heeft.'

'Dat is niets voor haar,' zegt Lucy. 'Dat is echt godsonmogelijk.'

'En dat ze haar telefoon heeft laten liggen of dat hij moet worden opgeladen. Weet je hoe vaak dat hier gebeurt?'

'Jezus! Ze doet nooit toeristische dingen,' zegt Lucy achter mijn rug.

Marino veegt zijn vochtige gezicht af aan zijn mouw en ik zie zijn ogen heen en weer flitsen. Zo ziet hij er altijd uit als hij onder zijn ongevoelige, onbeleefde buitenkant ontzettend van streek is. De lift gaat open en we stappen er allemaal in, met uitzondering van Benton en Lucy. Ondertussen blijven de agenten mogelijkheden opperen en proberen ze onze groeiende gejaagdheid te temperen, terwijl ze verdomme helemaal geen reden hebben om iets te temperen.

'Er is vast niets aan de hand. Dat zie ik zo vaak. Je maakt een afspraak, je kunt de ander niet bereiken en dan ga je je zorgen maken.'

Dit is hun vaste wijk en in feite brengen ze gewoon een surveillancebezoek, zoals dat in de wandelgangen heet. Het is misschien wat dramatischer dan gewoonlijk en ze brengen een grotere, officiëlere politiemacht mee, maar het blijft een surveillancebezoek. De politie brengt ze dagelijks, vooral nu, in de drukste periode van het toeristenseizoen, midden in de schoolvakantie. Iemand belt het alarmnummer en de politie gaat even kijken bij vrienden of familieleden die de telefoon niet opnemen of al een poosje niets meer van zich hebben laten horen. In negenennegentig van de honderd gevallen is het loos alarm. In het ene geval dat er wel iets aan de hand is, is het doorgaans niets ernstigs. De persoon om wie het gaat blijkt zelden dood te zijn.

'Ik ga met jou mee,' zegt Lucy tegen mij.

'Ik moet als eerste naar binnen.'

'Ik moet met jou mee.'

'Nu niet.'

'Het moet,' houdt Lucy vol, en Benton slaat zijn arm om haar heen en trekt haar dicht tegen zich aan. Het is meer dan een troostende omhelzing; hij zorgt dat ze niet als een speer naar de trappen kan rennen en het appartement probeert binnen te dringen.

'Ik bel je zodra ik binnen ben,' beloof ik Lucy, terwijl de deuropening van de lift steeds kleiner wordt. Dan gaan de deuren volledig dicht en is ze weg, en de pijn in mijn borstkas is onbeschrijflijk naar.

De lift, die met glanzend oud hout en gepoetst koper is uitgerust, gaat hortend naar boven. Ik leg aan de agenten uit dat niemand iets van Jaime Berger heeft gehoord en dat ze niet als toeriste naar Savannah is gekomen. Ze is hier niet op vakantie. Het kan zijn dat er niets aan de hand is, en dat hoop ik ook van harte. Maar het is niets voor haar om niets van zich te laten horen, en ze werd vandaag in het kantoor van dokter Dengate verwacht. Ze is niet komen opdagen en ze heeft ook niet gebeld. De politie had om een ambulance moeten vragen en het zou verstandig zijn als er alsnog om werd gevraagd. Terwijl ik dit allemaal zeg, besef ik dat ik mezelf herhaal, dat ik erg aandring, en dat de agenten, die allebei jong zijn, zo hun eigen theorie hebben over wat er aan de hand is.

Zij gaan er duidelijk van uit dat Marino samenwoont met deze vrouw van buiten de stad die haar telefoon niet opneemt en niets van zich laat horen. Waarom heeft hij anders de sleutels? Waarschijnlijk is dit gewoon een uit de hand gelopen huiselijke twist waar niemand over wil praten. Ik herhaal dat Jaime een vooraanstaande openbare aanklager uit New York is, nou ja, een voormalige openbare aanklager, en dat we redenen hebben om aan te nemen dat ze gevaar loopt.

'Wanneer hebt u haar voor het laatst gezien?' vraagt een van de agenten aan Marino.

'Vannacht.'

'Was er toen niets vreemds aan de hand?'

'Nee.'

'Kon iedereen het goed met elkaar vinden?'

'Ja.'

'U hebt geen ruzie gehad?'

'Nee.'

'Ook geen meningsverschilletje?'

'Nee.'

'Misschien een kleine woordenwisseling?'

'Man, hou toch op met die onzin.'

'Er zijn wat bijzondere omstandigheden,' zegt Chang tegen de agenten als de lift met een bonk tot stilstand komt, al zijn Chang en wij niet van plan om de agenten veel meer details te geven.

We laten de naam Kathleen Lawler niet vallen en suggereren ook niet dat ze misschien is vergiftigd. Ik ben niet van plan om informatie te verstrekken over Lola Daggette of de Mensa-moorden, en ik ga ook niet vertellen dat Dawn Kincaid, die in een psychiatrische instelling voor criminelen was opgesloten, hersendood is en misschien is vergiftigd. Ik breng nu niet ter sprake dat er gisteravond een vrouw op een fiets is opgedoken met sushi's die Jaime waarschijnlijk niet heeft besteld. Ik wil niet praten of uitleggen of speculeren of fantaseren. Ik ben vreselijk over mijn toeren en weet tegelijkertijd al wat ons te wachten staat, of vrees dat ik het weet. We verlaten de lift en haasten ons naar het uiteinde van de gang, waar Marino de zware eiken deur openmaakt.

'Jaime?' dondert zijn luide stem als we het appartement binnenlopen, en het valt me meteen op dat haar inbraakalarm niet is ingeschakeld. 'Shit!' Marino kijkt even opzij naar het toetsenpaneeltje bij de deur en zijn oog valt op hetzelfde onheilspellende detail. Zijn gebruinde gezicht loopt rood aan en glimt van het zweet, zijn kakikleurige kleding van het CFC is grijsbruin van de regen. 'Ze schakelt het altijd in. Zelfs als ze thuis is. Hallo! Jaime, ben je thuis? Shit.'

De keuken ziet er nog net zo uit als toen ik vannacht wegging, alleen staat er nu een fles maagzuurremmer op het aanrecht die er beslist niet stond toen ik afwaste en eten opborg. Ik heb zelf gezien dat ze haar grote bruine handtas aan de schouderriem over een barkruk hing toen ze met de afhaalmaaltijd van de Broughton & Bull binnenkwam, maar nu hangt die tas daar niet meer. In plaats daarvan ligt hij op de leren bank in de woonkamer en ligt de inhoud verspreid over de salontafel. We blijven niet staan om te kijken of er iets ontbreekt, of te achterhalen waarnaar ze kan hebben gezocht. Chang en ik lopen achter Marino aan, die met grote passen door de hardhouten gang naar de hoofdslaapkamer achterin beent.

Door de deuropening zie ik een sleebed, gekreukt groen en bruin beddengoed en Jaime, gekleed in een bruine badjas die niet is dichtgeknoopt en slordig om haar heen ligt. Ze ligt met haar gezicht naar beneden en haar heupen naar één kant gedraaid. Haar armen en hoofd hangen van het bed en haar positie lijkt niet op die van iemand die in haar slaap is gestorven. Haar houding doet me denken aan die van Kathleen Lawler, alsof hun laatste moment een worsteling was, een marteling. De lampjes naast het bed zijn aan en de gordijnen zijn dicht.

'Shit,' zegt Marino. 'Jezus,' mompelt hij, als ik naar haar toe loop en de geur van gebrand fruit en turf ruik. Er is iets op het nachtkastje gemorst, iets wat naar whisky ruikt, en ik zie een omgegooid whiskyglas en vlak daarbij de lege oplader van een draadloze telefoon.

In haar nek zoek ik met mijn vingers naar een hartslag, maar ze is koud en de rigor is al vergevorderd. Ik kijk omhoog naar Chang en daarna naar een van de geüniformeerde agenten, die binnenkomt.

'Ik ben zo terug,' zegt Chang. 'Ik moet een paar dingen uit de auto halen,' voegt hij eraan toe terwijl hij wegloopt.

De agent staart naar het lichaam, dat over de rechterkant van het bed gedrapeerd ligt. Hij komt dichterbij en haalt zijn portofoon van zijn riem.

'Je moet op afstand blijven en nergens aanzitten,' snauwt Marino met fonkelende ogen.

'Hé, een beetje rustig, alstublieft.'

'Jij hebt hier de ballen verstand van,' barst Marino uit. 'Jij hebt goddomme geen enkele reden om hier te zijn. Jij weet er de ballen van, dus rot maar op.'

'Meneer, een beetje kalm.'

'Meneer? Schei uit met je gemeneer.'

'Rustig nou,' zeg ik tegen Marino. 'Alsjeblieft.'

'Godverdomme. Dit is niet te geloven. Jezus christus. Wat is er in vredesnaam gebeurd?'

'Het is beter om uit de buurt van het lichaam te blijven,' zeg ik tegen de agent. 'We weten niet waar we hier mee te maken hebben,' voeg ik eraan toe. Hij zet een paar stappen achteruit en blijft bij de deuropening staan, terwijl Marino naar het lichaam staart en dan met een dieprood gezicht zijn blik afwendt.

'Bedoelt u dat wij er iets van zouden kunnen krijgen, dat het iets besmettelijks zou kunnen zijn?' vraagt de agent.

'Ik weet het niet, maar het is het beste als je niet te dichtbij komt en overal afblijft.' Ik bestudeer alle delen van haar lichaam die ik kan zien, maar daar word ik niets wijzer van, en juist dat vertelt me iets. 'Lucy en Benton mogen hier niet binnenkomen,' zeg ik tegen Marino. 'Lucy hoeft hier niet mee te worden geconfronteerd. Ze hoeft dit niet te zien.'

'Jezus. Shit!'

'Wil jij naar hen toe gaan en voorkomen dat ze probeert binnen te komen? Zorg dat de deur van het appartement dicht is en op slot zit.'

'Jezus. Wat kan er in godsnaam zijn gebeurd?' Zijn stem trilt en zijn glinsterende ogen zijn bloeddoorlopen.

'Zorg dat de deur op slot is,' instrueer ik Marino. 'Zorg dat je partner buiten blijft, zodat er niemand binnenkomt die hier niet mag komen,' zeg ik tegen de agent, die kort rood haar en donkerblauwe ogen heeft. 'We kunnen verder niets doen en we moeten overal afblijven. Dit is een verdacht sterfgeval en we moeten deze kamer als een plaats delict behandelen. Ik ben bang voor vergiftiging, en we moeten nu niets meer doen, om te voorkomen dat we sporen vervuilen. Ik heb eigenlijk liever dat je het vertrek verlaat, want we weten niet waar we hier mee te maken hebben,' herhaal ik. 'Maar je moet hier blijven. Je moet hier bij mij blijven,' zeg ik tegen de agent terwijl Marino wegloopt. Zijn voetstappen klinken luid op het hardhout.

'Waarom denkt u dat het een plaats delict is?' De agent met het rode haar kijkt om zich heen, maar hij blijft bij de deuropening staan. Na wat ik net heb gezegd, wil hij niet in de buurt van het lichaam komen. Hij wil helemaal niet in de kamer zijn. 'Alleen haar tas is omgekeerd. Maar als ze iemand heeft binnengelaten die haar heeft beroofd, moet het iemand zijn geweest die ze kende. Hoe kon hij anders beneden binnenkomen?'

'We weten niet of er iemand binnen is geweest.'

'Dus het kan zijn dat iets in dit appartement giftig is.'

'Ja.'

'Of misschien was het een overdosis en zocht ze in haar tas naar pillen.' De agent komt geen centimeter van zijn plaats bij de deur. 'Misschien moet ik even in haar badkamer kijken.' Hij kijkt naar een deur links van het bed, die op een kiertje staat, maar hij verroert geen vin.

'Dat kun je beter niet doen, en je moet bij mij blijven.' Ik toets Bentons nummer in op mijn mobiele telefoon.

'Ik ben vorig jaar op een plaats delict geweest. Een vrouw had een overdosis oxycodon genomen en dat zag er bijna hetzelfde uit. Er was eigenlijk niets overhoopgehaald, ze had alleen in haar laden en in haar handtas naar drugs gezocht. Ze lag dood op het bed, min of meer boven op de dekens, eigenlijk schuin over het bed in plaats van erin. Een heel mooi meisje dat danseres probeerde te worden en verslaafd was geraakt aan oxycodon.'

Terwijl ik Benton bel, staar ik naar de aangrenzende badkamer, maar ik ga er niet naartoe. Licht sijpelt langs de gedeeltelijk geopende deur naar binnen. De lampjes naast het bed zijn aan en het licht in de badkamer brandt. Jaime is gisteravond niet gaan slapen, of anders is ze op een bepaald moment weer opgestaan.

'Ze zeiden dat het een ongeluk was, maar volgens mij was het zelfmoord. Haar vriend had hun relatie namelijk net beëindigd. Ze had veel problemen,' zegt de agent, die het net zo goed tegen zichzelf had kunnen hebben.

'Lucy mag hier niet binnenkomen,' zeg ik zodra Benton opneemt, en hij weet wat dat betekent en zwijgt. 'Ik weet niet wat ik moet voorstellen,' laat ik erop volgen, want ik weet niet wat hij nu tegen Lucy moet zeggen.

Uiteindelijk zal ze het te weten komen, maar het kan best zijn dat ze het al geraden heeft. Op haar vraag zijn maar twee antwoorden mogelijk: ofwel Jaime ligt dood in dit appartement, of niet. Lucy weet het al, de gedachte komt nu bij haar op terwijl Benton naar mij luistert, terwijl ik beschrijf wat ik zie en hij niets doet om Lucy's angsten weg te nemen. Een blik, een glimlach, een gebaar of een woord waardoor de last van haar af valt – hij geeft haar niets, en in gedachten zie ik hem strak voor zich uit kijken terwijl hij naar me luistert. Lucy beseft het ergste en ik heb geen idee wat ik eraan kan doen, maar op dit moment kan ik niet weglopen en me met haar bezighouden. Ik moet me bezighouden met wat er hier is gebeurd. Ik moet me bezighouden met Jaime. Ik moet me bezighouden met wat er hierna kan gebeuren.

Ik kijk naar haar lichaam op het bed, naar de openhangende badjas die gekreukt om haar heupen ligt. Onder de jas is ze naakt, en ik vind het een vreselijke gedachte dat de agent met het rode haar in de deuropening staat en dat er nog meer mensen zijn die haar zo zullen zien. Maar ik mag haar niet aanraken. Ik mag niets aanraken, en ik ga bij een raam staan. Ik loop niet rond en kom ook niet dichterbij.

'Blijf alsjeblieft bij Lucy. Ik kom zo snel mogelijk weer naar jullie toe,' zeg ik door de telefoon tegen Benton. 'Probeer haar mee naar het hotel te krijgen, dan zie ik jullie daar. Ik denk dat dat het beste is. Het is niet goed voor haar om hier rond te hangen, en jullie kunnen echt niets doen.' Het interesseert me niet dat hij van de FBI is. Het interesseert me niet wat hij doet of hoeveel macht hij heeft. 'Niet hier, niet op dit moment. Zorg maar gewoon voor haar.'

'Natuurlijk.'

'Ik zie jullie in het hotel.'

'Oké.'

Ik vertel hem dat de hotelreservering moet worden aangepast. Als het kan, wil ik een suite met een keukentje. Ik wil kamers met tussendeuren, want ik heb een donkerbruin vermoeden wat er gaat gebeuren. Ik weet wat ons te doen staat, en het belangrijkste is dat we bij elkaar blijven.

'Ik zal het regelen,' belooft Benton.

'Wij allemaal bij elkaar,' herhaal ik. 'Daarover is geen discussie mogelijk. Misschien kun je een huurauto of een auto van de FBI regelen. We moeten een auto hebben. We kunnen niet in Marino's busje blijven rondrijden. Ik weet niet hoe lang we hier bezig zullen zijn.'

'Ik maak me zorgen over hem.' Benton praat zachtjes, en zijn toon verraadt niets.

Zonder woorden vertelt hij me dat Marino last met de politie zou kunnen krijgen als Jaime vermoord blijkt te zijn. Ze zouden hem kunnen verdenken. Hij heeft de sleutels van haar gebouw en haar appartement. Waarschijnlijk weet hij ook de code van haar inbraakalarm. Ze hadden een goede band, en de politie heeft al gevraagd of ze vannacht ruzie of een woordenwisseling hebben gehad. Met andere woorden, ze gaan ervan uit dat Jaime en Marino een relatie hadden.

'Ik weet natuurlijk niet precies wat er is gebeurd,' zeg ik tegen Benton. 'Ik heb zo mijn vermoedens, donkerbruine vermoedens zelfs, en ik zal mijn handelingen daar zo goed mogelijk aan aanpassen. Voor zover ik dat mag.'

Ik impliceer dat Jaime volgens mij is vermoord.

'En ik maak me niet alleen zorgen over hem, maar ook over mezelf.' Ik bedoel dat ik een soortgelijk probleem heb.

Marino zal niet de enige verdachte zijn. Ik heb gisteravond de afhaalmaaltijd mee naar binnen genomen. Misschien heb ik Jaime de dood in een witte papieren zak overhandigd.

'Ik sta voor jullie klaar,' zeg ik. 'Ik zal mijn uiterste best doen om te helpen.'

'Oké.' Meer zegt Benton niet, want Lucy is bij hem en hij kan niet vrijuit praten.

Ik verbreek de verbinding en ben dan alleen in de slaapkamer met Jaimes dode lichaam en een politieman uit Savannah die volgens zijn naamplaatje T.J. Harley heet. Hij staat nog steeds in de deuropening. Hij kijkt naar het lichaam, kijkt om zich heen en heeft echt geen idee waarnaar hij op zoek moet en of hij werkelijk bij me moet blijven, zoals ik heb gevraagd, of dat hij zich bij zijn partner moet voegen of een superieur of een rechercheur van moordzaken moet bellen. Ik zie talloze gedachten in zijn ogen.

'Waarom vindt u het een verdacht sterfgeval, afgezien van die doorzochte tas?' informeert hij.

'We weten niet of die tas door iemand anders is doorzocht,' antwoord ik. 'Misschien heeft ze dat zelf gedaan.'

'Waar kan ze naar op zoek zijn geweest, behalve pillen?'

'We weten niet of het een overdosis was.'

'Had ze gewoonlijk veel contant geld in haar portemonnee?'

'Ik heb geen idee wat er in haar portemonnee zit of hoeveel geld ze doorgaans bij zich had,' antwoord ik.

'Als het om hoge bedragen gaat, zou het een motief kunnen zijn.'

'We weten niet of er iets gestolen is.'

'Zou ze gewurgd of verstikt kunnen zijn?'

'Er zijn geen striemen of petechieën te bekennen,' zeg ik. 'Als ik haar zo zie, is er niets wat daarop wijst. Maar ze moet grondig worden onderzocht. Er moet sectie worden verricht. Op dit moment weten we niet waardoor ze is gestorven.'

'Wat weet u van haar relatie met haar vriend?' Hij doelt op Marino.

'Hij werkte voor haar toen hij nog bij de politie van New

York zat, en sinds kort was hij haar consultant. Ik begrijp dat hij van streek is.'

'De politie van New York?'

'Onderzoek. Hij was geplaatst bij de afdeling zedendelicten, bij haar.'

'Dus het kan zijn dat ze samen iets hadden,' besluit hij.

'Misschien moeten we eerst uitzoeken of ze gisteravond sushi's heeft besteld,' zeg ik. 'Dat lijkt me beter dan meteen van het meest voor de hand liggende scenario uit te gaan. Jij denkt dat het iemand uit haar naaste omgeving is die iets met haar had en misschien iets vreselijks heeft gedaan.'

'Zo gaat het doorgaans wel.'

'Doorgaans? Vaak, zou ik zeggen, maar niet altijd en ook niet doorgaans.'

'Kom nou toch.' Hij is heel zeker van zichzelf. 'U kijkt eerst naar dingen die niet voor de hand liggen.'

'Ik kijk naar wat het bewijsmateriaal me vertelt,' zeg ik.

'Het was toch zeker wel een grapje over die sushi's, of niet?'

'Nee.'

'O, ik dacht dat u suggereerde dat het aan de rauwe vis had gelegen. Zelf moet ik er niets van hebben. Vooral nu niet meer. Gelekte olie, radioactief water. Misschien eet ik maar helemaal geen vis meer, zelfs niet als hij gebakken is.'

'Er zijn hier bakjes van een afhaalmaaltijd, een papieren zak, een bonnetje in de vuilnisbak. Restjes in de koelkast,' vertel ik hem. 'Zorg alsjeblieft dat jij en je partner overal van afblijven. Ik adviseer je om niet in de keuken te komen en het verder aan rechercheur Chang of dokter Dengate over te laten. Of wie ze dan ook mogen sturen.'

'Ja, ik weet het. Sammy doet het onderzoek, niet ik, en ik kijk wel uit om zijn plaats delict te vervuilen. Niet dat ik zijn werk niet zou kunnen, hoor. Misschien solliciteer ik wel een keer, want ik denk dat ik er goed in zou zijn. Oog voor detail, dat is het belangrijkste, begrijpt u, en daar ben ik waanzinnig goed in. Ik heb al eerder met hem gewerkt, bij die overdosis waarover ik u net vertelde.' Agent Harley pakt zijn portofoon en zegt: 'Kijk uit voor blootstelling. Raak niets aan in de keuken, de vuilnisbak of waar dan ook.'

‘Kijk uit voor wát?’ klinkt de stem van zijn partner vanuit de woonkamer.

‘Blijf gewoon overal van af. Niets aanraken.’

‘Boodschap begrepen.’

Ik besluit verder niets meer over sushi’s of mijn vermoedens te zeggen. Ik ga niet vertellen hoe mijn bezoek aan Jaime gisteravond verliep. Dat bewaar ik voor Chang, voor Colin, voor wie dan ook. Ik weet dat Marino en ik onafhankelijk van elkaar verklaringen zullen moeten afleggen, misschien wel tegenover een rechercheur van moordzaken uit Savannah, maar niet tegenover agent T.J. Harley, die best aardig is, maar ook naïef, en die het veel te leuk vindt om detectiveje te spelen. Chang zal zorgen dat Marino en ik door de juiste persoon of personen worden ondervraagd, afhankelijk van de vraag onder wiens jurisdictie we vallen, en waarschijnlijk zal het een gezamenlijk onderzoek worden. De GBI en de plaatselijke politie zullen samen aan deze zaak werken, en dan zal de FBI wel in beeld komen. Als Jaimes dood verband houdt met de gebeurtenissen in Massachusetts, en dan met name met de vermeende vergiftiging van Dawn Kincaid, zijn bij deze zaken staatsgrenzen overschreden en wordt de FBI betrokken bij wat er in Savannah gebeurt. Dan zullen zij de leiding wel overnemen, net als in het noorden.

Ik duw het gesloten gordijn een stukje opzij en kijk naar beneden, naar de straat voor het gebouw, waar Chang zijn onderzoeksspullen uit zijn SUV haalt. De stortbui klettert op het dak van het gebouw alsof het steentjes regent, en boven de lage skyline van huizen, historische gebouwen en bomen flakkeren bliksemstralen. Het geluid van de donder, die knettert en de hemel in tweeën scheurt, klinkt alsof er in de verte op pauken wordt geslagen, of als artillerievuur van een oorlog die hier ver vandaan wordt gevoerd. Als Cambridge hier niet ruim vijftienhonderd kilometer vandaan zou liggen, wist ik wel wat ik zou doen.

Ik zou de vrachtwagen, onze mobiele sectie-inrichting, meteen naar Savannah sturen. Maar de afstand maakt zo’n plan onpraktisch, misschien wel onmogelijk, want Colin Dengate stelt de sectie vast niet twee dagen uit, en terecht. We willen niet wachten. We kunnen niet wachten. We moeten serum hebben. We moeten weefselmonsters hebben. We moeten een maaginhoud hebben. Natuurlijk is er vlakbij in Atlanta altijd nog het CDC, het Center for Disease Control and Prevention, maar Colin wil waarschijnlijk ook niet op hun vrachtwagen wachten, en wij zijn aan de lichamen blootgesteld geweest en we mankeren niets. Meerdere mensen zijn aan de lichamen blootgesteld en lijken niets te mankeren. Ik ben in de gevangeniscel van Kathleen Lawler geweest. Ik heb haar aangeraakt, de lucht daar ingeademd en geroken wat er in haar wasbak lag, en ik ben blootgesteld aan haar bloed en haar maaginhoud, aan haar binnen- en buitenkant. Ik voel me niet beroerd. Marino, Colin en Chang ook niet. Er zijn geen waarschuwingssignalen dat we allemaal gevaar kunnen lopen.

Ik weet niet waaraan Kathleen en Jaime zijn gestorven en waarmee Dawn Kincaid is vergiftigd, maar als het in alle gevallen om hetzelfde gif gaat, werkt dat betrekkelijk snel. Het legt de spijsvertering stil en bemoeilijkt de ademhaling. Het is een stof die verlamt, denk ik. Verstopt in eten of in drinken. En ik herinner me hoe Jaime eruitzag voordat ik vannacht rond enen bij haar wegging. Haar oogleden waren zwaar. Ze had moeite met praten en kon haar woorden niet goed meer uitspreken. Haar pupillen waren vergroot. Ik dacht dat ze suf en dronken was, maar de maagzuurremmer op het aanrecht suggereert dat ze last had van haar maag, en dat is ook waar Kathleen over klaagde, als de vrouw in de cel tegenover haar de waarheid sprak.

'Ze onderzoeken hier tegenwoordig elke plaats delict sinds ze worden opgeleid aan die forensische academie in Knoxville, waar de Body Farm is...' zegt agent Harley.

Hij praat, maar ik luister nauwelijks en blijf kijken naar de stormachtige namiddag, naar de heen en weer zwiepende bomen, naar koplampen die door Abercorn Street schijnen. Dan komt de landrover in zicht.

'Alle rechercheurs van de GBI zijn daar opgeleid, stuk voor stuk, en dat betekent dat we voor dat werk waarschijnlijk de best getrainde mensen van de hele Verenigde Staten hebben,' pocht agent Harley, alsof het lichaam op het bed hem helemaal niets doet, alsof er niets monsterlijks is gebeurd.

Agent T.J. Harley kende Jaime Berger niet. Hij heeft geen idee wie ze is, wie wij allemaal zijn en wat onze relatie tot elkaar is, en ik voel dat er iets in me verandert als Colin zijn auto parkeert en de koplampen dooft. Ik voel een gelijkmatige kalmte, een bepaalde afstandelijkheid. Zo voel ik me altijd als ik ondanks een te zware emotionele belasting moet functioneren – op topniveau moet functioneren, zelfs. Ik weet wat me te wachten staat, alleen een dwaas zou dat niet weten, en ik laat mijn handen in de zakken van mijn cargobroek glijden terwijl ik terugga naar het moment waarop ik vannacht Jaimes silhouet langs de gesloten gordijnen in deze kamer zag lopen.

Marino en ik zaten op straat in zijn busje, en haar schaduw bewoog zich van links naar rechts alsof ze rusteloos ijsbeerde. Daarna kleedde ze zich uit. De kleren die ze droeg toen we bij haar waren, liggen op een stoel bij de toilettafel, alsof ze ze achteloos heeft laten vallen of opzij heeft gegooid, zoals je dat doet wanneer je dronken, van streek, gehaast of misselijk bent. Ze trok de bruine badjas aan waarin ze uiteindelijk zou sterven, en door een raam in de woonkamer keek ze ons na toen we wegreden. Ik wist van niets. Ik had geen idee wat er was gebeurd en welke rol ik daar waarschijnlijk in had gespeeld.

26

Ik wend me af van het raam, en Jaime Berger ligt nog steeds in dezelfde stijve, onnatuurlijke houding op het bed gedrapeerd, als een schilderij van Dalí.

Haar biologische bestaan is voorbij; vlees en bloed worden afgebroken als het decor nadat een toneelstuk is uitgespeeld. Ze is er niet meer. Daar kan niemand meer iets aan doen. Nu moet de nasleep ervan afgehandeld worden, en ik weet hoe ik dat moet doen en ben sterk gemotiveerd om ermee te helpen. Maar er zijn ernstige complicaties.

'Ik zal niets aanraken en verder niets doen tenzij het me nadrukkelijk wordt opgedragen,' zeg ik tegen agent Harley. 'Dokter Dengate parkeert net voor de deur, maar ik wil dat je blijft waar je bent. En als ik naar een ander deel van het appartement ga, moet je me volgen,' instrueer ik hem nogmaals. 'Ik moet vergezeld worden door jou of meneer Chang, zodat een van jullie kan getuigen wat ik doe.'

'Ja, mevrouw.' Hij kijkt me aan alsof hij niet goed weet welke activiteiten hij in de gaten zou moeten houden of onder ede zou moeten bevestigen.

'Ik ben gisteravond hier geweest. Niet in deze kamer, maar in dit appartement, en waarschijnlijk ben ik de laatste die haar in leven heeft gezien.'

'Dat heb je nou met dit soort werk.' Hij leunt tegen het kozijn en zijn riem schraapt over het hout. 'Je weet nooit wie of wat je zult tegenkomen. Soms word ik ergens heen gestuurd en blijk ik het slachtoffer te kennen. Niet lang geleden kwam iemand met wie ik op de middelbare school had gezeten om bij een motorongeluk. Dat was heel vreemd.'

Ik voel de behoefte om haar lichaam te verplaatsen, om haar te bedekken, om ervoor te zorgen dat ze er niet zo verwrongen bij ligt, met haar armen en hoofd over de rand van het bed. Haar gezicht en nek hebben een diepe paarsrode tint gekregen omdat het bloed door de zwaartekracht daarheen is gelopen toen het niet meer werd rondgepompt. Haar mond is open zodat haar boventanden te zien zijn, en het ene oog is dicht terwijl het andere ietsje openstaat. De dood heeft Jaime Bergers volmaakte schoonheid bespot door haar op een obscene en groteske wijze te verwringen en verdraaien, en ik wil niet dat Lucy haar zo ziet, zelfs niet op een foto. Ik kijk weer naar het omgevallen glas en de lege telefoonlader, ga op mijn knieën zitten om onder het bed te kijken en zie het toestel een eindje daaronder liggen, alsof Jaime ernaar getast heeft en het van de tafel heeft gestoten. Ik raap het niet op. Ik raak helemaal niets aan.

'Ik ben van ongeveer negen uur gisteravond tot iets voor enen vannacht in de woonkamer en de keuken geweest,' meld ik aan agent Harley. 'Niet lang voor ik wegging, ben ik ook even naar de wc geweest. Ik heb een heleboel dingen aangeraakt terwijl ik hier was. Papieren. Dingen in de keuken. Ik zal ervoor zorgen dat meneer Chang daarvan op de hoogte is.'

'Dus u bent van Boston hierheen gekomen om haar te spreken.'

'Nee, ik ben ergens anders voor naar Savannah gekomen. Toen ik toch hier was, vroeg ze of ze me kon spreken.' Meer ga ik niet uitleggen, niet aan de geüniformeerde agent die als eerste ter plekke was en deze zaak niet zal onderzoeken. 'We hebben een lange en nogal ingewikkelde voorgeschiedenis, die ik graag tot in detail zal bespreken met de aangewezen persoon als de tijd daar rijp voor is. Als jij intussen gewoon in de buurt wilt blijven, zodat ik een getuige heb voor wat ik hier wel of niet doe.'

'Geen probleem. Maar u kunt ook buiten wachten, als u dat liever doet.'

'Ik ben toch al in het appartement, en ik wil helpen, als dat kan,' zeg ik vastberaden.

Onder normale omstandigheden zou ik al weg zijn, maar ik weiger mijn toevlucht te nemen tot wat collega's van mij een daad van zelfbehoud zouden noemen. Ik houd me doof voor de stem in mij die zegt dat ik meteen moet maken dat ik wegkom. Dat ik mezelf niet in nog grotere problemen moet brengen. Geen enkele patholoog-anatoom zou graag in de positie belanden waarin ik me nu bevind, maar als ik kan helpen bepalen wat er met Jaime is gebeurd, voel ik me moreel verplicht om dat te doen. Ik kan zelfs niet anders. Het gaat niet alleen om haar. Haar kan ik niet meer redden. Ik maak me zorgen over andere mensen.

Moordaanslagen door vergiftiging zijn zeldzaam en heel angstaanjagend, omdat ze niet altijd tegen een bepaalde persoon gericht zijn, en zelfs als dat wel zo is, is het beoogde slachtoffer soms niet degene die doodgaat. Het kon Barrie Lou Rivers blijkbaar niet schelen wie haar tonijnsandwiches vol arsenicum at. Wat ze ook op deze wrede en kil berekenende manier duidelijk wilde maken, ze had geen bepaalde persoon op het oog en het voedsel uit haar broodjeszaak kon bij iedereen terechtkomen. Vergif laat geen vingerafdrukken of DNA achter. Het heeft bijna nooit afmetingen of een vorm, zoals een kogel of een mes, en het laat zelden sporen na die kunnen worden gemeten, zoals bij een wond. Ik heb in mijn carrière maar een handvol opzettelijke vergiftigingen meegemaakt en dat waren frustrerende en angstaanjagende zaken. Het was een wedren tegen de klok om de dader een halt toe te roepen.

Chang is terug en zet zijn sporenkoffertje op de vloer van de slaapkamer. Hij geeft me handschoenen alsof we partners zijn en ik trek twee paar over elkaar aan. Ik doe mijn handen in mijn zakken als er nog meer voetstappen in de gang klinken.

'De telefoon ligt onder het bed.' Ik wijs hem de plek en dan komt Colin binnenlopen in een geruit shirt en een lichtgrijze broek. Zijn donkerblauwe GBI-jack en zijn bril zitten vol regendruppels.

Hij heeft hetzelfde harde koffertje bij zich als eerder vandaag in de gevangenis, en hij zet het op de vloer en vraagt: 'Wat hebben we hier?'

'Geen duidelijke verwondingen, maar ik heb haar niet onderzocht en dat moet ik ook niet doen. Het ziet ernaar uit dat ze op de tast naar de telefoon heeft gezocht en misschien haar glas heeft omgestoten,' antwoord ik. 'Whisky, volgens mij. Ze dronk whisky toen ik in de vroege morgen wegging. De telefoon ligt onder het bed.'

'Heeft ze de whisky zelf ingeschonken?' Chang bukt zich en tilt met een gehandschoende hand het beddengoed op.

'Ja. En de wijn.'

'Ik wil alleen weten wiens vingerafdrukken of DNA ergens op kunnen zitten.'

'Jullie hoeven niet meer hier te blijven,' zegt Colin tegen agent Harley. 'Bedankt voor de hulp, maar hoe minder mensen hier binnenkomen, hoe beter, oké? Zorg dat je hierbinnen niets eet of drinkt, maar dat spreekt natuurlijk vanzelf, en kijk uit wat je aanraakt. We hebben verscheidene slachtoffers die mogelijk iets binnen hebben gekregen, en we weten niet wat het is.'

Harley zegt: 'Dus u denkt niet dat er drugs in het spel zijn? Ik heb geen potjes met pillen of zoiets gezien, maar ik heb ook geen kastjes of laden opengedaan. Ik heb niet rondgekeken omdat ik de hele tijd bij haar ben gebleven.' Hij laat ze weten dat hij me in de gaten heeft gehouden. 'Ik kan bijvoorbeeld in de badkamer gaan kijken. Het medicijnkastje controleren, als u wilt.'

'Zoals ik al zei, weten we niet wat het is,' antwoordt Colin. 'Het zouden drugs kunnen zijn. Maar ook iets anders. Het zou verdomme een ijskogel kunnen zijn.'

'Er is toch geen...'

'We weten echt niet wat we precies zoeken.' Colin kijkt de kamer rond. 'En hoe minder mensen, hoe beter.'

'Er bestaat niet echt iets als een ijskogel...'

'Niet in deze hitte,' zegt Colin.

'Wij nemen het verder wel over,' zegt Chang tegen de agent, 'maar het zou fantastisch zijn als een van jullie of jullie allebei buiten konden blijven staan en iedereen op afstand konden houden. We willen niet dat er iemand binnenkomt. We weten bijvoorbeeld niet wie er nog meer sleutels zou kunnen hebben.'

'Toen Marino en ik gisteren met haar aten, werden er sushi's bezorgd,' begin ik mijn verhaal. Ik blijf bij het raam staan om niet in de weg te lopen terwijl er foto's worden gemaakt en Colin zijn stevige kunststof sporenkoffertje openmaakt om het lichaam ter plekke te onderzoeken. 'Het zou een heel goed idee zijn om navraag te doen bij de Sushi Fusion. Als een van jullie bezwaar heeft tegen mijn aanwezigheid...' Ik ga weg als ze dat willen, hoewel ik liever blijf. 'Ik zou het jullie niet kwalijk nemen. Ik was gistermiddag bij Kathleen Lawler en nu is ze dood. Gisteravond was ik bij Jaime, tot een uur of een, en nu is zij ook dood.'

'Nou, tenzij jij iets gaat opbiechten,' zegt Colin terwijl hij handschoenen aantrekt, 'komt de gedachte dat die mensen door jouw toedoen dood zijn niet bij me op. Ik ben al blij dat jou niets mankeert. En dat Sammy, Marino en mij niets mankeert. Normaal zou ik zeggen dat het geen goed idee is dat je hier bent, omdat je haar kent en gisteravond bij haar was. Maar je bent er nu toch. Vier ogen zien meer dan twee. Het is aan jou als je misschien liever weggaat.'

'Ik ben vooral bang dat er nog meer slachtoffers gaan vallen,' antwoord ik. 'Vooral als het om vergif gaat, en ik denk dat je wel weet dat ik me daar zorgen over maak.'

'Anders ik wel.'

'U bent misschien de enige die kan zeggen of er iets verplaatst is,' zegt Chang tegen me. 'Het zou dus nuttig kunnen zijn als u samen met mij rondkijkt.' Zijn camera flitst en de sluiter klikt als hij de telefoon onder het bed fotografeert.

Eigenlijk wil hij iets heel anders van me, en ik weet wat hij doet. Ik herken zijn aanpak en weet dat het de juiste is. In de loop van de dag heb ik respect gekregen voor Sammy Chang, dus ik onderschat hem niet en weet waar hij rekening mee houdt, en ik kan het hem niet kwalijk nemen. Ik had zelfs niet anders verwacht. Hij is een goede onderzoeker, slim en oplettend en goed opgeleid, en het hoort bij zijn werk om objectief en meedogenloos te zijn. Hoe hij ook over me is gaan denken, het zou dom van hem zijn om niet elk flintertje informatie te vergaren dat hij kan krijgen. Hij zou tekortschieten als hij me niet zorgvuldig in het oog hield en hij moet me wel met argwaan bekijken, ook al is daar in zijn professionele manier van doen niets van te merken.

'Ik heb tot dusverre niets gezien wat erop wijst dat hier nog iemand anders is geweest sinds Marino en ik zijn vertrokken.' Daar begin ik mee.

'Is er iets tussen die twee?' vraagt Chang.

'Behalve het werk? Niet dat ik weet, en ik kan het me ook bijna niet voorstellen. Hij heeft twee weken vrij genomen bij het CFC om haar te helpen met de zaak-Jordan. Ik heb begrepen dat ze samen in dit appartement gewerkt hebben.'

'En vroeger? Hebben ze ooit meer dan een professionele relatie gehad?'

'Ik kan het me niet voorstellen,' herhaal ik terwijl Colin een digitale thermometer op het tafeltje naast het bed zet.

Hij beweegt de stijve rechterarm van het lichaam tot hij hem kan buigen en een tweede thermometer onder de oksel kan stoppen.

'Waarom kunt u zich dat niet voorstellen?' vraagt Chang, en nu is het verhoor begonnen.

Ik kan er een eind aan maken. Ik kan zeggen dat ik dit gesprek niet wil voeren zonder dat mijn advocaat Leonard Brazzo erbij is. Maar dat doe ik niet.

'Niets heeft er ooit op gewezen dat Jaime en Marino meer dan een professionele relatie met elkaar hadden,' zeg ik tegen Chang. 'En ik kan me hoe dan ook niet voorstellen dat hij een reden kan hebben om haar kwaad te doen.'

'Ja, maar u kent hem. Het is moeilijk objectief te blijven als we mensen kennen. U zult niet gemakkelijk iets slechts van hem denken.' Chang staat aan mijn kant. Het spelletje van de aardige en de onaardige agent, dat zo oud is als de wereld.

'Als ik reden zou hebben om iets slechts van hem te denken, zou ik dat eerlijk zeggen,' antwoord ik.

'Maar u weet niet wat er privé tussen die twee speelde.' Hij kijkt naar de telefoon die hij onder het bed vandaan heeft gehaald en die hij met twee vingertoppen vasthoudt om hem zo min mogelijk aan te raken. 'Dit wordt waarschijnlijk tijdverspilling,' zegt hij peinzend, 'want zij zal wel de enige zijn die hem heeft aangeraakt. Maar misschien moet ik hem voor de zekerheid toch meenemen. Bent u het daarmee eens? Wat zou u doen?' Hij kijkt me aan.

'Als ik jou was, zou ik hem controleren op vingerafdrukken en DNA. En ik zou monsters apart houden voor een chemische analyse als dat later nodig mocht blijken.'

'Zou iemand haar telefoon kunnen hebben vergiftigd?' zegt hij zonder een spier te vertrekken.

'Je vroeg wat ik zou doen. Chemische en biologische vergiften kunnen transdermaal worden opgenomen, door het slijmvlies of door de huid. Hoewel ik betwijfel of we daarmee te maken hebben, want dan waren er waarschijnlijk meer slachtoffers gevallen. Wij, bijvoorbeeld.'

'Weet u zeker dat u de telefoon in deze kamer niet gebruikt hebt?' Zijn vinger duwt op de menuknop.

'Ik ben gisteravond helemaal niet in dit deel van het appartement geweest.'

'Een negen-een-zeven nummer vanmorgen om één uur tweeendertig.' Chang kijkt naar het laatste nummer dat Jaime heeft gebeld.

'New York,' antwoord ik. Ik ruik weer de whiskygeur van gebrand fruit, die een schok van emotie door mijn lichaam jaagt.

'Zo te zien is dat het laatste nummer dat ze heeft gebeld, op deze telefoon in ieder geval.' Hij noemt hardop de andere getallen van het nummer terwijl hij het op een notitieblok schrijft.

Het nummer komt me bekend voor, en een tel later besef ik waarom.

'Lucy. Mijn nicht. Dat was haar mobiele nummer toen ze nog in New York woonde,' leg ik uit, zonder iets van mijn gevoelens te laten blijken. 'Toen ze naar Boston was verhuisd, heeft ze uiteindelijk een ander nummer genomen. Begin dit jaar, in januari misschien. Ik weet het niet helemaal zeker, maar dat is niet meer haar nummer.'

Jaime wist zeker niet dat Lucy een nieuw telefoonnummer had. Toen ze tegen Lucy zei dat ze geen contact meer met haar wilde, meende ze het blijkbaar. Tot vanmorgen vroeg.

'Enig idee waarom ze om één uur tweeëndertig in de nacht geprobeerd heeft Lucy te bellen?'

'Jaime en ik hadden over haar gesproken,' antwoord ik. 'We hebben het gehad over hun relatie en waarom die was beëindigd. Misschien had ze er een sentimentele bui van gekregen. Ik weet het niet.'

'Wat was de aard van hun relatie?'

'Ze zijn een aantal jaren samen geweest.'

'Wat bedoelt u precies?'

'Als partners. Als stel.'

Chang doet de telefoon in een zakje. 'Hoe laat bent u afgelopen nacht hier weggegaan?'

'Om een uur of één.'

'Dus een halfuurtje later belt ze Lucy's oude nummer en als ze ophangt, laat ze de telefoon vallen, die onder het bed terechtkomt.'

'Ik zou het niet weten.'

'Dat wijst erop dat er op dat punt al iets heel erg mis was. Of dat ze heel dronken was.'

'Ik zou het niet weten,' herhaal ik.

'Wanneer zei u ook weer dat u vóór vannacht voor het laatst hier was?'

'Ik heb gezegd dat ik voor gisteravond nog nooit in dit appartement ben geweest.'

'U bent hier nooit eerder geweest. U bent voor vandaag nog nooit in deze slaapkamer geweest. U bent hier gisteravond of vanmorgen vroeg voordat u vertrok niet binnen geweest, ook niet om naar de wc te gaan of de telefoon te gebruiken.'

'Nee.'

'En Marino?' Chang zit op zijn hurken bij het bed en kijkt naar me op alsof hij me het gevoel wil geven dat ik zijn meerdere ben.

'Ik geloof niet dat hij gisteravond in deze kamer is geweest,' antwoord ik. 'Maar ik was er niet de hele tijd bij. Hij was hier al toen ik arriveerde.'

'Interessant dat hij de sleutels heeft.' Chang staat op en plakt een etiket op het zakje.

'Mogelijk omdat ze dit appartement allebei als kantoor gebruikten. Maar daar moet je hem zelf maar naar vragen.' Volgens mij kan hij me elk moment naar buiten geleiden en me op mijn rechten wijzen.

'Het lijkt een beetje ongebruikelijk. Zou u hem de sleutels van uw appartement geven?' vraagt hij.

'Als dat nodig was, zou ik ze hem wel toevertrouwen. Maar ik begrijp dat mijn mening niet belangrijk is, dus ik houd me maar bij de feiten.' Hiermee reageer ik op zijn suggestie dat ik niet objectief kan zijn als het om Marino gaat. 'De feiten zijn dat Jaime het eten heeft gehaald, behalve de sushi's. Ze serveerde ons eten en drinken in de woonkamer. Daarna, en ik denk dat dat tegen halfelf of misschien kwart voor elf moet zijn geweest, liet Marino ons een tijdje alleen. Hij keerde rond één uur terug om me voor het gebouw op te pikken, en op dat moment leek er niets aan de hand te zijn met Jaime, behalve dat ze dronken was. Ze had wijn en whisky gedronken en kon niet meer duidelijk articuleren. Achteraf gezien had ze misschien symptomen die niets te maken hadden met alcohol. Verwijde pupillen. Steeds meer moeite met praten. Haar oogleden hingen een beetje. Dat was ongeveer tweeënhalf, drie uur nadat ze de sushi's had opgegeten.'

'Verwijde pupillen duiden niet op opioïden, maar kunnen wel een aanwijzing zijn voor een heleboel andere drugs.' Colin drukt met zijn vingers in een arm en een been en maakt een notitie over het optreden van witte plekken en de verdwijning ervan. 'Amfetaminen, cocaïne, sedativa. En alcohol, natuurlijk. Heb je haar misschien iets zien innemen terwijl je bij haar was?'

'Ik heb haar niets zien innemen en heb ook geen reden om te denken dat ze dat gedaan heeft. Ze dronk terwijl ik er was. Verscheidene glazen wijn en een paar glazen whisky.'

'Wat is er gebeurd nadat u bent vertrokken? Wat hebt u toen gedaan? Waar bent u naartoe gegaan?' vraagt Chang.

Ik hoef geen antwoord te geven. Ik zou tegen hem moeten zeggen dat ik graag meewerk, maar alleen onder bepaalde voorwaarden, zoals de aanwezigheid van mijn advocaat, maar zo zit ik niet in elkaar. Ik heb niets te verbergen. Ik weet dat Marino niets verkeerds heeft gedaan. We staan allemaal aan dezelfde kant. Ik leg uit dat we een tijdje hebben rondgereden in de buurt waar de Jordans woonden terwijl we de zaak bespraken en rond twee uur weer bij het hotel waren.

'Hebt u hem zijn kamer in zien gaan?'

'Hij had iets in zijn busje laten liggen en ging weer naar buiten om het te halen. Ik ben alleen naar mijn kamer gegaan.'

'Nou, dat is wel een beetje vreemd. Dat hij met u naar binnen liep en toen terugging naar zijn bus.'

'Er stond iemand van het personeel die zou moeten kunnen zeggen of Marino inderdaad de boodschappen van de achterbank heeft gehaald, of weer is weggereden,' antwoord ik met enige nadruk. 'En de bus had ernstige technische mankementen, waardoor Marino er vanmorgen nog mee naar een garage moest.'

'Hij had te voet kunnen gaan. Het hotel is misschien twintig minuten lopen hiervandaan.'

'Dat zul je hem moeten vragen.'

'De omgevingstemperatuur is eenentwintig zeven. De lichaamstemperatuur is tweeëntwintig zeven,' zegt Colin terwijl hij het lichaam van Jaime Berger van de rand van het bed haalt.

Haar armen en hoofd werken niet mee, dus hij moet druk uitoefenen om ze te dwingen en het is moeilijk om dat te moeten zien. Ik heb duizenden keren de rigor verbroken, ontelbare keren, eigenlijk, en ik denk er helemaal niet meer over na als ik de doden dwing hun koppige en onredelijke houding te wijzigen. Maar nu kan ik het amper aanzien. Ik denk aan de zak met sushi's die ik uit eigen beweging mee naar boven heb genomen en voel me schuldig. Ik voel me verantwoordelijk. *Waarom heb ik die vrouw die gisteravond opdook uit de schaduw in een donkere straat niets gevraagd? Waarom gingen de alarmbellen niet af toen Jaime te kennen gaf dat ze geen sushi's had besteld?*

'Is hier nog iets anders waar u mijn aandacht op wilt vestigen?' Chang blijft me vragen stellen die weinig te maken hebben met wat hij echt wil weten.

'Het omgestoten glas. En ik zou monsters nemen van die vloeistof op het tafeltje, die gemorste whisky lijkt. Maar misschien wil je wachten tot we aan het overgebleven eten en het afval toe zijn. Het moet allemaal op dezelfde manier behandeld worden. Alles wat ze gegeten of gedronken kan hebben.'

Ik houd mijn handen in mijn zakken als we de ronde doen door het appartement. Ik herhaal tegen Sammy Chang wat ik vanmorgen in de gevangenis heb gezegd. Ik zal kijken en dingen onderzoeken zolang hij het goedvindt, en ik zal niets aanraken zonder zijn toestemming. We beginnen met de badkamer.

27

De spiegeldeuren van het medicijnkastje staan wagenwijd open en de inhoud van het kastje ligt verspreid over de planchetten, de granieten wastafelombouw, de wasbak en de vloer, alsof er een storm door het vertrek heeft geraasd of een indringer de badkamer heeft doorzocht.

Tussen de rondgestrooide spullen zie ik nagelriemschaartjes, pincetten, nagelvijlen, oogdruppels, tandpasta, tandfloss, strips om tanden te bleken, zonnebrandcrèmes, pijnstillers die zonder recept verkocht mogen worden, scrubcrèmes en gezichtsreinigers. Er liggen ook receptgeneesmiddelen, waaronder Stilnoct, oftewel zolpidemtartraat, en het anxiolyticum lorazepam, beter bekend als Temesta. Jaime had slaapproblemen. Ze was angstig en ijdel en had moeite met ouder worden, en geen van de middelen die ze bij de hand had om haar gebruikelijke ongemakken en ontevredenheid te verlichten, was opgewassen tegen de vijand waarmee ze in de laatste uren en minuten van haar leven te maken kreeg – een gewelddadige aanvaller die sadistisch, overweldigend en onzichtbaar was.

Terwijl ik haar dood probeer te verklaren aan de hand van de spullen en de chaotische rommel die ze na haar dood heeft achtergelaten, is het me wel duidelijk dat ze op een bepaald tijdstip in de vroege ochtend zoveel last van bepaalde symptomen heeft gekregen dat ze wanhopig op zoek is gegaan naar een middel dat haar angst en lichamelijke pijn kon onderdrukken. Die angst en pijn waren zo hevig dat het wel lijkt of een indringer haar appartement heeft geplunderd en haar op de een of andere manier heeft vermoord.

Er was geen indringer, Jaime was alleen. Ik stel me voor dat ze haar handtas heeft omgekeerd, misschien wel om een medicijn te zoeken dat haar lijden kon verlichten. Ik stel me voor dat ze naar haar badkamer is gerend, op zoek naar een middel tegen haar klachten, en dat ze spullen van de planchetten heeft geveegd en gestoten, gek en buiten zichzelf door de marteling die haar in een wurggreep hield. Maar ze werd niet rechtstreeks door iemand anders gedood. Ik denk dat ze is vergiftigd, met een stof die zo krachtig was dat hij Jaimes lichaam in haar ergste vijand veranderde. En ik was er niet.

Ik was weggegaan. Ik was eerder vertrokken, zo blij dat ik weg kon dat ik buiten in het donker onder een boom heb staan wachten tot Marino me ophaalde. Ik kan de gedachte niet van me afzetten dat ik de waarschuwingssignalen misschien wel had gezien als ik niet boos en gekwetst was geweest. Dan was de gedachte misschien wel bij me opgekomen dat er iets niet klopte, dat ze niet alleen maar dronken was. Ik voelde de behoefte om Lucy te verdedigen, die altijd mijn zwakke plek is geweest, en nu is iemand van wie ze houdt, misschien wel de grootste liefde van haar leven, overleden.

'Mag ik?' Ik gebaar naar Chang dat ik spullen wil bekijken en aanraken terwijl hij foto's neemt.

Als ik hier tijdens Jaimes crisis was geweest, had ik haar kunnen redden. Er waren signalen en symptomen en ik heb ze genegeerd. Ik weet niet hoe ik dat aan mijn nicht kan uitleggen.

'Ja hoor, ga uw gang,' zegt hij. 'Denkt u dat ze hier iets bewaarde wat een ander wilde hebben? Ik zie in de woonkamer een paar computers en spullen die eruitzien als dossiers en andere vertrouwelijke documenten. Kan er vertrouwelijke informatie op haar computers staan?'

'Ik heb geen idee wat er op haar computers staat. Ik weet niet eens of het haar computers zijn.'

Ik had om een ambulance kunnen bellen. Ik had haar kunnen reanimeren, ik had voor haar kunnen ademen tot het ambulancepersoneel het werk met een beademingsballon overnam en Jaime met zwaailichten en sirenes naar het ziekenhuis kon brengen. Ze zou daar nu aan de beademing moeten liggen. Het zou goed met haar moeten gaan. Het deugt niet dat ze koud en stijf op haar bed ligt, en ik zal tegen Lucy moeten zeggen dat ik tegenover Jaime en haar tekort ben geschoten. Ik weet niet of Lucy het me wel vergeeft. Ik heb er begrip voor als ze het me kwalijk blijft nemen. Al jaren zegt ze hetzelfde tegen me en herhaalt ze voortdurend dezelfde bezwaren omdat ik steeds dezelfde fouten blijf maken. *Ik kan mijn eigen boontjes wel doppen. Je kunt niet voelen wat ik voel. Probeer niet alles voor me te regelen, want je maakt het alleen maar erger.*

Ik heb het erger gemaakt. Erger dan dit kan niet, en ik zeg tegen Chang: 'Ik denk dat je weet wat Jaime in Savannah deed en dat je daarom ook weet over wat voor documenten je het hebt. Maar om antwoord te geven op je vraag: ik heb geen idee of er iets in dit appartement ligt wat een ander wilde hebben. Ik heb geen idee wat er op de computers in de woonkamer staat.'

'Kreeg u tijdens uw bezoek de indruk dat ze bang was dat iemand haar kwaad wilde doen? Heeft ze zoiets gezegd?'

'Alleen dat ze zich steeds bewuster was geworden van de noodzaak van beveiliging,' antwoord ik. 'Maar ze heeft niet specifiek gezegd dat ze voor iets of iemand bang was.'

'Ik weet niet welke sieraden of andere kostbaarheden ze uit New York heeft meegebracht, maar haar horloge ligt er nog.' Hij wijst op een gouden horloge van Cartier met een zwartleren bandje eraan, dat op de wastafelombouw naast een glas met een bodempje water ligt. 'Dat lijkt me wel de moeite waard om te stelen. Ik vraag me af of ze op zoek ging naar een medicijn of iets dergelijks toen ze dronken was.'

Ik haal een doosje difenhydramine uit de wastafel en zie dat de bovenkant eraf is gescheurd, alsof iemand vreselijke haast had. Op de vloer ligt een zilverkleurige doordrukstrip waaruit twee van de roze antihistaminepillen ontbreken.

'Ik weet niet meer zo zeker of ze wel dronken was. Ze was in elk geval niet zo dronken als ze leek.' Ik kijk naar de prijssticker op het doosje difenhydramine. 'Apotheek Monck. Tenzij er meer apotheken zijn die zo heten, is dat in het winkelcentrum vlak bij de vrouwengevangenis, waar die wapenwinkel zit.'

'Ze heeft dit na aankomst in Savannah gekocht, nadat ze mensen in de gevangenis had ondervraagd. Misschien had ze last van allergieën,' zegt hij. 'Hebt u enig idee wanneer ze hierheen is gekomen en dit appartement heeft gehuurd?'

'Ze zei tegen mij dat ze hier nu een paar maanden zat.'

'Misschien april of mei. Deze lente hadden we heel veel last van pollen. Het leek wel of alles met een spuitbus geelgroen was gespoten. Ik kon een poosje niet buiten hardlopen of fietsen. Als ik al die pollen inademde, zwollen mijn ogen op en ging mijn keel dichtzitten.' Hij probeert een gesprek met me te voeren, vriendelijk te zijn, de aardige agent die een babbeltje maakt.

Sammy Chang doet collegiaal en ik heb zijn spelletje door. Ontspan je, vertel me wat je denkt, ik ben je vriend. Ik ben van plan om hem als mijn vriend te behandelen omdat ik zijn vijand niet ben. Ik heb niets te verbergen. Ik wil me best aan een leugendetectortest onderwerpen. Ik wil onder ede verklaren dat ik de waarheid heb gesproken. Het interesseert me niet dat hij me niet officieel mijn rechten heeft voorgelezen en het interesseert me niet wat hij vraagt. Ik ben onmiddellijk bereid toe te geven dat ik me schuldig voel, want dat is ook zo. Maar ik ben niet schuldig aan de moord op Jaime Berger. Ik ben schuldig aan het feit dat ik die moord niet heb voorkomen.

'Als ik het opengescheurde doosje en de doordrukstrip op de grond zie, denk ik dat ze vannacht antihistaminen heeft geslikt,' zeg ik tegen hem. 'Als ze twee tabletten heeft genomen, moet ze ernstige klachten hebben gehad. Misschien had ze moeite met ademhalen. Maar tot het toxicologisch rapport binnen is, weten we niet of ze difenhydramine in haar lichaam heeft.'

'Misschien trad er een hevige allergische reactie op door iets wat ze had gegeten. Misschien wel de sushi's. Was ze allergisch voor schaal- en schelpdieren?'

'Of misschien dacht ze dat ze ergens hevig allergisch op reageerde omdat ze moeite kreeg met ademhalen, slikken of haar ogen openhouden,' zeg ik, terwijl ik andere toiletartikelen oppak om te kijken waar ze ze heeft gekocht. 'Je bent vanochtend in de gevangenis geweest, dus je weet dat iemand heeft verklaard dat Kathleen Lawler ademhalingsproblemen had toen ze terugkwam van het luchten. Het schijnt dat ze moeite had om te praten en haar ogen open te houden. Symptomen die je zou kunnen associëren met een progressieve zenuwverlamming.'

'Wat is dat precies?'

'De zenuwen prikkelen de spieren niet meer. Doorgaans begint dat in het hoofd. Hangende oogleden, wazig zicht of dubbelzien, moeite om te praten en te slikken. Als de verlamming zich naar beneden uitbreidt, wordt het moeilijk om adem te halen. Daarop volgen een ademstilstand en de dood.'

'Wat is de oorzaak? Waarvan kan ze die symptomen hebben gekregen?'

'De gedachte aan een soort neurotoxine dringt zich op.'

Ik begin over Dawn Kincaid. Ik vertel hem dat Kathleen Lawlers biologische dochter, die in Massachusetts van een aantal gewelddadige misdaden is beschuldigd, waaronder een aanslag op mij, vanochtend in haar cel in Butler ademhalingsproblemen en een ademstilstand heeft gekregen. Het lijkt erop dat ze hersendood is en ik leg uit dat ze in Butler bang zijn dat ze vergiftigd is.

'Als Jaime allergisch was voor schaal- en schelpdieren, weet ik daar niets van. Dan moet ze die overgevoeligheid recentelijk hebben ontwikkeld,' vervolg ik. 'Al kan een anafylactische reactie op schaal- en schelpdieren tot een progressieve zenuwverlamming en de dood leiden. Dat geldt trouwens ook voor andere soorten vergiften. Het lijkt erop dat Jaime vaak boodschappen heeft gedaan bij apotheek Monck. Het lijkt me een goed idee om alles onder de loep te nemen wat ze daar kan hebben gekocht, alle spullen uit die apotheek die hier in het appartement liggen. Geneesmiddelen op recept, geneesmiddelen die zonder recept verkocht mogen worden en alle andere producten, ook spullen die ze misschien in het verleden heeft gekocht en die we nu niet zien. Gewoon om er zeker van te zijn dat ze geen zelfmoord heeft gepleegd of dat er niet geknoeid is met wat ze daar heeft gekocht.'

'U bedoelt dat iemand geknoeid kan hebben met spullen die in de winkel liggen.'

‘We moeten overal rekening mee houden en een zorgvuldige inventaris van alle spullen in dit appartement maken,’ herhaal ik. ‘We moeten voorkomen dat we een potentieel gif achterlaten dat iemand anders kan schaden of doden.’

‘U denkt dat zelfmoord ook een mogelijkheid is.’

‘Nee.’

‘Of dat ze misschien per ongeluk iets in handen heeft gekregen.’

‘Volgens mij weet je precies wat ik denk,’ zeg ik. ‘Iemand heeft haar vergiftigd – met opzet en met voorbedachten rade. Mijn belangrijkste vraag is waarmee is ze vergiftigd.’

‘Het kan zijn dat iemand iets in haar eten heeft gedaan,’ zegt hij. ‘Hebt u enig idee welk middel de genoemde symptomen kan veroorzaken? Als je iemand binnen een paar uur aan progressieve zenuwverlamming wilt zien sterven, wat stop je dan in zijn eten?’

‘Ik zou helemaal niets in andermans eten stoppen.’

‘Ik heb het niet over u persoonlijk.’ Hij gaat verder met het fotograferen van alle spullen in de badkamer, alle toiletartikelen, badproducten, cosmetica, zelfs de stukken zeep, en hij maakt aantekeningen in zijn notitieboekje. Ik weet waar hij mee bezig is.

Tijdrekken en systematisch, nauwgezet en geduldig informatie verzamelen. Want hoe langer we bij elkaar zijn, hoe meer ik vertel. Ik ben niet naïef en dat weet hij, maar het spelletje gaat door omdat ik ervoor kies het niet te beëindigen.

‘Welke neurotoxinen bestaan er? Geeft u me eens een paar voorbeelden.’ Hij graaft naar informatie die hem zou kunnen vertellen dat ik Jaime Berger of de anderen heb vermoord, of dat ik weet wie het heeft gedaan.

‘Het moet een gif zijn dat zenuwweefsel aantast,’ antwoord ik. ‘De lijst is lang. Benzeen, aceton, etheenglycol, codeïnefosfaat, arsenicum.’

Maar over dergelijke middelen maak ik me geen zorgen. Ik denk niet dat Jaime is blootgesteld aan benzeen of antivries, of dat er een huishoudelijk product als nagellakremover of een pesticide in haar sushi’s, whisky of hoestsiroop is gestopt. Zulke vergiftigingen zijn doorgaans ongelukken of het gevolg van een onbezonnen daad. Dit type gif komt niet in mijn ergste nachtmerries voor. Ik ben bang voor veel ergere dingen. Chemische en biologische terreurmiddelen. Massavernietigingswapens gemaakt van water, poeder en gas, die ons doden door wat we drinken, aanraken en inademen. Of die ons voedsel vergiftigen. Ik noem saxitoxine, ricine, tetrodoxine, ciguatoxine. Ik zeg tegen Sammy Chang dat we rekening moeten houden met botulinetoxine, het krachtigste gif op aarde.

'Mensen kunnen toch botulisme krijgen van sushi's?' Hij maakt de douchecabine open.

'*Clostridium botulinum*, het anaerobe organisme dat de toxine of het zenuwgif produceert, is overal aanwezig. De bacterie zit in de aarde en in het sediment van meren en vijvers. Bijna alles wat eetbaar of vloeibaar is, kan worden besmet. Als ze daaraan is blootgesteld, zijn de eerste symptomen opvallend snel opgetreden. Doorgaans duurt het minstens zes uur voordat de symptomen zich manifesteren, en meestal zelfs tussen de twaalf en zesendertig uur.'

'Het zit toch ook in blikjes groente die door gasvorming bol gaan staan? Ze zeggen altijd dat je zulke blikjes niet moet leegeten,' zegt hij. 'Dat is botulisme.'

'Botulismevergiftiging door voedsel wordt doorgaans geassocieerd met slecht inblikken, een slechte hygiëne of slecht gewassen rauwe groente. Je kunt het ook krijgen van olie met knoflook of kruiden die buiten de koelkast wordt bewaard, of van aardappelen die in aluminiumfolie zijn gepoft en pas worden geserveerd als ze zijn afgekoeld. Je kunt het van heel veel dingen krijgen.'

'Shit, nu lust ik veel dingen niet meer. Maar als je een slechterik bent...'

'Ik ben geen slechterik.'

'Maar als u dat nu wel was, zou u die bacterie dan op de een of andere manier kweken en in iemands eten stoppen om diegene aan botulisme te laten sterven?' vraagt Chang.

'Ik weet niet hoe het is gedaan. Als het al om botulinetoxine gaat.'

'En u bent bang dat dat zo is.'

'Het is iets waar we ernstig rekening mee moeten houden. Zeer ernstig, zelfs.'

'Wordt het vaak gebruikt om mensen dodelijk te vergiftigen?'

'Nee,' zeg ik. 'Ik heb het nog nooit eerder gehoord. Maar botulinetoxine is erg lastig op te sporen zonder anamnese en een reden om aan dat gif te denken.'

'Goed. Als ze niet kon ademhalen en last had van al die vreselijke symptomen die u beschreef, waarom heeft ze het alarmnummer dan niet gebeld?' Hij fotografeert badzout en kaarsen op de rand van het bad. Lavendel en vanille. Eucalyptus en balsem.

'Het zal je verbazen hoeveel mensen dat niet doen,' zeg ik, terwijl ik gebaar dat ik de receptgeneesmiddelen graag wil bestuderen. Natuurlijk heeft hij daar geen bezwaar tegen. Het interesseert hem niet wat ik doe zolang ik keurig het pad blijf volgen dat hij voor me heeft uitgestippeld. 'Ze denken dat ze wel weer opknappen of dat ze baat hebben bij huismiddeltjes, en dan is het te laat,' voeg ik eraan toe.

Ik maak het potje Stilnoct open en zie op het etiket dat het recept tien dagen geleden is klaargemaakt in de apotheek bij de gevangenis, waar ik gisteren ben geweest nadat ik de openbare telefoon had gebruikt. Dertig tabletten van tien milligram, en ik tel de inhoud van het potje.

'Er zijn er nog eenentwintig.' Ik stop de tabletten terug in het potje en kijk dan naar de Temesta. 'Door dezelfde apotheek klaargemaakt, op dezelfde dag als het andere recept. Het lijkt erop dat ze de meeste spullen in deze badkamer daar heeft gekocht. Monck. Een apotheker die Herb Monck heet.'

Waarschijnlijk de eigenaar, en ik herinner me de man in de witte jas van wie ik gisteren Advil heb gekocht. Ik bedenk ineens dat het een apotheek is die bestellingen thuisbezorgt. 'Nog dezelfde dag', stond er op de bordjes die binnen hingen, en ik vraag me af of Jaime behalve eten ook andere dingen liet thuisbezorgen.

'Nog achttien tabletten van een milligram over,' zeg ik tegen Chang. 'Carl Diego is de arts die beide geneesmiddelen heeft voorgeschreven.'

'De meeste mensen die zelfmoord willen plegen, slikken alle pillen.' Chang trekt zijn handschoenen uit en steekt zijn hand in een zak van zijn cargobroek. 'Laten we maar eens even kijken wie dokter Diego is.' Hij haalt zijn BlackBerry tevoorschijn.

'Er is niets wat op een suïcidale overdosis wijst,' benadruk ik.

Ik maak laden en kastjes open en vind parfum en cosmeticamonsters die Jaime in warenhuizen moet hebben gekregen. Of nee, waarschijnlijk heeft ze ze bij internetbestellingen gekregen. Spullen die thuis worden afgeleverd. Het leven werd bij haar thuisbezorgd, en vervolgens kreeg ze de dood in een afhaalmaaltijd aangereikt. Via mij.

'We moeten ons niet vastpinnen op de gedachte dat ze haar eigen dood heeft veroorzaakt terwijl er iemand vrij rondloopt die nog meer moorden kan plegen,' zeg ik tegen Chang. 'Er zijn al te veel doden gevallen.'

Ik suggereer tamelijk onomwonden dat hij niet de fout moet maken om zich op Marino of mij vast te pinnen. Als Chang alleen nog maar naar ons kijkt, zoekt hij niet verder.

'Een arts op East Eighty-first Street in New York. Misschien haar huisarts daar, die haar recept naar Savannah heeft doorgebeld.' Chang kijkt op internet, maar wat hij in werkelijkheid doet, is mij ruimte geven om in de val te lopen. 'Als er met opzet iets in haar eten is gestopt, moet het iets zonder geur en smaak zijn geweest, denkt u niet? Vooral in sushi's, lijkt me.'

'Ja,' beaam ik. 'Voor zover we weten wat smaakloos is.'

'Wat bedoelt u?'

'Er zijn niet veel mensen die gif proeven en kunnen navertellen hoe het smaakt.'

'Hebt u voorbeelden van zeer krachtige gifsoorten die geen geur en smaak hebben?' Alsof ik een kwaadaardige waarheid herberg die hij tevoorschijn kan lokken. 'Wat zou u gebruiken als u een moordenaar was?' Hij dringt harder aan.

'Niets, want ik zou niemand vergiftigen, ook al weet ik hoe het moet.' Ik kijk hem recht in de ogen. 'Ik zou een moordenaar nooit helpen om iemand te vergiftigen, zelfs als ik ervan uitging dat we niet gepakt zouden worden.'

'Ik bedoel het niet letterlijk. Ik vraag alleen waarmee het volgens u gedaan zou kunnen zijn. Iets wat je niet kunt ruiken of proeven en in haar sushi's kunt stoppen. Afgezien van de bacteriën die botulisme veroorzaken. Wat kan er nog meer worden gebruikt?' Hij stopt zijn BlackBerry weer in zijn zak en trekt schone handschoenen aan. De gebruikte stopt hij in een doorzichtig, afsluitbaar zakje, zodat ze veilig kunnen worden vernietigd.

'Ik weet bijna niet waar ik moet beginnen, en tegenwoordig weet je ook niet wat er allemaal verkrijgbaar is,' antwoord ik. 'Doodenge chemische en biologische middelen die in laboratoria worden gemaakt en door ons eigen leger als wapens worden gebruikt.'

28

We gaan de slaapkamer weer in, waar Colin loopt te ijsberen en via zijn mobiele telefoon instructies geeft om het lichaam van Jaime te laten verwijderen. Hij heeft het bedekt met een wegwerplaken, een vriendelijk en attent gebaar dat niet nodig was geweest, en de ironie ervan treft me. Hij bewijst Jaime meer respect dan zij hem ooit heeft betoond.

'Jullie moeten haar op zijn minst in twee zakken doen,' zegt hij door de telefoon terwijl hij langs de ramen loopt, waarvoor de gordijnen nog dicht zijn. Het is moeilijk te beoordelen hoe laat het is en ik besef dat het nog steeds even hard regent. Ik hoor de regen op het dak roffelen en tegen het glas kletteren. 'Dat klopt, we weten niet of het besmettelijk is, dus we gaan er bij onze voorzorgsmaatregelen in elk geval maar van uit. Bovendien behandelen we ieder lijk toch al alsof het besmettelijk is, nietwaar?'

'Fentanyl en de zogenoemde *date rape drug* rohypnol, zenuwgassen als tabun en sarin, BZ, antrax.' Ik ga het lijstje af met Chang. 'Maar sommige van die middelen werken heel snel. Als iemand bijvoorbeeld rohypnol of fentanyl in haar eten heeft gedaan, had ze het eind van de maaltijd niet gehaald. Ik denk dat we allereerst moeten zoeken naar *Clostridium botulinum*.'

'Botulisme. Wauw, dat is eng. Waarom denkt u eerder daaraan dan aan iets anders?' Hij zet het zakje met de vuile handschoenen op het voeteneind van het bed.

'Door de symptomen zoals die beschreven zijn.'

'Het is gewoon zo vreemd om iemand te vergiftigen met een bacterie.'

'Niet met de bacterie, maar met het gif dat die bacterie produceert,' leg ik uit. 'Zo zou je het moeten aanpakken, en dat is ook wat het leger op het oog heeft. Je maakt geen wapen van de bacterie. Je maakt een wapen van de toxine, die geen geur en geen smaak heeft, voor zover we weten, en die relatief gemakkelijk te bemachtigen is en dus moeilijk te traceren.' Ik maak zijn wantrouwen jegens mij alleen maar groter. 'We hebben geen tijd voor een muisproef. Het is trouwens niet fijn om dat een muis aan te doen. Het dier injecteren met serum en dagen wachten om te zien of het doodgaat.'

Colin houdt zijn hand voor de telefoon en zegt tegen me: 'Botulisme? Wat is daarmee?'

Ik zeg dat we daarop moeten testen.

'Heb je een faciliteit in gedachten?'

Ik zeg dat ik wel een idee heb.

Hij knikt en gaat verder met zijn telefoongesprek. 'Precies. Op de normale manier met een draagbaar en zakken die niet lekken. Ik weet dat ze dat allemaal doen, laten we er geen doekjes om winden, maar we doen er twee of drie over elkaar en daarna gaan ze in de autoclaaf of in de verbrandingsoven, samen met de gebruikte beschermende kleding, de handschoenen en al het andere dat besmet kan zijn. Wat je ook zou doen als je bang bent voor hepatitis, hiv, meningitis, septikemie. Als je in godsnaam de zakken maar niet hergebruikt, dat wil ik maar zeggen, en je moet alles wassen en heel goed desinfecteren. Bleek... Ja, dat zou ik wel doen.'

'Wat denkt u?' vraagt Chang.

'Ik denk aan een agressieve aanpak. Een bliksemactie,' antwoord ik. We zoeken naar alles wat redelijkerwijze mogelijk is, en botulinum zou boven aan het lijstje moeten staan, alle serotypen. En het moet zo snel mogelijk gebeuren. Echt meteen. In nog geen vierentwintig uur zijn er twee mensen overleden en een derde ligt aan de beademing. We kunnen het ons niet veroorloven om dagen te wachten op een ouderwetse analyse terwijl er nieuwere en snellere methoden zijn. Met monoklonale antilichamen, of met elektrochemiluminescentie oftewel ECL. Ik weet dat dat gedaan wordt bij USAMRID, het U.S. Army Medical Research Institute of Infectious Diseases in Fort Detrick. Ik ben best bereid om zo nodig contact met ze op te nemen en te zien of ik het voor elkaar kan krijgen dat ze de tests daar doen. Maar volgens mij is het praktischer en sneller om met het CDC in zee te gaan. Daar zou ik voor kiezen. Veel minder bureaucratisch gedoe en ik weet zeker dat ze kunnen testen op biologische middelen als ricine, antrax, neurotoxinen die van *Clostridium botulinum* afkomstig zijn en enterotoxinen die door stafylokokken worden geproduceerd.'

'USAMRID?' zegt Colin terwijl hij de verbinding verbreekt. 'Waarom denken we aan het leger en wat is dit verdomme allemaal over *Clostridium botulinum*? En heb ik net iemand antrax horen zeggen?'

'Ik noem gewoon mogelijkheden, niet alleen op basis van dit sterfgeval, maar ook van andere,' antwoord ik. 'Drie gevallen en de symptomen die gemeld zijn, lijken sterk op elkaar, als ze al niet dezelfde zijn.'

'Denk jij dat dit te maken heeft met de nationale veiligheid of met terrorisme? Want als dat niet zo is, gaat USAMRID ons niet helpen. Maar natuurlijk, ik besef opeens dat jij daar waarschijnlijk mensen kent.'

'Het juiste antwoord is dat we op dit moment niet weten waar we mee te maken hebben,' antwoord ik. 'Maar ik denk steeds aan de andere zaken waarover je me verteld hebt. Aan Barrie Lou Rivers en andere gedetineerden die plotseling en onder verdachte omstandigheden in de GPFW zijn overleden. De mensen krijgen klachten en hun ademhaling stopt. Bij de sectie of een gewone drugstest wordt niets gevonden. In die gevallen heb je niet op botulinetoxine laten testen, neem ik aan.'

'Daar was geen enkele reden voor. De mogelijkheid is zelfs niet bij me opgekomen. Bij niemand,' zegt Colin.

'Ik zal eerlijk zijn. Ik ben op dit moment het bangst voor een serievergiftiger. Ik hoop uit de grond van mijn hart dat ik het mis heb,' zeg ik tegen hen, en vervolgens ga ik wat gedetailleerder in op de koerierster die gisteravond op de fiets kwam aanrijden toen ik net dit gebouw wilde binnengaan.

Ik vertel dat ik de indruk heb gekregen dat Jaime de sushi's helemaal niet besteld had en dat de koerierster zei dat het restaurant het nummer van Jaimes creditcard had, omdat Jaime volgens haar regelmatig eten liet brengen.

'Nu ik erop terugkijk,' voeg ik eraan toe, 'gaf die vrouw me wel heel veel informatie. Te veel. Ik had op dat moment een vaag onrustig gevoel. Er was iets vreemds aan het hele geval.'

'Misschien probeerde ze je te overtuigen dat ze een koerierster was omdat ze dat niet echt was,' zegt Colin peinzend. 'Iemand die een bestelling heeft geplaatst en opgehaald, het voedsel heeft vergiftigd en deed alsof ze een koerierster van dat restaurant was.'

'Als iemand van het restaurant hier verantwoordelijk voor is, moet dat niet moeilijk na te gaan zijn,' merkt Chang op. 'Dat zou echt riskant zijn. Heel stom, zelfs.'

'Ik ben juist bang dat het níét iemand van het restaurant was,' zegt Colin. 'En dan wordt het heel moeilijk om uit te zoeken wie het was. Als iemand dit al een tijdje doet, is hij bepaald niet dom.'

'Hij zou in ieder geval haar gewoonten moeten kennen.' Chang kijkt naar het bedekte lichaam op het bed. 'Hij zou moeten weten waar ze vaak eten bestelt, waar ze van houdt, waar ze woont en nog een heleboel meer. Heeft Marino niets gezegd over collega's of vrienden hier in de buurt?'

Ik antwoord dat hij daar niets over gezegd heeft en houd vol dat de sushi's gisteravond niet op het menu leken te staan. Het zag ernaar uit dat Jaime helemaal niet van plan was sushi's te eten of ze ons voor te zetten. Ze wist dat noch Marino, noch ik sushi's eet. Ik vertel dat ik bij het appartement arriveerde en hoorde dat Jaime naar een restaurant in de buurt was gelopen om iets te eten te halen, en toen ze terugkwam had ze meer dan genoeg bij zich voor ons alle drie. Maar toen ze de keus bleek te hebben, maakte ze een grapje dat ze verslaafd was aan sushi's, zei ze dat ze ze minstens drie keer per week bestelde en at ze als enige van de bezorgde maaltijd.

'Kathleen Lawler heeft ook iets gegeten wat niet op het menu stond,' merk ik op. 'Haar maaginhoud wijst uit dat ze kip met pasta en mogelijk kaas heeft gegeten, terwijl de andere gedetineerden hun gebruikelijke eieren en grutten kregen.'

'Ze heeft geen kip met pasta in het gevangeniswinkeltje gekocht,' zegt Chang. 'Haar afval was weggehaald en bovendien zat er iets vreemds in haar wasbak. Maar als dat vergif was, was het niet kleurloos en reukloos.'

'Tenzij ze ergens heen is gebracht voor een speciale maaltijd, heeft iemand kip en pasta in haar cel afgeleverd, en waarschijnlijk ook een soort smeerkaas,' zeg ik. 'Jullie zullen gemerkt hebben dat Jaime beveiligingscamera's heeft laten installeren, zowel bij de voordeur als bij de deur van het appartement. De vraag is of ze de beelden opnam, maar dat zal Marino wel weten. Ik denk dat hij haar geholpen heeft met de installatie of haar van advies heeft gediend. Misschien kunnen we ook de digitale videorecorder ergens vinden, als ze die had.'

'Zijn het haar camera's? Die bij de voordeur is van haar en hoort niet bij het gebouw?' vraagt Colin.

'Ze zijn van haar.'

'Mooi,' zegt Chang. 'Weet je nog hoe die koerierster eruitzag?'

'Het was donker en het ging allemaal vrij snel,' vertel ik. 'Ze had lampjes op haar helm en een fiets en een soort tas of rugzak waar het eten in zat. Een blanke vrouw. Vrij jong. Zwarte broek, licht shirt. Ze gaf mij de zak met eten, vertelde wat de bestelling was en ik gaf haar een fooi van tien dollar. Toen ging ik naar binnen en nam de lift naar Jaimes appartement.'

'Was er nog iets ongewoons aan die zak met eten?' vraagt Colin.

'Het was een gewone witte zak met de naam van het restaurant erop. Dichtgeniet met het bonnetje eraan vast, en Marino heeft hem opengemaakt en de sushi's in de koelkast gezet. Jaime zette zelf een portie op haar bord en heeft het grootste deel ervan opgegeten. Verscheidene rolletjes en zeewiersalade. Er moet nog een zeewiersalade over zijn, die ik in de koelkast heb gezet toen ik gisteravond hielp met opruimen, of eerder na middernacht, om halfeen of kwart voor een. We moeten de bakjes uit het afval halen en alle restjes verzamelen.'

'Inclusief de zak en de bon,' zegt Chang. 'Ik wil beslist dat die naar het lab gaan om onderzocht te worden op vingerafdrukken en DNA.'

'Ik schat dat ze al minstens twaalf uur dood is.' Colin heeft zijn sporenkoffertje weer ingepakt. 'Vroeg in de morgen, dus. Hoe vroeg weet ik niet precies. Tussen vier en vijf uur is een veilige schatting. Ik zie niets wat me vertelt wat er met haar gebeurd is, behalve de voor de hand liggende dingen. Stel dat die andere twee ook vergiftigd zijn.' Hij bedoelt Kathleen Lawler en Dawn Kincaid. 'Dan zie ik niet hoe dat kan. Hoe vergiftig je gedetineerden die vijftienhonderd kilometer uit elkaar in de cel zitten en dan ook nog deze vrouw?' Nu bedoelt hij Jaime. 'Het goede nieuws, als er tenminste goed nieuws is in deze zaak, is dat de drug of de toxine waarschijnlijk ingenomen is en niet door de huid is gedrongen of geïnhaleerd is. Dus hopelijk hebben wij niets te vrezen.'

'Fijn om te weten,' zegt Chang. 'Gezien het feit dat we de gevangeniscel van een van de slachtoffers hebben onderzocht en nu op het punt staan het afval van een ander slachtoffer te doorzoeken.'

Ik keer terug naar de woonkamer, waar de troep op de salontafel overeenkomsten vertoont met die in de badkamer: er ligt van alles door elkaar, alsof Jaime haar tas heeft omgedraaid en alles eruit heeft gegooid. Een potje vrij verkrijgbare pijnstillers. Lipsticks. Een poederdoosje. Een borstel. Een flesje parfum. Pepermuntsnoepjes. Gezichtsreinigingsdoekjes. Een paar lege blisterverpakkingen van ranitidine en Sudafed. Chang kijkt in de portefeuille van krokodillenleer en treft er creditcards en contant geld in aan. Hij meldt dat niets erop wijst dat er iets gestolen is, en ik laat hem weten dat hij moet uitkijken naar een wapen. Het pistool dat hij uit een zijvak van de grote bruine leren tas haalt, is een Smith & Wesson .38 met een verkorte loop. Hij richt hem op het plafond, haalt de uitwerpstang naar achteren en laat zes kogels in zijn hand vallen.

'Speer Plus P Gold Dots,' zegt hij. 'Ze pakte het grondig aan. Alleen denk ik niet dat ze geveld is door iets waarop ze kon schieten.'

'Ik zou graag aan het afval willen beginnen.' Ik loop de keuken in. 'Ik kan de bakjes van het eten allemaal apart in plastic zakken doen. Ik heb gisteren een doos zakken zien staan toen ik haar hielp met opruimen. Hoe dikker hoe beter. Grote huisvuilzakken werken voorlopig prima.'

Ik doe het gootsteenkastje open en begin zwarte vuilniszakken open te schudden om alle bakjes van het sushirestaurant apart in te pakken. Terwijl ik de afvalbak in de keuken onder handen neem, kijkt Chang wat er in de koelkast zit, maar zonder iets aan te raken.

'Ik neem aan dat je waterproof tape bij je hebt,' zeg ik tegen hem als de zure geur van rottende vis en bedorven schaal- en schelpdieren uit de metalen bak omhoogkomt.

'Verdomme, wat stinkt dat,' klaagt hij.

'Ze heeft het afval gisteren niet buiten gezet, en ik heb ook niet aangeboden het voor haar te doen. Daar ben ik nu wel blij om. Godzijdank heb ik dat niet gedaan. We moeten alles zo waterdicht mogelijk verpakken,' leg ik uit. 'We willen niet dat er iets doorlekt, vooral niet als je van plan bent ze in je auto te vervoeren.'

'Misschien is er nog een betere manier.' Hij loopt naar zijn sporenkoffertje en legt een paar rollen tape op het aanrecht. Dan doet hij een mondkapje voor en geeft mij er ook een. 'Misschien kunnen we Gevaarlijke Stoffen erbij halen.'

'Als dat nodig was, was ik hier niet om je te helpen.'

Ik leg het aanrecht vol plastic zakken zonder het kapje voor te doen. Mijn neus kan me nu goede diensten bewijzen, ook al staat de geur me niet aan.

'Ik heb dit allemaal aangeraakt toen ik haar hielp met de afwas, en toen had ik geen handschoenen aan en wist ik ook niet dat er reden tot bezorgdheid was,' ga ik verder. 'Ik weet zeker dat Colin contacten heeft bij het CDC, en zo niet, dan heb ik ze wel. Ik stel voor dat we hen bellen en het aan hen overlaten hoe ze bijvoorbeeld het transport precies willen regelen. Daar zijn regels voor, want we hebben het hier over de mogelijkheid dat er ziekteverwekkers of giftige stoffen aanwezig zijn in de lichaamsvloeistoffen en weefsels waarvan bij een sectie monsters worden genomen, en ook in voedingsmiddelen en de verpakking daarvan, enzovoort. Maar het eerste wat we moeten doen, is alles zo goed mogelijk verpakken, in drie zakken, en alles goed documenteren. Ik weet niet of jij en Colin etiketten voor gevaarlijke of besmettelijke stoffen of waterdichte verpakkingsmaterialen hebben. En we moeten dit allemaal meenemen naar het lab en het onmiddellijk koelen.'

'Ik kan gelukkig zeggen dat we niet vaak met zulke dingen te maken hebben. Ik heb geen speciale dozen of containers voor gevaarlijke stoffen.'

'Dan doen we het met wat we hebben. Zo, dus.' Ik haal het bakje met het restant van de zeewiersalade van gisteravond uit de koelkast en controleer of het goed dichtzit. 'Dit gaat in een zak, die ik er helemaal omheen wikkel. Dan maak ik er met tape een pakketje van. Dat gaat in een tweede zak en daar doe ik hetzelfde mee, en uiteindelijk komt de derde zak en wordt het hele proces herhaald,' leg ik uit. 'Je zou het nu waarschijnlijk kunnen laten vallen zonder dat het opengaat, maar we zullen de gok maar niet wagen. Ik kan dit zelf doen, je kunt me helpen of je kunt blijven toekijken. Of als je dat liever hebt, kan Colin het doen.'

'Wie biedt hier mijn diensten aan?' vraagt Colin als hij door de gang komt aanlopen.

'Heb jij enig idee hoe we dit spul naar het lab kunnen vervoeren?' vraagt Chang. 'Ze zegt dat het gekoeld moet worden.'

'En jij wilt zeggen dat je geen potentieel giftig afval in die mietjes-SUV met airco wilt hebben.'

'Liever niet.'

'Ik gooi het wel achter in mijn auto,' zegt Colin. 'Daarna laat ik hem goed uitluchten, en ik spuit hem wel schoon en ontsmet hem grondig. God weet dat ik dat wel eerder heb gedaan. Ik kan alleen geen bleek gebruiken op mijn mooie bekleding.'

Chang neemt zijn sporenkoffertje mee naar het bureau naast de stapels mappen met hun verschillend gekleurde inzetten, en hij begint de twee laptops te onderzoeken. Hij neemt monsters van de toetsenborden en de touchpads, zodat hij later geen spijt krijgt dat hij dat niet heeft gedaan als er reden is om te geloven dat iemand geprobeerd heeft in Jaimes computers te komen.

'Ik neem deze mee,' zegt hij, 'maar ik wil er eerst in kijken. Alles wat niet beschermd wordt met een wachtwoord, tenminste.' Hij gaat met zijn vinger over de touchpad. 'Bingo,' zegt hij. 'Als uw koerierster echt is, gaan we zo met haar kennismaken. Dit mooie apparaat heeft een DVR-kaart. Zo te zien past die bij de camera's bij de voordeur en bij de deur van het appartement.'

Ik schud nog meer zwarte afvalzakken open en Colin en ik pakken alle bakjes die ik vannacht bij het afval heb gedaan apart in.

'Er zit ook geluid op,' laat Chang weten. 'Dat is een mooie camera die ze daarbuiten heeft. We zullen daarmee beginnen en zien wie erlangs loopt. Groot bereik en driehonderdzestig graden draaibaar. En thermisch infrarood, dus hij werkt ook in het volslagen donker, in de mist, in de rook en in de nevel. Hoe laat zei u dat u gisteravond hier arriveerde?'

'Even na negenen.' Ik haal de eetstokjes uit het afval.

'We moeten haar whiskyglas ook maar inpakken,' beslist Colin. 'En monsters nemen van het tafeltje naast het bed, zoals je al zei. Dat mogen we niet vergeten.'

'De whisky staat daar.' Ik wijs naar het kastje. 'Maar ik betwijfel of het daarin zit, want de fles was nog niet open toen ze hem gisteravond pakte. En hier is de wijnfles.' Ik pak hem uit de afvalbak en zet hem boven op een plastic zak. Ik krijg een knoop in mijn maag als ik eraan denk dat ik gisteren op de bank pinot noir heb zitten drinken en heb zitten praten. Ik krijg bijna geen lucht.

'Niets zo heerlijk als schaaldieren van een dag oud.' Colin trekt een vies gezicht.

'Garnalensoep. Sint-jakobsschelpen.'

'Ik ruik nog liever een drijvend lijk. God, dit is erg.' Hij doet een leeg bakje in een zak.

'Hé, dit is vreemd,' zegt Chang van achter het bureau, waar hij is gaan zitten. 'Wat is er verdomme met haar hoofd gebeurd? Dat heb ik nog nooit gezien. Godverdomme. Dat is echt beroerd.'

We doen onze vuile handschoenen uit en lopen naar hem toe om te kijken waar hij over zit te klagen.

'Ik ga even terug naar het moment waarop ze door de camera wordt opgepikt.' Changs vinger beweegt over de touchpad.

De beelden hebben een hoge resolutie en zijn opmerkelijk scherp met hun witte en grijze tinten. De ingang van het stenen gebouw, de ijzeren reling van de trap, het trottoir en de bomen. Het geluid van een langsrijdende auto en de flits van koplampen, en dan is ze er, een verre gestalte op straat. Chang zet het beeld stil.

'Goed. Ze staat aan de linkerkant, hier voor het gebouw.' Hij wijst naar de straat voor het gebouw. 'Je kunt haar niet zien met die fiets.' Hij wijst naar de linkerbovenhoek van het beeldscherm.

'Daar ben jij. Je drukt op de knop van de intercom en daar komt zij in de verte. Maar ze rijdt niet op de fiets. Ze loopt ermee de straat over,' merkt Colin op. 'Dat is een beetje ongebruikelijk.'

'Ze heeft ook geen licht op de fiets,' zeg ik terwijl ik naar het beeldscherm kijk. 'Alsof ze niet wil dat iemand haar ziet.'

'Ik heb zo'n vermoeden dat dat de bedoeling was,' beaamt Colin.

'Het wordt nog veel mooier.' Chang tikt op de touchpad en de film gaat verder. 'Of slechter, eigenlijk.'

De gestalte beweegt weer in de donkere straat, en ik kan de vage omtrekken zien, maar niet haar gezicht onderscheiden. Een schaduw in grijstinten duwt de fiets dichterbij en ik vang een beweging op van haar rechterhand, waarna er opeens een witte vlek ontstaat. Een schokkende, witte gloed. Haar hoofd gaat schuil achter een soort bal van wit vuur.

'Haar helm,' opper ik. 'Ze heeft de lampjes op haar helm aangedaan.'

'Waarom zou je die lampjes aandoen als je niet op de fiets zit?' zegt Colin. 'Waarom zou je daarmee wachten tot je de plaats van bestemming hebt bereikt?'

'Dat doet ze ook niet,' antwoordt Chang. 'Ze deed iets heel anders.'

29

Het is bijna negen uur 's avonds als Marino en ik in het hotel aankomen. De laadruimte van zijn bestelbusje staat vol met zakken boodschappen en andere benodigdheden, waaronder flessen water, een stel potten en pannen, keukengerei, een minioventje en een draagbaar kooktoestel op butagas.

Toen Marino me ophaalde bij Jaimes gebouw, waar Chang en Colin net het appartement vrijgaven, liet ik hem langs een aantal adressen rijden om boodschappen te doen. Eerst gingen we naar een Walmart om spullen te kopen die ik noodzakelijk achtte om ons bivak op te slaan, zoals ik het formuleerde. Vervolgens gingen we naar een Fresh Market en daarna naar een slijterij. Ons laatste adres was een speciaalzaak aan Drayton Street die Jaime gisteravond aanbeval omdat ze er alcoholvrij bier zouden hebben. Ik bedacht dat sommige mensen denken dat je soms gewoon de pech hebt om op het verkeerde moment op de verkeerde plaats te zijn.

Ik snap het begrip 'fundamentele willekeur' dat door natuurkundigen wordt voorgestaan. Zij denken dat het universum bestaat omdat er onverwacht en zonder reden een oerknal heeft plaatsgevonden en dat ons dagelijks leven daarom domweg door toevalligheden wordt bepaald. Alleen, ik geloof het niet. Ik geloof het echt niet. De natuur kent symmetrie en wetten, al gaan die ons begrip te boven, en toeval bestaat niet. Niet echt. Er bestaan alleen etiketten en definities waartoe we onze toevlucht nemen als we geen andere manier hebben om bepaalde gebeurtenissen te verklaren, vooral als het om afgrijselijke gebeurtenissen gaat.

Chippewa Market ligt maar een paar straten van Jaimes appartement en het huis van de familie Jordan vandaan. De voormalige open inrichting aan Liberty Street, waar Lola Daggette zat toen ze wegens moord werd gearresteerd, ligt om de hoek. Maar Savannah Sushi Fusion ligt meer dan twintig kilometer ten noordwesten van Jaimes huis en bevindt zich dichter bij de vrouwengevangenis dan bij het acht vierkante kilometer tellende historische centrum van de stad.

'Die locaties vertellen ons iets. Er is een reden voor die plaatsen en er zit een boodschap achter,' zeg ik tegen Marino, terwijl we het busje verruilen voor de zwoele avondlucht. Water stroomt uit de goten en drupt van de bomen. In de straten van de stad die zich op zeeniveau bevinden, hebben de plassen het formaat van vijvertjes. 'Jaime is midden in een soort matrix in de achtertuin van het kwaad gaan wonen. Het sushirestaurant ligt daarbuiten, een heel eind naar het noordwesten. Je komt het pas tegen als je naar de luchthaven of de gevangenis rijdt, en misschien is ze er zo ook wel op gestuit. Maar als ze een paar keer per week een maaltijd liet bezorgen, waarom koos ze dan geen restaurant dat dichter bij haar huis lag?'

'Het staat bekend als de beste sushitent in Savannah,' zegt Marino. 'Dat vertelde ze een keer toen ik bij haar was en ze een maaltijd liet bezorgen. Ik zei dat ik niet begreep dat ze die rotzooi at, en toen zei ze dat het de beste sushi's van de stad schenen te zijn, al waren die in New York beter. Maar het blijft onsmakelijk voer. Visaas is visaas en lintwormen blijven lintwormen.'

'Hoe kun je vanaf die plaats per fiets een bestelling afleveren? Een deel van de route bestaat uit snelweg. Om nog maar te zwijgen over de afstand met dit weer.'

'Hé, ik heb een paar karretjes nodig.' Marino roept om een piccolo. 'Ik laat die rotzooi niet door iemand anders naar boven sjouwen,' zegt hij tegen mij. 'Als je al die moeite neemt om te zorgen dat we geen gif binnenkrijgen, mogen we de spullen geen moment uit het oog verliezen. Dan kan er niemand mee knoeien. Ik zal niet zeggen dat er een steekje aan je loszit, maar voor een buitenstaander ziet dit er wel idioot uit. Alsof een groot gezin op zomervakantie is en het zich niet kan veroorloven om hamburgers te gaan eten of pizza's te bestellen.'

Ik vertrouw niets meer. Elke kop koffie, elke fles water wil ik zelf kopen. Tot we beter begrijpen wat er aan de hand is, blijven we hier in Savannah en laten we geen voedsel of drinken afleveren door restaurants of door de roomservice. We raken geen voorverpakt voedsel aan en gaan ook niet uit eten. Ik heb het hotel ook al gewaarschuwd dat er niet mag worden schoongemaakt. Niemand buiten ons kringetje mag onze kamers in, punt uit, tenzij het iemand van de politie of de veiligheidsdienst is die we vertrouwen, en er moet altijd iemand van ons in de kamers blijven om te zorgen dat er niemand binnenkomt en ergens aan kan zitten, want we weten gewoon niet waar we tegen moeten opboksen. We zullen onze eigen bedden opmaken, onze eigen prullenbakken legen, alles zo goed mogelijk schoonmaken en eten wat ik klaarmaak, alsof we in quarantaine zijn.

Marino duwt twee bagagekarretjes naar de achterkant van de bestelbus en we beginnen kookgerei, apparatuur, water, alcoholvrij bier, flessen wijn, koffie, verse groenten en fruit, vlees, kaas, pasta, blikken eten, kruiden en specerijen uit te laden, alsof we ergens moeten overwinteren.

'Ik kan me niet voorstellen dat het toeval is.' Ik heb het nog steeds over de locaties. 'Ik wil de situatie het liefst vanuit de lucht zien. Misschien kunnen we alles beter bekijken als Lucy een satellietkaart op de televisie tevoorschijn kan toveren, want het betekent echt iets.' We duwen onze uitpuilende karretjes door de lobby, langs de receptie en de propvolle bar. Er wordt gestaard naar die twee mensen in onderzoekskledij die hier hun intrek lijken te nemen of een buitenpost lijken op te zetten. Op een bepaalde manier doen we dat natuurlijk ook.

'Maar Jaime was niet in de buurt toen het gebeurde,' zegt Marino, terwijl we onze karretjes naar de glazen lift duwen. 'Ze woonde nog niet in dat appartement midden in de matrix of de achtertuin van het kwaad, of hoe jij het dan ook noemt. Toen de familie Jordan in 2002 werd vermoord, was zij ergens anders.' Hij drukt een paar keer op de knop van de lift. 'Dus ongeacht wat die plaatsen destijds wellicht betekenden, ze betekenen nu iets anders. Het is appels met peren vergelijken. Jij maakt het verhaal gewoon nog enger. Maar ik weet niet wat ik van het sushirestaurant en de fiets moet denken.'

'Ik vergelijk geen appels met peren.'

'Al zou het vrij makkelijk zijn om haar eten te vergiftigen als ze ergens vaste klant was en voortdurend bestellingen liet brengen,' zegt hij. 'Dat is het enige verband dat ik zie. Een restaurant dat ze altijd belde. Het maakt niet uit waar het zit.'

'En hoe zou je weten dat Jaime daar vaste klant was en dat haar creditcardgegevens in het bestand zaten als je haar nooit zag? Als ze niet binnen je bereik was? Als je niet allebei min of meer in dezelfde omgeving verkeerde?'

'Waarom denk jij in vredesnaam toch altijd zoveel na? Mijn hoofd is verdorie helemaal leeg en ik snak naar een sigaret, dat wil ik best toegeven. Zie je? Ik doe niet geheimzinnig. Ik heb geen sigaretten gekocht tijdens onze boodschappenmarathon, maar ik vertel je dat ik ontzettend veel zin heb om te roken en dat ik er desnoods twee sixpacks Buckler doorheen jaag, als dat helpt.'

'Het spijt me vreselijk,' zeg ik nogmaals tegen hem als de liftdeuren openschuiven en we onze voorraad naar binnen duwen. Op de karretjes zwaaien plastic tassen heen en weer.

'En ik val bijna om van de honger. Het is echt zo'n moment waarop ik eigenlijk nergens van opknap,' zegt hij. Hij wordt steeds chagrijniger. Straks is er waarschijnlijk geen land meer met hem te bezeilen.

'Ik maak een heel eenvoudige spaghettischotel en een groene salade.'

'Misschien wil ik verdomme wel een cheeseburger met spek en frietjes van de roomservice.' Geïrriteerd drukt hij op de knop van onze verdieping. Hij drukt er nog een keer op en drukt dan de knop in waarmee de deuren sluiten.

'Ik heb het eten zo klaar. Je mag zoveel Buckler drinken als je wilt en een lekkere warme douche nemen. Daar knap je vast van op.'

'Ik wil verdomme een sigaret,' zegt hij, terwijl de glazen lift als een lome helikopter in beweging komt en langzaam boven verdiepingen met balkons vol klimop uitstijgt. 'Vertel me alsjeblieft niet steeds waar ik van opknap. Dit is nu waarom mensen naar bijeenkomsten gaan. Omdat ze zich klote voelen en iedereen willen vermoorden die zegt dat ze ergens van zullen opknappen.'

'Als je naar een AA-bijeenkomst wilt, kunnen we er vast wel een vinden.'

'Ik kijk wel link uit.'

'Je schiet er niets mee op om terug te grijpen naar dingen die schadelijk voor je zijn,' zeg ik tegen hem.

'Hou op met dat gepreek. Ik moet er even niets van hebben.'

'Het was niet mijn bedoeling om tegen je te preken. Blijf alsjeblieft van de sigaretten af.'

'Desnoods ga ik naar de bar om er een van iemand te bietsen. Je wilt toch niet dat ik geheimzinnig doe? Daar, nu weet je het. Ik wil verdomme een sigaret.'

'Dan ga ik met je mee. Of Benton.'

'O god, nee. Hem heb ik vandaag wel weer genoeg gezien.'

'Je hebt het volste recht om teleurgesteld en vreselijk van streek te zijn,' zeg ik zachtjes.

'Ach mens, dit heeft helemaal niets met teleurstelling te maken,' zegt hij.

'Natuurlijk wel.'

'Gelul. Je hoeft mij niet te vertellen waar het mee te maken heeft.'

Door al die zakken en dozen kunnen we elkaar nauwelijks zien tijdens onze ruzie over wat hij al dan niet voelt. Het is mij wel duidelijk dat zijn woede voortkomt uit verdriet en dat hij kapot is van Jaimes dood. Ik weet dat hij iets voor haar voelde, al weet ik niet precies wat. Ik weet niet of hij zich tot haar aangetrokken voelde of verliefd op haar was, maar ik weet wel zeker dat hij zijn toekomst aan haar had verbonden. Hij zou haar gaan helpen en wilde dat het liefst in dit deel van het land doen, waar het klimaat en de manier van leven hem bevallen. Nu is dat allemaal voorgoed veranderd.

'Weet je,' zegt Marino als de lift op de bovenste verdieping stopt, 'soms knapt een mens gewoon nergens van op. Ik kan het niet verkroppen wat er met haar is gebeurd. Ik word gek van de gedachte dat we niets doorhadden terwijl we nota bene bij haar thuis zaten te eten. Ze at gif waar we bij zaten, de laatste uren van haar leven tikten weg en wij hadden niets in de gaten. Ik ging weg, en daarna vertrok jij ook. Godverdomme. Ze is moederziel alleen door een hel gegaan. Waarom heeft ze verdomme het alarmnummer niet gebeld?' Het was de vraag die Sammy Chang ook stelde, de vraag die de meeste mensen zouden stellen.

We duwen onze karretjes over de galerij die om het atrium van het hotel heen loopt en gaan naar de kamers die ons kamp vormen. Een suite voor Benton en mij, geflankeerd door twee kamers met tussendeuren, een voor Lucy en een voor Marino.

'Ze had gedronken,' zeg ik. 'Dat heeft haar beslist niet geholpen om helder na te denken. Maar de menselijke aard is een meer relevante factor. De meeste mensen vinden het erg drastisch om om een ambulance te bellen en stellen de beslissing uit. Gek genoeg waarschuwen we de politie eerder dan een ambulanceteam of de brandweer. Dat komt omdat we ons schamen en generen als we ons bezeren of per ongeluk ons huis in brand steken. We vinden het veel prettiger om de politie op iemand af te sturen.'

'Ja, zoals die keer dat ik een schoorsteenbrand had, weet je nog? In mijn oude huis in Southside. Ik weigerde te bellen. Ik klom met de tuinslang op het dak, wat wel het stomste was wat ik kon doen.'

'Mensen aarzelen en stellen het uit,' zeg ik, terwijl we onze karretjes voortduwen. De klimplanten die op elke verdieping groeien en van de balkons hangen, doen me denken aan Tara Grimm en de wildgroei van *Scindapsus* in haar werkkamer, die ze gebruikt om mensen een levensles te leren.

Pas op met wat je laat ontkiemen, anders heb je op een dag niets anders meer. Er is iets in haar ontkiemd en er is alleen nog maar kwaadaardigheid over.

'Ze blijven hopen dat ze weer opknappen of hun probleem zelf kunnen oplossen, en dan komt er een moment waarop ze niet meer terug kunnen,' zeg ik tegen Marino. 'Net als die vrouw met de emmer. Weet je nog? Ze dacht een brand te kunnen blussen met emmers water, alsof ze in zo'n doorgeefrij stond. Ze stierf aan koolmonoxidevergiftiging, het huis brandde af en de brandweer vond haar verkoolde lichaam naast haar emmer. Het is nog erger bij mensen met beroepen als de onze. Jij, Jaime, Benton, Lucy, ik – we bellen geen van allen graag om de politie of een ambulance. We weten te veel. We zijn lastige patiënten en houden ons doorgaans niet aan onze eigen regels.'

'Ik weet het niet. Volgens mij zou ik bellen als ik ademhalingsproblemen had,' zegt Marino.

'Of je zou overal naar een inhaler of een Epipen zoeken, of een middel nemen dat een allergie bestrijdt of de slijmvliezen laat slinken. Tegen de tijd dat dat allemaal niet bleek te werken, was je waarschijnlijk niet meer in staat om iemand te bellen.'

Benton heeft ons waarschijnlijk over de openluchtgalerij horen aankomen, want de deur van onze suite gaat open voordat we er zijn. Hij stapt naar buiten en houdt de deur wagenwijd voor ons open. Zijn haar is vochtig en hij heeft andere kleren aangetrokken. Hij is fris gedoucht, maar zijn ogen staan somber door alle gebeurtenissen, die hem zorgen baren. Ik denk dat hij zich nog het meest zorgen maakt om Lucy. Ik heb haar niet meer gesproken sinds ik in de lift in Jaimes gebouw stapte, op weg naar een antwoord dat ik liever nooit had willen krijgen.

'Hoe gaat het hier?' Het is mijn manier om naar mijn nicht te informeren.

'Gaat wel. Je ziet er uitgeput uit.'

'Waarschijnlijk kun je beter zeggen dat ik er hondsberoerd uitzie,' zeg ik, terwijl hij ons helpt om de karretjes naar binnen te duwen. Ik sta even stil om mijn schoenen uit te trekken. 'Ik ga me zo opfrissen, maar laat me eerst wat opruimen en het eten opzetten. Het gaat best goed met me. Ik heb de hele dag in auto's zonder airconditioning gezeten, ben natgeregend, zie er beroerd uit en ruik waarschijnlijk niet al te fris, maar je hoeft je nergens zorgen over te maken.'

Alsof ze me nog nooit hebben gezien als ik op een plaats delict of in het mortuarium ben geweest.

'Sorry dat ik geen gelegenheid heb gehad om me om te kleden sinds ik het appartement heb verlaten.' Ik blijf praten en me verontschuldigen, omdat Lucy nergens te bekennen is. Dat kan geen goed teken zijn.

Ze moet weten dat we er zijn, maar ze is ons niet komen begroeten. Dat interpreteer ik als een waarschuwingssignaal.

'Maar het lag bijna zeker aan iets wat Jaime heeft gegeten,' vertel ik. 'Ik houd ernstig rekening met de mogelijkheid dat er botulinetoxine in haar eten zat, en misschien ook wel in dat van Kathleen Lawler. Het Massachusetts General Hospital zou ook moeten testen of dat bij Dawn Kincaid het geval was, maar waarschijnlijk hebben ze daar zelf al aan gedacht. Ik weet zeker dat ze over fluorescerende tests beschikken, en die zijn heel gevoelig en snel. Misschien kun je het tegen iemand in het MGH zeggen. Tegen een van je collega's die aan haar zaak werkt,' herhaal ik tegen Benton.

'Kennelijk had zij niets gegeten toen ze symptomen begon te vertonen,' zegt hij. 'Ik denk niet dat ze ervan uitgaan dat haar eten was vergiftigd, maar ik heb je vermoedens over botulisme doorgegeven.'

'Misschien heeft ze iets met gif gedronken,' zeg ik.

'Zou kunnen.'

'Kun je misschien een gedetailleerde inventaris van alle spullen in haar cel krijgen, alles waar ze toegang toe kan hebben gehad?'

'Het lijkt me sterk dat ze je die informatie willen geven,' zegt Benton. 'Waarschijnlijk geven ze zo'n lijst ook niet aan mij. De reden daarvoor lijkt me wel duidelijk: de misdaad waarvan Dawn Kincaid je heeft beschuldigd.'

'Je had dat klotewijf veel harder met die zaklamp moeten slaan,' zegt Marino.

'Tja, ze kunnen me deze gebeurtenis in elk geval niet in de schoenen schuiven,' zeg ik. 'Hoe zit het met het sushirestaurant? Weten we daar al iets meer over?'

'Kay, wie zou mij daar nu iets over vertellen?' vraagt Benton geduldig.

'Ja, iedereen doet geheimzinnig, terwijl ik alleen maar wil voorkomen dat de moordenaar nog iemand kan doden.'

'We willen allemaal hetzelfde,' zegt hij. 'Maar je connecties met Dawn Kincaid, Kathleen Lawler en Jaime vormen een groot probleem als je om informatie vraagt. Je kunt niet aan deze zaken werken, Kay. Dat gaat gewoon niet.'

'Met mijn kleren en hoge schoenen kan ik natuurlijk geen neurotoxinen als botulinetoxine overdragen, maar ik trek ze toch uit,' zeg ik. 'Helaas heeft geen enkele hotelkamer een wasmachine en droogtrommel, dus dat is pech. Wil jij de vuilniszakken pakken die ik zojuist heb gekocht?' vraag ik aan Benton. 'Mijn shirt en mijn lange broek moeten samen in een zak en daarna kunnen ze naar de wasserette. Nee, wacht, ik kan ze beter weggooien. Misschien gooi ik mijn schoenen ook wel weg. Misschien wel alles, ik weet het niet. Wil je een badjas voor me pakken?'

'Nou mensen, ik ga me opfrissen.' Marino pakt twee alcoholvrije biertjes en loopt ermee door de woonkamer naar zijn tussendeur. Het kan hem niet eens schelen dat ze niet gekoeld zijn.

In mijn schoudertas vind ik desinfecterende doekjes, en ik gebruik ze om mijn gezicht, nek en handen schoon te maken. Dat heb ik vandaag al talloze keren gedaan. Benton haalt een badjas voor me en maakt een vuilniszak open. Ik trek het uniform uit dat ik al sinds zonsopgang draag, een zwarte cargobroek en een zwart shirt die Marino weken geleden in een noodtas heeft gestopt, toen er een plan werd uitgebroed dat heel anders was dan hij dacht. Jaime heeft ons allemaal voor de gek gehouden. Ik weet niet in hoeverre, of waarom, of wat ze er uiteindelijk mee wilde bereiken. Het deugde niet, het was oneerlijk en veel van haar bedrog was onsympathiek, maar ze verdiende het niet om te sterven, en zeker niet op zo'n wrede manier.

In de kitchenette vinden we kastjes met borden en bestek, een koelkast en een magnetron. Ik zet het kooktoestel en het oventje neer en dan leggen we het eten en de andere spullen op hun plaats. Lucy is nog steeds nergens te bekennen. Haar kamer ligt rechts van de woonkamer, achter het eetgedeelte, en de deur is dicht.

'Ik heb nog geen gelegenheid gehad om naar een apotheek te gaan.' Ik haal de pannen uit hun verpakking en trek de prijskaartjes van het kookgerei dat ik heb gekocht. 'Eentje waar je zelfzorgmiddelen kunt kopen, spullen die we bij de hand moeten hebben. Na zessen was er niets meer open, in elk geval niet het soort apotheek waar je zelfzorgmiddelen en andere spullen kunt kopen. Ik zal Marino een lijst geven, dan kan hij morgenochtend misschien gaan kopen wat ik nodig heb.'

'Dat klinkt alsof je overal aan hebt gedacht,' zegt Benton met een kalmte die mij juist nog zenuwachtiger maakt, als een stilte voor de storm.

'Een beademingsballon, die wil ik in elk geval hebben. Een heel simpel ding, maar het verschil tussen leven en dood. Vroeger had ik er een in mijn auto. Ik weet niet waarom ik er nu geen meer heb. Het is vreselijk als je over zulke dingen te makkelijk gaat denken.'

'Lucy heeft in haar kamer achter haar computers gezeten,' zegt Benton, omdat hij weet waarom ik nog niet rechtstreeks naar haar heb gevraagd. 'Ze is gaan hardlopen en we zijn samen naar de fitnessruimte geweest. Volgens mij staat ze nu onder de douche, of anders is ze net klaar.'

Ik was een nieuwe snijplank en twee nieuwe pannen af.

'Kay, je moet dit echt anders aanpakken,' zegt Benton, terwijl hij flessen water in de koelkast zet.

'Wat bedoel je? Lucy, of alles wat er met Jaime is gebeurd?

Wat moet ik aanpakken in een situatie waarin ik van niemand iets mag aanpakken?'

'Schiet nu niet in de verdediging.' In een la vindt hij een kurkentrekker.

'Dat doe ik niet.' Ik haal de schil van een zoete ui en spoel groene paprika's af terwijl Benton besluit een fles chianti open te maken. 'Ik schiet helemaal niet in de verdediging. Ik probeer alleen maar verantwoordelijk te zijn en juiste, veilige keuzes te maken.' Ik begin de groente in blokjes te snijden. 'Ik probeer te doen wat ik kan. Ik geef toe dat ik het gevoel heb dat ik jullie hiermee heb opgezadeld, en ik weet niet hoe ik jullie voor zoiets mijn verontschuldigingen moet aanbieden.'

'Je hebt ons nergens mee opgezadeld.'

'Je bent toch hierheen gekomen? Je woont tijdelijk in een hotelkamer in Savannah, Georgia, met iemand die het nodig vindt om haar kleren weg te gooien. Je zit ruim vijftienhonderd kilometer van huis en durft het water niet te drinken.'

Benton maakt de wijn open en het lijkt erop dat we een herhaling krijgen van onze laatste avond samen in Cambridge, voordat ik tegen zijn zin naar Savannah ging. Toen waren we ook in de keuken. We sneden groente, kookten water, dronken wijn, voerden verhitte discussies en vergaten te eten.

'Door de dingen die ik heb gedaan en de plaatsen waar ik ben geweest, heb ik Lucy de hele dag nog niet gesproken,' zeg ik. Hij kijkt zwijgend naar me en wacht tot ik zeg wat ik werkelijk voel. 'En het leek mij het beste om haar aan te kunnen kijken als ik haar spreek,' zeg ik. 'Ik wilde haar niet vanuit Marino's lawaaierige bestelbus bellen.'

Benton geeft me een glas wijn en ik ben niet in de stemming om eraan te nippen. Ik ben in de stemming om flink door te drinken en het hele glas in één teug achterover te slaan. Eén grote slok, en ik voel het effect meteen.

'Ik weet niet hoe ik haar moet aanpakken.' Opeens staat het huilen me nader dan het lachen, en ik ben zo moe dat ik bijna omval. 'Ik weet niet wat ze van me moet denken, Benton. Wat weet ze van de dingen die zijn gebeurd? Heeft ze gehoord dat Jaime niet goed uit haar woorden kon komen en dat haar ogen bijna dichtvielen toen ik vannacht bij haar was, maar dat ik desondanks ben weggegaan? Dat ik woedend was en van haar walgde en gewoon ben vertrokken?'

Ik begin een fles water in een pan leeg te gieten en Benton houdt me tegen. Hij neemt de fles van me over. Hij zet hem neer en draagt de pan naar de gootsteen.

'Zo is het genoeg,' zegt hij. 'Ik kan me werkelijk niet voorstellen dat het kraanwater is vergiftigd, en als dat wel zo is, kunnen we toch niets doen om onszelf en anderen te redden. Waar of niet?' Hij laat de pan vol water lopen, plaatst hem op het kookstel en zet de brander aan. 'Begrijp je waarom je zo waakzaam bent? Snap je dat een groot deel van die oplettendheid gerechtvaardigd is, maar een klein deel ook niet? Besef je wat er op dit moment met je aan de hand is? Mij lijkt dat namelijk wel duidelijk.'

'Ik heb steken laten vallen. Ik had meer moeten doen.'

'Dat is altijd jouw eerste gedachte en je weet waarom. Ik wil liever niet beginnen over het verleden, je jeugd en wat bepaalde gebeurtenissen met je hebben gedaan. Dat zou nu heel simplistisch klinken, en ik weet dat je het beu bent om het me te horen zeggen.'

Ik strooi zout in het water op het kookstel en maak blikken gepelde tomaten open.

'Jouw jeugd heeft voornamelijk bestaan uit de zorg voor een ouder die stervende was. En al heb je jaren je best gedaan, je hebt hem niet kunnen redden.' Benton herhaalt wat hij al eerder heeft gezegd. 'Bij kinderen blijven dingen anders hangen dan bij volwassenen. Er ontstaan onuitwisbare indrukken. Als er iets naars gebeurt en jij hebt het niet kunnen voorkomen, geef je jezelf de schuld.'

Ik roer vers basilicum en verse oregano door de saus, en mijn handen trillen. Het verdriet golft door me heen, en ik ben vooral teleurgesteld in mezelf omdat ik echt steken heb laten vallen. Benton kan zeggen wat hij wil, maar ik ben onachtzaam geweest. Mijn jeugd, ammehoela. Daar kan ik mijn onachtzaamheid niet op gooien. Er is geen excuus.

'Ik had Lucy moeten bellen,' zeg ik tegen Benton. 'Er was geen enkele goede reden om dat niet te doen, behalve vermijding. Ik heb het vermeden. Ik heb het vermeden sinds ik jullie voor het laatst in het appartementengebouw zag.'

'Dat is begrijpelijk.'

'Maar toch deugt het niet. Ik ga naar haar toe om met haar te praten, tenzij ze mij niet wil spreken. Dat zou ik haar niet kwalijk kunnen nemen.'

'Ze neemt jou niets kwalijk,' zegt hij. 'Ze is boos op mij, maar ze neemt jou niets kwalijk. Ik heb een paar gesprekken met haar gehad, en nu ben jij aan de beurt.'

'Ik geef mezelf de schuld.'

'Daar moet je mee ophouden.'

'Ik was gisteravond razend, Benton. Ik ben het appartement uit gestormd.'

'Je moet hier echt mee ophouden, Kay.'

'Ik verfoeide haar om wat ze Lucy heeft aangedaan.'

'Je had meer reden om haar te verfoeien voor wat ze jou heeft aangedaan,' zegt hij. 'Het is erg genoeg wat ze Lucy heeft aangedaan, maar je kent de rest van het verhaal niet.'

'De rest van het verhaal is wat we vandaag in haar appartement aantroffen. Ze is dood.'

'De rest van het verhaal begint in Chinatown. Niet twee maanden geleden, zoals Jaime jou heeft wijsgemaakt, en zoals ze Marino heeft wijsgemaakt toen hij in de trein stapte om haar in New York op te zoeken. Het begon al in maart. Met andere woorden: het begon vlak nadat Dawn Kincaid die aanslag op je had gepleegd.'

'Chinatown?' Ik heb geen idee waar hij het over heeft.

'Ze heeft je gemanipuleerd om je naar Savannah te lokken en zich te verzekeren van je hulp. Ze heeft de FBI gemanipuleerd en het is wel duidelijk dat ze dat ook met Marino heeft gedaan,' zegt Benton. 'Forlini's. Ik weet dat je je dat restaurant nog herinnert, want je bent er een aantal keren met Jaime geweest.'

Forlini's is een Italiaans restaurant, een populair ontmoetingspunt voor advocaten, rechters, de politie van New York en mensen van de FBI. Alle tafels zijn er genoemd naar politie- en brandweercommissarissen, precies het soort politieke kopstukken dat Jaime naar eigen zeggen haar baan heeft gekost.

'Ik weet natuurlijk niet welke details ze je gisteravond allemaal heeft verteld,' vervolgt Benton, 'maar wat je later door de telefoon tegen me zei, was voor mij reden genoeg om hier en daar wat rond te vragen, een paar dingen uit te zoeken. Een van de interessantere vragen was bijvoorbeeld wie de FBI-mensen waren die schijnbaar naar haar appartement waren gekomen en haar vragen over jou hadden gesteld. Het bleken allebei collega's van me uit New York te zijn, en ze zijn geen van beiden ooit in haar appartement geweest. Ze heeft begin maart bij Forlini's met hen gepraat en een vertrouwelijk sfeertje geschapen, zoals ze dat zo goed kon. Ouwe-jongens-krentenbrood.'

'Met informatie over mij? Ging het daarom?' Ik kies een pastasoort. 'Wilde ze mijn positie verzwakken en me laten zien hoe hard ik haar hulp nodig had?'

'Zoiets, ja.' Bentons gezicht heeft een harde uitdrukking, maar hij is ook verdrietig. Aan zijn afhangende schouders en de schaduwen in zijn gezicht zie ik dat hij teleurgesteld is. Vroeger mocht hij Jaime heel graag, en ik weet wat hij nu van haar vindt, ook al is ze dan dood.

'Wat een lage streek,' zeg ik. 'Met de FBI over me roddelen en suggereren dat er misschien wel een basis voor Dawn Kincaids verdediging bestaat. Dat ik labiel ben, dat ik gewelddadig kan zijn of gedreven werd door jaloezie. Joost mag weten wat ze heeft gezegd. Waarom heeft ze dat gedaan? Hoe kon ze dat doen?'

'Ze werd steeds wanhopiger en ongelukkiger. Ze was ervan overtuigd dat iedereen haar te grazen wilde nemen, jaloers op haar was, de strijd met haar wilde aanbinden en minder fatsoenlijk was dan zij, terwijl ze zélf juist zo in elkaar zat,' zegt Benton. 'Al blijven we haar de rest van ons leven analyseren, we zullen er nooit achter komen wat er precies speelde. Maar wat ze heeft gedaan, deugde niet. Het was onvergeeflijk dat ze een val voor je heeft opgezet en je aan gevaar heeft blootgesteld om je zover te krijgen dat je precies deed wat ze wilde. En je was niet de enige die ze de laatste tijd ondermijnde. Ik heb verhalen gehoord van een paar collega's die veel tijd met haar hebben doorgebracht.'

'Heb je enig idee wat er allemaal aan de hand is? Wie haar kan hebben vermoord? Wie zou hierachter kunnen zitten? Weet de FBI het?'

'Ik zal er niet omheen draaien, Kay: we hebben geen flauw idee.'

Ik plet verse knoflook, gooi een scheutje olijfolie in de saus en zoek het bakje met verse geraspte parmezaan. Het staat in een la in de koelkast, waar Marino het heeft opgeborgen. Al het eten, alle kruiden en alle andere spullen die ik nodig heb, liggen op de verkeerde plaats, en ik heb het gevoel dat ik rondjes loop en niet goed kan nadenken.

'Misschien kun je me helpen met tafeldekken,' stel ik voor. Op dat moment gaat de deur rechts van het eetgedeelte open, en ik staak mijn bezigheden. Ik blijf doodstil staan.

Lucy's haar is nat en strak achterovergekamd. Ze loopt op blote voeten en draagt een pyjamabroek en een grijs T-shirt van de FBI, dat ze al heeft sinds ze daar haar opleiding volgde.

Ik wil iets tegen haar zeggen, maar de woorden willen niet komen.

'Ik moet je iets laten zien. En ook iets laten horen,' zegt ze tegen me alsof er niets is gebeurd, maar ik herken de zwelling rond haar ogen en de stand van haar mond.

Ik kan het zien als ze heeft gehuild.

'Ik heb ingelogd op de beveiligingscamera,' zegt ze, en ik kijk naar Benton. Zijn blik is onpeilbaar, maar ik weet wat hij van haar actie vindt.

Hij wil er niets mee te maken hebben en begint met zijn rug naar ons toe in de tomatensaus te roeren. 'Ik maak het hier wel af,' zegt hij. 'Ik denk dat ik nog wel weet hoe ik pasta moet koken. Ik roep jullie wel als het eten klaar is. Gaan jullie maar praten.'

'Heeft Marino je het wachtwoord gegeven?' vraag ik aan Lucy, terwijl ik haar volg naar haar kamer.

'Hij hoeft hier niets van te weten,' zegt ze.

30

Twee rode duwboten met zwarte banden als stootkussens duwen een vrachtschip in westelijke richting. Het vrachtschip is hoog beladen met veelkleurige containers die als bakstenen zijn opgestapeld en die me doen denken aan alles wat ik moet dragen en in goede banen moet leiden. Het lijkt meer dan ik aankan. Ik weet niet goed of ik het kan en ik bid om kracht.

Lieve God, zo sprak ik de Almachtige altijd aan toen ik een kind was, maar om eerlijk te zijn heb ik dat al vele jaren niet meer gedaan, omdat ik niet meer wist wie of wat God is en omdat Hij of Zij door iedereen aan wie ik het kon vragen anders werd omschreven. Een hogere macht of een majestueus wezen op een gouden troon. Een eenvoudig man met een staf die een stoffig pad volgt of over water loopt en vriendelijk is tegen de vrouw bij de put terwijl hij hen die zonder zonden zijn uitnodigt de eerste steen te werpen. Of een vrouwelijke geest in de natuur, of het collectieve bewustzijn van het universum. Ik weet het niet.

Ik heb geen duidelijk beeld van wat ik geloof, ik weet alleen dat er iets is wat ik niet kan begrijpen, en ik denk bij mezelf: *help me, alsjeblieft*. Ik voel me niet sterk. Ik voel me niet zeker van mijn zaak of van mezelf. Ik ga er misschien aan kapot als Lucy me als een kristal of een edelsteen tegen het licht houdt en wijst op de zwakke plek waarvan ze nooit heeft geweten dat ik die had. Ik zal het zien in haar ogen, een rolluik dat naar beneden gaat of de reserve van iemand die je wil ontslaan of vervangen of die geen liefde of respect meer voor je voelt. Als ik nadenk over de dood van Jaime Berger, blik ik tegelijkertijd in een spiegel waarin ik liever niet zou kijken. Ik ben niet wie Lucy dacht dat ik was.

Er flikkeren lichtjes langs de waterkant, de sterren staan aan de hemel en de maan schijnt helder als ik naar de enige extra stoel in Lucy's kamer loop, een leunstoel met blauwe bekleding. Ik trek hem van het raam, dat uitzicht biedt over de rivier, naar het bureau waarop ze een werkplek heeft ingericht, of een cockpit, zoals ik het noem, met haar eigen beveiligde wireless netwerk. Ze kan elke site hacken die ze maar wil, maar ze zorgt wel dat anderen geen toegang hebben tot haar computer.

'Niet boos worden,' zegt ze als ik ga zitten.

'Vreemd dat jij dat tegen mij zegt,' merk ik op. 'We moeten praten over gisteravond. Ik moet er echt over praten.'

'Ik heb Marino niet om het wachtwoord gevraagd omdat ik

hem geen last wil bezorgen. Niet dat ik het nodig had,' zegt ze alsof ze niets heeft gehoord van mijn verwijzing naar Jaime en het feit dat ik haar in de steek gelaten heb omdat ik boos was en dat ze nu dood is. 'En Benton zal blind en doof moeten zijn en geheugenverlies moeten krijgen. Hij zal zich er maar overheen moeten zetten.'

'We moeten de zaken...' Ik wil zeggen dat we de zaken op de juiste manier moeten aanpakken, maar ik kan de woorden niet over mijn lippen krijgen. Ik heb het gisteren niet op de juiste manier aangepakt, dus wie ben ik dat ik Lucy de wet kan voorschrijven. Of wie dan ook. 'Benton wil niet dat je problemen krijgt,' voeg ik eraan toe, en het klinkt belachelijk.

'Als hij dacht dat ik de beveiligingsbeelden niet zou bekijken, is hij gek. Hij moet er eens mee ophouden om altijd de volmaakte FBI-man te willen zijn.'

'Dus je hebt ze al gezien.'

'Ik ga me hier niet braaf aan de regeltjes zitten houden terwijl dat stuk tuig jou erin probeert te luizen.' Lucy kijkt strak naar het beeldscherm. 'Zij loopt zo vrij als een vogeltje rond terwijl wij ons hier in het hotel verschanst hebben en niets durven te eten of te drinken. Ze gaat nog meer mensen vermoorden, misschien wel een heleboel mensen, als ze dat tenminste nog niet gedaan heeft. Ik hoef geen psycholoog of een crimineel analist te zijn om je dat te kunnen zeggen. Daar heb ik Benton niet voor nodig.'

Ze is boos op hem, en ik weet waarom. 'Welk stuk tuig? Wie bedoel je?' vraag ik.

'Dat weet ik nog niet. Maar ik kom er wel achter,' belooft ze.

'Heeft Benton enig idee wie het is? Hij zei van niet. Hij zei dat de FBI geen idee had.'

'Ik zal erachter komen en ik krijg haar te pakken.' Lucy klikt op de touchpad van een MacBook en typt een wachtwoord in zonder dat ik kan zien wat het is.

'Je kunt het recht niet in eigen hand nemen.' Maar het heeft geen zin om dat te zeggen. Ze heeft de regels al overtreden, en ik heb niet het recht daartegenin te gaan.

Toen ik naar Savannah kwam, heb ik ook gedaan wat ik vond dat ik moest doen, en gisteravond en vandaag ook. Ik deed wat ik het beste vond of gewoon wat ik wilde doen, en nu is Jaime dood en zou je kunnen zeggen dat ik het onderzoek zeer heb bemoeilijkt, zeker op de plaats delict. Allemaal omdat ik vastbesloten was een einde te maken aan mijn schuldgevoelens en pijn en op de een of andere manier recht te zetten wat niet recht te zetten is. Jack Fielding is nog steeds dood en wat hij gedaan heeft is nog steeds verschrikkelijk, en nu voel ik me schuldig tegenover iedereen en zijn er nog meer mensen dood.

'Benton heeft gedaan wat hij het beste voor jou vond,' zeg ik tegen Lucy. 'Ik weet dat je boos op hem bent omdat hij je het appartement niet wilde laten binnengaan.'

'Het is geen toeval dat jij voor het gebouw stond toen zij kwam opdagen met de bestelling,' zegt ze. Een printer begint te zoemen. Ze weigert over Jaime of Benton te praten.

Ze wil me de kans niet geven te bekennen dat ik nalatig ben geweest en dat ik de eed verbroken heb die ik heb afgelegd. Ik heb iemand kwaad gedaan door niets te doen.

'Ze wilde het eten per se aan jou meegeven,' gaat ze verder. 'Ze wilde dat jij het mee naar binnen nam. Zodat je vingerafdrukken op de zak zouden staan en je DNA erop zou zitten. Jij staat zo helder als wat in beeld als je het gebouw in loopt met de zak met sushi's die je besteld hebt.'

'Die ik besteld heb?' Ik denk aan de vervalste brief die door mij naar Kathleen Lawler zou zijn gestuurd.

'Ik heb Savannah Sushi Fusion gebeld voordat iemand anders op het idee kwam.'

'Dat was waarschijnlijk niet zo'n goed plan.'

'Marino had me verteld over de bestelling, dus ik heb gebeld en ernaar gevraagd. Het eten is gisteravond om een paar minuten over zeven besteld door dokter Scarpetta. Drieënzestig dollar en zevenenveertig cent. Je zei dat je het wel zou komen ophalen.'

'Dat heb ik niet gedaan.'

'En het is inderdaad opgehaald, om kwart voor acht.'

'Niet door mij.'

'Natuurlijk niet. Er is niet met een creditcard betaald, maar contant. Ook al hadden ze het nummer van haar creditcard in het systeem staan.' Ze bedoelt dat van Jaime.

'En degene die het eten afleverde, wist dat haar creditcard in het systeem stond. Ze zei het tegen me.'

'Dat weet ik,' zegt Lucy. 'Het staat op de beveiligings-DVR. Contant geld is niet te traceren. Er wordt niet achteraan gebeld. Er worden geen vragen gesteld. Niemand vraagt zich af waarom iemand die Scarpetta heet het recht heeft om iets op rekening van andermans creditcard te zetten. Het is een klein familierestaurant met maar een paar tafeltjes. Het meeste eten wordt afgehaald. Degene die ik gesproken heb, weet niet meer goed hoe de vrouw eruitzag die de bestelling kwam afhalen.'

'Op een fiets?'

'Dat weten ze niet meer, en op die fiets kom ik straks wel terug. Vrij jonge vrouw. Blank. Gemiddelde lengte. Sprak Engels.'

'Die beschrijving past bij de vrouw die ik voor Jaimes gebouw heb gezien, voor wat het waard is.'

'Je zou denken dat Dawn Kincaid dit allemaal heeft gedaan, maar daar doet zich het probleempje voor dat ze hersendood in Boston in het ziekenhuis ligt.'

'Hoe wist die vrouw dat ik een afspraak met Jaime had en hoe laat ik voor het appartementengebouw zou staan? Ik wist zelf pas op het laatste moment dat ik naar haar toe zou gaan.' Het lijkt onmogelijk.

'Ze heeft je in de gaten gehouden. Staan wachten. Bij het oude huis en het plein aan de overkant. Het Owens-Thomas House is tegenwoordig een museum en is 's avonds niet open, en op het plein gebeurt ook niet veel. Een heleboel grote bomen en struiken, veel donkere schaduwen om je in te verschuilen als je iemand opwacht,' zegt ze, en ik herinner me dat ik afgelopen nacht voor Jaimes gebouw heb staan wachten tot Marino me zou oppikken. Ik dacht dat ik iets zag bewegen in de schaduwen aan de overkant.

Lucy pakt de vellen papier van de printer en tikt ze netjes recht op elkaar. Op het bovenste vel staat een foto van de beveiligingscamera. Een ingezoomd beeld in grijstinten van iemand die met een fiets de weg oversteekt, met het grote huis op de achtergrond, dat als een enorm silhouet afgetekend staat tegen de nachthemel.

'Ik kan ook vanaf het hotel zijn gevolgd,' opper ik.

'Dat denk ik niet. Veel te riskant. Het was beter om het eten af te halen en gewoon aan de overkant te gaan staan wachten.'

'Ik zie niet hoe ze geweten kan hebben dat ik zou komen.'

'De ontbrekende schakel,' zegt Lucy. 'Wie is de gemeenschappelijke factor?'

'Daar heb ik geen zinnig antwoord op.'

'Ik zal het je laten zien. Ik doe mijn reputatie eer aan,' voegt ze eraan toe.

'Zo te zien heb ik dat niet gedaan,' antwoord ik, maar het is alsof ze me niet hoort.

'De losgeslagen agent. De hacker.' Lucy herhaalt wat ik haar verteld heb over wat Jaime gisteravond tegen me heeft gezegd.

'En toen ik dat hoorde, werd ik boos.' Ik ga verder met mijn bekentenis en zij blijft doen alsof ze me niet hoort. 'Ik werd woedend, en dat had niet mogen gebeuren.'

Ze klikt door een menu op de MacBook. Op twee andere notebooks op het bureau draaien blijkbaar zoekprogramma's, maar ik zie niets waar ik iets mee kan. Er ligt ook een BlackBerry aan een oplader, en dat begrijp ik niet. Lucy gebruikt geen BlackBerry meer. Al een hele tijd niet.

'Wat zoeken we?' Ik zie de gegevens voorbijsnellen op de twee notebooks: woorden, namen, getallen en symbolen die te snel voorbijgaan om ze te kunnen lezen.

'Mijn gewone datamining.'

'Mag ik vragen wat voor data?'

'Heb je enig idee wat je allemaal te weten kunt komen als je een manier kent om het te vinden?' Lucy wil met alle genoegen praten over computers en beveiligingscamera's en zoekprocessen, als het maar niet gaat over mijn avond met Jaime en mijn behoefte om door een nicht die me even dierbaar is als een dochter vrijgesproken te worden van enige schuld aan haar dood.

'Ik heb vast geen idee,' antwoord ik. 'Maar als ik denk aan dingen als WikiLeaks, lijken er niet veel geheimen meer te bestaan en is bijna niets veilig.'

'Statistieken,' zegt ze. 'Gegevens die worden verzameld om naar patronen te zoeken en voorspellingen te kunnen doen. Misdaadcijfers, bijvoorbeeld, zodat de overheid niet vergeet dat ze geld moet uitgeven om al die slechte mensen van de straat te houden. Of statistieken die je helpen een product op de markt te zetten, of misschien een dienst, zoals beveiliging. Je maakt een database van honderdduizend of honderd miljoen klantengegevens en stopt ze in histogrammen die je aan mensen of bedrijven kunt laten zien die je als cliënt wilt hebben. Naam, leeftijd, inkomen, waarde van het onroerend goed, locatie, voorspelling. Diefstal, inbraak, vandalisme, stalking, mishandeling, moord, meer voorspellingen. Je verhuist naar een duur huis in Malibu en begint je eigen filmstudio, en ik kan je laten zien dat het volgens de statistieken onwaarschijnlijk is dat iemand zal inbreken op je woonadres of in je kantoor of je personeel zal beroven op de parkeerplaats of iemand zal verkrachten in een trappenhuis als je een contract hebt met mijn bedrijf en ik de nieuwste beveiligingssystemen installeer en je er ook nog aan denkt ze te gebruiken.'

'De Jordans.' Ze zoekt waarschijnlijk naar de gegevens van hun beveiligingsbedrijf.

'Klantengegevens zijn goud waard, en ze worden voortdurend en met de snelheid van het licht doorverkocht,' zegt Lucy. 'Iedereen wil ze hebben. Adverteerders, onderzoekers, het ministerie van Binnenlandse Veiligheid, de Special Forces die Bin Laden hebben gedood. Elk detail over je surfgedrag op het internet, waar je naartoe reist, wie je belt of e-mailt, welke medicijnen je koopt, welke vaccinaties jij of je kinderen krijgen, het nummer van je creditcard en je burgerservicenummer, zelfs je vingerafdrukken en je irisscan omdat je persoonlijke informatie aan een geprivatiseerd beveiligingsbedrijf hebt gegeven dat op sommige luchthavens controlepunten heeft, zodat je voor een maandelijks bedrag de lange rijen voorbij kunt lopen waar alle andere mensen in staan. Als je je bedrijf verkoopt, wil de koper je klantengegevens hebben, en vaak is dat zelfs alles wat hij wil. Wie ben je, en waar geef je je geld aan uit? Besteed het bij ons. En van daaraf worden de gegevens steeds weer doorverkocht.'

'Maar er zijn toch firewalls, neem ik aan.' Ik wil niet weten of ze die gehackt heeft.

'Er is geen garantie dat beveiligde informatie niet openbaar wordt.' Ze gaat me niet vertellen of wat ze doet wel helemaal binnen de grenzen van de wet valt. 'Vooral als een bedrijf verkocht wordt en de gegevens in andere handen overgaan.'

'Voor zover ik begrepen heb, is Coastal Security niet verkocht. Het bedrijf is failliet gegaan,' merk ik op.

'Dat klopt niet. Het is drie jaar geleden opgehouden te bestaan,' antwoordt Lucy. 'Maar de voormalige eigenaar, Daryl Simons, is niet failliet gegaan. Hij heeft de klantengegevens van Coastal Security verkocht aan een internationaal bedrijf dat particulieren beschermt en beveiligingsadviezen geeft, een organisatie die alles verzorgt, van lijfwachten of de installatie van een beveiligingssysteem tot een gevarenanalyse als je wordt gestalkt, wat je maar wilt. Dit internationale bedrijf heeft de klantengegevens op zijn beurt waarschijnlijk ook verkocht, en zo gaat het verder. Dus volg ik het spoor terug in de tijd, een beetje alsof ik een ingewikkelde bruidstaart uit elkaar haal. Eerst zoek ik de taart in de bakkerij van de cyberspace, en dan zoek ik naar de oorspronkelijke itemsets, sets van gegevens die naar boven zijn gekomen toen er belangwekkende patronen uit de databases zijn gehaald.'

'Daar vallen ook de betalingsgegevens onder. Of details over hoe vaak er vals alarm is geweest.'

'Wat er ook maar op de server van Coastal Security stond, en dat is beslist inclusief vals alarm, problemen met de verbinding, wanneer de politie langs is geweest, wat er is gemeld. Al die informatie is opgegaan in statistische analyses. Dus de informatie over de Jordans is nog ergens te vinden. Een theelepel meel die ik moet ontbakken. Wat ik uiteindelijk zoek, is de intranetverbinding die Coastal Security had met de gearchiveerde dossiers. Met andere woorden, een dode site waarop gedetailleerde gegevens staan van individuele klanten. Het is alleen zo jammer dat het hele proces zo langzaam gaat.'

'Wanneer ben je ermee begonnen?'

'Net pas. Maar ik moest de algoritmen eerst schrijven voordat ik ze kon laten lopen. Dit is autotrolling. Dat zie je nu op die twee beeldschermen.'

'Het zou een goed idee kunnen zijn om ook naar Gloria Jordan te zoeken,' opper ik. 'We weten niet op welke naam het contract stond. Het kan zelfs een bv zijn geweest.'

'Ik hoef niet apart naar haar te zoeken, en ik maak me nog

niet druk over bv'tjes. Haar gegevens zijn verbonden aan die van hem en die van hun kinderen en aan bedrijven en de belastingdienst, aan alles in de media, aan blogs, aan gegevens over criminaliteit, alles is aan elkaar gelinkt. Denk aan een beslisboom. Zei ze gisteren nog iets, bijvoorbeeld dat ze bang was dat iemand haar volgde, haar in de gaten hield of misschien bij haar appartement was geweest?'

'Jaime.' Ik neem aan dat ze haar bedoelt.

'Enige verwijzing, hoe klein ook, naar iemand die haar misschien een akelig gevoel gaf? Iemand die niet al te vriendelijk was, bijvoorbeeld?'

'Ik heb er niet naar gevraagd.'

'Waarom zou je daar ook naar vragen?' Lucy kijkt strak naar de voorbijschietende data.

'Het beveiligingssysteem met de camera's,' antwoord ik. 'En ze droeg een wapen bij zich. Een Smith & Wesson punt achtendertig, geladen met kogels met holle punten.'

Ze blijft zwijgend zitten kijken hoe de data voorbijrollen.

'Jouw invloed?' vraag ik.

Lucy antwoordt: 'Ik weet niets over een revolver. Ik zou haar dat nooit aangeraden hebben. Dat heb ik ook niet gedaan, ik heb er geen voor haar gekocht en ik heb haar geen schietlessen gegeven. Ze was daar niet geschikt voor.'

'Ik weet niet zo zeker of ze alleen maar zenuwachtig was omdat ze zich in het diepe zuiden niet op haar plaats voelde, en ik had moeten vragen of ze zich bedreigd of bang, labiel, irrationeel of gewoon ellendig voelde, en zo ja, waarom. Maar dat heb ik niet gedaan.' Het is een opluchting om het hardop te zeggen, maar ik schaam me terwijl ik wacht tot ze zich tegen me keert en mij de schuld geeft van wat er gebeurd is. 'Net zoals ik niet de moeite heb genomen me ervan te verzekeren dat alles goed met haar was toen ik vannacht bij haar wegging. Weet je nog wat ik altijd tegen je zei toen je klein was?'

Lucy geeft geen antwoord.

'Weet je nog wat ik altijd zei? Ga niet boos weg.'

Ze reageert nog steeds niet.

'Ga niet boos slapen,' voeg ik eraan toe.

'Dat noemde ik altijd die doodspraatjes van jou. Je hield altijd rekening met de mogelijkheid dat er iemand doodging of dat er iets levensgevaarlijks zou gebeuren,' antwoordt ze zonder me aan te kijken. 'Maak alles kindveilig, hoe oud en gebrekkig de persoon in kwestie ook is. De koordjes van jaloezieën, trappen of balkons met lage relingen, of harde snoepjes waarin je kunt stikken. Loop niet rond met een schaar of een potlood of iets anders wat een punt heeft. Telefoneer niet onder het autorijden. Ga niet hardlopen als het stormt. Kijk altijd naar links en naar rechts, ook in een doodlopende straat.' Lucy ziet de data voorbijstromen en kijkt me niet aan. 'Ga nooit weg met ruzie. Stel dat degene met wie je ruzie hebt omkomt bij een auto-ongeluk, getroffen wordt door de bliksem of doodgaat aan een geknapt bloedvat.'

'Wat moet ik irritant zijn geweest.'

'Je bent irritant als je denkt dat jij op de een of andere manier geen last zult hebben van de gevoelens die we allemaal hebben. Ja, je bent gisteravond "boos weggelopen", zoals je zegt. Ik weet hoe nijdig je was. Je bleef er maar over doorgaan aan de telefoon, tot drie uur in de ochtend, weet je nog? En je had gelijk om kwaad te zijn. Het was goed om kwaad te zijn. Ik zou ook kwaad zijn geweest als ik in jouw schoenen had gestaan en zij zulke dingen over jou had gezegd. Of als ze jou zoiets had aangedaan.'

'Ik had moeten blijven en het met haar moeten uitpraten,' antwoord ik. 'Als ik dat had gedaan, had ik misschien beter gezien wat er lichamelijk met haar aan de hand was. Misschien had ik dan beseft dat ze symptomen vertoonde die niets met alcohol te maken hadden.'

'Ik vraag me af of er zoiets bestaat als Anonieme Hackers,' zegt Lucy nadenkend, alsof ik helemaal niets gezegd heb. 'AH, dat is wel leuk. Wat een mop om te denken dat mensen als ik een site niet zullen hacken als we dat kunnen. Een vos verliest wel zijn haren, maar niet zijn streken. Je moet ermee leren leven of het beest de deur uit zetten.'

'Jij bent geen vos.'

'Nou, zij noemde me ook eerder een onverbeterlijke idioot.'

'Dat ben je ook niet, en het is zo onaardig. Het is wreed om iemand zo uit te schelden.'

'Het is waar. Dit is het bewijs.' Ze gebaart naar de computers op het bureau. 'Weet je hoe gemakkelijk het was om in haar DVR te komen? Om te beginnen was ze heel slordig met wachtwoorden. Ze gebruikte steeds dezelfde, om ze niet te vergeten en altijd bij haar gegevens te kunnen. Het IP-adres was kinderspel. Ik hoefde alleen een e-mail aan mezelf te sturen met mijn iPhone terwijl ik onder de beveiligingscamera stond en ik had het vaste IP-adres van die verbinding.'

'Heb je daaraan gedacht toen je bij haar appartement was?'

'Benton en ik stonden buiten in de regen, onder het afdak.'

Ik weet niet of ik verbaasd of ontzet moet zijn.

'Hij hield mijn arm vast, maar ik heb me netjes gedragen. En daar heeft hij mee geboft. Het was me bijna niet gelukt. Hij heeft enorm geboft.'

'Hij probeerde alleen maar...'

'Ik moest iets te doen hebben.' Lucy laat me niet uitpraten. 'Ik zag dat er een cameraatje was gemonteerd dat nieuw leek, met andere woorden, pas geïnstalleerd. Een heel aardig ding met een instelbare lens, het soort camera dat Marino zou kiezen, maar ik wilde hem er niet naar vragen en dat heb ik ook niet gedaan.' Ze komt weer op dat punt terug. 'Ik dacht wel dat er ergens een DVR zou zijn, en ik kon niet gewoon werkeloos blijven toekijken. Wie wil in dit leven nu gaan zitten wachten op toestemming? Dat doen de schoften onder ons ook niet. Het tuig dat alle problemen veroorzaakt, doet dat niet. Ze heeft gelijk. Ik verlies nooit mijn streken. Misschien wil ik ze ook wel niet kwijt. Hoewel, niks "misschien". Verdomme, nee.'

'Je bent nooit een idioot geweest.' Ik voel de woede weer opvlammen. '*Primum non nocere*. Doe ten eerste geen kwaad. Ik heb ook beloften gedaan. We doen wat we kunnen. Het spijt me dat ik je teleurgesteld heb.' Dat klinkt wel heel lamlendig, zoals het uit mijn mond komt.

'Je hebt geen kwaad gedaan. Dat heeft ze zelf gedaan.'

'Dat is niet waar. Ik weet niet wat je verteld is...'

'Ze heeft het zelf gedaan, al heel lang geleden.' Lucy tikt op de touchpad en het stilstaande beeld van Jaimes gebouw en de straat daarvoor komt tevoorschijn op het beeldscherm van de MacBook. 'Ze heeft dat vluchtplan ingediend toen ze besloot te liegen en dus is ze neergestort, ook al zat er iemand anders in de cockpit toen dat gebeurde. Ik ben me ervan bewust dat ze strikt genomen vermoord is en dat mijn filosofische standpunt op dit moment niet ter zake doet.'

'We denken dat ze vermoord is, maar het is nog niet bewezen,' merk ik op. 'We zullen het pas weten als het CDC klaar is met de analyse. Of misschien weten we eerder wat er met Dawn Kincaid gebeurd is, ervan uitgaand dat we te maken hebben met een serievergiftiging met een en dezelfde neurotoxine.'

'We weten het wel,' zegt Lucy effen. 'Iemand die denkt dat ze slimmer is dan de rest. Het verband, de factor die ze allemaal gemeen hebben, is de gevangenis. Dat moet wel. Jullie hebben allemaal iets met die gevangenis te maken. Zelfs Dawn Kincaid, omdat haar moeder daar zit. Zat. En ze schreven elkaar, toch? Iedereen is via de GPFW met elkaar verbonden.'

Ik moet denken aan feestelijk briefpapier en postzegels van vijftien cent. Die iemand van buiten de gevangenis aan Kathleen heeft gestuurd. Misschien heeft ze er iets van naar Dawn doorgestuurd. Ik denk aan de krassen van een eerdere brief, de schimmige fragmenten in Kathleens kenmerkende handschrift. Met de verwijzing naar een PNG en omkoping.

'Ik zal je krijgen,' zegt Lucy tegen de afbeelding van Jaimes gebouw op het beeldscherm. 'Je hebt geen idee met wie je van doen hebt. Het zou niets hebben uitgemaakt als je langer bij haar gebleven was,' zegt ze dan tegen mij, maar ze kijkt me nog steeds niet aan.

Ze heeft me nog niet één keer aangekeken sinds ik ben gaan zitten, en het doet pijn en het maakt me zenuwachtig, hoewel ik me er heel goed van bewust ben dat Lucy niemand wil aankijken als ze gehuild heeft.

'Ze klonk alsof ze dronken was,' zegt Lucy, alsof ze erbij was. 'Gewoon straalbezopen, zoals ze wel eerder klonk als ze belde.'

'Toen jullie nog samen waren. Of bedoel je na die tijd?' Mijn aandacht gaat weer naar de BlackBerry op het bureau en ik krijg een idee van wat er gebeurd is.

'Je zei dat ze dronken was, of eigenlijk zei je dat je dacht dat ze dronken was,' zegt Lucy terwijl ze iets intypt. 'Je hebt geen enkele keer gezegd dat je dacht dat ze ziek kon zijn of dat er iets anders mis was. Dus kun je jezelf de schuld niet geven. En ik weet dat je dat doet. Je had me in haar appartement moeten laten.'

'Je weet waarom ik dat niet kon doen.'

'Waarom neem je me nog steeds in bescherming, alsof ik tien ben?'

'Ik wilde je niet in bescherming nemen,' zeg ik, maar ik voel hoe mijn eerlijkheid meegevoerd wordt met het zoete briesje van mijn goede bedoelingen. Een leugen onder het mom van tederheid en liefde. 'Nou ja, eigenlijk ging het me daar wel om.' Nu zeg ik de waarheid. 'Ik wilde niet dat je zag wat ik zag. Ik wilde dat je laatste herinneringen aan haar...'

'Wat waren?' valt Lucy me in de rede. 'Hoe mijn partner de aanklager me vertelde waarom ik nooit meer contact met haar mocht opnemen? Het was niet genoeg om onze relatie te beëindigen, ze moest het per se laten klinken als een contactverbod. "Jij bent smerig. Je bent eng en je maakt alles kapot. Je bent gek. Ga weg."'

'Ook in juridisch opzicht kon jij dat appartement niet in, Lucy.'

'Jij had daar ook niet mogen zijn, tante Kay.'

'Ik was er al, maar je hebt gelijk. Het zorgt voor problemen. Je wilt niet dat jouw vingerafdrukken of DNA daarbinnen worden aangetroffen, of iets anders waardoor de politie belangstelling voor je zou kunnen krijgen.' Ik vertel haar niets wat ze niet weet. 'Ze had niet zo over je moeten praten. Het was niet eerlijk om te doen of jij het probleem was en niet te kijken naar wat ze zo onverdraaglijk aan zichzelf vond. Maar ik had me ervan moeten vergewissen dat alles goed met haar was voordat ik wegging. Ik had beter moeten opletten.'

'Wat je eigenlijk zegt, is dat je meer om haar had moeten geven.'

'Ik was heel boos, en ik gaf niet genoeg om haar. Het spijt me...'

'Waarom zou je iets om haar moeten geven? Het was toch niet aan jou om je ook maar iets van haar aan te trekken?'

Ik zoek naar het eerlijke antwoord, omdat het juiste antwoord niet eerlijk is. Ik had om haar moeten geven omdat ik altijd om een andere mens zou moeten geven. Zo hoort het. Maar ik heb het niet gedaan. In alle eerlijkheid gaf ik vannacht helemaal niets om Jaime.

'Het ironische is dat het toch afgelopen was met haar,' zegt Lucy.

'Dat mogen wij nooit voor een ander beslissen. Misschien was het niet afgelopen. Ik wil graag geloven dat ze op een gegeven moment op betere gedachten zou zijn gekomen. Mensen kunnen veranderen. Het is verkeerd dat iemand haar die kans ontnomen heeft.' Ik zeg het weloverwogen en voorzichtig, alsof ik een weg zoek over een pad vol stenen waarop ik kan struikelen en iets kan breken. 'Het spijt me dat mijn laatste ontmoeting met haar zo onaangenaam moest zijn, want er zijn er heel veel geweest waarbij het heel anders verliep. Er was een tijd dat ze...'

'Ik vergeef het haar niet.'

'Het is gemakkelijker om boos dan om verdrietig te zijn,' zeg ik.

'Ik wil het haar niet vergeven en ik wil het ook niet vergeten. Ze heeft me erin geluisd, ze heeft gelogen. Ze heeft jou er ook in geluisd, en tegen jou heeft ze ook gelogen. Ze loog zo vaak dat er geen waarheid meer was als referentiepunt, en dus ging ze haar eigen leugens geloven.'

Lucy zet de cursor op *play* en tikt op de touchpad, en de digitale opname begint af te spelen. Stenen en traptreden en ijzeren relingen in grijstinten, het geluid van auto's die door de straat voor Jaimes gebouw rijden en de flits van de koplampen als ze langskomen. Lucy opent nog een venster en klikt nog een bestand aan als er in de verte een gestalte verschijnt in de donkere straat, een tengere gestalte te voet, dezelfde jonge vrouw, neem ik aan, maar er is nu geen fiets en ze heeft andere kleren aan. Ze steekt de straat over en dan is die witte vlek of felle gloed er opeens weer, alsof ze een buitenaards wezen is of een godheid. Ze loopt naar de ingang van het gebouw, volkomen op haar gemak, terwijl om haar hoofd een soort felle stralenkrans zit.

'Ze heeft nu andere kleren aan,' zeg ik tegen Lucy.

'Ze is aan het verkennen,' zegt ze. 'Proefbezoekjes. Ik heb haar op de opnamen van de laatste twee weken al vijf keer voorbij zien komen.'

'Gisteravond had ze een licht shirt aan. Van wanneer is deze opname dan?' vraag ik, maar ik val stil als ik de stem van Jaime Berger hoor.

'... ik besef dat ik alweer de door mijzelf opgelegde regel overtreed om geen contact te hebben.' De vertrouwde stem komt uit de luidspreker en Lucy klikt op het volume en zet het hoger terwijl de gestalte op het beeldscherm in de donkere straat voor Jaimes gebouw verdwijnt. 'Je zult inmiddels wel weten dat Kay hier is en dat ze me gaat helpen met een van mijn zaken. We hebben net samen gegeten en ik ben bang dat ze een beetje boos op me is geworden. Ze is altijd zo'n leeuwin als het om jou gaat, dat hielp ook niet echt. Lieve God, het heeft nooit geholpen. Een ongelukkige driehoeksverhouding, en dan zeg ik het nog netjes. Op de een of andere manier had ik altijd het gevoel dat ze bij ons in de kamer was, waar we ons ook bevonden. Lichten uit, hallo, tante Kay, ben je daar? Nou ja. Daar hebben we het al zo vaak over gehad...'

'Stop,' zeg ik tegen Lucy, en ze zet beide opnamen stil. 'Heeft ze je gebeld op je nieuwe nummer? Wanneer dan?' Maar ik denk dat ik het al weet.

Jaimes stem hapert en klinkt onduidelijk. Zo'n beetje als vannacht toen ik bij haar wegging, maar nog iets slechter en gemener. Ik kijk naar de BlackBerry die aan de oplader op het bureau ligt.

'Je oude telefoon,' zeg ik tegen Lucy. 'Je hebt geen ander nummer genomen, maar gewoon een nieuw nummer erbij voor je iPhone.'

'Ze had mijn nieuwe nummer niet. Ik heb het haar nooit gegeven en ze heeft er nooit om gevraagd,' zegt Lucy. 'Ik gebruik dat ding niet meer.' Ze wijst naar de BlackBerry.

'Je hebt het toestel aangehouden omdat ze bleef bellen.'

'Dat is niet echt de enige reden. Maar ze heeft wel gebeld. Niet vaak. Meestal 's avonds laat wanneer ze te veel gedronken had. Ik heb alle berichten opgeslagen in audiobestanden.'

'En je luistert ernaar op je computer.'

'Ik kan ze overal beluisteren. Dat is het punt niet. Het punt is dat ik ze bewaard heb, zodat ze nooit verloren gaan. Ze zijn allemaal zo'n beetje hetzelfde. Zoals dit. Ze vraagt me niets. Ze zegt niet dat ze wil dat ik terugbel. Ze praat een paar minuten en hangt dan abrupt op zonder gedag te zeggen. Een beetje zoals ze ook onze relatie beëindigd heeft. Allerlei uitspraken, zij die tegen me praat, niet luistert en dan ophangt.'

'Je hebt ze bewaard omdat je haar mist. Omdat je nog steeds van haar houdt.'

'Ik heb ze bewaard om mezelf eraan te herinneren dat ik haar niet moet missen. En ook niet van haar moet houden.' Lucy's stem trilt en ik hoor haar verdriet en frustratie en woede. 'Ik probeer je te vertellen dat ze niet klonk alsof ze ziek was, alsof er lichamelijk iets met haar aan de hand was.' Ze schraapt haar keel. 'Ze klinkt gewoon alsof ze gedronken heeft, en dat was een halfuur nadat jij was weggegaan. Dus klonk ze waarschijnlijk minder slecht toen jij nog bij haar was.'

'Ze heeft niet gezegd dat ze zich beroerd of vreemd voelde. Ze heeft helemaal niets gezegd.'

Lucy schudt haar hoofd. 'Ik kan het hele bericht afspelen als je wilt, maar ze zegt er ook daarin niets over.'

Ik stel me voor dat Jaime in haar bruine badjas van de ene kamer naar de andere liep met een glas dure whisky in haar hand, en dat ze naar buiten keek toen Marino's busje wegreed. Ik weet niet precies hoe laat we vertrokken, maar nog geen dertig minuten later heeft ze Lucy op haar oude nummer gebeld en deze boodschap ingesproken. De klachten zijn duidelijk pas later ernstig geworden, en ik zie het tafeltje naast het bed voor me met het omgegooide glas en de lege telefoonhouder, de telefoon onder haar bed en ook wat ik in de badkamer heb aangetroffen, de medicijnen en toiletartikelen die overal verspreid lagen. Ik vermoed dat Jaime in slaap is gesukkeld en om een uur of twee, drie happend naar adem en amper in staat te slikken of te praten wakker is geworden. Op dat punt heeft ze waarschijnlijk in paniek iets gezocht wat de angstaanjagende symptomen zou kunnen verlichten.

Symptomen die akelig veel leken op wat Jaime beschreef toen we het hadden over Barrie Lou Rivers en over wat Lola Daggette wacht als ze op Halloween wordt terechtgesteld, zo valt me in. Een hardvochtige en ongebruikelijke straf, een verschrikkelijke manier om dood te gaan, opzettelijk wreed, volgens Jaime. Ik dacht dat ze een dramatisch verhaal ophing om haar zaak te bepleiten, maar misschien was dat niet zo. Misschien zit er meer waarheid in wat ze allemaal beweerde dan ze zelf wist. Misschien was ze niet doodsbang, maar bang voor de dood.

'Je bent bij bewustzijn, maar je kunt niet praten. Je kunt niet bewegen en je totaal niet verroeren, en je ogen zitten dicht. Je lijkt bewusteloos. Maar de spieren van je middenrif zijn verlamd en je bent je bewust van pijn en de paniek van het stikken. Je voelt dat je doodgaat, en je hersenen werken op volle toeren. Pijn en paniek. Niet alleen omdat je doodgaat, maar omdat je op een sadistische manier gestraft wordt.' Ik herhaal wat Jaime zei over een terechtstelling door middel van een dodelijke injectie en wat er gebeurt als het verdovende middel niet lang genoeg blijft werken.

Ik denk aan een moordenaar die een vergif toedient dat de ademhaling lamlegt en zorgt dat het beoogde slachtoffer belemmerd wordt als ze wil praten of hulp wil inroepen, zeker als ze in de cel zit.

'Waarom zou iemand een gedetineerde postzegels van zo'n twintig jaar geleden sturen?' Ik sta op van mijn stoel.

'Waarom zou je ze niet verkopen?' vraag ik. 'Zouden ze niet iets waard zijn voor een verzamelaar? Maar misschien kwamen ze daar juist vandaan. Misschien zijn ze onlangs gekocht bij een verzamelaar of een filateliewinkel. Geen pluis, stof, vuil, ook niet op de achterkant, en ze waren niet verfomfaaid alsof ze tientallen jaren in een la hadden gelegen. En ze zouden zogenaamd door mij zijn gestuurd in een valse CFC-envelop, waarin ook een vervalste brief met een nagemaakt briefhoofd zat. Zou dat mogelijk zijn? Ze leek te denken dat ik gul was geweest, maar dat was niet zo. Een grote envelop die van mij zou komen, extra gefrankeerd. Er heeft nog iets anders in gezeten. Postzegels, bijvoorbeeld.' Lucy kijkt me eindelijk aan en ik zie wat er in haar ogen ligt. Ze zijn dieper groen en onmetelijk triest, en ze vonken van woede.

'Het spijt me,' zeg ik tegen haar omdat het zo verschrikkelijk is om je Jaimes dood voor te stellen zoals ik die net heb beschreven.

'Wat voor postzegels?' vraagt ze. 'Vertel me precies hoe ze eruitzagen.'

Ik vertel haar wat ik in Kathleen Lawlers cel heb aangetroffen, in een kastje aan het voeteneind van haar stalen bed: een enkel velletje met tien postzegels van vijftien cent uit een tijdperk waarin er nog lijm op postzegels, etiketten en enveloppen zat, die je met je tong of met een spons moest bevochtigen. Ik beschrijf de brief aan Kathleen die ik niet heb geschreven en het vreemde, feestelijke briefpapier dat ze niet in het gevangeniswinkeltje kan hebben gekocht. Iemand heeft haar postzegels en papier gestuurd, en het is heel goed mogelijk dat ik dat ben geweest, of juister gezegd, iemand die deed alsof hij mij was.

Dan staat de postzegel op het beeldscherm. Een breed, wit strand met sprietjes helmgras, een parasol met rode en gele vlakken leunt tegen een duin en daarboven vliegt een meeuw langs de wolkeloze hemel boven helderblauw water.

31

Het is middernacht en we eten met lange tanden onze avondmaaltijd op. Benton heeft alles te lang gekookt en laten verpieteren, maar op dit moment is niemand veeleisend of met zijn gedachten bij eten, in elk geval niet op een gezonde manier. Op dit moment sluit ik niet uit dat ik nooit meer trek in eten zal krijgen, omdat alles wat ik zie een mogelijke bron van ziekte en dood lijkt.

Bolognesesaus, sla, dressing, zelfs de wijn, en ik besef weer dat een vreedzame, heilzame co-existentie op deze planeet schokkend kwetsbaar is. Er is maar heel weinig voor nodig om een ramp te veroorzaken. Verschuivende tektonische platen in de aardkorst die een tsunami teweegbrengen, botsende temperaturen en vochtigheidsgraden die orkanen en tornado's ontketenen, en het allerergste is nog wel wat de mens in werking kan zetten.

Een uurtje geleden heeft Colin Dengate me informatie doorgemaild die hij me eigenlijk niet mag laten zien, maar zo is hij nu eenmaal, een boerenpummel uit het zuiden, zoals hij zelf zegt.

Een gewapende en gevaarlijke kerel die met zijn stokoude landrover in de zinderende hitte rondscheurt, bang voor niets of niemand, ook niet voor bureaucraten of 'bureausauriërs', zoals hij mensen noemt die zich achter beleidsregels, politiek of ziekelijke angsten verschuilen om niet de juiste beslissingen te hoeven nemen. Hij is niet van plan me buiten te sluiten, zeker niet nu de overduidelijke pogingen om me erin te luizen aantonen dat ik niet degene kan zijn die mensen vergiftigt.

Colin mailde dat Jaime op het moment van haar dood een goede gezondheid had, net als Kathleen Lawler. Uit het voorlopige onderzoek bleek niet waaraan Jaime was overleden, maar haar maaginhoud was niet verteerd en bevatte onder andere rozeachtige, roodachtige en witte tabletten die volgens hem en mij maagzuurremmers, antihistaminen en middelen om de slijmvliezen te laten slinken moeten zijn. Hij vertelde dat Sammy Chang hem laboratoriumuitslagen heeft gegeven die ons waarschijnlijk niets opleveren, tenzij Kathleen aan een vergiftiging met zware metalen kan zijn gestorven, en Colin denkt dat dat niet het geval is. Hij heeft gelijk, dat is niet zo. Hij wilde vooral weten of er bij mij een lampje ging branden bij sporen magnesium, ijzer en natrium.

'Dat begrijp ik.' Benton loopt heen en weer langs de ramen, die over de rivier de Savannah uitkijken. De overkant, waar scheepskranen zich vaag tegen de verre, donkere hemel aftekenen, is bezaaid met lichtjes. 'Maar wat jij moet begrijpen, is dat ze dodelijk giftig kunnen zijn,' zegt hij tegen Douglas Burke van de FBI-divisie in Boston.

Douglas Burke zit in het team dat de Mensa-moorden onderzoekt. Uit de zinnen die ik opvang, maak ik op dat ze Bentons vragen liever niet beantwoordt. Ze wil alleen de verklaring bevestigen die het Massachusetts General Hospital heeft uitgegeven. Dawn Kincaid heeft botulisme. Ze wordt kunstmatig in leven gehouden en ze is hersendood. Benton heeft Burke onomwonden gevraagd of er in Dawns cel in Butler postzegels van vijftien cent met parasols zijn gevonden.

'Ze heeft het gif op de een of andere manier binnengekregen,' dringt hij aan. 'Met andere woorden, ze is vergiftigd, en ik betwijfel of dat via het eten in Butler is gebeurd. Lijden er nog meer mensen in Butler aan botulisme? Dat bedoel ik. De lijm op de postzegels zou de bron van het gif kunnen zijn.'

'Dat was best te eten, maar ik hoop dat ik Benton niet beledig als ik zeg dat hij maar niet meer moet koken.' Marino schuift zijn kom van zich af. De pasta leek wel van rubber, dus hij had alleen maar bolognesesaus genomen. Zelfs die heeft hij niet opgegeten. 'Het botoxdieet. Je hoeft alleen maar aan botulisme te denken. Daarvan val je al af. Doris maakte vroeger ook van alles in.' Hij heeft het over zijn ex-vrouw. 'Als ik er nu aan terugdenk, lopen de rillingen over mijn rug. Je kunt het ook van honing krijgen, wist je dat?'

'Honing is vooral riskant voor baby's en kleine kinderen,' zeg ik afwezig, terwijl ik naar Bentons gesprek luister. 'Ze hebben niet zo'n robuust afweersysteem als volwassenen. Ik denk dat jij zonder enig risico honing kunt eten.'

'Mij niet gezien. Ik loop met een grote boog om suiker en namaaksuiker heen, en ik wil al helemaal geen honing of zelf ingemaakte spullen. Misschien moet ik saladebuffetten ook maar mijden.'

'Voor twintig dollar kun je een buisje met dat spul uit China laten komen.' Lucy zit met haar MacBook aan de eettafel. Ze typt met haar ene hand en eet met de andere een stuk brood. 'Valse naam, vals e-mailaccount en je hoeft geen arts te zijn of in een laboratorium te werken. Vanuit je luie stoel kun je zoveel bestellen als je wilt. Ik zou het nu al kunnen doen. Het verbaast me dat zoiets nog niet eerder is gebeurd.'

'Goddank niet.' Ik begin de tafel af te ruimen en blijf dubben of ik generaal Briggs moet bellen.

'Het krachtigste gif op aarde. Het is vreselijk dat het zo makkelijk te verkrijgen is,' zegt Lucy.

'Vroeger was dat niet zo makkelijk,' zeg ik. 'Maar tegenwoordig vind je botulinetoxine type A overal omdat het voor de behandeling van talloze medische aandoeningen wordt gebruikt. Niet alleen cosmetische procedures, het wordt ook gebruikt bij migraine, scheelzien, speekselvloed – oftewel kwijlen –, onwillekeurige spiertrekkingen, zwetende handpalmen, tics in het gezicht en andere spasmen.'

'Stel dat je op internet buisjes van dat spul koopt. Hoeveel heb je er dan van nodig?' Marino is achter me aan gelopen naar het keukentje en er tikken lege flessen tegen elkaar als hij ze in de speciaal daarvoor bestemde afvalzak gooit.

'Het wordt geleverd in kristalvorm, een wit poeder, vacuüm gedroogde *Clostridium botulinum*-sporen type A die je kunt oplossen.' Ik draai de keukenkraan open en wacht tot het water warm wordt.

'En dan spuit je het bijvoorbeeld gewoon in voorverpakt voedsel,' zegt Marino. 'Of in een bakje van een afhaalmaaltijd.'

'Heel eenvoudig. Angstaanjagend eenvoudig.'

'Dus als je maar genoeg van dat spul hebt, kun je duizenden mensen vermoorden.' Marino pakt een theedoek en droogt de spullen af die ik afwas.

'Ja, dat zou kunnen, als je met voorverpakt voedsel knoeit of met dranken die niet genoeg verhit worden om het gif te vernietigen,' zeg ik. Dat vind ik nu juist zo eng.

'Ik vind dat je Briggs moet bellen.' Hij pakt een bord van me aan.

'Ik weet dat je dat vindt,' zeg ik. 'Maar zo simpel is het niet.'

'Natuurlijk wel. Je belt hem gewoon op om hem te waarschuwen.'

'Dan zet ik van alles in werking voordat we de laboratoriumuitslagen hebben.' Ik geef hem een wijnglas dat hij kan afdrogen.

'Dawn Kincaid heeft botulisme. Dat is al één laboratoriumuitslag.' Hij maakt keukenkastjes open en bergt de borden op. 'Meer bevestiging heb je volgens mij niet nodig als je bedenkt welke puzzelstukjes we nog meer hebben ontdekt en aan elkaar kunnen leggen. Zoals dat spul in Kathleen Lawlers wasbak, dat met de brandwonden op haar voet te maken heeft.'

'Dat met de brandwonden te maken zou *kunnen* hebben. Ik speculeer.'

'Je zou samen met hem moeten speculeren.'

Hij heeft het over generaal Briggs, het hoofd van de lijkschouwers bij Defensie, mijn commandant en een oude vriend uit de begintijd van mijn carrière in het Walter Reed Army Medical Center. Marino wil dat ik Briggs vertel dat Kathleen Lawlers maaginhoud lijkt te bestaan uit onverteerde kip, pasta en kaas die mogelijk met botulinetoxine zijn vergiftigd. Volgens hem moet Briggs ook weten dat onderzoek met een elektronenmicroscoop en een EDX-analyse hebben uitgewezen dat het monster van de vreemd ruikende aanslag in haar wasbak magnesium, ijzer en natrium bevatte. Het antwoord op Colin Dengates vraag of er door de vondst van die elementen in het kalkachtige residu bij mij een lampje gaat branden, is ja. Helaas wel.

Als je aan ijzer-, magnesium- en natriumpoeder water toevoegt, krijg je een exotherme reactie die snel hitte produceert. In plaats van natrium zou je ook zout kunnen gebruiken. De temperatuur kan oplopen tot honderd graden Celsius, en deze technologie vormt de basis voor de vuurloze verwarmingselementen die militairen in het veld gebruiken om kant-en-klaarmaaltijden op te warmen. De Engelse term voor die maaltijden is 'Meal Ready-to-Eat', oftewel MRE. Er bestaan tientallen verschillende, waaronder kip met pasta, en in veel van de stevige bruine plastic zakken waarin ze verpakt worden, zitten ook nog andere voedingsmiddelen, zoals porties smeerkaas. Bij al die MRE's hoort zo'n verwarmingselement waaraan water toegevoegd moet worden. Dat element zit in een stevige kunststof zak. Een militair te velde hoeft alleen maar de bovenkant er af te snijden, water toe te voegen en de zak onder de maaltijd te leggen. Volgens de gebruiksaanwijzing kun je de zak en de MRE het beste ergens tegenaan laten leunen, 'bijvoorbeeld tegen een steen'.

Er kan natuurlijk best een andere verklaring zijn voor het feit dat het monster uit Kathleens wasbak sporen van ijzer, magnesium en natrium bevat, maar de combinatie van die drie biedt een mogelijke, nachtmerrieachtige uitleg die zich niet zomaar laat wegredeneren. De onaangename geur die me aan een föhn met kortsluiting of doorgebrand isolatiemateriaal deed denken, lijkt wel te passen bij een chemische reactie waarbij warmte vrijkomt, en Kathleen had brandwonden op haar linkervoet die ze volgens het personeel van de gevangenis niet op de extra beveiligde afdeling kon hebben opgelopen. Ik denk dat ze per ongeluk hete vloeistof op haar blote huid heeft gemorst, en dat zou heel goed het kokende water uit zo'n vuurloze maaltijdwarmer kunnen zijn.

De eerstegraadsverbrandingen waren recent, en ik kan haar

obsessie met eten niet uit mijn hoofd zetten, evenmin als een paar dingen die ze tegen me heeft gezegd. Misschien ontbreekt er wel een dagboek – of meer dan één – waarin Kathleen had opgeschreven wat ze deed, dacht en misschien wel had gegeten sinds ze naar de extra beveiligde afdeling was overgebracht. Tara Grimm zorgde voor haar, was aardig voor haar, en Kathleen proefde met alle plezier allerlei dingen voor. Ze had zoete broodjes en pakjes noedels in haar cel en wist hoe ze Pop-Tarts in aardbeientaart moest veranderen. Ze had zichzelf zelfs uitgeroepen tot de 'Julia Child van de nor'. Misschien zorgde Tara Grimm dat Kathleen af en toe iets lekkers kreeg in ruil voor medewerking of andere gunsten, en bestond de traktatie vanochtend uit een kant-en-klaarmaaltijd waarin gif was gespoten.

'En dan hebben we nog dat gedoe met de camera.' Marino is nog steeds bezig me te vertellen wat ik moet doen. 'Infrarood inzetten tegen infrarood, een rijtje piepkleine infrarode ledjes op haar helm, ervan uitgaand dat Lucy het bij het rechte eind had. Ik weet niet precies wat die vrouw heeft gedaan, maar we weten zeker dat de camera ergens door werd gedwarsboomd en dat haar gezicht in een witte vlek veranderde zodra ze herkenbaar in beeld zou komen. Lucy zegt dat de opname niet kan worden bijgewerkt of hersteld. Het is verdomme alsof de Chinezen onze spionagesatellieten verblinden met lasers. Je moet hem bellen.'

'Dan luid ik een alarmbel die ze misschien wel tot in het Oval Office kunnen horen.' Dat heb ik al eerder tegen hem gezegd. 'Generaal Briggs moet het verhaal aan zijn superieuren doorgeven, en als er ook maar enige kans bestaat dat ons leger het uiteindelijke doelwit is en we met een terroristische samenzwering of de voorbereidingen daarvan te maken hebben, gaat het rechtstreeks naar het Pentagon en het Witte Huis,' leg ik uit, en op dat moment komt Benton naar ons toe.

'Ze wil het niet rechtstreeks toegeven.' Hij heeft het over zijn gesprek met zijn vrouwelijke collega Douglas Burke. 'Maar een goed verstaander heeft maar een half woord nodig. Er zijn in de cel van Dawn Kincaid postzegels van vijftien cent gevonden die aan de beschrijving voldoen. Een velletje van tien, waarvan er drie op een brief zijn geplakt die ze nog niet had gepost. Een brief aan een van haar advocaten.'

‘De vraag is hoe ze aan die postzegels is gekomen,’ zeg ik.

‘Dawn heeft gisteren post van Kathleen Lawler gekregen,’ zegt Benton. ‘Douglas wilde niet bevestigen of de postzegels daarbij zaten, maar het feit dat ze me vertelt dat Dawn een brief heeft gekregen, lijkt het wel te suggereren.’

‘Geschreven op feestelijk briefpapier?’ vraag ik.

‘Dat heeft ze niet gezegd.’

‘En werd er iets gezegd over een persona non grata en een middel om mensen om te kopen? Met andere woorden, werd er met iemand de spot gedreven? Zo ja, dan ging het waarschijnlijk over mij.’

‘Zoveel details heeft Douglas me niet gegeven.’

‘Toen ik in Kathleens cel was, heb ik afdrukken gevonden van dingen die ze heeft geschreven. Sarcastische dingen, en dat kan ik me wel voorstellen als ze dacht dat ik haar dat postpapier en die postzegels had gestuurd. In haar ogen waren het waarschijnlijk goedkope afdankertjes, dingen die ik niet meer wilde,’ zeg ik. Ik denk terug aan Kathleens spottende opmerking over mensen die gedetineerden hun troep stuurden, spullen die over datum waren, spullen die ze overhadden en zelf niet meer hoefden. ‘Waarschijnlijk dacht ze dat ik haar probeerde te lijmen of om te kopen, maar dat ik te gierig was om daar veel geld aan uit te geven,’ vervolg ik. ‘Maar ik heb haar niets gestuurd. De vervalste brief die die spullen waarschijnlijk vergezelde, was op 26 juni in Savannah op de bus gedaan. Dat betekent dat Kathleen meer dan genoeg tijd had om een velletje van die postzegels naar Dawn te sturen.’

‘Het ziet ernaar uit dat ze dat heeft gedaan, maar Douglas wilde niet op details ingaan en ze verwees niet naar jou,’ zegt Benton. ‘Al heb ik heel duidelijk gezegd dat er documenten vervalst waren, dat er pogingen worden gedaan om jou de schuld in de schoenen te schuiven en dat niets van het zogenaamde bewijsmateriaal tegen jou plausibel is.’

‘Een ongeluk,’ besluit ik. ‘Een gedetineerde moeder stuurt haar gedetineerde dochter postzegels zodat ze elkaar brieven kunnen schrijven, zonder te weten dat de lijm op de achterkant vergiftigd is. Maar Kathleen was te egoïstisch om haar de beste zegels te sturen.’

'Wat bedoel je?' Marino fronst zijn wenkbrauwen.

'Ze had ook nieuwe postzegels in haar cel, zegels van vierenveertig cent, maar die heeft ze niet met anderen gedeeld. Alleen de zegels die volgens haar onder de rotzooi vielen die anderen niet meer wilden. Zegels die volgens haar van een persona non grata afkomstig waren. Van mij.'

'Dat krijg je nou als je gierig bent. Ze geeft haar dochter weg en geeft haar drieëndertig jaar later botulisme,' zegt Marino, terwijl Benton de schaal met pasta boven de vuilnisbak omkeert. De pasta valt als een blok naar beneden.

'Sorry voor het eten,' zegt mijn man, die echt een waardeloze kok is. 'Het was inderdaad ook niet zo'n goed idee om de sla met warm water te wassen.'

'Je zou sla ruim tien minuten moeten koken om botulinetoxine onschadelijk te maken. Het gif kan erg goed tegen warmte,' zeg ik tegen hem.

'Dus je hebt de sla voor niets verpest.' Marino vindt het leuk om Benton op een tekortkoming te wijzen.

'Het vertelt ons wel iets als het niet de bedoeling was om Dawn te doden,' zegt Benton.

'De postzegels hebben Kathleen niet vergiftigd. Het lijkt erop dat ze die zegels niet heeft aangeraakt, en dat vertelt ons ook iets,' zegt Marino, terwijl we teruglopen naar de eettafel, waar Lucy achter haar computer zit. Ze heeft ondertussen de enige handeling verricht die ze zelf misdadig vindt.

Papier. Ze heeft een hekel aan uitprinten, maar er is te veel informatie die we moeten uitzoeken. Er zijn te veel dingen die we moeten bekijken en met elkaar in verband moeten brengen. Foto's, rekeningen van beveiligingsbedrijven, logboeken, beslisbomen, rijen data, en ze is nog lang niet klaar met zoeken. Omwille van ons doet ze haar best om het makkelijker te maken en stuurt ze bestanden naar de printer in de andere kamer.

'Het lijkt erop dat zij aan een maaltijd is gestorven. Ja toch? Dat zou kip, pasta en smeerkaas kunnen betekenen, geen postzegels.' Marino trekt een stoel naar achteren en gaat zitten. 'Stel je toch eens voor... Misschien is het maar goed dat ze niet meer heeft meegemaakt dat haar dochter aan drie van die postzegels heeft gelikt om ze op de brief aan haar advocaat te plakken.

Hoeveel botulisme zou je op drie postzegels kunnen smeren?'

'Driehonderdvijftig gram botulinetoxine is voldoende om iedereen op aarde te doden,' zeg ik.

'Sodeju.'

'Dus je hebt op de achterkant van een postzegel niet veel nodig om een krachtig gif te creëren dat al heel snel symptomen veroorzaakt,' zeg ik. 'Ik denk dat Dawn Kincaid zich binnen een paar uur hondsberoerd heeft gevoeld. Als Kathleen de postzegels meteen na ontvangst had gebruikt, had ik niet meer met haar kunnen praten, want dan was ze al dood geweest.'

'Misschien was dat de bedoeling,' zegt Benton.

'Ik weet het niet,' zeg ik. 'Maar je vraagt het je wel af.'

'Maar daar is ze niet aan doodgegaan, en dat is nou net zo raar.' Lucy deelt stapeltjes uit van de informatie die ze tot nu toe heeft uitgeprint. 'Iemand stuurt haar postzegels waarop botulinetoxine zit, maar wacht niet tot ze die gebruikt. Waarom niet? Waarschijnlijk zou ze die postzegels uiteindelijk wel hebben gebruikt en daaraan zijn doodgegaan.'

'Het zou kunnen dat de afzender niet in de gevangenis werkt,' merkt Benton op. 'Als je geen toegang tot Kathleen had, niet kon zien wat er in haar cel lag en niet wist of ze post verstuurde, zou je kunnen concluderen dat de postzegels geen effect hadden gehad, domweg omdat je niet wist dat ze ze nog niet had gebruikt. De dader heeft toen misschien besloten het nogmaals te proberen.'

'Nou, die postzegels werken wel degelijk,' merkt Marino op.

'Maar hoe moet de dader dat weten?' vraagt Benton. 'Op wie test je je gif om te kijken of het werkt? In elk geval niet op jezelf.'

Maar je zou het wel op gedetineerden kunnen testen. Dat is een mogelijkheid die al de hele avond door mijn hoofd spookt. Een directrice als Tara Grimm, die zo graag de touwtjes in handen houdt en mensen wil straffen, zou dat in bepaalde gevallen wel eens kunnen toestaan. Toen ik gisteren in haar werkkamer zat, maakte ze geen geheim van haar ongenoegen over het feit dat een ten onrechte gestrafte en ter dood veroordeelde vrouw op vrije voeten zou kunnen komen, of dat er misschien een deal werd geregeld om Kathleen Lawler vervroegd vrij te krijgen. Ik herinner me dat haar zuidelijke charme de harde blik in haar ogen niet had kunnen verbergen, en het was overduidelijk dat Tara het helemaal niet prettig vond dat Jaime Berger zich met de levens van de gedetineerden bemoeide. Jaime negeerde de wensen van de gerespecteerde, alom geprezen gevangenisdirectrice, de dochter van een man die ook een prominent gevangenisdirecteur is geweest en die het gevangenisgebouw heeft ontworpen dat ze als haar eigendom beschouwt.

Ik kan me inmiddels niet meer voorstellen dat Tara Grimm niet op de hoogte was van het briefje dat Kathleen naar me toe schoof. Waarschijnlijk wist ze er alles van en maakte ze zich er niet druk om. Waarschijnlijk beschouwde ze mijn afspraak met Jaime als een cadeautje, de ideale gelegenheid om te zorgen dat ik werd aangesproken door iemand met een afhaalmaaltijd waarin, zo vermoed ik, een krachtige dosis botulinetoxine type A was gespoten. Tara wist al bijna twee weken dat ik naar haar gevangenis zou komen, en op de een of andere manier wist de vrouw met de zak van het afhaalrestaurant dat ik naar Jaimes appartement zou gaan. Misschien heeft Lucy wel gelijk en heeft die vrouw vlakbij in het donker op me staan wachten. Het kan zelfs zijn dat ze tot de volgende ochtend is blijven staan, kijkend naar het ijsberende silhouet van haar slachtoffer achter de ramen, wachtend op lichten die uit- en aangingen, wachtend op de dood.

Mensen worden gevolgd, bespioneerd en als marionetten bespeeld door iemand die zeer uitgekookt en zorgvuldig te werk gaat, een gifmenger die geduldig, nauwgezet en koud als steen is. Ik kan geen enkele populatie bedenken die kwetsbaarder is dan de gedetineerden, die opgesloten zitten als ratten in een laboratorium. Dat geldt zeker als een personeelslid van de gevangenis samenwerkt met degene die al deze vreselijke dingen heeft bedacht. Stel je voor dat je op deze manier uitzoekt welke middelen het beoogde effect hebben, terwijl je ondertussen een veel grotere aanval voorbereidt, rustig afwacht en maandenlang, misschien wel jarenlang, je techniek perfectioneert.

Barrie Lou Rivers stierf onverwachts terwijl ze op haar executie wachtte. Rea Abernathy werd dood in haar cel gevonden, met haar hoofd in de wc-pot, en Shania Plames leek zichzelf te hebben gewurgd met de broekspijpen van haar gevangenisuniform. Daarna stierven Kathleen Lawler, Dawn Kincaid en Jaime Berger. Al die sterfgevallen lijken verontrustend veel op elkaar. Tijdens de sectie wordt niets bijzonders gevonden, de diagnose wordt *per exclusionem* gesteld. Er was geen enkele reden, in elk geval niet bij de eerdere zaken, om uit te gaan van dodelijke, opzettelijke vergiftigingen die met de gewone toxicologische onderzoeken niet konden worden aangetoond.

Het is bijna twee uur 's nachts en ik kan me niet herinneren wanneer ik generaal John Briggs voor het laatst op dit ongewone tijdstip heb gebeld. De keren dat ik het heb gedaan, had ik daar heel goede redenen voor. Ik had bewijzen. Lucy legt wat op mijn stapel papier en ik neem de uitdraaien mee. Terwijl ik terugloop naar de slaapkamer en de deur sluit, zie ik Briggs in gedachten bruusk naar zijn mobieltje grijpen. Ik weet niet of ik hem uit bed bel of dat hij nog aan het werk is. Misschien is hij op de luchtmachtbasis in Dover, Delaware, het AFME-hoofdkwartier. Daar bevindt zich het mortuarium waar onze gesneuvelde militairen naartoe worden gevlogen, waardig worden overgedragen en een technisch geavanceerde sectie ondergaan met driedimensionale CT-scans en munitiescans. Hij kan ook in Pakistan, Afghanistan of Afrika zitten. Waarschijnlijk zit hij niet in het ruimtestation Mir, maar we houden er wel eens half gekscherend rekening mee omdat lijkschouwers van Defensie eigenlijk naar alle plekken gestuurd kunnen worden waar sterfgevallen onder de jurisdictie van de federale overheid vallen. Waar Briggs geen behoefte aan heeft, is een kopzorg die misschien ongegrond blijkt te zijn. Hij zit niet te wachten op mij en mijn intuïtie.

'John Briggs,' zegt zijn zware stem in mijn draadloze oortje.

'Met Kay.' Ik vertel hem waarom ik bel.

Hij reageert precies zoals ik had verwacht. 'Waar baseer je dat op?'

'Wil je het korte antwoord of het gedetailleerde?' Ik nestel me met een paar kussens achter mijn rug op het bed, en ondertussen dwaalt mijn blik over de informatie die Lucy heeft uitgeprint.

'Ik sta op het punt om in Kaboel in een vliegtuig te stappen, maar ik heb wel een paar minuten. Daarna ben ik zo'n vijfentwintig uur onbereikbaar. Ik hoor het liefst een kort antwoord, maar ga je gang.'

Ik vertel hem over de zaken en begin met de verdachte sterfgevallen in de vrouwengevangenis waarover Colin me heeft verteld. Daarna vertel ik hem wat er in de afgelopen vierentwintig uur is gebeurd. Ik vertel hem dat één overledene, Dawn Kincaid, in elk geval is vergiftigd met botulinetoxine serotype A en ik spreek de zorg uit dat het gif is overgebracht op een manier die de werking heeft versneld, een manier die we nog niet eerder hebben gezien.

'Theoretisch is het mogelijk dat botulinetoxine al binnen twee tot zes uur de dood of ernstige ziekteverschijnselen tot gevolg heeft, maar doorgaans duurt het tussen de twaalf en vierentwintig uur,' leg ik uit. 'Het kan zelfs meer dan een week duren.'

'Dat komt doordat voedsel de bron is bij de gevallen die we onder ogen krijgen,' zegt Briggs, terwijl ik de uitdraaien doorneem die Lucy heeft geprint. Ik bestudeer een bewerkte beveiligingsfoto van de vrouw die gisteravond de zak met sushi's kwam brengen.

Een sadiste en een gifmengster, volgens mij.

'We zien geen gevallen waarin het slachtoffer aan het pure gif is blootgesteld,' zegt Briggs. 'Ik kan me er niet één herinneren.'

Het hoofd en de nek van de vrouw zitten verborgen achter een witte vlek, maar Lucy heeft scherp gedefinieerde uitvergrotingen van de rest van haar lichaam gemaakt, en ook van de zilverkleurige fiets die ze aan de overkant van de straat tegen de lantaarnpaal heeft gezet. Ze draagt een donkere broek, hardloopschoenen en sokken. Ze draagt geen ceintuur en haar lichtgekleurde shirt met korte mouwen is in haar broek gestopt. Alleen de huid van haar onderarmen en haar handen is te zien, en op een close-up van haar linker ringvinger staat een ring met een baguette geslepen diamant. Ik kan niet zien of de ring van platina of van wit- of geelgoud is. Alle beelden zijn gemaakt met een infraroodcamera en tonen grijswitte schakeringen.

'Voedsel wordt besmet met de *Clostridium botulinum*-sporen die de toxine produceren, en het gif moet dan helemaal door het spijsverteringskanaal heen,' zegt Briggs. 'Doorgaans wordt het geabsorbeerd in de dunne darm voordat het in de bloedsomloop komt en neuromusculaire proteïnen begint aan te vallen, wat in feite neerkomt op een aanval op het brein waarbij er geen neurotransmitters meer vrijkomen.'

De vrouw op de camerabeelden draagt ook een horloge. Lucy heeft foto's afgedrukt waarop we kunnen zien dat het een Marathon-polshorloge is met een donkere wijzerplaat en een stevige, water- en stofdichte kast. Het is het type dat in opdracht van de Amerikaanse en de Canadese regering wordt gemaakt en aan militairen wordt verstrekt.

'Stel dat slijmvliezen aan een puur, uitzonderlijk krachtig gif worden blootgesteld,' zeg ik, terwijl ik me zorgen blijf maken dat de moordenaar een of andere connectie met het leger heeft.

Iemand met toegang tot militair personeel, misschien wel haar uiteindelijke doel.

'Denk maar eens aan mensen die drugs gebruiken via hun mond, vagina of rectum,' voeg ik eraan toe. 'Cocaïne, bijvoorbeeld. We weten wat er dan gebeurt. Stel je voor dat dat gebeurt met een gif als botulinetoxine.'

'Een heel groot probleem,' zegt Briggs. 'Zoiets heb ik nog nooit gehoord, er zijn geen precedenten. Met andere woorden: we kunnen het nergens mee vergelijken. Maar de gevolgen kunnen volgens mij alleen maar ernstig zijn.'

'Het pure gif in de slijmvliezen van de mond.'

'Een veel snellere opname dan wanneer je de daadwerkelijke microbe, de bacterie *Clostridium botulinum* en zijn sporen, via besmet eten binnenkrijgt,' zegt Briggs peinzend. 'De bacteriën moeten groeien en het gif produceren. Het duurt uren, misschien wel dagen voordat de verlamming in het gezicht begint en zich naar beneden uitbreidt.'

'Er is niets door het spijsverteringskanaal heen gegaan, John. Het lijkt erop dat deze mensen zijn blootgesteld aan iets wat juist een vertraagde maaglediging veroorzaakte,' zeg ik, en dan zie ik wat Lucy me wilde laten zien aan de fiets.

Het is een lichtgewicht fiets met heel kleine wieltjes, en Lucy heeft er een artikel bij afgedrukt dat ze van internet heeft gehaald. Een vouwfiets. Iemand die een vouwfiets en wellicht een militaire connectie heeft.

'Die kan ook worden veroorzaakt door hevige stress,' zegt Briggs. 'Bij het "vechten of vluchten"-syndroom komt de spijsvertering stil te liggen. Maar dat zou alleen maar kunnen als de symptomen zich heel snel voordeden. Nogmaals, we hebben geen zaken waarmee we deze kunnen vergelijken. Als er een dosis direct in de bloedbaan terechtkomt, denk ik dat alle belangrijke functies ermee ophouden. Ogen, mond, spijsvertering, longen.'

Een fiets met zeven versnellingen en hendeltjes om hem vlug in elkaar te kunnen zetten. De hele fiets kan worden opgevouwen tot een pakketje van 30x65x75 centimeter, en in een serie ingezoomde en bewerkte foto's van de beveiligingscamera laat Lucy zien dat de vrouw een rugzak afdoet, hem openmaakt en de zak van Savannah Sushi Fusion eruit haalt. De volgende uitdraai is een advertentie van een sportartikelen- en outdoorsite waar je zo'n rugzak voor negenentwintig dollar en negenennegentig cent kunt bestellen. Geen geïsoleerde rugzak die gemaakt is om bestelde etenswaren af te leveren, maar een rugzak waarin je een vouwfiets kunt vervoeren als je hem niet gebruikt.

'Maar de waarheid is dat we niet weten wat uiterst krachtige, in een laboratorium vervaardigde doses botulinetoxine kunnen aanrichten,' vervolgt Briggs, terwijl ik aandachtig luister en het papierwerk op mijn bed doorneem. Mijn gedachten schieten razendsnel alle kanten op, maar komen op de een of andere manier allemaal bij hetzelfde uit.

Maar wie of wat zit hierachter, en waarom?

'Zoals ik al zei, heb ik alleen nog nooit gehoord dat iemand daaraan stierf of ermee werd vermoord,' voegt hij eraan toe. 'Nog nooit.'

Lucy denkt dat de vouwfiets niets anders is dan een list, een rekwisiet, een verklaring voor de helm die beveiligingscamera's verblindt. Het ziet er verdacht uit als je geen fiets bij je hebt, maar wel een fietshelm met veiligheidslampjes draagt, en het zou er net zo raar uitzien als je een verlichte hoed of hoofdband droeg. Ik besef dat de vrouw daarom de fiets aan de overkant zette toen ze praktisch tegelijkertijd met mij bij Jaimes appartementencomplex arriveerde. De vrouw met de diamant op haar ring en het militaire horloge was helemaal niet op de fiets en had waarschijnlijk een auto in de buurt geparkeerd.

'Het draait om de dosering,' vervolgt Briggs. 'Bijna alles is giftig als je er te veel van binnenkrijgt, zelfs water. Je kunt vergiftigd worden door je behang, als er maar genoeg koperarsenide in zit. Dat gebeurde met Clare Boothe Luce. Toen ze ambassadeur in Italië was, bladderde er verf van haar slaapkamerplafond.'

'Ik vraag me gewoon af of er recentelijk pogingen zijn gedaan om van botulinetoxine een wapen te maken,' zeg ik tegen hem. 'Of er technieken zijn ontwikkeld die een gewelddadige psychopaat te pakken kan hebben gekregen. Een schurk in het leger, bijvoorbeeld. Zoals de legerwetenschapper die aan een verbeterd antraxvaccin werkte en minstens vijf mensen met antrax doodde.'

'Jij hebt altijd wel iets aan te merken op het leger,' zegt Briggs, die op-en-top militair is. 'Wel aardig van hem dat hij zelfmoord pleegde voordat de FBI hem kon arresteren.'

'Zijn er nog meer wetenschappers weggestuurd uit laboratoria waar dergelijk onderzoek gaande is?' vraag ik. 'En dan bedoel ik vooral wetenschappers met militaire banden.'

'Als het moet, kunnen we wel nakijken of dat het geval is,' zegt Briggs.

'Ik denk dat het moet.'

'Daar was ik al van uitgegaan, anders zou je niet de hele nacht opblijven en me in Afghanistan bellen.'

'Bestaan er geen nieuwe technologieën waarvan het leger op de hoogte kan zijn?' vraag ik nogmaals. 'Als het om vertrouwelijke dingen gaat, hoef je me niet te vertellen wat er gebeurt, maar vertel me dan in elk geval dat we met zo'n mogelijkheid rekening moeten houden.'

'Gelukkig niet. Niet dat ik weet. Een gram puur gif in kristalvorm zou bij inademing een miljoen mensen kunnen doden, en als je er een wapen van zou willen maken, zou je een manier moeten hebben om een grote spuitbus te fabriceren. Gelukkig bestaat daar nog geen effectieve methode voor.'

'En als je nu veel mensen een klein spuitbusje geeft?' vraag ik. 'Met andere woorden: een andere benadering, een benadering die meer moeite kost. Je zou het gif ook kunnen verspreiden via kleine pakketjes die op grote schaal worden geproduceerd, zoals MRE's.'

'Ik wil graag weten waarom je nu speciaal MRE's noemt.'

Ik vertel hem over Kathleen Lawler, de brandwonden op haar voet, de sporen in haar wasbak en het feit dat haar maaginhoud overeenkwam met een MRE van kip met pasta en een portie smeerkaas.

'Hoe komt een gedetineerde in vredesnaam aan een MRE?'

'Dat vroeg ik me ook af,' zeg ik. 'Het gif had in elk voedingsmiddel kunnen zitten, dus waarom in zo'n maaltijd? Tenzij iemand ermee experimenteert om het later voor een grotere groep slachtoffers te gebruiken.'

'Dat zou afgrijselijk zijn en zou een systematische benadering vergen, een uiterst georganiseerde benadering. Iemand die in de fabriek werkt waar de gevechtsrantsoenen worden geproduceerd en verpakt, want anders heb je het over een heleboel buisjes gif, injectienaalden en gekaapte vrachtwagens vol MRE's.'

'Als terreur het doel is, hoef je geen systematische aanpak te hebben,' zeg ik.

'Dat is waar,' erkent hij. 'Als je in een operationeel gebied of op een militaire basis honderd, driehonderd of duizend slachtoffers tegelijk maakt, zou het effect destabiliserend zijn. Het zou een ramp zijn voor het moreel, en het zou de vijand macht geven en de Amerikaanse economie nog verder ondermijnen.'

'Dus dat doen wij niet en daar wordt ook niet aan gewerkt,' zeg ik nog eens voor de zekerheid. 'Onze regering doet dus geen onderzoek naar aantasting van het moreel en het ondermijnen van de economie van de vijand. We willen geen terreur zaaien.'

'Het is gewoon niet praktisch,' zegt hij. 'Rusland en de Verenigde Staten zijn allebei gestopt met hun pogingen om van botulinetoxine een wapen te maken, en daar ben ik blij om. Het is een afgrijselijk idee en ik hoop dat niemand het technisch ooit voor elkaar krijgt, maar dat is mijn mening. Als je met een spuitbus een piepkleine hoeveelheid verstuift en op de wind laat meewaaien, kun je over een afstand van vijfhonderd meter tien procent van alle mensen uitschakelen of doden. Je moet er niet aan denken dat het gif naar een school of een winkelcentrum zou drijven. We moeten trouwens uitzoeken waarom sommige mensen zijn vermoord terwijl anderen nog in leven zijn of niet met opzet zijn gedood.'

'We denken dat Dawn Kincaid per ongeluk is gedood.'

'Maar jij denkt dat haar moeder en de openbare aanklager wél zijn vermoord.'

'Ja.'

'En als ik jou zo beluister, denk jij dat degene die hierachter zit de openbare aanklager echt moest hebben.'

'Jaime Berger. Ja. En Kathleen Lawler ook. Ik denk dat degene die hierachter zit hen allebei wilde vermoorden.'

'Maar als jij vermoedt dat er met het gif is geëxperimenteerd, vallen zij niet onder die experimenten, zoals de gedetineerden over wie je het eerder had. Zij waren geen probeersels. Dat zeg ik niet om de dood van iemand die met botulinetoxine is vermoord te bagatelliseren, want het is verdomme een afschuwelijke manier om te sterven.'

'Ik heb het gevoel dat er iets veranderd is,' zeg ik. 'Ik heb het gevoel dat de dader heel nauwgezet is en een plan heeft, maar dat er iets is gebeurd wat ze niet had verwacht. Misschien komt dat wel door Jaime. Iemand was niet blij met de dingen die zij deed.'

'Je denkt dus dat de dader een vrouw is.'

'De sushi's werden gisteravond door een vrouw gebracht.'

'We moeten eerst nog afwachten of ze gif in de sushi's vinden.'

'Ik denk het wel,' zeg ik. 'En wat gebeurt er daarna?'

'Als blijkt dat er drie mensen zijn vermoord met botulinetoxine en dat een van hen een vergiftigde MRE heeft gegeten? Dan breekt de hel los, Kay,' zegt hij. 'En jij moet uit de buurt blijven. Heel, heel ver uit de buurt blijven.'

32

De zon staat weer hoog aan de zinderende hemel; de hittegolf houdt koppig stand in het Lowcountry en wat Colin Dengate beweert, is gewoon niet waar. Niet iedereen raakt eraan gewend om in dit weer zonder airconditioning rond te rijden, hoewel Benton zo attent is geweest om een kakikleurig zomeruniform voor me mee te nemen, zodat ik niet helemaal in het zwart zit te stoven.

Het is zaterdag 2 juli, iets voor tienen in de ochtend, en Colins personeel is vrij, behalve de werknemers die weekenddienst hebben. Hij heeft een paar mensen moeten bewerken die hem nog wat verschuldigd waren om aan mijn wensen te kunnen voldoen, zegt hij. Vervolgens moest hij me bij het hotel komen ophalen, omdat ik zelf geen vervoer heb. Ik heb Marino erop uitgestuurd met een waslijst aan medische spullen die ik bij de hand wil hebben, en hij heeft Lucy afgezet bij de plaatselijke Harley-Davidsondealer. Ze is van plan zich met de motor te verplaatsen terwijl ze hier is, en ik wilde Benton niet zonder huurauto laten zitten, hoewel hij op het moment van plan is in het hotel te blijven. Toen ik wegging, zat hij te telefoneren en er zijn FBI-agenten onderweg van Atlanta naar Savannah, zodat hij ze grondig kan instrueren terwijl we afwachten wat het nieuws van het CDC teweegbrengt.

Er is bevestigd dat er botulinetoxine serotype A in de maaginhoud van Kathleen Lawler en Jaime Berger zat. De toxine bleek in het lege bakje van de zeewiersalade te zitten en ook in de restjes in de koelkast, die overgebleven waren van de zak met sushi's die gisteravond door een serievergiftiger bij Jaimes appartement is bezorgd. Ik heb die nieuwe informatie nog niet doorgegeven aan Briggs, die met een militair transportvliegtuig onderweg is vanuit het Midden-Oosten, maar hij hoeft me ook niet te vertellen wat ik moet doen, namelijk niets. Ik wil hem dat niet nogmaals horen zeggen en ben dankbaar dat het me bespaard blijft, want ik ben niet van plan me eraan te houden, in ieder geval niet helemaal.

Het onderzoek is in de ijskast gezet en tot verboden gebied verklaard, in afwachting van een naar verwachting snelle en doortastende overname door het ministerie van Binnenlandse Veiligheid, de FBI of wie de federale overheid er ook mee opzadelt, en ik weet wanneer ik me ergens niet mee mag bemoeien, wanneer ik op armlengte afstand moet blijven, zoals ik het altijd zeg. Handen af van die vergiftigingszaken, en als Briggs of iemand anders me ernaar zou vragen, zou ik zeggen dat ik me daar strikt genomen ook aan houd. Een gezin uit Savannah dat negen jaar geleden is vermoord en de verstandelijk beperkte vrouw die daarvoor veroordeeld is, zijn op dit moment van geen belang voor de FBI, het ministerie van Defensie, het Pentagon, het Witte Huis of wie dan ook.

Die zaken zijn nog steeds gesloten en Lola Daggette staat nog steeds op de nominatie om terechtgesteld te worden, omdat Jaime nooit het verzoek heeft ingediend om de veroordeling nietig te laten verklaren. De resultaten van de nieuwe DNA-tests liggen in een la in een privélaboratorium te verkommeren, wachtend op een andere advocaat die komt afmaken waar Jaime mee is begonnen. Tot die tijd zijn de Jordan-moorden een uitgelezen, gesloten en onbelangrijk boek en gaat alle aandacht uit naar een serievergiftiger die een terrorist met plannen voor een massamoord zou kunnen zijn. Terwijl ik alles overdenk wat er is gebeurd, blijf ik vragen naar het waarom. Maar ik houd me niet bezig met het waarom van een terroristisch plan om onschuldige burgers of militair personeel te doden of ziek te maken. Er zijn helaas massa's gestoorde mensen op de wereld die graag de kans zouden krijgen een dergelijke wandaad te plegen. Mijn aandacht is ergens anders op gericht.

Als de eerdere sterfgevallen in de gevangenis wraakzuchtige moorden waren die bovendien dienden als proefnemingen voor iemand die op grote schaal mensen wil vergiftigen, hoe passen Kathleen Lawler en Jaime Berger dan in de werkwijze en het uiteindelijke doel? Het feit dat Jaime de zaak-Jordan wilde heropenen, zou een gifmenger met terroristische motieven niets moeten uitmaken, tenzij Jaime zich bemoeide met iets wat deze persoon zodanig verontrustte dat ze het risico nam om Jaime uit de weg te ruimen. Door haar en Kathleen te vermoorden en per ongeluk Dawn Kincaid te vergiftigen, heeft de moordenaar alleen maar de aandacht op zich gevestigd, aandacht die er eerder niet was. Door een serie dodelijke vergiftigingen met botulinetoxine, waarbij misschien geknoeid is met legerrantsoenen, heeft de moordenaar zich de hele Amerikaanse overheid op de hals gehaald. Ze zal er uiteindelijk niet mee wegkomen, en om na stille jaren van nauwgezette voorbereiding dat risico te nemen, was meer nodig dan een verlies van zelfbeheersing of een stijgende behoefte aan marteling en moord. Er is iets onverwachts gebeurd.

Pathologen kijken altijd meer naar gevolg dan naar oorzaak,

en die neiging heb ik ook altijd. Ik heb minder belangstelling voor overal verspreide bloedspatten en weefselresten dan voor de hoek van een ingangswond die erop zou kunnen wijzen dat het slachtoffer niet zelf de trekker heeft overgehaald, en ik geef niet veel om het dramatische van symptomen, afgezien van het lijden dat ze hebben veroorzaakt. Ik wil de ziekte opsporen, alles wat de aandacht afleidt wegwerken, zo nodig tot op het bot gaan en in het geval van de zaak-Jordan teruggaan naar de plaats delict, voor zover dat nog mogelijk is. Ik wil de foto's en al het andere bewijs bekijken zoals ze nog nooit bekeken zijn, en ik zou misschien een bezoek willen brengen aan het voormalige huis van de Jordans als ik denk dat daar nog iets belangrijks te zien is.

'Dezelfde dossiers die je gisteren al bekeken hebt,' zegt Colin terwijl we door de verlaten gang lopen, waar de mobiles van vleermuizen en botten langzaam bewegen aan het plafond van zijn lege lab. 'Het mes uit de keuken. Kleren, wat andere dingen die ik op de plaats delict heb veiliggesteld en destijds met de lichamen heb meegestuurd. Het is allemaal bij het proces als bewijs ingebracht, tenzij de aanklager het van geen belang vond. Mandy, mijn pathologie-assistente, zal bij je in de kamer blijven. Heel aardig van haar om te komen, want we kunnen het ons niet veroorloven overuren uit te betalen. Hoe het ook zij, het gaat allemaal net als gisteren. En ik ben in mijn kantoor, want ik weet verdomde goed dat je liever zelf kijkt zonder meteen allemaal meningen te moeten horen, de mijne dus. Je kunt de bewijsstukken onbevooroordeeld beoordelen, net als ik, zonder dat ik over je schouder meekijk.'

Mandy O'Toole, die operatiekleding en handschoenen aanheeft, is bezig een kinderpyjama uit te spreiden op het witte papier dat de vergadertafel bedekt. De dossiers waaraan ik gisteren ben begonnen, liggen zolang opgestapeld op een stoel.

'Het zijn die kinderspullen die het me echt moeilijk maken,' zegt ze, en ik herken de meeste voorwerpen van de foto's die ik de vorige dag heb gezien.

Op het witte papier zijn twee kinderpyjama's netjes naast elkaar gelegd, een met SpongeBob en de ander met een patroon van helmen van de Georgia Bulldogs. De mannenboxer en het

T-shirt moeten de kleren zijn waarin Clarence Jordan sliep toen hij in bed werd doodgestoken, en de blauwe bloemetjesnachtpon met kant was uiteraard van zijn vrouw. Alle kledingstukken hebben oude, donkerbruine bloedvlekken en zitten vol scheurtjes en gaten van minstens één scherp instrument. Er zijn ook een heleboel kleine gaten waar stof is weggeknipt voor de DNA-analyses.

Ik haal handschoenen uit een doos op tafel, trek ze aan en pak een bewijsstuk op met het merkteken van het gerechtshof op het etiket: een mes. Ik laat het in de zak zitten en bekijk het door het plastic heen. Het lemmet is ongeveer vijftien centimeter lang en het houten handvat zit vol oud bloed. Gedeeltelijke vingerafdrukken en één complete afdruk zijn als een wit vliesje permanent met superlijm op de niet-poreuze, gladde oppervlakken van het staal en het gelakte hout vastgelegd, en hoewel het mes door de moordenaar kan zijn gebruikt om een boterham te maken, geloof ik niet dat er iemand mee gedood is.

Het keukenmes heeft een scherpe punt en is bestemd voor het verwijderen van ogen in een aardappel en het schillen van fruit en groente. Het lemmet is vanaf de middellijn naar boven weggeslepen, zodat er een stompe rand tot aan de punt is ontstaan waar de gebruiker zijn duim op kan houden. Dit soort messen is minder doeltreffend als het erom gaat dingen te doorboren en is dus geen goede keus om iemand mee neer te steken. Verder is het lemmet op het breedste punt ruim vijf centimeter breed, wat niet klopt met wat ik op de getekende diagrammen in de sectierapporten heb gezien. Ik loop naar de andere kant van de tafel, kijk in de dikke dossiers op de stoel en blader door de documenten tot ik er een vind dat ik me van de vorige ochtend herinner, een beschrijving van de verwondingen.

In alle vier gevallen wordt als doodsoorzaak vermeld: meerdere verwondingen, toegebracht met een scherp voorwerp. Ik heb vooral belangstelling voor de steekwonden in de borst en nek, omdat lichaamsdelen met dik weefsel en holle ruimten een goede indicatie kunnen geven van de lengte van het lemmet. Aan de rechterzijkant van Clarence Jordans borstkas zit een wond van tweeënhalve centimeter lang en zevenenhalve centimeter diep, die het pericardium en het hart heeft doorboord. Aan de rechterkant van zijn nek is een zevenenhalve centimeter diepe wond toegebracht die van voor naar achteren en naar beneden loopt, waarbij zijn halsslagader is doorgesneden.

De afmetingen van de verwondingen bij de andere slachtoffers suggereren dat het lemmet op zijn hoogst zevenenhalve centimeter lang en tweeënhalve centimeter breed was en dat er een soort beschermingsplaatje aan het eind zat, dat vier parallelle, maar onregelmatige kneuzingen heeft achtergelaten die drie millimeter uit elkaar zitten. Een dergelijke verwonding kan niet zijn veroorzaakt door het schilmes of een ander keukenmes, en Colin is destijds tot de conclusie gekomen dat het wapen onbekend is gebleven en niet op de plaats delict is aangetroffen. Het lijkt erop dat de dader een ongebruikelijk mes bij zich moet hebben gehad, dat ze naderhand weer heeft meegenomen.

Clarence Jordan had geen snijwonden of verdedigingswonden op zijn armen of handen, wat erop wijst dat hij niet tegengestribbeld heeft en waarschijnlijk niet eens wakker werd toen hij werd aangevallen. Een alcoholpromillage van 0,4 en een kleine hoeveelheid clonazepam in zijn bloed schilderen het beeld van een man die een of twee glazen heeft gedronken en een bescheiden dosis benzodiazepine heeft ingenomen, een milligram of zo, om te kalmeren of gemakkelijker in slaap te kunnen vallen. Die gedachte voert me naar de andere kant van de tafel, waar een plastic zak zonder merkteken van het gerechtshof staat met een stuk of zes medicijnpotjes erin, waarvan er maar één een etiket met de naam Clarence Jordan erop heeft, namelijk het potje met de bètablokker propranolol. De andere potjes zijn van zijn vrouw en bevatten onder andere antibiotica, een antidepressivum en clonazepam, en hoewel het niet ongewoon is dat mensen de medicijnen van anderen slikken, verbaast het me dat Clarence Jordan dat gedaan heeft.

Hij was dokter en kon gemakkelijk aan monsters komen van ieder medicijn dat hij maar wilde hebben. Bovendien is het tegen de wet om medicijnen die door een dokter zijn voorgeschreven met anderen te delen. Dat betekent niet dat hij op de avond van 5 januari, nadat hij rond etenstijd thuis was gekomen van zijn vrijwilligerswerk bij een noodopvang voor mannen, geen clonazepam van zijn vrouw heeft geleend. Maar het laat ook de mogelijkheid open dat hij het kalmeringsmiddel niet vrijwillig heeft ingenomen. Het is niet moeilijk om fijngemalen pillen in iemands drankje te doen, en ik kan de gegevens van het beveiligingssysteem maar niet uit mijn hoofd krijgen.

Volgens de gegevens uit het interne archief van het beveiligingsbedrijf hebben de Jordans het alarm in november 2001 herhaaldelijk aan- en uitgezet, maar in december veranderde dat toen ze een tijdlang regelmatig vals alarm hadden, blijkbaar veroorzaakt door de kinderen. In de laatste maand van hun leven ging het alarm vijf keer ten onrechte af, telkens in dezelfde zone, bij de keukendeur. De politie hoefde niet langs te komen omdat de abonnee na een telefoontje van het beveiligingsbedrijf meldde dat het vals alarm was. In de vakantie werd het alarmsysteem volgens de gegevens die ik heb ingezien steeds minder vaak ingeschakeld, maar 's avonds meestal wel, en daarom vind ik wat er op zaterdag 5 januari gebeurd is nogal vreemd. Het alarm is toen de hele dag niet aan geweest, tot tegen acht uur in de avond. Vervolgens is het tegen elven uitgeschakeld en niet weer aangezet, en dat lijkt in tegenspraak met wat de journalisten en de politie door de jaren heen hebben aangenomen.

Het lijkt er juist op dat dokter Jordan thuiskwam van zijn vrijwilligerswerk en het alarm inschakelde, waarna het drie uur later weer werd uitgeschakeld, en omdat hij ook al een kalmerend middel in zijn bloed had dat niet aan hem was voorgeschreven, bezorgt dat detail me een onbehaaglijk gevoel. Ik spreid de foto's van het bloedbad in de slaapkamer van het echtpaar Jordan uit en kijk naar de lichamen in het bed, het beddengoed opgetrokken tot aan hun kin, en ook dat zit me dwars. Mensen blijven niet doodstil liggen als ze vermoord worden, en het beddengoed ligt alleen keurig over de lijken als de moordenaar of iemand anders het om psychologische redenen zo heeft neergelegd, om de orde te herstellen of te bedekken wat hij heeft gedaan. Colin zei dat de lichamen wellicht in een bepaalde houding waren gelegd om de slachtoffers te bespotten, en ik bekijk de foto's die gemaakt zijn nadat het beddengoed was verwijderd en hij de lijken ter plekke kon onderzoeken.

Clarence Jordan ligt op zijn rug, met zijn hoofd op een kussen, met open mond recht omhoog te staren. Zijn armen liggen langs zijn zij en zijn geslachtsdelen steken door de gulp in zijn boxer naar buiten. Ik betwijfel of hij er zo bij heeft gelegen toen hij gedood werd. Iemand heeft hem zo neergelegd, en hoe meer foto's ik zie, hoe beter ik de haat begrijp die de politie, de aanklager en anderen moeten voelen jegens Lola Daggette. Ze moeten zich hebben voorgesteld hoe ze na de slachtpartij in de kamer bezig is geweest om haar slachtoffers vol minachting belachelijk te maken.

Het T-shirt en de band van dokter Jordans witte boxer zijn volkomen doordrenkt van het bloed, dat ook het laken onder hem doorweekt heeft en een vlek heeft veroorzaakt die tot de rand van het matras en tot onder het lichaam van zijn vrouw reikt. Het hele laken is bebloed. Hij is in totaal negen keer in de borst en hals gestoken, en niets wijst erop dat hij heeft tegengestribbeld of heeft geprobeerd de felle aanvallen met het ongebruikelijke mes, waarvan de beschermplaat parallelle kneuzingen onder zijn huid heeft achtergelaten, af te weren. Zijn vrouw ligt op haar rechterzij, met haar handen onder haar kin, van haar man afgewend en met haar gezicht naar het raam dat uitzicht biedt op de straat voor het huis en de oude begraafplaats aan de overkant, en ik geloof geen moment dat ze er zo bij lag toen ze stierf. Haar lichaam is verplaatst, neergelegd in een bijna vrome houding, alsof ze bidt, maar haar nachthemd is tot haar middel omhooggetrokken en haar borsten zijn ontbloot.

Ik pak het flanellen nachthemd op. Het heeft lange mouwen, knoopjes tot aan de hals en een kanten kraag die lijken te passen bij de zedig ogende vrouw op de kerstfoto van nog geen maand voordat ze weer gefotografeerd zou worden, dit keer in een obscene houding op een bloeddoordrenkt bed. Er dwarrelen donkere vlokjes oud bloed op het witte papier dat over de tafel ligt terwijl ik iedere snee en ieder gat bekijk die het mes heeft achtergelaten toen ze in totaal zevenentwintig keer werd gestoken, in haar gezicht, haar hoofd, haar borst, haar rug en haar nek. Voor de goede orde is ook haar keel nog doorgesneden. Het nachthemd is van voren en van achteren doorweekt, zo erg dat alleen op een paar plekken op de mouwen en bij de zoom te zien is dat het flanel een patroon had van blauwe bloemetjes.

Ik ben me voortdurend bewust van Mandy O'Toole, die haar stoel naar het raam heeft geschoven om niet in de weg te zitten.

Ze kijkt aandachtig en nieuwsgierig toe terwijl ik het nachthemd weer op het papier leg, zoals ik het heb aangetroffen. De stof is op sommige plaatsen helemaal stijf van het opgedroogde bloed. Mandy zegt niets en bemoeit zich nergens mee, en ik laat niets blijken van mijn gedachten, die met de minuut donkerder en akeliger worden. Ik kijk nog eens in het dossier over Gloria Jordan. Ik bestudeer de lichaamsdiagrammen en de labrapporten over de bloedmonsters van haar nachthemd, die de aanwezigheid van haar DNA bevestigen, maar ook van dat van haar man en hun vijfjarige dochter. Waarom zit het bloed van Brenda erop?

Ik concludeer uit Colins metingen en beschrijvingen dat de wond in Gloria's hals begint achter haar linkeroor en met één enkele haal onder de kin door loopt tot onder het rechter oorlelletje, waaruit blijkt dat haar keel is doorgesneden door iemand die achter haar stond. Als ze die haal niet zag aankomen en haar halsslagader doormidden werd gesneden, zou dat het gebrek aan verdedigingswonden verklaren waar Colin melding van maakt, maar de wond roept meer vragen op dan hij beantwoordt. Dan zie ik een andere foto van Gloria op het bed, een close-up vanaf het voeteneind. Er zitten bloedspatten op de bovenkant van haar voeten en de zolen zijn ook bloederig, wat niet mogelijk lijkt als ze lag toen ze gestoken werd. Maar het is moeilijk te zeggen. Er is overal zoveel bloed. Ik probeer me voor te stellen hoe de moordenaar de keel van mevrouw Jordan van achteren kan hebben doorgesneden terwijl ze vast in slaap op haar bed lag, helemaal van de wereld door de clonazepam.

Ik volg de streperige bloedvlekken en -vegen, de plassen bloed waar doorheen is gelopen en bloed dat op de trap is gespetterd, en vervolgens het slagaderpatroon dat kan zijn ontstaan na een messteek, misschien in de nek, misschien wel de nek van Gloria Jordan, waarna het bloed op het ritme van een hartslag die op zijn eind liep naar buiten is gespoten. Maar wiens hart was dat, en in welke richting liep het slachtoffer, naar boven of naar beneden, naar binnen of naar buiten? Zelfs goede technische rechercheurs als Sammy Chang kunnen geen monsters nemen van elke bloeddruppel of elke veeg bloed en kunnen niet elke plas op de plaats delict opnemen, en de laboratoria kunnen met geen mogelijkheid alles analyseren.

De trap af naar de begane grond, en ik blijf even bij de hal en de voordeur, waar Brenda in elkaar is gezakt. Ik probeer een verklaring te vinden voor het feit dat haar bloed op het nachthemd van haar moeder terecht is gekomen, die in bed zou zijn overleden. Ik zoek naar sporen die aantonen dat er geprobeerd is bloedvlekken in de hal, op de trappen, in de gang of elders in het huis schoon te maken, maar ik zie niets wat daarop wijst, en er staat ook niets over in de rapporten die ik gelezen heb. Ik ga terug naar de hal, naar het lichaam van Brenda, een aanblik die de politiemannen geschokt moet hebben toen ze bij het huis arriveerden nadat de buurman de kapotte ruit in de keukendeur had gezien en het alarmnummer had gebeld.

Geen normaal mens ziet graag dode kinderen, en de verleiding is groot om niet al te nauwkeurig te kijken. De vloer in de hal vertoont een chaotisch patroon van druppels en spetters die van een wapen zijn gespat, vegen en plassen en bloederige afdrukken van schoeisel, en ook afdrukken die door blote voeten gemaakt lijken te zijn. Teenafdrukken en een hakafdruk die te groot zijn voor een kind, en ik pak de SpongeBob-pyjama weer op. Er zitten voetjes aan. De afdrukken van blote voeten kunnen niet door Brenda zijn gemaakt toen ze naar beneden vluchtte, naar de deur aan de voorkant van het huis, en ik kom weer terug op het raadsel van de snee in haar moeders linkerhand, die belangrijk is.

Colin denkt dat mevrouw Jordan zich in haar duim heeft gesneden terwijl ze aan het snoeien was, en ik volg de draad van zijn theorie door middel van de foto's en keer terug naar de serre en de achtertuin. Ik kijk weer naar de ronde druppels opgedroogd bloed, ongeveer vijfenveertig centimeter uit elkaar op de terracotta tegels en de flagstones en de bladeren, het bloed van mevrouw Jordan, dat niets te maken zou hebben met de zaak en bij het proces niet als bewijs is aangevoerd. Als wat Colin denkt juist is, en daar ga ik niet van uit, moet ze zich bijna meteen nadat ze was begonnen met snoeien hebben gesneden. Maar op geen enkele foto die ik bekijk, is een snoeischaar te zien, en ook geen afgesneden tak of zijscheut of stek. De tuin ligt er somber bij en heeft behoefte aan een winterbeurt die hij nooit heeft gekregen.

Toen Marino Lenny Kasper ondervroeg, de vroegere buurman die mevrouw Jordan op de zaterdagmiddag van 5 januari in de tuin had gezien, heeft Kasper niet gezegd dat ze zichzelf verwond leek te hebben. Misschien is het hem niet opgevallen, maar de meeste mensen die hun hond uitlaten of door een raam kijken zouden merken dat iemand zich het huis weer in haastte en bloed verloor. Een toevallige observatie van een buurman en druppels bloed van Gloria Jordan die niet in de context van deze afgrijselijke slachtpartij pasten, leidden tot de conclusie dat ze zich eerder die dag in haar duim had gesneden. Ze keerde terug naar het huis, vergat om de vloer in de serre en in de gang bij de wc schoon te maken, en ze verbond de duim ook niet en liet haar man, die arts was, er ook niet naar kijken toen hij thuiskwam uit het opvanghuis. Ik geloof er niets van.

Volgens het toxicologierapport had mevrouw Jordan alcohol en clonazepam in haar bloed toen ze stierf, in hogere concentraties dan haar man, en ze slikte ook het antidepressivum sertraline. Na de moorden zijn deze medicijnen in de badkamer aangetroffen, aan wat zo te zien haar kant van de wasbak was, en ik bekijk ze weer en merk een detail op dat me eerder niet is opgevallen.

'Wil je me ergens mee helpen?' vraag ik aan Mandy, die alles wat ik doe met haar kobaltblauwe ogen in de gaten houdt.

'Nou en of.' Ze staat al overeind.

'Het dossier van de zaak-Barrie Lou Rivers. Ik geloof dat het in de computer staat en niet is uitgeprint, omdat ze is gestorven nadat het gebruik van papier in dit kantoor is beperkt.'

'Wilt u dat ik een uitdraai maak?' vraagt ze.

'Dat is niet nodig. Maar ik heb belangstelling voor een van de documenten, als je het kunt vinden.'

'Kunt u één minuutje wachten? Dan haal ik mijn laptop.'

'Ik ga wel even in de gang staan.' Ik loop de vergaderzaal uit.

33

Mandy O'Toole komt met een laptop terug uit het histologielaboratorium en gaat op zoek naar de gegevens van Barrie Lou Rivers. Ondertussen zoek ik op Lola Daggettes kleding naar dingen die wellicht over het hoofd zijn gezien.

Ik onderzoek het windjack, de blauwe coltrui en de bruine ribbroek die ze in haar douchecabine uitwaste, een belastende handeling waarop vier aanklachten wegens moord en een doodvonnis werden gebaseerd. Veel bloed was weggespoeld, er zijn alleen nog maar sporen van een patroon achtergebleven, donkere verkleuringen boven aan de pijpen, en spetters en vegen op de manchetten, de mouwen en de voorkant van het jack. Lola had ook bloed op haar schoenen moeten hebben, en die gedachte laat me maar niet los.

'Ik heb haar dossier gevonden. Toxicologische verslagen, andere laboratoriumrapporten en sectiegegevens,' zegt Mandy. Ze zit op een stoel bij het raam, met de computer op haar schoot. 'Wat zoekt u precies?'

'Iets wat jullie misschien niet hebben, maar wat Jaime Berger wel in haar bezit had. Een document van één pagina dat bij het sectieprotocol en de toxicologische verslagen is gevoegd,' zeg ik. 'Een formulier van de vrouwengevangenis waarop staat welke mensen achtereenvolgens de verantwoordelijkheid hadden voor het dodelijke injectiemiddel. Het middel is opgehaald, maar nooit gebruikt, omdat Barrie Lou Rivers stierf voordat ze haar konden executeren. Het is gewoon een vreemd briefje dat niet bij de sectiegegevens thuishoort, maar dat er op de een of andere manier wel tussen is beland.'

'Daar ben ik dol op,' zegt ze. 'Details die ergens niet in thuishoren, maar er wel in terecht zijn gekomen.'

Terwijl ik naar Lola Daggettes kleding blijf kijken, denk ik aan de kleren die de slachtoffers op het moment van hun dood droegen en aan de hoeveelheid bloed die erop zat. De kriskras patronen van schoenafdrukken op de grenen vloer en de zwartwit geblokte tegelvloer in de keuken lijken erop te wijzen dat de moordenaar bloed door het hele huis verspreidde. Als de voetafdrukken niet van de dader waren, heeft iemand anders er gelopen, of misschien zelfs meer dan één persoon. Niet alle voetsporen zien er hetzelfde uit. Is de plaats delict na aankomst van de politie vervuild, of had Dawn Kincaid een handlanger bij haar afschuwelijke misdaden?

Lola heeft het niet gedaan. Als zij die nacht in het huis van de Jordans had gelopen, had er bloed op haar schoenen gezeten, maar ze maakte geen schoenen schoon toen de vrijwillige verzorgende haar badkamer binnenkwam. Ze waste geen ondergoed of sokken. Er is nooit onderzocht of ze krassen of schrammen had, en op de plaats delict en de lichamen van de slachtoffers zijn geen vingerafdrukken of DNA-sporen van haar gevonden. Het is tragisch dat niemand daar aandacht aan heeft geschonken. Dawn Kincaids DNA is wel gevonden, maar haar vingerafdrukken niet, en ik herinner me dat Kathleen Lawler zei dat ze haar kinderen had weggegeven. Meervoud, alsof ze er meer dan één had gebaard.

'Hebbes,' zegt Mandy. Ik denk weer aan Lola's opmerking dat ze ergens voor werd teruggepakt.

Door het monster dat Lola volgens de meeste mensen had verzonnen.

'Ja, dat is precies wat ik zocht,' zeg ik, terwijl ik het formulier op het scherm doorlees. Een dodelijk recept, klaargemaakt door een apotheker die Roberta Price heet, is twee jaar geleden op 1 maart – de dag van Barrie Lou Rivers' executie – afgegeven bij de vrouwengevangenis, waar Tara Grimm om twaalf uur 's middags voor ontvangst heeft getekend.

Aangevinkte vakjes en ingevulde regels op het formulier geven aan dat er natriumthiopental en pancuroniumbromide in de werkkamer van de directrice werden neergelegd. Om vijf uur 's middags werden de middelen naar de executiekamer gebracht, maar ze zijn nooit gebruikt.

'Betekent dat iets? Het lijkt wel of u bepaalde vermoedens hebt.' Mandy kan het niet nalaten de vraag te stellen als ik haar de computer teruggeef.

'Weet jij of dit de enige kleren van Lola Daggette zijn?' Ik beantwoord haar vraag met een wedervraag terwijl ik het doorzichtige zakje met receptgeneesmiddelen oppak en de etiketten op de oranje plastic potjes lees. 'Ik mis de schoenen.'

'Als dit de kleren zijn die Colin had, die de GBI nog had bewaard, dan zijn er verder geen spullen meer, dat weet ik zeker,' zegt ze.

'Als de moordenaar helemaal onder het bloed zat, is het onmogelijk dat er geen bloed op de schoenen is beland,' merk ik op. 'Waarom zou je je kleren onder de douche uitwassen, maar je bebloede schoenen niet?'

'We kregen een keer een lichaam binnen met wat kauwgom op de zool van een hooggehakte schoen. Colin heeft dat eraf geschraapt, vond een haartje en had daarmee het DNA van de moordenaar. Toen hebben we T-shirts laten maken. COLIN DENGATE, EVEN VASTHOUDEND ALS KAUWGOM.'

'Wil je hem even gaan halen? Zeg maar dat ik buiten op hem wacht. Ik wil graag een ritje maken. Een ritje naar het verleden, als dat kan.'

Lola Daggette heeft haar schoenen niet onder de douche schoongemaakt omdat er een stapel bebloede kleren zonder schoenen in haar kamer was neergelegd. Ze heeft niemand vermoord en ze is nooit in de negentiende-eeuwse villa van de Jordans geweest, ook niet op de vroege ochtend van de moorden. Ik zou niet weten waar deze probleemjongere in contact had moeten komen met de vooraanstaande, rijke Clarence en Gloria Jordan en hun mooie, blonde tweeling. Waarschijnlijk had ze ook geen idee wie ze waren, tot ze werd verhoord en van de moorden werd beschuldigd.

Ik heb het sterke vermoeden dat Lola geen idee had wie de daadwerkelijke dader was. Het was een persoon – of groep van personen – die werd gedreven door meer dan drugs, kleine geldbedragen of de kick van het moorden. Het was een monster – of het waren meerdere monsters – met grootse plannen waarvan een verstandelijk beperkte tiener in een open inrichting vermoedelijk niets wist. Als Lola wel van die plannen had geweten, zou ze nu waarschijnlijk dood zijn, net als Kathleen Lawler en Jaime. Ik denk dat het bij de plannen hoorde om Lola de schuld in de schoenen te schuiven, net zoals dat nu bij mij wordt geprobeerd, en ik kan me niet voorstellen dat Dawn Kincaid in haar eentje achter al die manipulaties zat.

Terwijl ik het laboratorium uit loop, haal ik mijn telefoon uit mijn schoudertas en toets ik Bentons nummer in. Buiten zoek ik een plekje bij een paar lampenpoetsers met felrode bloemen, waar ik oog in oog kom te staan met een kolibrie. De felle zon doet me goed. Ik ben door en door verkleumd, zelfs mijn botten zijn koud na de airconditioned vergaderkamer waarin het onmiskenbare bewijsmateriaal zijn groteske geheimen naar me toe leek te schreeuwen, en ik weet niet zeker bij wie ik gehoor zal vinden.

Ik kan op Colin rekenen, en natuurlijk zullen Marino en Lucy ook naar me luisteren. Ik heb beiden in een sms'je gevraagd of de naam Roberta Price hun iets zegt en of we nog meer informatie over Gloria Jordan kunnen vinden. In de nieuwsartikelen die ik heb gelezen, staat maar heel weinig over mevrouw Jordan, weinig persoonlijke details en geen enkele aanwijzing dat er problemen waren, maar ik ben ervan overtuigd dat de Jordans problemen hadden, en de timing had niet beroerder gekund.

Het is maar goed dat Benton mijn echtgenoot is, want anders had hij vast niet willen luisteren naar wat waarschijnlijk als een horrorscript, een sensatieverhaal, een verzonnen scenario overkomt. Ik heb het donkerbruine vermoeden dat de gebeurtenissen van negen jaar geleden de FBI en het ministerie van Binnenlandse Veiligheid niet meer zullen interesseren, en dat begrijp ik ook wel. Toch moet iemand naar me luisteren en iets ondernemen.

'Zo te horen zijn je vrienden uit Atlanta gearriveerd,' zeg ik als Benton zijn mobieltje opneemt. Op de achtergrond klinken luide stemmen, er zijn veel mensen bij hem.

Ik sta op het punt zijn geduld op de proef te stellen. Ik voel het aankomen.

'We beginnen net. Wat is er?' Hij is gespannen en afgeleid, en tijdens het gesprek loopt hij door een rumoerige kamer.

'Misschien kunnen jij en je collega's iets uitzoeken.'

'Wat dan?'

'Adoptiedossiers, en je moet even heel goed luisteren,' zeg ik. 'Ik weet dat de zaak-Jordan op dit moment geen prioriteit heeft, maar dat zou wel zo moeten zijn.'

'Ik luister altijd goed, Kay.' Hij klinkt kalm, maar ik weet dat hij geïrriteerd is.

'Je moet alles zoeken wat betrekking heeft op Kathleen Lawler en Dawn Kincaid, al heeft ze bij haar geboorte een andere naam gekregen. Ik heb geen idee hoe de eerste familie heette die haar heeft geadopteerd. Dawn heeft in verschillende tehuizen en bij een aantal pleeggezinnen gewoond en belandde uiteindelijk in Californië, bij een echtpaar dat naar verluidt is overleden. Zoek alles uit wat de FBI nog niet weet, vooral met betrekking tot de mensen met wie Dawn omging. Ze moet in 2001 met iemand contact hebben gezocht omdat ze wilde weten wie haar biologische ouders waren, misschien wel met een bureau hier in Savannah. Ze moet dezelfde procedures hebben doorlopen als alle andere mensen in haar situatie.'

'Je weet niet of Kathleen Lawler je de waarheid heeft verteld, en het lijkt me het beste om dit later te bespreken.'

'We weten dat Dawn begin 2002 in Savannah is geweest en we moeten het er nú over hebben,' zeg ik. In gedachten zie ik Kathleen Lawler in de kamer zitten waar ik haar heb gesproken. Ze zei dat ze 'in de bak zat' toen haar bevalling zich aandiende, en haar opmerkingen blijven maar door mijn hoofd spoken.

Ze had het over opgesloten worden als een beest en gedwongen worden om 'je kinderen af te staan', en wat had ze dan moeten doen, 'ze' aan een twaalfjarige jongen moeten geven, aan Jack Fielding?

'Dat is ook nooit bewezen,' zegt Benton. Als hij haast heeft en geen discussie wil, wordt hij dwars.

'Een hernieuwd DNA-onderzoek heeft uitgewezen dat ze in 2002 in het huis van de Jordans is geweest,' zeg ik tegen hem. 'Maar je zult ook om andere onderzoeken moeten vragen, en daar heb ik het zo nog over. Is ze helemaal uit Californië gekomen om haar biologische moeder te ontmoeten, of had ze nog een ander doel?'

'Ik weet dat dit belangrijk voor je is,' zegt Benton, waarmee hij bedoelt dat hij Dawn Kincaids vermeende bezoek aan Savannah in 2002 niet belangrijk vindt. De FBI, de regering en misschien zelfs de president houden zich op dit moment bezig met een mogelijke terreurdreiging.

'Ik bedoel dat ze naast haar moeder misschien ook nog wel iemand anders wilde bezoeken.' Ondanks de boodschap in zijn woorden vervolg ik mijn verhaal. 'Misschien bestaan er verslagen waar nog niemand naar heeft gekeken, gewoon omdat er niet aan is gedacht. Dit is belangrijk. Echt.'

Hij loopt rond en een stem op de achtergrond zegt iets over koffie. Benton bedankt hem en zegt dan tegen mij: 'Waar denk je aan?'

'Hoe kun je op een plaats delict bloederige vingerafdrukken op een flesje lavendelzeep en op een handvat van een mes achterlaten als je niets met de misdaden te maken had?'

'Wat kunnen jullie opmaken uit het DNA van die bloederige vingerafdrukken?'

'We hebben het DNA van de slachtoffers en van een onbekende gevonden. Het onbekende profiel blijkt dat van Dawn Kincaid te zijn, maar de vingerafdrukken zijn niet van haar,' zeg ik. 'Het lijkt erop dat we het DNA van de Jordans en van Dawn hebben, maar de afdrukken zijn van iemand anders.'

'Lijkt erop?'

'Iemand heeft met bebloede handen aan het keukenmes en het flesje zeep gezeten en afdrukken achtergelaten, maar die vingerafdrukken zijn niet van Dawn Kincaid. Ze zijn nooit geïdentificeerd. Tot nu toe werd gedacht dat er sprake was van vervuiling van de plaats delict, waar heel veel mensen hadden rondgelopen, ook journalisten. Misschien hadden zij wel door het bloed heen gelopen en bewijsmateriaal aangeraakt en opgepakt. Misschien waren de afdrukken afkomstig van de politie of van iemand van de forensische opsporing. Kennelijk is de plaats delict niet goed afgegrendeld. Dat is de verklaring die ik te horen heb gekregen.'

'Het zou kunnen. Van veel mensen bewaren we de vingerafdrukken juist om hen uit te sluiten, maar we hebben ze natuurlijk niet van iedereen. Ik moet ophangen, Kay.'

'Ja, het zou kunnen, vooral als alle betrokkenen die uitleg graag accepteren omdat ze Lola Daggette hebben opgepakt en niet op zoek zijn naar iemand anders. Dat lijkt hier het geval te zijn, er worden dingen over het hoofd gezien, er worden geen vragen gesteld, er wordt niet dieper gegraven omdat de zaak al is opgelost. De moorden zijn gepleegd door iemand die betrapt werd toen ze bloederige kleren uitwaste en daarna allerlei onzinverhalen ophing.'

‘Zeg maar dat ik haar over een paar minuten terugbel,’ zegt Benton tegen iemand anders.

Ik zie Colin naar buiten komen. Als hij in de gaten krijgt dat ik sta te bellen, gebaart hij dat hij in de landrover op me zal wachten.

‘Kijk wat jij en je collega’s over Roberta Price kunnen vinden,’ zeg ik tegen Benton, die blijft zwijgen. ‘Dat is de apotheker die negen jaar geleden Gloria Jordans recepten klaarmaakte. Wie is ze, en wat is haar connectie met Dawn Kincaid?’

‘Vergeet niet dat de naam van de apotheker op elk medicijn komt te staan, ook als het medicijn door een apothekersassistent is klaargemaakt.’

‘Waarschijnlijk is dat niet zo als een recept afkomstig is van een arts in een gevangenis of van iemand die een executie moet uitvoeren,’ zeg ik. ‘Ik denk niet dat je als apotheker je naam op potjes natriumthiopental en pancuroniumbromide wilt hebben als je het recept niet zelf hebt klaargemaakt. Misschien wil je helemaal niet dat je naam met een executie wordt geassocieerd.’

‘Ik heb geen idee waar je naartoe wilt.’

‘De recepten van mevrouw Jordan werden klaargemaakt door een apotheker die Roberta Price heet. Twee jaar geleden heeft ene Roberta Price, waarschijnlijk diezelfde vrouw, het recept klaargemaakt voor de hoeveelheid natriumthiopental en de pancuroniumbromide die bij de executie van Barrie Lou Rivers zouden zijn gebruikt als Rivers niet vlak daarvoor onder mysterieuze omstandigheden om het leven was gekomen. De medicijnen werden in de vrouwengevangenis afgeleverd en Tara Grimm heeft voor ontvangst getekend. Ik kan me niet voorstellen dat zij en Roberta Price elkaar niet kennen.’

‘Ze werkt in apotheek Monck. Een kleine apotheek die wordt gerund door Herbert Monck.’ Benton moet Roberta’s naam hebben opgezocht terwijl hij naar mij luisterde.

‘Dat is waar Jaime van alles heeft gekocht, maar de naam Roberta Price staat niet op de geneesmiddelen die Jaime op recept heeft meegekregen. Ik vraag me af waarom,’ zeg ik.

‘Waarom? Sorry, maar ik kan je niet volgen.’ Benton klinkt alsof hij er met zijn gedachten totaal niet bij is.

‘Ik heb zo’n idee dat Roberta Price zich niet liet zien toen

Jaime een bezoek bracht aan apotheek Monck,' zeg ik. De man in de witte jas die me de Advil verkocht, noemde de naam Robbi, iemand die even daarvoor nog in de apotheek was geweest, maar daarna opeens spoorloos was. 'Je kunt me zeker niet vertellen in wat voor een auto Roberta Price rijdt? Kun je achterhalen of het een zwarte Mercedes stationcar is?' vraag ik aan Benton.

Er valt een lange stilte en dan zegt hij: 'Er staat geen auto op naam van Roberta Price. Misschien heeft ze een auto onder een andere naam. Haalde Gloria Jordan haar medicijnen bij diezelfde apotheek?'

'Nee, bij een apotheek die vlak bij haar huis lag. Toen was het nog een Rexall, nu is het een CVS.'

'Dus op een bepaald moment na de moorden is Roberta Price waarschijnlijk van baan veranderd en is ze gaan werken in een kleinere apotheek vlak bij de vrouwengevangenis,' zegt Benton tegen mij, en dan zegt hij tegen iemand anders dat hij er zo aan komt. 'Het is niet verdacht dat een apotheker recepten voor Gloria Jordan en een vrouwengevangenis heeft klaargemaakt, Kay. Waarschijnlijk heeft ze ook recepten klaargemaakt voor tienduizenden andere mensen in deze regio. Ik zeg niet dat we geen informatie over haar zullen zoeken, want dat doen we wél.'

'Een apotheek die het kennelijk geen probleem vindt om de helpende hand te bieden bij executies in de vrouwengevangenis, en misschien ook wel in de mannengevangenis. Dat is wel ongewoon,' zeg ik met nadruk. 'Veel apothekers zien zichzelf als managers die het beste met de gezondheid van de patiënten voorhebben. Je patiënten doden hoort daar doorgaans niet bij.'

'Dat vertelt ons alleen maar dat Roberta Price er geen ethische bezwaren tegen heeft, of dat ze gewoon vindt dat ze haar werk doet.'

'Of misschien schept ze er wel genoegen in, vooral als de verdoving niet krachtig genoeg is of als er iets anders misgaat. Een poosje geleden hadden ze zo'n zaak hier in Georgia. Het duurde zeker twee keer zo lang als gebruikelijk om de veroordeelde gedetineerde te doden, en het is duidelijk dat hij heeft geleden. Ik vraag me af wie die dodelijke middelen heeft klaargemaakt.'

'Daar komen we wel achter,' zegt Benton, maar hij gaat het nu niet meteen uitzoeken.

'En iemand moet contact opnemen met het DNA-lab dat Jaime had ingeschakeld,' zeg ik, of hij het nu een prioriteit vindt of niet. Ondertussen loop ik naar Colins grommende landrover. 'Ik denk dat ze daar niet op de hoogte zijn van de nieuwste technologieën die het leger gebruikt.'

Ik heb het over het DNA-identificatielab van het leger, het AFDIL. Dat bevindt zich op de luchtmachtbasis in Dover, waar de DNA-technologie ongekend verfijnd en gevoelig is geworden door de uitdagingen waarvoor onze gesneuvelde militairen ons plaatsen. Wat gebeurt er als een eeneiige tweeling in een operatiegebied belandt en een van hen sneuvelt, of nog veel erger, als beiden sneuvelen? Een gewoon DNA-onderzoek kan hen niet uit elkaar houden. Hun vingerafdrukken zijn natuurlijk verschillend, maar misschien hebben ze geen vingers meer die met elkaar kunnen worden vergeleken.

'Zelfgemaakte bommen leveren afschuwelijke verwondingen op. Soms is er van een lichaam niet veel meer over,' zeg ik. 'Het is moeilijk om iemand te identificeren als je alleen nog maar een waas van vervuild bloed op een stukje stof of een verbrande botsplinter hebt. Ik weet dat het AFDIL over technologie beschikt om epigenetische verschijnselen te analyseren. Er wordt naar methylering en histone acetylering gekeken om DNA-vergelijkingen te maken die niet met andere analyses gemaakt kunnen worden.'

'Waarom zouden we dat bij deze zaken moeten doen?'

'Omdat eeneiige tweelingen het leven weliswaar met identiek DNA beginnen, maar op latere leeftijd belangrijke verschillen in gen-expressie vertonen. Dat kun je bewijzen als je over de technologie beschikt om naar die verschillen te zoeken. Hoe langer tweelingen van elkaar gescheiden zijn, hoe groter die verschillen worden. DNA bepaalt je identiteit, en uiteindelijk bepaalt je identiteit je DNA,' leg ik uit. De warme lucht blaast uit de ventilator als ik het portier aan de passagierskant openmaak.

34

De man die aan de deur komt, transpireert en de aderen lopen als kabels over zijn grote, gebruinde biceps, alsof hij aan het trainen was toen wij onaangekondigd kwamen opdagen.

Hij is zichtbaar ontstemd nu er twee vreemden bij hem op de stoep staan, de een in een werkbroek en een poloshirt van de GBI en de ander in een kakiuniform, terwijl er ook nog een oude landrover in de schaduw van een groenblijvende eik staat, naast de lattenframes met jasmijn die zijn tuin scheiden van die van de buren.

'Neem ons niet kwalijk dat we u storen.' Colin klapt zijn portefeuille open en laat het schildje van een lijkschouwer zien. 'We zouden graag even met u willen praten.'

'Waarover?'

'Bent u Gabe Mullery?'

'Is er iets mis?'

'Dit is geen officieel bezoek en er is niets mis. We zijn hier op persoonlijke titel en we gaan weg als u dat wilt. Maar als u me een minuutje wilt geven om uit te leggen wat we komen doen, zou ik u zeer dankbaar zijn,' zegt Colin. 'U bent Gabe Mullery, de eigenaar van dit huis?'

'Jawel.' Hij maakt geen enkele aanstalten ons de hand te schudden. 'Dit is mijn huis. Er is toch niets met mijn vrouw? Is alles goed?'

'Voor zover ik weet wel. Het was niet onze bedoeling u bang te maken.'

'Ik ben nergens bang voor. Wat wilt u?'

Gabe Mullery is een knappe man met donker haar, grijze ogen en een krachtige kaaklijn. Hij draagt een afgeknipte joggingbroek en een wit T-shirt met het opschrift: U.S. NAVY NUKE: ALS JE MIJ ZIET RENNEN, IS HET AL TE LAAT. Hij blokkeert de deuropening met zijn gespierde lichaam en is duidelijk geen man die blij is met vreemden die om welke reden dan ook hun komst niet eerst aankondigen. Maar wij wilden de bewoner van het voormalige huis van de Jordans niet de kans geven om nee te zeggen. Ik moet de tuin zien en erachter zien te komen wat Gloria

Jordan daar op de middag van 5 januari deed.

Ik geloof niet dat ze aan het snoeien was, en ik wil weten waarom ze de volgende morgen heel vroeg weer de tuin in ging, mogelijk naar de oude kelder, mogelijk omdat ze vlak voordat zij en haar gezin werden vermoord gedwongen werd er weer naartoe te gaan. Ik heb een scenario in mijn hoofd dat is gebaseerd op mijn interpretatie van de bewijzen, en de informatie die Lucy me tijdens de rit hiernaartoe heeft gemaild, versterkt mijn conclusie dat mevrouw Jordan geen onschuldig slachtoffer was, en dan zeg ik het nog heel vriendelijk.

Ik vermoed dat ze op de avond van 5 januari clonazepam in het drankje van haar man heeft gedaan om ervoor te zorgen dat hij in een diepe slaap zou vallen. Rond elf uur ging ze naar beneden en schakelde ze het alarm uit, zodat de weg vrij was voor een inbreker. Maar die inbraak had voor haar gezin en voor haar huis natuurlijk nooit zo mogen eindigen. Wat ze vermoedelijk in gedachten had, was verkeerd en bovenal dom, maar het verschilde niet veel van een heleboel plannetjes van ongelukkige mensen die willen ontsnappen aan hun huwelijk en zichzelf ervan hebben overtuigd dat ze het recht hebben mee te nemen wat ze volgens hen verdienen.

Het was waarschijnlijk niet de bedoeling dat er iets met de kinderen zou gebeuren, en zeker niet met haarzelf. Mogelijk niet eens met haar man, hoewel ik vermoed dat ze een diepe wrok, zo niet haat tegen hem was gaan koesteren. Ze was misschien vastbesloten om bij hem weg te gaan, maar wat ze nodig had, was een manier om aan contanten te komen, iets van haarzelf. Hij hoefde waarschijnlijk niet per se dood. Een eenvoudig plan, een eenvoudige inbraak in een januarinacht, na een dag vol onweersbuien en een koude, onstuimige wind. Lucy heeft me laten weten hoe het weer op die dag was. Geen dag waarop je de tuin eens gaat doen; niet dat er overigens enig bewijs is dat mevrouw Jordan op de middag voor haar dood ook maar een tak of uitloper heeft afgeknipt.

Wat deed ze bij de afgebrokkelde muren en het dieper gelegen stuk aarde, die mij op de foto's deden denken aan de overblijfselen van een kelder uit een voorbije eeuw? Misschien wilde ze haar medeplichtige of medeplichtigen te slim af zijn. De gruwelijke ironie van het geval is, dat ze het ook niet zou hebben overleefd als ze eerlijk was gebleven. Ze wist niet dat ze een pact met een duivel had gesloten en ze moet hebben aangenomen dat het haar wel vergeven zou worden als het vermogen aan goud dat ze beloofd had te zullen delen nergens te vinden was, omdat ze had besloten het helemaal voor zichzelf te houden en het had verstopt.

'Kijk, ik kan het u niet kwalijk nemen als u hier niet mee lastiggevallen wilt worden,' zegt Colin op de voorveranda met zijn statige witte zuilen en uitzicht op een begraafplaats die nog dateert uit de tijd van de Amerikaanse Revolutie. Vlagen warme wind voeren de geur mee van gemaaid gras.

'Niet weer die moord, verdomme,' zegt Gabe Mullery. 'Jullie en verslaggevers, maar het ergst zijn de toeristen. Mensen die aanbellen en het huis willen zien.'

'We zijn geen toeristen en we hoeven geen rondleiding.' Colin stelt me aan hem voor en voegt eraan toe dat ik binnen een paar dagen weer naar Boston ga en graag even in de achtertuin wil kijken.

'Ik wil niet onbeleefd zijn, maar waarom in godsnaam?' zegt Mullery, en achter hem, door de open deur, zie ik de grenen trap en de plek in de hal waar het lichaam van Brenda Jordan is gevonden.

'U hebt het volste recht om onbeleefd te worden,' antwoord ik, 'en ik kan u absoluut niet verplichten om me de tuin te laten zien.'

'De tuin is een liefhebberij van mijn vrouw en ze heeft hem helemaal veranderd. Haar kantoor is daar. Dus wat u ook denkt dat u zult zien, het bestaat waarschijnlijk niet meer. Ik snap niet wat voor zin het heeft.'

'Als het goed is, zou ik toch graag even snel willen kijken,' antwoord ik. 'Ik heb alle informatie nog eens doorgenomen...'

'Over die zaak.' Hij zucht diep en geërgerd. 'Ik wist dat het een stomme zet was om dit huis te kopen. En nu is de executie gepland, op Halloween nog wel, verdomme. U denkt toch niet dat we dan in de stad kunnen blijven? Als ik kon, sloot ik het hele verdomde huis af, liet ik het bewaken door de National Guard en ging ik zelf op Hawaï zitten wachten tot alle commotie was overgewaaid, als u dat maar goed begrijpt. Maar goed dan.'

Hij doet een stap opzij om ons binnen te laten.

'Het is al belachelijk om erover te praten,' gaat hij geïrriteerd door, 'maar ik ga dat in ieder geval niet buiten doen, waar iedereen het kan zien. Waarom heb ik dit huis in godsnaam gekocht? Jezus christus. Ik had nooit naar mijn vrouw moeten luisteren, ik heb nog zo tegen haar gezegd dat we last zouden krijgen van toeristen, maar zij is degene die het vaakst thuis is. Ik ben zo'n beetje voortdurend op reis. Dan mag zij ook wonen waar ze wil, dat is niet meer dan billijk. Weet u, ik vind het erg dat hier mensen gestorven zijn, maar dood is dood, en waar ik een hekel aan heb, is dat mensen inbreuk maken op onze privacy.'

'Dat begrijp ik heel goed,' zegt Colin.

We lopen de hal in van een huis dat er zo vertrouwd uitziet alsof ik er al eerder ben geweest, en ik zie Gloria Jordan voor me op de trap, die op blote voeten en in haar flanellen nachthemd met blauwe bloemetjes naar de keuken sluipt, waar ze wacht op gezelschap en de uitvoering van een complot. Of misschien bevond ze zich elders in het huis toen het ruitje in de deur werd ingeslagen en er een hand naar binnen werd gestoken om het slot open te maken met een sleutel die er niet in had mogen zitten. Ik weet niet waar ze was toen haar man werd vermoord, maar niet in bed. Daar was ze niet toen ze zevenentwintig keer werd gestoken en toen haar keel werd doorgesneden, een overkill die ik associeer met bloeddorst en woede. Die aanval heeft waarschijnlijk plaatsgevonden in het deel van de hal waar ze met blote voeten in haar eigen bloed en dat van haar vermoorde dochter is gaan staan.

'Jullie horen waarschijnlijk wel dat ik niet van hier ben,' zegt Mullery. Ik dacht aanvankelijk dat hij een Brit was, maar zijn accent klinkt eerder Australisch. 'Sydney, Londen, en vervolgens North Carolina om me bij Duke te specialiseren in hyperbare zuurstoftherapie. Ik ben pas lang na de moorden hier in Savannah terechtgekomen, dus de verhalen over dit huis betekenden niet zoveel voor me, anders was ik het nooit gaan bekijken toen het een paar jaar geleden op de markt kwam. We gingen kijken en voor Robbi was het liefde op het eerste gezicht.'

Niet het ideale huwelijk dat iedereen werd voorgespiegeld, mailde Lucy, en ze had er informatie bij gedaan uit gegevens die ze had doorzocht. Ik kreeg een beeld van een ongelukkige vrouw met een zelfdestructief verleden die in 1996 met Clarence Jordan trouwde en meteen daarop een tweeling kreeg, een jongen en een meisje die Josh en Brenda werden genoemd. Het moet voor haar omgeving een Assepoesterverhaal hebben geleken toen ze op twintigjarige leeftijd in de praktijk van dokter Jordan werd aangenomen als receptioniste, want zo hebben ze elkaar blijkbaar ontmoet. Misschien dacht hij dat hij haar kon redden, en een tijdlang moet ze stabieler zijn geweest, na eerdere jaren vol chaos en problemen, aanvaringen met incassobureaus als ze weer eens ongedekte cheques had uitgeschreven, openbare dronkenschap en elke zes tot twaalf maanden een verhuizing van het ene goedkope flatje naar het volgende.

'Kings Bay?' Colin neemt aan dat Gabe Mullery verbonden is aan de thuishaven van de met kernwapens uitgeruste Trident II-onderzeeboten van de Atlantic Fleet, op nog geen honderdvijftig kilometer van Savannah.

'Duiker en arts bij de reservisten,' zegt hij. 'Maar overdag werk ik hier in het Regional Hospital. Op de afdeling spoedeisende hulp.'

Nog een dokter in het huis, bedenk ik, en ik hoop dat hij gelukkiger is dan Clarence Jordan geweest moet zijn, die discreet moest proberen zijn vrouw in bedwang te houden en mogelijk een beroep deed op zijn welbekende vriendschap met de voorzitter van een nieuwsdienst die in die tijd eigenaar was van een aantal kranten en televisie- en radiostations, iemand met wie dokter Jordan in commissies en liefdadigheidsorganisaties zat en die invloed had op wat er in de pers werd gepubliceerd.

De media hebben geen woord geschreven over de terugval van mevrouw Jordan, een reeks van trieste en vernederende gebeurtenissen die begon in januari 2001, toen ze werd gearresteerd voor winkeldiefstal nadat ze een dure jurk onder haar kleren had verstopt waarvan het beveiligingslabel niet was verwijderd. Een kreet om aandacht, om hulp, maar eigenlijk ook iets wat nog verraderlijker was, ging door me heen toen ik Lucy's e-mail las.

Mevrouw Jordan ging gedrag vertonen waarmee ze haar man kon straffen, die haar verwaarloosde en die strikte opvattingen had over de rol en het gedrag van zijn vrouw, en zij sloeg terug door hem in zijn trots te raken, door zijn image aan te tasten en door tegen zijn onmogelijk strenge normen in te gaan. Nog geen twee maanden na de winkeldiefstal in de Oglethorpe Mall reed ze met haar auto tegen een boom en werd ze gearresteerd omdat ze dronken achter het stuur had gezeten, en vier maanden daarna, in juli, belde ze in een dronken aanval van woede de politie met de bewering dat ze waren bestolen. De politie kwam en ze verklaarde dat haar huishoudster gouden munten met een waarde van minstens tweehonderdduizend dollar had ontvreemd, die in de isolatie van het dak waren verborgen. De huishoudster werd nooit aangeklaagd en de beschuldiging werd verworpen nadat dokter Jordan de politie ervan op de hoogte had gesteld dat hij het goud, een investering die hij al jaren bezat, korte tijd daarvoor een andere plek had gegeven. Het lag nog veilig in het huis en er werd niets vermist.

Wat is er tussen juli en 6 januari met dat goud gebeurd? Dokter Jordan kan het verkocht hebben, neem ik aan, hoewel de prijs zich in heel 2001 op een ongekend dieptepunt bevond van nog geen driehonderd dollar per ons, merkte Lucy op. Het lijkt vreemd dat hij niet gewacht heeft tot de waarde weer omhoogging, vooral als hij het goud al een tijd had. Er is geen enkele aanwijzing dat hij geld nodig had. Op zijn belastingaangifte over 2001 stonden verdiensten en dividenduitkeringen gemeld van in totaal meer dan een miljoen dollar. Wat er ook met het goud gebeurd is, het lijkt een feit dat het na de moorden verdwenen was. Er is niets gezegd over gestolen eigendommen en onderzoeken wijzen erop dat de sieraden en het familiezilver niet waren aangeraakt.

Gloria Jordan heeft in ieder geval geen klein fortuin aan goud in de wacht gesleept, hoewel zij waarschijnlijk degene was die het de laatste keer verplaatst heeft, mogelijk op de middag voor ze vermoord werd, en hoewel ik niet geloof dat iemand ooit precies zal weten wat er gebeurd is, heb ik wel een theorie, gebaseerd op de feiten zoals ik die nu ken. Ik denk dat ze een inbraak in scène zette om de verdwijning te verklaren van iets wat ze zelf van plan was te stelen en vervolgens besloot dat ze de buit niet met haar medeplichtige of medeplichtigen hoefde te delen als ze voorgaf dat ze het goud niet kon vinden. Haar man moest het weer op een andere plaats hebben verstopt en het speet haar ontzettend, maar zij kon er niets aan doen.

Ik kan me alleen maar voorstellen wat ze gezegd kan hebben toen ze haar medeplichtige, of waarschijnlijk twee medeplichtigen, zag aankomen, maar ik geloof dat mevrouw Jordan een kwade macht naar het huis had gelokt die veel briljanter en wreder was dan zij in haar ergste nachtmerries had kunnen dromen. Ik vermoed dat ze op de vroege zondagmorgen van 6 januari gedwongen is om de bergplaats van het goud te onthullen en waarschijnlijk de eerste steekwond heeft opgelopen toen ze in de tuin was, bij de oude kelder, misschien als waarschuwing. Of misschien was die steek het begin van de aanval en is ze het huis weer in gevlucht, waar ze is vermoord. Daarna is haar lichaam naar boven gedragen om in een obscene houding naast dat van haar vermoorde echtgenoot te worden gelegd.

'Dus we bekeken het huis en het was fantastisch, en ik was erg onder de indruk, dat moet ik toegeven,' vertelt Gabe Mullery. 'We konden het ook nog voor een verrassend lage prijs kopen en de makelaar heeft precies verteld wat hier in 2002 is gebeurd, dus was het geen wonder dat het een koopje was. Ik was niet zo blij met het idee of het karma of hoe je het ook wilt noemen, maar ik ben niet bijgelovig. Ik geloof niet in spoken. Maar ik ben wel in toeristen gaan geloven, in idioten zonder verstand en manieren, en ik wil niet weer dat hele circus over me heen krijgen nu haar executie weer op het programma staat.'

Er komt geen executie. Daar zal ik voor zorgen.

'Verdomde jammer dat alles anders is gelopen dan gepland, dat de rechter de terechtstelling heeft uitgesteld. We zullen blij zijn als die moordzaak achter de rug is, zodat hij uit de belangstelling verdwijnt en vergeten wordt. Hopelijk vragen de mensen op een dag niet meer om een rondleiding.'

Ik zal doen wat ik kan om ervoor te zorgen dat Lola Daggette de executiekamer nooit hoeft te zien, en misschien komt er nog een dag dat ze niets meer te vrezen heeft. Niet van Tara Grimm, niet van de cipiers in de gevangenis, niet van het duivelse monster, dat de ultieme prijs van haar eist. En misschien heeft dat monster wel een voornaam en luidt die Roberta. Bijna alles is giftig als je er te veel van binnenkrijgt, zelfs water, heeft generaal Briggs gezegd, en wie kan meer over medicijnen en microben en hun dodelijke mogelijkheden weten dan een apotheker, een kwaadaardige alchemist die een medicijn dat had moeten genezen verandert in een mengsel dat lijden en de dood veroorzaakt?

'Vertel maar eens wat u wilt zien,' zegt Gabe Mullery tegen me. 'Ik weet niet of ik u kan helpen. Voor wij het huis kochten, heeft er nog iemand anders in gewoond en ik weet echt niet precies hoe het eruitzag toen die mensen werden vermoord.'

De keuken is onherkenbaar en compleet vernieuwd, met nieuwe kastjes, moderne roestvrijstalen apparaten en een zwart granieten tegelvloer. De deur naar buiten is heel solide en heeft geen ruitjes, net zoals Jaime zei, en ik vraag me af hoe ze dat wist, maar ik kan ernaar raden. Ze zal niet geaarzeld hebben ernaartoe te lopen om te kijken, mogelijk onder het mom dat ze een rondwandelende toerist was, of misschien heeft ze wel zonder omwegen gezegd wie ze was en waarom ze er belangstelling voor had. Ik zie een laptop op een deel van het aanrecht staan waar geen plek is om te zitten en eraan te werken. Op een tafel staat een snoerloos toetsenbord en er zitten contactpunten in elk raam dat ik zie, die horen bij een eersteklas beveiligingssysteem waar waarschijnlijk ook camera's deel van uitmaken.

'Nou, u bent in ieder geval zo slim om een goed beveiligingssysteem te hebben,' zeg ik tegen Gabe Mullery. 'Zeker gezien die nieuwsgierigheid naar dit huis.'

'Ja, het heet een negen millimeter browning. Dat is mijn beveiligingssysteem.' Hij lacht. 'Al die gadgets, sensoren voor de ramen, bewegingsdetectoren en videocamera's zijn de hobby van mijn vrouw. Zij is de computerfreak van ons twee. Altijd bang dat mensen zullen denken dat we medicijnen in huis hebben.'

'Twee hardnekkige misverstanden,' zegt Colin. 'Dokters hebben medicijnen in huis en verdienen een heleboel geld.'

'Nou, ik ben altijd weg en zij verkoopt medicijnen voor haar werk.' Hij doet de keukendeur open. 'Nog zo'n hardnekkig misverstand is dat apothekers een voorraad daarvan in huis hebben,' zegt hij, en we komen via een paar stenen treden op een tussenniveau van flagstones en gras. Ik hoor muziek in de serre, die is ingericht als sportzaal en waar Gabe Mullery zich waarschijnlijk bevond toen wij aanbelden. Daarvoor was hij waarschijnlijk het gras aan het maaien.

Ik herken de terracotta tegelvloer achter het glas, waarop een bank en rekken met gewichten staan. Tegen het huis staan twee fietsen met kleine wielen en inklapbare aluminium frames, een rode waarvan het zadel en het stuur heel hoog staan, en een zilverkleurige voor een kleiner iemand. Ernaast staan een grasmaaier, een hark en een zak afgemaaid gras.

'Ik denk dat ik u maar het beste gewoon rond kan laten lopen,' zegt Mullery, en ik zie aan zijn gezicht dat hij helemaal niet op zijn hoede is voor ons en geen idee heeft dat hij dat misschien wel zou moeten zijn. 'Tuinieren is niets voor mij. Dit is Robbi's domein,' zegt hij alsof hij er niet bijzonder veel belangstelling voor heeft. Er is niets van vroeger overgebleven.

De *Osmanthus fragrans* en de oorspronkelijke struiken, de beelden, de rotstuin en de afbrokkelende muren zijn vervangen door een kalkstenen terras dat zich recht boven de plek bevindt waar volgens mij een kelder heeft gezeten, en aan de andere kant van het terras staat een bijgebouwtje dat lichtgeel is geschilderd en een schuin pannendak heeft met een professionele ventilatiepijp erop en cameraatjes onder het overstek. Ik heb er tot op dat moment al drie geteld, en achter de buxusstruiken staan een HVAC en een kleine noodgenerator. Voor de ramen zitten stormluiken, en het lijkt erop dat Gabe Mullery's vrouw voorbereid is op een orkaan en het uitvallen van de elektriciteit, en bovendien bang is voor indringers en spionnen. Het gebouw is aan drie kanten omgeven door schermen, wit geschilderde raamwerken met Japanse wijnstokken en vuurdoorns ertegen.

'Wat doet Robbi voor werk in die werkkamer?' vraag ik aan haar man. Onder normale omstandigheden zou het een heel gewone vraag zijn.

'Ze studeert farmaceutische scheikunde. Online. Ze is bezig met haar proefschrift.' Hij zou dat nooit zomaar zeggen als hij niet onschuldig was, een grote, sterke krijger die niet weet dat hij samenwoont met de vijand.

'Schat? Wie zijn daar?' Een vrouwenstem en dan verschijnt

ze aan de zijkant van het huis en loopt ze rustig, maar doelbewust niet op haar man af, maar op mij.

In haar crèmekleurige linnen broek en fuchsiarode blouse en met haar naar achteren gebonden haar is ze niet Dawn Kincaid, maar ze zou Dawn kunnen zijn als die niet hersendood in het ziekenhuis in Boston lag en wat gevulder en heel fit was. Ik zie de ring met de baguette geslepen diamant en het grote zwarte horloge en vooral haar gezicht. Ik zie Jack Fielding in haar ogen en neus en in de vorm van haar mond.

'Hallo?' zegt de vrouw tegen haar man terwijl ze me aanstaart. 'Je hebt niet gezegd dat we bezoek kregen.'

'Dit zijn lijkschouwers die even rond willen kijken vanwege die moorden,' zegt haar knappe man, een drukbezette dokter die reservist is bij de marine en vaak weg is, zodat zij kan doen wat ze maar wil. 'Wat ben je vroeg thuis.'

'Er kwam een grote boze politieman in de zaak,' zegt ze tegen hem, maar ze blijft naar mij kijken. 'En die stelde een heleboel rare vragen.'

'Aan jou?'

'Over mij. Ik was achter bezig, maar ik kon alles horen, en ik vond hem nogal hinderlijk.' Ze kijkt me aan met de ogen van Jack Fielding. 'Hij kocht een beademingsballon en wilde weten of we defibrillators verkochten, en hij kletste wat af met Herb. Toen ze buiten gingen staan roken, besloot ik weg te gaan.'

'Herb is een idioot.'

'Wat ligt er nog veel gras,' klaagt ze tegen hem, maar ze kijkt niet om zich heen. Ze kijkt naar mij. 'Je weet dat ik daar een hekel aan heb. Hark het alsjeblieft goed bij elkaar. Het kan me niet schelen of het goed is voor de grond.'

'Ik was nog niet klaar. Ik had je niet zo vroeg thuis verwacht. Volgens mij wordt het tijd om een tuinman te nemen.'

'Wil jij voor ons wat water halen? Doe er maar wat koekjes bij die ik heb gebakken. Dan geef ik onze bezoekers een rondleiding.'

'Colin? Terwijl ik de tuin bekijk, of wat daarvan over is, kun jij Benton misschien even een berichtje voor me sturen,' zeg ik tegen hem, maar ik wend mijn blik niet van haar af en ik weet dat Colin voelt dat er iets mis is.

Ik geef hem het nummer van Bentons mobiel.

'Misschien kun je hem laten weten dat hij en zijn collega's echt moeten komen zien wat Robbi met haar tuin heeft gedaan. Ze heeft de oude kelder omgetoverd tot een bijzonder functioneel kantoor. Zoiets heb ik nog nooit gezien. Robbi staat voor Roberta, vermoed ik,' zeg ik tegen Colin terwijl ik naar haar kijk, en ik hoor hem telefoneren.

'Ja, in de achtertuin,' zegt Colin rustig, maar hij noemt niet het adres en zegt niet waar we zijn, en ik vermoed dat Benton al onderweg is.

'Dit is precies wat ik thuis ook graag zou doen, een kantoor in de achtertuin zetten dat zo veilig is als Fort Knox, een plek waar eens misschien goud bewaard is voordat het werd gestolen,' zeg ik onomwonden tegen Roberta Price. 'Met een noodgenerator en speciale ventilatie, een heleboel privacy en beveiligingscamera's waarvan ik de beelden vanaf mijn bureau kan zien. Of beter nog, overal waar ik maar wil. Om een oogje te houden op wie er komt en gaat. Als je het niet erg vindt, komen mijn man en zijn collega's even langs,' zeg ik tegen Roberta als de keukendeur dichtgaat, en ik vraag me af of Colin gewapend is.

'Price of Mullery?' vraag ik. 'Je zult de naam van je man wel hebben aangenomen, Mullery. Dokter en mevrouw Mullery in een prachtig historisch huis waaraan jij bijzondere herinneringen hebt,' zeg ik effen, en ik ben me vaag bewust van een brullende motor in de verte.

Ze doet een stap naar me toe en blijft dan staan. Ik zie dat ze kookt van woede, want het spel is uit en dat weet ze, en ik vraag me nogmaals af of Colin gewapend is en of zij een wapen heeft, en terwijl ik me dat allemaal afvraag, maak ik me nog het meest zorgen over de mogelijkheid dat haar man het huis uit komt stormen met zijn negen millimeter. Als Colin een wapen op Roberta richt of haar tackelt, zou hij heel goed doodgeslagen of doodgeschoten kunnen worden, en ik wil ook niet dat Colin op Gabe Mullery schiet.

'Als je man het huis uit komt,' zeg ik tegen haar terwijl Colin dichterbij komt staan, 'moet je tegen hem zeggen dat de politie onderweg is. De FBI eraan komt. Je wilt niet dat hij gewond raakt, en dat gebeurt als jij overhaaste dingen gaat doen. Loop niet weg. Doe niets, anders komt hij tussen twee vuren terecht. Hij zal het niet begrijpen.'

'Jij gaat dit niet winnen.' Ze steekt haar hand in haar schoudertas en haar ogen staan glazig. Ze hijgt, alsof ze heel erg van streek is of op het punt staat om aan te vallen, en het geluid van de brullende motor komt dichterbij, het is een motorfiets, en dan komt haar man de hoek van het huis om met flesjes water en een bord.

'Haal je hand uit je tas. Langzaam,' zeg ik tegen haar terwijl de motor arriveert en opeens stilvalt. 'Doe niets wat ons dwingt in actie te komen.'

'Zo te horen krijgen we nog meer bezoek.' Haar man loopt over het grasveld vol afgemaaid gras en laat de flessen en het bord vallen als Roberta Price een wit, laarsvormig busje uit haar tas haalt, en dan klinkt er een schot bij het huis.

Ze doet een stap naar voren en valt met bloedend hoofd op de grond, en een inhaler valt naast haar op het gras, en dan rent Lucy over het grasveld met een pistool in beide handen, terwijl ze tegen Gabe Mullery roept dat hij zich niet moet verroeren.

'Ga zitten, rustig en langzaam.' Lucy houdt het pistool op hem gericht, maar hij blijft geschokt staan.

'Ik moet haar helpen,' roept hij. 'In godsnaam, laat me iets doen!'

'Zitten!' schreeuwt Lucy, en ik hoor autoportieren dichtslaan. 'Hou je handen waar ik ze kan zien!'

TWEE DAGEN LATER

In de toren onder de goudkleurige koepel van het stadhuis laat de klok langzame, zware slagen horen. Het is een nevelige Onafhankelijkheidsdag die niet voor ieder van ons met vuurwerk zal eindigen. Het is maandag, en hoewel we van plan waren vroeg aan de lange vlucht naar huis te beginnen, is het nu al bijna middag.

Waarschijnlijk landen we vanavond pas tussen acht en negen uur op Hanscom, de luchtmachtbasis ten westen van Boston. De vertraging ligt niet aan het weer, maar aan Marino's veranderlijke stemming, die soms stormachtig is en alle kanten op waait. Hij stond erop om zijn busje terug naar Charleston te brengen en wil dat wij via die stad vliegen voor het geval hij besluit met ons mee te gaan. Hij twijfelde namelijk nog, zei hij. Misschien bleef hij hier wel in het Lowcountry om nog wat te vissen, na te denken, op zoek te gaan naar een tweedehands platbodem en een sabbatical te nemen. Het kon ook zijn dat hij terugging naar Massachusetts, hij wist het nog niet. Terwijl hij over zijn toekomst nadacht, ontdekte hij nog meer manieren om het vertrek uit te stellen.

Hij wilde nog een kop koffie. Hij wilde nog een broodje biefstuk met ei gaan eten, omdat hij dat in het noorden niet kan krijgen. Hij moest eigenlijk nog even naar de sportschool. Hij moest de gehuurde motorfiets terug naar de dealer brengen, want dan hoefde Lucy dat niet te doen. Ze had al genoeg meegemaakt met de politie, de FBI-verhoren en de hele papierwinkel die bij een schietpartij komt kijken, zei hij, en het is rot om iemand te vermoorden en te beseffen dat die persoon geen wapen wilde pakken, maar een portefeuille of een rijbewijs of een inhaler. En ook al had dat klerewijf het verdiend, het was prettiger geweest als het anders was gelopen, want nu blijven er altijd mensen twijfelen aan je oordeel, vervolgde hij, en als je eerlijk bent, is dat nog vervelender dan het sterfgeval zelf. Hij wilde niet dat Lucy nu op een motorfiets zou stappen en hij begon te twijfelen of ze vandaag wel kon vliegen, want hij dacht dat haar hoofd daar niet naar stond.

Met Lucy gaat het prima, maar met Marino niet. Hij deed de ene boodschap na de andere en toen hij eindelijk zover was dat hij de twee uur durende rit naar Charleston kon aanvaarden, besloot hij dat hij alle voorraden wilde hebben die ik had gekocht, want die pasten toch niet in de helikopter, zei hij. Niet dat ik van plan was om extra potten en pannen en blikken eten en tweepitskookstelletjes helemaal mee naar New England te slepen, maar hij stond erop dat ik ze aan hem zou geven. Hij had nog geen gelegenheid gehad om zijn nieuwe appartement in

Charleston in te richten, legde hij uit, terwijl hij alles wat hij kon vinden in dozen stapelde die hij bij de slijterij had gehaald. Hij laadde zelfs geopende zakken chips en nootjes, vuile bakjes, schoonmaakmiddelen en handzeep in, evenals een reisföhn die hij met zijn kale hoofd niet nodig heeft en een reisstrijkijzer en een strijkplank die hij voor zijn synthetische kleding nooit zal gebruiken.

Hij graaide specerijen, een paar halflege potten olijven, tafelzuur, chutney, jam, een banaan, condimenten, crackers, papieren servetten, plastic bestek, plastic borden, huishoudfolie en een stapel opgevouwen boodschappentasjes bij elkaar. Daarna liep hij alle kamers langs om de toiletartikelen van het hotel mee te nemen, alsof hij in een hamsteraar was veranderd.

'Zoals die dwangmatige verzamelaars, of hoe ze die mensen dan ook op tv noemen,' zeg ik. 'Snuffelen in andermans afdankertjes en troep, en nooit meer iets weggooien. Dit is een nieuwe dwangneurose.'

'Angst,' zegt Benton. Hij heeft zijn laptop op zijn schoot en zijn telefoon ligt op de tafel naast zijn stoel. 'Bang dat hij iets weggooit of kwijtraakt en het vervolgens nodig heeft.'

'Nou, ik stuur hem nog een sms'je. Geen gezeur, hij gaat gewoon met ons mee. Ik wil niet dat hij hier in zijn eentje zit als hij niet helder kan nadenken en in de greep van een nieuwe dwangneurose is. Wat hij ook zegt, we landen in Charleston, en desnoods ga ik naar zijn appartement om hem mee te slepen.'

'Er blijven niet veel dwangneuroses meer voor hem over,' zegt Benton, terwijl hij vluchtig een aantal elektronische bestanden doorneemt. 'Drank en sigaretten vallen af. Hij wil niet dik worden, dus hij gaat niet vreten, en daarom begint hij maar te hamsteren. Seks is een betere dwangneurose. Betrekkelijk goedkoop en je hebt geen opslagruimte nodig.' Hij opent een e-mail en vanaf mijn plaats kan ik zien dat die afkomstig is van de FBI, misschien wel van zijn collega Phil, met wie hij net heeft gebeld.

Het is een drukke ochtend geweest in de woonkamer van onze hotelsuite, ons kampement met zijn dramatische uitzicht over de rivier en de haven. Sinds zonsopgang bereiden Benton en ik ons voor op onze terugkeer naar het noorden, en ondertussen verwerken we informatie die wel met de snelheid van het licht lijkt te worden verzameld. Ik ben niet gewend aan onderzoeken die op een oorlogssituatie lijken, met allerlei politie- en legerdivisies die op verscheidene fronten verscheidene aanvallen uitvoeren. Alles gaat ook nog eens met een kracht en een snelheid waarvan mijn hoofd tolt, maar de meeste zaken waaraan ik werk, vormen dan ook geen bedreiging voor de nationale veiligheid en zijn ook niet interessant voor de president. En de laboratoria en onderzoeksteams werken nu op volle toeren, zegt Lucy.

Tot nu toe is alle informatie geheim gebleven en buiten het nieuws gehouden, en de FBI en het ministerie van Binnenlandse Veiligheid vervolgen hun niet-aflatende speurtocht om te zorgen dat de spullen die Roberta Price vergiftigd heeft niet in winkels op militaire bases, op torpedojagers, in transportvliegtuigen vol militairen, in een onderzeeër met kernraketten, bij militairen aan het front of waar dan ook kunnen belanden. DNA-onderzoek, vingerafdrukanalyses en vergelijkingen hebben bevestigd dat Roberta Price en Dawn Kincaid een eeneiige tweeling zijn, twee kanten van hetzelfde kwaad. Klonen, zeggen sommige onderzoekers over de twee zussen, die gescheiden zijn opgegroeid en bij hun hereniging een katalysator vormden die afgrijselijke technologieën creëerde en een onbekend aantal doden veroorzaakte.

'De angst ervoor,' zeg ik. 'Daarom loopt Marino besluiteloos rondjes en vlucht hij de stad uit. Hij komt elke dag in aanraking met de dood, maar als je aan zaken werkt, heb je de illusie dat je alles onder controle kunt houden, of dat er niets met je kan gebeuren zolang je alles doorziet.'

'Door die sigaret bij de apotheek van Monck drongen de gevaren pas goed tot hem door,' zegt Benton, terwijl zijn mobieltje overgaat.

'Na alles wat hij in die voorraadkelder had gezien, bedoel je? Ik denk het ook,' beaam ik. 'Hij beseft heel goed wat er had kunnen gebeuren.'

'Ik kan je wel een idee geven hoe je het kunt aanpakken,' zegt Benton tegen degene die hem heeft gebeld. 'Je moet ervan uitgaan dat we te maken hebben met iemand die volledig in haar recht denkt te staan. Ze heeft de wereld een gunst bewezen door verdorven mensen op te ruimen.'

Ik besef dat hij het over Tara Grimm heeft. Ze is gearresteerd, maar ze is nog niet in staat van beschuldiging gesteld. De FBI sluit deals en wil met haar onderhandelen in ruil voor informatie over andere mensen in de vrouwengevangenis, zoals M.P. Macon, de cipier die haar misschien wel heeft geassisteerd bij het straffen van gedetineerden die dat volgens haar hadden verdiend, en die wellicht heeft samengewerkt met de duivels slimme gifmengster die haar technieken perfectioneerde.

'Je moet haar aanspreken op haar overtuiging,' zegt Benton in de telefoon. 'En haar overtuiging is dat ze niets verkeerds heeft gedaan. Ze heeft Barrie Lou Rivers een laatste sigaret gegeven waarvan de filter geïmpregneerd was met... Ja, zo direct kun je het wel zeggen, maar kleed het zo in dat je ook begrip toont voor het feit dat zij er geen kwaad in zag... Ja, dat is een goede manier om het te formuleren. Ze stond op het punt om geëxecuteerd te worden, ze zou toch sterven, het was een genadig einde vergeleken met dat van alle mensen die ze geleidelijk aan met arsenicum had vergiftigd. Nou nee, dat klopt. Het is helemaal niet genadig om iets met botulinetoxine te roken, het is een vreselijke manier om te sterven, maar zeg dat maar niet.'

Benton drinkt zijn koffie op, luistert, staart naar de rivier en zegt: 'Blijf bij wat ze over zichzelf wil geloven. Precies, jij hebt ook een hekel aan verdorven mensen en je begrijpt de verleiding om het recht in eigen hand te nemen... Dat is de theorie. Misschien moet je Tara Grimm zelfs mevrouw de directrice noemen, om haar macht te onderstrepen... Het gaat altijd om macht, precies. Misschien zegt zij van niet. Misschien zegt zij dat het gewoon een sigaret of een laatste maaltijd was, of wat dan ook, maar zij zorgde dat Barrie Lou Rivers en de anderen hun verdiende loon kregen, dat hun werd aangedaan wat ze hun slachtoffers hadden aangedaan, oog om oog, tand om tand en dan nog een schepje erbovenop. Extra zout in de wonde om iets duidelijk te maken.'

'Ik weet niet wat hij ervan kan hebben geleerd,' zeg ik als Benton het gesprek beëindigt, want al vindt Marino het nog zo akelig wat er met Jaime is gebeurd, het zit in zijn aard om zich nog akeliger te voelen over wat er met hemzelf had kunnen gebeuren.

'Inzicht is niet zijn sterkste kant,' zegt Benton. 'Hij is zo dom geweest om een groot risico te nemen. Het is alsof je met een borrel op achter het stuur kruipt en een weg op rijdt waar veel ongelukken gebeuren. Ik hoop dat Phil mijn advies opvolgt,' zegt hij dan. Phil is een van de vele FBI-mensen die ik de afgelopen twee dagen heb ontmoet. 'Zulke mensen moet je echt aanspreken op hun geloof in wat ze gedaan hebben. Je moet hun narcisme voeden. Ze hebben de wereld een gunst bewezen.'

'Ja, sommige mensen denken dat. Hitler, bijvoorbeeld.'

'Maar bij Tara Grimm lag het er niet zo dik bovenop,' zegt Benton. 'Ze kwam over als een fantastische maatschappijhervormer die zo'n voorbeeldige gevangenis leidde dat ze een rolmodel werd. Ze kreeg banen aangeboden en uit andere gevangenissen kwamen mensen langs voor rondleidingen.'

'Ja, ik heb de diploma's en de oorkondes aan haar muren gezien.'

'Op de dag dat jij er was, had een groep uit een mannengevangenis in Californië een uitgebreide rondleiding gehad,' vertelt hij. 'Ze dachten erover om haar tot de eerste vrouwelijke directeur van hun gevangenis te benoemen.'

'Het zou wel ironisch zijn als ze in Bravo Pod terechtkwam. Misschien wel in de voormalige cel van Lola Daggette,' zeg ik.

'Ik zal het doorgeven,' zegt Benton droog. 'Samen met Lucy's suggestie dat Gabe Mullery als naaste familie mag besluiten wanneer de stekker bij Dawn Kincaid eruit moet.'

'Ik weet niet wat er gaat gebeuren,' zeg ik, al zal Gabe Mullery niet degene zijn die beslist of Dawn Kincaid van de beademingsapparatuur wordt gehaald.

Blijkbaar had hij nooit van haar bestaan geweten, maar kon hij zich vaag herinneren dat iemand met die naam of een soortgelijke naam op het nieuws werd genoemd in verband met een aantal moorden in Massachusetts. Hij wist dat zijn vrouw, Roberta Price, was opgegroeid bij een gezin in Atlanta dat ze af en toe met de feestdagen zagen, maar hij wist niets van een zus.

'Ik denk dat ze naar een andere instelling wordt gebracht, waar ze in verzekerde bewaring aan de beademingsapparatuur blijft liggen tot ze klinisch dood is,' zeg ik.

'Zoveel voorkomendheid heeft ze de slachtoffers nooit betoond,' zegt Benton.

'Zo gaat het meestal. Ik vind het alleen vervelend dat ik niet naar Marino heb geluisterd toen hij het over de verhoogde adrenaline- en koolmonoxidegehaltes had en zich afvroeg hoe Barrie Lou Rivers een sigaret kon hebben gekregen als roken in de gevangenis verboden was. Op dat moment interesseerden zijn vragen me niet. Ik was ergens anders mee bezig. Als ik dat tegen hem zeg, neemt hij het zichzelf misschien niet zo kwalijk dat hij niet nadacht toen hij bij apotheek Monck van iemand een sigaret bietste.'

'En misschien kun je dan om dezelfde reden begrip voor mij opbrengen.' Benton kijkt me recht in de ogen, omdat we er ruzie over hebben gehad. 'Jij vertelde me iets belangrijks en ik was ergens anders mee bezig. Begrijpelijkerwijs.'

'Ik kan nog wel een kop koffie voor ons zetten,' zeg ik.

'Goed idee. Ik voel het effect nog nauwelijks. Het spijt me dat ik niet aardig tegen je was.'

'Dat heb je al gezegd.' Ik sta op terwijl er een volgestapeld containerschip langs onze ramen glijdt, dat wordt voortgestuwd door duwboten. 'Als je aan het werk bent, hoef je niet aardig te zijn. Je moet me alleen serieus nemen. Meer vraag ik niet.'

'Ik neem je altijd serieus. Op dat moment nam ik andere dingen alleen nog serieuzer.'

'Eerst Jaime en daarna bietst hij van iemand een sigaret die hem had kunnen doden. Ja, hij is getraumatiseerd,' zeg ik, omdat ik het niet meer over Bentons verontschuldigingen wil hebben. Opeens voelt het keukentje kaal, leeg en eenzaam, alsof we hier al vertrokken zijn. 'En daar moet hij overheen zien te raken, want anders doet hij weer iets doms. Dan gaat hij bijvoorbeeld weer drinken of houdt hij helemaal op met werken en gaat hij de rest van zijn leven vissen met die vriend van hem, die kapitein van de charterboot.'

Ik stop een koffiecapsule in het hotelapparaat. Het koffiezetapparaat van Keurig dat ik had gekocht, heeft Marino meegenomen.

'Roken bij de apotheek waar een gifmengster werkt,' vervolg ik. 'Niet dat iemand daar op dat moment zeker van was, maar hij stelde wel vragen over haar. Hij dacht erover na.'

'Wat had je tegen hem gezegd? Niets eten of drinken tot we

heel zeker van onze zaak zijn,' zegt Benton, als ik zijn koffie naar hem toe breng.

'Ik moet weer denken aan die enge zaak met die vergiftigde Tylenol-pijnstillers. Als je beseft wat er allemaal mogelijk is, zou je eigenlijk alles willen wantrouwen. Of je kop in het zand willen steken. Na alles wat we hebben gezien, lijkt dat laatste me het prettigst.' Terwijl ik weer naar het keukentje loop, ga ik in gedachten terug naar de voormalige voorraadkelder achter het prachtige huis waar Roberta op haar drieëntwintigste heeft geholpen een heel gezin uit te moorden. 'Anders kan ik nooit meer iets eten of drinken of voorverpakte spullen kopen,' voeg ik eraan toe.

Ik weet niet of ze het aangetroffen wapen ooit heeft gebruikt. Het was een roestvrijstalen knipmes met een lemmet van zevenenhalve centimeter en een gevleugelde adelaar als knokkelbescherming. Het komt overeen met de afmetingen van de wonden en de vreemde parallelle kneuzingen bij de Jordan-moorden, maar ik denk dat mensen doodsteken de specialiteit van haar tweelingzus Dawn was en dat Roberta liever met schone handen vanaf een afstandje moordde. Ik vermoed dat het mes al die jaren als een souvenir of een symbool is bewaard, keurig opgeborgen in een rozenhouten doos in een ondergrondse, goed afgewerkte ruimte met temperatuur- en vochtigheidsregulering en speciale ventilatie.

In de verbouwde voorraadkelder onder het kantoortje, die toegankelijk was via een vloerluik dat onder een kleed schuilging, bevond zich een verbijsterende voorraad merkloze sigaretten, kant-en-klaarmaaltijden, auto-injectoren en andere producten die Roberta Price wilde vergiftigen met botulinetoxine serotype A. Het gif bestelde ze regelmatig bij verschillende bedrijven in China die geen of nauwelijks vragen stelden. Tussen alle andere afschuwelijke dingen vond Gevaarlijke Stoffen ook oude enveloppen en postzegels die voorzien waren van een lijmlaag die bevochtigd moest worden. Het ging niet alleen om feestelijk postpapier en zegels met parasols, maar ook om andere soorten postpapier en ouderwetse postzegels die ze via internet bestelde.

Ik denk dat de meeste spullen bestemd waren voor gedetineerden. Alle soorten postzegels en briefpapier zijn gewild bij mensen die achter tralies zitten en die wanhopig met de buitenwereld willen communiceren. We zullen waarschijnlijk nooit weten hoeveel mensen ze heeft vermoord. Ze koos ervoor om haar slachtoffers een vreselijke dood te bezorgen, die op de zware astma-aanvallen leek waar zij en haar onbekende tweelingzus allebei last van hadden. Ze kwamen op 18 april 1978 in het Savannah Community Hospital ter wereld, slechts een paar kilometer van de vrouwengevangenis in Savannah. Ze werden meteen van elkaar gescheiden en hoorden pas kort na 11 september van het bestaan van de ander, toen Dawn op zoek ging naar de identiteit van haar biologische ouders en ontdekte dat ze een eeneiige tweelingzus had.

In december 2001 leerden ze elkaar in Savannah kennen. Allebei waren ze behept met wat Benton ernstige persoonlijkheidsstoornissen noemt. De twee psychopathische, sadistische, gewelddadige, uitzonderlijk intelligente zussen hadden in hun leven griezelig veel vergelijkbare keuzes gemaakt. Dawn Kincaid had op een wervingsbureau van de luchtmacht over een vervolgopleiding gesproken en was geïnteresseerd in cyberveiligheid en medical engineering. Duizenden kilometers ten oosten van haar zocht haar tweelingzuster uit of ze een wetenschappelijke opleiding bij de marine kon krijgen.

Onafhankelijk van elkaar werden Roberta en Dawn aan verschillende kanten van het land wegens hun astma afgewezen, en daarna gingen ze allebei studeren. Dawn studeerde materiaalkunde aan Berkeley en Roberta studeerde farmacologie in Athens, Georgia. In 2001 vond Roberta een baan in de Rexall-apotheek vlak bij het huis van de Jordans. In de weekends en op feestdagen deelde ze methadon uit in de open richting aan East Liberty Street. Daar ontmoette ze Lola Daggette, die afkickte van haar heroïneverslaving.

De verklaringen die Lola recentelijk tegenover de politie heeft afgelegd, komen overeen met wat ze Jaime heeft verteld. Lola wist niets van de gebeurtenissen in de vroege ochtend van 6 januari, een zondag waarop Roberta methadon zou uitdelen in de dokterspost van de inrichting, die zich toevallig op dezelfde verdieping bevond als Lola's kamer. Geen van de kamers in de inrichting kon op slot.

Een drugsverslaafde met ernstige verstandelijke beperkingen en een zeer opvliegend karakter was een gemakkelijke zondebok. De gebeurtenissen zijn niet helemaal meer te reconstrueren, maar de theorie is dat Roberta op een gegeven moment Lola's kamer is binnengegaan en een ribbroek, een coltrui en een jack uit haar kast heeft ontvreemd. Die kleren zijn door haar of door Dawn tijdens het plegen van de moorden gedragen. Na afloop is Roberta de kamer van de slapende Lola binnengelopen. Ze heeft de bebloede kleding op de badkamervloer gelegd en gezorgd dat ze om acht uur in de dokterspost stond om methadon uit te delen.

'De dood is een zeer persoonlijke en eenzame ervaring en niemand is er echt op voorbereid, wat we onszelf ook wijsmaken,' zeg ik tegen Benton, terwijl ik met mijn kop koffie in mijn hand weer ga zitten. 'Marino vindt het makkelijker om bezig te zijn met de problemen die Lucy volgens hem moet hebben. Of geobsedeerd zijn kasten vol te proppen.'

'Hij zit in de onderhandelingsfase van het verwerkingsproces.'

'Dat denk ik ook. Als hij zijn keuken bevoorraadt en stapels eten en keukengerei heeft, gaat hij niet dood,' zeg ik. 'Als ik A en B regel, kan ik C voorkomen. Hij heeft huidkanker gehad en besloot opeens dat hij voor zichzelf wilde beginnen. Dat komt er eigenlijk op neer dat hij niet meer voor mij werkt. Misschien viel dat ook onder dat onderhandelen. Als hij zijn leven helemaal omgooit, heeft hij nog een toekomst.'

'Ik denk dat Jaime meer invloed heeft gehad.' Benton bekijkt zijn e-mails tijdens het praten. 'Meer dan die huidkanker. Door haar heeft Marino altijd in een stralende toekomst geloofd. De beste momenten moeten nog komen. Er gaat iets magisch gebeuren. Een baan bij haar bekrachtigde zijn illusie dat hij jou niet nodig heeft, Kay. Dat hij niet zijn halve leven achter jou aan heeft gesjouwd.'

'Dat is heel sneu als ik hem niet in een stralende toekomst kan laten geloven,' zeg ik peinzend. Op dat moment wordt er op de deur geklopt. 'Het is nog erger als hij het gevoel heeft dat hij door mij zijn halve leven heeft verspild.'

'Ik zeg niet dat hij het heeft verspild. Mijn jaren met jou zijn in elk geval geen tijdverspilling.' Benton geeft me een kus.

Er volgt nog een kus en we houden elkaar even vast voordat we opendoen. Colin staat voor de deur met een bagagekarretje dat we niet nodig hebben, omdat Lucy al bezig is om onze bagage in de helikopter te laden.

'Ik vind het maar niks,' zegt Colin, terwijl hij het lege karretje naar de lift duwt. 'Ik begon eraan gewend te raken om je om me heen te hebben.'

'Hopelijk brengen we volgende keer iets gezelligers mee,' zeg ik.

'Dat doen jullie noorderlingen nooit. Jullie smelten onze kerkklokken om tot kanonskogels, steken onze boerderijen in brand en blazen onze treinen op. We nemen een omweggetje en rijden naar SCH in plaats van naar de luchthaven. Ik weet dat dat nauwelijks dichterbij is, maar Lucy heeft geen zin in de verkeerstoren en al die lieden in augurkenpakken. Ik neem aan dat ze dat niet letterlijk bedoelt.'

'Militairen,' zegt Benton.

'O, pilotenoveralls. Groene, waarschijnlijk. Ik vroeg me al af wat ze bedoelde toen ze daarover begon te rebbelen, en ik stelde me mensen voor die als augurken waren vermomd,' zegt Colin. Ik weet niet eens zeker of hij een grapje maakt. 'Maar goed, kennelijk zijn ze hier en op Hunter tamelijk formeel en voeren ze lastminutecontroles uit voordat je de lucht in gaat. Ze heeft al een keer zo'n lastminutecontrole gehad en wil vertrekken, maar ze heeft me opgedragen haar te bellen als we er bijna zijn. Ze heeft geen zin om te wachten bij het ziekenhuis en aan de kant te moeten als er een traumahelikopter moet landen. Die kans is klein op SCH, maar ze neemt het zekere voor het onzekere.'

We stappen in de lift en onze glazen cabine glijdt langs balkons met draperieën van klimplanten naar beneden. In gedachten zie ik vrouwelijke gedetineerden in de gevangenistuin werken en met de hazewindhonden wandelen. Zowel de mishandelaars als de mishandelden zijn nog maar een schim van zichzelf, en daarna zijn ze dicht opeengepakt in een inrichting die heimelijk de dood verspreidde. In gedachten zie ik de eerste ontmoeting tussen Kathleen Lawler en Jack Fielding op die boerderij voor probleemjongeren. Hun band zette een reeks gebeurtenissen in gang die levens heeft veranderd of beëindigd, ook hun eigen levens.

'Als je kaartjes hebt voor de Bruins – of beter nog: de Red Sox – kom ik misschien wel eens langs,' zegt Colin.

'Nou, als je er ooit over denkt om bij de GBI weg te gaan...' We lopen door de lobby, op weg naar de hevige hitte en een warme, winderige rit.

'Ik zat niet te hengelen naar een baan,' zegt hij, terwijl we in de landrover stappen.

'Je bent altijd welkom bij het CFC,' zeg ik. 'We hebben daar goede barbershopkwartetten en dit ding wordt gloeiend heet,' voeg ik eraan toe als hij de ventilator aanzet. 'Lijkt me prima bij hevige sneeuwbuien en ijzel.'

Ik bel Marino en hoor aan het kabaal op de achtergrond dat hij nog steeds in zijn busje zit, onderweg naar Charleston of juist de andere kant op. Ik heb geen idee wat hij van plan is.

'Waar ben je?' vraag ik.

'Even ten zuiden van de stad. Ik moet nog een halfuurtje rijden.' Hij klinkt mat, misschien zelfs verdrietig.

'Ik denk dat we tegen tweeën in Charleston landen, en dan wil ik dat je er bent,' zeg ik.

'Ik weet het niet...'

'Ik wel, Marino. Vanavond laat houden we in het noorden een etentje. We vieren Onafhankelijkheidsdag met iets lekkers en halen de honden uit het pension. Met ons allen,' zeg ik als het oude ziekenhuis in zicht komt.

Het Savannah Community Hospital, waar Kathleen Lawler drieëndertig jaar geleden van een tweeling beviel, werd kort na de Burgeroorlog gebouwd. Het is een rood stenen gebouw met een witte dakrand waar nog wel patiënten worden verpleegd, maar waar geen afdeling spoedeisende hulp meer is. Colin zegt dat hier zelden nog helikopters landen. De landingsplaats is een klein grasveldje waarnaast een nogal rafelige oranje windzak hangt. Het veldje wordt omringd door bomen die heen en weer zwiepen als de zwarte 407 met veel kabaal daalt en zachtjes op de achterkant van de glijders landt.

Boven het gedreun van de wieken uit nemen we luidkeels afscheid van Colin. Ik ga links voor in de helikopter zitten en Benton neemt achterin plaats. We maken onze veiligheidsriemen vast en zetten headsets op.

'Kleine landingsplaats,' zeg ik tegen Lucy, die in het zwart gekleed is en aandachtig naar haar instrumenten kijkt. Dit is haar favoriete bezigheid, de zwaartekracht tarten en om obstakels heen vliegen.

'Bij zo'n oud gebouw nemen ze nooit de moeite om de bomen te snoeien.' Ik hoor haar stem via mijn koptelefoon en ik voel dat we loskomen en opstijgen. Dan ligt het ziekenhuis onder onze voeten.

Op de grond wordt Colin steeds kleiner en hij zwaait terwijl we verticaal opstijgen tot we ver boven de bomen zijn. We vliegen weg en Lucy stuurt ons in de richting van de gebouwen en de daken in de oude stad. Daarachter ligt de rivier, die we volgen naar de zee. We vliegen in noordoostelijke richting naar Charleston en daarna gaan we naar huis.

Woord van dank

Mijn dank gaat uit naar het Navy and Marine Corps Public Health Center, en ook naar dr. Marcella Fierro, dr. Jamie Downs en andere experts die me bij mijn research zo goed hebben geholpen. Ik noem Stephen Braga, die zo vriendelijk was om zijn expertise op het gebied van strafrecht met me te delen.

Zoals altijd ben ik dr. Staci Gruber dankbaar voor haar geduld, haar bemoedigende woorden en haar ongelooflijke technische vaardigheden en expertise.